Best Time

白 马 时 光

今日不上朝 著

/上/

# 十二年春夏秋冬

天津出版传媒集团
百花文艺出版社

**图书在版编目（CIP）数据**

十二年春夏秋冬 / 今日不上朝著 . — 天津 : 百花文艺出版社 , 2022.8
ISBN 978-7-5306-8320-0

Ⅰ . ①十… Ⅱ . ①今… Ⅲ . ①长篇小说－中国－当代
Ⅳ . ① I247.5

中国版本图书馆 CIP 数据核字 (2022) 第 103550 号

**十二年春夏秋冬（全二册）**
SHI'ER NIAN CHUN XIA QIU DONG ( QUAN ER CE )
今日不上朝　著

**出 版 人：** 薛印胜
**责任编辑：** 胡晓童　　　　**封面设计：** 小茜设计 Miniqian Designstudio/QQ:310094811
**特约策划：** 何亚娟　夏　童
**特约编辑：** 王紫璇
**出版发行：** 百花文艺出版社
**地址：** 天津市和平区西康路 35 号　**邮编：** 300051
**电话传真：** +86-22-23332651（发行部）
+86-22-23332656（总编室）
+86-22-23332478（邮购部）
**网址：** http://www.baihuawenyi.com
**印刷：** 三河市兴博印务有限公司
**开本：** 880 毫米 ×1230 毫米　1/32
**字数：** 505 千字
**印张：** 17
**版次：** 2022 年 8 月第 1 版
**印次：** 2022 年 8 月第 1 次印刷
**定价：** 69.80 元

如有印装质量问题，请与三河市兴博印务有限公司联系调换
地址：河北省廊坊市三河市杨庄镇大窝头村西
电话：0361-5166530
邮编：065299

# 目录

Contents

# 目录

Contents

## 第一章

# 与他擦肩而过

正午骄阳当空，刺目的阳光照得人昏昏欲睡。

教室里，零星几人趴在桌上，头顶的风扇把桌上的书吹得哗啦啦作响，空气中弥漫着一丝燥意。

走廊外不时有人打闹而过，陶白的座位恰好靠近走廊的窗台，前桌两个女生的低语声一字不落地落入她耳中。

她微微动了动，把脑袋埋入臂弯。

“高三的学姐刚才在篮球场跟许斐表达仰慕之情，被拒绝了，现在正在操场上哭呢。”

“哪个学姐啊？”

“曲微微呗，还能有谁？她那么黏着许斐，平时也没见许斐多看她一眼。听说她去之前，还放了狠话，没想到啊……这下可丢脸丢大了。”

“哈哈，许斐现在还在打球？”

“在啊，他午休时间一般都在篮球场。”

“那曲微微哭，他也没哄哄？”

“哄她？”女生嘲笑，“当她是小公主呢，是个男的都得捧着她，你是没见许斐对她有多冷淡。”

“嘘，”她同桌竖起食指，“还是小声点儿吧，小心林娇娇听见了。”

女生闻言看了一眼教室，嘌了声。

陶白口鼻都压在手臂上，时间一长，呼吸有些困难。她不着痕迹地动了动手指，耳朵有些发烫。

不知是因为燥热的天气，还是因为那个名字。

思绪因烈日而躁动，身后响起脚步声，一个长发女生从后门进了教室，路过陶白身边时，故意撞了撞她的桌子。

“嘎吱”一声响，在安静的午间格外刺耳。

陶白抬头。

林娇娇嘴里叼着棒棒糖，扯着嘴角俯视她，态度敷衍：“对不起啊，没看路。”

陶白把被撞歪的课桌扶正，再次趴回课桌。

林娇娇咬碎嘴里的糖，轻嗤一声，回了座位。

迷迷糊糊间，陶白听到刻意压低的说话声。

“她又没惹你，你干吗老招惹她呀？”

“看她不爽呗。卞桃，你干吗老帮她说话，你到底和谁是朋友啊？”

“坏娇娇，你说我和谁是朋友？我只是觉得你要是不喜欢她，就不要搭理她，没必要招她。”

“你和陶白真的不是朋友？我都听说了，你俩住在一个小区，从小一起长大。”

卞桃的声音再次压低，即便如此，还是清晰传入陶白耳中：“只是住一个小区而已，不算一起长大啦。而且她从小就不合群，都没人和她玩儿。”

“她那样，确实没人会愿意和她玩儿。”林娇娇显然没有放低音量的意思，甚至还看了趴在课桌上的陶白一眼，目露不屑，“孤僻鬼。”

卞桃看了眼陶白，让她小声点儿，然后拉着林娇娇的手，起身说：“我们去小卖部吧，我请你喝饮料。”

椅子在地面滑动的声音有些刺耳，细碎的脚步声从陶白身边传过。

教室后门隐约传来林娇娇的声音：“她听见又怎样？”

趴在课桌上午休的女孩儿闭着眼，睫毛颤了颤。

漫长的午休被一道刺耳的铃声打破。

安静的教室变得吵闹起来，拉动椅子的声音、聊天声、打闹声，还有时不时被撞击的课桌声，闹得陶白抬起头来。

走廊外人群涌动，像一条长龙涌入隔壁的教室。

当第三道铃声响起，走廊上已经空无一人。

忽然，几道杂乱的脚步声响彻寂静的楼梯口，陶白的身体突然紧绷。

几秒后，几个男生勾肩搭背从 1 班门口走过。落在最后面的男生微微低着头，额间的碎发被细汗打湿黏成一绺，他恰好穿过窗外投射在走廊的光圈，映得那张白皙清俊的脸几近透明。

他脖子上挂着的白色耳机线，随着走路的动作微荡着。

“斐哥，放学去体育馆打球啊？”

“不去了，有事。”男生声音清凉，宛若玉器碰撞般悦耳。

“别啊，你不去那儿，我们岂不是要被十四中的血虐？”

“什么事啊，能不能推推？”

后续的说话声渐渐被阻隔在一墙之外。

陶白揉了揉有些发痒的耳朵。

她从书包里拿出语文书，刚放下，一道火急火燎的身影从门口蹿了进来，几步冲过来扑到她身上。

秋生白皙的小脸跑得通红，她靠在陶白身上喘气：“还……还好赶上了。淘淘，我好累，帮我拿一下书，谢谢。”

陶白帮她把书包里的语文书找出来，然后递了张面巾纸给她：“擦擦汗。”

秋生接过面巾纸，胡乱在脸上抹了抹，一脸兴奋道：“淘淘，你今天错过了一场好戏，你知道高三的曲微微吗？就是那个胸很大、很喜欢化妆的女生，她今天……”

“谁的胸很大？”坐在她们身后的林嘉木伸手拽了拽陶白的辫子，又看着秋生，“喂，继续说。”

陶白把自己的辫子从他手中扯回来。

说到兴起被打断，秋生也没生气，但是看见林嘉木扯陶白的头发，她拿起桌上的书卷就打了过去："林嘉木你烦不烦啊，干吗老欺负淘淘！"

林嘉木抬手挡住，目光从她胸前扫过，然后翻了个白眼。

秋生指着他："你什么意思？"

林嘉木移开视线，转而看向头顶的风扇："哦，我的意思还不够明显吗？飞机场！"

秋生气得俏脸绯红："林嘉木，你是不是找死啊！"

林嘉木笑得恶劣："我不是啊。"

秋生气得扑上去打他，林嘉木嬉皮笑脸地左挡一下右挡一下，跟逗一只奓毛猫似的。

老师还没来，教室里闹哄哄的，全是说话声，班长招呼了几声，可没人理她。

"别说话了，老师马上就来了。"她脸上有些着急，不由得提高音量吼了声。

林娇娇的座位在她身后。林娇娇捂着耳朵，踢了下她的凳子："严曼可，你声音能不能小点儿？吼得我耳朵疼。"

严曼可抿唇，扭头看向四周，玩儿的继续在玩儿，说话声也没有变小。

她转身坐了回去。

她同桌给她递了张纸条过来：曼可，你就别管了，他们不会听你的。

严曼可眼眶微微泛红，死死攥紧纸条。

她知道班上的人都不服她当班长，卞桃成绩比她好，人缘也比她好，长得漂亮还会处事。她也不知道老师为什么会选她当班长，又不是她争着要当的。

从她当班长那天开始，林娇娇就处处和她作对。

林娇娇看见她们传纸条，啧了声，故意把桌子往前一推，撞到了严曼可的后背。

严曼可身体一僵，她后背被撞得生疼，可硬是忍着没出声。

卞桃拉了拉林娇娇的衣袖，轻声说："别过火了。"

林娇娇给了她一个放心的眼神，伸手去够严曼可攥得紧紧的纸条："都说我什么坏话了啊？来，给我看看。"

严曼可死死攥着纸条。

林娇娇抓着她的手，脸上带着笑，一点儿一点儿掰她的手指："班长，看看而已嘛，我又不干什么，你怕什么啊？"

严曼可的手指被她掐出几个指甲印，疼得眼泪在眼眶里打转，却不敢落下来。

秋生和林娇娇就隔着一个过道，看得明明白白。

她反手就把抽林嘉木的书朝林娇娇扔去："林娇娇，你烦不烦啊，你别是动画片看多了，以为自己是日漫里的大姐头，整天不是欺负这个就是欺负那个。"

她一开口，教室里瞬间安静下来。

秋生在学校没人敢惹，她哥哥夏生就在隔壁班，夏生和许斐玩得好。林娇娇敢肆无忌惮地欺负任何人，就是不敢惹她。

卞桃拽了拽林娇娇，脸上带着笑，小声说："大家都安静一点儿，老师马上就要来了。我们班上周纪律分被扣，班主任很不高兴，你们都不想再被留堂吧？"

"学习委员让大家安静一点儿，"秋生看着卞桃，皮笑肉不笑，"都听话啊。"

卞桃笑容微僵。

今天的课堂纪律出乎意料地好，语文老师特意夸了两句。

漫长又枯燥的语文课，在难以抵挡的昏昏欲睡中结束。他们班第二节课是化学，隔壁班是体育。

陶白下课就拿出化学书预习，秋生在班上待不住，去隔壁班找别人玩儿去了。

课间十分钟，后门的几个座位坐满了隔壁班的男生。

"林嘉木，放学去体育馆，你去不去啊？"有个男生问。

林嘉木坐在桌上，一条腿懒洋洋地在半空晃："许斐不去？"

林嘉木和许斐不和，全校都知道。两班又挨得近，抬头不见低头见，一般有许斐的地方就没有林嘉木，有林嘉木的地方绝对不会出现许斐。

体育馆的篮球场，常年被他们一中和十四中那群混混儿霸占，而他们一中就许斐和林嘉木篮球打得最好，他俩要是一个都不在，那他们铁定得被十四中的严野狂虐，太丢人了！

“嘉哥来呗，许斐不在我们真打不过严野。”

林嘉木啧了声，不爽道：“当老子是替补呢，他不去就来叫我？”

“你少冤枉人。”男生笑着说，“我们平时没少叫你啊，是你自己不去的。”

林嘉木懒得再理他，朝他摆摆手，从桌上跳下来。

“那约好了啊，你们第三节体育课，你可别先走了。”

“滚蛋吧。”

林嘉木的视线落在前面那个小小的身影上，慢悠悠地走了过去。

他手臂在桌上一撑，坐在自己课桌上，伸手拽住前桌女生的辫子，甩跳绳似的来回晃：“你都坐一天了，也不起来活动一下，不累啊？”

陶白一言不发，从他手中把自己的辫子抢回来，垂放到身前。

林嘉木吹了声口哨，双手插兜，俯身靠近她：“你说句话。”

陶白低着头看书，偶尔在段落上画重点。

林嘉木作势去拽她头发，陶白偏头避开。

“小哑巴？”林嘉木叫她。

陶白还是没理他。

“你跟我说句话呗，”林嘉木伸手戳她后背，“你跟我说句话，我就不拽你头发了。”

陶白自始至终都没搭理他。她越这样，林嘉木越想逗她。

“你怎么不在班级群里？你QQ号多少啊？我加你。”他说着摸出手机，点开QQ，一副要加她好友的架势。

班级群是开学时建的，群主还是当时的班长、现在的学习委员卞桃。他们班五十六个人，群人数却只有五十五个。

唯独少了陶白。

十分钟的课间转瞬即逝。

秋生从隔壁班回来，恰好听见这句话，她挥开林嘉木的手：“谁要加你了？走开点儿。”

林嘉木“嘿”了声：“我又不加你，我问陶白呢。”

“淘淘不加你，走走走。”秋生挥手赶他。林嘉木越喜欢逗陶白，她就越看林嘉木不顺眼。

陶白其实有个QQ，还是秋生给她申请的。但她没有手机，一次都没有登录过。

“陶白，你加不加我？”林嘉木探身去扯陶白的笔。

陶白一言不发，从文具袋里重新拿了支笔出来。

林嘉木长这么大，还没被谁这么漠视过，他看着陶白的背影，气得把笔丢到她课桌上。

一天的课程结束。陶白放学回到家，不大的房子寂静空荡，没有一个人。

饭桌上压着一张纸，是齐素的字迹，让陶白晚上随便弄点儿吃的，她不回家。

她妈妈难得会留纸条，以前即便晚上不回家，也没有只言片语。

陶白把纸条折叠，回屋丢进玻璃瓶里，用木塞塞好。

写完作业，冲了澡，把堆积在脏衣篓里的衣服洗了，她才去厨房做了一碗番茄鸡蛋面。

晚上十二点，门外响起开关门的声音。

陶白浅眠，被惊醒后，坐在床上愣了两秒。随后，她赤着脚下床，把门开了一道细缝。

客厅的灯开着，齐素背对着陶白的卧室门，倚靠在沙发上打电话。

女人肩膀消瘦，因为情绪激动，后背的蝴蝶骨现出一道狰狞的弧度：“你到底要在外面鬼混到什么时候啊？陶武你心里到底还有没有这个家？！”她声音尖厉，说话时焦躁地反复抓着头发。

不知道电话对面的人说了什么，她怒气暴涨。

“你管过我们母女俩吗？你管过陶白吗？！行！这话可是你说的，不回来，行，你今晚不回来，就永远不要回来，我就当你死在外面了！”她说完把手机猛地砸在地上，手机在触地的瞬间便四分五裂。

陶白被吓得身体一抖，握住门柄的手没控制好力度，门发出一声闷响。

这道声音无异于再次点燃了齐素尚未平息的怒火，她回过头冲陶白吼："都几点了你还不睡？明天不上课吗？

"你爸大晚上没回家，你就不知道打电话问问他？

"陶武他心里没我，你是他女儿，他心里难道还能没你吗？你打电话问问他怎么了？这个家是我一个人就能维持的吗？！"

陶白紧紧握着门柄，沉默着等她发泄完，才小声问道："你吃饭了吗？"

齐素脸上画着浓妆，身上仅穿着一条遮住重点部位的短裙，傲挺的胸露出一大片，此时正因喘息而上下起伏。

闻言，她怒气一窒，愣了愣："没有。"

陶白推门出来，往厨房的方向走。

齐素皱了皱眉："大晚上你折腾什么？去睡你的。"

陶白在睡前熬了一锅粥，她把温在水里的鸡蛋拿出来，盛了一碗粥，端到桌上："还是热的，你吃吧，我去睡了。"

齐素在她要关门之前，问她："零花钱还有吗？"

陶白脚步一顿，点了点头。

第二天早上，陶白在饭桌上看见瓷碗下压着两百块钱。

她扭头看了眼紧闭的卧室门，把桌上吃完未收的碗筷收到厨房洗干净。

去学校之前，陶白把她妈妈摔在地上的手机捡起来放在茶几上。

早晨空气清新，小区的绿植上沾着水珠。

云辉小区东西两栋并排，东边是电梯楼，西边是步行房。陶白他们家在西边的四栋，和东边的四栋面对面。

陶白刚下楼，就碰上从对楼出来的卞桃。

卞桃手里拿着面包和牛奶，书包被她爸提着。见到陶白，她扯了扯嘴角，抬手和陶白打招呼："陶白，早上好。"

陶白攥着书包带，点点头。

卞桃没在乎她的冷漠态度，咬了口面包，笑容甜美："陶白，和我一起走吧？今天我爸开车送我去学校。"

卞阳平在一旁点头：“反正顺路，也方便。”

陶白叫了声“叔叔”，然后对他摇了摇头，迈步离开。

天空暗沉，陶白走在路上的时候，突然下起了小雨。

她站在马路口等红绿灯，一道有些刺耳的刹车声在左侧响起，一个骑着单车的男生停在陶白身边。

雨雾朦胧，模糊了那人的五官。

陶白眯着眼，镜片被雨水打湿，卷翘的睫毛上沾着一滴雨珠，她眨了眨眼。

男生穿着运动服，背上挎着背包，一条长腿支在地上，修长的五指捏着车柄，淡漠的眉眼望着前方。

许斐。

陶白心头一跳，下意识往旁边移了移，攥紧书包带。

六十秒转瞬即逝，绿灯亮起，那人脚尖在地上一触，眨眼间便骑着自行车消失在迷蒙雨雾中。

这场雨来得急切持久，直到下午放学也没有停，足足下了一日。

班上和陶白一样没带雨伞的比比皆是，陶白早上淋了雨，穿了一天的湿衣服。放学的时候，她明显感觉到脑袋昏沉，秋生叫了她几声，她都没有反应。

“淘淘，坐我家的车回去吧？”秋生看了眼外面的雨势，时急时缓，雨下得没完没了。

秋生下雨天有车接送，即便如此，陶白也不愿麻烦她：“雨快停了，我再等等。”

“这雨还不知道下到什么时候呢。”秋生说，“我送你啊，反正也不远，转一圈就到了。”

陶白摇头。

“哎呀你真是，你是不是担心我哥啊？没事，他人挺好的。”秋生伸手去捏她的面颊，原本是想逗逗她，却突然被触到的温度吓得跳起来，“淘淘你的脸好烫！”

陶白摸了摸脸，温声道：“我没事，秋生你先回去吧。”

“你这样，我怎么放心啊？”秋生拉着她就往外面走，“不行不行，我得送你回去。”

秋生力气很大，陶白挣了两下没挣脱。

“秋生，我可以自己回家。”陶白有些着急。

秋生见她是真急了，气呼呼地松开她的手，恨铁不成钢地在她脑袋上点了几下：“那你等着，我去隔壁给你借把伞。”

陶白性情孤僻，不喜欢和别人说话，更不习惯和不认识的人在一个狭小的空间待太久。

这些在外人看来特别神经病的毛病，秋生却没当一回事。

她去隔壁班抢了夏生一个兄弟的雨伞，对那个一脸蒙的男生说：“狗哥的雨伞借我，你待会儿坐我们的车回去。”

“唉，不是……”荀旭伸手想把雨伞抢回来，可秋生已经跑了。他保持着伸手的动作，喃喃道：“那不是我的伞……”

秋生把雨伞给了陶白。

还不到六点，天空一片暗沉，乌云压顶，似在酝酿着一场将至未至的大暴雨。

有人接的同学都已经离开学校，还留在学校的除了住校的高三生，就剩下没有雨伞等家人来接的学生。

陶白拿着那把黑色的雨伞下楼，走到楼道拐角的时候，发现窗口处站着一个人。

她捏着伞的五指紧了紧，头都没敢抬。

窗口处的男生听见细碎的脚步声，他微微侧首。

视线待转时，他的目光突然落在她手上。

他的雨伞为什么会在一个他不认识的女生手上？

许斐靠在墙上，桃花眼眯了起来。

荀旭和夏生从楼上下来，荀旭一见到他就垮了脸：“斐哥，你的雨伞被夏生他妹抢走了。”

夏生轻咳一声：“那个，我妹不懂事，我让她来道歉。”说完朝楼上使了个眼色。

秋生背着书包一蹦一蹦从楼上下来，她双手合十，笑得讨好："许斐哥不好意思，我不知道那是你的雨伞，明天我买把新的赔你。"

因为哥哥夏生和许斐关系好，秋生也知道许斐不喜欢别人碰他的东西。她之前是真的不知道那是许斐的雨伞，要是知道，就算给她一百个胆子也不敢抢啊。

夏生揪着妹妹的衣领，像揪着一只小鸡崽："让你做事别这么风风火火，不问清楚就抢，谁教你的？"

"对不起我错了。"秋生被他拎着丝毫不敢乱动。

"一把雨伞而已，算了。"许斐语气淡淡。

闻言，夏生立马松开秋生，对许斐说："一起走吧？"

许斐看了眼外面的雨势："我骑车回去。"

"不是吧斐哥，这么大的雨你怎么回去？"苟旭一把勾住夏生的脖子，"他家司机就在校门口，坐车回去呗。"

"不了，我骑车。"许斐说完就走了。

许斐骑车出了学校，直接冲进雨幕中。

到路口等红绿灯时，他见到前方有个打着黑伞的身影。摁住刹车，许斐单脚踩在地上，眯眼看过去。

伞很大，挡住了女生一半的身体。

露在外面的书包一角略陈旧，白色的板鞋踩在水坑里，荡起点点波纹。

他的目光在伞上停留了两秒，随即移开。

绿灯亮起。

陶白抬起头来，看着前方那人的背影。

朦胧烟雨中，男生脊背微弓，他像一柄势如破竹的利剑，直直穿透昏沉的暗色。

乌云罩顶的天空不知何时露出了一抹光亮。

陶白握着伞柄的手紧了紧，抬步走向斑马线。

陶白用钥匙打开门，就听见里面传来电视的声音。

一个有些高大的男人躺在沙发上，正对着大门的电视里正在回放足球比赛。

听见开门声，男人回过头来。

陶白弯腰换鞋，低低叫了声："爸。"

"淘淘回来了啊。"陶武坐起身，指着桌上的葡萄，"爸给你买了葡萄，去洗洗，端屋里做作业的时候吃。"

陶白看了眼主卧的房门，问道："妈妈呢？"

"上班去了。"陶武打了个哈欠，"晚上你随便做点儿什么吃吧，我不吃了。"

陶白"嗯"了一声，没问他昨晚去哪儿了。她回卧室放下书包，然后去厨房淘米熬了粥，把葡萄放进冰箱里，径直回了房间。

客厅电视音量开得很大，偶尔伴随几声陶武激动的惊呼叫骂声。

陶白习以为常，全神贯注做着题。

作业写到一半的时候，外面的电视音量骤然消失。一分钟后，响起大门被甩上的声音。

他又出去了，今晚可能不会再回来。

这样的日子已经持续了很长一段时间，她爸即便偶尔回家，待的时间也极为短暂。

陶白出去把厨房的火关了。

湿衣服穿久了，被皮肤烫出温度，居然已经感觉不到凉。头可能疼过了劲儿，除了有些昏沉，也没有太大的不适感。

陶白把剩下的作业做完，喝了一碗粥，冲完澡就躺在床上。

躺了一会儿，她突然想起什么，从床上起来，小跑到阳台，把那把黑伞撑开晾着。

再次躺回床上，陶白看着天花板，等着时间流逝。

差不多十二点，外面响起开门的声音。

不出所料，过了一会儿，陶白再次听到客厅传来怒骂声。

夜晚将一切都无限放大，情绪、声音、怒火、怨恨。齐素在客厅骂了半个小时，陶白躺在床上盯了半个小时天花板。

最后，不知道是楼上还是楼下哪户人家骂了两句，客厅的摔砸声才渐渐平息。

不多时，低泣声透过门缝，传到陶白耳中。

又一个夜晚，陶武彻夜未归。

第二天一早。

陶白从卧室出来，见齐素蜷缩在沙发上，酒瓶东倒西歪，丢了一地。她脸上挂着泪痕，睡姿恬静，如果忽视狼藉一片的客厅，这应该是一幅还算温馨的画面。

陶白在原地站了一会儿，然后去卧室拿了一条毛毯盖在她身上。

把地上的空酒瓶收拾干净，她把冰箱里的葡萄拿出来洗干净，放到茶几上。

宿醉的母亲，夜不归家的父亲，还有无休无止的争吵，已经成为生活的常态。

收拾干净后，陶白去了学校。

秋生背着书包蹦跶着跳进教室，陶白第一时间把卷得整整齐齐的雨伞还给她。

秋生直接推了回来，趴在桌上叹气："淘淘你留着吧，伞的主人肯定不要了。"

陶白顿时有些不知所措："我没弄坏。"

秋生恹恹地趴着，她昨晚回家被她哥修理惨了："是伞的主人不要了，我拿来也没用。淘淘你就留着吧，不然丢了可惜。"

陶白的视线落在明显是新买的黑伞上，好好的，怎么就不要了。

可秋生说什么都不要，也不解释为什么不要，更没有说雨伞的原主人是谁。

第一节课后，陶白就再也没有多余的心思去想还雨伞的事情。

这个月的月考是在 10 月中旬考的，月底成绩出来了。陶白拿到了成绩单，她考了全班第四，年级第二十七。

第一下桃。

第二严曼可。

第三陈平。

陶白拿着成绩单发呆。

秋生月考成绩不理想，看见陶白的成绩，她激动地抓着陶白的手臂狂摇：“淘淘你太厉害了，你怎么考这么好！我二十二名啊，怎么办？回家要被骂了。”

陶白看着成绩单，心里沉沉的，却安慰秋生：“我也没有考好。”

“你胡说！你全班第四。”秋生抱着自己的成绩单痛哭，“不行，我得去隔壁打探一下夏生考了多少。”

秋生说完，就往隔壁班跑。

陶白把指腹按在排名上，试图遮住自己的名次。

可最终，她只是低头咬着下唇，把成绩单折叠起来，夹在语文书中。

这个成绩对别人而言或许很好，对陶白来说，却和考了最后一名没有什么两样。

班里闹哄哄的，一群人围在卞桃身边，明里暗里嘲讽严曼可成绩不如卞桃，她不配当班长。

“谁知道她这个班长是怎么选上的？”林娇娇打了个哈欠，托腮看着前桌的严曼可，涂着透明指甲油的手指敲击桌面，“严班长，说说呗，你是怎么在私下讨好班主任的？教教我们啊，我也想弄个班长当当。”

一群人哈哈大笑。

严曼可气得双肩发抖。

林娇娇见她不说话，视线一转，看向陶白，拔高音量：“陶白，你这次考得不错嘛，全班第四名呢，再努力努力就冲上前三了啊，哈哈哈。”

陶白充耳不闻，起身从她们面前走过。

林娇娇有种一拳打在棉花上的感觉，脸色不太好看：“喂，你哑巴了还是聋了，没听见我在跟你说话？”

陶白在班上出了名的孤僻，除了杜秋生，谁都不理，林娇娇最看不惯她那副模样。

“娇娇你理她干吗呀？又不是不知道她外号‘小哑巴’。”有人笑着说。

“就是。”

卞桃笑着从书包里拿出一包巧克力放桌上，打断她们：“你们别说陶白啦，大家都是同学。这是我妈妈的朋友托人从国外带回来的巧克力，请你们吃。”

林娇娇随手抓了两个，朝前桌扔去，调笑：“喏，卞桃请吃巧克力，班长也尝尝。”

卞桃扯了她一下，示意她别这么过火。自己拿了两个，探身过去，放在严曼可课桌上，温声道：“班长你别生气，娇娇的性格就是这样，其实心不坏的。”

严曼可咬唇，她想拒绝，可周围这么多人盯着她，她根本没有办法拒绝。

卞桃满意一笑，接着往陶白桌上放了两个。

林娇娇不高兴地看着她：“卞桃你干吗给陶白？”

卞桃柔声道：“都是同学嘛，大家一起吃我才开心。”

“就你好心。”林娇娇嘟囔，毕竟巧克力不是她的，她也不好多说什么。

一中明令要求男生头发长不过耳，不准染发；女生不准化妆，不准戴耳环，更不准私自擅改校服。

陶白踏进卫生间，发现里面的几个女生不但化着妆，肥大的校服裤也被她们改成小脚裤，校服上还用黑笔写了几个字母，画着一个狰狞的骷髅头。

她下意识往后退，打算去楼下的卫生间。

可那几个女生已经看见她了，走了过来：“来都来了，走什么啊。小妹妹有点儿面生，高一的？”

卫生间几个隔间的门都开着，除了她们，卫生间里就只有刚进来的陶白。

陶白不想惹事，轻轻点了下头。

“高一的，见到学姐不知道要打招呼？”其中一个长发女生朝着陶白的脸上吹了口气。

陶白偏头躲了躲。

她的反应大概是取悦了她们，长发女生笑着拍了拍陶白的面颊："以后见了学姐，记得要打招呼，记住了吗？"

陶白沉默着点点头。

几个女生警告陶白放聪明点儿，别多事，洗了洗手，笑着结伴离开。

陶白在原地站了一分钟，然后进了一个隔间。

回教室后看见桌上有两个巧克力，她以为是秋生给的："谢谢秋生。"

秋生直接翻白眼："我可不吃这种巧克力，有人说是从国外带回来的，以为包装印着英文就是国外的呢，没见识。"

林娇娇听见这话立马就炸了："杜秋生你什么意思？"

"我这意思还不明显啊。"秋生看着过道另一头的林娇娇，"说你同桌装呢。"

卞桃咬着唇，脸色一白。

班上不少人都吃了卞桃给的巧克力，听了这话心里很不舒服："杜秋生你说话别这么过分，卞桃给我们是她好心，而且我觉得这个巧克力挺好吃的。"

"是是是，你们的小公主最好心了。"秋生摊手，"都是我的错，是我打扰她装了。这就是国外的巧克力，可贵可贵了呢，一般人都吃不上，和那些印着英文的杂牌货，完全就是两个级别。"

秋生噼里啪啦一通明嘲暗讽，说得她们脸色都不怎么好看。

班上绝大部分同学都和卞桃玩得好，林娇娇讨厌陶白，秋生正好也不喜欢她们俩。女生之间本身就容易搞小团体，自然而然，和卞桃、林娇娇玩得好的女生就不会跟秋生玩儿。

秋生在班上的人缘和陶白差不多，但陶白是孤僻，而秋生是张扬。

但她俩最大的不同在于陶白面对挑衅向来能避则避，而秋生是典型的你不招我、我还要主动去招惹你的人。

她也不怵谁，她哥就在隔壁班，谁敢找她麻烦？

而且她和隔壁班的女生玩得很好，一呼百应，所以特别嚣张。

她就看卞桃不顺眼。

明明就是一包很普通的巧克力，她非说什么国外带回来的，简直笑死人了。

秋生把陶白课桌上那两个巧克力抢过来，直接朝林娇娇丢去："来，姐姐请你吃国外带回来的巧克力。"

两块黑色包装的巧克力在半空中划过一道弧线，准确无误地落在卞桃她们的课桌上，发出一声闷响。

"哟，我准头这么好的呀！"秋生拍了拍手，勾起嘴角笑。

卞桃眼眶发红，双肩抖得厉害。

"杜秋生你太过分了！"林娇娇拍桌而起，腿一跨就要冲过来，被卞桃拽住了衣服。

卞桃对她摇头，红着眼道："算了。"

见卞桃哭了，不少女生都开始指责秋生。

"卞桃又没给你巧克力，你凭什么这么说她？"

"就是，卞桃给的陶白，又没有给你。"

"杜秋生你快给卞桃道歉！"

班上很多男生都喜欢卞桃，也都纷纷用指责的目光看着秋生，安慰卞桃。

"你们脑子没问题吧？让我给她道歉？"秋生翻了个白眼，"说谎的又不是我。"

"卞桃才没有说谎。"

"行行行，你们说什么都对。"秋生觉得这群人脑子有问题，懒得再和她们说，"以后你们的小公主说那是从外星买回来的巧克力，希望你们也不要怀疑，毕竟小公主能有什么错呢，错的都是别人。"

秋生一屁股坐回座位，双手抱胸，冷眼看着对面那群人围着卞桃安慰她，就像她受了多大委屈似的。

明明说谎的是卞桃，最后委屈的还是她自己。

真让人火大。

陶白从书包里摸出一颗水果糖，塞到她手里。

秋生低头看了眼自己的手心，眨了眨眼。陶白小声哄她："别生气了，给你吃。"

秋生看着那颗小小的、透明的水果糖，嘴角慢慢扯出一抹笑。她暴力地撕开糖纸，把糖丢嘴里。

水果糖酸酸甜甜，蔓延了口腔，秋生眯起眼，脸上露出一丝笑：“这哪儿买的啊？真好吃。”

陶白又从书包里摸出两颗，放在她手心：“小卖部买的，一块钱十个。”

秋生伸手捏了捏她的脸，指下触感软糯，手感极佳。她没忍住用手指推了推陶白的眼镜：“淘淘你长得这么可爱，比那什么卞桃好看一百倍，为什么要把脸遮起来？”

陶白微微偏头躲开她的手，扶正眼镜，摇头：“我不好看。”

秋生趴在桌上看她，陶白有些不习惯别人这么盯着她，偏了偏头。

厚重的刘海儿，宽大的眼镜，还有总是躲避的视线。

明明成绩好，长得也可爱，偏偏好像很自卑的样子。

秋生叹了口气，轻声说：“淘淘你要自信一点儿。”

陶白握着笔的手一顿。

秋生说完，就把这句话丢到了脑后，转而想到了另一件事。她笑嘻嘻地摇着陶白的手，邀请道：“淘淘，我下周生日，你会来的吧？”

陶白脸上闪过一抹纠结，秋生的生日肯定会有很多人去，而且还会有隔壁班的。

但秋生是她唯一的朋友，陶白不想让她失望。

秋生嘟着嘴撒娇：“你可是我最好的朋友，我的生日你一定要来。”

陶白试探着问道：“人……多吗？”

“不多不多，就几个！”秋生抱着她，眨巴着大眼睛，“我不管，总之你一定要来。”

陶白根本拒绝不了她，只能硬着头皮点头：“……好。”

秋生说只有几个人，那应该人不多。

陶白纠结了片刻，转头就开始琢磨生日礼物。她零花钱不多，买不了贵重的礼物，而且秋生家境好，什么好东西都不缺。

秋生是陶白唯一的好朋友，她对这件事很上心。

晚上做完家庭作业，陶白盘膝坐在卧室的地上，从床底下拖出一个木箱。

她小心翼翼地打开木箱盖子，露出里面的木头，千姿百态。

深色、浅色、杂色的都有。有的是木块，有的是粗木条，还有一些看不出形状的木雕半成品，林林总总塞了大半个箱子。

陶白在里面挑选了半天，才选出一块银杏木。

箱子里的木头是往年寒暑假陶白进山捡的，有些她也分不清是什么木头，只要看着是好的，她都捡回来放着。

小时候在街上看到有人用木头雕花、雕动物、雕人物，把一块平平无奇的木头雕成各种形态，她就像见识到了一个新奇的世界，从此开始捡木头回家，自己雕着玩儿。

那时人小，只能用家里削水果的刀当工具。长大后偷偷存了零花钱，陶白就去买了两把雕刀。

陶白又从床底下拖出一个小盒子，里面摆放着九把形状不一的雕刀。

她每过一次生日，就买一把。

别人的生日必不可少的是甜腻的生日蛋糕和温暖的蜡烛，陶白的生日礼物却是冰凉锋利、一不小心就会让她血流如注的雕刀。

秋生比她要大一岁，属羊。

陶白想亲手雕个羊羔，送给秋生。

陶白已经一年多没有雕过东西了，手有些生，而且她还要时刻关注着外面的动静。

她的手指有薄茧，不如一般十五六岁女生的手那般娇嫩，手上还有几道伤痕。

想要把一块平平无奇的废木变成一个栩栩如生的雕刻品，需要耐心和手艺。

陶白没有经过正规的训练，也没人教过她，她雕东西的方法很笨，只在脑袋里想出一个雏形，然后照葫芦画瓢把它雕出来，再慢慢打磨细节。

没有经过精美的加工，手艺离及格线尚且有一段距离，雕出来的东西其实很粗糙。

但陶白的手很灵活，她好似天生就与木头亲近，雕出来的东西虽然与精美不搭边，但却非常有灵性。

精湛的手艺可以后天练习，但灵性这个东西是天生的，就比如有的人生来就聪明，是读书的那块料，而有的人在某一个领域，就拥有别人一辈子也难以企及的东西。

一块木头一把刀，木屑翻飞，陶白的表情很认真。

没有被眼镜遮挡的脸白皙小巧，远山黛，朱红唇，眼睛尤其美，陶白遗传了她母亲那双勾人的丹凤眼。

晚风托起窗纱，书桌上小花瓶里的野花随风摇曳。

陶白就像一朵含苞的花，在十五岁这一年，渐渐绽放出夺目的光芒。

然而，这股光芒却被她掩藏在宽大的眼镜和厚重的刘海儿下，无人窥见。

凌晨已过。

她动了动酸涩的手腕，抬头看向墙上的时钟。

已经快一点了，齐素还没有回来。

陶白把手中雕出雏形的木头放进木箱里，起身拍了拍身上的木屑，去到阳台，趴在上面往小区大门张望。

小区里的路灯闪烁着微弱的光，健身区因为最近要换新的运动器材，上面遮盖了一块白布。夜色深沉，小区的路上空无一人。

晚风渐凉，陶白在阳台张望了半小时，还是没有等到熟悉的身影。

她转身回了房间。

晚上睡得不是很踏实，有一点儿风吹草动，陶白就醒了。她好几次似乎听到开门的声音，起来一看，家里除了她，再无一人。

玄关处亮着一盏微弱的灯，一直亮到天际泛起鱼白肚。

第二天早上，陶白醒来时在床上愣了片刻，随即蹦下床，趿拉着拖鞋就开门跑了出去。

客厅很安静，玄关处的灯还亮着，也没有齐素那双显眼的红色高跟鞋。

没回来。一晚上没回来。

两个人都没回来。

她转身回房间，把书桌上那张需要家长签名的成绩单装回书包。

换衣服，洗脸刷牙，吃早餐，然后背着书包，换鞋出门。

早上的小区人来人往，夹着公文包的年轻男人，送孩子上学的中年妇人，出门买菜的老人，个个行色匆匆。

有邻居见到陶白，意有所指地说：“陶白，你家昨晚真安静啊，难得哟。”

陶白闷不吭声从她面前走过。

那人闲得跟在她身后，一路嘀咕：“住你们家隔壁，我真是倒了八辈子霉，整天不是吵架就是打架，实在过不下去就离嘛。现在这个社会，离婚也没人会笑话。”

小区里住着的都是十几年的老邻居，谁家的事都瞒不住。

听见她这么说，就有晨练的大妈跟着应声：“昨晚陶白家又没人吧？我好久没看到陶武了，那夫妻俩也是不负责，经常丢孩子一个人在家。”

“陶白都读高中了，一个人在家可以了。”

“陶白都读高中了啊，时间过得可真快。这孩子性格也不知道随了谁，跟个锯嘴葫芦似的，见着人也不知道打招呼，听说学习成绩还不好。”

“卞桃不是和她一个班吗？成绩不好也考不进一中吧。唉，你不是住他们隔壁的吗，这事你能不知道？”

起先那人嘀咕：“我哪能知道，那夫妻俩什么人，你又不是不清楚，我敢惹他们吗？”

“哈哈，还有你王老太怕的人？！”

“你不怕你去打听！被齐素那个疯子盯上，看她不把你家砸了！”

陶武和齐素在小区谁人不知？两个疯子，要论哪家吵架打架是家常便饭，就属这夫妻俩。

齐素那女人长得妖里妖气，又在那种地方上班，在小区里风评不太好。但那个疯子凶得很，没人敢说她什么坏话。

她就是根刺，活得像刺，说话更扎人。

## 第二章

# 第一次对话

成绩单上没有家长签字，陶白被班主任叫去了办公室。

正是下课的时候，办公室里人很多。

除了各班的老师，办公室的前排还站着四五个染发的男生，教导主任正在严厉训斥他们。

除此之外，陶白的旁边还站着一个男生。

1班和2班的班主任位置比邻，陶白闻着空气中凛冽的冷香，有些恍神。

男生比陶白高了一个头不止，站姿笔挺，面容淡漠。

陶白心脏跳得比跑了八百米还要快，她屏住呼吸，悄无声息往旁边挪了挪。

耳边是班主任语重心长的声音：“这次明明考得不错，为什么还是没有签字？”

隔壁班的班主任同样语重心长：“虽然你父母工作忙，但签个字的时间总有吧，你怎么能自己签？”

陶白用眼睛的余光悄悄往旁边扫了一眼，只看到男生瘦削的下巴。

陶白的班主任还在说：“上个月你说是你考差了，他们不签字，这个月总考得不差吧？”

隔壁班的班主任也说：“上个月你说你只考了年级第二，你妈不签，这次年级第一，她总该签了吧？”

两个班主任说到这儿同时一愣，扭头看了眼对方，又同时转头看向面前站着的两个孩子。

许斐眼眸低垂，全然没有回话的意思。

陶白的视线落在办公桌那张成绩单上，成绩单的右上角龙飞凤舞签了一个名字，隔得有点儿远，字迹也过于潇洒，她只认出了一个“郁”字。

很好看的字，不像他们这个年纪能写出来的。

班主任轻叩桌面，声音拔高了两个调：“你到底有没有在听我说话？”

陶白连忙收回视线，垂着脑袋点头。

许斐眼尾一转，扫了隔壁的小矮子一眼。

“许斐你看哪儿呢？”隔壁班的班主任也拔高了音调。

“听着呢。”男生声音清凉，带着一股漫不经心。

2 班的班主任简直拿他毫无办法，郁娟女士给学校捐了两栋教学楼，上次还打电话给校长，暗示学校的电脑该换了，她那边可以帮忙……

这能怎么办？

许斐成绩好，在学校也不惹事，除了不爱穿校服、考第一自己签字，也挑不出什么大毛病。

生气都生不起来，她无奈地摆摆手：“你回教室吧，记得下次不能再自己签字了。”

许斐单手插兜，转身就走：“嗯。”

眼角的余光里，那道身影径直去了操场。

保持同一个站姿太久，陶白的身体晃了晃。

1 班的班主任也颇为头疼。

他们班陶白这孩子各方面都不错，学习认真刻苦，老师布置的作业她只有超额完成的，就连下课前例行说的预习下节课的内容，抽她起来回答问题，都没有一次回答不上。

她哪儿都好，就是不爱说话，不爱与人交流，性格太独。

从进门到现在，就喊了一句“老师”。

还有刚刚“嗯”了一声。

问她什么不是点头就是摇头，表情木讷，丝毫没有这个年纪应有的青春活泼，就像一潭死水。

隔壁班的许斐好歹还自己签名应付一下老师，陶白连应付都懒得应付，考得好、考得坏，都没有家长签字。

同样生不起气，她摆手让陶白回教室。

等人一走，她拉出抽屉找出家长联系表，翻到陶白在开学时填写的资料，在紧急联系人一栏找到她母亲的手机号码，打算和她的家长沟通一下。

陶白这孩子不错，但她的家长似乎对她并不上心。

开学时的家长会缺席，上次月考成绩单也没签，理由是孩子考得太差，她不签。

然而上个月陶白的成绩是班上第六名，并不差。

漫长的几十秒，过后便是冰冷机械的女声："您拨打的电话暂时无人接听……"

班主任又找到陶白父亲的电话，直接提示关机，完全联系不上陶白的父母。

第二节下课，陶白又被叫去了办公室。

一连两节课，被老师叫去办公室并不是什么荣耀的事，十六七岁的年龄，大家并不会掩饰自己的好奇，甚至恶意。

陶白在班上的人缘比秋生还差，她接连去了两趟办公室。回来后，大家看她的眼神都别有深意。

"陶白，老师叫你去办公室干吗啊？"陶白的前桌师春文回过头来趴在她桌上，双眼闪着好奇的光芒。

陶白对她摇了摇头，从书包里拿出数学书，翻开下节课要讲的内容预习。

课间，走廊上站着许多人。

聊天的，趴在阳台上看操场的，吵闹不已。

师春文歪着头看了她一会儿，见她没有说话的意思，撇撇嘴，转了回去。

"师春文，你热脸贴别人冷屁股干吗？"林娇娇坐在课桌上，一只脚越过走道，踩着师春文的桌沿，“你看人家乐意搭理你不？”

师春文脸色微变，陶白虽然不搭理人，可也比林娇娇嘴贱强。

师春文装作没听见林娇娇的话，也没敢让她把脚拿下去。

林娇娇见师春文装聋，脚下使劲儿一蹬，师春文的课桌顿时摇摇晃晃，上面的书和铅笔盒直接哗啦啦全掉在了地上。

铅笔盒坠地的脆响声，把班上和走廊上的目光都引了过来。

师春文气得浑身发抖，没忍住发火：“林娇娇你发什么疯，我惹你了吗？你干吗踹我课桌？！”

陶白旁边的走廊窗户上顿时就趴了好几个隔壁班的男生，他们笑嘻嘻地朝林娇娇和师春文吹口哨，嘴里还跟着起哄。

陶白攥着笔，身体往旁边挪了挪。

许斐和夏生还有苟旭，原本正趴在阳台上看楼下的操场。闻声，除了许斐,另外几个都跑过来压在那几个男生背上,叠罗汉似的往1班教室张望。

陶白的心都提了起来，再次往旁边挪了挪。

林娇娇很享受被人围观的感觉，她轻笑两声，伸出脚，再次在师春文书桌上蹬了两下：“师春文，你很跩啊，我跟你说话，你当听不见呢？”

林娇娇身边围着几个女生，她们笑嘻嘻地看着师春文，学着林娇娇的口气：“你很跩啊？”

被这么多人围观，林娇娇身边还站着班上的女生，师春文虽然心里气得不行，可也不敢吱声。

没有人想被排挤，尤其是女生之间。

她同桌葛雪拉了拉她，小声说：“算了吧。”

林娇娇看见她俩的小动作，气焰越发嚣张，脚尖踩在她课桌上来回晃动，课桌上原本没掉的书，这下全掉在了地上：“师春文，放学一起走啊。”

放学一起走，就跟变相说放学别走一样。

师春文脸色发白。

林娇娇认了高三的曲微微当姐，曲微微天天跟她那群小姐妹和十四中的人混在一起，学校没人敢惹她们。

师春文前段时间还说了曲微微的坏话……

秋生和她隔壁班的小姐妹们结伴从卫生间回来，见他们班门口围满了人，天生爱热闹的她立马就挤了进去。

师春文的书桌已经倒在了地上，书掉了一地，铅笔也被人踩断，书包上还有两个脚印。

班上的女生大部分围在林娇娇身边，师春文周围就只有她的同桌葛雪和后面坐在座位上看书画重点的陶白，气势上就输了一大半。

秋生当场就不爽了，这是全班欺负她们小组的人？

做梦呢吧你，她冲上去，抬起一脚就踹翻了林娇娇的桌子。

秋生毫无预兆地发难让林娇娇根本没反应过来，她站在师春文面前，脸上嚣张的表情还未褪去，看着秋生一脸扭曲。

趴在窗口的那群男生也倒吸一口冷气，随即有人认出突然冲进战圈的是夏生的妹妹，一个个用胳膊肘戳他："你妹这么牛的吗？暴躁老妹儿啊。"

夏生的一张脸跟调色盘一样精彩。

"你有病啊杜秋生！"林娇娇看着自己掉了一地的书，气得面色通红。

"你踩断了我的笔。"秋生弯腰捡起地上的一根铅笔，直接戳到她脸上，"赔我。"

林娇娇气炸了，当她瞎是不是，这明明是师春文的笔！

"你别以为我不敢打你！"她朝着秋生伸出手。

秋生还没说话，趴在窗口的夏生就懒洋洋开了口："你打一下让我看看。"

林娇娇扭头瞪着他，在看见夏生后面的许斐后，偏开了头。

她不敢打。

秋生的气焰顿时就嚣张起来，她上前一步，几乎是把自己的脸送到林娇娇手下，鼻孔扬上天："来啊，你打我啊！我哥让你打我一下让他看看，他可想看了，你来啊！"

秋生的小姐妹们嘻嘻哈哈在旁边起哄："你不是很能耐吗？你倒是下手啊。"

林娇娇瞪着她们，面部扭曲。

师春文擦掉眼泪，把桌子扶起来，蹲下去把地上的书和笔捡起来。

“我帮你。”葛雪蹲下来帮她一起捡。

走廊上一群隔壁班的男生起哄让她“打”，被夏生一胳膊撞过去。

林娇娇到底不敢惹杜秋生，可她心里也咽不下这口气，被这么多人看着，她觉得下不来台。

卞桃低头看了眼手表，笑着打圆场：“马上就要上课了，大家都散了吧。”

“散了吧散了吧。”立马有人接话。

这句话就像一个止战讯号般，让凝滞的气氛得到一丝缓和。

秋生把手中断成两半的铅笔拍在自己桌上，瞪着林娇娇：“没听见你家小公主说要上课了吗，还杵着干吗？让开！”说完肩膀撞了她一下，简直嚣张得不得了。

“杜秋生！！！”林娇娇捂着被撞疼的肩膀，几乎是尖叫般瞪着她。

“干吗！！！”秋生声音比她还大，“叫我放学别走啊！行啊！听见了！我放学在门口等你！谁跑谁没种！”

林娇娇面红耳赤，牙齿磨得“霍霍”响。

这个贱人！

秋生挥挥手让她的小姐妹们回自己班去，又抓起桌上的铅笔甩手扔在地上，铅笔在地上滚了两圈，最后滚到林娇娇脚边。

“记得赔我笔啊。”秋生笑嘻嘻地对林娇娇说。

“我赔你个屁！”林娇娇彻底忍不下去，朝她吼。

“你要不要赔，这事咱们放学再交流。”秋生一屁股坐在凳子上，背一软靠在陶白身上，“不是要上课了吗？卞桃学习委员，班上这纪律你也不管管啊？咱们班纪律就你管得动，她们可都听你的。”

卞桃面色一僵，杜秋生的明嘲暗讽简直像在往她脸上甩巴掌。

这时，上课铃声响了。

趴在窗口的男生们还有点儿恋恋不舍。

一中可不是十四中，直接在学校起矛盾打架这种事，还是挺少见的。

尤其是女生之间的矛盾，比男生一言不合就开打有意思多了。

这群典型看热闹不嫌事大的臭男生，秋生烦死他们了，见他们还趴在窗口不走，挥手跟赶狗似的："散了散了，有什么好看的，都回自己班去。"

"秋生，你挺厉害啊，不愧是夏生的妹妹。"有个男生笑嘻嘻地看着她。

"我厉害，关夏生什么事？"秋生不高兴，"你们到底走不走？不走我打人了。"

说着就抄起桌上的书，作势要打他们。

那群男生笑着一哄而散。

老师进教室之前，陶白把她的书拖过去，翻开今天要讲的内容，用铅笔画了几个重点："上课会讲到的，你抓紧时间预习。"

秋生趴在桌上委屈巴巴地看着她，哪里还有之前的嚣张气焰："夏生这次考得比我好，我回家被骂了。淘淘，我被骂了，呜呜呜呜。"

他们兄妹俩就是两只菜鸡在每月互啄，秋生这次没啄赢夏生，回家就被老妈追着满屋子揍，还扬言要扣她零花钱。

陶白安慰她："没关系，下次好好考就是了。"

"好好考也考不好，那些题我都不会做。"秋生恹恹的。

秋生上半节课都提不起劲儿来，但当陶白给她画的重点被老师一一讲到时，她立马提起了兴趣，后半节课全程听得很认真。

下课后，秋生冒着星星眼看着陶白："淘淘，你怎么这么厉害啊？你画的重点都是老师后来让画的。以后你都帮我画重点好不好？这样我的成绩肯定能上去，夏生下次一定考不过我！他昨晚一直在旁边看我笑话，气死了。"

陶白点头："我以后都帮你画，你要认真听讲。"

秋生忙不迭点头："嗯嗯嗯，淘淘你真好。"

秋生从书包里抓了一把巧克力，塞进陶白书包里，凑到她耳边悄声说："这个才是真正从国外带回来的巧克力，我妈去比利时看我外公时给我买的，你别给别人，自己留着吃。"

陶白抿了抿唇，小声说："谢谢。"

"嘿，"秋生揽住她的肩膀，"谢什么谢呀，我们可是最好的朋友。"

下课闹的事并没有引起老师的注意，师春文上课的时候全程低着头，除了葛雪，没有人关注她微红的眼。

师春文害怕被林娇娇找麻烦，只能咽下这口气，即便她内心十分怨恨让她丢脸的林娇娇。

对秋生她也没有感激，杜秋生不是帮她，她只是单纯讨厌林娇娇，趁机找她麻烦而已。

她一点儿都不感激杜秋生，虽然她变相解了自己的围。

她也开始讨厌陶白，认为这一切都是因陶白而起。如果不是陶白，那什么事都不会发生，她不会被林娇娇找麻烦，更不会被这么多人看热闹。

她的想法没人知道，也没人在乎。

今天是周五，下午只有两节课，因为要大扫除，大家都怨声载道。

班上分组，打扫教室的一组，操场的二组，楼梯和花园的三组。陶白他们上周打扫了教室，这周在秋生的大声抗议中，抢了二组的操场。

一放学，秋生就拿着扫把，拽着陶白冲出了教室。

打扫操场最简单，哗啦啦几下就扫完了，还能偷偷玩儿。

明天就是周末，全校学生的脸上都洋溢着笑容，操场上打扫的人你推我一把，我用扫把戳你一下，有人提着水桶直接就把水泼在地上，玩得不亦乐乎。

秋生把手上的两把扫把扔到一个男生面前，拉着陶白就往篮球场跑，空气中回荡着她的笑声："赵强，帮我把我们班那块区域也扫了，哈哈哈哈，我下周请你上网。"

赵强一脸蒙地看着面前的两把扫把："喂——"

"听不到听不到。"秋生拉着陶白跑得很快，笑得很大声。

陶白很少这么奔跑，她被秋生的笑容感染，脸上不自觉也带上一抹笑意。

"我们去哪儿？"陶白喘着气问。

"去看他们打球！"秋生偏头朝她笑，"淘淘你整天坐在教室里看书学习不累啊，我看你除了上体育课，就没来过操场，篮球场你去过没？"

陶白摇头，她小脸跑得红扑扑的，像一颗粉嫩的水蜜桃。

秋生甩了甩握住她手腕的手，朝着前方围了一圈女生的篮球场跑去：

“所以啊，姐姐带你去看男生打球，这可是每个高中女生的必修科目哦。”

塑胶操场上，两道娇小的身影一前一后奔跑着，夕阳拉长了她们的影子。

篮球场的护栏网外站着很多女生，也有几个在篮球场里面，手上拿着毛巾和矿泉水。

加油呐喊声此起彼伏，基本叫的都是同一个名字。

许斐。

“借过借过。”秋生扒拉开挡路的人，拉着陶白进了护栏网内。

陶白有些不习惯这样吵闹的环境，秋生意识到她在退缩，不由分说就举起她的手原地蹦跶着喊：“夏生夏生你最帅，就像田里的老蟋蟀！”

这一声在各种“许斐”“斐哥”“许斐最帅”中简直造成了台风入境的效果，大伙儿齐齐噤声朝她俩看来。

夏生运球的动作一僵，左脚绊右脚，一个没留神，手上的球被许斐抄了过去。

许斐运球连过三人，挺拔的身体跃至半空，抓住篮圈把篮球砸了进去。

他左手抓着篮圈，身体悬空，露出一截劲瘦的腰。

半空视野良好，他眼尾挑了挑，视线落在蹦蹦跳跳的秋生……和她旁边的小矮子身上。

手一松，跳了下来。

夏生帅气的脸气得发绿，他指着在场外蹦跶得跟跳蚤一样的秋生，用口型威胁她：你给我闭嘴。

秋生翻着白眼，摇脑袋吐舌头。

“夏生夏生你最帅，就像田里的老蟋蟀！”苟旭贱兮兮地凑到夏生身边，模仿秋生的口气念了一遍。

“你闭嘴！”夏生脸色很臭。

“哈哈，老许你看啊，这人恼羞成怒了。”

许斐漫不经心地运着球，淡淡地瞥了夏生一眼，嘴角勾了勾：“老蟋蟀啊。”

夏生试了几次去断球，都被许斐的假动作骗过去，偏偏苟旭那条老狗还在他耳边不停地念“老蟋蟀”，夏生简直想冲过去，把秋生的嘴缝住。

许斐跳起来，随手就是一个三分球。

陶白的手被秋生抓着，她挣了两下，没挣脱。

“许斐——斐哥——冲呀，再来一个灌篮！”秋生蹦蹦跳跳扯着嗓子嗷嗷叫。

陶白的目光落在场上那个最引人注目的光源身上。

男生运球动作流畅，每一个转身、跳跃，都像一个慢动作，映入了陶白眼底。

他每进一个球，球场外就响起一片喝彩尖叫。

许斐这个名字，响彻在耳，震得人心底发烫。

又一个三分球后，许斐把篮球扔到夏生怀里，淡声道：“不玩儿了。”

“别啊，再打会儿。”苟旭勾住夏生的肩膀，对他说。

许斐走到秋生旁边，伸手拿起椅子上的背包，拒绝了别人递过来的矿泉水，径直朝出口走：“周末去体育馆和严野打。”

许斐经过她们身边时，陶白下意识往秋生身后躲。

许斐用眼角的余光只看到一个藏起来的脑袋。

“不是吧斐哥，你还嫌弃我们。”苟旭和夏生抹着一脑门儿汗水，跟在他身后离开球场，“跟那只暴躁鹅打球有什么意思啊，一言不合能直接打起来。”

秋生手疾眼快扯住就要走的夏生，不高兴地扬眉：“你们就要走啦？再打会儿啊，我专程带我朋友来看你们打球，这才半小时不到。”

夏生伸手在她脸上使劲儿拧了一圈：“当你哥马戏团啊，你让打就打，小姑娘你谁啊，腕儿很大？”

“放手放手，疼疼疼……”秋生疼得嗷嗷叫，疯狂拍他的手。

球场内还有几个男生在投篮，夏生松开捏她脸的手，指着其中一个：“马涛，来，给我妹表演一个投篮。”

“哈哈哈，滚，你不是马戏团的，那我就是了？”

夏生笑：“我觉得你挺像啊。”

一群人顿时哈哈笑，马涛，马戏团。

马涛啧了声，学着许斐的样子随手一投，然后不出意外地投了空。

大伙儿笑得更疯了。

秋生经常跟他们玩儿，朝他们摆摆手，拉着陶白就走。

“你同桌啊？”夏生走在她身边，看了陶白一眼。

秋生揉着被捏红的脸，朝他翻了个白眼，不理他。他天天从她们1班走廊经过，能不知道她同桌是谁?

夏生绕过秋生，走到陶白身边。

陶白下意识推了推眼镜，往秋生身边挪。

夏生见她低着头，也看不清长相。虽然每天都从1班走廊经过，可回想起来，他好像还真没见过他妹的同桌长什么样，每天都是低着脑袋看书，十足十的书呆子。

因为好奇，他弯腰凑近陶白，想看看她长什么样，被秋生一巴掌推开：“你干吗啊你?！”

夏生也意识到这个举动有点儿惹人误会，他挠了挠鼻尖，一脸不好意思：“没别的意思，就是好奇。”

“好奇个屁，走开。”秋生原本是想带陶白来看他们打球的，奈何斐哥不给力，她哥也在耍流氓，“淘淘跟菲菲她们不一样，你别逗她，她容易害羞。”

“行行行，我错了还不行吗？”夏生无奈道。

秋生的小姐妹很多，但陶白和她们不一样，是不在一个圈子的两种朋友，林菲她们性格开朗，什么都能聊，但陶白不行。

陶白内向，安静，甚至还有些孤僻，秋生怕她哥吓到她。

夏生抱歉地对陶白笑了笑。

陶白摇摇头，没有怪他唐突的意思。

“你们周末要去体育馆吗？”秋生目光一闪，突然对夏生露出一抹讨好的笑，“也带上我们呗。”

她指了指自己，又指了指陶白。

陶白扭过头看着她，摇了摇头，表示她不去。

秋生扯着她直撒娇，用眼神示意她去。

“带你干吗？你又不打球。”夏生不想带她，他们兄妹俩周末都是各玩儿各的。

而且男生和女生玩儿的也不同，带她就跟带累赘似的。

哪个男生出门玩儿，身边还要带个妹妹的？

“我不打球，我就不能看你们打球吗？我可以给你们加油助威呀。”秋生拉着陶白跟在他身后，“而且你想想啊，你球技如此稀烂，连狗哥都有人给他加油打气，就你没有，那你多尴尬。”

走在后面的苟旭突然被点名，乐得不行：“夏生，要不你就带上她吧，我觉得秋生说得很有道理，没人给你加油，你多可怜啊。”

夏生深呼吸，在心里第一百次告诉自己，这是胞妹，打不得，打不得。打不得，我还不会哄吗，他磨牙：“请问，请你吃冰激凌能把你的嘴堵住吗？”

“那就姑且先吃了试试吧。”秋生揽着陶白，“两个香草味的，来，淘淘，谢谢这位哥哥。”

陶白抬起头，表情呆呆的：“谢谢。”

惊鸿一瞥，夏生的目光在她脸上多停了一会儿，长得……还挺可爱的。

“妹妹不用谢。”他看着陶白，笑眯眯地说。

秋生“噫”了声，被他恶心得够呛，把他的蟋蟀脸推开，不准他再看淘淘。

她就说淘淘长得很可爱嘛，偏偏要把自己藏起来。

儿人往小卖部走。

陶白眼角的余光落在走在前方的许斐身上，男生走路不急不缓，单手插兜，微微低着头。

应该是在看手机。

“生日你准备在家过，还是去外面过？”夏生突然问秋生。

秋生认真思考了一下：“还是去外面吧，家里也没什么好玩儿的。到时候去酒店定两桌，吃完饭去唱歌。你呢？”

兄妹俩是双胞胎，秋生的生日就是夏生的生日，不过他们俩从有了自己的小伙伴后，这两年生日都是各过各的。

苟旭冲上来用胳膊肘使劲儿戳了戳夏生，夏生面无表情地说：“今年一起过吧，多叫点儿朋友。”

秋生一脸狐疑地看了他一眼："去年不都是自己过自己的吗，你今年发什么疯呢？"

一点儿都不想跟他一起过！

说得好像谁很稀罕跟你一起过似的，啧。

夏生正想说"那行吧，继续各过各的"，后腰就被苟旭狠狠捅了捅。

苟旭悄悄双手合十，朝他讨好一笑。

"人多热闹。"夏生见她还要说，烦了，"你再说冰激凌没了。"

"那行吧。"秋生不情不愿地点头。

陶白在旁边听得一愣。

那……他也会去吗？

许斐去车棚取了自行车，戴上耳机，一滑就蹿老远。

路过小卖部时，夏生的声音穿透正在播放的歌曲，直直传入耳中："许斐，喝水吗？"

他单脚踩在地上，扬了扬手。

"要冰的吗？"夏生问。

"不要。"许斐抬头望着湛蓝的晴空，心情很好。

香草味的冰激凌只找到一个，秋生半个身子都埋在冰柜里疯狂翻找，夏生简直都看不过去了，顺手拿了一瓶运动饮料递给陶白，嘴里不忘占她便宜："妹妹，帮哥哥把这瓶水拿给那个骑自行车的大哥哥。"

陶白低头看着被塞到手中的运动饮料。

她犹豫了两秒，抬步朝那个正仰头望天的男生走去。

天气很好，天空碧蓝如洗。

男生没有穿校服，只穿着一件白 T 恤，修长的腿踩在地上，戴着黑色护腕的右手握着车柄，漂亮的桃花眼望着长空，侧脸俊美非凡。

陶白走过去，把水递到他面前，声音很小："水。"

许斐听见声，回头朝她看来。

偌大的镜框遮住了她大半张脸，女生微微低着头，只看到一截白皙的脖颈，站着还没他坐着高。

小矮子。

陶白举了一会儿，见他还是没有伸手，心里有些急。

她再次往前送了送：“水。”

声音挺好听，软糯糯的。

许斐伸手接过，拧开盖喝了一口。

陶白心下一松，转身就走。

她的心脏里就像装着一只不听话的小鹿，小鹿非常害怕许斐，只要一接近他，就疯狂乱窜，想要逃跑。

“谢谢。”许斐拧好瓶盖，对着她的背影说了声，声音如泉水般清澈。

他踩着脚蹬，自行车一下蹿出去几米开外。

陶白微微偏头，男生脊背微弓，朝着前方而去。

这个画面与那日雨后红绿灯交叠。

唯一不同的是，今日晴空万里，那日乌云蔽日。

这是陶白和许斐的第一次对话。

“水。”

“水。”

“谢谢。”

一人两个字，何其公平。

“淘淘快来，我找到香草味的冰激凌了！”秋生充满喜悦的声音从小卖部传来。

“你小心点儿，栽到冰柜里，我可不拉你出来。”

“再买一个吧。”苟旭看着秋生，支支吾吾地说，“你不是还有个姐妹吗，也给她带一个吧……我请客！”

“好啊狗哥，你原来打的是这个主意！”秋生指着他哇哇大叫，“我就说我哥怎么突然要和我一起过生日，原来是你看上我的小姐妹了！说！你看上谁了？”

陶白回过头来，看着活力四射追着苟旭跑的秋生，脸上扬起一抹笑。

陶白的好心情只持续到回家。

还在六楼，她就听到楼上传来刺耳的争吵和玻璃砸在地上的清脆声。

隔壁的两家，门开着。邻居围在一起指着她家大门嘀咕。见到陶白放学，她们连忙拉过陶白，道：“陶白你快回家，让你爸妈别吵了，我家孩子要写作业呢，这不影响邻居吗？”

“就是，这三天两头地吵，你们不嫌嘴巴累，我们还嫌耳朵累呢，你家简直太扰民了。”

“赶紧回去让你爸妈别吵了。”

陶白看了眼紧闭的家门，听着里面的争吵摔砸声，只感觉脑子一片空白。

她沉默着从书包里摸出钥匙，钥匙钻入孔里，在扭动时，她手中动作突然一顿。

在邻居的“哎哎”声中，她猛地抽出钥匙，转身跑下楼。

“陶白你怎么走了？你不回去劝架啊？”

“哎，你这孩子……”

陶白充耳不闻，她加快了速度，埋头直冲下楼。口腔里似乎还有未散的香草味，明明很甜，她却只觉得苦。

太阳斜斜挂在西边，已经无法支撑天地的明亮。

陶白冲出小区，漫无目的地穿过大街，跑过市区。她不知疲倦地走着，最后到了一片寂静的小河道，才停下脚步。

此时天已经彻底暗沉下来，日月在不知不觉中更迭。

两旁的路灯闪着暗沉的光，月亮照在河面上，荡起粼粼白光。

晚风卷起地上的枯黄落叶，河道两旁的野花在夜风中摇曳。

陶白坐在河岸旁，下巴抵在膝盖上，手指轻轻点了点手边的小野花：“长得真漂亮。”

小野花像在回应她一般，根茎晃了晃。

陶白微微一笑，从书包里摸出一颗水果糖，撕开糖纸，含进嘴里。

“吃完糖就回去。”她对小野花说。

陶白回去时已经快九点了，电视开着，体育频道正在直播足球比赛。

打开鞋柜拿拖鞋时，陶白在角落边缘看见一块没清理掉的玻璃碎片。

怔了片刻，她捡起来，藏在校服口袋里。

陶武坐在沙发上，眼睛一眨不眨地看着电视："淘淘回来啦，爸爸的朋友从国外带回来一包巧克力，你拿去吃。"他头也没回，从茶几上拿过一包黑色包装的巧克力朝她递去。

陶白下意识伸手，然而目光在触及包装上的字母时，手指猛地一顿。

她久久没有接过，陶武皱眉回头："怎么了？你不喜欢？这个很贵的。"

陶白沉默地看着他，缩回手，转身回了房间。

陶白把书包放在书桌上，刚坐下没一会儿，房门被踹开。

陶武走了进来，冷着脸，把那包巧克力扔在书桌上。他面相长得凶，冷着脸的样子非常吓人，陶白小时候最怕他冷脸。

但她今天沉默不语，也不看他。

"你们母女到底怎么回事？你妈看不惯我，你也看不惯我，你到底记不记得你姓什么？！"陶武一巴掌拍在她书桌上，桌上的台灯都跟着颤了颤。

"姓陶。"陶白平静地说。

"你知道你姓陶，还敢甩脸色给你老子看！"陶武怒不可遏地吼道。

"我不要，你给别人吧。"陶白拉开书包，从里面拿出作业本。

"砰——"

一声巨响，陶武把桌上的台灯挥到地上。

陶白身体一颤。

"这是你和你爸说话的态度吗？你这不识好歹的东西，我给你买东西，你还给我脸色看！"陶武怒气冲冲，接连踹了书桌好几下。他就像一头被惹怒的猛兽，瞪着铜铃般的双眼，发泄着怒气。

陶白攥着双拳，浑身都在发抖。

"你哑巴了吗？啊？"在看到她低着头一言不发去捡台灯时，陶武心里的那股火彻底爆发。他抬起脚猛地把台灯踹翻，大手抓着她的胳膊，把她甩到椅子上。

陶白的腰撞到书桌边沿，她痛得扯了扯嘴角。

陶武抓起她书桌上的数学书甩到她身上："让你上学，一天到晚装模作样看书写作业，你考试考了多少分？”

陶白双唇紧抿，牙齿把嘴皮咬出了血，一股血腥味在口腔里蔓延。

“我好心好意让人给你买吃的，你不要，你还甩脸色给我看。”陶武一脚踹翻椅子。

“给我买的，”陶白的双眼犹如一潭死水，她抬头看着面前这个盛怒的男人，这个她最亲的人，她只觉得想哭，可她的眼中却流不出泪来，“还是给卞桃买的？”

陶武的眸光闪了闪，动作也顿住。

“这个巧克力她早几天就带去了学校。”陶白垂下眼，“说是她妈妈的朋友给她的。爸，为什么你今天才给我，比她的晚了好几天？”

我记得我姓陶，但你记得我姓陶吗？

一个外人都比我先得到的东西，我为什么要？

“这包巧克力是她还给你的吧，是她不要的，所以你才拿回来给我。”因为在学校丢了面子，卞桃把东西还给了他，所以他拿回来给她，以为她什么都不知道。

陶武站在原地，他脸上的表情几经变化，就像被人打了一巴掌，竟然觉得面色滚烫。

陶白不想看他那张被拆穿后扭曲的脸，她把地上的书捡了起来。

陶武在原地站了几秒，拿起那包被丢到一旁的巧克力出去了。

没过两分钟，客厅的门被用力摔上。

陶白蹲在地上，看着地上的台灯碎片。

她伸手摸了摸胸口，感觉这里面和地上的台灯差不多。

早就碎得七零八落。

陶白把地上的台灯碎片打扫干净，拿着自己的零花钱，去小区外面的超市买了一个便宜的台灯，三十五块钱。

回来时，她在小区门口的面摊前驻足。在确定自己今晚不会有心情做饭后，她走了进去，对老板说：“牛肉面大碗，再加一份牛肉。”

面摊的老板正在收拾桌子，闻言道：“都收摊啦。”

陶白顿了顿，转身就走。

老板连忙叫住她："这不还没彻底收吗？等着，这就给你煮。"

陶白又走了回去，找了个隐蔽的位置坐下。

老板可能是无聊，煮面的间隙问她："怎么这么晚才吃饭啊？"

云辉小区是老小区了，住在附近的人基本互相认识，老板也认识陶白。

但陶白不认识他，她小声说："忘了。"

老板用长筷搅了搅锅，闻言笑着说："你们年轻人啊，就喜欢仗着年轻糟蹋身体，胃病可不是什么小病，以后痛起来，你就知道难受了。"

陶白点头："嗯。"

老板给她加了不少牛肉，陶白那个猫胃，把全部的面和牛肉连带汤都吃完了。

老板原本坐在一旁乘凉，见此情景惊呆了。他换了个位子坐到她旁边桌，看着她："你吃饱了没？没吃饱，我再给你加点儿面条？"

陶白把钱放在桌上："饱了，谢谢。"说完就走了。

很饱，超饱。

陶白一晚上都撑得有点儿难受，半夜起来就吐了。

干呕声在夜晚格外清晰，她抱着马桶，难受得眼泪直流。

周末天气晴朗，碧空如洗。

清晨的第一缕阳光照射在大地上，万物复苏。

昏暗的屋子里，窗帘紧闭，陶白盘膝坐在地上，四周落了一地的碎木屑。

她活动了一下酸涩的手指，把雕刀放到一旁，手中的小羊经过一晚上的雕琢已经大变样。

两只巴掌大的小羊羔憨态可掬，一只娇憨，一只帅气，神态十足。

木底相连，羊角相缠。

陶白小心翼翼地把木雕放到桌上，看了两秒，又觉得不安全，拿起来放进木箱里，推回床底藏着。

她起身把窗帘拉开，让阳光照进来。

昨晚吃的东西全吐了，陶白揉了揉有些不舒服的胃，准备去厨房熬一锅粥。

米刚下水，齐素拿着钥匙推开门，带着一身酒气。

见陶白在家，她愣了愣，皱眉道：“都几点了，你怎么还在家里，今天不上课吗？”

陶白把淘米水倒掉，小声说：“今天周六。”

齐素揉着脖颈，踢掉高跟鞋，整个人倒在沙发上，几不可闻地“嗯”了一声。

陶白去冰箱拿了两个鸡蛋放进水里煮，收拾好厨房，又去卧室拿了一条毛毯出来，盖在齐素身上。

“月考成绩下来了吗？”齐素睁开眼睛，突然问道。

陶白动作一顿，在齐素的注视下，转身去卧室把成绩单拿出来。

她有些紧张，双手背在身后紧紧地握在一起。

陶白的学习成绩从小就不好，初中的时候甚至数学经常不及格，但齐素要她考一中，只能考一中。

那段时间，陶白几乎是不吃不喝，全部心思都放在了学习上，最后才考上一中。但这并不是结束。

她就算再优秀，只要成绩比不上卞桃，她在她妈妈眼中就永远只是一个废物。

齐素拿着成绩单，双眼看不出情绪。她的视线定格在成绩单旁边附贴着的班级排名上。

排在第一位的就是卞桃。

她甚至没有去看第二名是谁，只是看着排在第一的名字。

陶白的身体在一瞬间变得紧绷，她藏在身后的双手控制不住地开始发抖。这是习惯，是埋在她身体里、融入灵魂的下意识反应。

她控制不住地开始害怕。她害怕齐素的怒火。

下一秒，齐素把她的成绩单撕成碎片，回身狠狠砸在她脸上。

陶白闭紧了双眼。

“你这个废物！

“你为什么永远不能超过那个小贱人？！

“你爸为什么不喜欢你？他为什么不喜欢你？你就不能再优秀一点儿，变得更优秀一点儿，让他喜欢你吗？啊？

“废物，怎么生了你这么一个废物！

“陶白！你这个废物！！！”

齐素美艳的面容扭曲，她双目圆瞪，眼球上布满熬夜后的血丝。此时她怒骂着自己女儿的模样，就像一个从深渊爬起来的索命女鬼。

她艳红的指甲划在陶白脸上，在那张白皙的小脸上划出道道血丝。

陶白被动地承受着她的怒火，她的怨气。陶白不敢逃，也逃不掉。

她的眼镜已经被齐素挥到地上，脸上很疼，火辣辣地疼。

齐素的疯狂几乎每个月都会上演一次，陶白被她关在客厅的逼仄角落里，四周用黑布围绕，陶白的眼中除了黑色，再无其他。

“你什么时候愿意努力了，你就什么时候出来。”齐素冰凉的声音在身后响起。

陶白垂着头，一言不发。

陶白想说自己努力了，每天都在努力，可她知道妈妈不会听。她要的只是结果，她并不在乎过程，更不会在乎自己付出了什么，有没有努力。

她要的只是自己超过卞桃，任何方面。

她不在乎她是陶白，更不在乎她是她的女儿。

和陶武一样，他们都忘了，甚至根本就不记得，陶白，是他们的女儿。

他们夫妻俩，一个因她考得比卞桃好而发怒，一个因她考得比卞桃差而发疯。

她活着就是一个错误。

## 第三章

# 请吃冰激凌

周末，市体育馆篮球室。

穿着篮球服的男生在球场上运球奔跑，球鞋摩擦地面的声音夹杂着观众席上的阵阵加油声，极为热闹。

秋生像没骨头似的坐在第二排的观众椅上，举着手机打电话，跑着调哼唱着："淘淘接电话呀，淘淘接电话，淘淘淘淘快点儿快点儿接电话……"

她哼着歌，抬起下巴，一脚踩在前面的椅背上，还使劲儿蹬了蹬。

林娇娇愤恨不已地回头瞪了她一眼。

"看什么看。"秋生挑衅似的扯唇，"不要以为你长得丑就可以瞪我，我可不会因为你长得丑就对你心怀怜爱。"

"杜秋生，你是不是瞎？"林娇娇咬牙切齿，她今天化了妆，穿着一条粉色的小裙子，不说娇俏美丽，可也跟丑不搭边儿吧。

秋生鼻孔朝天："我没瞎，是你瞎。丑八怪，眼线都画歪了，钟馗都比你长得好看。"

电话里"嘟嘟"两声后，又一次自动挂断。

秋生疑惑地挠了挠下巴，不厌其烦地再次拨打陶白家的座机，她就不信了。

坐在前排的曲微微看着球场上肆意奔跑的男生，脸上露出一抹娇羞的笑。她偏头睨了林娇娇一眼，用眼神警告她别跟秋生起冲突。

林娇娇憋屈得要死，指甲狠狠掐着掌心。

卞桃拉了拉她，对她轻轻摇了摇头。

杜秋生旁边的椅子上放着几个背包和毛巾水瓶，曲微微回头看了她一眼，轻声道："秋生，你坐在第二排不方便，我帮你把毛巾递给他们吧？"

"这怎么好意思麻烦学姐呢？"秋生举着手机咧嘴笑，大眼睛忽闪忽闪，"毕竟学姐和我哥他们又不熟，我把毛巾给你，我哥会骂我的。"

曲微微表情一僵，撩了撩头发，道："怎么会不熟？我经常看他们打球，上次还和他们说话了。而且我和苟旭很熟啊，我还加了他的QQ呢。"

秋生挑眉，拖腔带调道："哦……学姐和狗哥很熟啊？你们还是QQ好友？这样啊……"

她扭头看向正在被十四中的严野压着狂虐的苟旭，暗自磨牙。

去你的苟旭，就这样还想追我小姐妹，你就做梦吧！

曲微微长得很漂亮，又会化妆打扮，笑起来尤其勾人。

篮球场的观众席上全是女生，在一群花季少女中，气质突出的卞桃在她的衬托下都要逊色两分。含苞待放的少女是花骨朵不能比拟的。

球场上不少男生都在偷看她。曲微微十分得意，她不认为秋生会拒绝她。

在一中，没有哪个女生会傻到拒绝她的示好。

秋生果然没有拒绝，她把苟旭的背包、毛巾还有水瓶，一股脑儿全塞进她怀里，笑得一脸感激："那就麻烦学姐了，我正愁工作量有点儿大，不知道该怎么办呢。我还得给我哥和斐哥递毛巾，实在照顾不到狗哥。既然你和他是朋友，那就麻烦你了。谢谢学姐，学姐你真是个好人。"

曲微微低头看着被塞到怀里的背包，表情有点儿僵。她的视线落在秋生旁边许斐的黑色背包和毛巾上："我其实可以……"

始终打不通陶白家的电话，秋生有些郁闷地把手机揣兜里，直接无视了曲微微的暗示。

曲微微五指握紧，表情有点儿扭曲。

谁想给苟旭看包，你给我装听不懂是不是？！

她简直烦死杜秋生了，她若不是夏生的妹妹，她非收拾她一顿不可，这性子简直太欠揍了。

观众席的另一头坐着十四中的女生，两边泾渭分明。

即便不分左右，从服饰和说话语气上，也能轻而易举地看出两所学校的区别。

十四中的女生穿着大胆新潮，一个个暴躁老妹说话必须得带上一个对方的家人。

“严野上啊，干对面的！”

“严野灌篮啊，你盯别人干吗？！你上篮球场遛狗来了？！”

“路明轩，你倒是把球传给严野啊！你抱着球孵崽呢？”

球场上。

一个穿着红色球衣的高大男生把荀旭耍得团团转，他打球相当粗暴，每一次用身体撞击对手，力道大得都能把对方撞飞几米远，撞完还要骂人家一声“弱鸡”。

球场上就只有穿着白球衣的许斐能和他一较高下。

许斐奔跑速度很快，弹跳力又好，有技巧性的带球过人和精准投篮，和对面红色球衣男生粗暴的撞击形成鲜明对比。

若要形容，许斐像一个身轻如燕的高手，而红球衣男生像一个扛刀厮杀的暴将，一个如夜空皎月，一个如白日烈阳。

两个同样长相俊美不凡的男生，夺去了在场的全部女生的目光。

又一次被狠狠撞飞，荀旭直接炸了。

“严野我哪儿又惹你了，你干吗一直缠着我？”他简直要疯，这疯子有病啊。

严野一脸凶狠，浑身气息暴躁，荀旭运球的假动作没能骗过他，许斐刚传过来的球顿时被他断走。越过荀旭之前，他还不忘用肩膀撞他。

荀旭被他撞得向后急退几步，然后一屁股坐在了地上，感觉屁股碎成了八瓣：“啊！你是不是有病？”

严野撩起球衣下摆，擦了下脸上的汗水，冷嗤：“谁准你今天穿红色

十二年
春夏秋冬
今日不上朝 著

球衣的？”

苟旭一脸被雷劈中的表情，坐在地上愣愣地看着他跑远的背影，眼球机械般转动了一圈。视线落在严野的红色球衣上，呆怔好几秒，不敢置信道：“你大爷，这就是你今天看我不顺眼的理由？！”

许斐路过他身边时，在他肩上拍了拍，嘴角带笑：“狗，不想被针对，就把衣服脱了吧。”

苟旭欲哭无泪，捂着脸嗷嗷叫。

我怎么知道你要穿红色球衣？你还讲不讲道理了？

让十四中的严野讲道理，那是不可能的。

苟旭不想再被针对，下场把球衣脱了。

“秋生，把我背包丢下来一下。”苟旭在场边朝秋生招了招手。

秋生双手抱胸，看天看地就是不看他。曲微微黑着一张俏脸，泄愤般把手上的包丢下去。

苟旭手忙脚乱接过，脸上的表情很蒙：“喂，杜秋生！”

秋生叼着棒棒糖，打不通陶白的电话，她心情非常不爽，对花心大萝卜也没有好脸色：“耳朵没聋，听得见。”

苟旭晃了晃手里的包，朝她使眼色，意思是他的背包怎么在曲微微手里。

秋生指着坐在她前面的曲微微，摊手：“学姐非让我把你包给她，她说跟你是好朋友，要帮你拿着。”

说话时，许斐走了过来。秋生把他的毛巾丢下去，许斐手一伸接过。

曲微微脸色又红又黑又白，犹如调色盘般精彩纷呈。她看着许斐，咬着唇小声道：“秋生你别乱说，我哪有非要帮苟旭拿包呀？”

她一脸紧张地看着许斐。

许斐微垂着头，白色毛巾搭在脖间，他的视线落在球场，根本没关注她们。

曲微微脸色更难看了。

卞桃偷偷看着许斐，垂在身侧的指尖微颤。

十四中的女生扛了一箱矿泉水过来，从里面抽出一瓶朝许斐扬了扬：

“许斐，喝水吗？”

许斐摇头：“谢了，不用。”

女生笑笑，又问从场上下来的其他人。

“杜秋生，你坐着干吗呢？也跟十四中的姐姐学学，去扛箱水回来啊。”苟旭换了一身衣服，站在场外看着秋生，暗戳戳报复她之前的丢包行为。

“这都快中午十二点了，你怎么还没醒？”秋生咬着棒棒糖，跷着二郎腿，“一大把年纪了干啥不好，喜欢做梦。”

“什么一大把年纪，你狗哥我青春年少！”苟旭对着空气挥拳。

夏生从球场下来，拍了拍他的肩：“你别惹她，她这会儿心情不好，逮谁说谁。”

“你从哪儿看出她心情不好了，我看她心情挺好的。”苟旭啧了声。

夏生接过不知道从哪儿丢来的一瓶矿泉水，用瓶底指了指心脏：“你当双胞胎就是一起在娘胎里瞎待的吗？感应，心灵感应，她高不高兴，我隔八百里也能第一时间知道。”

“这么玄乎？”

“不信？”夏生勾着他脖子，“那让你妈给你塞个妹妹进去，你再去回炉重造一下。”

“滚吧。”苟旭笑着捶他。

秋生朝他俩翻白眼，把夏生的毛巾丢下去。夏生伸手接过，看着她：“你同桌怎么没来啊？你不是说她要来吗？”

秋生把嘴里的糖咬碎，气呼呼道：“不知道，电话也打不通。”

许斐招了招手，秋生气鼓鼓地把他的水瓶丢下去。

许斐伸手接过，拧开瓶盖，仰头灌了两口。

“可能是有事，你再打打呗。”夏生说。

秋生一脸狐疑地瞅他，夏生居然一直问淘淘。她眼珠子一转，心里开始打小九九：“喂，你很奇怪，你不会是……”

夏生连忙止住她飞奔的猜想：“停！没有的事，你可别乱想，我没那个意思。”

“那你干吗老问我的小淘淘？”秋生摩挲着下巴，把她哥上上下下打量了个遍，突然觉得这老蟋蟀长得还不错。虽然比斐哥和严野差了点儿，但也上及格线啦。

“行了祖宗，你就当我随便问问行了吧。”夏生真怕她瞎猜，他就是随口一问。秋生朋友多，但像她同桌那么腼腆害羞的几乎没有，他就是觉得好奇。

坐在旁边一直当隐形人的卞桃，攥着裙摆的手指收紧，突然开口：“她今天可能来不了了。”

卞桃和林娇娇等一众女生坐在视野最佳的第一排，她是全场除了曲微微，长相最漂亮的女生，而且她还没有化妆。

女生长相柔美本就容易给人带来好感，而她气质又突出，说话时嘴角一直带着轻柔的笑，就连苟旭都看了她好几眼。

她一开口，秋生就直接翻白眼。

要说班上她最讨厌谁，连林娇娇都得排第二。

卞桃这个人给她的感觉最装，时时刻刻都装出一副柔弱的样子，偏偏男生还就吃这套。

秋生时常认为，他们学校百分之八十以上的男生眼睛都是瞎的。

秋生没有接话的意思。

夏生能感觉到自己妹妹不喜欢这个女生，他仰头喝了两口矿泉水，微微侧身把苟旭拉开，同样没有接话的意思。

兄妹俩虽然时常窝里斗，但一方不喜欢的人，另一方向来也是避而远之。

气氛有些尴尬。

卞桃面颊滚烫，她咬着下唇，有些下不来台。

她看向站在球场边缘的许斐，双目微微泛红，低下了头。

苟旭有些不忍心，想帮她缓和一下气氛。他轻咳一声，随口接话：“那个，她为什么来不了啊？”

他一开口，秋生就狠狠瞪了他一眼。

以前怎么没发现苟旭这么烦人呢，简直烦死了，生日不想邀请他了！

苟旭触及她的目光，心里有点儿委屈，不知道自己怎么又惹到她了。

他今天怎么老得罪人，穿个红色球衣得罪严野，被使劲儿针对。背包莫名其妙在曲微微手里，又把曲微微得罪了。这会儿好心想缓和一下气氛，又把秋生得罪了。

他简直想大喊三声“苍天开眼”。

“她爸妈这两天吵架，她应该出不了门。”卞桃声音很小，但他们都听见了。

苟旭和夏生愣了愣，显然没想到她会这么说。

秋生的脾气突然就上来了，她在所有人都没反应过来时，突然一脚狠狠蹬在卞桃的椅背上。

“砰”的一声响，卞桃被踹得猝不及防，身体往前扑，要不是林娇娇手疾眼快抓住她，她可能会直接摔下去。

秋生“唰”一下起身。

夏生皱眉想呵斥，但在看到她脸上的表情时，顿时哑声。

观众席一片安静，所有人的目光都被这声噪音吸引了过来。

卞桃面露委屈，她看着秋生，敢怒不敢言。

“杜秋生你是不是有病？”林娇娇忍了一上午的火终于爆发，她伸手想推秋生，被秋生抓住手腕甩到一边。

秋生冷着脸，反手把林娇娇推到看热闹的曲微微身上。

碍眼的都滚蛋了，秋生扭头看向卞桃。

秋生脸上非但没有愧疚之色，反而指着卞桃鼻子骂：“你是不是脑子有问题？对着一群陌生人，你说别人的家事干什么？”

卞桃从小到大，没有在同一个人手上吃过两次亏，这是她第二次当着这么多人的面，脸被杜秋生踩在地上。

而且这一次，她面前还站着许斐。

卞桃一张脸红得发烫，她双拳紧握，浑身颤抖。

可惜在场的所有人里，除了林娇娇，根本没人会护着她。

十四中的女生典型的看热闹不嫌事大，她们的校风和一中截然相反，能动手绝对不多说。像卞桃这种矫揉造作的女生在一中吃得开，在她们眼中，不搭理就是她们在日行一善了。没有一个人站出来帮她说话。

秋生冷冷地看着她："你平时在学校情商不是挺高的吗？怎么，这会儿什么话能说，什么话不能说，心里没点儿谱？"

陶白不在，就能随便说人家家里事了吗？

父母吵架、家庭不和是好事吗？

随便当着认识的、不认识的人的面，堂而皇之说出来？她凭什么？哪儿来的脸？

卞桃紧紧咬着唇。

秋生平时性格大大咧咧，像今天这么认真地发火连夏生都不敢插话。

苟旭一脸悔不当初，他今天出门没看皇历，哪儿哪儿都点背，他就不该接那句话。

卞桃离开了家和学校，离开了她熟悉的环境、熟悉的人，她才发现，在外面根本没有人会帮她，就连林娇娇都不敢说话。

她把目光落在不远处那个面色冷淡的男生身上。

许斐全程没有关注这边，他垂着眼整理左手护腕，伸手接过严野砸过来的篮球，迈步回了球场。

不加掩饰的笑声从十四中女生所在的方向传来，卞桃面色发白。

始终被人追捧的她，因为秋生，被那个她始终压着的甚至不在现场的人，狠狠踩在地上。

没管周围的起哄声，秋生懒洋洋地坐回去，气死人不偿命般踢踢前面的椅子："喂，麻烦有点儿道德好吗？有什么气，自己坐下来慢慢气，别挡我视线。"

林娇娇就没见过这么不要脸的人，她压低声音骂道："做人留一线，日后好见面。杜秋生，我警告你最好别这么过分。"

秋生伸出舌头对她做了个鬼脸："你这个丑八怪电视剧看多了吧，还做人留一线，这话要说，也是我说给你们听。我才是那个在班上被你们孤立的对象，我都还没让你们做人留一线，你哪来的脸这么跟我说？就凭你长得丑吗？"

"杜秋生你的嘴怎么这么贱！"林娇娇恨不得撕烂她那张嘴，一口一个丑八怪，她哪里丑了？

“这就嘴贱了啊。”秋生摸了摸自己的小红唇，冲她咧嘴笑，“还有更贱的，你要不要感受一下？”

卞桃拉了拉林娇娇，林娇娇气得险些憋出内伤。

秋生没再管她们俩，她从兜里摸出手机，继续打陶白家的电话。

客厅里的座机锲而不舍地响了一声又一声，断了又响，响了又断。

陶白双腿发抖，长时间保持一个站姿，无论是身体还是心理，都是一种极大的折磨。

是秋生的电话，她想去接，可是她妈肯定在客厅坐着。

以前的经验告诉她，她妈没有喊停，自己就不能动，随意乱动的后果是自己不能承受的。

陶白只能听着客厅里的座机响了一声又一声，没人去接，也没人挂断。

从日头高照到日落西山，整整一天的时间，陶白滴水未进。她嘴唇干裂，额上的细汗滑落隐入脖间，最后消失不见。

客厅没开灯，齐素就像一个没有生命的木偶端坐在沙发上，她背后那个平时用来放杂物的逼仄小空间，此时站着被罚站的陶白。

太阳彻底消失在地平线上，夜幕取代白昼，站了一天的陶白摇摇欲坠。

坐在沙发上的齐素突然动了动，就像被人拧动了开关。她缓缓起身，走过来掀开黑布，平静无波地看着陶白：“知道错了吗？”

陶白眼眶发热，咬着牙点头。

“下次会好好考吗？”

陶白点头。

“会考过卞桃吗？”

陶白点头。

“那出来吧。”齐素转身离开。

陶白顿了很久，才迈着酸软的步子，从这张漆黑狰狞的兽口逃脱。

骤亮的客厅灯光有些刺目，她伸手挡了挡，眼睛涩然，双腿又酸又重，就像有数不清的魔鬼拖着她的双脚，不让她走向光明。陶白缓慢地走到座机旁，手伸出去，伸到一半时，又缩了回来。

现在打不打，已经没有意义了。

她转身回了房间，从书包里拿出作业，开始写。

周一。

秋生一进教室就冲向陶白，她把书包摔在桌上，整个人扑到她身上。正想兴师问罪，陶白率先道歉："秋生，对不起。"

秋生看着她的双眼，到嘴边的话一转："可恶，我给你打了好多电话，你都没接，然后我就找别人一起去了。哇，马上就要交作业了，作业借我抄抄啊淘淘，我作业忘了写。"

陶白向来不借作业给秋生抄的，她轻声道："不能抄，这样不好。"

秋生双手合十，对她撒娇："玩过头了嘛，我保证没有下次，下次我一定自己写。好淘淘，乖淘淘，我的小淘淘，给我抄抄嘛，求你了。"

夏生从走廊路过，伸长胳膊越过陶白的头顶，在秋生脑袋上敲了一下："别给她抄，给她惯的。"

"你走开啦！"秋生拍开他的手，"你抢我零花钱，我还没找你算账呢。"

夏生干脆趴在窗口，懒洋洋地说："什么叫抢你零花钱？那本来就是我的。"

陶白往秋生旁边挪了挪。

夏生注意到她的动作，修长的手指在她的桌上轻叩："不是吧，这位妹妹，哥哥前两天才请你吃冰激凌，你这么嫌弃我，是不是不太好？"

陶白抿了抿唇，小幅度摇摇头："不是。"

"那是什么，见着我就躲。"夏生说。

"别人躲你，你心里没点儿数吗？"秋生赶他，"走开走开，回自己班去，别在这儿碍眼。"

夏生"嘿"了声，伸手就想抽她脑袋瓜，被荀旭冲过来拦住。荀旭挤开夏生，看了眼陶白，然后对一旁的秋生讨好一笑："秋生同桌，周末在体育馆，秋生等了你半天呢。"

从那天开始，秋生就对他鼻子不是鼻子，眼睛不是眼睛，说话就跟吃了枪药似的，看他哪儿哪儿都不顺眼。

他狗哥还要仰仗她来追她的小姐妹，不然……不然也不敢把她怎么着。

秋生趁陶白不注意，一把抢了她的作业就往隔壁班跑。

“淘淘，我写完就给你拿回来，我保证只有这一次，绝对没有下次！”她知道以陶白害羞的性子，别说去隔壁班抢作业，就是让她去隔壁班门口都不敢。

陶白一脸着急，看了看夏生，又看向苟旭。

夏生笑着摊手：“爱莫能助。”

苟旭耸肩：“惹不起，惹不起。”

陶白扭过头不再看他们，从书包里拿出英语书开始背单词。

“哟，斐哥早。”苟旭朝着楼道口吹了声口哨。

陶白翻书的手一顿，下意识偏过头。

许斐右耳塞着耳机，白色的耳机线垂在身前，他穿着一件与校服颜色类似的蓝白相间的运动服，面容淡漠。

许斐微微侧首，陶白赶紧把脑袋转过去。

“斐哥作业借我抄抄，我作业忘了写。”苟旭跟在许斐身后往隔壁班走。

“不给。”许斐清凉的声音比早间的晨风还要沁人心脾。

“哥，你是我亲哥。求你了，就借一次，不然待会儿老班要找我麻烦……”

说话声越来越小，直至消失不见。

陶白垂下头，翻开书页。

早读还没开始，教室里就已经坐满了人，埋头抄作业的数不胜数。

七点十分，早读铃响，秋生抱着几本作业从隔壁班回来。

三十分钟的早读时间，她全程都在抄作业。

班长严曼可管不住班上的人，学习委员卞桃便兼管纪律和记违纪。她叫了秋生几声让她别写了，秋生没听，她就把秋生名字记了上去。

“下课再抄吧，她记名了。”陶白扯了扯秋生。

“记就记呗，人家出气呢，现在不记，下节课也会记。”秋生无所谓地摆摆手，“淘淘，我还有好多没写，你帮帮我呗？”

“不帮。”陶白在学习方面态度很强硬，她希望秋生认真学习，作业自己写，只有自己学会了，考试才能考好。

“小气鬼淘淘。”秋生哼唧一声，继续埋头苦写。

因为被记名，午休时，秋生被叫去了办公室，被班主任臭骂了一顿。

不知道卞桃是怎么和班主任说的，总之班主任很生气。

秋生全程笑嘻嘻，不管班主任说什么她都点头，是是是好好好，保证再也不犯，特别配合。

“你别敷衍我。”班主任都气笑了，“你的学习不是给我学，也不是给你父母学，而是给你自己学。我知道现在我说什么你们都听不进去，等到了高三，你什么都知道了就晚了。”

“我回去就好好学习天天向上，”秋生一脸沉痛，“我错了，我真的知道错了，我以后再也不在早读的时候写作业了。”

“你是在早读的时候写作业吗？你那是在抄作业！”班主任简直又气又笑，秋生在班上性子活泼，她也是看重了秋生这点，才把她调去和性格孤僻寡言的陶白做同桌，想要她带动一下陶白。

性格没让她带动起来不说，反而还教坏了陶白，这都把作业给她抄了。

秋生噘了噘嘴：“我这不是赶不及了吗？”

“你还有理了？”

“不不不，我没理，老师你不要冤枉我，我在沉痛反思。”

“你真是……”班主任拍桌，对这个活宝她也是没法。笑了两声后，她面色郑重起来，“我不跟你扯，总之这种事情只能发生一次，再有下次，我就要叫家长了！”

秋生忙不迭点头。

班主任挥手让她回去，秋生转身正准备走，又叫住她：“等等。”

秋生回过头：“老师，还有什么事吗？”

“你去把陶白给我叫下来。”

秋生顿时脸一垮，满心不愿意。她跟班主任贫惯了，也不怕她：“老师，是我抢了陶白的作业，她不想给我的。你要骂就骂我，别叫她，不然你就是想破坏我们同桌的感情……”

“你现在知道怕了？”班主任端起茶杯抿了抿，睨她，“叫你去叫，你就去，哪儿那么多话。”

秋生不情不愿上楼，去把陶白叫了下来。叫下来后，她也不想走，规规矩矩和陶白站成一排，把班主任的眼神暗示丢到脑后。

班主任看着她，久久不开口。秋生急了，催她：“您有话就快说呗，马上就要上课了。”

班主任忍无可忍，指着她：“你先给我出去！”

秋生不愿意出去，她怕自己连累陶白被骂。

陶白看出班主任有话要跟自己说。她扯了扯秋生的衣服，小声说：“秋生，你先回教室吧。”

秋生满脸不乐意。

“那你在门口等我。”陶白又说。

秋生这才转身出了办公室，在门口直勾勾盯着班主任。

班主任叫朱玲，才刚带完一届学生，陶白他们是她带的第二届。

她很年轻，性格温和，思想也很新潮，与学校里很多思想守旧的老师不同。她与班上的学生私下相处得不错，她给自己的定位是亦师亦友。和只关心学生成绩的老师不同，她非常看重每个学生的性格问题。

朱老师看着面前这个在班上毫不起眼的女孩儿，眉心却不由得蹙了起来，但并非针对陶白。

“陶白，你父母的手机号码现在还在用吗？”这件事，她其实上次已经找过陶白了。

陶白点头。

朱老师坐姿放松，双手交叉垂放在桌上，脸上带着温和的笑：“老师给你的父母打过几次电话，可没有一次能打通，不是关机，就是拒听。”

陶白不知道该怎么回答。

齐素和陶武的电话，她也经常打不通。

她沉默不语地站在那儿，还未完全发育的身体好似压着一块巨石，在阻挡她成长。

朱老师等了一会儿，脸上的笑容也消失了。

她端起水杯抿了一口茶水，停了片刻，缓声道："陶白，我想我需要跟你的父母沟通一下。"

陶白终于开口，却道："他们没有时间。"

朱老师笑着放下茶杯。她对陶白并没有意见，甚至非常喜欢这个虽然性格孤僻了些，但对任何事都非常认真刻苦的孩子。

她起初只是以为陶白是性格文静不爱说话，可开学家长会上家长的缺席，加上两次月考后陶白父母的反应，她才意识到陶白孤僻的性子可能并非天生，或许是后天影响造成的。

后天造成的孤僻性格，原因多半是成长环境的影响，或来自父亲，或来自母亲。

"老师周末有空，你回去问问你的父母这周有没有时间，老师想去你家家访。"

陶白吃惊地抬起头。

朱老师笑得很温柔："陶白，你的成绩很好，老师很喜欢你，所以如果有什么老师能够帮助你的，你一定要开口。"

陶白垂在身侧的手有些发颤。

朱老师一直看着她，很久很久，久到上课铃声响，陶白才摇头，声音发哑道："谢谢老师，我……没有需要帮助的。"

朱老师有些失望地点点头，知道陶白没有那么容易对她敞开心扉，这样的孩子，心事一般都藏得紧。虽然失望，她还是笑道："家访这事老师下定决心了，你回家问问他们周末有没有时间，可以吗？"

她还是想去见见陶白的父母，希望跟他们沟通一下。

陶白沉默着点点头。

秋生一直在门口等着，见她出来，连忙过去挽住她的手。

凑近看陶白的脸，不像被老师骂了的样子，她才放下心来。但秋生还是问道："淘淘，老师跟你说了什么？有没有骂你？"

陶白对她没有隐瞒："老师要去我家家访，没有骂我。"

"哈？家访？"秋生瞪大眼，家访这种事，在她看来就是在学校里犯了大错，老师才会想要去家访，"不是吧，小朱她这么狠？我都说了是我抢的你的作业，关你什么事啊？还要去你家家访，要家访也是去我家家访啊！”秋生松开陶白，就想去找班主任理论。

陶白连忙拉住她，摇头：“不是因为这件事，你别去。”

“那她吃饱了撑的啊！没事家什么访？”

陶白张了张嘴，却没有说什么。家里的事她不知道该怎么说，也无法开口。

每个人的人生都无法圆满，会有缺憾。

对十五岁的陶白而言，她的家庭就是她无法言说的缺口。

这个缺口有棱角，提起就戳得她生疼。

“秋生，我想吃冰激凌，我请你吃冰激凌吧。”沉默了很久，陶白回头看着秋生，嘴角带着一丝若有若无的笑。

她漂亮的眼睛被遮挡在厚重的镜框下，秋生看不见她眼中的情绪，只看到她嘴角的笑。

这个年纪的秋生有些缺心眼，她觉得淘淘在笑，那就是开心的。

于是她也笑，勾住陶白的手腕就往小卖部跑，笑声如铃，清脆悦耳：“要你请什么呀？你那点零花钱就留着自己买糖吃吧。姐姐请你，秋生是大款，有钱！”

陶白垂下眼，轻声笑了。

课间，小卖部热闹非凡。

林嘉木和几个男生蹲在遮阳伞下说话，有几个不良少年在不远处。

秋生悄悄骂了声“真倒霉”，拽着陶白就准备绕过他们。

林嘉木吹了声口哨，双手撑着膝盖起身，伸手去拽陶白的头发，一副戏谑的语气：“难得啊，居然在小卖部看见小乌龟。”

秋生拍开他的手：“骂谁小乌龟呢？走开。”

陶白躲了一下没躲开，林嘉木拽住她的发尾晃了晃：“说我手上这只不爱说话，就爱钻壳里藏着的小乌龟啊。陶小龟龟，想吃什么，我请你啊。”

陶白拽了两下头发，林嘉木就跟逗她似的，怎么也不松手，还往她脖子上绕了一圈。

陶白的头发很长，被她编成了麻花辫，正巧方便了林嘉木手贱。

“小土龟，你这发型都过时几百年了。”林嘉木指尖捏着发梢逗弄陶白，“喂，你说话啊。”

陶白使劲儿把自己的头发从他手中抽出来，动作间扯到头皮，发根刺痛，她却面不改色：“不想和你说话。”

林嘉木“咦”了声，他弯腰凑近陶白：“声音挺好听的嘛，你再说两句。”

陶白不想再理他，错过他，朝秋生走去。

她不理林嘉木，但林嘉木理她啊。

林嘉木双手插兜，把旁边挡路的兄弟踢开，跟在她身后：“你俩想吃什么随便拿，今天哥请客。”

“我哥叫夏生，不叫林嘉木。”秋生从冰柜里扒拉出两个香草冰激凌，一个递给陶白，从兜里掏出一百块钱递给老板，“要认妹妹找别人去。”

林嘉木手贱兮兮地又想去扯陶白的头发：“谁稀罕认你？小乌龟，你叫我声哥，以后我罩着你，保证林娇娇那个大傻子不敢再找你麻烦。”

陶白躲开他的手，低垂着脑袋，撕开冰激凌包装，咬了一口。

“林嘉木你这是干吗？哪有缠着别人叫哥的，这可不像你。”苟旭一行人走了过来。

林嘉木眯眼，视线落在走在最后的许斐身上。

许斐径直从他身边走过，拉开冰柜拿了一瓶矿泉水出来。

秋生和陶白就站在冰柜旁边。

周围人多，秋生往旁边挪了挪。陶白跟着挪，离他远了点儿，低着头小口小口啃冰激凌。

许斐拧开瓶盖，眼角的余光在旁边小矮子的发旋上停了两秒。

“斐哥，给我拿一瓶。”苟旭和夏生站在遮阳伞下，苟旭朝许斐招了招手。

许斐顺手从没关的冰柜里，拿了两瓶水朝他们俩扔过去。

他摸出一百块钱递给老板，偏头看向秋生：“付了吗？”

秋生扭头就把自己手上的零钱递给老板：“叔叔，请客的来了，能把我的钱还给我吗？”

老板跟他们熟，这当然必须可以。他乐呵呵地把秋生的一百块钱还给她，接过许斐的。

“谢谢斐哥！”秋生笑嘻嘻地拉过一旁的陶白，装模作样地朝他鞠躬，“来，咱们谢谢老板请客。”

陶白顿时感觉手上的冰激凌有些烫手，她下意识换了只手，声音小小地说了声“谢谢”。

许斐就站在她们身边，比陶白高了一个头不止，小卖部人声鼎沸，若非许斐耳力过人，这声低软的道谢就错过了。

他“嗯”了声。

林嘉木从旁边挤了进来，站在许斐面前。两个帅气挺拔的少年淡淡地对视两秒，随后齐齐移开目光。

互相看不顺眼。

许斐接过老板递来的零钱，转身就走。

陶白松了口气，攥紧手中的冰激凌。

“小乌龟，香草味的冰激凌有什么好吃的？叫声哥哥，我给你买草莓味的。”林嘉木站在陶白身边，用食指戳她的小脑门儿。

陶白躲开他的手，绕到秋生的另一边。

“林嘉木你烦不烦啊，不要老缠着淘淘，淘淘才不会叫你哥。”秋生自认跟斐哥是一伙儿的，于是非常看不惯林嘉木，而且林嘉木这厮也忒讨厌了，老喜欢缠着陶白，还喜欢揪她的小辫子。

苟旭和夏生蹲在小卖部遮阳伞下喝水，蹲在另一边的是林嘉木的兄弟，中间隔了两三米的距离，两伙人泾渭分明。

苟旭把喝剩的矿泉水兜头往下倒，洗了个冰水脸，朝秋生和陶白招手：“你俩过来。”

陶白跟着秋生准备过去，却被林嘉木揪着衣摆给扯回来：“去哪儿啊？你哥在这儿呢，你想去哪儿？”

他眯着眼看着苟旭，弯下腰凑到陶白耳边说：“小乌龟不要过去，小心被对面的老狗咬尾巴，会疼哦。”

陶白扯了扯被他拽着的衣服，林嘉木拽得死紧，咧嘴朝她笑。

“你放开。”陶白咬唇，声音低闷。

“我不放。”林嘉木单手拉开冰柜，眼眸低垂，扫了一眼货物满满的冰柜，伸手在里面哗啦啦翻动，然后拿出一个盒装的草莓味冰激凌塞到她手中，“乖，听话，吃这个。”

说话间，他趁陶白不注意，一把夺过她手中的冰激凌，朝着不远处的垃圾桶投掷过去。

浅色包装的冰激凌在半空划出一道弧度，准确无误地落到垃圾桶里。

形状姣好的冰激凌被砸成一坨，蛋筒破碎，陶白的口腔里尚且残留着那股甜味，而给予她甜蜜的东西却在她眼前，被别人无情摧毁。

陶白突然有股想哭的冲动。

我之珍宝，你之砒霜。

十五岁这一年，陶白被人毁了最珍贵的东西。

这或许是她和那个男生唯一产生交集的东西。

一个香草味的冰激凌。

从此以后，她再也不吃冰激凌。

上课预备铃响起。

陶白埋头往前走，林嘉木小心翼翼跟在她身后，手里还拿着一盒草莓味的冰激凌。

“喂，你别这样啊，不就是一个冰激凌吗？我都赔你新的了。”林嘉木没想到事情这么严重，他被之前陶白的眼神吓到了。

林嘉木没法形容，但他心里当时就“咯噔”一下，觉得自己好像做了什么十恶不赦的事情。

陶白闷不吭声地上楼。

她表情灰沉，身上好似笼罩了一团丧气，林嘉木的存在被她自动过滤。

楼梯拥挤，陶白人矮，整个人就像一团软豆腐被人挤来挤去。

林嘉木眉头紧拧，他手上拿着一盒冰激凌，为防被挤坏，胳膊抬得老高，只能眼睁睁看着陶白消失在拐角。

他的表情有一瞬间茫然了。

他没想到陶白的反应会这么大，一个破冰激凌而已，他和兄弟每天开的玩笑比这个过火多了。

秋生从他旁边走过，冷哼一声："林嘉木你可真讨厌。"

夏生和苟旭也朝他抛去个"你可真烦"的眼神，挤开他上了楼。

林嘉木难道以为自己是幼儿园的小朋友吗？想要引起女生的注意力就使劲儿欺负人家，可真是块蠢木头啊。

苟旭幸灾乐祸地想，现在踩雷了吧。

活该！

陶白以前就不和林嘉木说话，这件事后，她连林嘉木故意扯她头发，想要引起她注意都没反应了。

林嘉木低眉顺眼小心翼翼哄了她两天，见她还是对他不理不睬，最后也烦了。

他觉得陶白是个小气鬼，不就一个冰激凌吗？他都买新的赔她了，她这样就很没意思了。

林嘉木有时在上课的时候突然把桌子往前挪，挪到陶白背上，陶白也没有反应。

就和林嘉木扯她头发一样，无论林嘉木是撒气，还是想引起她的注意，她对他都视而不见。

仿佛后桌是一团空气，空气影响不了她。

他们前后桌的关系，因为一个冰激凌彻底僵持起来。

## 第四章

# 被他照顾了

秋生的生日在周六。

周六这天天气晴朗，万里无云，难得的好天气。

秋生在瑞阳一家比较出名的酒店订了一个大包间，因为荀旭那个心怀不轨的，她今年被迫要和夏生一起过生日。

虽然有点儿不爽，但看在许斐也要来的分儿上，她就不计较了。

秋生的小姐妹今天都来陪她庆生了，包间里热闹得不得了。

林菲和赵梦丹坐在一起，听见隔壁桌夏生打电话问许斐到哪儿了，两人眼睛顿时一亮，一把扯过秋生，低声问："许斐要来？"

秋生正在打电话，闻言挥挥手："要来要来，今天也是我哥的生日嘛。"

林菲和赵梦丹尖叫一声，然后抱成一团。许斐啊，许斐居然要跟她们同桌吃饭！

秋生对她俩翻白眼："你俩至于吗？还和斐哥同班呢，怎么比我还激动？"

林菲一脸兴奋："你不懂。"她朝一旁的赵梦丹挤眉弄眼，赵梦丹一脸羞怯。

林菲拽过秋生："去年你和夏生不是都分开过生日吗，今年怎么一起了？"

秋生看了眼隔壁桌不时往这边偷看的苟旭，哼哼道："有人内心萌动了呗。"

"哇，真的假的，谁啊？"林菲和赵梦丹对视一眼，看到彼此脸上的同款八卦，她们一人挽住秋生一条胳膊，"夏生看上谁啦？"

正是情窦初开的青春期，这个年纪的高中生对学校里的八卦格外感兴趣。

"夏生？"不时有人进入包间，秋生忙着招呼，但是忙得有些心不在焉，"他看上谁啦？我怎么不知道……小萌你也太豪气了吧，提这么大个蛋糕，谢了啊，宝贝。"

门口进来一个女生，手上提着一个大蛋糕，秋生亲亲热热过去和她抱了抱。

一打岔，她就忘了林菲和赵梦丹说了什么。

除了陶白，秋生没有邀请自己班上的同学，来的基本是隔壁班的，还有几个生面孔是她玩得好的初中同学。

大家都熟悉，一见面就放飞了。

刘萌放下蛋糕后，扑到林菲和赵梦丹身边，一脸兴奋道："你俩听说了没？许斐要来。"

"刚知道。"林菲挽住她，"和许斐一桌吃饭，我还以为要等到高中毕业吃散伙饭呢，上次班里聚会他也没来，真难得啊。"

"嘿嘿，丹丹不是仰慕许斐嘛。"刘萌压低声音，撞了撞赵梦丹，"秋生说吃完饭还要出去玩儿，晚上还去唱歌，你干脆趁这个机会和他说说话呗。"

赵梦丹被打趣，脸有些红："你别乱说。"

刘萌和林菲逗她："还说没有，这脸红的……"

赵梦丹笑着打她们。

眼看时间快到十二点了，陶白还没来，秋生开始着急了。

陶白没有手机，她想打个电话问问都没办法。

夏生和一群男生在旁边吹牛玩打火机，苟旭的视线一直往隔壁女生那桌瞅，还把秋生拉过来，问："待会儿就这么坐了？男生女生各一桌？"

秋生今天化了妆，穿着小洋裙，漂亮得像个小公主。如果忽略她脸上不耐烦的表情，简直能迷倒一片青春期荷尔蒙旺盛的小男生。

她颇为不耐烦地把荀旭的手拍掉：“有话说话，不要动手，我今天十六岁了，要注意影响。”

“男女各一桌多没意思。”荀旭不拐弯抹角了，“混合着坐呗，再顺便把林菲安排到我身边儿来。”

秋生扬起下巴，表情傲娇：“那你自己和她们商量，我不管。”

秋生不帮忙，荀旭只能跑去隔壁桌和女生们商量。

他的意见一提出来，两边的人各怀心思，没有一个人反对。

酒店离陶白家有点儿远，她打车过来的，可司机好像对这片区域不是很熟，在附近绕了几圈才到目的地。

陶白付钱下了车。

酒店的大门是旋转门，陶白第一次来酒店这种地方，在门口站了一分钟，才抬步小心翼翼地跟在一个挎着公文包的中年男人后面进去。

酒店大堂富丽堂皇，偌大的水晶吊灯精致美丽，墙上挂着十几个不同时差的大时钟，穿着西服的工作人员面带微笑站在一旁。

陶白攥紧手中的礼物袋，站在原地有些无所适从，扭头四处张望电梯在哪儿。

工作人员见她茫然无措，正想上前询问，一个男生从旋转门进来，垂着眸，正在打电话：“到楼下了。看谁？我又不认识。”

秋生抢过夏生的手机，噼里啪啦道：“斐哥你见过的，就是我同桌，上次人家还给你送水呢。你不是还给我们买了冰激凌吗？就是她。你在楼下等等嘛，我怕她找不到怎么上来。”

“你自己下来等。”许斐说着就想挂电话，抬眼却看见大厅站着一个踌躇不前的小矮子。

他脚步一顿。小矮子就算没有穿校服还是显得矮，许斐的目光在她白皙的腿上盯了两秒。

小短腿。

“我看见她了。”他对电话里的秋生说了句，朝那个女生走去。

“那麻烦你带她上来，谢谢斐哥。”

许斐挂了电话。

陶白见有工作人员朝她走来，脸上闪过一抹紧张，偷偷往旁边挪了挪。

许斐走到她身后，垂眸看了眼小矮子的发旋，迈步从她旁边走过：“走吧。”

突如其来的清冽男声吓得陶白后退两步，她像只受惊的小兔子，看着男生的背影。

周围只有她一个人。

……他是在跟她说话吗?

许斐走到电梯门口，按了电梯键，回头见她还站在原地。他靠在墙上，视线落在她身上，意思不言而喻。

陶白小心翼翼地看了他一眼，然后迅速垂下头，迈步小跑过去。

电梯数字显示为“5”，酒店的电梯因为上上下下的人多，显得很慢。

许斐单手插兜，眼眸低垂，不知在看哪儿。

陶白全程低着头，盯着他的脚尖看。

男生气质清俊，他今日一如往常穿着一件简单的白 T 恤，浅色牛仔裤，运动鞋，整个人青春帅气。

电梯门一开，一群人从里面出来。陶白挪步，避到一旁。

等人全部出来后，许斐迈步进了电梯，陶白跟在他身后也走了进去。

电梯门缓缓关上，许斐伸手摁了一个数字。

陶白紧紧贴在另一边，一副巴不得离他八百米远的样子。许斐从电梯间的镜子里看了她一眼，心里觉得好笑。

他吃人?

电梯在中间停了两次，有两个工作人员进来，陶白在一旁偷偷舒了口气。

电梯上升，最后停在八楼。

许斐迈步出去，陶白还低着头没反应，他回头看了她一眼，声音微凉：“到了。”

陶白有些慌乱地抬起头，发现他已经出去了，忙不迭跟上。

出去后还回头朝一直摁着电梯的工作人员小声道谢。

802 包间的大门半掩着，走到拐角，就听见里面传来说话声。

许斐推开门。

“斐哥。”

“老许你可来了。”

“哇，许斐。”

“他真的来了。”

秋生见他一个人进来，忙不迭跑过去：“斐哥怎么就你一个人，我朋友呢……啊，淘淘！”

她拉开门就看见了许斐身后的陶白，张开双臂扑了过去。

陶白手忙脚乱抱住她，视线越过她，看见包间里坐满了人，顿时有些退缩：“秋生，生日快乐！”

“谢谢淘淘。”秋生松开她，在她脸上掐了掐，凑到她耳边说，“淘淘今天真可爱，为了我特意穿了小裙子呢！”

她是第一次见到没穿校服的陶白，身材娇小，害羞的神态，可爱得要死。

陶白脸一红，脚尖在地上摩挲了两下，把手中提着的礼物递给她：“这是我亲手雕的，希望你喜欢。”

“这是什么呀？”秋生说着就要打开，手碰到包装纸又忽然想到什么，看了眼包间里的人，“淘淘，我能打开吗？”

陶白点头。

礼物盒是陶白亲手做的，除了包装礼物的纸是在精品店买的，这个礼物里里外外都是她亲手完成的。

她希望秋生能喜欢。

秋生向来毛手毛脚，可对待陶白送的礼物却很珍惜，小心翼翼连包装纸都没有撕坏。

盒子里铺了一层纸碎，两只羊角相缠憨态可掬的小羊紧紧地站在盒子里。

一只娇憨，一只帅气，神态活灵活现，特别可爱。

秋生捧着盒子，惊喜得没忍住尖叫出声：“天呀，这也太可爱了吧！”

她爱不释手地抚摸着两只小羊羔，脸上溢满喜悦，兴奋不已："淘淘你居然还会雕木雕，我以前都不知道。我好喜欢这个礼物！"

陶白见她是真的喜欢，心里也很高兴："你喜欢就好。"

她指着那只娇憨的小羊："这只是你。"

又指指旁边那只帅气的小羊："这只是你哥。"

因为羊角相缠，两只小羊羔不能分开。

就像秋生和夏生，他们是双胞胎，是世界上最亲密的存在，兄妹俩永远都不会分开。

"怎么还有他的！"秋生抱紧盒子，瞪着被她的声音吸引过来的夏生，"不行，我不同意，这两个都是我的！"

夏生伸手去抢，被秋生用胳膊肘狠狠弄开："臭夏生，你敢抢，我跟你拼命。"

"这是同桌给我的。"夏生探手去抢。

秋生把盒子死死抱在怀里，伸脚蹬他，全然不顾她今天一身小洋装，动作粗鲁："谁是你同桌了？是我同桌，淘淘是来参加我的生日会，不是参加你的，你就是顺带的，别想跟我抢礼物。"

夏生无语地伸手在她脑门儿上戳了戳："杜秋生你能不能别这么小气，给我看看总行吧。"

秋生才不给他看，给他看就会被抢走。

秋生挽着陶白的胳膊进去。

包间里人很多，大家齐刷刷看着陶白，陶白整个人都有些僵硬。

偌大的两个大圆桌坐满了人，男女混坐。最里面那张圆桌已经坐满，只剩下外面的那张桌子空出三个位置。

全场就两个寿星和陶白还站着。

荀旭的左手边坐着林菲，林菲的旁边是赵梦丹，赵梦丹的旁边是刘萌。

许斐就坐在荀旭右手边，而他的旁边空着三个位子。

照理说，夏生应该坐在他旁边，但秋生直接把陶白推到了许斐旁边的位子。

陶白整个人都蒙了，她下意识站起身。

“怎么啦，要去洗手间吗？”秋生以为她要去洗手间，双手撑着她的肩，给她指位置，声音放得很小。

陶白张嘴，双唇张合几次，还是没能当着这么多人的面，说出想换位子的话来。

男生清冽的冷香钻入鼻腔，流动在四肢百骸，陶白浑身紧绷。

许斐懒洋洋地靠在椅背上，脑袋微微垂着玩手机，对包间里的聊天声充耳不闻，只偶尔附和荀旭两句。

林菲朝赵梦丹使了个眼色，赵梦丹看了眼许斐，脸颊泛红，朝她使劲儿摇头。

不行，开不了口。

他们虽然是一个班的，但许斐除了夏生和荀旭，在班上基本不和别人说话。尤其是女生。喜欢许斐的女生很多，敢和他说话的人却很少。

可同桌吃饭的机会太难得了，赵梦丹一时也很踌躇，双手在桌下搅动。

人来齐了，秋生和夏生这对双胞胎坐在一起，首先举杯说了些场面话，感谢大家来陪他们庆生，都是好朋友不要客气云云。

服务员上菜后，一群人边吃边聊。

聊着聊着，有人提出问题：“夏生，你和秋生是双胞胎，你俩怎么就一个‘夏’生，一个‘秋’生，隔季了呀。”

夏生今日也是特意捯饬过的，整个人帅气逼人，朝问话的女生看去，笑道：“那能怎么办？家里还有个春生，我总不能叫冬生啊，我可是哥哥。”

“咦，还有春生啊？”

夏生点头：“嗯，还有个大哥。”

秋生哼笑，想起家里腻歪的父母：“说不定以后还有个冬生呢。”

陶白握着杯子，小口小口喝着饮料。

秋生一直因为自己比夏生晚几分钟出生而耿耿于怀：“要不回家我和妈妈商量一下，给你改名叫秋出吧。秋出秋生，不隔季，一听就是双胞胎。”

夏生用筷子在她手背上轻轻抽了一下，气笑了：“你想的可比你长的美多了。”

一群人哈哈大笑，气得秋生挨个儿指他们。

苟旭全程在旁边给林菲献殷勤，那股殷勤劲儿看得秋生直翻白眼：“哟，狗哥今天都变得不像狗哥了，怎么这么体贴呢？”

苟旭悄悄看了林菲一眼，居然脸红了。

他的想法就差写在脸上，刘萌在旁边捂嘴笑，用胳膊肘撞了撞赵梦丹，赵梦丹顺势撞林菲。

林菲面上看不出什么，仿佛什么也没听懂的样子。

苟旭面上闪过一抹失望。

陶白安静坐在一旁，偶尔推推滑落的眼镜，悄无声息酌完了一杯饮料。

今天秋生是主角，找她说话敬酒的人很多，她也无法时时刻刻照顾到陶白。

陶白握着已经见底的杯子，悄悄放在桌上。

她背挺得笔直，双手交握放在大腿上，只是身体悄无声息往秋生方向倾，若非有心人，没人能发现她的小动作。

许斐右手垂在桌上，坐姿恰好面朝着陶白方向。

“淘淘，你喜欢吃什么就转桌子呀，别不好意思。”秋生抽空回头看了她一眼，往她碗里夹了一只虾。见坐在她另一旁的是许斐，原本打算开口请他照顾一下，但是触及到斐哥那张冷淡的脸，直接闭了嘴。

让她斐哥照顾人，那不是异想天开？

“秋生，你不用管我。”陶白小声说，今天秋生是主角，她不想给她添麻烦。

她的朋友只有秋生，但秋生不同，她的朋友很多。

她顿了顿，微微起身，想去够桌上的饮料。然而她人矮手短，伸了两下没够着。

陶白有点儿泄气，刚准备缩回手，一只白皙的手臂伸了过来，修长的五指握着橙色的饮料瓶身，拿起来放到她面前。

许斐拿起放在桌上的手机，靠回椅背。

陶白愣了愣，给自己倒了一杯饮料，捧着杯子。

许斐玩着手机自带的小游戏，过了一会儿，听见女生又软又糯的声音，低如蚊蚋："谢谢。"

许斐食指叩击桌上，算是回应了。

赵梦丹一直在暗中关注着许斐，见到这一幕，她咬了咬嘴角。

林菲在桌下握了握她的手。

她们都认识陶白，秋生的同桌。但秋生从来不带她出来和她们玩儿，她们也没想到这次秋生生日会邀请她。

她们一直以为秋生和她同桌关系一般，毕竟陶白的性格太不讨喜了，她们也不喜欢她。

女生之间的友谊和男生不同，陶白没有和她们一起玩儿过，她们对陶白是陌生的，又因彼此有一个共同的朋友，她们会暗自计较秋生是和她们玩得好，还是和陶白玩得好。

赵梦丹原本就不怎么喜欢陶白，陶白太独了，她向来看不惯这种性格的人。心里存着小心思，又见许斐居然在照顾她，她不由得看陶白更不顺眼。

之前陶白在门口就把生日礼物给了秋生，隔得远，她们没看见是什么。

赵梦丹送给秋生的生日礼物是一个新出的大品牌香水。她家境很好，零花钱多，出手也阔绰，她不相信这个穿着打扮土里土气的女生能比她送的礼物好。

赵梦丹看向秋生，突然开口："秋生，你同桌给你送了什么生日礼物呀？看你很高兴，能给我们看看吗？"

秋生收到礼物时反应那么激动，甚至比她送她香水还要高兴，赵梦丹越想越不高兴。

包间里说话的声音一顿，大家都看了过来。

能来参加生日会的都是平时和秋生玩得好的朋友，赵梦丹是 2 班的文艺委员，在班上人缘很好，出了名地善解人意。

秋生看了她一眼，觉得她今天出门是不是没带情商。

陶白和林菲她们又不同，赵梦丹如果想看林菲和刘萌送给她的生日礼物，那正常。

可陶白和她们又不熟，这话说出来就很唐突了。

不是每个人的礼物秋生都当场拆开，秋生虽然平日里大大咧咧，心思却很纤细。

人都有攀比心，只是成年人思想成熟，他们能笑着面对别人的嘲讽而面不改色。少年人没有经过社会磨砺，很容易因为一次原本无足轻重的比较受到伤害，即便是一句无心的话。

秋生家境好，贵重物品不缺。

但她的朋友不是每一个人家境都好，送的东西自然不能以价格来分贵重。

她有点儿不开心了，赵梦丹平时不是这样的。

陶白原本就很内向，她的礼物只要用心观察，就能看出是费尽心思准备的。

虽然只是一块木头，但和赵梦丹花钱买的香水一样，在秋生心里都是一样重要，甚至更重要。

秋生掩下心头不悦，看着赵梦丹："你想看？"

赵梦丹点头，并没有发现秋生已经不开心了。

秋生见她居然还点头，心里啧了声。

今天毕竟是她生日，赵梦丹也是她朋友，她虽然有点儿不开心了，但也没有落她面子的意思。

想了想，她道："那待会儿偷偷给你看。"

说都这么说了，秋生以为赵梦丹总该懂她的意思，这事该打住了。

赵梦丹却有点儿纠缠不休的意思："咦？不能现在看吗？我真的很好奇嘛。"

苟旭原本正和许斐说话，闻言也安静下来。

许斐端起桌上的饮料抿了口，目光冷淡。

夏生见秋生面上虽然在笑，甚至比平时笑得还灿烂，他却能明显感觉到她在生气。

他在心里咒骂了声，连忙出来打圆场："杜秋生你不是吧？你同桌给的礼物，连我都不给看，就这么轻易答应给赵梦丹看了？"

说完，他扭头看向赵梦丹，笑着打趣："秋生眼里只有姐妹没有哥哥，你看她愿意私下偷偷给你看，都不愿意给我这个哥哥看一眼。"

赵梦丹笑容有点儿僵。

夏生的话明着是说秋生跟她关系好，其实是让她差不多得了。

秋生愿意私下给你看，私下，懂了吗？

赵梦丹掐着手指，偷偷看了许斐一眼。

男生靠着椅背，表情淡漠，面上毫无情绪。

她很怕在许斐面前留下不好的印象，当下也有些后悔，笑得有些勉强："那待会儿秋生一定要偷偷给我看呀。"

林菲和刘萌对视一眼，插话道："还有我们。"

秋生环住陶白的肩膀，知道她不习惯被这么多人关注，也不喜欢招惹别人的目光，却还是态度强硬地搂着她，看似调笑，却意有所指道："淘淘亲手做的礼物，我特别特别喜欢，是我长这么大收到过的最好的礼物，我会好好收藏一辈子。"

全桌人都看着她们，陶白轻轻扯了秋生一下。

秋生面不改色地搂着她，脸上的笑容真诚灿烂。

赵梦丹脸色超难看。

苟旭见气氛越发不对，赶紧插科打诨，把这事岔了过去。

赵梦丹是林菲的好姐妹，苟旭存着讨好林菲的想法，几句话就把气氛炒热，缓解了赵梦丹的尴尬："来来来，都吃都吃，吃完好出去玩儿。"

酒店里有娱乐室，吃完饭，相熟的几个人打车去了其他地方玩儿了，剩下的就在酒店。

三五个人勾肩搭背凑在一堆聊天打牌。

许斐俯身，目光淡漠地看着球杆和球，右手向前一击，白球与红球撞击，目标球准确无误地落入球袋。

他姿态优雅，无论球进与否，都引来一片叫好声。

陶白坐在休息区的沙发上，手里抱着秋生塞给她的薯片。

秋生跷着二郎腿坐在她身边，怀里抱着一桶爆米花，吐槽不远处正在打牌的苟旭："你是不是傻啊狗哥？会不会打牌啊？"

苟旭反手就把手里的牌扔出去，简直想捶她："围观群众能不能有点儿自觉，不要插嘴！"

秋生“哼”了声，转而看向一杆一球或者直接就两球的许斐，双臂挥舞：“斐哥帅气，斐哥威武，斐哥球王。”

她靠在陶白身上，抓住她的手一起摇，闹哄哄的屋子里就她声音最响亮：“斐哥斐哥你最帅，不像隔壁的夏老蟋蟀。”

夏生眉心突突跳，忍住想弑妹的心。

陶白脸蛋微红，把手从秋生手中挣脱。她低头看了眼腕间手表，把薯片放到茶几上，附到秋生耳边小声说：“秋生，我要回去了。”

她出门的时候骗齐素说去图书馆，现在已经下午两点了，她不敢在外面待太久，怕太晚回家，妈妈会怀疑。

“唉？”秋生瞪大双眼，“现在才两点啊，晚上还要去唱歌呢。”

陶白摇头，小声道：“对不起秋生，我不能在外面待太久，晚上我就不去了。”

秋生瞪着她。

陶白黯然地垂下脑袋，她知道自己扫了秋生的兴。

娱乐室里吵吵闹闹。陶白看着墙上嘀嗒作响的时钟，食指无意识抠着手心，心中焦躁不安。

“秋生，我真的要回去了。”她不敢看秋生的表情。

今天来给秋生庆生的都是她玩得最好的朋友，没有人提前离开，每个人都默认并且愉快地接受晚上吃完饭去唱歌的提议，要给他们兄妹俩庆祝到生日结束。

陶白很不安。她出门很不容易。

齐素和陶武虽然整天不着家，但她也是不能随便出门的。

秋生不说话，陶白以为她生气了，她心里很难过。秋生是她唯一的朋友，她不想秋生生气。

内心一番天人交战，陶白狠狠一闭眼，抓住秋生的手：“你别生气，我不走了。”

就算回去被罚站，她也不走了。

一年只有一次生日，罚站却有很多次，多一次少一次，其实也没什么。想通后，她心中忽地松了口气。

陶白抬头想对秋生笑，秋生却突然伸手捏住她的腮帮子，往两边轻扯：“淘淘，你怎么这么招人疼啊。”

陶白迷茫地眨了眨眼：“什么？”

秋生揉着她的脸，就跟揉面团似的。揉了一会儿，她牵着陶白的手起身：“偷偷出来的？”

陶白下意识跟着她的动作起身：“嗯。”

“你这个笨蛋。”秋生从小到大，在出门玩耍这方面就没有被父母约束过，她虽然没有经历，但不代表她不会理解。

陶白偷偷从家里跑出来参加她生日会这种事……秋生只是想想，都恨不得把她抱进怀里揉来揉去。

娱乐室的门关上前，陶白下意识回过头。

男生站在灯光下，垂着眼擦拭杆头，他眉眼冷淡，对旁边的喝彩声置若罔闻。

忽地，许斐抬起头，却只看到一截扬起的白色裙角和骤然紧闭的大门。

“许斐，你好厉害呀！篮球台球都打得这么好。”赵梦丹站在他身旁，一脸崇拜。

许斐没说话，把球杆放在桌上，转身离开。

赵梦丹站在原地面色僵硬。

她看着许斐的背影，眼圈蓦然就红了。

“菲菲……”赵梦丹带着哭腔，“他什么意思啊，我很招人烦吗？他理都不愿意理我。”

林菲连忙安慰她：“没事没事，许斐本来就不爱说话，他就是这样的性格，不是故意不理你的。”

赵梦丹回想起之前许斐给秋生同桌拿饮料的场景，眼泪流得更汹涌了。

他哪里就是这样的人了？他就是不理她而已。

原本还想趁此机会和许斐表白，赵梦丹现在却不敢了。她推开林菲，哭着跑了出去。

许斐走到单人沙发坐下，塞上耳机打游戏。

他右腿搁在左腿膝盖上，整个人懒洋洋地靠在沙发上，脸上的表情很淡。

苟旭今天的运气全用在了吃饭时抢林菲身旁的座位上，手里的牌一抓一个烂，简直烂得稀奇。

见许斐在旁边玩游戏，他哭号：“斐哥来玩两把啊，我顶不住了。”

许斐的耳机音量开得很低，闻言，抬眸看了他一眼：“不玩儿。”

苟旭不放弃：“玩两把啊，贪吃蛇有什么好玩儿的。”

许斐：“还行。”

墙上的电视里正放着《仙剑奇侠传》，赵灵儿灵动的声音喊着“逍遥哥哥”。

在场的正巧有个叫李逍遥的男生，每次赵灵儿开口，苟旭他们就捏着嗓子学，把李逍遥喊得面红耳赤。

房间里有些闷，许斐玩了两把游戏，就起身出去了。

电梯停在一楼。

辉煌的大厅很安静，许斐走到休息区。透过纤尘不染的玻璃，他看见秋生站在马路口，整个人趴在副驾驶车门上。

他移开眼，找了个位置坐下，继续玩游戏。

“云辉小区，师傅您慢点儿开啊。”秋生扒着副驾驶的车门，说完伸手捏了捏车内陶白软软的小脸，“谢谢淘淘今天来为我庆祝生日，我很高兴。礼物我很喜欢，特别特别喜欢，谢谢你。”

外人都说陶白孤僻，不好相处。秋生却觉得她可爱温软，安静的性格讨人喜欢，是她们不愿意去了解陶白。

陶白手心里攥着两颗糖，声音软软道：“你喜欢，我以后还给你雕。”

“这可是你说的呀，我可记住咯。”秋生向后退了两步，弯着腰挥手，“那我们周一见。”

陶白趴在车窗上，朝她挥手：“周一见。”

“啾，啾，啾。”秋生朝她做了几个飞吻。

司机师傅被她俩黏糊糊的道别腻歪得不行，车子启动时，他对副驾驶的小姑娘说：“你和你朋友感情真好。”

陶白点头。

嗯，秋生是她最好的朋友，唯一的朋友。

回到家，陶白轻手轻脚摸出钥匙开门。

客厅很安静，玄关处，一双红色的高跟鞋被随意扔在地上。

她弯腰捡起来摆放好，刚准备换拖鞋，卫生间的门开了。

听见脚步声，陶白心一提，屏住了呼吸。

齐素从卫生间出来，脚上趿拉着人字拖，玉足小巧，脚指甲涂着艳红指甲油，正在擦拭滴水的长发。

见陶白站在玄关，手里还拿着拖鞋，看样子正准备换。

她打了个哈欠，看了她一眼，并没有多说什么，看起来心情不错："站在那儿做什么？妈妈给你买了一个小蛋糕，放在冰箱里，想吃自己去拿。"

陶白不着痕迹地松了口气，点点头。

齐素不生气的时候，俨然和正常的母亲别无二致，她拿起放在沙发上的包，从里面抽出五百块钱递给陶白："给，这个月的零花钱。"

上次给的两百块陶白还没用完，她摇摇头："我还有。"

齐素强硬地把钱塞给她，道："最近降温了，这钱拿去买件衣服，不够再跟我说。"

陶白低头看着手里的钱。

朱老师要来家访的事陶白还没跟她说，也不知道该怎么说。

她妈妈难得心情好，这个机会实在太难得了。如果现在不说，她可能更加没有机会开口。

齐素见她站着发呆，她眉眼带着挥之不去的困意，掩唇打哈欠，难得地耐心："怎么了，还有事吗？"

捏着钱的手紧了紧，最终，陶白摇头："没事。你换衣服了吗？我去洗。"

齐素坐在沙发上，用遥控器打开电视，又长又白的双腿交叠："扔洗衣机里就行了。作业写完了吗？晚上我带你出去吃饭。"

无论曾经被她关在逼仄的墙角多少次，齐素难得显露的母爱都如一服神药，将陶白多年不愈的陈年旧伤根治。

即便还有疤，却感觉不到疼。

陶白看着她的背影，双眼微微发亮，连步伐都轻盈了。她去冰箱里拿出苹果，削皮去核，切成小块放在果盘里，放到茶几上。

齐素已经靠在沙发上合目睡着，她面容平静，精致的五官美艳不可方物。

不发怒、不疯狂的母亲，是陶白所期望和喜欢的。这样的妈妈，让陶白心中生出些微期待，她拿了毯子盖在她身上。

齐素在沙发上睡了一下午，醒来时看着身上的毯子，表情怔了怔。

陶白在房间写作业，半开的窗户吹入一股凉风，窗帘飘摇，书桌上玻璃瓶里插着的小野花，随着微风轻轻摇曳。

齐素双臂抱胸靠在门上，脸上难得带着一丝温暖的笑。

“时间不早了，收拾一下，我们出去吃饭。”她说。

陶白抬起头来，见到她脸上的笑容，眼睛微亮。她点点头，利落地收拾书桌上的卷子和练习册。

齐素走到她身后，见她书桌上的台灯换了，有些讶异：“台灯什么时候换的？”

陶白把书摞到一旁，盖上笔盖：“前段时间。”

她没说巧克力的事，也没说台灯是被她爸砸坏的。这样的温馨实在太难得，陶白只经历过两次。

一次是她考上一中。

一次是现在。

她舍不得打破。

齐素调试了一下新台灯的亮度。

超市买的便宜货，造型小巧，亮度勉强。她低头看着陶白：“这个台灯好用吗？”

台灯其实没有什么好用不好用的区别，对陶白来说只要明亮就可以了。可这是齐素问的，她很开心，是在关心她吧？

她抬头对齐素笑了笑，很腼腆：“好用。”

齐素伸手撩了撩她过长的刘海儿。

她的手很柔软，很温暖。陶白看着妈妈的脸，心中突然有点儿酸涩。

齐素此刻面色温柔，就像一位时常关心自己孩子的母亲，往日的怒骂、冷待，似乎都是一种幻觉，仿佛她深深地爱着眼前这个孩子。

陶白垂下了头。

“刘海儿长了会伤眼睛，眼镜也该换了吧？”齐素温声道。

陶白的眼睛是在初中夜以继日的学习中熬坏的，这副眼镜是初二的时候配的，已经快三年了。

齐素带陶白去眼镜店换了新眼镜，出来后去了理发店，最后带她去商场买新衣服。

试衣服时，齐素看着镜子里的陶白，面露满意。

陶白身材娇小，穿着一件新款的米白色外套，下身是浅色牛仔裤搭配白色板鞋。及腰长发被剪短至及肩，眼镜换成浅色的镜框，整个人比之前青春很多，像个高中生了。

“就穿这套去吃饭。”齐素说完，转身去付了款。

出了商场，陶白还有些迷迷瞪瞪。

她想起身上的钱，忙扭头看向母亲：“五百块钱……”

齐素手上提着她的旧衣服，五官被街边霓虹照得越发艳丽，陶白甚至能察觉到四周路人的打量。

齐素很美，美得像一个妖精，张扬肆意。

她对周围的打量视若无睹，带着陶白走进一家餐厅：“给你的，你就拿着自己花。”

父母天生就能给孩子带来安全感，陶白第一次来高档餐厅，竟然没有感觉到丝毫不适。

融入人群的无所适从，因为母亲在身边，竟然全部消失了。

陶白只知道她妈妈在夜场工作，具体的收入和工作内容她一概不知，虽然小区里风言风语从未断过，但陶白一向不信那些传言。

她知道，她妈妈不是那样的人。

齐素的消费观陶白今晚第一次见识，一顿饭几千，她连眼也不眨就刷了卡。

陶白不认识什么牌子，自然不清楚齐素身上那条在她眼中只是有点儿好看的裙子其实好几千，她肩上那个平平无奇的包要好几万。

这是齐素第一次单独带陶白出来吃饭，她心中只剩下高兴。

周一的早上，陶白被班主任叫去了办公室。

朱老师给陶白留了她的手机号，让她问问父母周末有没有时间，然后给她打电话。

但陶白并没有给她打电话。

朱老师心里很无奈，她擅自登门并非不可以，但这显然有违她的处事标准。可陶白这孩子嘴巴太紧，想从她嘴里问出什么几乎是不可能的事。

她也发现陶白剪了头发，换了眼镜，眼中也有了光彩。那她可以理解为是她想多了吗？陶白的父母好像并非全然不关心孩子。

她拿过旁边的水杯，抿了一口茶，润了润喉咙，道："陶白，你回家问过你父母了吗？他们什么时候有时间？"

陶白垂下头，轻声道："老师，我下次会努力考好。"

朱老师面露无奈，她认为自己的暗示已经很明显了："不是关于成绩的事。"

陶白的指甲掐着掌心，鼓起勇气抬起头："如果不是因为成绩，那老师可以不去我家家访吗？"

如果是她成绩不好，老师想家访，陶白没有胆量说出这样的话。

如果是因为别的原因，陶白不想被家访。

她几乎可以预料到，无论是什么原因，只要朱老师去她家里家访，齐素都绝对会生气。因为卞桃从来没有被家访过。

让她生气的原因和"家访"本质无关，无论朱老师抱着怎样的好心，对陶白而言，只会演变为恶意。

她想挽留齐素难得的和颜悦色，一天也好。

陶白紧张地看着班主任，眼中甚至流露出自己都没发现的恳求。

朱老师沉默了许久，挥手让她先回教室。

她最后也没说去不去家访，但陶白想，朱老师肯定是对她失望了。

整个下午，陶白都有些没精神。

隔壁班第二节是体育课，走廊上不时有人打闹而过。下周就要调换座位，他们小组会换到教室的最里面，这样的吵闹，也是最后一周了。

操场上不时传来几声兴奋的叫喊，“许斐”两个字出现得很频繁，陶白开始不能专心听课。

她握着签字笔，笔尖在白色的笔记本上停顿良久，一动不动。

应该是在冲刺八百米，许斐跑步很厉害。

八百米对女生来说是“跑”，对男生而言是“冲刺”。

操场上隐约传来的喝彩和兴奋的叫喊，也证明了她的猜测。

许斐毫不意外又是第一名。

他们班跑步第一的是林嘉木。

隔壁班则是许斐。

林嘉木趴在课桌上，盯着陶白的后背。他伸出食指想戳一下，可手伸到一半时，又猛地收了回来。

陶白的长发剪了，他再也没有辫子可以抓了。

转瞬就到了 12 月中旬，圣诞节将至。

平安夜前夕，陶白去超市买了两个苹果，早上去学校时她带了一个给秋生，另一个晚上回家的时候她放在了书桌上。

床头秒针嘀嗒作响，时针指向十二点时，陶白双手紧握苹果，许下了一个愿望。

2007 年的平安夜，陶白把十五年的生日愿望全聚集在了今天，以虔诚的心态，许愿家庭和睦。

她其实有两个愿望，但她怕许得太多，老天觉得她太贪心，她只能遗憾地把关于少年的愿望埋藏在心底最深处。

窗外有人在放烟花，这一年，还没有禁放烟花的指令。

圣诞节一过，班上的气氛莫名变得紧张起来，上课也没有人再开小差。除了林嘉木还是一副懒洋洋不爱学习的模样，几乎每个人都投入了学习中，紧张地备战期末考。

林嘉木不爱学习，但上课也不会打扰别的同学，各科任老师对他都是睁一只眼闭一只眼，随他去了。

高考成绩好坏，对这些大少爷的未来根本影响不了分毫。

有些人生来就是不同的。

12月过去，转眼迎来1月。

考试临近，陶白连上体育课都在背单词。秋生长这么大就没有见过这么爱学习的人，一天天抓耳挠腮背陶白给她画的重点，背得一个头两个大。

“淘淘，高二分科你准备选什么呀？”秋生趴在桌上，嘴里咬着签字笔，“我原本还没想好，可文言文背得实在太累啦，我想选理科。”

选科这个话题，其实是陶白一直回避去思考的问题。无论选什么，她和秋生继续成为同桌的可能都微乎其微。

下午的阳光有些刺目，明晃晃地折射在玻璃上，再反射到桌面上。

陶白半张脸沐浴在阳光中，她偏头看向楼下的操场，摇摇头：“我不知道。”

选科这种大事，照理说是要跟家长商量的。可陶白知道，无论她想选什么，最终的结果只会看向一个人。

她的想法并不重要，也没人会在乎。

这个月换座位，卞桃他们小组换到了陶白原来的位置，靠近走廊。

课间，卞桃和林娇娇聊着天，眼角的余光看到许斐从走廊经过，她面颊瞬间染上一抹红。

“哟，看谁呢这是，脸红成这样。”林娇娇笑嘻嘻地撞了她一下。

林娇娇在学校认了曲微微做姐姐，但因为上次在体育馆，曲微微眼睁睁看着她被秋生欺负也不帮忙，她对曲微微已经有意见了。

曲微微喜欢许斐，但她的好朋友卞桃也喜欢许斐。

她以前什么都知道，但没说。现在嘛，她很乐意做点儿让曲微微不高兴的事，比如怂恿卞桃追许斐。

卞桃红着脸轻轻打了她一下：“你别乱说，我才没有脸红。”

林娇娇笑嘻嘻任她打，俩人闹了一会儿。然后，她靠近卞桃，附在她耳边悄声说：“告诉你一个小秘密，曲微微现在在和十四中的男生谈恋爱。

你要是真的喜欢许斐，现在就去追，我保证没人找你麻烦。”

曲微微是一中的大姐头，她一直在追许斐，全校的人都知道。

林娇娇和曲微微以前关系还可以，她清楚曲微微的性格，如果被她知道卞桃喜欢许斐，卞桃在学校的日子绝对不好过。

可现在不同，因为许斐根本不搭理她，曲微微已经气得去和别人谈恋爱了。

卞桃杏眼微瞪，双手捂唇：“真的？她不是一直喜欢许斐吗，怎么……”

林娇娇翻了个白眼：“我还能骗你呀。哼，她喜欢许斐，也要许斐喜欢她才行，可能觉得实在没希望了吧，就找别人谈了。”

“是上次在体育馆见到的那个男生吗？穿红色球衣那个？”卞桃悄声问。

曲微微长得不差，心气也高，上次在体育馆里能和许斐平分秋色的就只有那个穿红色球衣的男生。

林娇娇简直想笑：“她是有多想不开才会和严野在一起。”

那可是严野，比许斐还要难接近。

空有一张脸，脾气差到让人怀疑人生。

卞桃对十四中不熟，林娇娇也不想多说，只道：“总之你记住，惹谁都行，千万不要惹十四中的严野。”

卞桃上次在体育馆丢了脸，而且还是在许斐面前，什么严野不严野，她才没有兴趣招惹。

她脑中反复回想着许斐路过走廊的画面，还有林娇娇说的话。

追许斐……

这件事只是想想，心脏都要跳出来。

教室的另一头，秋生埋头疯狂学习。

为了这学期能拿着漂亮的成绩单回家，要丰厚的压岁钱，她立誓期末考一定要超过夏生。

分科的问题她也想好了，文理都无所谓，两科她都不喜欢，她也没偏科现象，到时候陶白选什么，她就跟着选什么。

虽然陶白什么都没有说，但秋生看得出来她舍不得自己。

就算到时候不能继续当同桌，在一个班也好。

陶白那个性格，她要是不在她身边，肯定会有人欺负她。

陶白不知道秋生的决定，选科这个话题，终归是在她心上留下了痕迹。

文理科，两栋楼。就算在同一层楼，有些人一周都不见得能碰上一面，何况是两栋楼。

对于陶白而言，两栋楼，就是两个世界。

离分科还有一个学期，她就已经在开始害怕分别。

## 第五章

# 偷偷喜欢你

1 月中旬，期末考结束，寒假如期而至。

街上张灯结彩，随处可见挂着的红灯笼，新年气氛浓郁，与圣诞节时的冷清截然不同。

其间，陶武回家过几次，他对陶白的态度一如既往，仿佛上次的冲突不存在，甚至还破天荒地给了她压岁钱。

陶白长这么大，第一次收到父亲给的压岁钱。

她甚至来不及偷偷高兴，陶武短暂的慈父之心就在她期末考成绩上升两名、超过卞桃后，变得十分冷淡。

期末考排名：

第一名严曼可。

第二名陶白。

第三名卞桃。

陶白不愿去想父亲的冷淡，她只是高兴于自己不用罚站了。

她享受着齐素的母爱，背地里，面对的却是亲生父亲的冷言冷语。

她无法同时讨好两个人，因为他们对她的要求截然相反，所以她只能选择让似乎还爱着她的母亲高兴。

至少，她只要努力达到母亲的要求，这个女人在清醒时还会给她温暖。

即便她的心仍旧会因为这种可笑的选择而疼痛。但她觉得，这股疼痛，是可以忽略的，甚至随着她的成长，是可以彻底消失的。

整个寒假，陶白没有出一次家门，她在家疯狂地汲取新知识，巩固旧知识。

第二名明显还不够，她只有成为第一名，母亲脸上的笑容才会永远保留，她才能感觉到自己被在乎着。

她什么都无法改变，唯一能改变的只有她的学习成绩。齐素疯狂的一面，她只要努力学习，就可以不用再看见。

一个温柔的母亲，只要她努力，她就能得到。

陶白如是想着，也这么行动着，努力着。

开学后的第一次月考，陶白考了全班第一名，年级第三名。

卞桃全班第五名，年级第二十七名。

卞桃成绩下滑严重，虽然班上排名不显，但总成绩比第四名差了十几分。

这也变相说明，第一名和第四名之间分数相差甚远，她被甩开一大截。

她被班主任叫去了办公室。

陶白不知道这件事齐素是怎么知道的，更不知道为什么最后全小区的人都知道了卞桃成绩下滑被老师叫去了办公室。

而另一个声音是陶白考了全班第一。

下课，卞桃把陶白叫去了操场。

卞桃脸色难看，全然不是外人眼中那副柔弱温和的模样。

陶白从小到大已经习惯了她表里不一、人前人后两副面孔。她表情木然，推了推眼镜，跟在她身后走到一处偏僻角落。

四下无人，卞桃停下脚步。

她双手抱胸，看着陶白的目光很冷："是不是你说的？"

陶白平静无波地看着她："不知道你说什么。"

"装，你再装！"卞桃向前一步，伸手推她，"陶白，别以为我不知道那些话是你回去说的。怎么，从小到大你就比我考好一次，就巴不得全天下的人都知道吗？陶白，你就这么希望得到别人的肯定吗？”

陶白依旧是那副木然表情。

“只有自卑的人，才会想要得到别人的肯定。听到别人夸你考了第一名，你很得意吧？

“陶白，你怎么这么自卑啊？”

风微凉，吹起地上卷边的枯叶。

站在角落里的两个女生，一个面色愤然，一个表情木然。

陶白任卞桃气得跳脚，始终一言不发。

卞桃看着陶白那张没有表情的脸，似乎自己的愤恨就像一个笑话。从小到大，她最讨厌的就是陶白这副模样，就像一个没有情感的活死人。

忽然，卞桃好像想到什么，她愤怒的表情一顿，嘴角勾起一抹笑，看着陶白的目光充满恶意：“陶白，陶叔叔给你的巧克力好吃吗？”

话音落下，她如愿看到陶白平静无波的表情破碎，就像平静的湖面被投入一块石头，荡起层层波纹。

陶白垂在身侧的手指痉挛般颤抖了两下。

陶武的朋友给他带回来两包巧克力，而陶白这个亲生女儿，得到的却是卞桃受了气后不要的丢弃品。

陶武喜欢卞桃，不喜欢陶白，这是所有人都知道的不是秘密的秘密。

卞桃看着终于变脸的陶白，心中一片得意。

她这种得意，从小时候陶武总是偷偷给她塞东西、告诉她不要告诉陶白时开始滋生，这么多年，日复一日被陶武的偏心灌溉，然后无限滋长。

从小到大，她看陶白就像在看一个得不到父爱的小丑。

陶白能得到的东西，都是她不要的丢弃品。

陶白是不招人喜欢的孤僻小孩儿，而她是让所有人都喜欢的乖孩子。她学习成绩好，从小就是第一名，长得又漂亮，谁都喜欢她。

所有人都知道，陶白处处不如她。

陶白的成绩永远是中下游，她能考上一中本身就是一个奇迹。

她怎么可能超越自己？她怎么可以超过自己？

卞桃压着陶白成长，就连陶白的爸爸都喜欢她超过陶白，卞桃完全无法接受小区里的人对陶白的夸赞。

陶白是那个孤僻小孩儿，在她眼中，陶白永远是那个孤僻小孩儿。她成绩差，长得丑，整天就知道抱着一块没感情的木头，浑身脏兮兮的，就像一个不会说话的小哑巴，人见人厌。

“不知道。”陶白已经控制好情绪，她表情淡漠，那张可爱的小脸被藏在厚重的镜框下，语气毫无起伏。

已经不再期待的东西，怎么还能影响到她呢？

只有期待被辜负才会产生失望，没有期待，就没有失望。她已经学会舍弃。

没有人会不在意自己的爸爸喜欢别人胜过喜欢自己，可无论卞桃怎么观察，都无法从陶白的脸上看到任何情绪波动。

她是真的不在乎。怎么可能会不在乎？她怎么可以不在乎？！

卞桃突然弯腰捡起地上的枯枝打在陶白身上：“我知道这件事是你回去传播的，你别得意，你从小就比不过我，你以前比不过我，以后也比不过我。陶白，你真让人讨厌，难怪你爸爸不喜欢你！”

她愤恨地瞪了陶白一眼，转身跑掉。

枯枝打在身上并不痛，就跟挠痒痒似的。

陶白弯腰捡起那截枝丫，是梧桐树的树枝。

她细嫩的手指在树枝上摩挲片刻，然后丢到一旁。

卞桃成绩下滑不是没有原因。

她从年前开始突然注重打扮，校服被她偷偷拿去改小，头发理了时下最时尚的发型，画眉，涂唇彩，每天上学除了校服，还会随身携带私服。

她以往会在早读前二十分钟到学校，作为学习委员，如今却经常迟到。再加上她成绩下滑，班主任开始频繁找她谈话。

卞桃在班上的人缘很好，成绩下降并没有影响到她，甚至因为她开始打扮，比以前更加吸引人，课间甚至会有高二、高三的学长特意来偷看她。

卞桃挤掉曲微微，一跃成为新的校花。

秋生咬着笔头，看着不时从教室门口路过的高年级学长，翻了个大白眼。

秋生的身体发育和陶白差不多，属于比较迟缓的类型。和班上那群提前发育的女生比，她的身高只能算中上游。

而卞桃则像一朵悄然绽放的花，改良过的校服衬得她的双腿又长又细，青春美丽，引人遐思。

陶白对青春期女生的躁动毫无关注。

她整天埋着头奋笔疾书，笔记本上写满了公式，密密麻麻，看得秋生直打哈欠。

“淘淘，我发现你真的好爱学习哦。”秋生有些丧气，“反正我比不上你，以后我们肯定不能考同一所大学。”

陶白笔尖一顿，还未分科她就已经开始难过，秋生一提大学，她心中愈加憋闷。

她突然有些惧怕，时时生活在另一个人的阴影下，她是不是连去哪里上大学都由不得自己？

这个想法让陶白惊恐，她一把丢掉笔，猛地把书合上。

秋生被她的动作吓了一跳：“怎么了淘淘？”

陶白猛地从椅子上站起身，喉咙有些发紧：“我去一下卫生间。”

秋生跟着起身：“等等，我也去。”

下课一起去卫生间，是女生们非常喜欢的集体活动。

秋生挽着陶白的手腕，蹦蹦跳跳往卫生间走。

陶白看着秋生高兴的侧脸，小声问道：“秋生，你想考哪一所大学？”

秋生皱眉思考了一番：“我个人是想去北方啦，咱们南方冬天都看不到雪，我想去北方看雪，然后疯狂地打雪仗！而且听说北方冬天有供暖呢，我都没见过暖气片……”

他们南方冬天湿冷，还没有供暖，陶白的房间没有暖气，她冬天都是硬扛过去。

会供暖的北方，陶白莫名有些向往，而且她长这么大都没有见过雪。

虽然她出生那年，下了整整两天的鹅毛大雪，整个瑞阳都被白雪覆盖，但她长大后却一次都没有见过雪。

齐素生她极为不易，大雪封路，寸步难行。

她出生在大雪天，这么想来，她也是见过雪的。

“淘淘，咱们一起去北方呗。”秋生突然说，“如果不能上同一所大学，我们就去同一座城市，现在交通这么发达，就算不在同一所大学，我们也能每周见面。我可以去你的学校找你，你也可以来我的学校找我，放假我们还可以一起出去玩儿。”

秋生很自觉，她成绩就那样，而且对学习也不怎么热情。

她喜欢画画，她想念个美术大学。

而北方有全国乃至世界闻名的好大学，陶白成绩这么好，还刻苦，她一定能考上。

陶白脸上有一丝迷茫，她多想一口就答应下来，可她怕自己会食言。

她不能承受秋生对她失望，故而她不敢应下秋生对她们未来的美好幻想。

即便她真的真的特别想一口答应。

“淘淘？”秋生偏头看她，以为她不愿意去北方，“你成绩这么好，本地的大学虽然也不错，但还是没有北方的好。这个世界很大，我们应该在广阔无垠的大地上多留下属于自己的足迹，反正我就想这里看看那里看看，这里吃吃那里吃吃，一生待在一个地方，那多无趣啊。”

秋生的人生是没有烦恼的，她无忧无虑地长大，像这世间绝大部分少女一样。她的父母恩爱，有一个天天吵架却感情深厚的双胞胎哥哥，还有一个疼她宠她的大哥，陶白的忧虑她并不知道。

因为她的家庭是温馨的，不是扭曲的。

她永远不会知道，有的家庭，父母常年不归家，见面便是永无止境的争吵。而原本该是亲密无间的三个人，甚至已经很久没有同桌吃过一顿饭。

甚至于，陶白这个人的存在，她所做的每一件事，都会被拿去和另一个人做比较。

而无论她是好是坏，她最亲的父母，总有一个不会满意。

就如陶白永远不会明白，一个正常的家庭，即便父母发生争执，也是因为生活中的柴米油盐。这样的争执是甜蜜的，是生活里的调味剂，五味人生，哪能少了甜。

而齐素和陶武的矛盾却是你死我活，不死不休，他们的人生四味皆全，唯独没有甜。

陶白内心无比渴望和秋生一起离开这里，她想去北方看雪，想像秋生说的那样，她们就算不在同一所大学，也仍旧可以周末见面。她们可以一起出去玩儿，四处吃喝，在祖国的大地上留下属于她们的脚印。

她想证明自己曾来过世间，来过此地。

可是，齐素不定时的疯狂就像一座大山，这座山压在她身上太久了，久到像长进了肉里。

陶白即便苟延残喘活着，也从未想过反抗。

反抗父母，成为一个独立的、真正的陶白。

她可以吗？陶白有些迷茫。

十六岁的陶白看着秋生脸上的憧憬，第一次在心里埋下了反抗的种子。

这颗种子如今渺小如微尘，但总有一日，它会破土而出，长成一棵无人能撼动的参天大树。

高一下半学期，许斐消失了整整两个月。

学校里随处都能听见谈论声，有人说许斐停学了，也有人说许斐转学了，更有人说许斐退学了，众说纷纭。

陶白在做题的时候经常会看着窗外发呆，有时会情不自禁偏头看一眼走廊，而那个戴着耳机的淡漠少年已经很久没有出现。

开学后的第二次月考，陶白依旧是全班第一名，第二名的严曼可落下了一大截。

而卞桃的成绩不升反降，掉落到了全班第九名，年级排名更是没眼看。

一中的学习压力其实很大，几乎每个人都在往上爬，你不努力，自然有别人努力。

成绩不升反降，落在班主任眼中事情就严重了。

在能者上、弱者下的规则下，卞桃如今的学习态度和成绩，已经不适合继续当他们班的学习委员。

早自习时，班主任就透露了这个意思。

秋生趴在课桌上，简直要笑死。

班主任的意思是让陶白当学习委员，但又碍于陶白性格问题，迟迟没下定决心。

下课后，秋生偷偷问陶白："淘淘，怎么样，你想当学习委员吗？"

陶白摇头："我不想当。"

她不想管谁，也不想做谁的表率，她念书仅仅是因为想要留住母亲的笑容。

而且身上被赋予职位，对陶白而言就像一道枷锁。她从出生便被束缚，她不想在学校这片唯一能让她喘息的地方，还要被人控制。

她连小组长都不想当。

秋生叹了口气，她这段时间开始发育了，经常胸疼。

"淘淘，你这里疼吗？我觉得好疼啊。"疼得她现在都不爱出去玩儿了。

女生的成长通常伴随着疼痛，无论是身体还是心灵，这是亘古不变的定律。

陶白摇头，她目光有些愣怔地看着走廊方向："我不疼。"

夏生、苟旭还有几个男生，正趴在阳台上聊天，以往这个时候，他们身边还有一个人。

可那个人，已经很久没有出现在学校了。

"淘淘你看什么呢？"秋生见她在发呆，顺着她所看的方向瞄了一眼，"原来你在看我哥啊。淘淘我发现你最近老走神，还有你为什么偷偷看夏生？夏生长得一般帅而已，又没有很帅，淘淘你看他，你该不会是喜……"

秋生话未说完，就被陶白红着脸打断："没有！秋生你别乱说。"

秋生"嘿嘿"笑："哎呀呀，淘淘反应这么大，不会真的喜欢夏生吧？"

她用肩膀撞了撞陶白，挤眉弄眼，似乎觉得这个发现很有趣："咱俩什么关系，你要是真的喜欢夏生，我会帮你牵线的。"

陶白急得不行，忙不迭摇头："不是，真的没有。"

秋生从来没有见过陶白脸红慌张的样子，原本还想逗逗她，却见她眼睛都要急红了，忙道："好啦好啦，你没有，我相信你没有，是我瞎说的。"

可她脸上的表情根本就不是那么一回事。

秋生突然起身，朝走廊喊道：“夏生！”

陶白吓了一跳，连忙伸手拉她，怕她瞎说：“秋生！”

秋生在她脸上掐了一把：“安心，安心，我会保密的。”

保什么密呀，根本就没有的事。陶白坐立不安，她想去拉秋生，又怕这样反而让秋生误会。

夏生走过来趴在窗沿上，他的校服外套松松垮垮地套在身上，有些放浪不羁。他看着秋生：“叫哥干吗？”

秋生整个人趴在陶白身上，笑得一脸讨好：“哥哥，我亲爱的哥哥，帮我去小卖部买点儿吃的呗？”

夏生乐了，直起身子：“你在做什么梦呢？自己去。”

他转身就要走，秋生一个虎扑过去，抓住他的校服往后一扯。惯性之下，夏生的后腰狠狠撞在墙上，疼得他嗷嗷叫：“杜秋生，你给我放手！”

秋生干脆给他来了个锁喉，手臂箍着他脖子：“这就是你对双胞胎妹妹说话的态度吗？”

夏生简直要被她气笑：“你说这话不脸红吗？麻烦你先看看你现在正在对双胞胎哥哥做的事情。”

“你去不去？！”秋生恶狠狠地说。

夏生被她勒得难受：“去去去，我去行了吧祖宗，松开！”

秋生松开他脖子，夏生揉了揉后腰，手伸到她面前：“钱。”

秋生不情不愿地从裤兜里摸出二十块钱拍他手上，不忘吐槽：“你这哥怎么当的？给妹妹买点儿吃的还要我掏钱。”

“我没钱了。”夏生招手，不远处的荀旭走了过来。

“妈妈不是昨天才给了你两百？”秋生一脸不相信，觉得他在唬她。

“充网费啊祖宗，你每次上网花的可都是我的零花钱。”夏生把手里的二十块钱拍到荀旭身上，“你秋生妹妹想吃零食，劳烦她狗哥跑一趟。”

“我瞎还是我聋？”荀旭简直无语，“你妹叫的是你。”

秋生抱着陶白，亲亲热热地说：“是的呢，我叫的是夏生呢，就要吃夏生亲自买的零食。”她说着伸手悄悄摸了摸陶白的小脸蛋，真是软乎乎。

陶白把她的手抓下来，秋生锲而不舍地去捏：“哥哥快点儿，就要上课了，我和淘淘等着呢。”

夏生仰天长叹，拍了拍苟旭的肩：“你要不要妹妹？这个送你了。”

苟旭转身就跑：“要不起要不起，你自己留着吧。”

秋生朝他们做了个鬼脸。

等夏生走了，她抓住陶白的小手，双眼闪着小星星：“淘淘，我家老蟋蟀其实长得还不错，要不你就考虑一下？”

陶白不理她，拿出下节课要用的英语书。

“害羞啦？”秋生弯下腰，脸贴在课桌上，笑眯眯偷偷瞅她。

陶白摇头，认真地说：“秋生，我真的没有，你不要开这种玩笑。”

秋生是她唯一的朋友，是会害怕失去的朋友，会担心她生气的朋友，但她还是很认真地对秋生说。

午后的阳光有些刺眼，天气在不知不觉间已经渐渐炎热起来，能听到不知从哪儿传来的蝉鸣声了。

秋生没生气，她有什么可生气的呀。

她泄气般趴在课桌上，给她道歉：“对不起啦淘淘，我不该乱开玩笑。”

女生之间的私密话题永远围绕着一些很正常的青春八卦。秋生和林菲、赵梦丹她们也会聊这个话题，就比如赵梦丹喜欢许斐，私下她们都知道，也不觉得有什么。

反正都是好朋友嘛，开开玩笑谁也不会生气。

可陶白不同，陶白天生就没有“开玩笑”这种细胞，尤其是关于喜欢。

她因为成长环境，从小被无数人否定着长大，内心其实是很自卑的，她不相信世界上有谁会喜欢她，也觉得自己身上没有哪里值得被别人喜欢。

她喜欢什么，想要什么，已经习惯深藏，缄默不言。

就比如她喜欢木雕，齐素和陶武却认为她脑子有病，居然喜欢木头那种脏兮兮的玩意儿，外面随处可见的垃圾，她居然拿来当宝。

“喜欢”这种情绪，要藏着，这是陶白在十几年的不理解中唯一学会的道理。

因为没有人会肯定她的喜欢，那她的喜欢便毫无意义。

十六年，她“唯二”喜欢的，一个是木雕，一个是许斐。

前者，她能偷偷喜欢。后者，她连偷偷喜欢，都害怕被人发现。

陶白暗恋许斐，是连最亲密的秋生都没有发现的秘密。

这是陶白藏得最深的心思，不能让任何人知道的秘密。

夏生提着一袋零食回来，扔在她们课桌上。

他和苟旭一人嘴里叼着一根冰棍儿，丢在课桌上的袋子里有两个香草味的冰激凌以及几包辣条和糖果。

秋生拿了一个香草冰激凌给陶白，陶白摇摇头拒绝了。

秋生以为她还在生气，有点儿难过：“淘淘你别和我生气，我以后再也不乱开玩笑了。”

夏生和苟旭就站在窗口，闻言回头看着她俩：“你们女生变脸都这么快吗？刚刚不是还好好的，怎么一转眼就开始经历友情危机了？”

女生可真是世上最神奇的生物。

夏生咬碎嘴里的冰，看着手忙脚乱的秋生，心想你也有今天啊，也轮到你哄人了。

秋生恶狠狠瞪他：“还不都是因为你。”

“行行行。”夏生伸手就要把课桌上的袋子拿回来，“是我的错，我不该去给你买吃的，还我。”

陶白拉了拉秋生，小声道：“秋生，我没有生气，我只是不吃冰激凌。”

她眼睫低垂，避开秋生的询问。

那个被林嘉木丢到垃圾桶的冰激凌，是她无法言说的遗憾。

她讨厌林嘉木，因为他扔了她的冰激凌。他扔掉的，是许斐买的。

林嘉木有好几次试图和陶白说话，但陶白都不理他。

他现在也不能抓陶白的辫子了，因为陶白把头发剪了。他想要道歉，又不知道怎么开口。

林嘉木本身就不是一个会主动低头的人，但他又非常不喜欢陶白对他冷脸。当然，冷脸都是他自作多情想的，陶白眼里根本就没有他，无论他怎么在她面前晃悠，她根本就当他是空气。不，比空气还不如。

他就是二氧化碳，让她避之不及。

“嘉木哥，你说你何必呢，人家不理你就算了呗。”见林嘉木又盯着陶白看，经常和他一起玩儿的男生说，“不就是个女生，长得又丑，多没意思。”

林嘉木坐在操场的栏杆上，双腿悬空。他嘴里叼着一根草，看着还在跑八百米的陶白：“你懂个屁。”

小乌龟哪里丑？明明长得很可爱嘛。

迈着小短腿跑步的样子更可爱。

林嘉木越看陶白越觉得她可爱。他跳下栏杆，朝陶白走去。

陶白跑得双颊绯红，喘气不均匀。

她的运动量仅限于每次体测的八百米，而这对绝大多数女生而言都是噩梦。

秋生像一只小蜜蜂跟在她身边，这种程度的体测对秋生来说轻而易举，她喜欢运动，甚至有时会和夏生他们一起打篮球。

“淘淘慢慢跑，不急的，跑完就行了，不在乎时间。”她鼓励道。

陶白点点头，连话都说不出来。

林嘉木慢悠悠朝陶白走过去，眼见着小乌龟近在咫尺，前方突然传来一声惊呼，伴随着的还有一个名字。

“许斐！”

“许斐回来了！”

陶白猛地抬起头。

那人站在操场尽头，身后骄阳刺目。他身前的耳机线随风摇曳，他踩着光漫步而来。

陶白心脏一阵剧烈跳动，向前迈的步伐突然缓了下来。

不是因为八百米体测太累，而是前方的风景太美。

她有些不愿就此背道而驰。

许斐微微垂着头，单手插兜，踩着操场上的白线，朝着她们所在的方向缓步走来。

体育老师看见他，老远就扯着嗓子吼：“许斐！你换个地儿溜达，1

班正在体测呢！”

许斐抬眼望向他，慢条斯理地把耳机扯下。

体育老师重复：“你换个地儿溜达，我们正在体测！”

许斐下巴微抬，戴着黑色护腕的右手微微举起，对体育老师示意他听见了。

但他并没有离开，依旧反向行走，和奔跑而来的 1 班同学擦身而过。

许斐塞上耳机，隔绝了外界的喧嚣吵闹。

他身材高挑，在一众身高普遍一米六、一米七的男生当中，他一米八四的身高高出同龄人一大截，站在人群中，宛如鹤立鸡群。

体育老师在不远处气得跳脚，正想冲过来，却见正在体测的学生没有受到丝毫影响，一个个反而还很激动。

“小心撞到了！”他急得大吼。

“跑道宽着呢，撞不到！”一群人回道。

说完，他们哈哈大笑。

体育老师气乐了，也不再管他们。

林嘉木目光不善地看着许斐。

刘琪站在他身后，啧了声：“是谁说许斐退学了？害得我替嘉木哥白高兴一场。”

林嘉木推开他：“滚，关我鸟事。”

秋生高兴得原地蹦跶，她挥舞着双手，脸上的笑比阳光还灿烂：“斐哥，你回来啦！”

许斐朝她看去，站在秋生身后的陶白连忙低下头。

他回来了，没有退学。

陶白的滴滴细汗从额间坠落，落在地面上砸出一团水晕。陶白的脚步突然变得轻快起来，嘴角带着自己都没有发现的笑容。

细碎的光晕打在许斐身上，少年踏光而来，像骤然降临人间的神。

擦肩而过的那一瞬，许斐看向秋生，淡声道：“晚上和你哥一起来，请你们吃饭。”

夏生从来不带她参加他们的聚会，秋生激动得原地跳了起来：“真的吗？真的吗？斐哥请吃饭，我真的可以去吗？”

许斐点头，眼角的余光瞥到秋生身旁的女生时，微微一顿。

他对女生一向没有太多关注，却对秋生的同桌印象深刻。

不是因为对方长得多漂亮，相反，他连她长什么样都不知道。他只是从来没有见过这种女生，喜欢低着头，存在感薄弱到几乎隐身。

站在张扬肆意的秋生身旁，很容易让人忽略。

八百米体测跑了半程，她似乎已经精疲力竭，双腿迈步迟缓，却意外地没有停下脚步。

她的齐肩长发随着奔跑在空中摇曳，仿佛那天关门前一闪而逝的白色裙摆。

许斐站在原地，伸手扯下耳机。莫名地，他扭头看向已经跑远的两个女生。

他有些奇怪于自己对一些莫名其妙的画面，居然记得如此清晰。

明明只是一个不认识的女生。

林嘉木慢悠悠走到他身后，懒洋洋道：“哟，这不是那个退学的谁吗，怎么又回来了？”

许斐收回视线，扫了他一眼，表情冷淡：“退学？你在说你自己？”

林嘉木嘴角的笑容消失不见，冷冷地看着他。

许斐面无表情，直接塞上耳机。

他们相看两相厌，谁都不想多说一句话。

许斐抬步就走，经过林嘉木身边时，林嘉木身子一歪，想用肩膀撞他。

许斐视而不见，巧妙地侧身避过。

看着他的背影，林嘉木眯了眯眼。

“嘉木哥，你为什么这么看不惯许斐？”刘琪走到他身边，和他一起看许斐的背影，“虽然我也看不惯他，但我有理由，我看不惯他长得比我帅。你长得也不比许斐差，怎么还这么看不惯他？”

“讨厌一个人需要理由？”林嘉木冷嗤，他和许斐从开学就相互看不顺眼，有些人天生磁场不和，一个照面就知道对方跟自己不是一路人。

他和许斐就是这样的人。

“也是。”刘琪伸了个懒腰，有感而发，“讨厌一个人不需要理由，喜欢一个人也不需要理由。讨厌一个人就想揍，喜欢一个人就想逗，就是这么任性。”

喜欢一个人就想逗。

说者无意，听者有心。

林嘉木整个人一愣，他下意识地把目光转到已经跑得只剩一个黑点的女生身上。

想逗，喜欢。

是……喜欢吗？

许斐悄无声息地回来，就如他突然消失一般，在学校卷起了一阵不小的旋风。

这两个月大家都在传许斐退学了，平日和他玩得最好的夏生和荀旭也没有出来辟谣，很多人都以为这是真的。

如今他又突然回来了，最高兴的莫过于全校女生。

连秋生都在私下和陶白吐槽：“夏生和荀旭那俩大蟋蟀也太不是人了，我每次问他们，他们都不说，我还真的以为斐哥跟他妈一起出国不回来了。”

陶白笔尖一顿，扭头看她。

“哦，我忘了，我没有和你说过这件事。”秋生一拍额头，凑到陶白耳边小声说，“斐哥的父母离婚了，就在过年的时候，他妈妈去了 M 国。”

陶白双目圆睁，愣愣地看着秋生。

在她的认知里，夫妻之间只有感情极度恶劣才会离婚，就连齐素和陶武这样三天两头吵架打架的都没有离婚，那许斐的父母……

陶白的脑子嗡嗡作响，她不由自主看向窗外走廊。

正是课间休息时间，一群男生占据了走廊。

男生侧身靠着阳台，看向操场的侧脸眉眼冷淡，亦如往常。

下午放学回家，陶白满脑子都是许斐靠在阳台上的样子。

或许他并不像所表现出来的那么无动于衷，只是外人根本看不出他的真实情绪。

她也看不出，她无法从他脸上分辨出他的心情是好是坏。

但她想，他的心情应该算不上好，没有人会因为父母离婚而高兴。

陶白的心情有些低落。

她想到了齐素和陶武，不知道自己是不是应该高兴，起码她还有一个虽然满是裂痕，却没有完全破碎的家。

她或许应该满足了，不能奢求太多，这样也挺好的。

陶白在心里说服自己。

走到小区前面的路口时，偷偷给自己加油打气完的陶白突然脚步一顿。

消失了快半个月的陶武站在不远处，他怀里抱着一个大玩偶。玩偶很大很大，用透明纸装着，系着蝴蝶结的黄丝带都坠在了地上。

陶武没有看见陶白，他正在打电话。

陶白张了张嘴，想喊他，却没有发出声音。

大约两分钟后，陶武挂了电话，笑着看向马路的对面。

陶白顺着他的视线看去，看见卞桃背着书包小跑过来，脸上挂着甜甜的笑。

“桃桃。”陶武扬了扬怀里的玩偶，朝卞桃露出了一个陶白陌生至极的笑容。

一声“桃桃”，让陶白如坠冰窖。

她亲眼看着陶武把玩偶递给卞桃，卞桃抱着他的胳膊轻摇撒娇，然后高兴地接过。

画面温馨到仿佛他们才是真正的有着血缘关系的亲生父女。

隔着十几米的距离，陶白听不见他们在说什么，但她却能看见自己父亲脸上的笑容。

是疼爱，是呵护，比落日余晖还要温暖百倍。

这样的温暖，她从未拥有。

陶白攥紧书包带，转身离开。

她的生日在冬天，而卞桃的生日在5月。

5 月，如今就是 5 月。

回到家，陶白惊喜地发现齐素居然在家，而且还在厨房。

听见开门声，齐素从厨房里探出脑袋。见是陶白放学回来了，她挥了挥手里的锅铲："回来啦？你爸跑了个长途回来，给你买了好多礼物，都在沙发上，你快去看看喜不喜欢。"

陶白垂下眼，"嗯"了一声，弯腰换鞋。

齐素哼着歌，心情看起来很不错："快去写作业吧，今晚妈妈做了你和你爸最喜欢吃的菜。"

"嗯。"换好鞋，陶白看都没看一眼沙发上的东西，背着书包回了房间。

齐素和陶武的关系，别说外人看不明白，陶白其实也看不明白。

他们吵架、打架时，恨不得对方立马去死，可偶尔平静下来，竟然也能像正常夫妻一样，做对方最喜欢吃的菜。

陶白作业写了一半，陶武敲门进来。他手上拿着一个小玩偶，憨态可掬，非常可爱，可落在陶白眼中却只觉得刺目。

她偏过头，叫了声"爸"。

陶武应了一声，然后把手上的玩偶放到她床上："淘淘，这是爸爸给你买的玩偶。你生日那会儿我不在家，这是补给你十六岁的生日礼物，你看看喜欢吗？"

陶白机械般回头看了一眼。那是一个加菲猫布偶，如果卞桃那个是超大型号，这个只能勉强算是迷你布偶。

"喜欢。"她听见自己毫无起伏的声音。

陶武手上还提着一袋零食，陶白看着零食袋，突然笑了。

她平时在家几乎不笑，甚至不爱说话。陶武看着她脸上的笑，心里说不清是什么滋味，但应该是高兴的："淘淘，你喜欢这些零食吗？"

陶白牵扯嘴角："嗯，喜欢。"

真好，卞桃只有玩偶，没有零食。

这件事真令她高兴。

上一次一家人同桌吃饭已经是很久之前的事，陶白已经记不清了。因为她期末考成绩比卞桃好，陶武连过年都没有回家。

头顶灯光明亮，陶白独自坐在饭桌的一头，陶武和齐素坐在她对面，时不时给彼此夹菜。

陶白看着他们的动作，眼中全无暖意。

眼前的一切，就像一幅扭曲的图像，在她眼中渐渐不成人形。

夜晚，陶白起床去客厅倒开水。

经过主卧时，她听到里面传来说话声。齐素的嗓音在黑夜里被无限放大，房间的隔音并不好，他们的对话透过门缝传到客厅。

“别以为我不知道，你今天又去找那个人了。桃桃，淘淘……陶武，你这个人真是恶心……

“我警告……你以后不准再去找那个人。什么礼物，你当我没看见你放在车后备箱的大玩偶吗？陶武，你心里到底有没有我和陶白？我才是你的妻子，你和曾雨芙早就是八百年前的事了，她的女儿又不是你……”

“闭嘴！”

“急了？陶武你给我记住，我齐素才是你的妻子，陶白才是你的女儿。她曾雨芙的老公姓卞，她生的女儿也姓卞，不姓陶！”

客厅昏暗的灯光打在陶白身上。

她身体晃了晃，转身回了房间。

陶白躺在床上，看着天花板，脑海中反复回荡着齐素和陶武的对话。

她小时候一直不明白，为什么自己的爸爸宁愿喜欢别人家的孩子也不喜欢她，是因为她不够优秀吗，还是她不如卞桃乖巧听话？

她心里经常会产生这样的疑问，甚至怀疑自己。

尤其是她好几次偷偷看见自己的爸爸给卞桃买零食，她会想，是不是卞桃学习成绩好，会讨人喜欢，所以她的爸爸才会喜欢她。

为什么我的爸爸不喜欢我呢？为什么他不给我买零食呢？我明明也很乖呀。

幼年的她思想单纯，认为爸爸不喜欢她，只是因为她没有卞桃聪明，没有卞桃会讨人欢心，没有卞桃会说好听的话。

可在漫长的成长中，在妈妈的声嘶力竭中，她开始听到一些奇怪的话。

“你是不是还没有忘了那个人？”

“我齐素才是你老婆，她曾雨芙已经是别人的妻子了！”

“陶白才是你的女儿，卞桃是曾雨芙和别的男人生的孩子，她不姓陶！她不是你的女儿！！”

幼时的陶白，面对发疯的母亲和暴怒的父亲只能躲在房间里发抖。她不明白，他们为什么会提到对面那栋楼的曾阿姨，为什么又会提到卞桃，他们家和她们又没有什么关系。

卞桃姓卞，她的爸爸叫卞阳平，她的爸爸又不叫陶武。

为什么要经常提到她们?

五岁之前，这是陶白经常会思考的问题。

她躲在黑暗里，在齐素日复一日的尖声质问中，深刻记住的话只有“陶白才是你的女儿”“卞桃是别人的孩子”“曾雨芙是别人的老婆”“我齐素才是你的妻子”“陶武你心里到底有没有我们母女”。

后来渐渐长大，她开始明白，她爸爸不喜欢她，不是因为她长得不好看，也不是因为她学习成绩不如卞桃，更不是她没有卞桃会讨人欢心。仅仅是，她的母亲，不是他爱的女人。

所以她也不被喜欢。

不爱的女人生的小孩儿，他自然不会在乎。

如果卞桃没有隔三岔五在她面前炫耀，如果她没有经常撞见陶武在私下对卞桃极尽疼宠，如果没有各式各样卞桃不稀罕的礼物出现在她手中，如果淘淘这个称呼不是来源于桃桃——

那陶白真的可以不去在乎。

她可以不在乎自己的父亲喜欢别人家的孩子胜过自己。

她真的可以。

可是，没有可是。

陶白躺在黑暗中，不知不觉伸手摸了一下湿润的发间鬓角。

窗户大敞，晚风吹起书桌上的书页，玻璃瓶里，野花摇曳。

客厅亮着一盏昏暗的小灯，主卧的躁动持续至天明。它的隔壁，女孩儿睁着一双漂亮的丹凤眼，看了漆黑的窗外一夜。

有些问题是无解的，因为你生来便是错误。

## 第六章

# 我会保密的

第二天早上，陶白起床时，主卧的门紧紧关着。

茶几上不知何时放了两百块钱，她拿起来塞进书包里，洗漱完就去了学校。

东西两栋楼对立而建，陶白一下楼，就看见卞桃站在对面楼。

见到她，卞桃勾唇一笑，迈步走了过来："陶白，早啊。"

陶白攥着书包带，对她视而不见，朝着小区大门走去。

卞桃轻轻一笑，慢悠悠走到她身边。她们并排走着，在外人看来就像好朋友一般，一个热情，一个木然。

"陶白，你觉得昨天陶叔叔送给我的玩偶可爱吗？我很喜欢，昨晚抱着睡了一整晚，你不知道那个玩偶居然有我的半个床那么大，差点儿放不下呢。

"陶白，陶叔叔也给你买了吗？

"陶白，我昨天看见你了，你躲在一辆车后面。你干吗躲着呢？陶叔叔是你的爸爸，我又是你的好朋友，你躲着，不会是因为不高兴陶叔叔送我礼物吧？"

卞桃说完，笑眯眯地看着陶白。

陶白脚步一顿，停了下来。

卞桃眼中闪过一抹得意。她就说嘛，陶白怎么可能会没有反应，陶叔叔喜欢她胜过陶白，陶白怎么可能会毫不在意。

看，她这不就生气了嘛。

卞桃笑着正要说话，陶白忽然走到小道旁的梧桐树下，弯腰捡起一截枝丫，举在手里看了两眼，然后塞进书包里。

看都没看她一眼。

卞桃脸色一黑，拔高音量："陶白！你没听见我在跟你说话吗？"

陶白拉好书包拉链，头也没抬："听见了。"

"你！"卞桃愤恨地瞪她，"陶白，陶叔叔送了我一个很大的玩偶，是给我的生日礼物。"

"哦。"

"你生日，陶叔叔送礼物给你了吗？"

陶武当然没有送礼物给她，他连她的生日都会忘记，又怎么会记得送生日礼物给她。

陶白觉得卞桃有点儿好笑："你上学从来不会等我，今天特意等我，就是为了炫耀吗？"

卞桃就是在炫耀，但被陶白直白地戳破，又是另外一回事。她面颊通红，说着一辈子都说不腻的一句话："陶白，你爸爸不喜欢你。"

"我知道。"陶白点头，"你说过很多遍了。"

从几岁说到十几岁，她不累吗？

不喜欢就不喜欢，她现在也不是那个会因为爸爸喜欢卞桃而不喜欢她，会偷偷哭泣的陶白了。

卞桃简直不敢相信她冷淡的反应，她站在原地，看着陶白走远的身影，胸脯气得上下起伏。

她十六岁生日，陶叔叔送了一个大玩偶给她。

而陶白的十六岁生日，却什么都没有。

小时候的陶白会因为"你爸爸不喜欢你"这句话哭得喘不过气，可她现在为什么毫不在意了？

她握着这柄名为"你爸爸不喜欢你"的利剑，这柄她使惯了的剑，每次都能戳得陶白鲜血淋漓。

可这一次，为什么会没有效果了？

陶白已经走远，卞桃攥紧书包带，不甘地小跑到她身后："陶白你站住！"

陶白充耳不闻。

陶白在默背英语单词，没心思理她。

卞桃气急败坏地跑过去推了陶白一把。

陶白猝不及防被她推得向前一个踉跄。稳住身形后，她回身，面色木然地看着卞桃："你到底想说什么？"

"陶白，你爸爸不喜欢你，他甚至讨厌你。"卞桃恶劣地说出这世间最残酷的字眼，"是你妈妈勾引你爸爸才有的你，你的出生就是一个意外。陶叔叔不喜欢你，也不喜欢你妈妈！"

清晨的风微凉，掀起两个女生的长发。

她们对视着，沉默着。

良久后，陶白点头："我知道了。"

说完转身就走。

知道了？就这样？

卞桃伸手拽住她，修剪得锋利的指甲掐入了陶白的肉里，陶白挣了挣，没有挣脱。

"陶白，你到底有没有听懂我说的话？你不应该出现在这个世界上，你的存在是一个错误，你的出生不被任何人期待，你爸爸根本就不欢迎你，他不喜欢你！没有人喜欢你！"

陶白单手拉开书包拉链，拿出刚扔进去的木枝，她用有尖端的一面，朝着卞桃抓她的手背狠狠扎去。

卞桃躲避不及，被扎个正着，她惨叫一声，下意识松开抓着她手臂的手，捂着被戳疼的手背尖声怒吼："陶白你发什么疯？！你敢用树枝扎我，我要告诉陶叔叔！"

晨光大亮，陶白背对着初升的太阳，面部轮廓被光照出几分深邃。

卞桃清晰地看见了她眼中的冷意，她心中蓦然一紧。

陶白从来都是任人欺负、不会还手的小白兔，这个眼神却像一个开始懂得反抗、被逼急了红了眼的兔子。

“卞桃，你想当他的女儿吗？”陶白歪头，表情纯然地看着卞桃。

卞桃不由地后退了一步：“你在乱说什么？”

虽然陶叔叔对她很好，但她爸爸可是律师，比陶叔叔那个拉货的司机厉害几十倍，她怎么会想当他的女儿？

“你就算想当他的女儿，估计也不行。”陶白突然取掉眼镜，那双常年被镜框挡住的漂亮丹凤眼微微挑起，上扬的眼尾就像一只展翅欲飞的凤凰，绚丽夺目，“是你妈妈为了攀高枝甩了他，她又怎么会愿意你和他扯上关系？他每次送你东西，不都是私下偷偷的吗？你敢让你妈妈知道那个玩偶是他送的吗？

“他喜欢你、对你好这件事，你一而再、再而三来我面前炫耀什么？他就是一个傻子，被你们母女俩骗得团团转的傻子。

“一个傻子的喜欢，我为什么要在乎？”

卞桃又惊又怒，她惊讶陶白竟然长得这么好看，她居然一直没有发现。

但她更加愤怒，陶白凭什么这么说她妈妈，陶武和他爸摆在面前，是个女人都知道怎么选好吗。

也只有齐素那个疯女人，才会不嫌弃陶武那个一无是处的男人。

这是陶白第一次露出尖锐的一面，卞桃简直无所适从。

她习惯了逆来顺受的陶白，甚至觉得陶白就该是那样，一辈子都该是那样，只能被动接受“爸爸不喜欢她”这件事，不能说出“他就是一个傻子，不在乎他的喜欢”这种话。

被木尖刺过的手背隐隐发痛，卞桃看着陶白那张没有被眼镜遮挡的脸，心里竟然泛起一丝嫉妒。

今天，明明应该是陶白嫉妒她，可为什么会变成这样？

陶白，她变了吗？

陶白动作缓慢地把眼镜戴上，又恢复了以往那副木讷的表情。

她没有再看卞桃，转身离开。

其实陶白远不如她所表现的那么平静。只是一包巧克力，一个玩偶，彻底粉碎了她对父亲的最后一点儿期待。

“不在乎”本就是一件无敌铠甲，穿在身上，即便是万千言语利箭，也终究不能再伤她分毫。

不在乎，不期待，就不会有伤害、难过。

陶武问她，喜欢那个礼物吗？

当她说出“喜欢”两个字的时候，她就已经彻底不再期待。

因为那包巧克力，她难过地去吃了一大碗面，在深夜抱着马桶，吐得昏天暗地，哭得停不下来。那时，她对他尚有期望。

如今，她是真的不在意了。

没有人天生就该被喜欢，也没有人天生就该被讨厌。

她不被父亲喜欢，不被期待着出生，但这不是她能控制的。

这不是她的错，也不是她能纠正的错，更不是能让卞桃利用这件事，来永无止境地伤害她的理由。

如果她的出生是一个错，那错误的根源也在他们，她又何其无辜？

陶白刚踏进校门，就听见几个女生在说许斐在篮球场打球。

学校的操场旁边有几棵几十年的老樱花树，樱花在4月开，如今是5月，花期已过。走在其中，仿佛还能从空气中闻到那股已逝的清甜。

清晨的校园静谧悠闲，篮球触地的声音十分响亮，许斐和夏生穿着运动服，在场中来回运球奔跑。

球场外站着几个女生。

陶白走在护栏网外，下意识放慢了脚步，视线透过镂空的铁网，看向那个穿着白色球衣、腕戴黑色护腕的男生。

他奔跑的速度极快，运球姿势轻松帅气。每一次弹跳投篮，露出腰间肌肉时，都会引来一片尖叫。

叫的，也不知是他进了球，还是那截引人遐思的腰腹。

陶白停住脚步，五指抓着护栏。

夏日的早晨，男生在球场上肆意挥汗，女生站在球场护栏外凝目偷望。

几个女生在一旁小声说话。

“许斐回来真是太好了。”

“是啊，他要是真的退学，那我得哭死。也不知道是谁瞎传的，害得我以为他真的不回来了，偷偷难过了好几天呢。”

“他不在学校，我都没有来过篮球场。”

“我也是，有他在的一中，才是一中呀。”

是啊，他能回来真是太好了。

陶白低下头，嘴角微微勾起，转身离开。

早读铃还未响，1 班和 2 班的人都站在走廊上聊天。

陶白他们小组这个月再次换回了靠近走廊的座位，被动地听见了不少悄悄话，大多都是学校几个风云人物的小道八卦。

临近早读，楼道里响起一阵凌乱的脚步声。

随后，几个男生出现在了陶白眼角的余光里。

许斐走在最前面，夏生和苟旭勾肩搭背走在他身后。隔着一个窗户，在喧嚣声中，陶白隐约听见了“游戏厅”“网吧”等字眼。

许斐垂着头在整理护腕，冷白的肤色和黑色的护腕形成了鲜明对比。陶白飞快地看了许斐一眼，却看见他眉心微微蹙着。

“斐哥，放学一起去网吧啊，我最近发现一个游戏特别好玩儿。”

“不去。”

“别呀，一起去吧。”苟旭的声音渐渐被喧闹声掩盖，“那个游戏里有很多可爱的女生……”

秋生埋着脑袋疯狂赶作业，闻言嗤了声：“就这样还想追菲菲，呵。”

陶白看了眼她的作业本，指着一道数学题，说：“这道题写错了。”

秋生看着密密麻麻的数字，简直一个头两个大，她丢开笔，抱着陶白的手臂撒娇：“淘淘，要不……”

陶白直接打破她的幻想：“不行。秋生你自己做，不懂的再问我，我教你。”

秋生噘嘴：“就抄最后一次嘛。”

她的最后一次后面，永远都还有下次，陶白不理她。

陶白在学习方面格外严格，无论秋生是气鼓鼓还是卖萌撒娇，她通通不接。

秋生见撒娇不起作用，在旁边委屈巴巴、嘟嘟囔囔的，但还是赶在早读下课之前把作业写完了。

5 月的天还不算热，等时间飞逝，一转眼跨入 6 月，气温就彻底上升。

体育课也不再是大家期待的科目，而且不知道体育老师最近受了什么刺激，动不动就让他们跑八百米。

八百米，对林嘉木他们这些男生来说是小意思，但对陶白这种连下课都坐在座位上看书做题的女生而言简直要了命。

这天的体育课又要跑八百米，女生们集体哀号，但抗议无效。

跑完八百米，陶白迈着疲软的双腿回了教室。

班上同学大多数去了小卖部，教室里很安静，只有零星几人趴在课桌上休息。头顶风扇呼呼吹着，驱散丝丝燥意。

陶白难得地没有看书做题，她趴在桌上，右手摁着小腹，小脸煞白。

林嘉木这段时间也不知道怎么回事，下课也不去外面放风，不是趴在桌上睡觉，就是在贴纸上画小乌龟，然后偷偷贴在陶白后背上，又趁人不注意再扯掉。

陶白一进教室他就发现了，等陶白趴在课桌上睡觉，他就把自己的最新巨作悄无声息地贴在了她校服上。

贴完，他还生怕陶白不知道，用食指戳了戳她的背："小乌龟，小龟龟，你背上有东西。真的有东西，不信你伸手摸一下，真的有东西……"

陶白疼得脑子已经有些不清楚了，林嘉木的声音就像一只烦人的苍蝇在耳边嗡嗡直响。她也不知道哪里来的火气，突然反手就是一巴掌朝身后甩去。

"啪——"

一声脆响，响彻在寂静的教室。

陶白的右手保持着扬起的姿势，而林嘉木已经被抽蒙了。

陶白没有抽到他的脸，却抽到他手臂，但他是第一次被人打，林嘉木才知道原来陶白打人这么疼。

教室里的同学都呆住了。

陶白打林嘉木？连梦都不敢这么做啊，太玄幻了吧。

林嘉木是谁啊，他们班的老大，在学校除了许斐，根本没人敢惹他。向来只有他抽别人，谁敢抽他啊？

今天他被人抽了，当着他们的面被别人抽了，抽他的是陶白，那个连说话都不敢大声说、谁都敢去戳一下捏一下的软包子。

林嘉木捂着被抽红的手臂跳起来就想发火，然而目光在触及陶白不正常的脸色时，那股怒火就像被扎了眼的气球，瞬间就瘪了下去。

他有些底气不足地说："你干吗啊？你打人很痛的知不知道？"

陶白把背上贴着的纸条扯下来捏成一团丢还给他。她眉心紧皱，小腹的疼痛莫名增加了心头火气，烦躁、不耐烦等重重负面情绪席卷而来，她根本控制不住。

"别烦我。"她冷着脸说。

林嘉木愣了愣，他还是第一次见到发火的陶白。

林嘉木就像发现了新大陆，这样的陶白给他的感觉很鲜活，比木呆呆的样子可爱多了。他颇为高兴地戳着陶白的背心："小乌龟你怎么了？脸色看起来好差，生病了吗？"

陶白小腹疼得不行，无法控制的烦躁几乎快要把她淹没。

她有些着急，她的例假提前了，她没带东西在身上。

小腹疼痛难忍，外面烈日炫目，耳边全是林嘉木烦人的声音。陶白额头滴滴细汗流淌而下，她摁住小腹的右手下意识攥成拳。

隔壁班响起整齐划一的阅读声，楼下的操场偶尔传来几声笑。陶白趴在桌上，意识昏昏沉沉。

林嘉木在身后叫了她几声，见她始终趴在桌上，出于好奇探身看了她一眼，却发现她面色煞白。

陶白死死咬着唇，她的刘海儿被汗水打湿，一缕缕黏在额头上，身体微微颤抖。

林嘉木被吓到了，他一把推开椅子。

椅子在地上划出一道刺耳的噪音，班上的同学又看了过来。

然后他们看见他们班那个刚被抽了一巴掌的林嘉木，居然围着软包子陶白团团转。

“喂喂喂，你怎么了？你是不是哪儿不舒服啊？”林嘉木伸手去拉陶白，被她一巴掌呼开。

林嘉木气得要死，捂着又被抽了一巴掌的手背怒吼：“你是不是断掌啊？打人这么疼！”

隔壁班朗读的声音一顿。

过了几秒，正在隔壁班上课的语文老师拿着语文书走了过来，对明显是噪音制造者的林嘉木同学生气道：“林嘉木，你不知道现在是上课时间吗？你再大声吼，我就去跟你们体育老师反映，让你们班以后上体育课都不准回教室！”

满腔怒气无处发泄的林嘉木很想吼一声“随便你爱反映不反映”，可见到陶白一瞬间变得更白的脸，硬是把这句话咽了回去。

他脸上的表情几经变化，最后臭着脸认错：“对不起。”

虽然道歉，但态度奇差。语文老师的脸色也不怎么好看，但终究还是没说什么。

跟刺头儿是没有办法讲道理的。

语文老师回去了，隔壁又响起整齐划一的朗读声。

陶白心里一松，卸力般重新倒在课桌上。

林嘉木看了她一眼，一掌拍在桌上，明明言语关心，语气却很不耐烦：“跟你说话呢，你能不能理理人？你是不是哪儿不舒服？不舒服就说，我带你去医务室。”

陶白不想和他说话，她声音沉闷：“没事。”

“什么没事？你这样像没事的样子吗？”林嘉木伸手去拽她，“起来，我带你去医务室。”

林嘉木的纠缠不休让陶白十分不耐烦，她现在就想安静一下。

“你能不能别烦我？”她挥开林嘉木的手。

林嘉木看着自己又被拍了一巴掌的手臂，满脸不敢置信，他指着陶白的手都因为生气而颤抖。一腔好意被辜负，让他既尴尬又难过。

他就没见过这么不好接触的女生。

因为生气，他怒吼："你不识好歹！"

隔壁班的朗读声再次一顿。

随后，传来一阵急促的高跟鞋踩在地面的声音，教室后门被语文老师拍得啪啪作响。

"林嘉木！下课去办公室找我！"语文老师愤怒地吼道。

"去就去，我怕你啊！"林嘉木瞪着眼睛回头和她对吼。

"你，你……"语文老师气得胸脯起伏。

陶白只觉得小腹更疼了。

许斐懒洋洋地靠在椅背上。

苟旭的座位在后门门口，他偷偷伸出脑袋往外面看了眼，就看见语文老师被林嘉木气得浑身发抖的样子。

他"嘿"了声，乐道："林嘉木今天吃火药了啊，居然和老师硬杠，他不是向来不乐意搭理他们吗？"

许斐摸出手机，关了音量，点开贪吃蛇。

"斐哥，你能不能玩点儿有营养的游戏？整天不是贪吃蛇，就是俄罗斯方块，这两款游戏和你的气质一点儿都不搭。"

"就是。"夏生附和。他桌上除了语文书，还放着一本《天龙八部》，包着特制书皮，如果不仔细看，还以为他上课多认真。

许斐头也没抬："我觉得挺搭。"

"搭个屁，放学咱们去网吧吧。"苟旭一脸沧桑，"太久没登录游戏，我游戏里的徒弟估计都快不认我这个师父了。"

苟旭沉迷他的炫舞游戏，他的时装，他的等级，他可爱的小徒弟。

可他斐哥，去网吧不玩儿最浪漫的舞蹈游戏，也不玩魔兽，不玩穿越火线，直接瘫在沙发上玩他的飞行棋。

在手机上玩贪吃蛇，去电脑上玩飞行棋。

苟旭心好累啊。

许斐手机屏幕上的蛇长到屏幕已经快装不下，他垂着眼，睫毛卷翘，时而颤动。

走廊外，林嘉木嚣张的声音整栋教学楼都听见了，他就像一只恼人的大八哥，吧啦吧啦和语文老师对吼。

蛇头被他一声怒吼，震得撞到了墙上。

游戏结束。

他双唇紧抿，突然觉得林嘉木这人可真是讨人厌啊。

林嘉木被叫去了办公室。

教导主任让他给语文老师认错，林嘉木拒不认错，甚至态度非常嚣张。

语文老师特别生气，火气上来了，有些口不择言：“林嘉木，你别以为你舅……”

“哎哎哎，陈老师！”教导主任连忙打断她。

语文老师看了眼教导主任，教导主任连忙对她使眼色。

语文老师端起桌上的杯子猛地灌了一口凉茶下火，扭头愤愤瞪了林嘉木一眼。

她这话才开了个头，就被教导主任打断了。

有些话不能放到明面上来说，他虽然学习态度不怎么端正，但平日里对老师还是很尊敬的，今天这样的行为还是头一次。

林嘉木双手揣兜，抬着下巴，模样嚣张：“老师你在说什么？我听不太懂。”

语文老师气啊，她拍了拍办公桌：“说你今天必须给我罚站到放学，中途不准去厕所！”

说完，她拿着课本，踩着高跟鞋离开办公室。

“淘淘你怎么不让人来叫我？”秋生双手抱胸，站在卫生间隔断门口，像一尊门神，“要不是严曼可来操场和我说林嘉木又招惹你，我都不知道你身体不舒服。”

只有痛经的人，才知道痛经到底有多可怕，痛起来简直恨不得当场去世。

陶白推开门出来，她双腿发颤，原本就白的脸如今更是毫无血色。

秋生伸手扶住她。

“谢谢秋生。”陶白对她笑了笑，抽痛的小腹让她没有太多精神说话。

秋生搀着她回教室：“你在桌上趴会儿，我去医务室给你拿止痛药，吃了就不疼了。”

陶白对她点点头，趴在桌上，脑子一片昏沉。

医务室在操场的另一头，要经过篮球场，马上就要上课了，秋生跑得很快。

隔壁班下节是体育课，夏生他们此时正在操场做运动前的拉伸。见到她，荀旭挥了挥胳膊，叫道：“秋生，你去小卖部吗？顺便给旭哥哥带瓶矿泉水……”

“旭哥是谁啊？不认识。”秋生现在满心都是她那个趴在桌上可怜兮兮的淘淘，没有太多心情和荀旭扯犊子，“我去医务室，不是去小卖部。矿泉水没有，药我倒是可以帮你带一盒。”

“夏生，你妹受伤了？”荀旭看向夏生。

夏生的目光落在跑得比兔子还快的秋生身上：“你看看她这像受伤的样子？”

许斐刚走到医务室门口，就听见里面秋生麻雀一样叽喳的声音：“校医姐姐，痛经应该吃什么药好？”

“你痛经，还能这么风风火火地跑过来？”校医温声笑道。

“不是我痛，是我同桌。哎呀，校医姐姐你快点儿给我药嘛，要效果最好的那种，她现在特别疼。”

“很疼吗？”

“嗯嗯，脸都疼白了。”

“那只能先吃片止痛药。喏，这个止痛药效果很好，用温水服用，给她吃一颗。”

“多久见效啊？”

“半小时左右。”

“好，谢谢校医姐姐！”

秋生抓过药转身就跑，跑到门口却见许斐站在那儿，也不知道来了多久，听见多少。

她连忙把手中的药藏到身后，面颊有点儿发烫。

“斐……斐哥你什么时候来的？”痛经这种事被男生撞见，就算大大咧咧如秋生，也觉得不好意思。

“才来。”许斐走进去，对校医说，“麻烦给我两张创可贴。”

校医很快给了许斐创可贴。许斐道了谢，走出来见秋生还站在门口，看了她一眼：“你同桌不是很疼？”

“啊？”止痛药的四个棱角在掌心戳得秋生生疼，她忙换了只手藏。

许斐越过她，朝着操场方向走。

看着他的背影，秋生后知后觉反应过来：“什么才来啊？！你都听到了！”

许斐没否认。

秋生气呼呼地在原地蹦了两下，想起陶白薄薄的脸皮，连忙追上去：“斐哥你一定要保密啊，我同桌特别容易害羞，我拿止痛药的事，你千万不要告诉我哥他们，尤其是苟旭。”

苟旭那张大嘴巴，被他知道了，就等于被全校知道了。

那她一定会被淘淘恨死的！

许斐走在前面，他腿长，秋生要小跑才能追上他。

细碎的日光从树叶缝隙中投射在他身上，树影斑驳。

他的声音清凉，犹比山间清泉，沁人心脾：“嗯，我会保密的。”

“真的吗？”秋生不放心地问道。

“真的。”

他为什么要把这种事情告诉夏生和苟旭？

女生和男生在发育期的身体变化，是初中生物就学过的知识。

撞见女生因为痛经，去医务室拿止痛药，换作苟旭或许会觉得好奇，但许斐不是那种喜欢说别人私事的人。

秋生一想，是啊，他可是许斐啊，斐哥才不是喜欢说别人八卦的男生。

她顿时放下心来，以百米冲刺的速度跑回教室。

许斐在她后面，慢悠悠上了楼梯。

路过1班时，不知出于何种心理，他偏头看了一眼秋生的课桌位置。

秋生的小短腿同桌趴在课桌上，因为背对着走廊方向，只能看见一个后脑勺儿。他视线下移，落在她抵着小腹的右手上。

女生痛经原来这么难受吗？

上课预备铃响。

许斐在走廊窗口站了两三秒，便回教室拿了手机去操场集合。

陶白动了动胳膊，抬起头来。她悄悄扭头看向窗外，眼角的余光中还能看见那道白色背影，感受到空气中挥之不散的清冽冷香。

6月，知了不知疲倦地叫着。

高一、高二尚且感受不到学习的紧迫，而即将高考的高三学长学姐们，几乎整天都泡在书海中。

一中的校门口已经拉上了横幅，对即将迎战高考的高三学生们，报以最诚挚的祝福和期盼。

然而在高考前夕，一中发生了一件始料未及的大事。

那是周五上午第二节下课，学校的操场上突然传来一道刺耳的哭号声。

这道声音十分突兀，又正巧是下课时间，操场四周都是人，每层楼的阳台上都站着密密麻麻出来放风的学生。

陶白正在做题，这道声音吓得她笔尖一划，划破半张纸。秋生更是直接踩着课桌，从窗口翻到走廊，挤开几个男生，趴在阳台上往下张望。

操场上，一个中年妇女坐在地上哭号不止。她身旁站着一个中年男人，正指着办公室方向破口大骂："我女儿是在你们学校不见的，你们今天必须给我一个交代！

"她马上就要高考了，如今人却不见了！她住校啊！住校！孩子不在学校，你们都没发现吗？什么狗屁学校！我要去告你们，你们算什么老师？你们不配为人师表！

"你们赔我女儿！

"赔我女儿！！"

全校都陷入了安静，教学楼的阳台上密密麻麻，站的全是学生。

高三的学生中，有一个认出了这对夫妻，他瞪着眼不敢置信道：“这不是曲微微的爸妈吗？曲微微不见了？我前几天还在学校看见她了啊。”

一石激起千层浪，所有人都沸腾了，四处都是交头接耳的声音。

秋生心情有点儿微妙，她虽然跟曲微微关系不怎么样，可乍一听到曲微微不见了，她父母还闹到了学校来，内心还是很震惊的。

曲微微今年高三，再过几天就要高考了，如今人却不见了……

班上，林娇娇和卞桃对视一眼，林娇娇下意识抓紧了卞桃的手。

卞桃小幅度朝她摇了摇头，安抚性地捏了捏她的手指。

曲微微前几天找她们要了几百块钱，她们给了，但是没想到她是拿着钱跑了。

陶白不认识曲微微，但她听过这个名字。

曲微微以前追过许斐，她听前桌的师春文和葛雪聊八卦时说过。

楼下的哭骂声突然停了，阳台上响起一片喧哗。紧接着，又是几道尖声怒骂，随后彻底没了声音。

秋生看完热闹回来，对她说：“是曲微微的爸妈来学校闹，他们说曲微微不见了，人不在学校，打电话也联系不上。现在他们被教导主任请去校长办公室了。”

陶白几不可闻地叹了口气，翻了一页练习册，继续写。

秋生也跟着叹气：“都什么事啊。”

因为师资力量雄厚，每年录取率高，并奉行能者上、弱者下的学习态度，一中的学习竞争尤为激烈。

竞争之下，便是厚重的学习压力。

去年高考前夕，就有个高三的女生因为不堪压力而跳楼。虽然这件事最后被学校压了下来，但世上哪儿有不透风的墙，知道这件事的人不少，所以今年高考，高三的体育课才没有被取消，就是不想给大家那么大的压力。

可没想到还是出了曲微微这件事。

但秋生不相信曲微微是因为学习压力过大，然后才离家出走的。

曲微微是谁啊，一中的女霸王，她只会因为今天的发型不够漂亮而忧愁，但绝不会因为月考成绩不理想而烦恼。

校长办公室的门关得严严实实，连窗帘都没透出一丝光亮来，谈话声被隔绝在厚重的实木门内。

有些想要打探消息的同学趴在门口和窗户下，然后被闻讯赶来的教导主任赶走。

“你们很闲是不是？要不我请你们去办公室喝杯茶！”教导主任指着他们。

“主任，曲微微真的不见了吗？”有人问道。

“高三不是住校吗？不是每天都会查寝吗？查寝老师没发现曲微微不在宿舍吗？”

“她几天没来学校，她的班主任都不知道吗？”

教导主任忽视所有提问，指着他们：“马上就要上课了，你们在这儿围着干什么，快回教室去！”

一群学生见他不正面答话，齐齐冷哼，你推我搡，一哄而散。

不过还是那句老话，世上哪儿有不透风的墙，就算东边不漏，西边也得漏啊。

不知道谁，也不知道他去哪里打听来的，隔日，一中的人就全都知道了曲微微失踪，是因为跟人私奔了。

消息传回来，全体一片哗然。

后来又有消息说，曲微微的父母来一中闹了一场后，转道又去了十四中。

他们也不知道听谁说的，曲微微和十四中的一个男生私下有关系，原本想去找碴儿，结果在十四中根本没讨到好。

他们来一中闹，是因为曲微微本身就是一中的学生，而且她还住校，人突然不见了，学校有责任。

可十四中不同，十四中校风霸道，里面全是有钱的富二代，而且这群富二代还是一群不讲道理的混子。

什么？你说我们十四中的学生把你家女儿拐跑了？

行，把人叫出来，当面对质。

对质的结果是，对方是和你女儿认识，可两人早就没联系了。

你们夫妻俩不依不饶想撒泼？

行，保安！

曲微微的父母是直接被两个身高一米九的保安“请”出十四中的。

十四中的严野和一中的许斐经常在体育馆一起打篮球，那个十四中的男生，不巧就是他的兄弟。

周末在体育馆，那个男生满脸生无可恋，和八卦之王荀旭道：“曲微微天天让我给她买这个买那个，我又不是野哥，家里有矿，黑卡无限刷。我一周给她买了三个包包，三个啊，她还不满足。”

“然后呢？”荀旭搭着夏生的肩，和一群男生听得十分入迷。

“然后？”男生冷笑，“然后她转头就和外面混社会的搅和上了……”

他简直没法形容当时的心情。

而且还被曲微微的爸妈找来学校臭骂一顿，这糟糕的体验也是没谁了。

秋生在旁边听得目瞪口呆，嘴里的棒棒糖都掉到了地上。

这个惊天八卦她实在憋不住，转头就告诉了陶白。

陶白听后，没有什么反应。

秋生非常不满意这位听众的反应啊，这哪儿是一个听八卦的人该有的态度？

她实在憋得慌，转头就去隔壁班告诉了林菲和赵梦丹她们。

林菲她们的反应满足了秋生的八卦欲，三人凑在一起叽里呱啦说了半天。

等秋生一走，林菲转头就告诉了请了半天假、下午才来学校的刘萌。

刘萌是出了名的大嘴巴，能和荀旭平分秋色。她哪儿能憋得住，转头就告诉了其他玩得好的小姐妹们。

小姐妹的小姐妹再告诉小姐妹。

然后——

曲微微和别人私奔啦。

曲微微和混社会的私奔啦。

曲微微和胳膊文着大老虎的社会老大私奔啦。

不对，曲微微是和文着大狼头的社会老大私奔啦。

各种版本，瞬间传遍了一中的各个角落。

“这传得够离谱啊，还文着大老虎。”苟旭趴在夏生背上，看着秋生，“秋生，是不是你说出去的？”

秋生没说话。

她是和别人说了这件事，可真的没这么离谱，这事传到后面，都有人说在医院妇产科见到了曲微微。

流言就像一把刀，就算曲微微她本人确实跟人跑了，即便目前伤害不到已经不知道跑到何方的曲微微本人，但她的父母是无辜的。

女生的声誉何其重要……

秋生第一次为一件事后悔，她不该去和林菲、赵梦丹她们说的。

她性格大大咧咧，但不是没心眼儿，她嘱咐过林菲她们，让她们别出去乱说。

但她忘了，不是每个人都是陶白。

林菲她们更不是。

秋生的沉默让苟旭有些无措，他忙道：“秋生你别这样，我……我没有说你的意思，我就是……”

秋生垂着脑袋没说话。

“这事瞒不了多久的，十四中那边已经传开了，就算你不说，她们早晚也会知道。”苟旭围在秋生身边，手忙脚乱地试图安慰她。

“狗哥，你别安慰我，这件事是我做错了。”秋生抬头，“错了就是错了，没什么不敢认的。”

从别人嘴里说出来和从自己嘴里说出来是两码事。

秋生也说不出什么大道理，她才十六七岁，没有经历过大是大非，她因为自己的好奇心和八卦欲，把曲微微和别人私奔的事告诉了她的朋友，虽然不是她主动闹得全校皆知，但话却是从她嘴里说出去的。

现如今，全校所有人都在讨论曲微微，说的话一句比一句难听。

就连学校贴吧都在传这件事，她不难想象，过不了几天，整个瑞阳都会知道。

秋生很后悔，特别后悔。

女生纤细的心思男生感受不到，苟旭抓耳挠腮哄了秋生半天，秋生始终闷闷不乐。

夏生能感觉到秋生此时情绪很低落，难过、后悔、内疚等种种情绪，浓郁得都能影响到他了。他走过去把秋生抱在怀里，手掌轻抚着她的脑袋，无声安慰她。

过了许久，感觉到她情绪有所好转，夏生声音温柔道："哥哥经常告诫你，做事不要冲动，要三思而后行，你总是不听。"

秋生闷声道："现在听了，但是晚了。"

"什么时候都不晚。"夏生说，"就算你九十岁才学会去纠正错误，在哥哥心里，都不算晚。"

秋生眼睛微润，紧紧抱住他的腰。

夏生笑着拍了拍她的脑袋，把她的头发揉成鸟窝。

曲微微这件事最后是怎么解决的无人得知，曲微微放弃参加高考，她的父母也没有再来学校闹。

就像一年前那个从高空坠落的生命，随着时间的流逝，终将成为被尘封的往事。

一中的学习氛围仍旧浓烈，被曲微微事情影响的仅仅是一小部分，毕竟每个人都在专注着自己的人生。

但经历磨砺人心，比如和曲微微私奔事件毫不相干的秋生，她从懊悔中学会了什么，外人无从得知。

青春，或者人生，从来就是一场不断学习和领悟的旅程，你从中汲取的，才是你一生中最宝贵的财富。

但同样地，你在旅程中走岔了路，那可能穷极一生，都无法再回到正确的道路上了。

又一年的高考如期而至。

陶白偶尔走在操场上，仰头看见隔壁楼的学长学姐们或沉默或兴奋或苦恼的表情，已经提前开始感同身受。

站在别人的人生十字路口，她见到了人生百态。

她不可抑制地想到期末考试后，即将分科的他们，离高三也不过还有两年的时间。

两年，七百多天，一万七千多个小时，看似离自己很遥远，其实也不过弹指之间。

两年后的她，脸上会是什么表情呢？

是十拿九稳，稳操胜券，还是如即将踏入考场的学长学姐们一样，带着对未知的迷茫，充满惊慌和担忧？

陶白想，无论如何，她终归是要和秋生一起去北方看雪。

高一的学习虽然紧张，却也还有空闲时间得以喘息。陶白在学习间隙里，体会到了全国对这两天高考的学子报以的崇高期望和鼓励。

今年的高考一如往年，从早上起，便烈日高悬。

头顶的风扇不停地工作着，讲台上，数学老师在解题讲析。

陶白坐在教室里，偏头看向窗外。燕子成群划过长空，她不知不觉走了神。

数学老师看了她一眼，没有多说什么。

下课后，陶白对秋生说："我想选理科。"

秋生很吃惊，看着她："你不是很讨厌数学吗？"

陶白垂下头，她其实还没有把要分班的事告诉齐素。她几乎可以预想到，她把这件事告诉齐素，她的第一反应只会问卞桃选了什么。

陶白摸了摸心口，她这里，好像长了一颗开始不听话的种子。

卞桃选什么，她开始不在乎。

她想选理科。

无论卞桃选了什么，她都要选理科。

许斐数学很厉害，他回来后，每个月月考，数学他永远保持着年级第一，没有人能超过他。

他一定会选理科。

文理两栋楼，即便不在一个班，却在一栋楼。

上学放学会经过同一个楼梯，会学习相同的科目，或许未来还有可能在同一个考场。

而有些事情，只是想想，都已经觉得满足。

高考结束那天，高三的学姐学长们考完回校。

漫天被撕成碎纸的书本，从高空坠下，彻底释放的鬼哭狼嚎在一中高空经久不散。

“解放啦！”

“我终于解放了！”

“我不在乎成绩！我要出去大玩儿一场！”

“我要去西藏旅行！”

“我要去夏威夷旅行！”

“老娘一定是今年的文科状元！”

“B 大我来了！”

“一中再见！”

“一中再见！”

“再见一中！再见米老师！米老师我最喜欢你的数学课！”

隔着一栋教学楼，高一、高二的学生都听见了这场压抑后的狂欢。

他们没有被打扰的不满，甚至一个个脸上都露出了笑容。讲台上讲课的老师都忍不住看着台下的他们，鼓气道：“两年后，我在这儿等着听你们的声音。”

“好！”有人应道。

“好！”

“好！”

“好！”

接二连三的人跟着附和，声音之大，连隔壁班的老师也频频转头看过来。随即，她笑着看向底下的学生，2 班的人对视一眼，心有灵犀跟着吼：“好！”

笑声肆意，青春无敌。

# 第七章

# 纸条上的数字

高考结束后，学校一下子变得空荡起来。

以往喜欢趴在阳台、往操场张望的高三学长学姐离开了学校，所有人都有些不适应。

秋生的性格也在一夜之间变得沉稳了许多，她现在就算和林娇娇起冲突，也不会直接冲上去踹人家课桌了。

卞桃的成绩在班主任请了一次家长后有所上升，林娇娇也不知因为什么，在学校收敛了很多。秋生和陶白感觉不到，但坐在林娇娇前面的班长严曼可，实实在在感觉到空气都清新了不少。

严曼可因为上次陶白身体不舒服去操场叫了秋生，从那次之后，她和秋生与陶白的关系变得比以前亲近许多。

接触之后，她发现陶白并没有林娇娇她们所说的那么孤僻阴沉，她只是话少，性格安静。

私下里，她遇到不会的题去请教陶白，陶白都会很耐心地和她一起讨论。

在沉闷又枯燥的学习氛围中，去篮球场看许斐他们打篮球，成了唯一的休闲活动。

球场上奔跑的少年们青春有活力，传球、运球、三分，甚至跳跃灌篮。

他们似乎并没有被即将来临的期末考影响，该怎么玩儿还是怎么玩儿，让很多女生羡慕不已。

秋生抓着头发满脸愤愤：“斐哥简直气死人了，哪儿有他这样的？整天不见学习，瞎考都能考年级前十，数学永远都是第一名。”

陶白当时正埋头做题，闻言笑了笑。她和许斐不同，她就是一个很普通的人，脑子还笨，想要取得好成绩，只有付出比别人多十倍的努力才行。

许斐很聪明，陶白点头赞同。她再努力，数学也永远是第二名。

秋生咬着笔头，眼珠子灵动地转了一圈：“淘淘，你整天看书做题一定很累，我们去看他们男生打球放松一下吧？”

陶白知道她做题做烦了，摇头：“秋生你去吧，我还有几道题要写。”

秋生哼了声，站起来，看向隔壁组的严曼可：“严曼可，看打球去不去？”

严曼可也在做题，闻言笑着摆手：“秋生你去吧，我作业还没做完呢。”

“哎呀气死我了，你俩一天到晚就知道做题，劳逸结合懂不懂！”秋生气得原地跺脚，然后鼓着小脸自己去了篮球场。

陶白以为秋生这一去，起码要上课才回来，结果才过几分钟，秋生就一副偷到油的老鼠模样，贼兮兮地小跑回来。

她脸上带着窃笑，手心里不知道攥着什么东西，藏得严严实实。

“淘淘，我跟你说，我刚得到一个宝贝。”她用脑袋拱陶白，“你别做题了，我真的得到了一个宝贝，你理理我呀。”

陶白被她缠得没办法，无奈地放下手中的笔，看着她：“什么宝贝呀？”

秋生满脸兴奋，双眼冒着恶作剧的光：“我跟你说过吧，夏生那个小气鬼从来不让我碰他的手机，刚刚他让我给他拿衣服，结果兜里的手机响了，他接完电话忘了锁屏，就把手机塞回兜里。秋生我就好奇啊，秋生我就偷偷摸出来一看，秋生再偷偷顺便一玩儿，然后秋生就……”

她双眼亮晶晶：“上了他的QQ，看到了——”

她双拳紧握，朝着陶白晃悠，双眼盛满了光。

“淘淘，我们来玩个游戏吧。”秋生就像想到了什么好玩儿的事，对这个突然冒出来的想法开怀不已。她看着陶白，把紧握的双手伸到她面前，

“这两只手呢，一只手有东西，一只手没有东西，你随便选一个。假如选到有东西的那只手，那我就把东西送给你。这可是好多女生求而不得的宝贝哟。”

她们如今都不知晓，一个突发奇想的小小游戏，到底改变了什么。

两只白嫩嫩的拳头伸到陶白面前。

从陶白选了离心脏最近的左手开始，轨迹，已然开始改变。

她和那个少年之间的距离，在无形中拉近，却也在无形中渐远。

等多年后，她回首当年那个暖阳午后，只留下一声经久不散的叹息。

高一结束，长达两个月的暑假来临。

陶白拿着期末考成绩单回家，成绩单上的第一名就像一张购买齐素和颜悦色的票，陶白终于如愿，不用看见她疯狂扭曲的脸。

齐素很满意。

所以，当陶白提出要去打暑假工时，她虽然不是很高兴，但看着已经在不知不觉中长得和她一样高的女儿，面上露出片刻恍然。

不知道这个孩子怎么就悄无声息长这么大了。

陶白的身高在这两个月悄然拔高，她晚上睡觉的时候，时常会感觉到生长痛。

成长是要付出代价的，身体的疼痛只是其中之一。

“零花钱不够用，妈妈可以给你，暑假你在家多看看书，下个学期就高二了。”齐素不想让她去打暑假工，皱着眉道。

陶白鼓起勇气直视她，坚持道：“我想去打暑假工，我保证成绩不会下降。”

齐素面带不满：“你拿什么保证？”

陶白垂在身侧的手在颤抖，这是她第一次反抗母亲。齐素和陶武就像始终压在她身上的两座大山，她无法形容自己此刻有多紧张。

顺从已经融入她的骨血，想要改变就只能抽筋，拔骨，换血。她怎能不惧，怎能不痛？

齐素的冷面让陶白心惊，她的手指不受控制地开始痉挛，她害怕下一秒就会听见齐素尖厉的怒骂。

这半年，她小心翼翼用成绩维持的温馨平静，或许会在这一次的逆反中彻底土崩瓦解。

她在常年的指责与厌弃中已经练就了一副毫无表情的面具，可在这张面具下，其实藏着一张惊惧的苍白小脸。

“我保证，成绩不会下降。”这句话，用尽了陶白努力积攒的所有勇气。

“本地新闻台正在播报一条车祸消息……”

客厅压抑的气氛加上电视里主持人严肃的声音，让陶白险些站不稳。

良久，齐素开了口：“如果下降了呢？”

她面无表情地看着陶白，涂着红色指甲油的纤细手指垂在身侧。陶白身体一僵，指甲划在脸上的刺痛，她至今记忆犹新。

“不会，我保证成绩不会下降。”她攥紧拳，说得铿锵有力。

齐素看了她半晌，陶白的后背已经被冷汗打湿，但她没有后退一步。

“好，你记住你说的话，如果开学成绩退步了，你就不要上学了。”

陶白的心前所未有地轻盈。

回到房间，她关上门，后背往后一靠。仰头看着雪白的天花板，她缓缓地吁出一口长气。

过了一会儿，她走到床前盘膝坐下，拉出床底的木箱，从里面的木盒子里拿出一张纸条。

小心翼翼地把纸条摊开，看着上面那一串数字，她露出了笑容。

把眼镜丢到一旁，陶白抱着纸条扑倒在床上。

她抓过一旁的枕头抱在怀里，死死压抑着满心兴奋。可实在太高兴了，她真的忍不住，只能把头埋在枕头里闷声尖叫。

“啊！！”

许斐的QQ号，她居然猜拳猜到了许斐的QQ号！

她翻了个身，仰躺在床上，纸条上的数字，在她从秋生口中知道是什么后，就已经偷偷背了下来。

可看着这串数字，她仍旧有些不敢相信。

这是许斐的QQ号呀。全校除了夏生和荀旭，就没人知道的私人QQ号。

不是班级群里那个只有一个星星、用来敷衍人申请的小号。

是他会上线的私人 QQ 号。

陶白双腿在半空蹬着，抱着这张纸条，没有眼镜遮挡的小脸露出一抹甜甜的笑。

暑假来临，大街上四处贴着招聘启事。

招聘岗位最多的是冷饮店和炸鸡店，还有一些需要发传单的小时工。陶白平日里连逛街的机会都屈指可数，更不用说出来找工作。

最开始两天，她鼓起勇气，找到了一份发传单的工作，但她天生寡言，不会笑也不爱说话，把传单递出去，路人也不接。偶尔有一两个路人接了，可走了没几步就扔在地上，陶白就跑过去把传单捡起来，一天下来，也没有发出去多少。

老板让她第二天不用来了。

陶白拿了一天的工资，六十块。

她在回家的路上路过一家手机店，看见外面的广告牌上最便宜的手机都要一千二百元。齐素给她的零花钱，她都买了学习资料，零零星星算下来不少，所以她没有存下什么零花钱。

她在手机店门口站了很久，店里的店员都频频朝她看来。

“小妹妹，你想看什么牌子的手机？我们店里上了几种最新款，你进来看看啊？”有店员招呼她。

陶白站在店门口没动，小声问道：“姐姐，你们店里最新款的手机多少钱一部？”

店员以为有生意上门，脸上挂着热切的笑容：“不贵不贵，打折下来就四千左右。”

新款手机这么贵呀。

陶白呆呆的，又问：“那最便宜的呢，能上 QQ 的那种？”

店员脸上的笑容一滞：“那种几百块钱的就有。”

说完，她补充道：“但是便宜的手机，性能不是很好，如果你要用手机上网，我还是建议你买新款的。新款手机用得久，内存大，使用起来不容易卡。”

现在还有哪个年轻人会用几百块钱的手机啊。

陶白点点头，朝她道了谢，转身走了。

接下来的几天时间，陶白都在外面找工作。

她又换了一个老板，发了两天的传单，但效果都不是特别理想。她面对陌生人怎么都笑不出来，说话磕磕巴巴，容易紧张，老板观察了两天，就让她不用来了。

性格决定了她与人面对面交流存在极大的障碍，而老板多半并不喜欢这样的员工。

陶白接二连三地失业了。

几百块钱，险些难倒十六岁的陶白。

落日的余晖铺洒大地。

陶白坐在商场外面的梯坎上，面朝西，橘黄色的夕阳映出她眼底失落的光。

十几米外的大商场门口站着两个巨大的人形布偶，手中拿着气球，路过的小孩儿嘻嘻哈哈扑在他们身上。

笨拙的大布偶被小孩儿们推搡着，他们抬起宽大的手掌摸摸小朋友的脑袋，把手中的气球送给他们，身姿笨拙可爱。

陶白突然起身朝他们走去。

她走到商场大门口一个坐在地上休息的大布偶面前，偷偷攥紧双拳，高声问道：“请问，你们还招人吗？”

穿着布偶装的人歪了歪脑袋，随即，他伸手取下头套，露出一张流淌着细汗、满面潮红的脸。看着面前的小女生，他笑着问：“小妹妹，你刚才说什么？”

陶白用了很大的勇气才迈出这一步，她想买手机。

她的脸同样绯红，但和男生的脸不同，他是热的，而她是羞的。陶白垂着眼，小声重复：“请问，你们还招人吗？”

男生挑眉：“嗯？”

陶白指着他身上的玩偶装，鼓起勇气道：“这套工作服我也可以穿，再热的天都可以，每天工作十个小时也没有关系。”

穿着这套工作服，不用面对陌生人，不用说话，被小孩儿扑倒，她也不怕，没有人会知道她是谁。

就像穿着一副铠甲，充满了安全感。

7 月天，穿着玩偶装，站在地表温度近四十摄氏度的大街上发传单并不是一件轻松的事。

男生怀里抱着玩偶头套，看着她，温和地提醒：“小妹妹，这个工作并不轻松哦。虽然看着不用做什么，但只是穿着这套工作服就已经很辛苦了。”

“我不怕辛苦。”

“不但辛苦，还可能会中暑。”

“我不怕中暑。”

男生伸手捋了一把被汗水打湿的刘海儿，眯着眼道：“看到我现在的样子了吗？真的很辛苦，还很热。”

陶白点头，认真地看着他：“我不怕辛苦，也不怕热。哥哥，你们还招人吗？”

男生不由得多看了她两眼，嘴角扯出一抹笑。

“招呀，我巴不得有人来替我送气球呢。”他双腿伸直，用手扇着风，“不过你得先回答我的问题，你是学生吗？我们不招童工。”

陶白虽然相比上半年发育了不少，但在同龄人中个子依旧不算高。她有些紧张地看着他，小声道：“我满十六岁了，开学就读高二了。”

男生见她不像在说谎，点点头：“那你进来跟我填一下单子。我们这里是有规定的，必须干满三天才有工资，你要是干一天就不来了，拿不到钱的，所以你要考虑清楚再填单子。”

说完，他顿了顿，笑容温和道：“如果只是想打暑假工，其实还有很多轻松的工作，比如奶茶店之类的，不用晒太阳，吹着空调也不累。我这里也有认识的朋友在招人，如果你愿意，我可以介绍你去。”

陶白心里一暖，她摇摇头，小声道谢：“谢谢哥哥，我就要这个工作。”

男生闻言，没有再说什么。

他带她进去填了单子，只是在留手机号的时候，小女孩儿磨蹭了很久，才小声说她没有手机。

男生很惊讶："你的学习成绩一定很好。"

现在还有哪个年轻人没有手机，他唯一能想到的就是女孩儿的家长为了让她专心读书，没有给她买手机。

陶白只是笑笑，没有说话。

这是一家很大的商场，男生似乎也是来打暑假工的学生，但和陶白不同，他是大学生。

陶白不知道他和商场的管理者有什么关系，只见他进办公室说了几句话，也没有人来面试她，就直接通知她明天早上八点来上班。

"底薪两千八，如果不缺勤，还有三百元的全勤奖，表现得好，月底还有奖金哟。"男生已经换了一身衣服，他把陶白送到门口，笑眯眯地低头看着面前这个只到他胸口的小女孩儿。

陶白眼睛一亮，这完全超出她的估算，一个月能有一千，她就很满足了。

她脸上的喜悦太明显，男生忍不住笑："别觉得工资高，等你明天穿上玩偶装站在烈日下，你就会明白这个工资并不高。至少和你流的汗水比起来，真的不算多。"

陶白摇头，再次和他道谢。

如果一个人想要得到的只有一，你却给了她三，即便在外人看来，她付出的其实是四，但对只想要一的她来说，她已经赚了。

因为她并不贪心，只想要一。

她只想通过自己的努力，拥有一部能上 QQ 的手机。

床底下木箱里的那串数字，就像一个秘密宝盒，而开启宝盒的钥匙，就是她在暑假两个月里，穿着玩偶装在烈日下流的汗水。

烈日当空。

人潮涌动的步行街，几个男生并肩而行。

"大热天的逛什么街啊？去网吧吹空调多爽。"苟旭走在最右边，借着商铺门口支出来的遮阳伞遮阳。

“整天吹空调，小心得空调病。”夏生说。

“我愿意患上这个病。”苟旭热得直擦汗，“你们谁都不要和我抢。”

三个男生中，最高最显眼的少年走在最外面，整个人沐浴在阳光下。

他面容白皙清俊，穿着白 T 恤和浅色短裤，脚上踩着一双球鞋，走得不急不缓。

“斐哥你什么体质？天天晒太阳不黑也就算了，这么热的天，你居然还不出汗。”苟旭热得吐舌头，伸出手去摸许斐的胳膊，“让我看看你是不是属冰块的。”

许斐冷冷地看了他一眼，苟旭吓得缩回手。

夏生也觉得热，见前面有家冷饮店，忙道：“前面有家奶茶店，我们进去坐会儿吧，这天气实在太热了。”

今天的温度接近四十摄氏度，简直要热死人。

“快看，快看！”苟旭突然拍了一下夏生的肩膀，指着前面的路口，“这么热的天，居然还有人穿着玩偶装在外面发气球，不要命了吗？”

夏生和许斐顺着他手指的方向看过去，就见前面十字路口，一个穿着蓝精灵玩偶装的人手里攥着一把气球，来往的小孩儿围在玩偶身边，叽叽喳喳嚷嚷着要气球。

蓝精灵动作有些笨拙地在小朋友们脑袋上轻轻摸了摸，随即一个个挨着给他们发放印着商场 logo 的气球。

夏日灼热，连地面都是滚烫的。

这个天气穿着厚重的玩偶服，无异于一场酷刑。

许斐扯下左耳的耳机。

苟旭性子活泼，因为好奇，跑过去围着蓝精灵转了两圈。然后学着之前那些小孩子的语气，伸手讨要气球：“蓝精灵，蓝精灵，给我一个气球，我也要气球。”

蓝精灵的动作明显一僵。

许斐和夏生站在旁边看。

苟旭见蓝精灵不动，也没有要给他气球的意思，委屈巴巴抓着蓝精灵的手摇晃："我不管，我不管，我也是小孩子，我要气球，给我气球！"

夏生笑得东倒西歪，指着他："你要点儿脸行吗，狗？"

许斐唇角微勾。

僵了半天的蓝精灵不知是不是被苟旭逗乐，往后退了两步，踮起脚，伸手在苟旭脑袋上轻轻拍了两下，然后给了他一个气球。

苟旭被拍蒙了。

蓝精灵绕过他，走到夏生面前，歪了歪头。

夏生脸上还保持着看热闹的表情，见蓝精灵走过来，下意识就要往后退。可惜已经晚了，蓝精灵拍了拍他的脑袋，然后递给他一个气球。

许斐嘴角的笑容有点儿僵。

他看着蓝精灵走到他面前，手伸在了半空，他下意识就要往后退。蓝精灵却只是在虚空轻抚两下，动作与拍苟旭和夏生脑袋的敷衍截然不同。

很温柔很温柔，明显的偏爱。

蓝精灵给了许斐三个气球，比夏生和苟旭的加起来都多。

许斐愣愣地看着手中的气球，视线不由得落在已经转身离开的蓝精灵身上。

那个蓝色的身影动作迟缓，平地走着，甚至还绊了一下，险些摔倒。

胖乎乎的身体，看起来笨得要死。

冷饮店生意很好，他们一进去，就有一群人朝他们看来。

尤其是许斐，几乎所有女生都在偷偷看他。

许斐手腕上缠着三根气球线，三个大红色的气球被空调吹得东倒西歪。他表情冷淡，对周围的打量视若无睹。

"凭什么啊？这凭什么啊？我和夏生都被拍了脑袋，就不拍你，这不公平！"苟旭摸了摸自己的头，"而且我觉得她像是在拍狗脑袋。"

许斐："可能也不是觉得。"

夏生："可能她就是在拍狗脑袋。"

苟旭怒火中烧："你们俩什么意思？是不是想打架？"

找了位置坐下，许斐把气球线从手腕解下来，缠在肩包带上。

夏生瘫在沙发上，扯了扯领口，眯着眼享受空调："你别告诉我，你就准备这么背着？”

许斐抬眼：“怎么，不行？”

“老许，你难道不知道在街上接个传单和气球什么的，只要人家看不见了，转身就可以扔在垃圾桶里吗？”苟旭显然这种事没少干，特别有经验，“你现在就可以扔了。”

许斐靠在柔软的沙发背上，透过玻璃窗，看着不远处那个正在大太阳下缓慢移动的蓝色影子。

“这是人家送给你的。”他语调微缓，“无论以何种形式，你接了，就不要浪费别人的心意。”

苟旭正准备把气球捏爆，闻言一顿：“那我不捏了？”

夏生笑着伸了个懒腰：“气球这么可爱，当然要留着。”

下午三点，太阳火辣，街上行人匆匆。

冷饮店里十分凉爽，空调呼呼吹着，夏生和苟旭凑在一起聊游戏里的事。

桌上的奶茶杯空了一半，墙上的时钟嘀嗒作响，周围聊天声不绝于耳，十分热闹。

许斐低着头玩俄罗斯方块，他偶尔不经意间抬起头，就会看见那个蓝精灵在这两条马路间来回走着，手上的气球换了好几次，连续工作了两个小时也不见休息。

阳光从透明的玻璃外折射在许斐脸上，他眯了眯眼，用手抵挡日光。

挂在背包上的三个红色氢气球，被空调吹得东倒西歪。

外面，四十摄氏度的高温下，蓝精灵手中的气球也被一股来之不易、夹杂着热度的风吹得来回晃动。

陶白脸色发烫，她的眼睛已经睁不开了，汗水从额头滑落，头也昏昏沉沉的。

送完手上的气球，她犹豫了下，还是往回走了。

从商场的后门进入休息室，陶白摘掉头套，露出那张被高温炙烤后绯红如血的脸。她身上的 T 恤已经全部湿透，手一拧能拧出小半盆水。

在休息室里的霍放递了一瓶矿泉水给她，不赞同道：“你这小孩儿也太拼了，不是说了让你两点之前回来吗？今天太阳这么大，中暑了怎么办？”

陶白道了谢，拧开盖子，斯文地抿了两小口。

喝完水，她坐在椅子上，吹着空调，整个人都在发呆。

她低头看了眼自己的手心，胸腔震动得厉害。

她，差点儿就摸了许斐的脑袋。

许斐真高啊。

下午两点到四点，是一天中温度最高的时候，商场规定这个时间段可以休息。陶白以前都很听话，她工作从来不偷懒，让她休息，她也从来不扭捏，但今天她非常不听话。

霍放气急败坏地看着那个蓝色玩偶迈着轻快的步子，再次走向炙阳下。

许斐低头玩手机的动作一顿，他的左手垂放在桌上，修长的五指微微曲起，目光不由自主又落在了那个蓝色影子上。

啧，现在的公司都这么虐待员工吗？

他偏头看了眼身后气球上印着的logo……大夏商场。

冷饮店不时响起清脆的风铃声，荀旭冷饮都续了三杯，桌上还放着一盘炸鸡和炸年糕。

旁边桌有几个女生推搡着，不多时，一个长发女生红着脸被她们推了出来。她扯了扯裙子，慢吞吞走到许斐他们桌。

夏生和荀旭看着她，她却直接看向许斐，咬着唇小声问：“那个，帅哥，能加个QQ吗？”

荀旭和夏生拉长声调“哦”了声，一脸同情地看着女生。

女生见他们起哄，恨不得钻到地下去。

许斐收回视线，看了她一眼，淡声道：“不好意思。”

女生看着他，脸上表情几经变化，不甘心就这么放弃：“我不会打扰你的。”

许斐唇线微抿：“嗯？”

“如果你不想聊天，我不会打扰你的。”女生紧张地说。

从他进奶茶店，她们就开始关注他了，她也是第一次搭讪男生，没想到他这么冷漠。她长得也不差吧？

“嗯。”许斐点头，“不聊。”意思就是，不想聊，所以不加。

女生红着脸来，红着脸走。前后心情却完全不一样，她回去提上包就离开了奶茶店。

她的小姐妹们面面相觑，最后拿着包追了上去。

苟旭倒在沙发上笑得上气不接下气：“我说老许，你这样不行啊，女生都是应该宠着的。你看看你这个态度，以后怎么找到对象啊？”

“难怪你追不到林菲。”夏生在旁边慢悠悠地说，“是个女生你都想宠，渣男。”

“杜夏生！”苟旭瞪着双眼，张牙舞爪扑过来想揍他，“能不能别戳兄弟伤疤！”

夏生乐得不行，一边躲一边笑。

现在谁在苟旭面前提林菲，他准炸。

苟旭追了林菲一段时间，结果人家直接告诉他，她有喜欢的人了，他没戏。

他狗哥！没戏！

“林菲她是不是瞎啊，居然喜欢严野那只暴躁鹅，她不怕被啄死吗？”苟旭满脸愤愤不平。

林菲喜欢谁，他都没这么大反应，但是她喜欢的居然是十四中的严野，那他狗哥就非常不能释怀了。

他因为穿了和严野同色的运动服，被严野变着法儿找了半天碴儿。而且此种事件，发生了不止一次。

如今，他喜欢的女生偏偏喜欢上了严野，苟旭觉得自己跟严野天生犯冲。

“你在说谁？”一只手掌从天而降落在苟旭头顶上，捏着他的脑袋。随着他说话的节奏，那只骨节分明的手慢慢收紧，从凸起的指骨能看出对方用劲儿极大。

苟旭脸色一变。

许斐和夏生嘴角的笑容消失，举目望去。

严野穿着一身红色运动服，俊美张扬的脸上带着嚣张的笑。他身后跟着几个男生，脸上同样带着不怀好意的笑容。

“嗯？狗，我刚才怎么好像听见我的名字了？”严野脸上带着笑，他手上的力道，随着他嘴角的笑容扩大而变大。

苟旭太阳穴都凸了起来，脸憋得通红。

奶茶店不少客人都看了过来，有胆小的女生甚至惊呼出声。

许斐起身，伸手去抓严野捏着苟旭脑袋的手腕，被严野身后的人挡开。

“严野，放手。”许斐面色冷然，声音一下低了几个度。

严野桀骜一笑，凑近苟旭，屈指在他脑门儿上弹了个脑瓜崩：“狗子，下次说我坏话的时候记得转头看看身后。”

说完，他松了手。

苟旭抱着脑袋，只感觉到一片昏沉。

严野刚刚使了多大的劲儿只有他知道，今天要不是他斐哥在，他一定会被揍。

他到底什么狗屎运气，说人坏话的时候，正主就站在身后！

旁边桌的几个女生有点儿被严野吓到，忙不迭离开了奶茶店。

位置空出来，严野长腿一跨坐过去，从兜里摸出几百扔在桌上。

跟在他身后的几个男生拿着钱，笑嘻嘻推搡着去吧台点奶茶。

“狗，你刚才说谁喜欢我？”严野跷着二郎腿，想起之前听到的话，看向苟旭。

苟旭脑子疼，不想说话，而且他觉得严野这玩意儿根本不是什么好东西。

十四中广为流传的一件事，就是据说当初十四中有个女生喜欢严野，严野这个神经病知道人家女生喜欢他，非但没觉得高兴，还把人家叫去体育馆吓了一顿。

也不知道他说了什么，直接把女生吓到转学。

所以这个问题，苟旭完全不敢回答，他怕这个神经病再次去他们学校找林菲麻烦。

鬼知道他什么脑回路，苟旭惹不起，也不敢惹。

苟旭装作头痛，趴在桌上不说话。

严野的几个兄弟拿着奶茶过来，大概是物以类聚，他的兄弟同样嚣张。见苟旭装死，走过去就朝着苟旭脑袋来了那么一下："狗，我们野哥问你话呢，你是聋了还是哑了？"

苟旭抱着脑袋，抬头朝他竖起中指："你狗哥的脑袋被你野哥捏坏了，我忘了刚才说过什么。"

那人有些不爽地看了他一眼，还想给他脑袋来一下。

严野一脚蹬在桌沿，那人立马㞞了，缩回手。

严野似乎是随口一问，对这个问题没有很感兴趣，他反而伸长胳膊去抓许斐的气球："许斐，你爱好挺独特啊，我以前怎么没发现你居然喜欢这么娘们儿叽叽的东西，还是粉色的气球。"

"这是红色好吗？"苟旭有点儿不记打，闻言小声道。

严野懒洋洋地倚着沙发："我说是粉色，它就是粉色。"

你是霸王转世吧？苟旭满脸痛苦地抱着脑袋，色盲。

严野又伸手去抓气球，被许斐抬手挥开："别动。"

他们俩经常在体育馆打球，严野虽然性格差劲了点儿，但对合脾气的人还算和气。他啧了声，没再动他的东西。

转而朝苟旭招手："狗，把你的气球给我。"

苟哥忍辱负重，把气球给了他。

红色的气球被严野的大掌搓揉，旁边几桌的女生被他粗暴的动作吓到，纷纷堵住耳朵。严野就跟玩心跳似的，五指嵌着气球，拧来掐去，就是不捏爆。

夏生看着备受折磨的气球，一脸不忍直视的样子。

严野却忽然扭头看他，似不经意道："哦，对了，你是叫夏生吧？我刚在路口看见你妹被人揍了。"

夏生脸色一变，猛地站起身："你说什么？"

许斐和苟旭也看了过来，站起身。

严野很不耐烦地重复："你们不是双胞胎吗，你妹被人揍了你没感觉？"

双胞胎又不是共体，她被揍了，他怎么会有感觉！

夏生脸色十分难看。

"在哪个路口？"许斐皱着眉问。

"前面再前面的巷口，这会儿估计已经揍完散了。"严野不耐烦地道。

夏生拔腿就冲出了奶茶店。苟旭抓着他忘了拿的包，也冲了上去。

许斐三人找到严野说的巷口，人已经不在了，但周围还围着看热闹没散的路人。

夏生随手拉了个年轻人询问，得到的答案是五分钟之前被群殴的女生，被人送去了医院。

夏生打秋生的电话，打不通，提示关机。

秋生的手机没电了。

她站在医院门口，胳膊上缠着绷带，脸上还有几道擦伤。

她旁边站着一个身材高大的男人，男人胡子拉碴的，罕见地蓄着一头过肩长发。他身上的衣服有些破旧，就像一个刚从山沟沟里出来的流浪汉。

但就是这个像流浪汉的男人，挤开一群漠视的路人，把被群殴的秋生救了出来。

男人手上拎着药袋子，还在谆谆教诲身旁的小女生："以后不能再和别人打架了，听见了吗？回家后把这件事告诉你父母，然后去报警。"

男人外表颓废狼狈，声音却出人意料地磁性悦耳。秋生莫名其妙被人揍了一顿已经很不爽了，还被他念叨了一路，小脸上非常不高兴："知道了，知道了，谢谢叔叔。"

男人闻言下意识摸了摸自己的脸，胡楂儿扎手，又低头看了眼自己的穿着，才意识到自己如今形象不佳，是挺叔叔的。

秋生今天出门没带多少钱，她把身上仅有的零钱搜刮出来，全一股脑儿塞给了他："叔叔，你给我留个电话号码，我回去后把医药费打给你。"

男人把手中的药递给她："不用了，又没多少钱。"

小女孩儿身上很多擦伤，看起来狼狈又可怜，偏偏一张小脸绷着，想要装出一副大人的沉稳模样。

男人笑了笑，低头看了眼腕表，抬起头来道："我还有事，那我先走了。再见，小朋友。"

秋生站在原地，看着男人高大的身影消失在路口，小声道："我才不是小朋友……"

陶白晚上接到了秋生打来的电话。

她打暑假工的事没有告诉秋生，自然也就不知道她最好的朋友，今天在离她打工很近的几条街外，被一群女生欺负了。

秋生也没有说今天下午的事，她的声音一如既往青春活泼，光是听着就让人觉得朝气十足："淘淘，你整天在家干吗呀？你什么时候出来玩儿，我请你喝奶茶。"她胳膊上缠着纱布，因为伸手去捞果盘里的水果，疼得龇牙咧嘴。

夏生坐在对面沙发冷笑。

她瞪了他一眼，示意他闭嘴。

夏生翻了个白眼，抱起桌上的果盘一顿猛吃，根本不给她留一块。

陶白抿了抿唇，眼中带着笑："秋生，月底可以吗？我请你喝奶茶。"

月底就发工资了。

月底啊，那脸上的伤差不多也好了。

秋生忙不迭点头："好的呀淘淘，月底你可不能放我鸽子，我等你。"

陶白也很高兴："嗯。"

一整个暑假，陶白都过得很充实。她白天去打工，晚上就在家写作业，提前预习高二的学习内容。

打工是她答应齐素成绩不下降换来的，她不能松懈。

她可以想象，如果她开学成绩下降，排名不在卞桃前面，那即便她买了手机，最后也会被齐素扔掉。

努力很难，留住努力更难。

陶白只有加倍努力，才能得到和保留自己的东西。

枯燥无聊的工作对别人来说或许很难受，但对陶白而言却很轻松，只要不用面对面跟别人交流，暴晒、流汗、苦累，这对她来说都是可以忍受的。

除了那天的偶遇，陶白往后每天都在市中心那两条十字路口来回走，一天八小时，但她在暑假再也没有见过许斐。

月底，因为不满一个月，她只拿到了两千五百元的底薪，加上三百元的全勤奖和两百元的高温补助，一共三千元。

隔天放假，她请秋生喝了奶茶，还给她买了礼物。秋生离开后，她去了上次驻足的那家手机店。

陶白没有买最新款的手机，也没有买那个店员姐姐说的性能很差的手机，她买了一部两千元左右的智能手机，外壳是白色的，很漂亮。

2008 年的暑假，陶白穿着沉重的玩偶服，在四十摄氏度的烈日下暴晒了一个月，送出去无数个气球，赚了三千元，拥有了她人生中的第一部手机。

每个女生在青春时期都曾为某件事义无反顾地疯狂过，陶白的义无反顾，只是因为一串前路未知的数字。

晚上她坐在床上，看了整整一夜手机说明书。

黎明破晓，天边泛起鱼白肚，陶白翻出很久之前秋生帮她申请的QQ，输入账号和密码。在点击“登录”时，她仿佛觉得自己打开了潘多拉宝盒。

许斐的 QQ 号是 7 开头，好巧，她的账号也是 7 开头。

屏幕一闪，陌生的界面出现在陶白眼中。

陶白戳了戳左上角的原始头像，在别人看来一秒都不能忍的丑陋头像，在陶白眼中却宛若天使。

她看着空白一片的界面，摸索着点开资料。

网名：**陶白**。

她的账号网名就叫陶白。

应该是秋生申请的时候随手打上去的。

陶白犹豫了一下，把网名改成了 tb。

列表上只有一个好友，显示在线，是秋生。

她点开聊天框，输入了两个字，还未发送出去，就立马删除。来回几次后，她退了聊天界面，点开个人资料，把网名改成了 bt。

改完名字后，陶白心里松了口气，她给秋生发了一个微笑的表情。

对面居然回复一句：你是谁？

陶白一愣。

第一次接触网络的陶白不知道，秋生的 QQ 好友有几百个，而且她还没有备注名字的习惯，这年头又流行踩空间和增加留言数，破万的留言板会显得她超级酷，人气旺。再加上秋生玩了很多网络游戏，游戏好友加她，她从来不拒绝，所以她的好友很多。

但这些陶白都不知道，她看着秋生的回复发愣。

她眨了眨眼，没回。

她的列表里只有一个好友，但是这个好友并不知道她是谁。

陶白非但没有觉得失落，还莫名松了口气。连秋生都不知道她是谁，那别人就更不可能知道了。

她突然感觉到一股莫名的开心，类似于她偷偷躲在角落里偷看别人，而别人却不知道她是谁的小窃喜。

陶白躺在床上，举着手机，内心疯狂纠结。

那串数字她早已背得滚瓜烂熟。

手机买了，可她又犹豫了。

主动这个词对陶白来说相当陌生，她习惯了躲在角落偷看，即便她就坐在离走廊最近的位置，男生每天都会经过她的身边无数次，可她却连光明正大地回头看他一眼都不敢。

在无人可知的角落，她可以放任喜欢疯长。

可在人前，她只是一个胆小鬼。

陶白呆呆地望着添加好友界面，食指在数字键点了几下，输入了那串号码。

在点击“确认”的时候，她又手忙脚乱地把号码删了。

陶白把手机丢到床上，脸埋进枕头里，呼吸沉闷，亦如心情。

窗外的天渐渐明了，东边的地平线上，晨光缓缓亮起。

2008年8月1日，清晨六点。

一根纤细白嫩的手指在数字键上连击七个数字，她一鼓作气输入完，点了旁边的搜索键。

一个纯白的头像映入眼帘，陶白不敢多看，她攒了一个月的勇气全用在了这一瞬间。

申请加为好友？

是/否。

是。

一条好友申请横跨太平洋，在M国的一栋别墅的二楼某个房间里响起。

陶白面颊滚烫，她不敢再看手机，弯下腰拖出床底的木箱子，把关了机的手机塞进去。然后去卫生间洗漱，一脸平静地把早饭做好。吃完早饭，她背着包准备出门。

在玄关换鞋时，她没忍住又折返回了房间，蹲在地上把木箱拖出来，小心翼翼拿出手机，开机，登录QQ。

安安静静，没有消息。

陶白垂着眼，把手机放了回去。一瞬间，失落排山倒海袭来。

她回想起在学校时秋生曾经说过的话，许斐从来不加陌生人好友。

即便秋生是夏生的妹妹，许斐也不加。

除了夏生和荀旭，没有人知道许斐的私人账号。

秋生调皮地从夏生QQ上偷偷把许斐的账号抄下来，当作一个好玩儿的游戏让陶白猜拳，她是料定了这仅仅是一个闲暇无聊的小游戏，因为陶白从未表露过对许斐有关注。在秋生心中，她的淘淘一心只是学习，男生她都不感兴趣。

这个小游戏，她也只能和陶白玩儿。

任何人都会当真，任何人都会对许斐的私人账号感兴趣，唯独陶白不会。

可惜，她不知道的是，她以为唯独不会对许斐账号感兴趣的陶白，为了这个账号，在四十摄氏度的高温下发传单，被路人拒绝了一遍又一遍，也没有放弃。

她的淘淘穿着布偶装，每天在外面暴晒八个小时，走到差点儿中暑晕倒。她被不懂事的小孩儿推倒在地，因为玩偶装臃肿，怎么也站不起来，惹得路人笑话。她性格寡言木讷，害怕与人交流，却主动上前搭话，想要工作。

秋生的一个玩笑，是陶白奋力追寻的梦想。

如果陶白在这个夏天没有迈出这一步，那她的暗恋或许和无数人一样，会被淹没在岁月的洪流中。

毕竟这世上哪来什么天定的缘分呢，多半，不过是人为的努力罢了。

第八章

# 通过好友申请

陶白一整天都在走神。

换完工作服下楼梯时，她没注意踩了空，从楼梯上摔下来时，她哪儿都没护，就护着脑袋，没让头套掉下来。

旁边几个小孩儿眼睁睁看着蓝精灵在地上滚了一圈，都拍着手笑。

“你是故意摔的吗？”

“你再滚一圈！”

“我要气球，我要气球！”

稚语童言，不能当真，却也伤人。

他们一哄而上，扑在摔倒在地的蓝精灵身上，仿佛什么好玩儿的事情，想要揪她的头套。

陶白身上压着两个孩子，男孩儿长得壮实，力道又大，两人合伙拽她脑袋上的头套，嘻嘻哈哈笑个不停。

周围的路人没有一个上前来帮她。

霍放正巧从商场出来，见到此景，连忙跑过来把小孩儿们拎开，把陶白从地上拉起来：“怎么样？有没有摔到哪里？”

陶白摇了摇头。

“别硬撑，受伤了就要说。”霍放看着她，玩笑似的说，“我们商场没有那么苛待员工，你别每天都紧绷着弦。今年招的暑假工没有谁比得上你工作认真，辞退谁，也不会辞退你。”

陶白感觉膝盖火辣辣疼，闻言，她跟着霍放回了休息室。

霍放对陶白一直很关照，陶白叫他霍哥。

霍放拿来碘酒，想帮她擦，陶白不着痕迹地挪了挪腿，小声道：“谢谢霍哥，我自己来。”

霍放没强求，把碘酒和棉签递给她。

相处了一个月，他也算有些了解陶白的性子，小姑娘话少，腼腆，不太会和别人相处。

虽然性格有些独，但做事很认真，从不敷衍了事。

陶白的膝盖破了皮，因为皮肤白，渗着血，看着格外严重。

霍放没想到这么严重，看着心里不忍：“我带你去医院处理一下。”

陶白低垂着脑袋，脸上没什么表情，她动作随意地用棉签蘸着碘酒，摁在受伤的膝盖上，好似不知道疼：“不用，就这样，没事。”

霍放皱眉：“陶白你要记住，你是女生，受伤了要喊疼，对待伤口也不能这么敷衍。”

陶白没说话。

霍放：“我带你去医院？”

“不用。”

霍放都服了她。

陶白擦着碘酒有些走神，霍放在旁边喋喋不休。她攥紧棉签，突然抬起头看着他，问道：“霍哥，加 QQ 会有延迟吗？”

霍放愣了一下：“延迟？”

棉签骤然摁在伤口上，疼痛让陶白瞬间清醒。她突然意识到，就算她拥有了手机，加了那个私人账号，人性化的设计者在设置“同意”的同时，相应地，自然会有“拒绝”。

但无论是同意还是拒绝，她都清楚地记得学校的传言：许斐不会加陌生人。

她拥有了手机又能如何，她加了那个账号又如何，他根本不会通过。

陶白看着自己渗血的膝盖，失落地垂下了脑袋。

霍放叫了她两声，陶白都没有反应。

他不知道发生了什么，但他能清楚地感觉到面前的小女生十分失落。他认真思考了片刻，道：“只要网络没有问题，无论对方在天涯还是海角，只要他那边同样有网络，消息都会送达。”

说完，他看着陷入沉默的女孩儿，笑容温和：“这么难过，是因为加了喜欢的男孩儿，没有得到回应？”

陶白有些狼狈地偏开头。

霍放就像一个善解人意的大哥哥，拍了拍她的肩膀，安慰道：“陶白这么可爱，你喜欢的男孩儿也一定会喜欢你的。”

俯瞰 M 国繁华夜景的高空旋转餐厅，靠窗一角。

许斐穿着一身黑色西装，沉默地切着牛排。他的对面坐着一个美丽优雅的女人和一位英俊儒雅的外国男人。

外国男人绞尽脑汁，试图用蹩脚的中文和许斐交流，可惜他对面的男孩儿似乎并不怎么愿意与他交流，面色十分冷淡。

“阿斐。”郁娟面上仍然带着温柔的笑，语气甚至不见严厉。

许斐放下刀叉，拿过旁边的毛巾擦了擦手，看向对面的男人：“查理，抱歉，你刚才说了什么？”

郁娟皱眉：“阿斐！”

查理丝毫没有被怠慢的不满，他甚至因为男孩儿终于愿意开口而高兴不已：“哦，阿斐，我听你母亲说你的成绩非常优秀，我对中国的历史文化也非常感兴趣，我知道三皇五帝，还有你们中国唯一的女皇帝武则天，我觉得她的一生非常有意思……”

许斐无视郁娟警告的眼神，漫不经心道：“是吗？查理，说实话，我觉得你身旁这位女士的经历也颇为丰富，我想你应该对她更感兴趣。”

查理：“……”

黑色的宾利停在一栋占地面积极广的别墅面前，许斐从车上下来，大步朝前走。

“阿斐！”郁娟落后他一步下车，她穿着高跟鞋，手上提着的名牌新款包，直接朝前方头也不回的儿子丢掷过去，“你给我站住！”

包在半空划出一道抛物线，准确无误地落在……许斐脚边。

许斐推开大门，径直朝二楼走去。

郁娟小跑上去抓他的手臂，被他一个闪身避开。

“阿斐！”郁娟面色难看。

许斐沉默不语地站在楼梯上。

郁娟深呼吸两下，压下怒火，面上重归平静：“查理哪里不好？你告诉我。”

“哪里好？”许斐淡淡地看了她一眼，随即视线转到旁边的水晶吊灯上。

“他在很认真地讨好你！”郁娟不由得又想发火，查理的家族底蕴深厚，一个说一不二的掌权人变着法儿地想要讨好自己的儿子，但是她的儿子并不领情！

郁娟不能不生气。

许斐转身就走。

他关上房门，把拎在手中的西装外套随手扔在地上。

桌上的手机响了一声，他没理，一边解衬衣扣子，一边往浴室走。

躺在浴缸里，许斐仰头看着头顶的灯。

他脖颈线条弧度优美，尚且年少的喉结微凸，修长白皙沾着水的十指搭在浴缸边沿，侧脸漂亮至极。

父母离婚不到一年，母亲就带着他见男朋友这种事，问他到底哪里不满意，他哪里都不满意。

爱得轰轰烈烈，分得也轰轰烈烈。

瑞阳市的大企业家郁娟和许新立感情破裂，夫妻反目成仇……

许斐的思绪漫无边际发散，他泡了一会儿，突然想起先前好像手机在响，他今天出门时忘了带手机。

许斐伸手从旁边扯过浴巾围在腰间。

少年身材颀长挺拔，几块腹肌若隐若现，脑袋上搭着一块毛巾擦拭滴水的头发。

回到房间，许斐拿过桌上的手机解开锁屏。

有两条未读短信。

许斐点开，是夏生和苟旭问他什么时候回去。

回了他们消息，许斐把脑袋上的毛巾扔到一旁，掀开被子躺在床上，点开贪吃蛇玩了两把，缓解了一下情绪。

等头发微干，他把手机放到床头柜上，准备睡觉。

临睡前，鬼使神差地，许斐再次拿起手机，点开了有一段时间没上过的 QQ。

许斐其实很少上网，他对无数人向往沉迷的网络世界毫无兴趣。

当初班上要建立 QQ 群，他申请了两个账号，一个加了班级群就没再上过。

另外一个账号，他偶尔会上，但很少。好友列表里只有两个好友，一个是夏生，一个是苟旭。

而这个账号除了去网吧上网时，会拿来玩 QQ 游戏，基本也没有别的作用。

不聊天，不加好友。

床头灯下，许斐双眼微合，脸上带着一丝困意。

QQ 左下角有一个好友申请请求，他没有看，点开空间，刷了会儿最新动态。

按照苟旭一天发三十个动态的标准，许斐刷了半个小时，才把这段时间的消息看完。

学校附近开了一家新网吧，一个小时要五块，包间一个小时十块。

苟旭在动态中还带括弧暗示他斐哥赶紧回国，他的零花钱已经不够开包间了。

许斐在那条动态下面回复了一个句号。

刷完动态，许斐就打算下 QQ。

下线之前，他的视线在那条未读消息上顿了两秒，悬在屏幕上方的食指下意识点了下去。

原本没想点，但点了，那就顺其自然扫了一眼。

加他好友的账号头像是最原始的系统自带头像，说实话有点儿丑，一看就是新手建号海量加好友，而他正巧是其中之一。

网名是两个字母，应该是名字缩写。

在当下一片五花八门的非主流网名的对比下，这个网名让许斐莫名松了口气。

苟旭和夏生也免不了俗取了各种让人看了就头疼的网名，若非有备注功能，他们早就被删了。

现在的人以拼奇怪网名、拼好友数量、拼空间人气为乐，许斐非常难以理解这种爱好。

墙上的时钟嘀嗒作响，窗外夜已深沉。

许斐作息规律，今晚心情烦闷，大半夜还在上网，已经完全超出了他的计划。

他的指尖悬在“拒绝”两个字上方，偏头看墙上时钟时，手指却不小心点到了“通过”上。

许斐毫无所觉，点完就按了退出键，把手机丢到床头柜上，关灯休息了。

大洋彼岸的另一边，陶白穿着蓝精灵的玩偶装走在街上，她身边围着几个无人看管的小男生，叽叽喳喳地围着她转。

“给我一个气球！”

“我也要！”

“可不可以给我两个气球？我想拿一个回家，给我妹妹玩儿。”

“那我也要两个！”

“我也是！”

蓝精灵抬手在他们脑袋上挨个儿摸了摸，小孩子们乖乖站在原地，等她摸完，叽叽喳喳催促她给气球。

他们都是经常在附近玩耍的孩子，知道这个穿蓝衣服的人每次都要摸一下头，才给气球。

摸头嘛，随便你摸啦。

陶白一人给了两个，小孩子们拿着气球一哄而散。

跑了几步，有个小男生突然停了下来，转身朝她挥手：“谢谢哥哥，我下次还来。”

蓝精灵动作一顿，跟着举起短短的手臂也朝他挥了挥。

陶白回到家，已是华灯初上。

小区两旁的路灯亮着微弱的光，蚊虫围绕着灯芯转，半空中，机翼下闪着红光的巨鸟从天上飞过。

齐素今天在家，正在客厅和谁打电话，见她回来，只回头看了眼。

陶白叫了她一声，她没应。

因为打暑假工的事，这段时间齐素对陶白没什么好脸色，虽然没骂人，但也不怎么搭理她。

陶白轻手轻脚拉开房间门，再小心翼翼关上，生怕发出一点儿声响，刺激到母亲那根紧绷的神经。

把背包随手放在桌上，她走到床边，弯腰伸手准备拉箱子。

齐素在外面叫了她一声，陶白吓了一跳，连忙起身去开门。

齐素穿戴整齐，正在抹口红，说话声有些模糊：“去换件衣服，我带你出去吃饭。”

陶白一愣。

“还愣着干什么？快点儿。”齐素睨了她一眼。

陶白“哦”了一声，回房间换了一条白色短裙，裙摆不到膝盖，身姿窈窕的少女穿着却极为好看。

齐素站在门口，看着她身上的白裙子，勉强点了点头：“上次给你买的凉鞋呢？”

陶白扯了扯裙摆，有些短：“在鞋柜里。”

齐素安排道：“穿那双凉鞋，搭配这条裙子好看。”

陶白点头：“好。”

陶白高一下学期每次考试成绩超过卞桃，齐素都会买东西奖励她。她身上这条白裙子和鞋柜里她没动过的凉鞋，都是她买回来的。

陶白其实并不喜欢这么短的裙子，膝盖露在外面让她分外不适。

她看了眼床底方向，怎么也不敢在这个时候看手机。

齐素没有问她暑假打工赚了多少钱，自然不知道她把打工赚的钱拿去买了手机。

齐素从未缺过陶白的零花钱，可在这个几乎人人都有手机的年纪，她却从未提起过给陶白买手机。

所以陶白知道，妈妈是不希望她现在用手机的。

任何能让她学习分心的东西，都是齐素不允许存在的物品。

陶白可以想象，要是被齐素发现了她床底下的手机，那个她努力赚来的期望，会立刻在她面前被摔个粉碎。

“好了没有？”齐素的声音从外面传来。

陶白连忙应声，离开之前，回头看了眼房间。

失望与期盼交织，无比纠结。

齐素带陶白去了一家新开的西餐厅，吃完饭齐素就走了。

陶白知道她今晚大概是不会回家了，她一个人打车回家，到家已经快十点了。

看着空荡荡的家，她深深地呼出一口气，换了鞋，径直回了房间。

打开台灯，从桌上拿过暑假作业埋头写。

温暖的台灯光照在陶白平静的脸上，她下笔速度很快，几乎不做多余停留，很多同类型的题她已经做过千百遍，暑假作业对她来说只是时间问题，不具备难度。

窗外偶尔传来一声猫叫，小区里的横幅在夜风中摇曳，似乎也在为即将到来的北京奥运会欢欣鼓舞。

2008 年 8 月 8 日，中国即将迎来一场盛会，全世界的目光都将聚集在能容纳九万多人的鸟巢，无数奥运健儿将在那里创造出属于他们的奇迹。

不知是隔壁还是楼下的哪家的电视声音开得极大，电视里的主持人正在对几天后的奥运开幕式做报道。

陶白握着笔的手已经很久没有动，她看着虚空一处，似乎在走神。

过了两分钟，她一把丢掉笔，椅子在地上划出一声刺耳的噪音。陶白蹲在床脚边沿，弯腰拉出床底下的木箱。

拨开箱子上面的遮掩物，陶白拿出藏在底下的白色的手机。

开机，解锁，一系列动作一气呵成，陶白的心脏却在剧烈跳动，荧荧的光照在她白皙的脸上，手指不可抑制地在颤抖。

没关系，拒绝是正常的。

他从不加陌生人。

我是陌生人，被拒绝是正常的。

不要失望。

她点开QQ，看到了未读消息，也看到了自己的好友列表从1变成了2。

陶白双目圆瞪，手一抖，手机从手中滑落，在即将摔在地上的瞬间，又被她手忙脚乱接住。

不能摔不能摔。摔坏就没有了。

她小心翼翼地捧着手机，反复看着好友列表里那个陌生头像。

是他？

是他。

是他啊！

通过了呀。

他居然通过了！

陶白倒在床上，两条白嫩的腿在半空中晃出欢喜的弧度，小巧的拖鞋一只掉到木箱里，一只掉在了地上。

她的脸埋在枕头里，手机响了两声，吓得她立马抬起头去看。

却见手机屏幕的光暗淡下来，提示电量不足。

陶白在床上滚了一圈，翻身下床，从木箱里拿出充电器，插在床头的插座上。

看着手机右上角显示正在充电，她松了口气，就这么盘膝坐在地上，不时点开列表看一眼。

“好友列表”里面并排着两个名字，一个叫“秋可爱”，一个叫“许”。

一个是她最好的朋友，一个是她最深的秘密。

在这一刻，她仿佛拥有了一切。

陶白已经知道怎么看别人的空间，空间在她看来就像一个“家”，私人领地，只有很要好的朋友才能看。

但才接触网络的陶白还不知道，只要没有设置权限，随便什么人都能观看空间，就连陌生人，都能顺着不知道什么渠道摸过来。

她看着秋生数以万计的留言板上各种“踩踩”“回踩”“我来你家看看”等留言，其实全是一群连秋生自己都不认识的陌生人留下的。

而她却在暗自感叹秋生的朋友真多。

她不知道权限设置，不知道设置有“好友可见”“陌生人不可见”。她此时统统不知晓，更不知道进了别人的空间是会留下足迹的。

因为一无所知，所以陶白毫无负担地点开了许斐的空间。

许斐的动态很少，上一条是7月中旬发表的一张图片，照片中是一张街拍，街拍的主角却不是许斐，而是一群行色匆匆的金发碧眼的外国人。

陶白长这么大，只在电视上见过外国人。

她小心翼翼地点开照片，就像一个偷看别人秘密的小孩儿，惴惴不安。

非常害怕，又很新奇。

许斐的每条动态下都有两条评论，陶白有些困难地从又是繁体又是字母又是看不懂的符号中艰难地分析网名，什么美男子，什么夏生的爱。

她从对方熟稔的语气中，猜测他们应该是夏生和苟旭。

但他们的网名真的很奇怪。

苟旭和夏生在那张照片下问许斐什么时候回国，许斐并没有回复。

陶白不由得回想起在许斐消失的两个月里，瑞阳市的媒体铺天盖地报道许家那两位感情破裂的八卦消息，陶白当时不知晓，后来从秋生口中得知许斐的父母离了婚，他陪母亲去了国外。

当时许斐从学校消失，不少人都在传他退学了。

陶白在不安与惊慌中，在两个月后在操场上跑八百米时，迎回了那个背光而行的清俊少年。

许斐暑假出国了，应该就是在那天街上遇见之后的事情。难怪这么久都没有在街上再看见他。

夏生和苟旭倒是经常去附近的游戏厅和网吧。

全部动态只有十几条，大多是图片，偶尔会附简短文字，比如地点。

根据时间，陶白发现许斐消失的那两个月里发过一条动态，只有三个字："合与离"。

甚至没有标点符号。

陶白有种偷偷窥视了对方内心的局促，她心里有些不安，迅速点了返回，回到 QQ 界面不敢再看。

她以为这样，对方就不会发现她曾经去过他的"家"。

网络新手陶白不知道她去过的每一个地方，即便是网络，也会留下足迹。

就像秋生曾经说大学想去北方看雪，要在祖国大地留下更多的足迹，陶白不知道，网络就是另外一个虚拟世界，你去过的每一个地方，都会留下你的痕迹。

接下来几天，QQ 列表的在线状态基本是 1/2，一个头像一天二十四小时亮着，一个头像二十四小时灰着。

2008 年，中国在 5 月经历了人间悲痛，又在 8 月迎来了令全世界瞩目的一天。

8 月 8 日的晚上，数不清的家庭围在电视机前，看着电视里的恢宏场景，看着祖国日渐强大，欣欣向荣。

客厅里亮着一盏小灯，陶白一个人在家，与无数人共同见证了这一历史时刻。

她无法形容自己的心情，但她的眼中含着无言的泪水，篮球明星姚明和汶川地震小英雄一起出现在几万现场观众和数亿电视观众面前的时候，陶白的泪水夺眶而出。

电视机里的鸟巢热闹非凡，五星红旗在半空摇曳，无数国家的无数面孔出现在北京。现场气氛热烈，众人欢声笑语，无数国人在电视机前掩唇，泣不成声。

是骄傲的，每一个中国人在这一刻都是骄傲的，他们的祖国，越来越强大了。

这一刻，陶白仿佛拥有了无尽的勇气。

她攥紧手中的手机，点开了那个男生的头像，在九万多人的欢声鼓舞中，她给远在大洋彼岸的他发送了第一条消息。

bt：**奥运会开幕式，你在看吗？**

彼时，许斐正在吃早餐，他面前餐桌上的电脑正实时播放着奥运会开幕式，对面的郁娟嫌吵闹略有微词，但并没有表达出来。

许斐与她的关系在上次见过查理后一直有些不冷不热，郁娟对此很苦恼。

电脑里，刘欢先生与莎拉·布莱曼（Sarah Brightman）女士正在演唱《我和你》。

许斐咬了一口三明治，又喝了一口牛奶，目光一直停留在电脑上。

"阿斐，查理给了我两张音乐会的门票，周六晚上，他真诚地邀请你和我们同去。"

"我没时间。"许斐淡声道。

"你整天在家待着，你比谁都有时间！"郁娟把手中的三明治摔在餐盘里，闷闷不乐道。

"暑假作业还没写。"许斐连头都没抬。

郁娟都要气坏了，她儿子从上幼儿园开始就不知道什么叫"家庭作业"，他现在和她说他要写暑假作业？

"阿斐，你就这么不希望妈妈拥有幸福吗？"

这句话十分诛心，郁娟刚开口就已经后悔了，但说出去的话就如泼出去的水，显然是收不回来的。

许斐明显一顿，抬头看向她。

郁娟抽了张面巾纸抿唇角，她有些不敢直视儿子的目光，偏开了头："抱歉，是妈妈口不择言，你不要放在心上。"

许斐关掉电脑，起身。

郁娟心中一紧，跟着起身。

许斐停下脚步。

他没有回头，没有怨怪，说出的话却让郁娟身心俱颤。

“我无法接受的不是查理，而是你离婚不到半年，就介绍男朋友给我认识。”

许新立出轨在先，他们离婚无可厚非，许斐无话可说，他甚至一直在背后支持她，在他们离婚后，陪她来M国习惯新生活，一直选择站在她身边。

但支持她离婚和迅速接受另外一个对他而言全然陌生的人，是两码事。

他没有要阻碍任何人追求幸福的意思，她也好，许新立也罢。

郁娟愣怔地看着儿子的身影，消失在二楼拐角。

许斐说写暑假作业不是托词，他真的在写作业。

一中的暑假作业很多，单科卷子就有十几张，英语数学是他的强项，他两天就写完了。

语文作文他没动，有些不知道该怎么写。整个暑假也没有感兴趣的事可以写。

这么想着，许斐脑子里不由得浮现出那日在街上差点儿被摸头的经历，有些忍俊不禁。

他扔掉笔，靠在椅背上，拿过旁边的手机。

中国和M国有近十二个小时的时差，这边是白天，那头是深夜。

手机上有一个未接电话，是夏生打来的，许斐直接回拨过去。

电话响了两声对面就接了，夏生第一句话就问：“老许，你几号回来啊？”

“下周的飞机。”黑色的签字笔在修长的指尖转动，许斐看着窗外。

“苟旭昨天去夏威夷了，他说给你发了个礼物清单在QQ上，让你看看要什么，他好带回来。”

夏生那边很吵闹，许斐听声音应该是在看奥运会开幕式，其间，还伴随着秋生的尖叫声。

大洋彼岸的祖国在举国狂欢，而在与中国有着十二小时时差的M国，许斐却感到一阵难言的孤寂。

挂了电话，他再次把笔扔掉，点开了QQ。

未读消息十几条，除了推送和荀旭那个五彩斑斓的头像，居然还有一条陌生的好友消息。

许斐表情有一瞬愕然。他不是拒绝了吗？

他惊讶到甚至直接忽略了荀旭狂轰滥炸的消息，点开了那个丑兮兮的原始头像。

bt：奥运会开幕式，你在看吗？

许斐的手指落在对方头像上，点开看了看，网名资料吻合，跟他同城，是那个前几天被他拒绝的陌生人。

他明明点了拒绝，为什么对方现在是他的好友？许斐简直想不通。

视线停在对方发的消息上，出于礼貌和好奇，他选择回复。

许：看了。

看了一会儿也算看了。

对方似乎一直在线，几乎秒回。

bt：好看吗？

或许是在异国他乡真的无聊透顶，许斐下意识就回。

许：场面大气恢宏，中国几千年的文化底蕴可见一斑。

相当官方又文绉绉的回答，许斐自己看着都别扭，对方却很赞同的样子。

bt：刘欢老师和那位外国女士的《我和你》好好听，中国文化博大精深，我为祖国骄傲。

许斐挑眉。

感觉像两个六十几岁的老年人，在互吹祖国繁荣昌盛。

不过这一天，对于每个中国人而言都是值得骄傲和纪念的一天，2008年8月8日。

犹记当年申奥的艰辛和申奥成功后的喜悦，当希望实现，并且是超预期地展现在全球几十亿人的眼前，无人不为之骄傲。

许斐起身下楼，郁娟已经去公司了，他把餐桌上的电脑拿上楼。

陶白盘膝坐在沙发上，小脸被灯光映得有些泛红，双眼闪着夺目的光。

她看着聊天界面，脸上有些纠结。

反复看自己字斟句酌小心翼翼发出去的消息，而对方久久没有回复。

太老气横秋了吧，连她自己看了都不想回复。

收到回复的兴奋和不敢置信，在对方长久的沉默中缓缓平息，陶白下巴搁在膝盖上，她抱着自己的双腿，偶尔抬头看一眼电视，眼角的余光却一直停留在手机屏幕上，生怕错过对方的消息。

她从未体验过这种感觉，期待与失落并存。

少女的暗恋，就像在吃一颗又酸又甜的糖果，时而欢心，时而失落。

嘀嘀声穿透吵闹的电视音量，清晰地传入陶白耳中，她有些呆怔的表情瞬间犹如昙花盛开，在夜间绽放出夺目的光彩。

她连忙举起手机，结果却不是少年的回复，而是一条消息推送。

她失落地垂下手。

许斐点开直播，安静的房间忽地吵闹起来。

他拿起旁边的手机。

许：Sarah Brightman的声音很特别，她的*Scarborough Fair*更好听。

陶白听见嘀嘀声，飞快地举起手机，她脸上表情丰富多彩，既为对方回复而喜悦，又因对方的回复而纠结。

bt：我没有听过……

许斐舒展身体靠在椅子上，《斯卡布罗集市》这首闻名世界的歌曲对方居然没有听过，这让他十分惊讶，看资料，对方与他同龄。

省略号莫名让人觉得对方很不好意思，很羞怯。

似乎没有听过这首歌让对方很……许斐形容不上来，但他似乎品出了一丝失落。

陶白的下巴枕在膝盖上，睫毛都失落地耷拉下来。她知道许斐喜欢听歌，除了打篮球，其余任何时间路过走廊，他的右耳永远挂着一根白色的耳机线。

她甚至是第一次听说Sarah Brightman，陶白有些底气不足地想，还好她知道刘欢老师。

陶白等了一晚，直到奥运开幕式结束，许斐都没有回复。

陶白想，跟她这样的人聊天一定很无趣。

在奥运会之前，她连 Sarah Brightman 是谁都不知道，又怎么会听过许斐所说的 *Scarborough Fair*。

隔天，她拿着手机内存卡，请霍放帮她下载歌。

霍放正在办公室整理单子，闻言看着她笑：“你还说你没有手机，没有手机能有内存卡？小妹妹，你骗哥哥呀。”

陶白站在原地有些局促：“才买的，之前真的没有手机。”

霍放又逗了她两句，道：“你想下载什么歌？许嵩的还是……”

陶白表情一滞。

霍放等着她回答，见她呆呆地不说话，瞪大了眼：“不是吧……别告诉我，你不知道他是谁。”

陶白摩挲着衣角，站在原地，有些无所适从。

这种感觉就好似昨晚那条石沉大海的回复，她不认识霍放口中的名字，也不知道许斐说的 *Scarborough Fair*。

跟她聊天一定很枯燥无趣，她什么都不知道。

霍放抵唇轻咳了声，看出了她的不安和失落，安慰道：“正常正常，这世上歌手千千万万，不认识也正常。”

陶白小声道：“我知道刘欢老师……还知道四大天王。”

霍放配合地拍手：“很棒！我有几个朋友就分不清四大天王是谁，有个人甚至说周星驰是四大天王，哈哈哈哈，人家周星驰是演戏的好吗？陶白，你比他们厉害多了。”

陶白知道他是在安慰她，低着头没说话。

霍放撑着下巴，看着面前寡言的小女孩儿，笑着问：“想下载谁的歌？你霍哥帮你下载。”

陶白抬头，眼中似蕴着一片星河的光：“Sarah Brightman 的 *Scarborough Fair*。”

她的英语念得十分标准，眼中的光芒耀眼到有一瞬间霍放不敢直视。

霍放看着她微弯的嘴角，心中浮现起一个猜想。他就像一个温暖的大哥哥，关心妹妹的私人生活：“那个男生通过你了？”

陶白白皙的面颊瞬间染上一抹红，低着头没说话。

霍放一看就明白了，笑着问：“那个男生喜欢这首歌？”

许斐说 Sarah Brightman 的声音很特别，还特意说了这首歌，应该是很喜欢的吧。

许斐喜欢的歌，她想听。

过了许久，陶白轻轻点了点头。

是她喜欢的男生，那个男生喜欢这首歌。

霍放在下载歌的间隙抬头看她：“只下载这一首吗，其他的不需要？”

陶白是一个很执着的人，许斐只说了这一首，她就只要这一首。

“只要这一首。”她说。

下载歌很快，两分钟不到，霍放就把内存卡递还给她，陶白对他道了谢。

她抿着唇角，捏着这张薄薄的内存卡，就像掌握了许斐的喜好，她忍不住地欢欣雀跃。

下班回家，陶白第一次没有心思看书，即便家里除了她，没有其他人，她还是把门反锁了起来，把小心保存的内存卡插回手机，点开音乐。

温柔的女声从耳机里传出——

Are you going to Scarborough Fair
（你要去斯卡布罗集市吗，）
Parsley, sage, rosemary, and thyme
（香芹、鼠尾草、迷迭香和百里香，）
Remember me to one who lives there
（请代我问候住在那里的一个人，）
He once was the true love of mine ...
（他曾经是我的真爱……）

温柔又深情的嗓音，唱着悲伤的歌。

这晚，陶白抱着手机，听着这首歌，泪湿了枕头。

为什么会哭，就像为什么会莫名其妙喜欢上一个男孩儿。

喜欢，从来就是无解的命题。

陶白的暑假打工在 8 月 25 日提前结束。

陶白拿着霍放发给她的工资，除了两千五百元外，还有二百元的奖金，甚至连全勤奖都没有被扣除。

陶白拿着钱有些无所适从，她看着面前的大男生，这是她勇敢踏入社会后认识的第一个人，他让陶白感受到了世界的温度，还有来自陌生人的善意。

陶白十分感激他。

她小声道："霍哥，我明天就不来了。"

"知道，不然能提前给你发工资吗？当你霍哥是傻的啊。"霍放绕过办公桌走到她面前，想拍拍她的小肩膀，手伸到一半又缩了回去，"行了行了，今年你霍哥招了这么多暑假工，就你表现最好，就剩几天的时间我也不扣你全勤了，钱就拿着吧。"

陶白捏着手中的工资，眼眶有点儿热："谢谢霍哥。"

霍放笑着摇了摇头："我的手机号你留着，不管是明年寒假还是暑假，你要是还想打工，就来找你霍哥，我给你留个轻松点儿的职位。"

大热天的，天天往外跑真的遭罪，这活儿谁都不愿意去，就面前这小女孩儿从来没有怨言，换上厚重的工作服，二话不说就往太阳底下站。

他看了眼陶白露在外面的小胳膊小腿，这两个月瘦了得有十多斤吧。

陶白去更衣室，脱掉了这套她穿了快两个月的蓝精灵玩偶装。

这套衣服帮助她赚到了一部手机，让她知道了那个与她遥不可及的少年喜欢的歌，让她在空间得知他在前几天回了国。

这个暑假流的汗水与之得到的相比，微不足道。

9 月。

一中送走了一批此时已经分散在祖国各地的老生，也迎来了一群聚集在公告栏处拥挤着看班级与座位号的新生。

原来的高一1班教室里的学生再也不是去年的熟悉面孔，他们搬去了别的教室。

陶白在高一结束前夕填了选理科的表，在暑假期间，秋生就告诉了她原来班上有哪些人选了文科，哪些人选了理科。

选科没有告诉齐素，但陶白看着新班级里那两张熟悉的面孔，她想齐素就算现在知道，对她也没有任何影响了。

卞桃和林娇娇也看见了她，林娇娇冷哼一声，卞桃在外人面前，向来都是一副温温柔柔的模样，她对陶白笑了笑。

陶白无视她们俩。

选科后，原来高一十几个班的学生被彻底打乱，严曼可、师春文她们的名字不在新班级里，讨人厌的林嘉木却还在。

陶白唯一庆幸的是秋生还和她在一个班，只是不能再做同桌。

这让她庆幸之余又有些失望。

座位是按照座位号分的，陶白的新同桌是个戴眼镜的男生，脸上有小雀斑，看起来很害羞的样子。

一个害羞，一个沉默，半天都没人主动说一句话。

林嘉木见到陶白心里涌上一股喜悦，他挥手想跟她打招呼，然而陶白根本不理他，直接把他当空气。

林嘉木气得直拍桌。

这只小气乌龟!

扔她一个冰激凌，记了他几个月的仇。

看她不舒服，想带她去医务室，又被她记了几个月的仇。

一年就这么被她恨完了。

可悲的是，林嘉木在暑假两个月里居然无数次想起这只小乌龟，他觉得自己完了。

“嘉木哥，缘分啊，咱俩居然分在一个班哪！”刘琪提着书包从教室门口冲进来，直接朝林嘉木奔去。

“滚。”林嘉木伸手把他挥开，他挡住他看小乌龟了。

小乌龟的头发又长了，他感觉手有点儿痒。把刘琪踢开，林嘉木走到陶白身后，态度嚣张地吼了一声："喂！"

陶白没反应，她的新同桌倒是被吓了一跳，惊悚地回头："同……同学，你叫我？"

林嘉木双手抱胸，冷着脸看他："这位同学，我发现你有点儿自作多情，你哪只眼睛看出我是在叫你？"

男生脸上的小雀斑抖了抖，林嘉木和许斐一样在一中无人不知。他当然认识林嘉木，他也惹不起林嘉木啊。

林嘉木冷面的样子非常能唬人，男生推了推眼镜，在他的淫威下站了起来，把位置让给他。

林嘉木见他上道，伸手在他肩上拍了拍："以后你嘉哥罩你。"

说完，他挤到陶白身边坐下。

单臂撑脸，直勾勾盯着她："喂，小龟龟，暑假有没有想我？"

陶白面无表情地看着桌上的作业。

秋生背着书包，蹦蹦跳跳从教室外面探出个脑袋，只一眼，她就看见那个讨人厌的林嘉木又缠着淘淘，她大吼一声，直接冲了过来。

林娇娇看到她就直翻白眼，她倒了八辈子霉，居然还跟她一个班。

秋生的声音极有辨识度，她还在楼梯时陶白就听见了。意料之中地，她看见走廊上走过三个男生。

他们三个居然还在一个班。

秋生扑到陶白身上，手中的书包自然而然丢在趴在桌上的林嘉木头上："淘淘，我好想你呀，我前几天和我妈去泰国玩儿了，我给你带了礼物。"

她拉开书包拉链，从里面拿出一个包装精美的盒子塞到陶白怀里："是一条小裙子哦，你穿着一定好看。"

林嘉木抱着被砸疼的脑袋在一旁怒目而视，秋生暗地里朝他做了个鬼脸。

谁理你。

秋生的座位就在陶白隔壁后排，就隔了一个过道，很近。

林嘉木就离得比较远了，这让他非常不满。

一上午乱糟糟的，上台自我介绍，去操场开早会，拿校服和书，选班干部……

在选班干部的时候，发生了一点儿小插曲，因为换了文理科，原来的班主任朱老师继续带高一，他们的班主任换成了他们以前的数学老师。

数学老师是个中年男人，他的心思自然不如女老师那么纤细，陶白的期末考成绩十分优异，数学成绩也不错，他对她很有印象。

他任命陶白为班长，但被陶白拒绝了。

陶白的态度十分强硬，毫无转圜余地地拒绝。

开学第一天就出现刺头行为，这不由得让新班主任开始怀疑，这个在高一里虽然寡言，却从未给他造成过麻烦的小女生是在跟他对着干。

除了班长这个职位，其他的都选好了。

班主任离开之前，对陶白说："待会儿来办公室找我。"

被叫去办公室向来没有好事。

新班级大多都是陌生的同学，陶白从进教室就一直在看书，除了秋生，也不跟任何人交流。

而卞桃和林娇娇性格活泼，已经和很多人打成一片，林娇娇一向看陶白和秋生不顺眼，自然不介意给新同学们"科普"一下这位孤僻的同学。

秋生因为曲微微的事性子稍微沉稳了些，但也没沉稳到哪儿去。她在暑假里被人莫名其妙揍了一顿，回家就开始疯狂迷恋李小龙，她包里现在还藏着双截棍。

林娇娇说陶白坏话的丑恶嘴脸着实恶心，她跳起来"阿哒"一声，脚一抬，一踹，直接就把林娇娇的课桌踹歪："林娇娇，我要是没记错，你今年才十七岁吧？年纪轻轻就嘴碎成这样，不知道的还以为你是七老八十的老太太呢。"

林娇娇桌上的暑假作业哗啦啦掉了一地，就跟上次师春文事件一样。

不同的是，她那会儿仗着她的"干姐姐"曲微微在学校横行霸道，无人敢惹。

相同的是，秋生依旧是那个秋生，她哥、她狗哥、她斐哥还是在隔壁！

她依旧是那个比林娇娇还要嚣张、在学校里能走螃蟹步的秋生。

林娇娇气得胸口起伏。

这该死的杜秋生，怎么就这么阴魂不散！

秋生的同桌居然是林嘉木的兄弟刘琪，刘琪简直生无可恋。

他一点儿都不想和母老虎同桌。

母老虎秋生也不想跟这个跟屁虫同桌。

俩人相看两相厌，对新同桌不满的心出奇地一致。

第九章

# 你的胳膊还疼吗

陶白在开学的第一天，就被叫去了办公室。

下课的时候，以林嘉木为首的一众男生去办公室搬书，林嘉木在门口偷偷看陶白，有一搭没一搭地和刘琪说话。

隔壁班来搬书的是夏生他们，许斐也在其中。

办公室门口堆了一摞书，是他们三个班的，其他班的书在隔壁教室。

一群高个子男生挤在门口，空气都压抑了不少。

陶白原本正在听班主任说话，突然听见夏生在叫“许斐”，她身体晃了一下，脚尖在地上摩擦着，整个人开始焦躁。

“我希望你能起到一个带头作用。”班主任说，“陶白，我在高一就在关注你的成绩，你的中考成绩并不显眼，可你的高一期末考成绩非常优异，班长这个职位我认为只有你……陶白？陶白！”

办公室很吵闹，他的声音即便提高几个度，依旧被门口林嘉木、夏生他们的声音压了下去。

陶白在走神。

“哟，林嘉木，这么巧啊。”荀旭吊儿郎当地走过去撞了林嘉木一下。

男生的变声期一般在十四岁到十六岁，但荀旭的变声期有些迟，他那公鸭嗓一出，林嘉木和他身后的兄弟笑得东倒西歪。

林嘉木都顾不得自己被撞，指着苟旭笑得嘎嘎响：“老狗，你有没有点儿自知之明？声音这么难听不是你的错，但你出来吓人就是你的错。”

苟旭一张脸青红交加，他这声音怎么了！明明就很爷们儿！

许斐从他们面前走过，从发书的老师手里接过他们班的，抱起就走。

转身前，他余光瞥到办公室里一个女生正在挨训。

他眼尾一挑，抱着书上了楼。

“秋生同桌牛气啊，开学第一天就来办公室喝茶。”苟旭抱着一摞书，整个人藏在厚重的书下，那副公鸭嗓极具特色。

许斐心想可不是，小短腿真厉害。

楼道里不时有人上上下下，男生都去搬书，女生在打扫班级。

校园里四处都是疾步穿梭的身影，青春洋溢，活力四射。

陶白在办公室和班主任磨了半天，新班主任如今可算是体会到原来朱老师的无力。

“为什么就这么抵触当班干部？这是一个能让你和班上同学好好相处交流的机会。”

她并不想和任何人相处交流，但实话显然不能说，陶白摇头：“我要专注学习。”

“当班长不会占用你太多时间。”班主任很想说服她。

陶白还是摇头。

班主任第一次在面对一个学生的时候产生挫败感，他甚至能想象他要是硬把班长的头衔安在她脑袋上，这个女生绝对会无视他。

陶白的成绩和学习态度，完全能掩盖她性格上的一些缺点，对于这样的学生，没有老师是不喜欢的，也没办法对她生气。

毕竟对于一个学生而言，成绩就是一切。她只是不想当班长而已，理由还是想专注学习。

“你先回教室吧。”班主任无力地摆手。

林嘉木、苟旭和夏生都挤在办公室门口，谁也不让谁。

陶白走到他们面前，轻声对夏生说：“麻烦让让。”

林嘉木伸手拽住陶白的校服，把她扯到自己身边：“小乌龟，你可是我们班的，不准跟外人说话！来，拿书。”说着往她手上放了十几本数学书。

陶白手上一沉。

“林嘉木你是不是男人？居然让女生干体力活儿。”操着一口公鸭嗓的苟旭嗤道。

夏生给她让出一条道，陶白挣开林嘉木的手，抱着书就上楼了。

林嘉木满脸不爽地瞪了夏生一眼，嘀咕了一声“多管闲事”，然后随手抄起一摞书就想跟上去，被苟旭拦住。

“让开。”林嘉木眼见着陶白消失在拐角，急得去撞苟旭。

苟旭皮笑肉不笑跟他互撞。

书有些沉手，陶白走得慢吞吞的。

许斐步伐轻缓从楼上下来。

陶白低着头往旁边让了让，擦肩而过时，陶白闻到一股熟悉的冷香。她脚步一顿，怀里的书顿时向前倾斜。

许斐下意识伸手把书推回去，避免书掉到地上。

陶白低着头，小声说了句：“谢谢。”

许斐的视线顺着落在她那两截瘦弱的手臂上，道：“需要我帮忙吗？”

男生的嗓音清凉宛若山间清泉，与苟旭变声期的粗哑嗓子形成了鲜明对比。

陶白摇了摇头，悬在半空的脚缓缓地落在地上。

他要是知道自己每天晚上都会跑去他的空间偷看，应该就不会说出这样的话了吧。

被陌生人窥视，本来就不是一件能让人开心的事。

外人都说许斐冷漠，她只觉得少年比谁都温柔。

许斐顿了顿，忽地转身，伸手把她怀里的书接了过来。

十几本的重量他单手拿着毫不费力。

陶白呆呆地站在原地，许斐垂眸看了她一眼，转身上楼：“走吧。”

陶白的脚就像黏在了地上，鼻尖还带着独属于许斐身上的清冽冷香。

除了那次帮夏生递水给他，还有他付钱买香草冰激凌，这是第三次，也是他们离得最近的一次。

许斐走了两级，停下。

陶白如梦初醒，她连忙跟了上去。

高二 1 班和 2 班都在五楼，两间教室比邻。

除了换了两间教室，和高一几乎没有任何区别。

许斐没有帮陶白把书抱到教室，他在五楼的拐角把书递给陶白，没等陶白道谢，转身就下了楼。

陶白抱着书，听着身后的轻快脚步声，愣了很久，轻声喃喃：“谢谢。”

秋生见陶白抱着书回来，顿时气得跳脚：“林嘉木又欺负你！”

陶白摇摇头，把书放在讲台上，不知道该怎么说。

许斐应该是不想被别人知道，所以才在楼梯的拐角把书给她。

许斐帮女生搬书这件事如果被别人知道，肯定会闹得全校皆知。

陶白下意识觉得这件事不要告诉任何人，秋生都不行。

秋生却是认定了林嘉木在欺负陶白，哪有让女孩子搬这么多书上五楼的。

等林嘉木臭着一张脸回来，秋生扛着拖把把他堵在教室门口：“林狗贼，给我站住。”

林嘉木简直要烦死这兄妹俩，他在楼下被苟旭和夏生堵，上楼还要被他妹堵。他反手就把手上的一摞书，摔在讲台上。

秋生吓了一跳，扛着拖把往后跳：“干吗！想打架啊，来呀来呀，我不怕你。”

林嘉木作势抬手，秋生玩儿了一暑假的双截棍，拖把在手中灵活地转了个圈，挡在身前，一脸谨慎地看着他。

林嘉木脸色难看：“杜秋生，让开。”

秋生挑衅：“不让。”

陶白连忙丢掉笔，走过来挡在他们之间。

林嘉木都要气乐了，看着她俩：“我不打女生！”

夏生和苟旭抱着书从走廊路过，苟旭吊儿郎当道：“林嘉木你是不是人，居然打女生啊？！”

林嘉木扭头朝他吼：“你耳朵是拿来当装饰用的吗！我说了不打女人。”

苟旭乐呵呵地朝他竖了个中指。

林嘉木在楼上楼下都吃瘪，气得要死，偏偏陶白还跟他作对，他就不知道自己到底哪儿这么惹她讨厌了。

趁着林嘉木生气，陶白拉着秋生离开。

热闹的开学，在林嘉木因陶白的偏心而暴躁和秋生的虎视眈眈中结束。

新学期，新班级，新同学，新同桌，一切都变了。唯一不变的是陶白依旧在1班，许斐仍在2班。

他每天早上依旧像高一时一样，踩着点回班级。

轮到陶白值日时，她经常能在清晨的校园里见到在篮球场打球的许斐，夏生他们偶尔也在，但大多时候还是他一个人。

高二的第一次月考，陶白考了全班第一，齐素对此很满意。

陶白兑现了她的保证，也用成绩稳住了齐素对她打暑假工的不满。

她偶尔走在小区里，能听见邻居在谈论“陶白现在的学习成绩比卞桃还要好，真是看不出来啊，她小时候明明成绩很差”这类的话。

从出生到现在，她无时无刻不被拿来和卞桃做比较。

无论是齐素还是陶武，抑或与此事完全无关的陌生人。

陶白没有丝毫的骄傲，只有一股难言的厌恶。

10月的某天课间。

1班和2班的男生在篮球场打比赛，秋生和陶白也在现场。奔跑运球的许斐被林嘉木和刘琪他俩合伙阴了，在避之不及中狠狠摔倒在地，而且由于当时速度太快，他的手臂以一个极为刁钻的角度被压在地上，造成了很严重的骨折。

在球场外围观的两个班的学生当场就蒙了，夏生和苟旭更是直接冲上去，和林嘉木他们打了起来。

陶白站在原地，一瞬间什么都听不到了，眼里全是那个摔倒在地的男生。

许斐被2班的男生围住，林嘉木和刘琪也没想到会摔得这么严重，他俩就是想给许斐添个堵。

许斐抱着手臂起身，冷冷地看了林嘉木一眼。

林嘉木被夏生和苟旭压着打，他也没怎么还手，主要这事严重到有些超出他的预料，道歉是不可能的，但他可以挨打不还手。

“林嘉木你是不是有病啊？！”秋生也冲进了战圈，直接就是一巴掌抽在林嘉木胳膊上，那声音之响亮，引得全场人注目。

林嘉木一张脸通红。

他就绊了许斐一下，鬼知道他会摔得这么严重。

许斐的胳膊以一种扭曲的姿态垂在身侧，他迈步朝着球场外走，走到护栏网时，一张面巾纸递了过来。

他侧头看过来。

陶白的手在发抖，她没有看许斐，只盯着他垂在身侧的胳膊，低声道：“脸上有灰。”

她的心似乎被一双看不见的大手攥在手中，许斐那只垂在身侧的手让她觉得无比碍眼。

她甚至想冲进去把林嘉木打一顿。

许斐垂眸，大拇指在脸上抹了一下，接过女生手中的面巾纸：“谢谢。”

说完，他抬步朝校门口走去。

随着许斐的离开和不知道谁叫来了教导主任，球场上的混战终于得到制止。

林嘉木、刘琪、夏生、苟旭、秋生，以及一众参与打架斗殴的 1 班、2 班学生全被叫去了办公室。

这是开学后的第一次集体打架斗殴，地点还是在学校，教导主任简直怒不可遏。

林嘉木和刘琪狼狈不已，夏生和苟旭下手毫不留情。

教导主任指着他们：“看看你们像什么样子！公然在学校打群架，到底是谁给你们的胆子？！”

“是林嘉木先动的手。”苟旭狠狠瞪着林嘉木。

“我不管是谁先动的手，总之你们在学校打架就是不对！”教导主任怒气冲冲道。

“主任，您不能不讲道理啊，林嘉木是打架，但我们这顶多叫自卫。”荀旭梗着脖子跟他杠，“而且许斐的手骨折了。”

教导主任瞪了眼荀旭，又瞪了眼始作俑者林嘉木，最后吼：“许斐人呢？”

“他手都骨折了，您不会还想他从医院回来罚站吧。”夏生语气不冷不热道。

这个年纪的男生，火气上来就没一个是好管的。

教导主任气得不行。

秋生正好站在林嘉木身边，她偷偷伸手掐住林嘉木后腰的痒痒肉，然后狠狠拧了圈。

林嘉木疼得一脸扭曲，偏偏还不敢叫出声，他磨牙霍霍扭头瞪秋生，秋生委屈巴巴对教导主任告状：“主任，林嘉木用眼神威胁我，我好怕啊。”

林嘉木恨不得把她嘴缝上：“杜秋生！”

“林嘉木！！”教导主任一拍桌子，指着他，“吼吼吼，在办公室你还敢和我吼！你回去给我写检讨！明天早上当着全校师生的面给许斐道歉！”

让林嘉木道歉，而且还是给许斐道歉，岂不是比要他命还难。

他偏头，完全不把教导主任的话放在眼里。

教导主任满脸怒意，桌子拍得啪啪响：“你听见没有！”

林嘉木冷哼一声：“主任，我又不是故意的。”

夏生在一旁冷笑：“林嘉木，你是不是故意的篮球场这么多人谁没看见？随便拉个人问就知道了。”

林嘉木和许斐互相看不顺眼，连老师都有所耳闻，具体这俩以前是不是有过什么过节儿没有人知道，但他们不和却是板上钉钉的事。

林嘉木就是故意绊倒许斐，他也不是不承认错误的人，他就是烦，不想跟许斐道歉。

换个人他可能早就道歉了，毕竟一句“对不起”又不是什么羞耻的事情。

可对方是许斐，他就觉得不行。

就好像他说了那三个字，就彻底输给了许斐。

教导主任觉得夏生的话很有道理，毕竟他当时也没有亲眼看见，过去的时候这群臭小子已经打成了一团。

办公室门口围了一圈看热闹的人，正好都是人证。他随手指了个女生："你进来，说说你当时看到的。"

林嘉木看着被他指着的女生，心里咯噔一下。

被办公室内外几十双眼睛盯着，陶白生平第一次没有紧张的情绪。

她走到教导主任面前站定。

教导主任对自己随手选的人证非常满意，一看就是乖学生，不会说谎。

他问："当时你在篮球场吗？"

陶白点头。

"林嘉木是不是故意绊倒的许斐？"教导主任看着她。

陶白抬起头。

林嘉木明明对进办公室这种事习以为常，可头一次，他却有种说不上来的紧张和不安。

他在暑假发现自己对小乌龟好像有点儿不一样的心思后，就一直很想见到她。

暑假整整两个月，班级群里的聊天记录每天高达 999+，几乎所有同学在里面，唯独没有陶白。

但他知道陶白选了理科，并且在得知他们分在一个班时，他心里不知道有多高兴。

陶白在看别人，而他在偷偷看陶白。

林嘉木低垂着眼，随着陶白清晰可闻的声音响彻在办公室，他的心脏不可名状地一痛，心跳都停止了。

"是，林嘉木故意绊倒了许斐。"

林嘉木低着头，睫毛轻颤。

他垂在身侧的手紧了又松，松了又紧。

陶白说话时，双眼直视教导主任，没有丝毫闪躲，任谁都能看出她没有说谎。

在看见许斐的手以弯曲的弧度垂在身侧时，她感觉自己的心脏正在被凌迟。

被林嘉木拽头发，被他扔掉许斐买的香草冰激凌，被他的霸道引来隔壁班老师的怒目而视，这些，陶白都不在意。她不在意这个男生恶劣的性格和玩笑，这些冲着她的恶劣行径，她统统可以不在意。

她没有说谎，林嘉木就是故意的，他故意绊倒许斐，导致许斐受伤骨折。

陶白的心很平静。

即便，她知道林嘉木在看她。

林嘉木在学校无人敢惹，陶白的声音却掷地有声，清晰可闻。

细碎的阳光从窗外投射进来，树影斑驳，清风吹动了外面的香樟树叶。

夏生和苟旭直愣愣地看着面前的女生，那个喜欢低着头、胆小沉默的女生。她娇小的身体绷得笔直，义无反顾地对上他们班的霸王。

林嘉木是1班的人，她就不怕她这么说，林嘉木会在私下里找她麻烦吗?

夏生面色一动，开始有些理解秋生为什么这么喜欢她的同桌。

有些人平时胆小，关键时候却比谁都勇敢。

教导主任虽然是随手点了个人进来，但在他有找个人做证这个想法时，站在门口的同学都下意识往后缩。只有陶白站在原地纹丝不动，所以教导主任才指了她。

其他学生都害怕这事过后，会被林嘉木找麻烦。

许斐，林嘉木，没有一个是好惹的。

怎么说都是错，还不如什么都不说。

多一事不如少一事的道理每个人都清楚，看热闹归看热闹，被牵连进来，没有一个人愿意，除了陶白。

办公室骤然安静下来。

教导主任都被陶白简短明了、直击重点的一句话，说得一瞬间愣怔。

在这种能让人窒息的沉默里，林嘉木突然抬起头，他脸上的表情一如既往地吊儿郎当，嘴角带笑，只有对他极为熟悉的刘琪，知道他嘉哥此时的表情简直比茅坑里的屎还臭，还难看。

他扯了扯唇，说："行，我道歉。"

他没有看陶白，说完偏头看向窗外，双眼被阳光刺得差点儿想落泪。

这种心情，从幼儿园就开始纵横学校的林嘉木形容起来就是：我就是吃了一颗会刺鼻的薄荷糖，想哭的不是我本人，是我不听话的身体。

他鼻翼耸动，微微低下了头，不愿被任何人发现。

这事最后的结果是林嘉木写五千字检讨，明天早上当着全校师生的面，承认错误并向许斐道歉。

夏生他们因为参与斗殴，无论起因是什么，总之写检讨少不了，只是不用被全校通报批评。

陶白离开办公室时被很多人围观，这种事情就像是去法庭上给别人当人证，吃力又不讨好。很多人觉得她事后肯定要被林嘉木找麻烦，没有人觉得她勇敢，只认为她傻。

第二天早上，林嘉木站在操场上，态度极其不端正地念着检讨。

许斐右手打着石膏，站在第一排，林嘉木的目光穿透人群，准确无误地落在陶白身上。

他念检讨的声音越拉越高，像在跟自己生气，也像跟谁较劲，那声"许斐，对不起"回荡在底下几千人的耳中。

林嘉木念完，就把手中的纸搓成一团丢在地上，从台上跳下来。

回到班级所在的位置，路过陶白的身边时，他恶狠狠地说："陶白，你就这么讨厌我？"

他们班的人都以为林嘉木要开始找陶白麻烦了，却不想他说完这句话，根本就不想听陶白的回答，迈着嚣张的步伐走了。

秋生看着林嘉木的背影，突然觉得他有点儿可怜。

早操结束，人群散去。

许斐身边围了很多关心他的人，陶白站在不远处，始终没有踏出一步。

万里晴空无云，燕子展翅从半空飞过。

许斐的视线穿过重重人群，落在她转身离开的背影上，耳边是夏生的声音："你不知道昨天在办公室，她是怎么当着众人的面……"

平静的湖面似被投入一块碎石，引起点点波澜。

许斐抬头望着长空。

夜幕深沉，陶白躺在床上，握着手机，还是没忍住给难得在线的“许”发了一条消息。

bt：你的胳膊还疼吗？

发送完，她滑动聊天界面，紧紧盯着自己刚刚发送的消息，忽然觉得哪里不对。

几秒后，她整个人从床上蹦起，手忙脚乱地把手机丢开。

陶白坐在床上，整个人都在发抖。她说了什么？她刚说了什么？她问他胳膊还疼吗，这岂不是代表她知道他是谁。

许斐的QQ没有几个人知道，那她是从哪里得来的？

他会不会问？他会不会很讨厌？

陶白一脸惊慌，她一定会被许斐删掉的。

以后都不能偷偷看他的空间了，以后都不能再点开聊天框，看那几条简短的聊天记录了。

消息提示音响了两声，陶白才反应过来，她几乎是抖着手，把丢到床缝里的手机摸出来。

她那么期待对方的回复，却又害怕看到对方的回复。

她一定会被删掉的。

陶白的心中流淌着一股难言的失落，是对自己粗心大意的失望。

她几乎是抱着被质问的心态看向聊天框。

许：？

许：你是谁？

陶白的心一紧。

可能一个人的情绪到了一个临界点便会爆发，陶白怕到了极致，反而变得不管不顾。

她心里是害怕的，打出来的字却有些小嚣张。

bt：你是笨蛋吗？林嘉木绊你的时候你怎么不躲开！

陶白看着已经发送过去的消息，恨不得剁掉自己的手。

她是在凶许斐吗？她是在凶许斐？？

bt：你和他不是互相看不顺眼吗，你怎么不防着他！

bt：疼死你！

陶白一把把手机丢到床的另一头，抱着脑袋埋进被子里。

她到底都在说些什么！

城市的另一头。

许斐靠在椅背上，手机屏幕的光打在他脸上，映得那张脸越发清俊。

他右手打着石膏，班主任批准他在伤好之前可以不用写作业，但他其实是个左撇子，以前用右手写字，仅仅是因为郁娟让他练习右手，其实他左手也能写。

他现在就在做数学卷子，就是无聊，闲得没事干。

看着聊天框里对方嚣张的回话，他挑了挑眉。原本一直以为上次误加的好友是一个网络新手，出于某种他觉得玄之又玄的缘分，他一直没删。

其间，偶尔也会聊两句，基本是对方主动发来消息，他看见后，出于礼貌会回复。

聊天时对方很有礼貌，甚至有些礼貌得过分，态度尤为认真。

比如他上次说 Sarah Brightman 的 *Scarborough Fair* 很好听，对方小心翼翼地说没听过，结果没过两天，就发消息说自己听了，真的很好听。

在网络上交朋友，谁也不知道网线后面藏着什么妖魔鬼怪，居然真的有人会因为他随口说的一句话，专程跑去下载来听。

许斐觉得这个误加的好友性格很有趣，留着就留着吧。

虽然对方似乎对他的空间十分感兴趣，几乎每天晚上会准时在他空间留下足迹。

对于一个陌生人的关注，他其实并没有太大的感觉。

可这种认知，显然在今晚被对方一句话打破。

对方知道他受伤，甚至知道林嘉木，这说明什么？说明对方和他同校。

被误加好友，和被有心人加好友，是截然不同的两种情况。

许斐原本还有些不高兴的心情，被对方理直气壮的几句话击个粉碎，他都要气笑了。

许：露出真面目了？

明明以前都是一副小心翼翼的语气，这会儿自己不打自招，干脆破罐子破摔？

bt：是啊！

bt：你怕了吗！

许：……嗯，好怕。

bt：知道怕就好。

隔了几分钟，对面才别别扭扭地问。

bt：胳膊是不是很疼呀？

许斐脑中不由得浮现出一只有着蓬松软毛的小兔子，别别扭扭地抬起小脑袋看他的画面。

他被自己幻想的画面闹得啼笑皆非，那股郁气却是真真切切地消散了。

夏生和苟旭不可能把他的QQ告诉别人，那对方又是怎么知道的？

许斐完全想不明白。

他看了眼打着石膏的手臂。疼不疼？胳膊断了，怎么可能不疼？

他扯了扯嘴角，林嘉木那家伙下手可真狠。

许：我的QQ号你从哪儿知道的？

他没回复疼不疼的问题，唯一感兴趣的是对方从哪儿弄来的号。

对面果然不说话了。

他等了一会儿，聊天界面依旧安安静静。

陶白就像栽在床上的一棵恼怒青葱，她伏跪在床上，埋在被子里的小脸通红。

过了很久，她抓过旁边的手机，白皙的食指在屏幕上戳。

bt：不告诉你。

她在毫无心理准备的情况下，得到了一个接近他的机会，用一个暑假的努力换来了今天，在自己把自己卖了的那一刻，陶白是真的觉得天要塌了。

她破罐子破摔地说了那两句话，她觉得许斐可能要生气了，可出乎意料的是，他似乎没有她想象中那么生气。

他没有立刻删了她。

大约是隔着一条网线，她料定了对方不可能知道她是谁，陶白藏了十六年的胆子，在她万万没想到的情况下，彻彻底底在许斐面前显露出来。

在她措手不及的情况下，秋生把机会送到她面前。

她在暑假两个月里，发了数不清的传单，送了无数的气球，流尽了汗，耗尽了勇气，换来今天这句任性的“不告诉你”。

喜欢不能当面告诉你。

因为少年太美好，因为她不够好。

那晚过后，原本只敢在晚上偷偷去许斐空间看一眼的陶白，突然就跟释放了天性一般，每天晚上十点，准时躺在被窝里给许斐发消息。

一开始许斐只是偶尔回复，之后不知是不是被她缠上了，一来二往，他竟然开始习惯晚上十点准时响起的“嘀嘀”声。

从聊天中，陶白知道了他不只喜欢 Sarah Brightman，还喜欢日本女歌手中岛美雪。

陶白的歌单里又多了一首《骑在银龙的背上》。

这天晚上，陶白写完作业，抱着手机给许斐发消息。

bt：你胳膊好些了吗？

这句话几乎成了这段时间的开场白。

许斐的胳膊养得不错，家里的阿姨每天换着法给他炖汤。

许：差不多了。

bt：哪里就差不多了？伤筋动骨一百天，你这才半个月不到呢，你得好好养伤。

许斐这段时间心情十分不好，手受伤了什么都做不了，不能打球，不能玩游戏。

就连去网吧，苟旭和夏生都不叫他了。

许：再养半个月，我要打球。

bt：你疯了吗？你是骨折不是扭伤，半个月根本好不了。

许斐一脚踩在桌沿上，面色冷淡。

他以前怎么会觉得对方容易害羞，瞧瞧现在说话的口气。

许：我以前真是瞎。

bt：？

许：没什么。

bt：？

许：小姑娘，你胆子很大啊。

陶白抱着手机面颊绯红，她的五官在无人窥见的黑夜悄然长开，没有镜框与厚重刘海儿遮挡的小脸精致又漂亮。

她纤细的手指在按键上戳着。

bt：我胆子很小的。

对方几乎是秒回，显然他和她一样都在专注着聊天。

许斐在城市的另一端，等着她的回复。

这个设想让陶白心脏滚烫。

许：我看你胆子比天大。

窗外的夜空挂满亮眼的星辰，晚风拂起窗帘一角，吹动书桌上的野花。

少女粉嫩白皙的双足在空中轻摆，纤细的身体在床上滚了一圈，晚风参与了她的雀跃，并把这股喜悦，传递到了城市的另一端。

这段时间，许斐的生物钟因为夜晚十点准时到达的消息而被打乱，他靠在床头，微微打了个哈欠，头顶昏沉的灯光照着他的侧脸，衬得少年五官更显深邃。

女生的资料信息除了同城和年龄，其他都是乱填的。

但从说话的语气到内容，许斐不难猜出对方不是高二，就是高三的。

胆子很大，还说他疯了。

长这么大，从来没有人用这种语气跟他说过话。

果然，什么小心翼翼、胆小羞怯都是错觉。

落地窗微微浮动，晚风微凉。

星空挂满繁星，无边的城市，万家灯火齐亮，美如画卷。

城市的两头，少女绯红的面容藏在白色的被单里，少年低垂眉眼打着小哈欠。他们的手中握着荧光不灭的手机，不时在按键上戳两下，看着对方的回复，一个双目盛满星辰，一个勾唇浅笑。

许斐手上的石膏一个多月后才拆。

医生说还要养几个月，其间，不能做剧烈运动，篮球更是不能碰。许斐的心情一天比一天差，尤其是看着林嘉木在他面前上蹿下跳，脸色冷得出奇。

林嘉木其实有点儿小内疚，但是这点儿内疚只有他自己知道，没有让任何人看出来。于是，所有人都觉得林嘉木简直不要脸，把许斐害得骨折，还跑到他面前去撩贱。

许斐退出贪吃蛇界面，点开了 QQ。

好友列表里三个好友，两个头像全天在线。最底下那个系统自带头像，除了晚上十点，其余时间都是灰色的。

这已经是他今天第二次点开 QQ。

许斐简直觉得自己莫名其妙，遂毫不犹豫退出。

林嘉木在走廊把篮球拍得“砰砰”响，许斐眉心突突直跳。

“许斐,来一起打球啊。”林嘉木笑眯眯地靠在2班的后门,贱兮兮地说。

许斐头也不抬，林嘉木“啧”了声，嚣张地拍着篮球离开。

这段时间，这个场景几乎每天都在上演，大家已经见怪不怪，只是所有人都觉得林嘉木不但嚣张，还不要脸。

林娇娇和卞桃从小卖部回来，好巧不巧和拍着篮球的林嘉木撞上。

林嘉木对女生的态度仅限于“不揍女生”，撞了他还摆臭脸，他就不惯着。

他伸出一条大长腿挡住卞桃和林娇娇的路：“怎么，撞到人不道歉啊？”

林娇娇咬牙：“是你撞到我们。”

林嘉木抱着篮球，看着她，扯了扯唇：“你哪只眼睛看到是我撞的你们？”

林娇娇怒道："林嘉木，你别太过分，不是谁都怕你！"

林嘉木把篮球往地上猛地一砸，发出一声巨响："怎么，撞着人你还有理？"

林娇娇气急："你！"

"我什么我。"林嘉木吹了声口哨，"我知道我帅，要你说？"

"你能不能要点儿脸！"

许斐走了过来。

卞桃余光看见他，脚尖微微一动，不动声色侧身挡住了过道。

林娇娇简直要被林嘉木气死，在她心里，林嘉木和秋生、陶白就是一伙的，他就是在故意找她们麻烦。

"林嘉木你别没事找事，旁边这么多人都看见了，我们顶多就是谁也没看见谁，谁要故意撞你。"林娇娇伸手想推他，被林嘉木捞回来的篮球撞到脸上。

林娇娇看着近在咫尺的篮球，对上林嘉木漫不经心又暗含冷意的目光，顿时不敢再动。

卞桃咬着唇，声音很轻："林嘉木，学校不是让你随便欺负人的地方，我们没有撞你。"

林嘉木看了她一眼，正想说话，肩膀被一只手搭住。

林嘉木和卞桃一左一右挡住了过道，想要下楼，必须从他们俩其中一个的身边走过。

卞桃眼睁睁看着许斐绕过她，走到害他骨折的林嘉木身边。她咬着唇，眼中闪过一抹愤然。

许斐摁着林嘉木的肩，把他往旁边一推，径直从他们面前走过，下了楼。

林嘉木被推得一个踉跄，气得篮球往墙上一砸，反弹后又捞回手里："许斐你是不是想打架？"

许斐头也不回。

林嘉木不爽地"啧"了声，也懒得再搭理林娇娇她们，抱着篮球离开。

林娇娇看着他的背影，气得胸口起伏："林嘉木是不是有病，他干吗老找我们麻烦？"

卞桃语气微冷：“别理他。”

林嘉木一走，边上的同学就凑了过来。

“卞桃，你没被撞到吧？”

“你别理林嘉木，跟他讲不通道理。”

“他就是个混子。”

卞桃去年被评选为一中的校花，和曾经的曲微微不同。曲微微虽然长得好看，但风评差，经过和人私奔、高考缺席，重重负面影响下，新任校花卞桃长相清纯漂亮，性格温柔体贴，简直深得一群荷尔蒙爆棚的男生的喜欢。

正是下课时间，走廊上人很多，除了1班和2班的学生，还有其他几个班的。作为男生，他们都看不惯林嘉木欺负女生，而且欺负的还是卞桃。

卞桃心中嗤笑，你们之前怎么不站出来帮我说话？马后炮。

心里不屑，她脸上却笑得温柔，拉着林娇娇进了教室。

卞桃在林嘉木面前受了气，一肚子火没处发泄。

路过陶白身边时，她故意露出手腕上的手链，凑到她耳边轻声说：“陶白，回家替我谢谢陶叔叔呀。”

陶白笔尖一顿。

卞桃面上闪过一抹得色。

陶白，你再怎么装作不在意，心里其实都是介意的。

卞桃的学习成绩虽然说不上一落千丈，但她到了爱美的年纪，被无数异性追捧着，学习已经不是她当前最感兴趣的事。而陶白越来越高的分数，让从小到大都比她优秀的卞桃十分不爽。

陶白就该永远被她踩在脚下。

她只是“不经意”间透露了自己喜欢某个品牌的手链，陶叔叔就买来送给她了。

换成陶白，她可以吗？

就算她的学习成绩越来越好又怎样，她一样不得自己爸爸的喜欢。

卞桃声音很小，小得只有陶白一人听见。

陶白现在的新同桌偷偷偏头看了卞桃一眼，卞桃朝他甜美一笑。

男生脸一红，连忙低下头。

卞桃轻笑，声音如铃般清脆。但她的内心却厌恶极了男生脸上的雀斑，简直丑死了。

陶白睫毛轻颤，停顿的笔尖在练习本上缓慢地写出答案。

她的同桌忽地碰了碰她的手臂，因为脸上长着雀斑，男生被人取了个外号叫“小雀斑”，这让他有些自卑，平时在班上，他也不敢和别人交流。

小雀斑叫余航，同桌这么长时间，他和陶白说话的次数屈指可数，一个因为自卑，一个孤僻寡言，谁都不是主动的性子。

陶白缩了缩被他碰到的手臂，余航有些尴尬，以为陶白嫌弃他：“对不起。”

陶白摇头。

余航已经习惯她不爱说话的性子，他道完歉，鼓起勇气问出自己想问的问题：“你和卞桃很熟吗？”

陶白偏头看他：“熟？”

“不熟吗？”余航摸摸鼻尖，双眼乱转，带着少年的羞涩，“我看你们俩刚才在讲悄悄话。”

那种话，落在外人眼中竟然成了熟稔。

陶白扯了扯嘴角：“我和她不熟。”

银色的手链很漂亮，上面嵌着细碎的钻，卞桃看上的东西，从来不是什么地摊货。

便是齐素，陶武都不曾送过她什么首饰，他还真是爱屋及乌。

陶白嘴角勾起一抹嘲讽的笑。

余航却理解错了她的意思，以为她看出了他的小心思，在嘲笑他异想天开。

他一张脸涨得通红，声音有点儿激动：“你不用急着否认，我也没想怎么样，我就是……就是……”

陶白一脸的莫名：“你在说什么？”

余航五官其实长得不错，但因从小被人用异样的眼光打量，他很少敢和别人对视。

陶白和他基本就没说过几句话，更别说像现在这么面对面。

陶白见他红着一张脸，提的又是卞桃，突然间意识到什么。

她两条秀气的眉毛皱了起来：“你喜欢她？”

她唇色天生润红，皱着眉也难掩出色五官，尤其是那双丹凤眼，格外漂亮。

余航已经完全呆住。

他……他同桌怎么长得这么好看？？

陶白见他的脸越来越红，以为是自己说中了他的小心思，他不好意思。

本想提醒他卞桃不是他表面看到的那样，但陶白天生就不是爱说别人坏话的人。

她想了想，还是什么都没说，埋头继续做题。

余航抱着脑袋埋在桌上，头顶都在冒烟。

天啊，大家都是瞎子吗！他们选校花的时候，真的没有集体失明吗？

陶武经常一出车就是大半个月，他平常就算不出车也很少在家，一个月回家一两次都是算多的。

在陶白的记忆里，她小时候经常找不到爸爸。而每次看见他，他手上提着的一大包零食，却不是给她的。

陶白从很小的时候就知道爸爸不喜欢妈妈，他喜欢的是卞桃的妈妈。

幼年的卞桃把“喜欢”当成一件很光荣的事，她经常把陶白堵在角落里，用充满天真的语气说着世间最恶毒的话。

“你爸爸不喜欢你妈妈。”

“你爸爸也不喜欢你。”

“你爸爸告诉我，他喜欢的是我妈妈和我。”

这几句话是卞桃经常挂在嘴边，拿来炫耀的事。

长大后，卞桃或许开始明白，不是什么“喜欢”都值得炫耀，比如别人的爸爸喜欢自己的妈妈这种事情，只能在私下里和陶白炫耀，对外人是不可以乱说的。

陶武在卞桃还不明事理时就已经灌输给她“不喜欢陶白”这种思想，

让卞桃在和陶白相处时十分自傲。

同龄人，最是喜欢攀比。

今天你戴的粉色发圈比我的好看，你的书皮比我的好看，连一块橡皮擦都能成为攀比的物件，何况是爸爸这样不可复制的角色。

陶武助长了卞桃的气焰，他直接也间接地亲手折断了陶白的天真，可笑的是他却无数次厌恶陶白的孤僻。

陶武正在家看球赛，陶白毫不意外他今天在家。

他的足迹遍布祖国大江南北，从各个地方带回来无数稀奇玩意儿，只要卞桃拿着东西来她面前炫耀，陶白就知道他回来了。

陶武看起来心情不错，那张凶悍的脸罕见地带着笑容："淘淘回来了，爸爸给你带了礼物，你看看喜不喜欢？"

陶白弯腰换鞋，语气平静无波："喜欢。"

她唯一的一次"不喜欢"，换来的是陶武的怒火和一句"不识好歹"，她现在看什么都喜欢。

茶几凌乱，一桌的酒瓶。

陶武手里抓着一把瓜子，电视里，他支持的球队错失了进球机会，他气得怒骂："踢的什么玩意儿！"

陶白沉默地看了一眼，转身回了房间。

写完作业没一会儿，她就听见齐素开门回来的声音。

不到一分钟，外面响起争吵声。

陶白顿了顿，把书桌上的作业本推开，拧开笔盖，在草稿纸上乱画着。

争吵声无孔不入地传了进来。

"手链你给谁买的？是曾雨芙还是卞桃？"

"关你什么事！"

"怎么不关我的事？我是你妻子，她们算什么？"

"闭嘴！"

"怎么？我骂她们，你心疼了？陶武你当初是怎么答应我的，你说了不去找她们，你说了要跟我好好过日子，这些你是不是都忘了？？"

"我没忘！"

“你没忘，你没忘你给她买手链？！陶武你不是个东西！我跟了你二十年，你给我买过什么？我还给你生了个女儿，陶白才是你女儿！！”

“疯女人，懒得跟你说。”

“不准走，你今天哪儿也别想去，你把话给我说清楚！”

“我跟你没什么好说的！我赚钱想买什么就买什么，想给谁就给谁，谁也管不着！”

“去死！陶武你给我去死！”

齐素声嘶力竭的怒吼，伴随着拉扯撞击声传入陶白的耳中，她抱着脑袋，捂住耳朵，可依旧抵挡不住陶武的叫骂和齐素尖厉的疯叫。

是啊，如何能抵挡？

捂住耳朵的双手，是外面争执的二人给予她的血肉之躯，这双手能考满分，能刻木，什么都能做，唯独不能挡住他们加注在她身上的绝望。

陶白听着一墙之隔的疯狂的扭打声，混杂交织着男女的怒吼尖叫，玻璃砸在地上的清脆声，凳子在地上拖拽的沉闷声，从客厅一直到卧室，这场混乱一直持续了半个小时。

当一切平息下来，陶白打开房门，站在门口，看着一片狼藉的客厅，内心一片荒芜。

这个岌岌可危的家，在平静了大半年后，被一串手链彻底击个粉碎。

北京时间晚上十一点。

许斐再次拿过床头柜上的手机。

这是他今晚第无数次不自觉地点开 QQ，那个天天准时准点在十点发送消息来的人，今晚毫无动静。

许斐又等了五分钟，忽地把手机扔到一边，掀起被子搭在身上。

太不正常了，这样的自己简直太不正常了。

他居然会等一个陌生人的信息。他为什么要去等一个陌生人的消息？

睡觉！

他摁灭床头灯，昏暗的房间顿时一片漆黑。

半个小时后，漆黑的房间亮起，一只白皙的手抓过床头柜上的手机。

解锁，登录 QQ，一气呵成。

聊天界面安安静静，没有一条未读消息。

苟旭的头像还是那么丑，夏生的头像也没好到哪儿去。

最底下那个原始头像依旧是灰色的。

不在线。

许斐掀开被子，赤脚下床，把手机扔进抽屉里。

## 第十章

# 补一个早安

凌晨三点，外面下起瓢泼大雨。

雨珠坠在窗面，窗户被风吹得呼呼作响，冷风从缝隙中钻入，书桌上的野花被吹得东倒西歪，花蕊在败落。

陶白睡得极不安稳，在睡梦中，齐素的声音就像一把闪着寒光的利器，在风雨飘摇的家四处砍割，陶武的怒骂和拳头，随即把已经摇摇欲坠的家砸个粉碎，陶白躺在四处空旷的地方，除了身下的白色小床，四周再无一物。

齐素和陶武交缠扭打的身影在梦中渐渐消失，接着是身上的被子，床……陶白骤然摔在地上，最后眼睁睁看着藏在床底下的木箱也开始变得透明。

陶白忽地想起什么，呆坐在地上的她疯了般地朝渐渐雾化的木箱扑去，可惜已经晚了。

木箱子在她面前消失，她收集的木头和各种各样亲手雕刻的小物品一一消失，一部白色的手机掉在了地上。

她面色苍白，扑过去想要抓住手机，可那部白色的手机在她面前一点点化为尘埃。除了她，全消失了。

陶白被吓醒了。

她坐在床上，一脸惊慌，手还保持着向前伸抓的姿势，睡衣松松垮垮滑落，露出白皙的肩膀和精致的锁骨。

她愣了两秒，一把掀开被子跳下床，拉出床底的木箱。

看着好好躺在箱子里的白色手机，她卸力般跌坐在地。

她好像失去了一切，可抱着这部冷冰冰的手机，她似乎又拥有了一切。

窗外狂风大作，一眼看不到光。

陶白看着墙上的时钟，靠着床沿坐在冰冷的地上。

清晨六点，她点开那个灰色的头像。

bt：早上好。

晚安缺席，早安补上。

发完消息，她关了机，准备把手机塞回木箱，在即将放下的瞬间，她猛地一顿。

先前的梦境终究给她造成了影响，那种看着眼前的一切慢慢消失，自己却无论如何都抓不住的无力和绝望，让她紧紧握住手中冰凉的手机。

她把手机放进了书包里。

只有随身带着才能给她一丝安全感。

陶白换好校服去洗漱，台风过境般狼藉的客厅，她不敢也不愿多看。

主卧的门紧紧关着，里面是什么场景陶白不知道，但她知道他们这个家就像客厅里被砸烂的茶几，是一块沉疴旧伤，如今也只是旧伤添新伤，把伤口撕开一次又一次，五感除了痛，再也没有其他。

陶白背着书包换鞋出门，隔壁邻居正好也开门出来，见到陶白，对方立马抱怨："陶白，你爸妈昨晚又闹得我家小孩儿睡不好觉，要是老这样，我只能去居委会投诉了。"

陶白点了点头。

邻居看着她："你点头是什么意思啊？你爸妈吵架打架你都不劝吗？他们关系这么差，你当女儿的要是不劝着点儿，早晚得离婚。"

陶白攥着书包带，淡声道："你去投诉吧。"

她是真心希望对方去投诉，邻居却误会她这话是在故意刺她，顿时提高了音量："怎么了，阿姨我说错了吗？咱们小区有哪家家庭关系像你爸妈这样的，不打满十五天都凑不够一个月，咱们也是十几年的邻居了，这楼上楼下的你随便问一家，哪家对你们没有意见？”

吵架，打架，摔东西，怒吼，尖叫，齐素和陶武的十几年就是这么过来的。

离婚，他们似乎从未想过离婚，即便彼此折磨。

邻居亦步亦趋地跟着陶白，她脸色一转，突然笑眯眯地说：“陶白，阿姨听说你现在每次都考全班第一啊？是不是真的？我家那小子今年就要中考了，你看咱们都邻居这么多年了，你成绩这么好，有空就来我家，帮我家那小子辅导辅导？”

见陶白不说话，她脸上表情微变，想起以前自己也和别人闲话叨叨陶白不如卞桃，哪晓得这人不显山不露水，现在成绩比卞桃还要好。

他们小区都喜欢将同批的孩子拿来比较，她家小子比陶白和卞桃要小两岁，小时候他们还一起玩儿过呢，帮忙辅导一下怎么了？

“陶白，你小时候天天和我们家小军玩儿，咱们小军还叫你姐姐呢，你是不是忘了？”邻居拽着她书包，“也用不了你多少时间，我家小军很乖很听话的，你就帮帮你小军弟弟吧。”

连陶白这种小学期末考不及格的差生都能考上一中，她就不信她家小军能考不上，她儿子可比陶白聪明多了。

陶白抿着唇，到了楼下，她把自己的书包从她手中扯了回来，小声说：“阿姨，我学习很忙，没有时间。”

邻居跟了她一路，没达到目的怎么愿意放过她：“怎么就忙了？你这才高二又不是高三，而且也用不了你多少时间，你每天放学来我家，给你小军弟弟补习两个小时就可以了。”

两个小时陶白能做几张卷子，能复习完一天的功课，能把明天要学习的重点内容给秋生画出来，再不然，她也能雕木头让自己放松。

她为什么要花两个小时的时间，帮一个在幼年抓了一条蛇，放在她书包里吓她的男生？

刘军叫的不是淘淘姐姐，而是桃桃姐姐。

暴风雨后的清晨空气清新，天空如洗般清澈。

陶白埋头大步朝前走，邻居跟了她一路，任她苦口婆心，打感情牌也好，还是话里话外暗示只要她帮忙补习，就不去投诉她家也罢，陶白全程不语，坐实了她孤僻的传言。

跟到路口的公交站，邻居得坐公交车到菜市场去买菜，她怒气冲冲地看着陶白头也不回的背影，在地上啐了口痰。

“什么玩意儿？还真当自己多了不起了，性子这么傲，早晚折了你。”

被暴雨洗刷后的操场泛着光，体育老师正在操场跑步，不远处的篮球场传来篮球击打地面的闷响声。

陶白脚步一顿，绕到了篮球场。

护栏网面坠着水珠，篮球场内，穿着运动服的男生正在投篮。他高高扬起的手在半空划出一道优美的弧度，可能是手感不对，篮球在篮圈上滚了一圈，掉在了地上。

球没进。

陶白站在大树下，看着许斐一次又一次用左手单手投篮，十次之中只有两三次投空。

晨风拂起少年的碎发，露出光洁的额头。

时光好似定格在了这一刻，十几米外的树下站着偷偷观看的女生和篮球场上一次又一次，不知疲倦重复着用左手练习投篮的少年。

校门口人群涌入，寂静的校园突然被注入人气，朝气蓬勃的打闹声由远及近。

有人朝这边走了过来。

陶白如梦初醒，长时间站立不动的双腿有些僵硬，她踢了踢脚边的小水坑，迈步离开。

“斐哥，你怎么这么早？”2班一个经常和许斐他们一起打球的男生冲进篮球场，“不是吧，这么牛，左手都能进球。”

“早。”许斐声音清凉，似雨后的天空，无垠清澈。

“哇，我要看许斐学长打球。”高一的学妹拉着同伴，朝篮球场小跑而来。

她的同伴笑嘻嘻地任由她拽着："我亲爱的同桌，请问你作业做完了吗？"

"糟糕！我忘了！"女生尖叫一声，脚尖一转，拽着她同伴就向教学楼的方向冲。

跑过陶白身边时，她们笑得一脸灿烂，挥手打招呼："学姐早上好！"

陶白看了眼四周，只有她一个人。

还是第一次被人叫学姐，她小声道："早……"

两个女生已经跑远了。

陶白顿了顿，抬头看了眼碧蓝的天空。

果然，没有什么地方比学校更能给一个人带来欢乐和希望。

许斐把篮球丢给夏生，伸手把挂在树上的背包取下来。

夏生身边跟着嘴里叼着油条的秋生，她看了眼球场外站着的林菲和赵梦丹她们，脸上表情很淡。

"你们闹僵了？"夏生扭头看了一眼，问道。

秋生不在意地轻哼一声："话都没说，怎么闹僵？"

夏生揉了揉鼻子，女生之间的友情真让人看不懂啊。

林菲和赵梦丹选了文科，原本在高一关系不错的几个小姐妹，如今见了面竟然连招呼都不打，明明秋生十六岁生日时，对方还来参加过她的生日会。

年轻人的友情，一栋教学楼就能斩断，真让人捉摸不透。

秋生面无表情啃完油条。

林菲和赵梦丹已经有了新的玩伴，还有刘萌，她们三个建了新群，群里没有她。

被小姐妹们排除在外这种事情，怎么可能告诉夏生，这么丢人。

有的人越走越近，有的人却渐行渐远。

青春啊，不外如是。

回了教室，许斐从书包里拿出手机，一按，果然黑屏。

昨晚手机在抽屉里放了一夜，已经没电了。

早上出门的时候也没注意看，随手就扔进了书包里，他没带充电线，也没地方充电。

“斐哥作业借我抄抄！”苟旭冲过来就想拿他桌上的卷子，许斐直接塞进书包里，淡声道，“自己写。”

“别啊哥，你是我亲哥，小弟这条狗命能不能活到太阳下山，就全靠你了。”苟旭哭唧唧地看着他，他昨晚打游戏打到凌晨三点半，暴雨天打游戏实在是太爽了，谁还记得作业是个什么东西。

许斐塞上耳机，MP4 电量满格，温柔的女声传入耳中。

Are you going to Scarborough Fair

（你要去斯卡布罗集市吗，）

Parsley, sage, rosemary, and thyme ...

（香芹、鼠尾草、迷迭香和百里香……）

苟旭围着他蹦跶了半天，见他斐哥今天异常冷漠，就知道他是铁了心不借作业给他抄。

此处花不开，另寻开花处。

苟旭单手挡在眉间，镶金狗眼一扫。他们班的班长、副班长、学习委员的座位四周坐满了一群人，那群人正埋头狂抄。

苟旭骂了一声，脑子一转，把主意打到了隔壁班。

1 班的情况差不多，学霸的周围挤满了抄作业的学渣。

苟旭率先去找秋生，然而秋生不在教室，她座位空空荡荡，连本书都没有。

苟旭站在 1 班的教室后门，叉腰打眼一望，看到一个娇小的背影，眼睛顿时一亮。

高二分班后，很多和陶白不熟的同学也想找她借作业，但在领教了几次她的冷漠后，班上几乎没人再把主意打到她头上。硬抢也不行，谁要敢硬抢陶白的作业，一准被秋生揍成猪头。

陶白的作业就放在课桌上，好几本叠在一起，她正在给秋生勾今天要讲的重点，猝不及防一只手伸过来，直接把她作业抢走。

陶白一脸茫然地回过头。

苟旭嘎嘎大笑，抓着她作业就跑，边跑还边吼："同桌，作业借我抄一下，抄完我就还给你！"

什么……情况？

余航偷偷看她，耳朵有点儿红："他是隔壁班的苟旭。"

陶白看了他一眼："我知道。"

余航支支吾吾，有些害羞道："那你别……别担心，他说抄完就还给你，下课之前一定会给你的。"

他觉得他同桌胆子很小，被人抢了作业一定很害怕。

余航真的想多了，陶白没有害怕，她只是在想苟旭怎么不去找许斐要作业，而跑来抢她的。

明明他们两个关系更好，而且许斐的字还好看。

她想到和许斐的聊天记录，脸有些烫。

前几天她有一道数学题不会写，发给许斐，是许斐教她算出来的。

……今早的消息，也不知道他有没有回复。

陶白拉开书包拉链，伸进去摸了摸冰凉的手机。

余航一直在偷偷看她，他翻开数学书，轻轻推过来，指着上面的一道题，害羞得耳朵都在冒烟："陶白，能给我讲讲这道题怎么解吗？"

他其实是会的，但他……也不知道怎么了，就好想和她说话。

陶白的目光停在他手指的那道数学题上，直接用铅笔在上面写下一个数字，然后就不再理他。

余航是班上的数学课代表，他不可能不会。

陶白只是不明白他为什么明明会，却说不会。

余航讷讷地把书撤回去，懊恼不已。他应该找一道有难度的题才是。

苟旭蹿进教室，特意翻开陶白字迹工整的作业在许斐面前晃了晃，一脸得意道："看看，你看看，人家小姑娘这一手字简直漂亮极了，比你不差吧！"

许斐靠在椅背上，鸦羽般的睫毛掀起，扫了一眼伸过来的作业本。

字迹清秀，作业本干干净净，一点儿涂抹的痕迹都没有。

苟旭很得意，给他看了一眼就合上了本子，许斐晃眼在名字栏上看到一个“白”字。

苟旭的手挡住了前面的姓氏。

许斐转头望向窗外的天空，晨光暖阳。

这世上最美的景色无外乎湛蓝的天，碧蓝的海，和……最美的人。

许斐摸出手机，修长的食指轻轻敲击着漆黑的屏幕，思绪已不知去到何方。

高二的还是高三的?

她的字迹，应该也和苟旭在隔壁班抢到的作业本上的一样规整清秀吧。

是理科还是文科？如果是理科，说不定他们还在同一栋教学楼，或许每天擦肩而过。

她知道他是谁，他却不知道她是谁……许斐第一次觉得事情有些不公平啊。

许斐想知道对方是谁的心，突然变得十分强烈。

他抓着手机突然起身。

夏生在他身后叫道：“要上课了，你去哪儿？”

许斐头也不回。他去办公室问老师要充电器。

班主任正在喝早茶，差点儿没喷出来：“你说什么？你再说一遍？”

许斐面色淡淡：“借一下充电器，顺便借用下插座。”

班主任被他理直气壮的语气气笑了：“这里是学校！”

哪有人堂而皇之跑到办公室找老师借充电器的，他可真是……

“我有事要给郁女士打电话。”许斐随便扯了个借口，“很重要的事。”

郁娟，郁女士，给学校捐了两栋楼，这学期又捐了几百台新电脑，是尊大佛。

班主任沉默了两秒，拉开抽屉，从里面拿出充电器放到办公桌上，指着不远处的插座：“那里有位置，你随意。”

许斐道了声谢，拉过旁边的椅子，拖到他手指的位置。

办公室站着几个一大早就被教导主任抓到违反纪律的学生，他们指着许斐，试图用他的嚣张来衬托他们的无辜：“主任，你看那边，你看。”

主任不看。

主任已经听见了许斐和班主任的对话，这种时候他就要装聋作哑。

他背着手站在几个男生面前，指指其中一个的脑袋：“看看，看看你这头，你是男生还是女生啊？留这么长的头发，你是准备编辫子吗！”

他又指着另外一个：“还有你，别以为你染发我看不出来，你这是黑发吗，这是栗色！”

接着他又指着第三个：“你笑什么笑？举起你的手给他们看看，你留这么长的指甲是准备练九阴白骨爪，还是准备跳孔雀舞啊？啊？”

许斐懒洋洋地靠在椅背上，右脚踝搭在左膝上，揉了揉耳朵。

他点开QQ。

下一秒，一阵响亮的“嘀嘀”声，响彻了安静的办公室。

全部人扭头朝他看来。

许斐指尖一顿，随即，他关掉手机音量。

QQ界面上，有一条未读消息。

对方头像灰着，发送消息时间是早上六点，比正常上线的时间迟了八个小时。

他换了个坐姿，双臂撑在膝盖上。

许斐没在第一时间回复，反而点开了对方的空间。

这是他第一次进别人空间，空荡荡，片草不生，荒无人烟，就像一个小号。

许斐如今已经不会有对方是“网络新手”这种神奇的想法，这个只有两颗星星的账号绝对是个小号。

一条动态都没有。

留言板空荡荡。

在这个去谁空间都要留下一句“踩踩”“期待回踩”的年代，许斐在对方空荡荡的留言板留下了一个“。”

句号。不知道说什么，又想说些什么。

早读预备铃响，许斐的手机只充了一格电，他把充电器还给班主任。

上楼梯时，他点开对方的头像。

许：早。

上午的课程结束。

陶白和秋生在食堂吃过午饭，然后去小卖部买水。

正巧林菲和赵梦丹她们也在小卖部，去年还关系亲密的小姐妹，如今见面也只是干巴巴地叫了声对方的名字。

林菲和赵梦丹挽着手，有些尴尬地看着秋生。

秋生挽着陶白，对她们笑了笑："你们买东西啊。"

林菲点头，干笑："是啊。"

刘萌那个大嘴巴不知道怎么把她们建了新群的事说了出去，然后被秋生知道了。秋生虽然没说什么，但从那以后，再也没找她们玩儿过。

原来那个闺密群，她也退了。

林菲和赵梦丹很尴尬。

其实也没发生什么事，就是分班后一起玩儿的时间变少了，又交了新的朋友，时间一长，自然感情就变淡了。

有了新的朋友圈后，有的话题就不能让不是一个圈子里的人知道，秋生被排除在外，也无可厚非。

秋生有些怅然，但并没有多么失望和难过。

陶白挽紧秋生的手，偷偷看她。

秋生朝她咧嘴一笑，对林菲和赵梦丹摆摆手，拉着她进了小卖部。

真正的好朋友不会走，会走的也不是真正的好朋友。

她有永远都不会离开她的淘淘。没有什么好难过的。

"秋生。"陶白轻轻摇晃她的手，"月底的考试加油，我相信你，你一定能考一个好成绩。"

秋生知道陶白是在安慰她，她的淘淘安慰人的方式就是这么别具一格。捏了捏她的脸，手上的触感软软糯糯，秋生笑得嚣张："我当然能考一个好成绩啦，我可是有淘淘每天给我画的重点。放心吧淘淘，我没事。"

每个人的一生会遇上很多个人，幼年时期的玩伴，青春时期密不可分的好友，可等到你成熟那天，回首过往，会发现留在你身边的人不过三两个，那些你丢失的过往，曾难过的失去，都会掩埋在岁月的洪流中，悄然褪色。

时间一晃来到11月，在2008年的末尾，也迎来了一中建校三十周年的日子。

秋梧纷飞，一中的气氛却如火如荼。

运动会将临。

每个班级都在组织报名比赛的人选，跳远、男女八百米接力、跳高、垒球、射击等，在一天之内已经全部报满，唯独一万米那栏空着。

这种情形几乎在每个班上演。

一万米。

十千米。

比拼的不是爆发力，而是耐力与毅力。人人望而却步。

秋生报名跳远，卞桃报名射击。

林嘉木报名了男子八百米接力。

连余航都报了接力赛，班上没有报名比赛的女生都加入了啦啦队，唯独陶白全程安静。

林娇娇是啦啦队的队长，碍于秋生和林嘉木在，她不敢找陶白的麻烦，却还是没忍住阴阳怪气当着全班人的面道："大家都看看啊，还有谁没有报名，没有报名的自觉举手，啦啦队和后勤队自己选一个。"

后勤负责搬送饮料和桌椅板凳，做各种体力活儿。

班上的人你看我，我看你，然后全部人齐齐看向陶白，只有她还什么都没报。

余航被他们看得脸色发烫，他小声对陶白说："你报个跳远吧，能跳多远是多远。班主任说了重在参与，没有让我们一定要拿到好成绩，后勤很累的。"

在他看来，陶白绝对不可能去啦啦队，她和林娇娇她们不对盘。

走廊外走过几个2班的人，也在聊运动会报名的事。

"还好有许斐，不然抽签抽一万米，肯定抽到我……"

"哈哈，你手太黑。"

“我长这么大，抽奖连安慰奖都没抽到过一次，坏事倒是从没落空过。”

林娇娇把名单拍在陶白课桌上：“陶白你想好了没有？班上就只剩下你一个人还没有报名，我看你也不想去啦啦队，干脆你就报名后勤吧，给我们递递饮料，搬下桌子板凳什么的，我看挺适合你。”

秋生挤开她，对陶白说：“淘淘别听她的，你随便报一个，跳远、跳高都可以。”

林娇娇在身后瞪她。

林嘉木坐在课桌上，懒洋洋睨了林娇娇一眼：“你是班干部吗？在这儿瞎操什么心呢。”

林娇娇扭头瞪他，林嘉木嘿了声：“别冲我放电啊，你长得可不是我喜欢的类型。”

林娇娇被他恶心得想吐：“林嘉木你怎么这么自恋？谁在冲你放电啊，要点儿脸行不行？”

林嘉木摊手，气死人不偿命道：“谁应就是谁咯，我又没提谁的名字，你这么激动做什么。”

看都没看一眼气得浑身发抖的林娇娇，他的目光落在前面那个娇小的身影上，从鼻子里发出一声冷哼：“那谁，随便填一个就是了，我看谁敢有意见。”

自从她上次在办公室做证后，林嘉木再也没和陶白说过一句话，每次路过陶白的座位，他都是鼻孔朝天，眼睛恨不得斜到天上去，搞得全班人都说陶白得罪了林嘉木，但等了这么久也没见林嘉木找她麻烦，还挺维护她。

林嘉木还真怕陶白犯傻报了后勤。

后勤多累啊，搬凳子搬椅子哪儿缺人就得往哪儿去，就她那小胳膊小腿，搬得动一件饮料吗？

还是乖乖比赛去吧，随便糊弄糊弄得了。

陶白拿起桌上的报名表。

她的目光在跳高、跳远、八百米接力、垒球上一一滑过，视线落在最后一栏的一万米上。

那两个人的对话犹言在耳，许斐报了一万米。

一万米，对许斐而言或许用不了一个小时就轻松跑完了。

可对一个跑八百米都差点儿丢了半条命的人来说，是一个让人惊惧的数字。

可望而不可即。

陶白拿起桌上的笔，拧开笔盖。

她的目光落在最后空白的那栏上。

高一的一整年，那个少年成千上万次从她身旁走过，他们之间只隔着一个大开的窗户，相隔不到两米。即便这么近，她仍旧觉得那个人于她而言，遥不可及。

一场游戏，把他们之间的距离拉近，他们仍旧每天擦身而过，却不再让陶白觉得遥不可及。

暑假两个月的经历告诉她，只要努力，一切都是有可能的。每晚十点的聊天，就是最好的佐证。

为什么不努力呢？

一万米又如何？

他在前面，她的追逐永不停歇。

在几十双眼睛的注视下，陶白在最后一栏填上了自己的名字。

高二 1 班一万米参赛者：陶白。

秋生就站在她旁边，但想阻止已经来不及了："淘淘你疯了吗！那可是一万米啊，不是一百米！"

林嘉木听见一万米，身体晃了晃，差点儿从课桌上摔下来。

全班哗然。

林娇娇一把抢过陶白手中的报名表，生怕她后悔。她脸上带着幸灾乐祸的笑，扬起报名表，看着全班同学："既然有人自告奋勇报了一万米，那我们就不用再抽签了。来来来，让我们为勇士鼓掌。"

卞桃看了眼被全班关注的陶白，嘴角勾起一抹笑，眼里尽是戏谑。

陶白，我就等着看你在赛场上丢脸了。

她率先带头鼓掌。

班上顿时响起激烈的掌声。

他们对陶白并非抱有恶念，只是一万米人人望而却步，如果没有人主动报名，那就只能抽签。每个人都怕抽到自己，如今有陶白主动站出来，他们心里还挺感激的。

能不能跑完全场不重要，只要有人报名就行了，所以他们很真诚地鼓掌。

这天，一中校门对外敞开，除了一中的学生和学生家长，对一中充满向往的附近几个中学的学生也早早前来。

高二1班举旗领头的是卞桃，卞桃今天化了妆，一出场就引来四周一片尖叫。

陶白站在队伍里，目光却是看着隔壁班那个举着旗子一脸冷淡的男生。

夏生和苟旭也在他们班队伍里，俩人看着被赶鸭子上架的许斐笑得直不起腰。

校长挺着啤酒肚，手里拿着大喇叭，笑眯眯地站在讲台上进行激昂的演讲。

往日里严肃的教导主任也穿着一身运动服站在他旁边，除了学生们，老师们也有比赛项目要参加。

穿着外校校服的中学生一脸新奇地在一中校园里穿梭，站在操场外的家长们手里拿着小喇叭、小风扇，偶尔朝乌泱泱的操场挥挥手。

今日天气晴朗，连空气都弥漫着喜意。

陶白视力好，一眼就看见了站在不远处的曾雨芙和卞阳平。

卞桃的父母来给她加油了。

她收回视线，脑袋低垂。

秋生就站在陶白前面，一脸兴奋地碰了碰她胳膊，指着不远处的一对中年男女："淘淘快看，那是我爸妈！他们好讨厌呀，骗我说今天来不了。哼，待会儿我要去找他们算账。"

陶白顺着她手指的方向看过去。

秋生的父母也发现了秋生，杜爸爸拍了拍妻子，举手朝秋生所在的方向挥了挥。

秋生拽着陶白的手回挥，她脸上洋溢着喜悦的笑容：“淘淘，我爸爸在和我挥手呢。你爸妈呢，来了吗来了吗？”

陶白笑着摇了摇头：“他们不来。”不是来不了，是不来。

秋生却没有多想，只以为她父母工作忙，安慰她：“没事没事，我们班很多人的父母都没来，我家那两个就是闲的啦。”

她做出一副嫌弃的样子，陶白却能感觉到她内心的喜悦。

她知道秋生是怕她难过失落，其实班上很多人的父母都来了。

她想告诉秋生她不会难过。

没有期待过，谈何失落呢？

随着一声枪响，彩带在半空炸开。

运动会正式开始。

一万米的比赛在下午，早上是男女八百米接力和跳高、跳远，另外还有几种带着趣味性的集体赛。

校园里人来人往，不时有几个穿着十四中校服的同学走过。和一中的运动校服不同，十四中的校服偏日漫风，冬夏女生都穿及膝裙。

严野扯了扯领带，解开领口的衬衫扣子，露出一大片光滑的胸膛，满脸不耐烦：“看到许斐了吗？”

几个同样穿着十四中校服的男生四处张望，其中一个指着操场一角：“高二的在那边，野哥，咱们去那边找吧。”

严野反手就是一掌呼在他脑门儿上：“让我去找人，你脑子没病吧？”他像上赶着的人？

男生摸着脑袋嘻嘻笑：“那我们过去找，野哥，你在这儿等着。”

“我凭什么等你们？”

“……那您随便逛逛，您四处看看。”

严野对一中没兴趣，臭着一张脸，挥手赶人。

许斐自从手受伤后，就再没去过体育馆，严野就喜欢跟他打球，换谁来他都没劲。

他今天是来堵人的。

操场上。

林嘉木正在跑道上拉伸，他的目光在人群中穿梭，最后失落地垂下了头。

秋生和夏生在父母身边，杜爸爸给兄妹俩加油打气：“加油加油，好好比赛，你们都是爸爸妈妈的骄傲。”

杜妈妈脖子上挂着相机，笑眯眯看着他们：“你俩站远点儿，我给你们拍一张。”

秋生穿着一身运动服，手腕上缠着红色丝带，一头长发绑成高马尾，特别飒。她瞅了夏生一眼，不高兴道：“妈，我要自己照。”

夏生在一旁嫌弃不已：“我也要自己照。”

兄妹俩对视一眼，齐齐冷哼。

杜妈妈笑眯眯地给兄妹俩一人单独拍了一张，然后不由分说下命令：“你俩给我站好。”

秋生和夏生不情不愿站成一排，他们身后是正在比赛的塑胶跑道，头顶骄阳，微风拂面，双胞胎各自双手抱胸，偏过头，谁也不看谁。

镜头的角落里，一个娇小的女生恰时抬起头。

杜妈妈按下快门。

“妈，你好了没啊？”秋生噘着嘴。

杜妈妈小声嘟囔了句：“哪儿哪儿都好，采光也好，就是不小心把别人拍了进来。”

她的手指落在删除键上，看着照片里的双胞胎，最终还是移开了。

舍不得删，这张照片拍得太好了，她的两个宝贝又帅又漂亮。

“妈，你说什么？”秋生没听清楚。

“好了好了。”杜妈妈说，“妈妈拍好了。”

陶白穿梭在人群中，视线漫无目的地寻找着，迎面走过来几个中学生，她下意识往旁边让，却和从另一头蹿出来，迈着嚣张螃蟹步的少年撞上。

陶白触电般跳到一旁。

严野拿着手机正在发短信，手机被撞到地上，他眉头一挑就要发火。

“对不起。”陶白低头道歉，把手机捡起来递给他，然后绕开他就走。

严野盯着她的后脑勺儿，拉长音调：“等等，我让你走了吗？”

陶白秀眉微蹙，顿住脚步。

严野走到她前面：“小矮子，我问你，你们学校的许斐现在在哪儿？”

这人一看就不像好人，还找许斐。

陶白面色平静，随手一指：“在操场。”

她刚从操场过来，许斐不在。

严野双手插兜，抬眸扫了眼乌泱泱的操场，眼角眉梢都是烦躁：“小矮子你是不是在逗我，操场这么多人，你跟我说他在操场，我怎么知道他在哪儿。你带我去。”

陶白摇头，直接拒绝：“我还有事，不能带你去。他就在那边，你往前走就看到了。”

严野从来没被人骗过，他在十四中称王称霸，谁敢在他面前撒谎啊，他想都没想过面前这个女生会骗他。

他不耐烦地摆手：“那行吧。”

陶白抬步就走。

在路上又碰到几拨询问卫生间怎么走的家长，陶白给他们指完路，看着络绎不绝的人群，她在原地顿了顿，抄小路进了小树林。

秋天万物枯败，小树林里落了一地梧桐叶，时而有鸟叫声在林间响起，清脆悦耳。

操场的喧嚣吵闹被隔绝在郁郁葱葱之外，四周霎时安静起来，陶白心里一松。

她找了一个安静的地方坐下，从校服口袋里摸出手机。

斜后方的树上，坐着一个人。

许斐耳朵里塞着耳机，垂眸看了眼几米外背对而坐的女生。

他双目微合，正准备继续睡觉，兜里的手机突然一震。

上次办公室事件后，他就关了声音，开了震动模式，原以为是夏生或苟旭找他，点开一看，居然是她。

许斐一下子坐直了身体，扯掉耳机线。

除了那天早上，她从来没有在白天上过线。

bt：下午的一万米加油呀。

陶白有些紧张地看着他亮着的头像，原本只是想偷偷上线去他空间看一眼，没想到他居然在线。

她在学校找了许久都没有找到他，不知道他去了哪儿。

手机在手中震动了一下。

陶白紧张地点开，看见回复，她抱着双膝，下巴搁在膝盖上，脚尖愉悦地跷起。

许：嗯。

又有一条消息跳出来。

许：下午你会在吗？

许斐的本意只是想问她下午来不来操场，没想到她居然回——

bt：嗯……

bt：下午我也有比赛。

许斐漂亮的桃花眼微睁，下午的比赛……下午就只有射击和一万米。

她比赛射击？

许：你几点的比赛？

抓紧时间跑完或许还可以去看看，说不定就让他认出来了。

许斐唇角微勾，连他自己都未发觉内心忽然涌起的期待与喜悦。

陶白抿唇，小脸红扑扑的。她纤细的指尖在按键上戳着，有些抖。

那是她悄无声息的暗示，甚至带着一丝期盼，同时伴随着一股不易察觉的慌乱。

bt：两点。

两点，射击与长跑同时进行。

许斐心底涌上一股失落。

一股微凉的风吹得树叶唰唰作响，树影斑驳，细碎的阳光漏在他的脸上。少年眼眸低垂，视线不由得落在前方女生的背影上，喜悦的桃花眼都败了下去。

陶白久久没有收到回复，她眼中光彩明灭，霎时间黯淡无光。

看来他并不在意，甚至丝毫不感兴趣。

两人相隔数米，一人坐在草地，一个倚在树上。

一个不知身后有人，一个不知眼前之人就是他心心念念的姑娘。

上午的比赛进行得如火如荼，八百米男子接力 1 班拿到了第一名，林嘉木从场上下来，四处张望，还是没有看见那个身影。

刘琪一脸兴奋地冲过来压在他身上：“嘉哥你真的太厉害了，你居然跑赢了 3 班的周翰啊啊啊。”

林嘉木接力最后一棒，在 1 班大落后的情况下，他居然超过了 3 班有“飞毛腿”外号的周翰。刘琪跑的第三棒，简直兴奋到炸裂。

1 班班级所在处，林娇娇带领的啦啦队穿着露脐装，整齐划一跳着舞。

林娇娇一边跳还不忘翻白眼，该死的林嘉木，她一点儿都不想为他庆贺。

“林嘉木也太厉害了吧！”操场旁边的同学都兴奋疯了。

“我们班第一！嘉木哥牛啊！！”

“啧，要不是周翰失误，林嘉木怎么可能跑得过他。”3 班的人酸唧唧道。

1 班的人齐齐扭头瞪他，林娇娇舞都不跳了，指着说话那人：“输了就是输了，你们 3 班的人这么输不起吗！周翰跑不过林嘉木就是他失误，那林嘉木落后一大截还超过周翰，你怎么说？”

那人就是嘴贱，不嘀咕一声不爽，没想到他们这么较真儿，还引来旁边不少人关注。他颇觉丢脸，嚷嚷道：“行，行，行，你们班林嘉木最厉害行了吧，懒得跟你们说。”

说完他就挤进人群跑了。

林娇娇振臂高呼：“事关班级荣誉，咱们绝不让步！ 1 班最棒！”

大伙儿被她说得热血沸腾。

“吼吼！”

“高二 1 班最棒！”

“林嘉木林嘉木林嘉木！”

“嘉木哥牛啊！”

“嘉木哥是我偶像！”

“嘉木哥请喝水！”

秋生目瞪口呆地看着林娇娇，好像第一次认识她一样。

我的妈呀，这真的是林娇娇？她什么时候这么有班级荣誉感了？？

“喂。”一个暴躁的声音突然在她身后响起，秋生闻声扭头。

严野抓了抓头发，眉毛深深拧了起来。他现在不想找许斐了，就想找到那个胆敢欺骗他的女生：“杜春还是夏秋冬的你，见到过一个厚刘海儿，戴着眼镜，长得不高，说话喜欢低着头，额头上绑着红丝带的女生吗？”

什么杜春夏秋冬！说什么呢你！

唉……等等？额头上绑着红丝带？秋生眨了眨眼，不着痕迹地低头看了眼自己手腕上的红丝带。

那不是她给淘淘绑的吗？

严大暴躁鹅找淘淘干吗？

秋生对严野熟啊，这个十四中的霸王，被他惦记上准没好事。

“问你话呢，愣着干吗？”严野满脸不耐，他和她哥一起打过球，见过这个什么冬生还是秋生的。

秋生眨巴眨巴眼，一脸纯良：“我不认识呀。”

严野烦得要死：“真的？”

“嗯嗯。”秋生忙不迭点头，小心翼翼刺探敌情，“你找这个人干吗呀？”

“关你什么事？”严野瞬间对她失去兴趣，“行了，没你什么事了。”

秋生乖巧点头，示意：“那，我走了？”

严野看了她一眼，整个人就跟被喷了暴躁剂似的：“怎么？你不走，难道要我背你？”

秋生脚底抹油开溜。

跑远后，她回头看了眼还在原地抓头发发火的严野，捂着胸口念叨：“我的妈呀，原来严大暴躁鹅这么好骗，十四中的传闻是不是有误，他也没那么吓人啊。”

“你在说谁？”许斐出现在她身后。

突如其来的声音吓得秋生一蹦三尺远，看清来人，她捂着心脏差点儿跪在地上：“斐哥，你吓死我了。”

许斐单手插兜，右耳挂着一条白色耳机线，眉眼疏淡。

秋生指着不远处的严野，随口胡诌：“他找你。”

许斐往那边看了一眼，点点头，迈步朝严野走去。

秋生捂着嘴窃喜，溜得贼快。

“你怎么在这儿？”

严野听见声音回头，一看是他，顿时怒道：“我找你啊！那个缠着红丝带的女生说你在操场，我被她骗了。”

秋生手上是缠着红丝带，许斐道：“她没骗你，我就在操场。”

远处操场上不时响起一声喝彩，彩带在半空摇曳。

各班的啦啦队整齐划一地跳着青春活力的加油操。

“高一3班加油！王明浩冲呀！”

“王明浩快跑快跑！后面的追上来了。”

“方锐泽加油！方锐泽快快快！还有两米！还有一米，啊——”

严野跟着许斐来到高二2班的聚集地，苟旭一看到严野就跑。

严野跳上桌，蹲在上面，指着苟旭，一脸跃跃欲试：“让你一分钟，老狗快跑。”

他双眼冒着绿光，就像一只猫蹲在桌子上，饶有兴致地看着一只慌不择路四处乱跑乱撞的老鼠。

苟旭生无可恋地瞪着天空，不知道他斐哥怎么把这玩意儿带来了。

许斐站在前排，看着操场上正在比赛的高一男子八百米接力。

隔壁就是1班的人，林娇娇看见严野也是躲。

闻讯赶来的林菲和赵梦丹站在不远处，林菲看着蹲在桌子上的桀骜少年，一张脸因奔跑而绯红一片。

赵梦丹挽着她：“菲菲，是严野呀。”

林菲点头，抓紧了她的手。

陶白从小树林出来，恰好看见秋生蹲在路口。

她走过去，小声叫道："秋生。"

秋生抬起头，挥舞右手，腕上的红色丝带被风吹得飘扬："淘淘你怎么跑去小树林了呀？我找了你半天。"

"外面太热闹了。"陶白伸手把她拉起来。

是太吵闹了吧，秋生笑嘻嘻地伸手挽她胳膊："是是是，知道你喜欢安静。走吧，我马上就要比赛了，你要给我加油呀。"

"嗯。"陶白笑着点头。

两人一起去了比赛地点。

秋生在旁边拉伸，陶白手里抱着毛巾和水，脸上带着暖暖的笑。

秋生拉伸完，跑过来和陶白击掌，然后就自信满满地跑去了赛场。

陶白站在原地，看见助跑后因为刹车不及摔在地上的同学，不由得担心地看向秋生。

秋生没有注意，倒是不远处一个女人看见了陶白。她愣了愣，眼中闪过一抹惊讶，迈步走了过来，试探开口："陶白？"

陶白听见声音转过头。

曾雨芙手腕上搭着一件粉色的运动服，她见真是陶白，笑道："我还以为认错了，原来真是你啊。"

她探头看向比赛场，柔美的脸上挂着一抹了然的笑："是来看你朋友比赛的吗？"

陶白点头。

曾雨芙见她不说话，脸上也有些尴尬。

她虽然和陶武早就没有关系了，但陶武私下里悄悄对卞桃好她是知道的，在陶白面前，她总有些亏心。

她明明没说什么，却好像什么都知道。

曾雨芙干笑一声，想起卞桃说陶白下午要跑一万米，给她加油："下午的比赛加油哦，争取拿一个好名次，你爸妈一定会很高兴的。"

陶白面无表情点头："谢谢。"

曾雨芙面带尴尬地走了。

秋生的第一跳成绩不错，排名第二。

陶白脸上露出笑容。

“淘淘！”秋生在不远处蹦跶着挥手，脸上洋溢着喜悦的笑，显然很满意这个成绩。

“秋生加油。”陶白第一次当着这么多人的面，用这么高的音量说话，她有些紧张，也不敢看周围。

“好！我会加油的！”秋生大声应道。

秋生的第二跳和第三跳都跳出了好成绩，继八百米接力赛后，女子跳远这一项目高二 1 班也拿到了第一的好成绩。

秋生运动细胞好，她能拿到第一名，陶白一点儿都不意外。

她高兴坏了，被秋生抱着半天没撒手。

第十一章

## 小短腿，加油

上午的比赛结束。

午休时间两个小时，操场人不见散，学生家长自带午餐，随便找了一块阴凉地，铺上餐布就能席地而坐。

有关系好的几家人拼桌，互相分享食物，边吃边聊。

秋生的母亲带了自己做的寿司和一些零食水果饮料，秋生原本是想让陶白和他们一起，但陶白找了个借口去了食堂。

杜妈妈见她一个人蔫答答回来，把剥好的橘子递给她，问道："你不是去叫好朋友了吗，怎么就你一个人回来？"

夏生坐在树下打了个哈欠，有一搭没一搭和父亲聊着天。

秋生气呼呼靠着母亲而坐，把橘子整个塞进嘴里，说话声模模糊糊："她害羞，不来。"

其实她是知道淘淘不想打扰他们一家人，但她不觉得是打扰呀。

"这么害羞的呀，那你待会儿把我做的寿司给她拿两个去。"杜妈妈做的寿司个头超大，秋生吃一个就饱了。

秋生哼哼唧唧地应了。

食堂。

严野懒洋洋地靠在椅背上，盯着桌上的餐盘，脸上满是嫌弃：“你们一中是不是很穷啊？这饭菜是人吃的吗？”

许斐懒得理他，夹了一筷子白米饭。

“说了请你去外面吃你不去，非要吃什么食堂。”严野长这么大就没吃过食堂，他用筷子戳着餐盘里的排骨，食不知味。

“你不要给我。”苟旭在旁边看得无比心痛，他们食堂的糖醋小排超好吃的好吗？

“扔了都不给你。”严野看都没看他。

他百无聊赖打量着一中的食堂，抓了抓头发，烦躁得要死：“你们快吃，吃完了去打球。”

苟旭翻了个白眼：“今天哪有时间打球？老许下午还要跑一万米。”

许斐用餐动作十分优雅，看他吃饭都是一种享受。

但满心都是篮球的严野只觉得他磨叽，正想逗逗狗打发时间，余光却扫到一抹红。他身体歪了歪，眯着眼看过去。

“许斐，你说是一个戴着红丝带的女生告诉你，我在找你？”

许斐掀起眼皮：“嗯？”

严野看着不远处那个额头上绑着红丝带的女生，“啧”了声。

算了，不计较了。

离开食堂后，许斐被严野烦得没办法，一群人去篮球场打了半个小时球。

许斐受伤的右手还没有彻底恢复，但他运球灵活，弹跳力惊人，奔跑速度极快。而严野打球之暴力，简直超出围观群众的想象，他的球风类似街头篮球，整个人就像一颗炮弹，管你谁谁，该撞就撞，撞倒不负责，看得人目瞪口呆，但莫名又觉得很爽。

许斐也很爽，很久没有这么畅快打球了。

一个三分球后，许斐把球砸到严野的怀里，扯开领子擦汗：“不来了。”

严野把球砸在地上：“还不到两点，再来！”

来个屁，不来了。

苟旭巴不得早点儿结束，他捂着隐隐作痛的肩膀龇牙咧嘴。

这个暴力狂！

许斐往球场外走："快比赛了，休息会儿。"

严野就要上去拦人，他的兄弟连忙冲上去拖住他："野哥，人家还有比赛呢，一万米啊，要保持体力。"

严野就像一头奓毛的狮子，俊美的脸上是大写的暴躁，被一群人拖住脚步，他挣扎着朝许斐方向缓慢挪动，脚在半空踢着："再打十分钟……五分钟也行，三分钟！许斐你给我站住……"

许斐对身后的怒吼充耳不闻，他去更衣间换了一身运动服，出来时犹豫了片刻，看了眼射击场方向，还是去了操场。

一般报名一万米的都是男生，一群人凑在一起拉伸，脸上都带着即将赴死的沧桑。

许斐刚刚运动过，额间碎发湿漉漉的，他五官清俊气质卓越，往人群中一站，几乎所有人的目光都落在了他身上。

他垂眸扯了扯右手的黑色护腕。

一群竞争者在旁边看了他一眼，默契地往旁边挪了挪。

"兄弟你好勇，居然报名一万米。"

"鬼个勇啊，我是抽签抽到的！"

"好巧哦，我也是。"

男生们互相打趣，满脸绝望。

谁疯了要主动报名跑一万米，都是手黑的锅！

一万米。

光是想想都让人头晕目眩。

下午一点五十分。

赛道上一字排开，只有许斐身旁还有一个空位。

一万米是下午比赛中最大的看点，2 班的啦啦队整齐划一喊着许斐的名字，女生们身姿曼妙，声音清脆甜美，几乎所有人的目光都聚集在赛场上那个少年身上。

射击和长跑的时间正好撞在一起，林娇娇带领的啦啦队直接抛弃一万米，去射击场给卞桃加油打气去了。

没有人相信陶白能跑完一万米，他们已经预料到她会中途退赛下场。

1 班所在的方向，只有寥寥几人站在那里，除了秋生、林嘉木和余航，留下来的人几乎全是来看许斐的。

万里晴空，阳光照在身上格外地暖。

许斐动了动脖子，噼里啪啦响。

场外气氛热烈，场上的人也莫名紧张起来。

许斐身旁的位置依旧空着。

下午一点五十五分。

一个额头绑着红色丝带的娇小女生从人群中走出来，在万众瞩目下，走到许斐身边。

场外一片哗然。

一中历来就没有女生报名跑过一万米的情况，就算一个班最后没有人主动报名，抽签时也会把女生排除在外。

在一群男生中，漫步走到赛场上的女生就像一只误入迷途的小兔子。

赛场下交头接耳，所有人都在问："那个女生是哪个班的，是不是走错了？那可是一万米，不是女子八百米接力。"

视力好的看见了女生后背贴着的班级："是高二 1 班的。"

"我去，他们班男生要不要脸啊？居然让一个女生来跑一万米，这不是整人吗？"

没有人认为是女生自己主动报的名，如果想要为班级争光，随便报个跳高、跳远、射击，都比跑一万米强。

"淘淘加油！你是最棒的！"

"小乌龟，你慢慢跑，累了就停下来。"

"同……同桌加油！"

秋生、林嘉木和余航三个人站在一起，双手撑在嘴边做成喇叭状，朝着赛道吼。

苟旭的胳膊搭在夏生肩上，两个少年看着下方，笑得灿烂炫目。

秋生挥舞着手中的红丝带，一阵风吹过，她手一松，丝带飘上半空，划出一道青春色彩。

不负光阴，不负我心。

陶白一步步，在所有人的注视下，一往无前，勇敢地走到少年身边。

许斐侧首看着身旁的女生，脸上是藏不住的惊讶。

他怎么也没想到隔壁班居然让女生来跑一万米，而且还是小短腿。

他视线往下，落在女生两条白嫩的小腿上。

陶白取掉了眼镜，把头发绑了起来。她额头上的丝带被风扬起一道雀跃的弧度，她的心脏在剧烈跳动，但她的面容却无比平静。

她微微偏头，看向身旁的少年。

这是许斐第一次看清她的长相。

他惊讶于对方五官的漂亮，也讶异于对方惊人的胆量。

“你跑一万米？”他没忍住开口问道。

我下午有比赛。

跟你一个赛道。

在QQ上，她只说了上半句，也只有勇气说出上半句。

陶白抿唇，仰头望着他。

许斐垂眸，两人对视。

“我会跑完的。”她说。

少年琉璃般的眼微微睁大。

几秒钟的对视已经耗光了陶白所有的勇气，她偏过头，小脸绷得很紧。

她一定会跑完的。

阳光刺目，许斐眯了眯眼。

他嘴角带着笑，声音温暖和煦，点头：“嗯，加油。”

震耳欲聋的加油声从四面八方传来，一声枪响，许斐身姿如燕地冲了出去，轻松地跑在首位。

所有人都在起跑线上开始冲刺，想要超越许斐，占据第一。

只有陶白慢悠悠地落在最后，她步伐不急不缓，对四周的笑声和嘘声充耳不闻。

“她跑得也太慢了吧。”

“照她这个速度，跑完十千米要跑几个小时吧。”

“果然，这种项目还是应该让男生来参加。”

“我猜她肯定是第一个弃权的。”

“哈哈，我猜也是。”

“可能会成为一中史上第一个才上场就弃权的人。”

“哈哈哈。”

林嘉木黑着一张脸听他们说话，顺手抄起一瓶矿泉水砸过去：“给我闭嘴。”

秋生没搭理那群傻子，握着小拳头蹦又跳：“淘淘加油！淘淘你可以的！淘淘慢慢跑，咱们不急啊！”

余航看着赛场上的女生，握紧双拳，紧张得浑身颤抖。

一圈。

两圈。

三圈。

…………

许斐从她身边跑过了两次。

陶白咬着唇，胸腔似被挤压着，连呼吸一下，都要耗费极大的力气。

她面颊烫红，细汗扑面，耳朵嗡嗡作响。

她好像听见了秋生的声音，还有林嘉木，甚至余航。他们在给她加油。

其他班的啦啦队震耳欲聋地为他们班的参赛选手加油鼓气，穿着其他学校校服的初高中生被气氛感染，扯着嗓子疯狂叫着。

杜妈妈站在高处举着相机，一张一张青春洋溢的脸被她收在镜头里。

跑在前头的少年，落后于人的少女，一帧一帧，皆是青春。

陶白感觉自己就像死了一遍。

她的双腿沉重得似被灌了铅，每迈出一步，都像在燃烧生命，她已经听不见任何声音，四周的画面在她眼中都被抹去，只剩下前方少年鲜活的背影。

许斐第无数次从她身边跑过。

这一次他放慢了脚步，在路过她身边时，轻声说了句：“加油。”

许斐额头上淌着汗，呼吸却十分平稳。即便是他，都觉得这种天气实在恼人，一万米跑下来绝对不轻松，更何况是一个体力不支的女生。

赛道上不时有人停了下来，弃权的名字从喇叭中传出，此起彼伏。

所有人都以为会最先弃权的女生居然坚持了下来。

第一个弃权的不是她。

第二个弃权的也不是她。

第三个。

第四个。

…………

始终没有她的名字。

陶白好几次从秋生他们身边跑过，她已经听不见他们的加油声了，但她看到秋生哭了。

“淘淘怎么还不停下来？这么多人都弃权了，叫她弃权啊！”秋生拽着林嘉木的胳膊，带着哭腔说。

已经够了，跑了这么多圈，已经很厉害了。

林嘉木黑着脸看着场上的女生，怒道：“她又不听我的！”

叫得动，还用她说吗！他嗓子都吼破了，她根本就听不见。

余航满脸着急，陶白明显已经很累了，可她不知道是在跟自己较劲还是怎么了，无论他们怎么喊着让她弃权，她都充耳不闻。

陶白现在根本就听不见任何人的声音，她也不知道自己跑了多少圈。

三十分钟。

四十分钟。

一个小时。

她也不知道时间过去了多久，她只知道不能停下，一旦停下就输了。

许斐只剩下最后一圈。

他看着前方的女生，她小小的身体里似乎蕴藏着巨大的力量。

他听着场外的加油声，看见1班的班主任站在看台上，挥舞着胳膊满脸激动。

数不清的声音在为她喝彩，加油，鼓劲儿。

他放慢了脚步，小跑到女生身边。

太阳的半个身子藏在云朵里，调皮地露出一抹光照在两人身上。许斐看见她圆圆的发旋，脱口而出："我在终点线等你。"

话一出口，他自己率先愣了。

他不知道自己为什么会说出这句话，在此时此刻，此情此景，非常冲动又自然而然地就说了出来。

认真执着的女生，就像在发光。

她值得所有的掌声和鼓励。

陶白喉咙一酸，竟然想哭。

她吸了吸鼻子，抹了抹额头上的细汗。

"别哭啊。"许斐以为她累哭了，清俊的面容竟染上了一丝窘迫。

以前体测八百米，班上也有女生一边跑一边哭，许斐对女生爱哭鼻子的印象十分深刻。

无论她能不能坚持下来，她敢站在这个赛场上就已经超越了很多人，何况她坚持到了现在，已经比很多男生都要厉害。

长跑是对体力、毅力、耐力的多重考验。

不时有人从赛道上退出，广播里接二连三播报退出名单。

陶白鼻音很重，反驳道："我没哭。"

第二名已经落后许斐两圈，第一已经是他的囊中之物，他跑得很轻松。闻言，他轻声一笑，加快速度跑到她前面："好，你没哭。"

陶白较劲儿似的跑到他前面。

许斐又超她。

她咬着牙，再次超过他。

许斐慢悠悠地又跑到她前面。

两人你追我赶，竟不知不觉接近终点。

陶白看着少年的背影，突然叫道："许斐！"

这是她第一次叫他的名字，出口的瞬间，陶白差点儿控制不住想把自己是“bt”的事情告诉他。

告诉他，她关注他很久了。

真的很久很久了。

心脏被挤压得很难受，双腿酸痛沉重，她甚至觉得自己如今的身体状态，糟糕到即便对方知道她就是“bt”后露出失望的表情，她都能忍受。

因为太糟糕了。

她已经不能更糟糕。

她已经痛得快要死掉。

就算他失望，她也承受得住。

就算他知道后删了她，不再理她，也没有关系。

这股冲动太过强烈，终点就在眼前，她双唇翕合，就要脱口而出。

许斐回头，脸上的笑容灿烂得能晃花陶白的眼。他语气轻松，细细听还能听出一丝笑：“哦？原来你不怕我啊。”

陶白呆呆地看着他。

什么……意思啊？她为什么会怕他？

每次见到他，不是低头就是躲得远远的，第一次送水，买冰激凌说谢谢，在电梯里，就连上次在篮球场递纸巾也是，他一直以为她很怕他。

许斐至今不知道她的名字，但他希望这个女生能跑完全场。他勾唇一笑，轻声道：“加油，小短腿，如果你能坚持下来，跑完全场，我买冰激凌给你吃。”

他今天心情应该很好，特别好，才会一而再，再而三地说出莫名其妙的话。

但是，不怎么后悔，还挺高兴的。

许斐跑过终点线，伸手接过夏生丢来的矿泉水。清澈的矿泉水被阳光折射出透明的光，少年仰面闭眼，将水倒在脸上，嘴角含笑。

四周的女生兴奋到尖叫。

“啊啊啊！”

“学长你好帅啊！”

“许斐学长，我喜欢你！！”

许斐撩起衣服擦掉脸上的水，若隐若现的腹肌引得全校女生疯狂。

在旁边维持秩序的老师险些扛不住，他捂住耳朵，第一次见识到女生集体疯起来有多恐怖。

许斐站在终点线没走，他拿着水瓶，对场外的号叫一脸淡漠。

苟旭扯着嗓子提醒他："斐哥，射击场你还去不去了？"

不是他自己说要抓紧时间跑完，然后去射击场的吗，现在怎么又站着不动了？

许斐一愣，才想起自己原本是打算跑完去射击场碰碰运气。

他扭头看向又跑了半圈的女生，眉头微拧，对场外的苟旭扬了扬手。

说好在终点等她。

男生可不能食言。

她如果坚持下来，就奖励她一个冰激凌。

就当是美食鼓励……吧？

场外的女生也发现她们的许校草并没有离开的意思，他似乎一直关注着那个还在赛场上的女生。

她们的目光也不由得落在了她身上。

能坚持到现在，赛场上的每个人都很厉害。离开的太多，显得留下的选手格外值得喝彩关注。

第二名是高二 5 班的一个男生。

跑过终点，他撑着双膝喘气，双腿抖得差点儿站不稳。

许斐接过场外丢下来的水和毛巾递给他。

男生抬头对他笑了笑，咧出一口大白牙，许斐伸手跟他撞了撞拳头。

"谢了。"

"不客气。"

男生也没走，两人站在终点线，看着还留在赛场上的同学。

一开始，大家都把对方当成竞争对手，现在，他们都把留下来的人看作同伴。

这种无声的等待和鼓励，鼓舞了还在赛道上的选手。

大家都拖着沉重的双腿艰难前行着，没有一个人再放弃，即便内心疯狂地叫嚣着弃权，但他们都咬牙坚持了下来。

第三个人到达终点。

第四个。

第五个。

…………

最后所有人的目光都停留在了那个跑在最后，却从未停下过脚步的女生身上。

她身体娇小，影子被斜斜拉长，红色的丝带在空中飘扬。

她超过了高二 5 班的男生。

她又超过了高一 7 班的男生。

她再次超过了高二 3 班的男生。

…………

“淘淘加油！你可以的！你是我的骄傲！”秋生冲到台上，把维持秩序的老师的大喇叭抢了，边跑边举着喇叭吼。

1 班的啦啦队从射击场回来，卞桃取得了第二名，她被众人簇拥着准备去看陶白的笑话，结果还没走近就听见杜秋生的声音。她的目光穿透人群，落在赛场上那个还在奔跑的人身上，嘴角的笑顿时僵住。

怎么可能，她怎么还没弃权？

林娇娇也是满脸惊愕。

一万米比赛中途有许多 1 班的同学都回了操场，他们见林娇娇她们终于来了，齐声吼道：“林娇娇你还愣着干吗啊？其他班的啦啦队都在给他们班的同学加油，你们快点儿过来啊！陶白还在场上！”

林娇娇呆呆地应了声，手忙脚乱地组织啦啦队的人去给陶白加油。

那个孤僻寡言、在班上不被任何人喜欢的陶白，在这一刻，在 1 班的所有同学眼中，耀眼得在发光。

每个人都被她的毅力鼓动，疯狂地叫着她的名字。

“陶白！”

“高二 1 班的陶白加油，你是我们班的骄傲！冲啊！”

“陶白！陶白！你是我们班的女战士！终点就在眼前，冲啊！”

“我们为你骄傲！陶白——”

原来她叫陶白啊。

许斐想。

此时的许斐并没有把这个名字放在心上，以至十年离别。

无数次午夜梦回，他恨不得时间回溯到这一年的运动会，女生坚毅的眼，额头上飘扬的红丝带，和他看不懂的目光。

若一切能重来，若一切能够重来……

失去的听觉渐渐回笼，四面八方的鼓舞声传入陶白耳中。她余光中看见平日班上那群对她毫无好感的同学，一个个激动兴奋地叫着她的名字，秋生在操场外跑来跑去，躲避老师抢喇叭，林嘉木翻进赛道……还有许斐。

许斐站在终点，他脸上带着笑，比头顶的阳光还要炫目。

最后一圈。

最后半圈。

五十米。

三十米。

十米。

陶白脸上洋溢着前所未有的灿烂笑容，在数不尽的鼓掌中，她慢慢抵达了少年身边。

不负光阴，她亦没有负了自己的心。

广播中响起播报老师激动的声音。

“现在我宣布一万米比赛结束，稍后统计名次……”

陶白双腿发软，险些摔在地上。

一只手伸过来抓住了她的手臂，男生掌心滚烫，顺着皮肤、血液，烫到了陶白心底。

“刚运动完先别坐下，站会儿。”许斐递了瓶水给她，“小口喝，不要急。”

陶白面颊滚烫，她喘着气接过：“谢谢。”

许斐单手抵唇轻咳一声，看向别处：“答应你的，如果坚持下来给你买冰激凌，待会儿去小卖部，你随便选。”

陶白的耳朵瞬间红了。

比赛结束，她努力向外延伸的勇气在无数人的关注下又开始往后退，她低下头，小声道，“不……不用了。”

许斐挑眉：“你确定？”

陶白抿唇，说不出来了。

被林嘉木丢掉的冰激凌让她无法释怀，那是许斐买的，却被毁掉了。她有勇气跑一万米，却没有勇气说“确定”。

她想要他买的冰激凌。

林嘉木站在不远处看着她，失落地垂下了脑袋。

“好了，逗你的。给你买，待会儿就去。”许斐不再逗她，他看得出来她性格腼腆，甚至有些胆小，也不知道是谁给了她勇气报名一万米，最后还出乎所有人意料，坚持到了终点。

跑完全程，等在终点线的男生们全对陶白竖起大拇指。

“厉害啊学妹。”

“学姐牛啊。”

“同学你太厉害了。”

“我都差点儿没坚持下去，你可是女生啊！”

陶白第一次被这么多人夸赞，心情比考了第一名还要开心，这是完完全全属于她的荣耀。她抿唇，小声道：“你们也很厉害。”

男生们嘻嘻哈哈互相打闹，彼此吹嘘。

大家都觉得自己厉害坏了。

听说许斐要给在场唯一的女生买冰激凌，自觉已经有了革命友情的男生们齐声起哄，让冠军请客。

许斐今天心情确实好，直接答应。

秋生在陶白跑过终点线时，就把喇叭丢还给了老师，她翻过赛道冲进去，把陶白紧紧抱在怀里，把她后背拍得“啪啪”作响，眼睛哭得通红：“淘淘，淘淘，哇——”

秋生哭得让陶白措手不及，她急得手忙脚乱，扯下额头上的红丝带，缠在她手腕上，笨拙地哄她："秋生别哭，这个送给你。"

秋生冒着鼻涕泡，扬扬手中的红丝带："淘淘，你确定要把这个送给我吗？这可是跟着你跑完一万米的幸运物啊，是值得纪念的宝贝。"

陶白点头，她没说什么煽情的话，但秋生哭得更凶了。

她想把倾注了自己全部勇气，伴随她跑过终点的幸运物送给秋生。

希望她们在未来可以变得更加勇敢。

名次统计结束，广播里播报着一万米的比赛成绩。

许斐的名字不出所料第一个响起，陶白的名次说不上多好，排在第七。

但没有人觉得这个名次低，大家都报以真诚的掌声。

这种项目，能坚持下来就已经很优秀了，无数在比赛中途弃权的男生羞愧不已，他们竟然还没有一个女生厉害，简直太丢脸了。

秋生知道许斐要请客，屁颠颠跟了上去，嘴里甜甜地叫着"斐哥"，把夏生和荀旭乐得够呛。

"杜秋生你脸呢？"夏生毫不客气地吐槽。

秋生挽着陶白的手腕，握拳朝天，气势磅礴地吼："脸啊，你是个什么东西啊，秋生不知道啊。"

全部人哈哈大笑。

岁月正好。

一中今天的人流量达到顶峰，小卖部这一天都快把矿泉水卖断货了，老板满面红光，脸都快笑僵了。

许斐推开冰箱，恰好就看见一个香草味的冰激凌。他拿出来，递给陶白："喏，你的奖励。"

陶白离开赛场后就把眼镜戴上了，宽大的镜框遮住了半张脸，湿漉漉的刘海儿黏在额头上，又恢复成往日里的不起眼模样。

想起她在赛场上的惊鸿一面，许斐有片刻失神。

陶白伸手接过，赛场上的女战士再次缩回壳里，她的勇气已然耗尽。

她低着脑袋，小声道："谢谢。"

许斐没有厚此薄彼，也递了一个冰激凌给秋生，秋生乐呵呵接过。

从小卖部出来，大伙儿就散了。

下午四点半左右，是各班老师的篮球赛，秋生拉着陶白去了篮球场。

老师们的比赛还挺轰动的，连校长都换了一身运动服在场上打球，观看的学生看着他们校长一颠一颠的啤酒肚乐得不行。

“老陈你们班可以啊，八百米男子接力第一名，跳远女子第一名，射击女子第二名，连长跑都拿到了第七……”2班的班主任语气酸唧唧，他们班的八百米男子接力只拿到了第三名，也就长跑许斐拿了第一，跳高夏生拿了第二。

隔壁1班四处开花，而他们班女生连一个前三名都没有拿到，2班班主任酸啊。

“哈哈，你们班也不差啊，许斐长跑第一呢。”1班班主任大笑着摆手，得意得很。

连他自己都没有想到他们班同学这么争气。

当初名单交上来的时候，他对陶白主动报名一万米还有点儿意见，觉得他们班男生一个个简直不是个玩意儿，怎么能让女生跑一万米呢，小兔崽子们。

若不是陶白自己坚持，他肯定换人。

没想到啊没想到，他老陈也有被同行集体羡慕嫉妒的一天。

舒坦!

除了体育老师，其他科任老师一个比一个体力差，跑了没两分钟就气喘吁吁。

一群学生围在篮球场周围都不是想看他们打球，纯粹就是凑热闹。

“我的妈呀，校长何止球技稀烂，球品更差啊。”

他们瞠目结舌地看着校长用他庞大的身躯去撞化学老师娇小的身板，倒吸一口冷气。

化学老师也虎，被校长激起了血性，管你上司不上司，比赛场上亲兄弟见面也不认。他一个箭步冲过去，断了校长稀烂的运球，逃跑之前还用他瘦弱的胳膊肘撞了校长的啤酒肚一下。

体育老师站在旁边，一脸无语地看着球场上的大混战。

“校长，抢球啊！”

“刘老师快跑！投篮投篮，投个三分！”

“哎呀，差一点儿就进了。”

秋生双手抓着护栏网，笑得直不起腰，陶白手里拿着吃完的冰激凌废纸，左右看了看，见小树林口有一个垃圾桶。

与球场的热闹相比，这边显得安静许多。

陶白把冰激凌纸扔进垃圾桶，转身准备回去时，突然听见一个熟悉的声音。她脚步一顿，有些诧异地看向露出一截衣角的树后。

是卞桃爸爸的声音。

“我不知道你从哪儿听来的消息，总之我已经尽力了。”

“乌荣，我希望你冷静一点儿！这个结果我们谁都不想看到，但我方证据不足，对方又是那种背景，这个案子本身胜率就不高。”

卞阳平拼命压制着怒火，可声音还是传了出来：“你弟弟的事情我很遗憾，我也尽力了，我希望你冷静一点儿。我这边还有事，先挂了。”

回到篮球场，陶白没忍住回头。

卞阳平还站在树下，不知道是在打电话还是如何，过了很久，才阴沉着脸出来。

陶白第一次见到这样的卞阳平，卞阳平平日里对谁都和和气气，说话三分笑，在小区里风评很好。

卞阳平是个很出名的大律师，曾雨芙当年就是为了他和已经快要结婚的陶武分手，然后陶武在买醉的时候遇上了齐素。

初恋女友难忘，陶武当初为了曾雨芙，甚至把家安在了新婚夫妻的对面。

卞阳平不可能不知道陶武的存在，但他似乎并不介意自己妻子的前男友，十年如一日地在一旁虎视眈眈。

陶白一直以为卞阳平不在意是因为性格宽和，他对谁都没有红过脸，她还记得小时候所有小朋友都羡慕卞桃有一个温柔的爸爸，他还会给他们买糖吃。

这样的卞阳平太陌生了，陶白突然有些明白卞桃的表里不一是遗传了谁。

球场上的气氛依旧热烈，大家都看得津津有味。

陶白却有些走神。

她在想，齐素的疯狂和执拗，或许都是被陶武一步步逼出来的。

曾经的齐素就像一只扑火的飞蛾，捧着一颗赤诚的心爱着陶武，但是陶武却一次又一次用行动残忍地告诉这个女人，他爱的是别人，甚至她生的女儿都不是他喜欢和想要的。

齐素或许也曾期待过用孩子来让陶武重视她们母女，但在她生产后，陶武抱着这个和自己有血缘关系的孩子，给她取名为“陶白”。

但他叫的第一声却不是“白白”，而是“淘淘”。

淘淘。

桃桃。

齐素的心或许就是从那一刻开始渐渐碎裂。

以致日后他们互相折磨，伤人伤己。

由爱生怨，由怨生恨。

运动会圆满结束。

离校时，陶白再次在学校门口遇到了曾雨芙和卞阳平，卞桃挽着他们在撒娇，夫妻俩脸上满是疼爱之色。

卞阳平之前的阴沉仿佛只是一场幻觉。

就像成年人的面具。

卞桃也看见陶白了，她眯了眯眼，朝她招手：“陶白，今天你真厉害。”

陶白木着脸，在心中否定了上面那句话。

不是什么成年人的面具，只是卞家人的面具。

父与女，同出一脉的表里不一。

陶白没理卞桃，转身就走。

卞桃身边站着几个和她玩得好的同班女生，原本因为陶白今天在场上给班级争光，对她有些改观的心立马又变了。

太目中无人了吧。

“她怎么还是这样？”有个女生说。

“没听见卞桃在叫她吗？不就是跑了一万米，有什么了不起的。”

“就是，她凭什么啊？”

卞桃对她们笑了笑：“她从小就是这样，我都习惯了。”

你跑了一万米又如何，不喜欢你的人仍旧不喜欢你。

你这样的性格，不配得到任何人的喜欢。

曾雨芙把搭在手腕上的运动外套递给她：“桃桃把外套穿上，别感冒了。”

卞桃伸出胳膊，让妈妈帮她穿。

曾雨芙伸手在她鼻尖上轻轻刮了一下，满脸宠溺：“小懒鬼。”

卞桃看着陶白的背影，笑得灿烂极了。

云辉小区的门口围着一圈人，似乎发生了什么事。

陶白刚走近，正想绕开他们进去，门口的保安眼尖发现了她，连忙拦住：“陶白你可回来了，你妈妈刚被120的车拉去了医院，你赶紧去看看吧。”

挤在一旁的邻居你一句我一句插嘴道：“陶白你妈和你爸又打起来了！”

“这次打得厉害啊，都打进医院了。”

“真是造孽啊，要不是你们隔壁邻居报了警，还不知道会不会闹出人命呢。”

“你还愣着干吗啊，你妈都被你爸打进医院了。”

“那一脑袋的血哟……”

一群人围着陶白嗡嗡嗡说个不停，更有人伸手去推她：“你这孩子怎么没反应呢？赶紧去医院啊。”

陶白愣在原地，她的双腿或许是因为下午超负荷运动后残留了疲软，险些被人推着摔在地上。

保安把那群人推开，他把陶白拉离人圈：“哎，事情大概就是他们说的那样。你先去医院吧，你爸被警察带走了，你妈那边也不知道是个什么情况。他们俩打得你死我活，要不是你们隔壁的邻居报了警，真得出大事。”

他把兜里的钱全部摸出来塞给她：“你打车去医院。”

陶白打车去了医院。

陶白到的时候，齐素刚从急诊室出来，人还昏迷着，医生说注射了镇静剂，可能要明天才能醒过来。

医生一脸无奈，他胳膊上有几道抓痕：“你妈妈情绪极度不稳定，身上的伤还是次要，主要是精神方面，我建议你给她找个心理医生看一看。”

“谢谢医生。”陶白看着他胳膊上的抓痕，弯腰鞠躬，“对不起。”

医生温和地对她摇了摇头，说了句“没事”，然后就走了。

陶白身上没有钱，她回了一趟家。

她家客厅里的电视机、茶几、玻璃花瓶摔了一地，沙发被刀划出一道口子，海绵被丢得满屋子都是，鞋柜倒在地上，一片狼藉，无处下脚。

陶白站在门口，垂在身侧的手指在痉挛，她控制不住地浑身发抖。

今天，别人的父母都去学校给他们的孩子加油鼓气，而她的父母却在家里打得你死我活。如今，一个在警察局关着，一个在医院躺着。

毁了，家毁了，全毁了，彻底毁了！！

陶白蹲在地上，抱着双膝，脸埋在腿上，浑身上下弥漫着一股深深的绝望。

她能改变什么?

在这样的家庭里长大的她，能改变什么?

再努力有什么用，这个让人厌恶的家庭，从根底就是坏的。

跑了一万米又如何，什么都改变不了。

她还是那个陶白，谁都不喜欢的陶白，“陶白”的存在就是一个错误。

她就算再努力，考再好的成绩，再多的第一名也比不上一串手链，陶武轻而易举就可以毁掉一切!

月升日落，夜幕降临。

陶白拖着沉重的双腿，犹如游魂般从主卧里找到齐素的包，从里面拿出银行卡，去了医院。

齐素已经醒了，比预想中醒得早。她面色苍白地躺在床上，脑袋上绑着纱布，双目呆滞地看着病房里的天花板，对陶白的到来毫无所觉。

“我要去缴费，密码能告诉我吗？”陶白站在病床前看着她。

“陶武呢？”她问。

“不知道。”保安说被警察带走了，但家庭纠纷这种事情，警察也管不了太多，而且当事人之一还在医院，陶武或许被关着，或许已经出来了，谁知道呢？

他没有回家，也没有来医院。

齐素愣了半天，说了一串数字，陶白下楼把医药费缴了。

晚上她就在医院守着齐素。

病房里并没有多余的床，陶白就在窗口站了一夜，看着黎明破晓。

齐素在医院住了一周，陶白白天去学校上课，放学后就来医院照顾她，母女俩基本没说过话，其间，陶武一次都没来过医院。

陶白比以前更加沉默。

齐素就像大病了一场，整个人的精气神都被抽空了。

她躺在客厅破烂的沙发上，就像一个失去生命的娃娃。

被砸坏的不只是茶几和电视，还有这个摇摇欲坠的家。

陶白从未有一刻这么希望他们能结束彼此折磨。

晚上，陶白躺在床上，点开了好久没登录的QQ。

她关掉声音，看着左下角的未读消息，死水一般的双眼泛起一丝涟漪。

她点开那些未读消息。

2008.11.3.22:02:00

许：比赛成绩怎么样？

2008.11.3.23:05:03

许：重在参与。

2008.11.4.07:05:23

许：友谊第一，比赛第二。

2008.11.7.23:15:18

许：。

泪珠砸在屏幕上，陶白把脸埋在被子里，压抑了快半个月的情绪崩溃决堤。

许斐这段时间手机不离手，一天二十四小时全天在线，夏生他们还打趣他，说他终于体会到了冲浪的乐趣。事实是许斐非但没有感受到冲浪的乐趣，甚至脸色一天比一天阴沉，难看得荀旭他们都不敢去招惹他。

“老许，你这表情相当欲求不满啊。”荀旭小心翼翼地看了他一眼。

许斐没理他，他浑身犯懒地靠在椅背上，没忍住又看了一眼好友列表。

昨天晚上明明看见她上线了。

可他等到夜深，对方也没有发一条消息过来。

他又点开自己的空间，看着最近访客，时间显示是昨晚十一点半。

食指在那个名字上轻轻点了点，他垂着眼，心里不知作何想法。

一墙之隔的 1 班是体育课。

陶白趴在课桌上睡觉，余航第无数次扭头看她，他觉得他同桌这段时间不太对劲儿。

就是一种很莫名的直觉，从运动会过后，他的同桌变得更加不爱说话了。

天渐渐转凉，紧闭的窗户也无法阻隔无孔不入的冷空气。陶白身上穿得很少，只在校服外面穿了一件薄薄的外套。

教室里很安静。

余航忍了忍，还是没忍住推了推她胳膊：“你怎么了，身体不舒服吗？”

陶白摇了摇头，趴着没动。

余航想了想，从书包里摸出一颗糖，悄悄塞到她手心下，小声道：“请你吃糖。”

糖纸冰凉，陶白攥在掌心，没有还给他。

余航很高兴。

圣诞将至，街上随处可见挂着彩灯和小礼物盒子的圣诞树。

陶白从图书馆出来，手里抱着几本雕刻类书籍。路过大夏商场时，她看见穿着布偶装的工作人员在广场外发气球。

陶白在街边站了很久，走过去要了一个。

夏天的气球是红色，如今已经换成明黄色。

什么都在变，穿布偶装的人，气球的颜色，还有学习成绩。

陶白的成绩开始下降。

圣诞前夕的月测，她的排名从第一降到第五，班主任找她谈话，任由他苦口婆心，说得再多，陶白只是一言不发。

课余时间，陶白不再看书做题，经常一整天趴在桌上睡觉，回家后也不再写作业，不是坐在地上雕木头就是看兴趣书。

齐素也不管她，没有人管她，这个家已经彻底坍塌。

陶白的时间变得更多，但她却觉得无比空虚，她好几次晚上做梦，梦到运动会那天她弃权了，许斐拿着一个冰激凌当着她的面狠狠砸在地上，对她失望透顶。

她已经很久没有碰过手机，她想，她或许已经被他删掉。

齐素也没有再出过门，她就像一个精致的洋娃娃，每天躺在沙发上看着已经坏掉的电视。

家里明明多了一个人，陶白却觉得比一个人在家时还要安静，安静到心惊。

陶白用了整整半个月的时间，雕了一个抱着篮球的小男生，在雕刻途中她的手指不慎被划破，鲜血横流，但她却露出了这么长时间以来的第一个笑容，纯粹喜悦。

去年的圣诞节，她买了一个苹果，许愿家庭和睦。

或许是这个愿望太过强人所难，从根部就坏了的东西，老天也回天乏术。

也或许是苹果太容易坏，愿望的保质期有限。

所以她今年不用苹果许愿了，她亲手雕了一个木雕，用鲜血灌溉，把那些口不能言的喜欢，全藏进这个木偶里。

有些事情不是努力就能实现的，她再努力，她依旧是陶白。她的血液、皮肤、筋骨都刻着陶武和齐素的名字，而他们给予的一切，只会让她陷入难以自拔的自厌。

她厌恶这样的自己。

腐朽的树木催生的幼苗，即便再如何向阳生长，也是扎根于腐木之中，恶臭难闻。

这样的喜欢，对他而言，都是一种亵渎。

## 第十二章

# 不能继续喜欢你了

陶白上课开始走神，注意力不集中，老师好几次叫她起来回答问题，她都是一问三不知。

班上的同学从一开始的吃惊到习以为常，不过也就短短一个月的时间，就像亲自见证学霸从神坛掉落。遗憾的同时，他们未尝没有看热闹的心思。

人之劣根如此，无关自身，别人的热闹自然是怎么都好看。

秋生和夏生兄妹俩这段时间的心情简直一样糟糕，秋生不知道陶白怎么了，夏生也不知道许斐怎么了，双胞胎的心情前所未有地一致。

烦躁！

郁闷！

愁愁愁！

他俩现在的日常——

夏生问："你这两天心情不好啊？"

秋生回："你这两天心情也不好啊？"

俩人互瞪了半天，最后异口同声道："你影响到我了！"

说完又是齐齐冷哼。

许斐前两天问夏生和荀旭，有没有偷偷把他的 QQ 账号告诉别人。

夏生一开始只当他是不小心把私人账号暴露了，然后被人骚扰，所以心情不好。

可后来他发现事情不是这么简单。

老许那样子哪里像是被骚扰了不耐烦，明明就是网恋对象弃号后，开始焦躁不安。

然后他就悄悄摸去了许斐的空间，不出所料地看到了一个陌生的网名。

许斐的空间设置了仅好友可见。

不是好友，根本进不了他的空间。

而据他所知，许斐的私人账号上只加了他和荀旭，而那个简洁的网名显然不是荀旭。

夏生坚定地认为，老许网恋了，并且貌似还被甩了。

这个认知让他虎躯一震，他每天看着许斐阴沉的脸，简直过得心惊胆战。

这天下课，许斐去了办公室，找主任要运动会的项目报名名单明细表。

“你要这个做什么？”主任有点儿茫然，运动会都过去这么久了，他要报名表来干吗。

许斐眼底深处藏着让人看不懂的光，他双唇紧抿，语气低沉：“我有用。”

他第一次感觉到力不从心，原来一个人想要消失，真的可以消失得这么彻底。

如果他以前还不明白他为什么想知道对方是谁，那么在她消失的一个月里，已经足够让他直面自己的内心。

在意，喜欢，并不是一件难以启齿的事。

他的心里不知何时，住进了一个每天晚上十点准时来敲门的姑娘。

那个不知道用什么渠道拿到了他的账号、擅自闯入他的世界却又莫名其妙消失的人。

一份运动会名单并不是什么私密资料，主任让他下午来拿，许斐沉着脸回了教室。

你想来就来，想走就走，这世上哪有这么好的事？

陶白趴在课桌上，呆呆地看着那人从走廊走过，把脸埋进了臂弯。

放学后，陶白去超市买日用品，在回家的路上竟然碰到了卞阳平。

卞阳平不是一个人，他身后还跟着一个年轻男人，他似乎正在被对方纠缠。

陶白下意识就躲了起来。

她也不知道自己为什么要躲起来，自从上次不小心听到卞阳平打电话，陶白莫名开始避开这个在小区里名声极佳、人人称赞的大律师。

由于相隔的距离不是很远，即便卞阳平刻意压低了声音，陶白还是清晰地听见了他们的对话。

“乌荣我告诉你，你别再跟着我，我都说过多少次了那不是真的！”卞阳平面容阴沉，烦不胜烦地转身看着身后对他纠缠不休的人。

那个叫乌荣的年轻男人面色狼狈又狠戾：“害我弟弟的人我一个都不会放过，卞阳平，这世上没有不透风的墙，你真就以为你瞒住了所有人吗？”

男人一把抓住他的领子，像一个被逼到绝境的困兽，死死瞪着他：“我拿钱请你办事，你却背着我收别人的好处，卞律师，人人称赞的卞大律师，这就是你的职业操守？这就是你的人品？”

卞阳平的脸色极其难看，他使劲挣扎，却始终没能逃脱对方的桎梏。他又怎么是常年干惯力气活儿的男人的对手，衣冠楚楚的卞大律师此时狼狈不堪。

男人一双布满茧子的手狠狠掐住他的脖子，面容阴狠：“我掏空家底就为了请你给我打赢官司，你拿了我的钱非但不尽力，反而在背后阴我。卞阳平，我有一分痛苦，必定还你十分，我不会放过你的。”

他一把甩开卞阳平，转身离开。

卞阳平踉跄了几下，弯着腰剧烈地咳嗽。

陶白一动不敢动地站在原地，心脏怦怦直跳。

卞阳平是瑞阳市出了名的大律师，找他打官司的人数不胜数，刚刚那个男人应该是他的委托人。

但是，听他们的对话，卞阳平好像收了被告人的好处，然后故意败诉。

陶白攥紧袋子，不敢发出任何声音。

卞桃一向以她父亲为荣，可这个人前光鲜的男人，竟然在背地里做出这种事。

律师、老师、医生，这些是陶白最为崇敬的职业者。律师维护正义，老师教授知识，医生救难世人……可卞桃的父亲，人人称赞的大律师，竟然做出了受贿故意败诉的事。

陶白藏身的位置是个死角，卞阳平和那个叫乌荣的男人并不知道他们的对话被第三个人听去。

乌荣离开后，卞阳平在原地骂了一声，随后也离开。

陶白又等了几分钟，才从角落出来。

她抬头望着天空，突然觉得很可笑。

什么啊，原来世界并不明亮。

陶白回到家，见齐素坐在沙发上，手里拿着一张名单在看。

短短一个月，齐素的发间竟然夹杂了几缕白发，这个家就像个空壳，住着两个没有心的人。

在路过齐素身边时，一直没反应的布娃娃就像被人按了开关键，她把手中的名单狠狠捏成团砸在陶白身上。

陶白神色平静，垂眸看着地上的成绩单。

“为什么卞桃的名字会在你的前面？”齐素的声音因久未开口，而十分沙哑。

陶白睫毛颤了颤，没说话。

“为什么？”齐素看着她，就像从地狱爬出来的女鬼，眼底青黑，面色狰狞。

“考砸了。”陶白弯腰把成绩单捡起来，齐素却扑过去一把拍开她的手，不准她捡，“你不是能赢过她吗？啊？以前都做得很好，为什么现在又不行了？你要超过卞桃，你一定要超过卞桃，你听见没有？！我要你超过卞桃！你不准比她差！！！”

她越说越激动，尖利的指甲挥舞着划破了陶白的脸和脖子，陶白的眼镜掉在地上，被她一脚踩碎。

她把陶白推到那个逼仄的角落，像以前的无数次一样：“你给我站着！

等你什么时候想通了，什么时候才能出来。”

陶白被她推得撞到墙上，她浑身颤抖，胸膛剧烈起伏，心底那颗反抗的种子疯狂地汲取着黑暗的养分，她的脑中闪过一个月前狼藉的屋子，想起十几年来无休无止的争吵，那些声音就像数不清的针直直穿透她的头颅，让陶白的脑子瞬间炸开。

她一把推开齐素，啼血嘶吼：“为什么要一直拿我和她比？我为什么一定要和她比？你生我出来，就是为了拿我和另外一个人做比较的吗？”

她声嘶力竭地发出十六年来的第一声控诉，难过、绝望。

难道她一辈子都要活在别人的阴影下吗？她是陶白，是一个人，不是毫无感情的物品，为什么就不能好好看看她！

卞桃学什么她就要学什么，卞桃去哪个学校，她就必须去哪个学校，为什么她不能拥有自己喜欢的事情，为什么一定要拿她和别人做比较？！

齐素愣了两秒，随即疯了般朝陶白扑过去，她的眼神冰冷又疯狂，双手毫不留情地打在陶白身上，就好像对方不是她的女儿，而是一个仇人。

“你在说什么？你知道你在说什么吗！”齐素觉得陶白不听话了，她在反抗她，连她都开始反抗她了，齐素要疯了。

陶白没有再像以前一样，被动地站在原地挨打，她疯狂地挣扎着，然而盛怒中的齐素不管不顾地抓着她的头发，尖利的指甲划在她的脸上、脖子上，所有能抓的地方都被她抓出道道血痕。

陶白很痛，但身体的疼痛远远不及心里。她任由齐素拽着她的头发，一步一步，不顾被扯得生疼的头皮，发狠地拖着齐素走到厨房，不足十米的距离每一步都是疼痛，她拿起墙上挂着的剪刀，毫不犹豫地剪掉了被齐素死死拽住的头发。

头皮乍然一松，剧痛后的放松却让陶白快要死去。

黑色的长发落了一地。

齐素愣住了，她手里抓着陶白丢弃的头发。

陶白手里拿着剪刀，她看着眼前这个在她身体和心上同时划出道道难以愈合的伤痕的女人，这个原本应该和她最亲密无间的人，眼眶红了。

身体发肤受之父母，受之父母。

她还给她。

陶白把剪刀重重地丢在地上，剪刀与地面撞击的声音就像割裂母女感情的宣扬声，那么重，那么沉。

“我以后，都不要再听话了。”陶白说。

夜晚，城市的另一端。

许斐面前摊着一张名单，密密麻麻的名字中，他的目光落在最上方的“射击组”三个字上。

射击组名单的旁边，是被他随手丢在一旁的一万米报名表。

这个找人的方法不但笨，而且成功率还不高，但许斐还是想试一试。

用自己的名字缩写来当网名这种事也不是没有。

女子射击组，高一、高二、高三，许斐一个名字都没放过。

首先剔除三个字的，两个字的一共有十九个人。

b 字母开头的……

签字笔在名单上圈出三个名字。

高一 4 班，班灵。

高二 1 班，卞桃。

高二 8 班，包静。

他的目光落在中间那个名字上。

bt。

卞桃。

陶白无力地靠在门上，望着窗外的夜色。

书桌上，玻璃瓶里的野花已经枯败，干黄的根茎突然断裂，被风折成两半。

她愣了愣，突然跑过去从床底拖出木箱，从里面翻找出那部白色手机，颤抖地按着开机键。

按了几分钟，手机依旧是黑屏，陶白心中一片慌乱，睫毛上的泪珠不堪重负地坠在手机屏幕上，她带着哭腔道：“亮啊，你亮啊！”

她拍打手机，眼泪宛如断了线的珠子，打湿了手背。

她慌乱地从一堆木头块里翻出充电器，就像一个在沙漠里即将渴死的旅人，手中的手机就是珍贵的水源。

充上电后，手机亮了起来。

陶白抹掉眼泪，脸上的表情似哭似笑。明明知道努力无用，可那是太阳啊，太阳再遥不可及，可照在身上是温暖的。

树苗没有了阳光，会死的。

QQ 列表里，那个头像是灰色的。

最后一条消息停留在一个月前许斐发的“。”上。

那样一个对什么事都不在意的人，在没有回复的情况下，竟然连续发了好几条消息。

这么久没有回复，他会不会生气？

他一定生气了。

陶白在输入框里打了很多字，又一一删除，反反复复，觉得说什么都不对。

她急得抹眼泪。

最后她把手机扔到一旁，抱着双膝，闷声哭了出来。

许斐找到了人，今晚也就没有在网上守着。

说来谁相信，他居然会天天熬夜，守着好友列表看在线人数。

守了一个多月，许斐作息颠倒，今晚难得在十点之前睡觉。

早上天气寒冷，刺骨的寒风刮在脸上生疼，许斐骑着单车拐进学校，今天他来得尤其早。

值日的高一学妹一张脸被寒风吹得通红，看见他又兴奋又害羞。

“许学长好。”

“学长早。”

许斐朝她们点点头，拎着书包进了教学楼。

路过 1 班时，他放慢了脚步，视线在空荡的教室停了两秒。许斐连自己班上的女生都认不全，更不用说隔壁班的女生。

哪个是卞桃，坐在哪个位置，他完全不知道。

倒是看见了一个头发乱糟糟的小矮子。

许斐今天心情特别好，他看着趴在课桌上，头发跟狗啃一样的小短腿，突然开口道："你这发型很有个性啊。"

走廊静悄悄，男生微凉的声音在身旁响起，陶白整个人都僵住了。

"不是吧，我还给你买过两个冰激凌，这么快就翻脸不认人了？"许斐右耳挂着耳机线，温柔的女声从耳机里传了出来。

"这首歌……"陶白没有抬头，声音沙哑，"很好听。"

许斐离开的脚一顿，转身看着她："你也觉得？"

陶白跟着旋律小声哼唱："Remember me to one who lives there, he once was the true love of mine...（请代我问候住在那里的一个人，他曾经是我的真爱……）"

她鼻尖发酸，眼眶红润。

她是一个胆小鬼。

不敢说出自己是谁。

她的英文发音很标准，虽然声音有些沙哑，却出人意料地好听。

许斐挑了挑眉："唱得不错，你也喜欢这首歌？"

陶白闷闷地点头："嗯。"

喜欢。

卞桃站在楼梯口，听着陶白和许斐一问一答，脸上表情有些难看。

他们两个什么时候这么熟了？

许斐见她一直趴在课桌上，没来由地一乐："同学，你跟别人说话的时候，都是用后脑勺儿对着对方吗？"

陶白动了动，还是没有转头，闷声道："不是。"

"那是只对我这样？"

陶白没有说话。

许斐气乐了，觉得自己有毛病，耳机一扯，走了。

他离开后，陶白抬起头来。

她脸上戴着口罩，脖子围着围巾，把自己那张惨不忍睹的脸遮得严严实实。

卞桃背着书包走进教室，要不是今天轮到她值日来得早，撞见这一幕，她还不知道陶白和许斐居然这么熟。

许斐主动和陶白说话?

许斐是谁啊，一中的校草和学霸，家里有钱有势，性子冷漠孤傲。在学校里，除了夏生和荀旭，他基本不搭理任何人，尤其是女生。

可是，他居然会主动和陶白说话。

他们不过是一起跑了一个一万米而已，凭什么？凭什么是陶白，谁都可以，就是不能是陶白!

从小到大，她从来没有听过陶白唱歌，她居然给许斐唱歌……

卞桃拉开陶白前桌的椅子，慢条斯理坐下。她脸上带着笑，手却直接伸过去抓她脸上的口罩和围巾:“陶白,你感冒了吗？为什么戴着口罩呢？”

陶白不知道为什么一个人这么能装，她能笑着说出关心的话，手上的动作却狠得像是要人命。

明明是朵食人花，为什么还有那么多人被她的外表欺骗，认为她纯良无害。

陶白往后躲了一下，卞桃没能扯到她脸上的口罩，却把她的围巾扯了下来。

脖子上的抓痕顿时敞露在冰冷的空气中，热源骤离，陶白身体一缩。

卞桃看见她脖子上的抓痕，眨了眨眼，红唇微勾：“好久没有见到这样的陶白了，看来不止陶叔叔不喜欢你，连齐阿姨也不喜欢你呢。”

她凑近陶白，用只有两个人能听见的音量说：“陶白好可怜，谁都不喜欢你，爸爸不喜欢你，妈妈也不喜欢你，怎么会有你这么可怜的人啊。”

陶白冷着脸，从她手中把围巾抢回来，缠在脖子上。

卞桃毫不在意她的冷脸，涂着透明指甲油的手指在课桌上轻轻敲着。她静静地看着陶白，轻笑一声，道：“陶白，你是不是喜欢许斐？”

陶白指尖一颤。

卞桃眯着杏眼，凑近她:“被你这样的人喜欢，是一件很讨厌的事吧。”

她轻而易举就找到了陶白的软肋，语言像刀子，毫不留情朝着她的自卑捅去："你就像你那个动不动就发疯的妈妈一样，小区里的人都说齐阿姨有精神病呢。陶白，你知道别人怎么说你的吗……"

看着她惨白的脸，卞桃轻声说："神经病生的女儿也是神经病，一个喜欢玩木头的孤僻神经病。"

陶白从未有一刻像现在这般，觉得卞桃这张脸面目可憎。

"连亲生父母都不喜欢你，你凭什么能喜欢许斐呀？我要是他，知道被一个神经病喜欢着，一定会感到恶心。"

卞桃说完，歪着脑袋看她，脸上带着纯良的笑。

"我说得对吗，陶白？"

你这样的人凭什么喜欢许斐呢？你这个自卑的胆小鬼，一定很害怕被别人发现吧。

卞桃起身，哼着歌回了座位上。

陶白抖着手缠紧围巾，把自己脸上的抓痕遮掩起来，就像遮住的是自己不能被第二个人知道的内心。

是，她是胆小鬼，她的喜欢不敢让别人知道。她能跑一万米，却不敢让跑在前面的少年看到她喜欢的目光。她的喜欢，连她自己都觉得恶心，何况那个光一样耀眼的男孩儿。

被自己最讨厌的人看出内心最不愿被人知道的秘密，藏在陶白身体里那头日渐狰狞的巨兽，甚至想扑上去撕碎她愉悦的歌声。

卞桃会告诉别人吗？

卞桃可能会告诉别人，会宣扬得全校都知道她喜欢许斐这件事，只是想想都让陶白浑身发抖。

恶劣的卞桃从小到大最喜欢做的事，不就是把她剥光了推到阳光下暴晒吗？只要能让她被人看笑话，她根本不会在乎这样的行为会不会伤害到她。

甚至她的初衷，就是想要伤害她。

陶白不害怕被伤害，但她害怕看到许斐冷漠的目光。

被她喜欢，真的不是一件能让人开心的事。

陶白陷入了深深的自厌和不安中。

她的自卑源于从小被忽略的成长环境，全部人都在用行动和言语告诉她，她的出生就是一个错，她不该存在于这个世上。

她的不安来自不能宣之于口的暗恋，那个男生像一道人人追逐的光，太耀眼，也太遥不可及。

她这样的人，怎么配喜欢他？

“喜欢”两个字落在他身上，都像是一种玷污。

秋生蹦蹦跶哒跳进教室，她扑到陶白课桌上，伸手就要扒拉她的围巾。同样的动作在二十分钟前，卞桃也做过，陶白反应很激烈，她下意识把面前的手打掉。

秋生捂着被拍红的手，愣住：“淘淘……”

陶白也愣住了，她慌乱地低下头：“秋生对不起，打疼了吗？”

秋生摇头，一副没心肠的缺心眼模样：“没事啦，我不疼。”她就是看淘淘今天难得围围巾，没别的意思。

不过淘淘反应好大啊。

“你感冒了吗？”秋生看着她脸上的口罩。

陶白迟疑地点点头，她不想对秋生说谎，但她更不愿面对追问，她不知道应该怎么回答。

“哦，那你要记得吃药。”

“……嗯。”

小雀斑余航还没来，秋生毫不客气霸占了他的座位，从书包里拿出一盒牛奶递给陶白：“淘淘帮我把牛奶喝了吧，我妈嫌我矮，非让我喝，我不想喝。”

陶白点头：“好。”

秋生不愿意喝牛奶，陶白这半年能蹿身高都归功于秋生每天给她塞牛奶。

秋生放心了，就坐在身边跟她讲昨晚在游戏里的趣事。

秋生现在很喜欢玩儿一款舞蹈游戏，每天都会和陶白说她在游戏里收了几个徒弟，哪个徒弟她最喜欢，哪个最乖最听话，她口中的世界让陶白很迷茫。

她上个 QQ 都觉得是极限了，秋生的网络经历却如此丰富。

秋生真的很厉害，无论是现实还是网络，她都能和陌生人相处得很好。

陶白昨晚一夜没睡，她看着那个灰色头像，竟连一句“对不起”都发不出去。

跟秋生相比，她真的差远了。

许斐单手搭在课桌上，垂眸看着好友列表里的灰色头像，随手拿起签字笔在指尖转动。

他嘴角噙笑，脸上的表情有些莫测。

不上号又如何，还是能找到你。

退出账号，许斐伸脚踢了踢苟旭的椅子：“狗。”

苟旭从漫画书的世界里抬起头：“干吗？”

许斐：“隔壁班，哪个叫卞桃？”

苟旭偷偷把漫画书塞回书包，捏着下巴打量许斐。他没听错吧？老许在向他打听一个女生的名字？他什么时候对女生感兴趣了？他感兴趣的难道不是贪吃蛇和俄罗斯方块吗？

“问你话呢。”许斐笑容收敛，表情十分认真。

苟旭眯眼：“老许，你问这个干吗？难道你……”

许斐垂眼看着指尖转动的签字笔，没有反驳。

苟旭一脸震惊，他像条兴奋的狗扑到许斐桌上，眼中闪着八卦的光芒：“真的？”

许斐没点头也没摇头，但他没摇头就已经是点头了啊。

苟旭还有什么不明白的，这是看上了：“老许，你这么不声不响的什么时候……唉，唉，唉，等等，不对。”不对啊，他要真看上别人了，能问他卞桃是谁？

这显然是连人家长什么样都不知道。这是哪门子看上？

夏生在旁边抄作业，听见他俩的对话耳朵动了动，他倒是有个猜想：“难道她就是网上那个‘bt’？”

转动的笔掉在桌子，许斐诧异地看了他一眼。

昨晚在家找了两个小时的资料和名字，也只有她符合。

下午两点的比赛。

女子射击组。

网名缩写叫 bt。

除了她，还能有谁?

全校那么多女生，若是在平时，他就算再怎么找也不可能找得到。可运动会那天是她亲口所说，他并不觉得她会在这种事情上骗他。

他点头：“嗯。”

夏生脸上闪过一抹不自然，这也太巧了吧。

老许在找的女生，是秋生极为讨厌的卞桃。

这可真是……

苟旭不知道女生之间的弯弯绕绕，但他对学校的漂亮女生如数家珍，而且老许问的还是卞桃。

卞桃啊，他们学校的校花。

他挠了挠脑袋，道：“卞桃就是隔壁班那个校花，去年在体育馆和秋生起冲突那个女生。她从高一就一直在我们隔壁班，你天天从人家教室门口路过，怎么都不知道啊？”

许斐一向不关注女生，校花还没有他的贪吃蛇有吸引力。苟旭说的校花他一点儿印象都没有，不过去年在体育馆和秋生起冲突的那个女生，他倒是勉强还有点儿印象……

但也只是知道有这么个人，长什么模样完全想不起来。

许斐是一个行动派，是与不是，叫出来试探一下就知道了。

第一节下课，许斐直接去了 1 班。

他的出现引来了无数双眼睛的关注，陶白也抬起了头。

许斐很容易就找到了那个正在和朋友说话的女生，她低眉浅笑，柔美漂亮。

“许斐，你找人吗？”1 班的同学问。

声音不大，但那个正在和朋友说话的女生顿时看了过来，一脸惊讶地看着他。

这个反应。

许斐面上冷淡，心里却信了三分。

卞桃见许斐在看她，脸有点儿发烫，悄悄移开了视线。

他来找谁呀？不会是来找她的吧？

自从被评选为一中的校花后，来他们班看她的人就络绎不绝，但这些人中唯独没有许斐，卞桃失望的同时又有些不忿。

她觉得自己长得很漂亮，许斐为什么每次都对她视而不见。

许斐性格冷淡，对女生更是不假辞色，他的身边从来没有出现过女生，除了好兄弟的胞妹秋生。

这也是卞桃很讨厌秋生的一点。

现在许斐是来看她的吧……

许斐看着卞桃，对那个开口的同学道："找你们班卞桃。"

他话音刚落，1 班的同学齐齐朝卞桃看去。

妈啊，他们没听错吧，许斐找卞桃？

陶白的心开始往下沉。

一股寒气从脚底蹿入脑袋，血液骤然变冷。她握着笔的手在发抖，像在极度害怕一件事。

卞桃脸一红，在林娇娇她们的起哄声中起身走了过去。

她站在许斐面前，仰头看着他："许斐，你找我？"

许斐点头，视线在她脸上扫过，声音清冷："去操场？"

卞桃"啊"了一声，鬼使神差地点了头，跟在他身后离开教室。

陶白怔怔地看着他们的身影消失在门口。

许斐找卞桃做什么？

难道他也和那些人一样，喜欢卞桃吗？

这个猜想让她脑子轰然一炸，整个世界开始慢慢扭曲。

她突然一把扯掉口罩，弯着腰疯狂地呼吸着新鲜空气。

余航一直在关注她，见她脸色不对，伸手想要帮她顺顺背，伸出去的手却僵在半空。

他的双眼一点点瞪大，看着她脸上和脖子上狰狞的抓痕，声音发抖：

“陶……陶白，你的脸……”

许斐带着卞桃走到一处无人的角落，四周安静，很适合谈话。

许斐来意不明，卞桃也有些搞不清楚情况。

她和许斐一句话都没有说过，去年在体育馆当着他的面被秋生下面子，她一直害怕在他面前留下不好的印象。

卞桃咬唇：“你叫我出来是有什么事吗？”

许斐的视线落在她脸上。

他们所在的位置虽然无人，但前方就是操场，不少人站在不远处偷偷观望。

一个是校花，一个是校草，随便一个都能惹来一群关注，何况还是两个人站在一起。

“卞桃。”许斐声音很淡，落在卞桃耳中却让她红了脸。许斐的声音出了名地好听，可他并不爱说话。

新生入校，许斐就是他们那一届的新生代表。他站在高台上，被几千人注视，清凉悦耳的声音由话筒传向四周，他在发光，比头顶的阳光更加耀眼。

“嗯。”卞桃不敢与他对视，低下了头。

没有哪个女生在面对许斐时会不紧张。

“你加过我的 QQ 吗？”许斐直接问。他眼睛不眨地看着她，在这样的眼神下，所有谎言都无所遁形。

卞桃的脸瞬间爆红，她是偷偷加过他的号，但是他没有通过……

许斐有两个社交账号，一个用来敷衍社交，至今没有上过线，卞桃当初从隔壁班的人那里问到的就是那个账号。

她的反应落在许斐眼中就成了被戳破真相的不好意思，他眸光忽闪。

卞桃很聪明，这种聪明让她瞬间察觉到了一丝异样。

她知道许斐肯定有自己的私人账号，这个很多人都知道，只是没有人得到过，夏生和荀旭也从来不告诉别人。

他不至于为了一个从来没登录过的账号，特意跑来质问她有没有加过他，许斐不是会随便找借口来搭讪女生的人。

卞桃低着头，杏眼一颤。

许斐扯了扯右手手腕上的黑色护腕，像是不经意地问：“你有什么喜欢的歌吗？”

莫名其妙的一句话，却让卞桃浑身一震。

心中顿时闪过一个大胆的猜想，她觉得不可思议。

难道有人加了他的私人账号，但他并不知道对方是谁，反而不知道什么原因，他把她误当成了那个人？

不然怎么解释许斐来找她？许斐主动找过谁……

卞桃的脑子在疯狂转动，她不由得想起早上在楼梯口听见许斐和陶白的对话。不可能吧，那个人不可能是陶白，怎么可能是陶白。

可是，许斐的私人账号只有夏生和荀旭知道。夏生，秋生，陶白……

难道真的是陶白？

卞桃只觉得可笑，这个猜想太可笑了！

可再可笑，她现在也笑不出来，无论是不是真的，她永远都不可能让陶白站在许斐身边，陶白不配。那个从小就不如她的人，她凭什么能和她喜欢的男生站在一起？

陶白就该一辈子躲在她的身后，她就该永远不如她，她就该永远活在她的影子下。

那首歌，对，陶白早上哼的那首歌。

卞桃低着头在脑中疯狂搜索那首歌的名字，太熟了，她听过，她一定听过。

她的猜测对不对，只要说出那首歌的歌名，一切就都知道了。

她低着头，许斐看不清她的表情。

他在等。

如果是 bt，就该知道他为什么找她，这种时候说谎已经完全没有任何意义。

他既然能找到她，就抱了三分肯定。

如果是 bt，她一定能说出那首歌的名字。

时间一分一分地过去。

在死一般的寂静中，上课预备铃响了起来。

许斐没动，他面前的卞桃也没动。

许斐在等，而卞桃在努力回忆歌名。

操场上涌动的人群像一条长龙，慢慢进入教学楼。清风吹起地上的枯叶，许斐单手插兜，眉眼冷淡。

突然，清脆的歌声响起，许斐蓦地垂眸看向她。

“Are you going to Scarborough Fair，Parsley, sage, rosemary, and thyme...（你要去斯卡布罗集市吗，香芹、鼠尾草、迷迭香和百里香……）”卞桃低声哼唱，她抬起头来，脸上带着笑，温柔自信地看着他。

她双手背在身后，死死攥紧，心脏疯狂地跳动着。

是不是，是不是这首，如果是……那一定是陶白，那个人一定是陶白！

许斐冷淡的面容忽然犹如昙花盛开，他看着面前这个笑容甜美的女生，嘴角一勾，整个人都柔和了下来。

卞桃背后的双手紧握成拳，指甲嵌进肉里。居然真的是陶白，那个人居然是陶白。

她似害羞般低下头，以此掩饰心中的慌乱。

许斐语调微缓，声音如风般温柔：“bt，你这个网名，果然是名字缩写啊。”

卞桃身体一颤。

“看你还往哪儿躲……”

流言像风。

不知道从什么时候开始，学校开始传言许斐和卞桃走得很近。

那天许斐去 1 班找卞桃，全校很多人都看见了。不知两人在操场说了什么，第二天，大家就发现许斐和卞桃开始一起上学。

许斐打篮球，校花就站在篮球场外。

俨然一副女朋友的姿态。

他们同进同出，一起上学，放学，周末去体育馆。只要有许斐在的地方，必然能看见卞桃的身影。

就连外校的人都知道一中的校草和校花走得很近。

陶白好几次在小区附近看见许斐。

只是他的身边，开始站着她最讨厌的身影。

陶白的心似乎剥离了身体，被人丢弃在凛冽的寒风中，冻结成冰，再碎成粉末。

她最喜欢的人，和她最讨厌的人在一起了。

她的世界在那一瞬间变成了灰色。

陶白最后一次登录 QQ 是在考试前夕，她看着少年灰暗的头像，很想问他为什么，为什么是卞桃。

可她终究只是卸载了软件，把手机永远地藏进了木箱里。

为什么会喜欢卞桃？

这个问题她从很小的时候就在思考。她的父亲、小区里的邻居、老师、同学，为什么全都喜欢卞桃？这个问题困扰她十几年，直到今天，她已经不想知道答案了。

她曾喜欢过的少年给了她答案。

高二寒假前的期末考，陶白的成绩排名已经被踢出班级前十，她把成绩单拿回去放在茶几上，放了两天都没人动。

齐素已经很久没有跟陶白说过话，也不再给她零花钱。陶白打暑假工的钱只用来买了学习资料，而她现在连学习资料都不用买，钱更是没动过。

陶武自从上次和齐素打完架，就再也没有回来过。

这个七八十平方米的家，比外面的寒冬腊月还冷。

新年到来，小区里张灯结彩，枯树枝上挂满了红灯笼和彩灯。

大年三十那天晚上，鞭炮声与烟花声交织炸响，家家户户欢声笑语，全世界都在迎接新年的到来。

只有陶家，从早上到晚上，始终一片漆黑。

陶白坐在地上，抱着一块木头雕刻着，她手指被划破的伤口已经结痂，窗外烟花在半空炸响，绚烂夺目。

家里除了她，再无一人。

清晨六点，客厅响起开门的声音，齐素回来了。

大年初三那天，消失了许久的陶武也回来了。

陶白的房门被敲响，陶武站在门外，高大的身体像一座山，带给陶白的不是安全感，只有无尽的压抑。

他手里拿着陶白放在茶几上无人问津的成绩单，陶白一脸木然地看着他。

陶武走进她房间，伸手在她肩上拍了拍："你妈没骂你吧？"

陶白目无聚焦，无知无觉摇头。

陶武竟安慰道："没事，没考好就没考好，爸爸从来没有要求你考第一名。出来吃饭吧，我做了很多菜。"

饭桌上，齐素冷着脸，看也没看陶白一眼。

陶武坐在她身边，这两个在前段时间还打得你死我活的人，竟然跟没事人一样。

陶武见陶白只吃饭不夹菜，给她夹了一块排骨放在碗里，问道："你头发怎么剪短了？"

陶白把碗里的排骨夹起来吃掉："长发不方便。"

陶武不赞同道："女孩子还是应该留长发，长发好看。老婆，你说对不对？"

齐素面无表情，没有应声。她看起来老了几岁，眼角已经出现细纹。

母女俩那天的冲突只有散落一地的长发见证，陶白不再听话的证据就是那张不知道被陶武放到哪儿去的成绩单，她再也不想维持齐素那不堪一击的母爱，喜欢不喜欢，随便他们吧。

陶白吃完饭，就进屋把门反锁。

寒假一个月，陶白接到秋生两个电话。

秋生去了国外旅行，她说大海很蓝，比天空还蓝，一望无际海天一线。她描述中的自由与快乐，真让人向往。

这个寒假，陶武在家的时间变多了，他和齐素又恢复了以往的关系。

明明伤口鲜血淋漓尚未愈合，他们却能视而不见，继续着折磨彼此。真叫人想不通，看不明。

寒假结束后，开学的第一天，关于上半学期末的流言似乎被彻底坐实。

有人说在寒假时看见许斐和卞桃在一起逛街，还有人说看到他们一同出现在体育馆。

陶白趴在课桌上，已经死掉了的心，又泛起窒息般的疼痛。

这学期的学习抓得越来越紧，而陶白的成绩却越来越差。班主任找她谈过几次话，甚至说要请家长，陶白则把陶武今年新换的手机号码告诉了他。

班主任气得要死。

“陶白，我不是在跟你开玩笑，你现在的成绩和学习态度根本不可能考上大学，你这是在对你自己的人生不负责！”陈老师比高一的朱老师要严厉和雷厉风行得多，他直接当着陶白的面就拨通了陶武的电话。

春寒料峭，温暖的阳光从窗外照射进来。陶白偏头，有些出神地看着篮球场方向，片刻后移开。

耳边是班主任严肃的声音，他让陶武马上来学校一趟，按照陶武那个暴脾气，遇到这种事理应暴跳如雷，陶白却一点儿害怕的情绪都提不起来。

她成绩越差，人越不听话，越能衬托卞桃的优秀乖巧，从小到大都是如此，陶武不会生气，他在这种事情上对陶白尤为包容。

如果抛却其中的原因只看结果，陶武的包容就像一个真正的父亲。

陶武在放学之前赶到了学校，陶白站在一旁，整个人都在走神。

班主任怒气冲冲的声音和陶武一连串“是的”的附和声，交织在一起钻入陶白耳中，她却不知道在想什么。

“陶白，陶白！”班主任拍了下桌子，看着陶白一脸怒色，“你看看，就是这样，她上课也是这样走神，老师叫她起来回答问题，她也答不上。明明以前不是这样的，这孩子很优秀，你们当家长的应该多上点儿心！”

陶武又是迭声应道。

他脸上并无怒气，甚至比一般被叫到学校来的家长还要有耐心，陈老师甚至都觉得他是个过分宠溺孩子的父亲。

陶武道：“我回去会好好说她。”

班主任叹了口气，看着陶白，语重心长道：“陶白，我知道你们这个年纪的孩子很容易被外界事物影响，老师是过来人，也自觉有些人生经验，这些话你愿意听就听，实在听不进去，老师也没有办法。人的一生很长，但真正可以给你学习的时间却很短，‘知识改变命运，改变人生’这句话真的不只是口头说说而已，每个人都应该有理想，有想要活成的样子。陶白，你也应该有梦想，有想要追寻的东西。”

陶白垂下了头。

班主任让他们回去了。

陶白站在办公室门口，看着篮球场方向。

阳光刺得她微微眯起眼。

她曾经也有梦想，也有想要追寻的东西，即便知道前方没有尽头，她也曾一往无前向前奔跑过。

少年等在终点，她曾走到他身边。

曾经，是以前，不是现在。

现在站在他身边的是另一个人。

一个她最讨厌的人。

她在两个圣诞节各自许了一个愿望，而两个愿望都没有实现。

可见许愿是件多么虚无缥缈的事情。

被老天遗忘的人，她的愿望又怎么可能实现。

家庭已经千疮百孔，少年也已经属于别人。

她曾追求的一切，都毁在同一个人手中。

梦想，想要活成的样子。

她的梦想已经彻底粉碎，她想要活成的样子无非只是单纯地成为陶白，而她用一把碎发换来了自己。

她想要的都得到了。

人生无法圆满，陶白想，她活成了自己，必然就要失去一些东西。

陶武是开车来的，一辆面包车，后座还放着几箱矿泉水。

陶白坐在副驾驶，陶武上车后，不知道从哪儿拿出一包饼干塞到她怀里。

“我送你回去。”他说。

陶白怀里抱着书包，侧首看着车窗外。

陶武身材高大，面包车的驾驶座空间有些逼仄，他偏头看了眼陶白，突然问：“卞桃是不是谈恋爱了？”

“不知道。”陶白面色冷淡。

“你和她不是一个班的吗？”

“我和她不熟。”

陶武皱眉，宽大的指节敲着方向盘：“你们一起长大，怎么就不熟了？学校还有比你们俩更熟的人吗？”

他没有因为被请家长而生气，却因为陶白说和卞桃不熟而生气。陶白不知道该说什么，不知道该用什么表情来面对他。

不难受，只觉得可笑。

难道在他心里，她和卞桃就应该是好朋友？

这是怎样一种可怕又可笑的认知？

当她觉得他已经不可能再伤害她的时候，他总能以各种千奇百怪的方式让她无言。

陶白已经不想再说话，她跟他已经没什么好说的。

陶白在小区前面的路口下了车，发了一路火的陶武开车走了。

道路两旁的停车位停满了车，人很少，所以陶白一眼就看见了站在马路对面的两个人。

卞桃背着白色书包，手里拿着一盒酸奶，脸上带着甜美的笑。她身旁站着一个面容清俊的男生，男生低着头在看手机，右手的黑色护腕映在陶白眼中。

陶白的双脚似乎黏在了地上，无论心底的声音如何叫嚣着让她离开，都无法挪动分毫。

难言的悲伤蔓延全身。

她看见卞桃抓住了许斐的衣袖，许斐背对着她，微微侧首。

他面上会是什么表情呢？温柔，宠溺，还是亦如当初站在一万米终点时一般，笑得眼底带着碎光，炫彩夺目。

我喜欢的少年啊，我好像不能再继续喜欢你了。

夕阳下，马路的尽头，女生的影子斜斜地映在地上。

这一场暗恋，落幕得寂静无声。

今日不上朝 著

/下/

# 十二年春夏秋冬

天津出版传媒集团
百花文艺出版社

# 目录

Contents

# 目录 Contents

## 第十三章

# 来不及说出口的告别

许斐抬起手，往旁边让了让，卞桃的手适时松开他的衣袖。

沿着许斐的肩的方向，她看着已经走远的人，尴尬一笑：“抱歉，刚刚脚崴了一下。”

许斐看了眼平坦的地面，没说什么。

他现在的心情并不是很好，说不上来为什么，就是很烦躁。

卞桃低头嘬了一口酸奶，脚尖在地面轻轻踢了两下。

许斐捏着手里的手机，突然问：“你怎么都不上线了？”

卞桃心里一紧，抬头看他，弯了嘴角：“手机丢了嘛，我爸妈想让我认真学习，都不给我买手机。”

她低头把手中的酸奶盒捏扁，走到旁边的垃圾桶丢掉。

她知道许斐在怀疑了。

她能碰巧说出那首歌的歌名，原本就是因为那天早上在楼梯上，偷听到了他和陶白的对话，她连陶白有 QQ 这件事都不知道。

等等……陶白什么时候有手机了？

她哪儿来的钱买手机？

卞桃眼神一闪。

许斐眉心微蹙，难道真的这么巧？

她那一个多月没有上线只是因为手机丢了，不是其他原因？

他说不清楚自己现在的心情，但他发现自己似乎并没有那么喜欢“bt”，一个寒假的时间，包括她缠着让他接送上下学，他始终没有找到让他熟悉的心动。

明明他那么期待见到她。

明明在无数个夜晚，他看着聊天框里的聊天记录，都会忍不住从内心深处感到高兴和雀跃。

明明那些心动都是实实在在存在着。

可面对本人，他却一点儿感觉都没有，到底哪里出了错。

卞桃见他面色不对，赶紧岔开话题：“就送到这儿吧。许斐，明天我还是在早餐店等你呀。”

她攥紧书包带，后退着朝他挥了挥手，随即小跑离开。

背过身后，卞桃脸上的笑容一垮。

许斐已经在怀疑了。

为什么不上线，她还能用手机丢了的借口搪塞过去，可他若是问起他们以前都聊了些什么，她答不上来就会穿帮。

她已经开始不满足只是站在他身边，学校都在传他们在谈恋爱，传许斐对她有多好，说他们牵手拥抱。可只有当事人知道，他们的手连碰都没碰到过！

和别的女生相比，许斐对她是不错，只要她提要求，想吃什么，想玩儿什么，只要开口，许斐都不会拒绝。可也仅此而已。

体育馆是她追着要去，许斐打球根本不和她说话，她连想帮他拿外套，他都拒绝。她原本以为他和陶白在网上起码也是网恋的关系，可他对她那样，哪里像是对女朋友？

许斐性子冷淡，知礼守礼，从不逾矩，就算她主动表露出想牵手的意思，都被他不着痕迹拒绝。

当初凭着一腔冲动，抱着三分侥幸走到今天。她喜欢许斐，尝过站在许斐身旁的甜头后，让她还怎么舍得离开？

被识破谎言的结果，她想都不敢想。

卞桃找上了陶武。

她知道陶武今天被班主任叫去了学校，因为陶白直线下降的成绩，这成了她最好的理由。

不久之前陶武还因为卞桃是不是早恋了这事在车上骂了一路，说陶白一点儿都不关心朋友。

卞桃的电话来得恰是时候。

她在电话里撒娇："陶叔叔，你别生陶白的气，我们俩在学校关系挺好的，她很关心我。"

"那她说你们不是朋友？"陶武最生气的就是这点。

"她跟我闹小脾气呢，上次巧克力的事……"她顿了顿，"我以为陶叔叔也给陶白了，我就拿去了学校，她可能因为这件事在和我生气。"

这件事陶武理亏，他同事确实出国带回几包巧克力，分到他手上只剩两包，也不多，他就全给了卞桃。

陶白从小就不爱吃零食，卞桃喜欢，他就全给了，他还怕被陶白知道了心里不高兴，就让卞桃别告诉陶白。

后来卞桃在学校受了气，气呼呼把剩下那包还给了他，说不要了。

他就拿回家给了陶白。

这件事到底是他做得不对，陶武有些心虚："她怎么这么记仇？都过去这么久了，多大点儿事……"

"可能陶白比较在乎吧。"

"这有什么，最后也给她了。"

卞桃在电话里犹豫了片刻，就像下定决心般，一鼓作气道："陶叔叔，就算陶白会生我的气，有件事我还是要告诉你！"

陶武正想问她是不是早恋了，听她这么说，又怀疑陶白是不是早恋了："什么事？"

卞桃小声道："陶叔叔，陶白成绩下降是有原因的。"

陶武皱眉："什么原因？"

他并不在乎陶白成绩好坏，陶白从小就不聪明，他甚至还怀疑她前几次的成绩都是抄出来的。

陶武对陶白的印象已然定格在童年，陶白从小木讷胆小，做什么事都比别的孩子迟钝，考试永远是最后几名。他都不知道陶白是怎么考上的一中，前几次拿回来的成绩单上的名次也让他非常疑惑和不喜。

成绩差没什么，抄别人的就不行了。

卞桃从小就聪明，每次考试都排在陶白前面，陶白怎么可能超过卞桃？

陶武一叶障目，他看不见陶白的付出，只一味轻信这个他以为永远不可能会撒谎的女孩儿。

卞桃慢吞吞道："陶叔叔，我好几次看见陶白在上课的时候玩手机，她现在成绩下降这么多，我怀……怀疑她网恋了。"

"你说什么？！"陶武脸色一变，"网恋"这两个字在他心中就代表了"坏"，陶白居然网恋？还上课玩手机？！

卞桃站在阳台上，看向对楼。

她对陶武的性格掌握得七七八八，知道什么话最能激起他的怒火，她脸上带着甜美的笑容。

她和陶白从来就不是好朋友，从来。

她语调轻柔地安抚道："陶叔叔，这件事你千万不要让陶白知道是我告诉你的，她一定会生我气。"

陶武怒不可遏："她有什么脸生气！网恋，她才多大就开始搞网恋？谁知道网络后面是人还是鬼，她居然敢网恋，她居然敢……"他都不知道陶白有手机，她从来没有告诉过他们她有手机，关键是她哪儿来的钱买手机！

"陶叔叔你别生气，我也害怕陶白被人骗了，她现在成绩下降得这么厉害，肯定都和玩手机有关。"

"我现在就回去把她手机砸了！"陶武怒气冲冲地拉开车门，坐进驾驶座，反手狠狠摔上车门。

卞桃的目的可不是让他砸手机，她急忙道："不能砸！你砸了手机，她和你生气怎么办？陶叔叔，你把陶白手机藏起来就行了，她没了手机肯定就会专心学习的。"

陶武脑海里闪过陶白闷不吭声的样子，他那张凶悍的脸一片阴沉，两条粗眉狠狠拧在一起，看起来十分凶狠。

他虽然不是很喜欢陶白胆小怯懦的样子，但陶白始终是他的女儿。桃桃说得对，不能让陶白因为这件事恨上他。

青春期的孩子脾气本来就大，还容易走错路。

他无处发泄般狠狠捶了一下坐垫，都怪齐素那个女人不会教孩子，怎么就教出这么个闷不吭声的性子来!

卞桃趴在阳台上，看着陶白卧室的窗帘，勾唇笑："陶叔叔，现在已经高二了，学习不能分心，你把手机藏起来，等高考后，再还给陶白就是了。我和陶白是好朋友，不希望她考不上好大学。再不然，你把陶白的手机拿来放我这儿，像下课呀，放学呀，周末之类的，我就把手机拿给陶白玩儿，等放暑假，再把手机还给她，她一定能明白陶叔叔的良苦用心。毕竟，您那么疼她呀……"

最后一句话很轻，转瞬便泯灭于风中。

挂了电话，卞桃看着对面楼。

"陶白，你可不能怪我呀，我只是太喜欢许斐了。"她托着腮，笑得甜甜的。

陶白坐在地上擦木头，听见客厅大门打开，随后被狠狠摔上。

她没当回事，以为是陶武回来了，他每次开关门的声音，响亮得恨不得整栋楼都能听见。

一连串急促的脚步声由远及近，最后停在她的房间门口。陶白刚一抬头，房门就被陶武从外面拧开。

如山般高大的男人站在门口，几乎挡住了所有的光，天生凶狠的五官因为面无表情显得越发冷硬，陶白的心不由得开始急促跳动起来。

就是这样，这样的表情，成了她童年最深处的阴影。

这座山压在她身上，她想反抗却无力反抗，只要陶武沉下脸来，无论她如何控制住想要平静，她的身体都不由自主在害怕，就像一只兔子在面对狮子时，会本能地产生惧怕一样。

这是对力量的畏惧。

陶武一开口，就让陶白浑身血液倒流：“把你手机给我。”

陶白偏开头，强自镇定：“我没有手机。”

这个回答触怒了陶武，他长腿一跨冲上去，把她从地上抓起来丢到床上，他人高手长，力气又大，陶白在他的压制下就像蚍蜉撼树。陶武就是那座陶白永远翻不过去的大山，她害怕得浑身发抖，但她更害怕的是陶武接下来的行为。

她目光惊惧，嘶吼道：“我没有手机！！”

她反应越强烈，陶武越相信她因为网恋耽误学习这件事是真的，他怒气冲天地一脚踹翻脚边的木箱子，无数木头散落一地，雕刻好的成品、半成品、失败品、废木齐齐滚落一地，陶白惊慌的目光落在一处。

在一片深色、浅色各式各样形态的木头中间，躺着一部白色的手机。

陶武脸色一变，就要弯腰去抓。陶白疯了一般从床上扑下来，娇小的身体爆发出难以想象的力量狠狠把陶武撞开，她一把抓过地上的手机死死抱在怀里，整个人缩成一团。

不可以。

不能抢她的手机。

她什么都可以不要，只有这个不行。

不可以，绝对不可以。

陶白浑身发抖，就像抱着的是她赖以生存的世界，没有了怀里的东西，她就会立刻死去。

“你把手机给我！”陶武猝不及防被她撞开，怒火直冲脑门儿，直接上去拖拽她紧紧抱着的手机。陶白微弱的力量岂能抢得过陶武，她双眼赤红，目眦欲裂，布满伤口的手指被陶武一点儿一点儿掰开，她死死抓在手里的手机被他一把夺了过去。

陶白一脸茫然，她的心突然就空了。

眼泪夺眶而出，豆大的泪珠坠在还保持着争夺姿势的手背上，溅在了地上。她看着陶武的背影，看着这座她永远不可能翻越的大山，这个人，她的亲生父亲，他带给她的只有无尽的难过和绝望。

她用一个暑假换来的手机，她的喜欢，她的秘密，她藏得最深最深的少年，都要被他们夺走。

为什么，为什么，为什么！

他们凭什么这么对她，凭什么！！！

陶白一脸灰败地弯腰捡起地上的雕刀，脚步虚软，歪歪斜斜地朝他走去："站住。"

陶武转身看着眼前的陶白，脸色一变，下意识松开手，朝一旁连退几步。

白色的手机掉在地上。

陶白喘着气，手里握着刀柄，那双漂亮的眼毫无生气。她看着陶武，一字一句地说道："你出去。"

陶武定下心神后，猛地反应过来她做了什么。他大吼一声，怒气翻涌，一把掀了手旁的书桌："陶白，你是想杀你老子吗？！"

书桌上的书本、笔、花瓶、花瓶里枯萎的花和台灯齐齐摔在地上。陶白的眼中只有那部白色手机，她向前一步，弯腰想把手机捡起来，手刚伸出一半，却僵在半空。

陶武那只宽大的脚，狠狠地踩在手机上，当着陶白的面，一点儿一点儿碾碎。

白色的手机在那只宽大的脚掌下不堪一击，屏幕碎成蜘蛛网，白色的机身染上灰色的尘。

"咔嚓咔嚓"，陶白似乎听见心脏彻底破碎的声音。

她的脑子一片空白。

"你长大了，翅膀硬了，居然想杀我！"陶武碾完手机，冲过去抢她手上的雕刀。他眼中布满滔天怒火，陶白举刀的行为彻底把他激怒，"我让你网恋，我让你偷偷买手机，你哪儿来的钱买手机？啊！你这钱从哪儿来的？！"

陶白的手被他拖拽着，突然，她感觉掌心一痛。

"钱从哪儿来的？"陶武抓住她的衣领，几乎把她悬空拎起，"我问你买手机的钱从哪儿来的！"

温热的血瞬间染红了手掌，陶白抬起头，染血的手反抓住他的手腕，目眦欲裂："偷来的，抢来的，你不就是这么想的吗，还问我做什么！"

陶武被她狠厉的眼神惊得松了手。

陶白鲜血横流的手握着刀，锋利的尖端对准他，滚烫的血顺着她白皙的掌心滑落在地，坠出朵朵血花："又是卞桃对吗？她告诉你我网恋，然后让你来抢我的手机。除了这个呢，她还说了什么？我真的很想知道啊，她到底给你灌了什么迷魂药，她说什么你都信，你连问都不问我一句……"

她那颗滚烫的心，在几分钟前被她的亲生父亲践踏般踩在脚下，一点点碾碎。

卞桃怎么能这么坏呢？这些人怎么就能这么坏呢？

"为什么啊，你们为什么要这么逼我？从小到大，她有的我都没有，我现在也不想有了，可你们为什么连我最后的东西也要抢走，为什么啊？你不是我爸爸吗？啊？你不是我爸爸吗？！你为什么要帮着外人抢走我的东西！！！"陶白声嘶力竭道。

陶武怒吼："你在乱说些什么！"

她网恋她还有理了！

是。

永远说不通。

因为她是陶白，不是卞桃。

她的话他永远都听不懂，因为不在意，不重要，是可以忽略不用放在心上的东西。

哀莫大于心死。

陶白身心俱疲，突然就什么都不想说了。

她慢慢蹲下身，伸手去捡地上破裂的手机，声音冰冷："我不想看见你，你出去。"

陶武被她的态度气得暴跳如雷："这是你和我说话的态度吗？陶白，你到底怎么了！"

在他心里，出问题的是陶白，陶白变得不听话了，这个木讷的孩子居然因为一部手机对他动刀子。

"出去！"陶白怒吼。

陶武攥紧双拳，狠狠踹翻脚边的台灯，摔门离开。

陶白捡起地上的手机，怔怔看着破碎的屏幕。她整个人像是被抽了魂的木偶，双腿一软，跌坐在地上。

她的世界被毁了。

月升日落，屋子里一片漆黑。

陶白在地上坐了一夜，她手上的伤口没有再流血，凝结的血块硬硬地黏在手腕上，像是一条蜿蜒的血色河流。

她血肉模糊的掌心攥着一部染血的白色手机，保持这个姿势不知道多久了。

楼下有小孩儿在哭，安静了一夜的小区顿时热闹起来，坐在地上的陶白晃了晃，忽地向一旁倒去。

醒来已经是隔天下午。

陶白脸色苍白地靠坐在医院的病床上，受伤的右手缠着绷带，左手打着吊针。窗外落叶翻飞，她却好似已经失去了生命。

护士推门进来，见到的就是这副场景。她叹了口气，过去把针头拔了，用棉签摁住她的手背："晚上想吃什么？我去食堂给你拿。"

陶白缓慢地扭头看她，摇头。

"中午就没吃，你这么不听话可不行啊。"她伸手摸了摸陶白的额头，"还在发烧。听姐姐一句劝，不开心的事先放到一边，等身体好了再说。"

女孩儿是在昨天中午被送来医院的，来的时候整个人已经陷入昏迷，高烧四十摄氏度。她右手血肉模糊，掌心还死死攥着一部已经坏掉的手机，他们费了好大的劲儿，才把手机从她手中剥离。

她不知道小女孩儿身上发生了什么事，她从醒来后就不说话，谁和她说话，她都没有反应。

她妈妈把钱缴清后，再没来过医院。

陶白在医院住了一周。

高烧来势汹汹，一直反反复复，但最严重的还是她手上的伤，伤在掌心，做什么都不方便。

出院后，她在家里待了一个月，回到学校已经是4月中旬。伤口已经结痂，她床底下的木箱子和那一盒雕刀也不见了踪影。

她没有吵，更没有闹，只是看陶武的眼神冰凉得宛若陌生人。

离开学校不过一个月，她站在校门口，看着进进出出，脸上洋溢着笑容的同学们，恍若隔世。

班上的同学对她的突然消失又突然回归没有任何反应，每个人都自然而然地过着自己的日子，别人如何，经历过什么，跟他们又有什么关系呢？

已经是高二下学期了，每个人都在抓紧时间学习，没有人会把多余的精力分出来关心一个毫不相关的人。

只有秋生抓着陶白的手，看着那条横贯了半个掌心的疤痕掉眼泪。

陶白的掌心摊开，那道疤痕直接贯穿了三条线，既狰狞又丑陋。

“我没事。”久未开口的声音有些哑，很难听。陶白对秋生笑了笑，拭掉她眼角的泪，“秋生，能把笔记借给我抄一份吗？”

她唯一想要活成的样子也已经变得面目全非，但人活着，就不能止步不前，必须往前走。

她答应了秋生要陪她一起去北方看雪，她的未来不能停滞不前，她要往前走，只要一直走一直走，她总能把不想看见的人丢在身后。

她唯一要做的，就是不回头一直走。

秋生从书包里拿出两个笔记本，递给她：“这是我帮你抄的笔记，淘淘，最后一年我们努力学习好不好？我也不出去玩儿了，你上课也不要再走神了，我不要只能和你在同一座城市，我们要考同一所大学，我不要在大学里认识新朋友了，我就想和你做一辈子的朋友。”她说着说着，又开始掉眼泪。

陶白喉咙一酸。

她翻开笔记，秋生的字迹密密麻麻，映入眼底。

秋生爱玩儿，在高一她们还是同桌的时候，她上课经常偷偷看小说，不听讲，更不喜欢记笔记。

可她给陶白记了整整一个月的笔记。

秋生很难过，她们明明是最好的朋友，可她却连陶白这一个多月发生了什么都不知道。她也不敢问，因为淘淘看起来好难过。

每个人心底都有不愿被人触碰的线，陶白即便已经遍体鳞伤，依旧不愿意把伤口暴露在最亲近的朋友面前。那么糟糕的家庭，那么糟糕的经历，她怎么能对秋生说起？

简直太恶心了。

聪明的怕勤奋的，勤奋的怕不要命的。

陶白又开始没日没夜不要命地学习，她的学习进度落后了别人一大截，课间和自习课，同桌余航都会主动提出给她讲题。一开始只是他们俩，后来秋生也加入了进来，三人瞬间成为一个学习铁三角。

余航性格腼腆还有点儿自卑，陶白更是不到必要几乎不说话，在他们俩的影响下，秋生也变得沉稳起来。

月底的月测，秋生感觉自己考得不错，她长这么大，第一次觉得考试时间过得贼快，几乎每道题都会写，再也不用猜答案选 ABC，这种感觉真的太爽了。

余航一直给她们两个加油："我觉得你们俩考得一定没问题。"

陶白没说话，翻出练习册开始写。

秋生从兜里摸出两个棒棒糖丢给他们俩："淘淘，你考得怎么样？"

陶白摇头："不好。"

余航赶紧安慰她："没关系，下次就好了。"

秋生也点头："余航说得对，淘淘你这么聪明，成绩很快就会上来的。"

陶白对他们笑笑。

她其实一点儿也不聪明，以前能考第一，不过是每天都把时间用在了学习上。唯一的放松也仅仅是在晚上十点和那人的聊天，但她现在连唯一的放松都没有了。即便这次月测成绩垫底，她也能保证自己在未来的一年里把成绩提升上去。

她曾经为了讨好齐素，挽留那一点儿可悲的母爱而努力学习，认真拿第一。她现在谁也不用讨好，也不再祈求任何东西。

她现在所做的一切都是为了逃离，为了能和秋生上同一所大学，做永远的朋友。

5 月初，成绩下来。

陶白的排名有所上升，虽然不怎么明显，但她很满意。

秋生和余航都很高兴，班主任也私下鼓励了她一番："只要想通了就好，不急，还有一年呢。"

原本稳固的铁三角关系在成绩下来后，林嘉木强硬地挤了进来，美其名曰："老师说了，同学之间要相互帮助。"

秋生翻白眼："林嘉木你要不要脸啊，怎么哪儿都有你？"

林嘉木坐姿懒散，转动着签字笔，一瞬不瞬看着陶白："为了学习，脸算什么？你说对不对，小白白？"

陶白面无表情。

秋生实名呕吐："林嘉木你能不能别这么恶心啊，隔夜饭都要吐了。还有，你能不能不要乱给淘淘起外号，什么小白白，我听着鸡皮疙瘩都起来了。"

"什么外号。"林嘉木看着陶白，勾唇笑，"这叫——爱称。"

不管秋生每天怎么臭脸，总之林嘉木就是不走。

余航和陶白最后也默认了他的存在。

铁三角硬是多了一角，每天吵吵闹闹，倒也有趣。

5 月的天气已经渐渐回暖，陶白的人生就像操场两旁的梧桐树，枯了一个冬天的树枝上，渐渐长出了嫩绿的新芽。

万物复苏。

班上又换了一次座位，陶白和余航被换到了教室最里面，靠着墙，窗外就是象征着自由和快乐的塑胶操场。陶白经常会望着操场尽头的篮球场走神，那里经常很热闹。

她偶尔会从繁重的学习中，抬头看着一前一后走在校园里的卞桃和许斐，她不由自主地想，那段在夜晚十点准时出现的默契，或许只是她的臆想，甚至于那个暑假她其实一如往年，一样待在家里，没有去打暑假工，更没有那部手机。

都是幻想，因为太喜欢了，所以出现了幻觉。

她有几次在楼梯和许斐擦肩而过，他清淡的眉眼，右耳挂着的白色耳机线，和高一千百次从走廊路过时一样，没有任何变化。

她一个人完成了喜欢，一个人完成了忘记。

卞桃这段时间过得提心吊胆。

许斐已经开始起疑，好几次旁敲侧击问一些她根本回答不上来的问题，若不是每次都被她想办法岔开，她早就露馅了。

每到这个时候，她就格外地恼怒陶武，明明说好了让他千万不要发脾气摔陶白的手机，他就是不听，现在手机没了，她还怎么知道陶白和许斐都在网上聊了些什么！

如意算盘落空，搞得如今寸步难行，被拆穿的害怕时刻伴随着她。卞桃好几次看见许斐看 QQ，知道再这么下去，肯定就瞒不住了。

她占了陶白的位置在他身边待了这么久，如果被他知道她不是“bt”，那他……卞桃连想都不敢想。

都怪陶武！他怎么连这点儿小事都办不好！

卞桃恨得牙痒痒。

她转头看向教室的另一头，表情更难看了。

陶白身边坐着秋生，她们的对面是低着头做题的余航和懒洋洋四处张望的林嘉木。

她就想不通，陶白到底哪里好，为什么杜秋生和林嘉木都喜欢围着她转，就连许斐也是。

明明陶白什么都不如她，为什么现在所有人都围在她身边？

放学后，卞桃特意去隔壁班等许斐。

她站在 2 班门口，几乎全部人的目光落在她身上。卞桃只看着许斐，轻轻叫道：“许斐。”

许斐垂着眼，靠在座位上没动。

卞桃脸上的表情有一瞬僵硬，她攥紧书包带，加重音量又叫了一声：“许斐。”

苟旭撞了撞许斐的桌子：“老许，有人叫你。”

全班人都看着站在教室门口的卞桃和坐在座位上没动的许斐。

卞桃被他们看得脸颊泛红，却不是羞，而是恼。

她能感觉到许斐的疏远，她觉得事情要藏不住了。

卞桃再开口时，已经带了哭腔："许斐！"

所有人都以为他们闹别扭了。

就连荀旭和夏生都这么认为。

许斐起身，迈步走出教室，越过她身边时说："有话想问你。"

卞桃心里咯噔一下。

正是放学时间，走廊很多人。

许斐脸上的表情很淡，步子迈得很大。卞桃小跑着才能跟上他，她心中焦急，伸手就要去抓他："许斐你等等我。"

许斐闪身避开她的手。

卞桃咬着唇，眼睛红红的，跟着他下了楼。

还是上次那个地方，操场的角落。

卞桃惴惴不安地站在他面前，攥着校服衣摆："许斐……"

许斐面色冷淡："为什么骗我？"

卞桃矢口否认："我没有！"

许斐看了她一会儿，唇角勾起一抹讽刺的笑，嘲的却是他自己："你QQ号是多少？"

卞桃身体一晃，她下意识低下头避开他的视线："我……我很久没有登录了，不太记得了。"

说完，她慌乱地抬起头，补充道："是新号！才申请的新号，我还没来得及记住……"

"首位数是几。"许斐眼底蕴着一团风暴，"你别告诉我，你连首位数都记不住。"他的声音冷得宛若刺骨寒风，刮得卞桃直往后退。

她在慌乱间随口说了个数字："7！"

许斐沉沉地看着她，卞桃一颗心直往下坠。她伸手想去抓他，带着哭腔说："6！是6！许斐，我记错了，我真的没记住。"

许斐往后退了一步，脸上的表情一寸寸崩塌："你说对了。"

没等卞桃脸上露出笑容。

许斐笑得比哭还难看，艰涩道：“7，你说对了。”

卞桃脸上的表情彻底变了。

许斐看着不远处的教学楼，心底突然蔓延出一股荒唐的悲伤。他自以为找到了她，结果却找错了。

她是不是在哪儿看着呢？看着他身边突然出现了别人，所以才一直不上线，是不是以后都不会再出现了。

他找错人了，她也不见了。

许斐有些呆愣地看着前方的几栋教学楼，双腿就像扎根在了地里，难以迈动。

你在哪里啊……

“许斐你相信我，我真的没有骗……”卞桃带着哭腔的声音猛地一顿，她满脸惊恐，她从未见过如此可怕的许斐。

许斐双目黑沉如墨，素来冷淡的眉眼藏着极致风暴：“那首歌，你是怎么知道的，你认识她？”

卞桃哭着摇头：“我不认识她，我不认识！”

许斐定定地看着她，试图分辨她这句话的真实性。

卞桃哭得上气不接下气，她知道已经彻底结束了，瞒不下去了：“许斐，我是真的喜欢你啊，你别生我的气好不好……”

许斐眉心紧蹙：“你的喜欢让我恶心。”

诚然是他先找错人，但她的欺骗不可饶恕。

他从未对任何人心怀过恶意，可只要一想到因为她的欺骗，他可能再也找不到那个人，他就对面前这张脸厌恶至极。

卞桃睫毛上还挂着泪珠，不敢置信地看着他。

她不相信许斐会对她说出这样的话，他明明……明明对她那么好啊！

许斐已经不想再看她，转身就走。

卞桃一边哭一边小跑着追他：“许斐你别走，你别生气，我不是故意的，我以后都不骗你了，许斐……”

许斐一路走到路口的公交站，才停了下来。

他双唇发白，几乎是急切并慌张地拿出手机登录QQ，点开那个已经很久没有亮起的头像，颤抖着手指输入，删除，再输入，接着删除。

反反复复。

他以为卞桃是网上的“bt”，学校的流言他没有特意去否认，因为一直以为卞桃就是她。他放任了这一切，尽管他从头到尾从未对卞桃动过心。

他也不知道为什么在面对卞桃时，完全没有和“bt”聊天时的感觉，或许是因为不熟悉，所以寒假卞桃要跟着他去体育馆，他没有拒绝。开学后她让他接送上下学，他也没有拒绝。

他以为是刚见面，只是不熟……等熟了就好了。

可是没有。他找不到面对“bt”时的熟悉感，卞桃对他而言，就像一个完完全全的陌生人。

不是她。他认错了。

这个想法在脑海中疯狂滋生，迅速蔓延。无数个夜晚，他躺在床上看着手机，看着那个永远不会再亮起的头像。

是失望了吧？因为他和别人“在一起”了，所以再也不想上线了，账号也不想要了，永远都不想再用了。

她是不是每天都看着他和别人在学校进进出出？听着漫天流言时，她心里在想什么？

许斐的后背抵在公交站牌上，弯着腰急促喘息。手机从他手中滑落，砸在了地上，发出一声脆响。

一双洗得发白的板鞋出现在视野里。

手机屏幕的光渐渐变淡，聊天界面彻底泯灭与黑暗。

一只纤细的手捡起地上的手机，递了过来：“给。”

陶白伸了半天也不见他接，秀气的眉微微皱起。他不是和卞桃一起走了吗？怎么现在一个人在这里，脸色看起来也不太好。

她又往前递了递：“给。”

许斐伸手接过，声音沙哑：“谢谢。”

陶白站着没动，见他面色苍白，问：“你身体不舒服吗？”

许斐靠在站牌上，垂着眼轻轻摇头。

浑身上下都在拒绝说话。

陶白见他不想说话，脚步顿了顿，走到站牌的另一边，余光却一直落在耷拉着脑袋的许斐身上。

他现在的样子，就像一只被人抛弃的狗狗。

她心里突然就很难过。

怎么这个表情呢？为什么要这么难过呀？

真就像他们说的那么喜欢她吗？是吵架了吗？卞桃那么娇气，她会不会经常跟你闹脾气，要你哄？

……你会哄她吗？

会吧。

公交站人来人往，车来车去，身边站着的人换了一群又一群。

站牌的两边一个靠着，一个站着。

夕阳的余晖宛若世间最宝贵的金子，美丽又温暖地投洒在他们身上。

日落月升，华灯初上，斑驳陆离的霓虹在路的两旁闪烁着绚丽色彩。

许斐忽然动了一下，苍白细瘦的指尖不知不觉地点在手机屏幕上。他好似终于从某种情绪中抽离，一抬头，才发现天已经黑了。

605 的公交车停在站台，余光看见一截白色的衣角翻飞而过，一个人影跳上了公交车。

车门关闭。

车内空荡，只有一对情侣坐在最后一排。

陶白站在后门下车处，拉着扶手，看着男生垂着脑袋，朝着另一个方向走去。

公交车缓慢地向前驶去，陶白的目光一直落在那人身上，直到终于背道而驰。

拉着扶手的掌心有些硌手，她换了一只。

明亮的路灯照进车窗，光定格在了那道狰狞丑陋的疤痕上。疤痕横穿三条线，亦如她那部如今躺在抽屉里无法修复的手机，再也无法恢复如初。

陶白看了很久，慢慢收拳，垂在身侧。

又是一年高考季，去年的现在，陶白坐在教室里，喜忧参半，有对高考的向往，也有对分科的忧虑。

陶白原以为她的高中生涯会和即将踏入考场的学姐学长们一样，在一年后，在严肃紧张的考场度过漫长的两天，然后回到学校，撕碎这三年的时光，雪花纷洒，彻底解脱。

然而意外来得如此猛烈。

暑假前夕，陶白联系了霍放，跟他说想继续打暑假工。霍放很爽快地答应下来，还说给她留一个轻松的职位，不用再穿着厚重的玩偶装去发气球。

陶白拒绝了。

放暑假的第二天，陶白就去了商场报到。

一年未见，霍放比去年要成熟许多，更加英俊帅气。他看见陶白，故意逗她："寒假的时候，我就一直在等你电话呢。"

陶白对他笑了笑，有些拘束。

霍放觉得她这个笑容实在太……他该怎么形容呢？

他想起去年陶白让他帮忙下载歌曲，后来得知她喜欢的男孩儿终于通过了她，那时候她真的很开心。然而今年的她，就像一朵枯萎的花，浑身弥漫着一股枯败的落寞感。

"你看起来，"霍放皱眉，"不太好。"

陶白摇头："我挺好的。"

霍放摇头："你不好。"

陶白不想去纠结好不好这个问题，齐素和陶武现在已经不管她了，他们的忽视对她而言只有轻松，所以她很好。

霍放心知她不愿多说，他也没有窥探别人隐私的爱好。他斟酌片刻，缓声道："我给你留了一个轻松的职位，就在办公室给我当助手，你看怎么样？"

陶白在他心里就像一个小妹妹，他是真的不忍心她像去年那样，在外面暴晒两个月，暑假结束时，她整个人都瘦了一圈。

陶白不知道霍放到底是什么身份，她好几次看见他缩在办公室里睡觉、玩游戏，也没人管他，而且还有很多人听他的话。

做他的助理，每天就是窝在办公室吹空调，泡杯咖啡，递个东西，跟玩儿似的。

很轻松，但她不愿意。

霍放看着她。

陶白摇摇头。

霍放仰倒在办公椅上，看着天花板叹气："你怎么这么倔啊，怎么这么实心眼儿，穿玩偶装真的很辛苦，你干吗非跟自己过不去，在办公室里陪霍哥吹空调不好吗？"

挺好。

但是没有付出，就得到的回报会让陶白觉得不真实，她即便付出也不一定能收获相应的回报，何况是没有付出。

她要准备下学期的生活费和资料费，再累再苦她都不怕。她要好好学习，离开这里，和秋生一起去北方看雪。

陈老师说只有学习能改变自己的未来，能让她活成自己想要的样子。她想要的样子无非就是成为真正的陶白，她现在其实已经成为真正的自己了，不再期待，也不会想要通过讨好谁来换取什么，她现在已经不再听话，她已经是真正的陶白了。

至于未来，她的未来只想完全剥离这个腐朽的家，她无法改变他们任何一个人，那唯一能改变的就只有自己。

离开这里，是十七岁的陶白唯一的愿望。

所以她要好好学习，考一个能让她离开瑞阳，离开那个荒唐家庭的成绩。

为此，她不怕晒，流再多汗水都没有关系，只要这些东西能满足她离开的愿望，她都可以做到。

霍放见她直接走进更衣室，简直被她的执拗认真打败。

今年的夏天比往年都要热，日光炫目，藏在蓝精灵玩偶里的陶白细汗流淌，面色潮红。

大夏商场位处商业街，附近人流量极大，每天车来人往，唯一不变的是那个每日穿行在人流中的蓝色身影。

陶白在街上遇到过夏生和秋生几次，夏生已经忘记了去年这个时候给他送气球的蓝精灵，娇俏可爱的秋生也不知道从她身边走过的人形布偶里，装着她最好的朋友。

除了他们兄妹俩，陶白还遇见过荀旭，他和一群男生在商场旁边的游戏厅玩儿。她还看见了林娇娇，甚至还看见了好久不见的高一时的班长严曼可。

这个暑假，陶白看见了许多人，却唯独没有见过许斐。

那晚公交站台后，学校开始流传许斐和卞桃分手了。

那之后，他们再没有在学校同进同出，甚至还有人说许斐当面辟谣，他和卞桃从未在一起过。

没有在一起过啊，怎么会呢……那天你明明那么难过，她从未见过他那么失落的样子。

像个被抛弃的小可怜。

事实也证明了是流言。

8月中旬，一天的燥热退去，晚上难得凉风习习，斑驳陆离的霓虹闪烁，商业街上有很多人。

这天是大夏商场开业二十周年庆典，陶白和霍放穿着玩偶装在附近的公园发送气球。陶白是工作，霍放纯粹就是和她一起玩儿。

商场为了喜庆，用的全是大红色的气球，霍放不知道从哪个旮旯儿找了一个粉色的心形气球塞给陶白：“来，见到长得好看的单身小哥哥就送给他。”

小妹妹性格本来就腼腆，这好不容易喜欢上一个人，最后还失恋了。

街上人来人往，单身小帅哥还是很多的。

陶白看着被塞到手里的气球，一堆大红色的圆气球中间夹着一个粉色心形气球，极其惹眼。

霍放意思意思发了几个就不想动了，他取下头套坐在公园长椅上。有路过的小朋友缠着蓝精灵想要那个粉色的小气球，他在旁边看着，跷着腿，慢悠悠道：“小朋友，你还小，不能要那个。”

小朋友揪着蓝精灵的衣服，伸手够："我就要！"

霍放举着手扇风："那个是给大哥哥的，你不能要。"

小朋友不依，扁嘴就要哭："我就要，哇哇——我就要我就要。"

陶白都准备把气球给他了，小朋友的家长是个暴脾气，直接扛起小孩儿就走："不好意思啊，小孩子不懂事。"

陶白正在取线，愣愣地看着虎背熊腰的父亲把小孩儿扛在肩上，就跟扛麻袋似的大步离开。

霍放乐得不行，看着她："好了，这下可以留着给帅气的单身小哥哥了。"

圆月高悬，喷水池里涓涓细流流淌，穿着小裤衩、小凉鞋的小朋友们成群结队地跑过来要气球。胆子大的小男生伸手去戳霍放放在长椅上的玩偶头套，指着不远处的蓝色身影，天真无邪道："哥哥，我想要蓝精灵手上的粉色气球。"

霍放修长的食指竖在唇边："不可以哦。"

很多小朋友缠着他问："为什么不可以啊？"

霍放看着路过的小情侣，笑得一脸神秘："你们还小，长大了就明白了。"

都是一群乖小孩儿，要不到也没有死缠烂打，他们跑到蓝精灵身边，一人要了一个红气球就跑了。

陶白渐渐走到了喷泉池的另一边。

夏日的夜晚蝉鸣声不绝于耳，喷泉池前站着很多人，女生俏脸润红，竟然对着一个整天被无数只小脚丫踩过的喷泉池扔币许愿。

蓝精灵在原地晃了晃，笨拙而庞大的身体引来不少人注视。陶白偶尔给小朋友们递一个红气球，这边送得差不多了，她正准备换一个方向，一转身，脚步突然顿住。

公园的角落里站着一高一矮两个人，男生挺拔清俊，女生娇小甜美。相隔太远，她听不见他们在说什么，只见女生满脸急切像是在解释什么，而男生一脸冷漠，甚至面带隐忍怒气。

陶白脚步晃晃，沉重的玩偶装就像一件铠甲，包裹住她千疮百孔的心，竟然支使着她走了过去。

“许斐你再相信我一次，我保证以后再也不会骗你了。求你，求你别不理我，我是真的喜欢你啊……”卞桃哭着伸手想拉他，许斐嫌恶地避开她的手，大步往前走。

这个人用愿意告诉他“bt”是谁的借口把他骗出来，结果却一直在说些似是而非的话，许斐从来没有这么讨厌过一个人。

他错了开头，他丢了他的姑娘，而这个女生口中自以为是的喜欢和不得已，让他厌恶至极。

她居然还敢用这件事来骗他，许斐真的快要维持不住风度，他甚至很想大吼一声让她滚。

卞桃哭着跟在他身后，锲而不舍地伸手：“许斐你怎么能这么狠心？我不相信你对我一点儿感觉都没有，我们在一起的时候明明很开心不是吗？你不能对我这么狠心！”

许斐停下脚步，骤然回头，莹白的月光映着他的侧脸，阴沉可怖：“如果你现在告诉我她是谁，或许我可以不计较你三番五次骗我这件事。”

说到这里他顿了顿，眉心紧蹙：“还有，我们从来没有在一起过，那些话是从谁嘴里传出去的，我也不想再追究，但是我希望流言止步于此，我相信你不会想要见识什么才是真正的心狠。”

认错人这件事，他自己占了绝大部分错，以前的事情他不想再追究，只要她不要再来招惹他，他可以放过她。

可她不该拿这件事来骗他，许斐现在看她一眼都觉得恶心。

从来没有一个人能让他厌恶至此。

卞桃已经被他眼底深深的厌恶惊得愣在原地，眼睁睁看着他离开。

穿行在公园的小径上，许斐突然听见身后传来一声树枝被踩碎的异响，他皱着眉停下，以为那人还跟着他。

身后的人也跟着停下。

许斐满脸不耐烦地回头：“你再跟着……”他脸上的怒气一窒。

他的身后跟着一个穿着玩偶装的蓝精灵，见他发火，蓝精灵吓得往后退了两步，笨拙的身体做出这样的举动显得憨态十足。

蓝精灵手上抓着白色的线，红色的气球被晚风吹得东倒西歪，见他看过来，蓝精灵竟然笨拙地扭动身体，在原地跳起了舞。

许斐被她突如其来的举动弄得呆愣在原地。

蓝精灵在原地一蹦一蹦，时而双手叉腰扭屁股，时而踮踮脚尖，跳舞的动作又笨又僵硬，就像在极力哄他开心一般。

几个动作蓝精灵反反复复跳了很久，见他表情依旧冷淡，蓝精灵突然停了下来，脑袋歪了歪，朝他走过来。

伸出手——

许斐表情一僵。

蓝精灵伸手在他脑袋上轻轻拍了拍。

隔着手套，陶白都感觉到自己的掌心似要被灼伤，莫名地，她眼眶发热。

拍拍脑袋，不难过，不难过。

她把唯一的粉色气球递给他，然后转身走了。

许斐站在原地，愣愣地看着那个蓝色的身影快要消失在小路尽头，他心底不知为何突然涌起一股冲动，向前走了两步，想要追上去。

可就在这时，不远处突然传来一声惊恐的尖叫。

“杀人了！”

人群顿时混乱起来，尖叫声此起彼伏，四处都是逃窜的身影。

那一抹蓝彻底消失在视野中，许斐不知，这一眼，竟是隔了十年。

陶白刚出去，就被霍放拽着往人群多的地方跑。陶白一脸茫然，不知道发生了什么事。

霍放一把掀开她脑袋上笨拙的头套，满脸焦急道：“你去哪儿了？我找你半天。别乱跑，前面出事了。”

他嫌头套碍事，随手就丢到了草丛里。他拉着陶白跑得很快，人流拥挤，他们四周全是人，均是一脸慌张。

“到底什么情况啊？我听见有人在喊杀人。”

“是杀人了！我刚刚就在那边，一个女孩儿被杀了！”一个抱着孩子的中年男人急声道，脸上还残留着一丝惊慌。

“报警了吗？”霍放一只手拽着陶白，一只手抽空摸出手机。

那个中年男人死死抱着怀里的孩子，已经跑到他们前面：“有人报警了，也打了120。我们别管了，赶紧跑吧！”

陶白被霍放死死抓着，她回头看向小径，脸上有些慌张。霍放发现她有挣脱的意图，回头低吼：“这么多人我不拉着你，待会儿不小心摔倒了怎么办！现在这么乱，你忍忍。”

“他，他还在……”陶白的声音被淹没在惊慌的吵闹声中，每个人都在拼命往外面跑，她的双眼穿透人群，落在已经渐行渐远的喷泉池旁。

半个小时前，那里还围绕着一群许愿的人。

可如今，原本透彻明亮的水池被鲜血染红，水池中央浮着一个已经失去生命的少女。

身材高大的凶手手里握着染血的匕首，他面无表情地站在原地，冷眼看着四处逃窜的路人。

瑞阳市这几年治安很好，已经很久没有在人流密集处，发生这样的恶劣事件。

正在公园外面溜达的人见四面八方突然涌出一群人，都停下了脚步。

不过十几分钟，几辆警车停在了公园门口。

人群驻足，民众都听说公园里发生了杀人案。

又过了五分钟左右，一辆救护车停在了路口，几个护士抬着担架从车上下来，径直朝公园里跑去。

原本还在担忧凶手跑路的市民们，等了不到二十分钟，就看见警察铐着一个浑身是血的男人出来。

男人身量极高，他一脸平静地跟着警察上了警车，丝毫没有反抗的意思。

又过了一会儿，几个护士抬着担架出来。担架上躺着一个人，上面盖着一张白布，看不清死者，只能看见腹部位置的白布被血染红，一路滴着血水。

众人交头接耳，议论纷纷。

“听说被刺死的是个女生？”

“天杀的，他怎么下得去手！”

“是女生。”当时在现场的人声音发抖，“我就在不远处，那个男人突然从树林里冲出来，抓着那个女生连捅了好几刀。”

“天啊，怎么这么残忍？”

“是报复吗？”

“不知道，大概是有仇吧。”

大家你一言我一语，分析到最后都觉得应该是蓄意报复，因为凶手当时目标明确，也没有伤害旁人，他甚至在杀完人后也没有跑，好像就等着警察来抓他。

不是反社会，也不是精神病患者，是明显地、有目标性地报复。

因为附近出了大事，商场这边让他们提前下班。

霍放说要送陶白回去，被陶白拒绝了。

“现在已经很晚了，而且半个小时前才发生了凶杀案，我怎么放心你一个人回去？”霍放看着陶白。

陶白摇头，拿起一旁的背包就走：“没关系，打车回去。霍哥，明天见。”

霍放叹气，知道她那倔脾气，只能道：“那你路上小心点儿，明天见。”

明天见。

他们都以为明天还能再见，结果这一别就是一生。

云辉小区的门口围满了人。

陶白从车上下来，见到的就是这副熟悉场景，上次齐素和陶武打架，也是这么多人围在小区门口。

有人眼尖看见她，高声喊道：“陶白你快回家吧，你爸妈又打起来了。”

那人说完就转过了头，继续加入热聊大队。

齐素和陶武又打起来这件事，在今晚已经不再是热门话题，陶白从她们身边走过时，听见她们在说：“不知道卞律师得罪了谁……”

“是啊，也不知道是谁这么缺德，往人家门上泼狗血。”

“唉，陈老太太，你不是住卞律师隔壁吗，听说他家地上还被人用红漆写了字，这事是不是真的？”

陈老太太摇着大蒲扇，摇头叹气：“是哟。哎，律师也是高危职业，真容易得罪人啊。”她现在回想起卞家门口那个被人用红漆扭扭曲曲写的“死”字，还浑身发抖，骇人得很。

陶白站在旁边，心中突然涌起一股不好的预感。

公园里发生了杀人案，她在公园里看见了卞桃，卞桃的家被人泼了血，还用红漆写了字……她的脑中突然浮现出一张男人的脸，耳边回荡着那声阴狠的“我不会放过你的”，瞬间头皮发麻。

“卞律师他们夫妻俩怎么出去了这么久，还没回来？”

“听说是去找卞桃了，卞桃偷偷跑出去了。”

“哎哟，这么晚了，可千万别出什么事才好。”

“能出什么事啊，肯定是恶作剧。哎我说，保安室调监控，到底调出来没有啊？居然有人偷偷混进小区泼狗血他们都不知道，我要投诉去……”

陶白手指发抖，她突然疯了般，拔腿就往自家那栋楼跑去。

8 月的夜，晚风吹在脸上明明很暖，陶白却觉得浑身发凉。

她跌跌撞撞刚跑到楼下，就听见了齐素和陶武响彻整栋楼的争吵摔打声，她双腿发软，撑着墙壁往上走。

齐素尖厉的嘶吼充斥着悲戚与疯狂：“我不准你去！那是别人家的孩子又不是你陶武的！你去找什么找！跟你有什么关系？！”

“你放开我！卞桃现在有危险！”陶武抓着她的手腕，把她狠狠摔在沙发上。

客厅已是一片狼藉，新买的玻璃茶几被砸烂，尖利的角闪着耀眼寒光。

齐素疯了一般，把已经走到门口的陶武拽了回来，她抱着他的腰，拼命往后拖曳：“我不准你去，我不准你再去，陶武你不准去！！！”

她的双手就像蔓藤，攀爬在这个她爱了一辈子却怎么也看不见她的男人身上，齐素美艳的脸上交织着疯狂与绝望。陶武粗大的指节一点点掰开她细瘦的五指：“现在卞桃很危险，卞阳平在外面得罪了人，齐素你放手，我把人找到就回来。我答应你，我以后再也不去找她们，以后我们一家人好好过，只有这一次，这是最后一次。”

齐素泪流满面，她疯狂摇头，可她的力量根本无法与陶武匹敌，陶武一点儿一点儿掰开了她的手，使劲往后面一推。他抬步欲走，却听见身后发出一声闷哼，然后再也没有了声音。

钥匙钻动门孔——

陶白站在门口，还保持着推门的动作。她看着屋内的场景，脑袋轰然一炸，四肢发凉。

混乱的客厅里，齐素的太阳穴被尖利的玻璃茶几棱角刺穿，她双目圆睁，绝望和疯狂永远地停留在了她脸上。

万籁俱寂。

陶白双腿一软，跌跪在地。

2009年的8月，陶白以从未想过的方式，彻底从那个扭曲的家庭挣脱，但她没有得到解脱，齐素死不瞑目的画面永远地印刻在了她的脑海里。

她的青春，她的家庭，在她跪下去的那一秒彻底定格。

一夜之间，两个影响陶白至深的人先后死去，以同样惨烈的方式，像一道永远无法愈合的伤口，横陈在两个家庭之间。

陶武去自首了。

卞阳平收被告方好处，故意败诉的消息不胫而走，凶手就是他曾经的委托人乌荣。卞阳平和曾雨芙随之从小区搬走，再也没有人见过他们。

陶白学生时代最后一次见到许斐是在墓园里，齐素和卞桃葬在同一个地方，一前一后。

许斐穿着一件黑西装，手里拿着一束白菊花。陶白就藏在不远处，她看着少年精致的眉眼染着一抹灰败，那个曾奔跑在球场上的耀眼少年似乎再也回不去了。

许斐没有说话，他把花放在卞桃的墓前就离开了。

夕阳的余晖拉长了他的影子，他身后的少女蹲在地上，捂着嘴，泪如泉涌。

瑞阳市车站。

陶白站在车站门口，日光刺得眼睛发涩，她眯了眯眼。身旁有人走过不小心撞了她一下，她趔趄向前，一双手伸过来扶住了她。

“谢谢。”

扶住她的女生说了声不用谢，本想离开，又歪头看了看她。

“你是不是身体不舒服呀？”女生的声音像抹了蜜一样甜，陶白死灰般的眼看向她，女生朝着她笑了笑，脸颊上荡着两个能盛酒的梨涡。

陶白朝她摇了摇头，朝车站窗口走去。

女生身体娇小，背上却扛了一个大麻袋，脖子上还挂着一个背包，一百多斤的重量，她却丝毫不显费力的样子，脚步轻盈地跟在陶白身后。她从麻袋里抓了一把坚果塞给她：“姐姐，我是第一次来瑞阳，你知道去十四中，该走哪条路吗？”

此时已经是 8 月末，马上就要开学了。

陶白手里被她硬塞了一把坚果，她愣愣地看着对方，机械般说出去十四中的路线。女生一直“嗯嗯嗯”点头，白嫩的鼻尖冒着汗，听完后，她朝陶白灿烂一笑，扛着麻袋，倒退着朝她挥手：“谢谢姐姐，希望你一切顺利。”

陶白的目光落在她的背包上，上面歪歪扭扭，用蚯蚓体写着一个名字——郝甜。

陶白去窗口买票，售票员问她去哪里，她摸出身上所有的钱，买了一张十分钟后发车，离瑞阳最远的车票。

陶白闭着眼靠在车窗上，她的手旁放着一把黑色雨伞，将伴她颠沛流离，风来雨去。

这座城市让人感觉太疼了，她永远都不会再回来。

## 第十四章

# 声音好听的客户

灯红酒绿，夜色深沉。

酒吧里，戴着鸭舌帽的 DJ 站在 DJ 台上打碟，音乐声震耳欲聋。舞池中央一群男男女女举着手甩头晃脑，啤酒瓶在空中晃动，年轻女孩儿的紧身小背心被酒水洒得贴在身上，火辣的身材若隐若现，引来一群狼光注视。

贴身热舞，肆意疯狂。

迷醉的灯光打在他们身上，一眼望去，尽是疯狂。

吧台，花式调酒师正在表演，火焰喷出一丈高，引来一片欢呼喝彩。

一个身材火辣的中年女人坐在高脚椅上，她气质优雅，右鼻翼处长着一颗黑痣，脸上清冷的妆容给人一种距离感，但整个人性感无双。

她对面的沙发上，坐着一个穿着火红长裙的年轻女人。

女人双腿交叠，白皙的指间夹着一根香烟，她半张脸隐于黑暗，艳红的双唇偶尔呼出一团烟雾。

沃梦环胸的左手懒洋洋地托着右手手肘，张嘴打了个哈欠。

年纪大了，越来越经不起熬夜。

年轻女人身体前倾，露出那张被烟雾笼罩的精致面容。她伸长胳膊，把手中的烟蒂碾在烟灰缸里，起身："困了就回去休息。"

沃梦有些扛不住，接二连三掩唇打了好几个哈欠。她有些细纹的眼角噙着泪，假意客气一番：“我回去了，你一个人没问题吗？”

懒得搭理她，年轻女人走到吧台，整个人彻底暴露在灯光下。

她长得极美，是一种难以用语言形容的惊艳，尤其是那双勾人心魄的丹凤眼，仿若展翅欲飞的凤凰。

她的面色却极冷淡，对周遭的打量视若无睹。

沃梦在心里“啧”了声。

谁能想到当年那个差点儿死在街头的小可怜，如今竟活成这般惊艳模样。

世事难料，比如我居然都开始长皱纹了？

她摸着自己的眼角，十分忧伤道：“你明天是不是要去那边？”

陶白接过调酒师递来的鸡尾酒，白皙的手指捏着杯柄轻轻摇晃，淡蓝色的液体被灯光照得如梦似幻。

她眼眸低垂，长而卷的睫毛像两柄小刷子轻轻扇动。她抿了一口鸡尾酒，点头道：“明天休息，我过去看看师父。你要和我一起去？”

陶白的师父陈笃清是位雕刻大师，陶白这些年一直在跟他学艺。不过老头儿脾气不好，更不待见沃梦，沃梦也不想自讨没趣。

沃梦仰头灌了一杯烈酒，把酒杯往桌子上一搁，提起就来气：“我去上赶着找骂吗？你明天帮我带点儿东西过去，反正我不去。”

陶白侧头看她，提醒道：“明天周末。”

“周末又怎样？”

“你们俩就是互倔。”陶白摇头轻笑，“师父什么脾气，你又不是不知道。”

这个话题让人头疼，酒吧老板娘沃梦任性地丢开陶白，转头就和认识的常客聊了起来。

沃梦也不困了，俨然一副夜场女王不知疲倦为何物的模样。

不时有人端着酒杯前来搭讪，陶白委婉地拒绝。

她摇着鸡尾酒，全程清醒地看着舞池中迷失的人。

凌晨两点，卡座上躺着几个醉得不省人事的小女生，身边还没有朋友照看。

一个戴着眼镜的中年男人端着一杯酒，走到其中一个女生身边坐下，低声和对方说着什么。女生酡红的脸上露出不耐烦的神情，试图推开对方，然而手腕却被男人一下子抓住。

下一秒，冰凉的酒杯强行抵在了她的唇齿间。

见此场景，陶白皱了皱眉，把酒杯放在吧台上，身姿婀娜地走了过去。

男人费劲儿地揽着女生的腰，面带微笑好似在劝酒，手中动作却十分粗鲁。

本就醉醺醺的女生推托不开，硬是被他灌了两杯酒，神志越发模糊了。

男人唇角勾起一抹坏笑，揽住她的腰就要把她抱起来。

陶白拦在他面前，双手抱胸，语调慵懒：“这位先生，你要把我的客人带去哪儿？”

有认识她的熟客意识到了什么，脸上都带着看热闹的表情。

男人脸色僵了一瞬，然后瞬间恢复过来。他笑道：“我朋友喝醉了，我带她回家。”

“她是你的朋友啊？”陶白拉长语调。

男人明显是惯犯，脸不红心不跳地点头：“我们一起来的酒吧，她喝醉了，我现在要带她回家。”

边上不少人都在笑，笑声越来越大。男人强作镇定地看着面前的女人，眼中闪过一抹淫猥。

他在夜场混了这么多年，还是第一次见到这么极品的女人，简直就是一个尤物。

陶白懒得再跟他废话，招了招手。

两个身高一米八几的黑衣大汉从人群里走了出来，一左一右站在她身边。陶白指着那个一脸猥琐的男人，满是嫌恶：“把他给我丢出去，以后谁再把他放进来，奖金全扣，工资减半。”

男人的脸色一变，下意识后退。

可惜他身后站满了看热闹的客人，去路被断，根本逃不出去。一个黑衣大汉上前抓住他的胳膊，另一个看似凶狠的大汉却轻柔地把女生从他怀里抢回来，放在沙发上，甩手把他揍得一个趔趄，摔倒在地。

细长的高跟鞋踩在他的手背上，那个在他眼中比妖精还要迷人的尤物，此时一脸冷漠地看着他。

“啊——”他痛得大吼，挣扎的身体却被一旁的两个大汉制住，只能被动忍受手背上的剧烈疼痛，他感觉自己的手都要被她踩穿了。

“疼啊？”陶白弯下腰，“来我的地盘还想做这种事？”

男人面色涨红，他从那个女生进酒吧就开始关注她了，知道她自始至终都是一个人，所以他才敢下手。

这样喝醉的独行小女生最好下手，他从来没有失过手。

又细又尖的高跟移了移，踩在了他的手指骨上。

男人痛得失声尖叫，边上围着的客人也在尖叫。他越惨，他们叫得越兴奋：“居然是个惯犯，不是东西的玩意儿尽祸害人。白姐，把他手踩穿！”

“踩什么穿？我们这儿可是正经店。”陶白看了起哄的那人一眼，周遭的不少人都笑出了声。

谁不知道你啊，比谁都狠。

陶白朝那两个大汉使了个眼色，把脚移开：“送警察局。”

两个大汉一人抓住男人一只胳膊，拖着就往酒吧门口走，任他吼得撕心裂肺。

陶白没再管之后的事，她看了眼沙发上的女生，翻开她挎在身上的包，从里面拿出手机。

恰好此时有个电话打进来，她点了接通，雷厉风行道：“你朋友喝醉了，地址 405，快来把人给我接走。”

说完她就把电话挂了，把手机塞回醉酒女生的包里。

半个小时后，一个二十岁左右的男生急匆匆跑进酒吧。有人上前询问，然后就把他带了过来。

男生一眼就看见了躺在沙发上的女生，脸色顿时一变：“小芝！”

陶白跷着二郎腿坐在女生旁边，再次从她包里拿出手机，对他道：“打个电话进来。”

男生连忙摸出手机，打了个电话过去。

陶白看着手机来电显示，嗯，确定是之前打电话的男生，而且备注亲昵，

“那头猪”就很有画面感了。

陶白把手机丢到女生身上，起身离开。

“那个……”男生看着她的背影，“谢谢。”

陶白头也没回。

周围有人把先前发生的事跟他说了，男生看着躺在沙发上的女朋友，脸上的表情非常难看。他掐着她的脸，气得不行：“到底谁是猪？吵完架就背着我来酒吧买醉，谁教你的坏习惯！”

他简直不敢想象，要是没有被人拦住，那后果该有多严重。他现在无比后怕，十分感激那个态度冷漠的女人。

酒吧彻底冷清下来，已经是凌晨四点。

沃梦不知道什么时候溜了，陶白提着她放在吧台的礼物，裹上风衣，离开酒吧。前脚刚迈出大门，就看见一个男孩儿蹲在酒吧对街，正满脸不爽地看着她。

陶白挑眉。

男孩儿横眉竖眼，一脸烦躁道：“你还知道下班啊！”

他踢了踢蹲麻的双腿，骂骂咧咧走过去，抢过她手中的东西。打开看了眼，都是一些老年人的补品，顿时没了兴趣。

陶白伸手摸了摸他的胳膊，一片冰凉，也不知道他在外面等了多久。她脱了风衣递给他，男孩儿差点儿跳起来：“谁要穿女人的衣服！我不要！”

“小孩子家家，哪儿来这么多瞎讲究。”陶白伸手在他脸上掐了一把，回酒吧找了件外套丢他头上，“什么时候来的？”

“刚刚。”他嗅了嗅外套，闻着没异味儿，才不情不愿地穿上，“沃梦那个老女人是找不到人了吗，她干吗老让你给她守场子？”

陶白伸手揽住他的肩膀，马上就要十六岁的大男孩儿居然还没有她高，这生长趋势真让人忧心。她拍了拍他的胳膊，教育道：“小墨，以后不准再那样说沃梦，要有礼貌。”

老女人什么的，简直就是在往一个美了一辈子，最后却败在岁月上的漂亮女人心尖捅刀子。

这话要是被沃梦听见，这臭小子准要被揍一顿。

陶墨才不怕沃梦，但也没有反驳，他一向听他姐的话。

街上卖早餐的店已经开门了，姐弟俩去吃了早餐，然后才慢悠悠回家。

他们住的地方是一个已经有了些年月的老小区，早起晨练的老人聚在健身区，一路都有人和他们姐弟俩打招呼。陶白不复之前在酒吧的生人勿近的模样，脸上带着浅淡笑容，与街坊邻居们相处得极好。

"陶白，你也管管你家陶墨啊，这臭小子偷偷把我家猫抱去做了绝育，现在我家花花看见我，就跟看见仇人似的，见一次挠一次。明明带它去做绝育的是陶墨，它恨我干啥，这不是恨错仇人了吗？"一个老太太抱着一只橘猫走了过来，橘猫胖乎乎的身体蜷缩在她怀里，闻言抬头冷冷地扫了她一眼。

陶墨冷哼一声，抬头望天。

陶白笑眯眯地看着老太太怀里的橘猫："阿婆，我看花花做了绝育，精神看起来倒是比以前好多了。"

花花是一只流浪猫，阿婆心好，捡回家养着，她就住在陶白他们家隔壁。陶墨从同学嘴里知道要给猫做绝育，回家后告诉了阿婆，但老人家不知道这些啊，听他说后连声拒绝，觉得太残忍了。

有几晚花花叫得实在难受，陶墨就偷偷把猫抱去医院，做了手术。

阿婆知道后，她家花花已经摇身一变成了猫太监。

"是好多了，晚上也没有叫了。"阿婆和陶白聊了两句，不想看见陶墨这混小子，绕过姐弟俩，抱着花花去遛弯了。

等人走远，陶白回头，陶墨提着东西，撒腿就跑。

"陶墨！你给我站住！"

陶白追到家，正好看见换了一件外套的陶墨踩着窗沿，正准备翻窗跳花园。她又气又急，怒道："陶墨你给我下来，我说过多少次了不准翻窗！"

陶墨耳朵上挂着黑色口罩，衣摆被风吹得扬起，他直接一跃从窗口跳了下去。陶白冲过去趴在窗口往下张望，陶墨身姿矫健，撑着小花园的墙壁翻身而下，他站在墙头回头朝她摆手："姐，我去打工了。"

"陶墨！"

陶墨从墙上一跃而下，转眼就不见了身影。

陶白气得在窗上拍了一下，转头却看见餐桌上放着几盘被保鲜膜封好的新鲜饭菜，怒火霎时烟消云散。

姐弟俩相依为命多年，陶白平时忙，家里的家务活儿基本是陶墨在做。她看着被收拾得干净整洁的客厅，花浇了水，阳台的衣服也收了，就连卫生间都拖得一尘不染，心里十分熨帖。

她把饭菜放进冰箱，去了陶墨的房间。

全世界的男生都有一个通病，不爱收拾自己的屋子。墙上贴满了篮球巨星科比的海报，运动服挂满衣柜，各种男生喜欢的运动装备丢了一地，被子乱糟糟踢成一团，袜子丢得到处都是，书本新得就跟没翻开过一样。

陶白把被套拆了，从衣柜里拿出新的套上。

收拾陶墨的房间就用了半天时间，等闲下来已经是中午十一点。陶白把陶墨昨晚做了没动过的饭菜用微波炉加热，随便吃了两口，洗了个澡就去睡了。

一觉睡到下午两点。

陶白随便收拾了下，提着沃梦让带的礼物，坐车去了师父家。

师父住在郊区，坐车要两个多小时，陶白到时已经是五点半。

出租车停在大马路上，陶白拎着东西下车。夕阳西斜，她漫步在阡陌纵横的小路上七拐八拐，最后停在一处三进小院的大门前。

小院背靠大青山，风景优美，宛若一卷山水画。

一墙之隔的院子里有狗在叫，不一会儿，大门响起一阵窸窸窣窣的声音。下一秒，一个黑黑的狗脑袋从门缝里挤了出来，撒欢地朝她扑来。

“汪！”

陶白蹲下身摸了摸它的脑袋：“大黑，师父呢？”

大黑吐着舌头往她怀里拱，然后朝着后山的方向吠了几声：“汪汪！”

陶白把东西提进去放在堂屋，去房间换了一身麻布衫，踩着一双布鞋，背着背篓就和大黑一起上了山。

大青山是关丘的一座名山，山很大，延绵数万里。

传言深山中有猛禽，但是真是假无人得知，外人也只敢在外围活动。

陈笃清没事就爱上山溜达，找点儿山货消磨时间，偶尔运气好，能找到一根不错的木头。

巨树遮天，山中很是清凉，大黑跑在前面，陶白跟在它身后。

精神抖擞的老头儿正在地上捡板栗，突然听到一声熟悉的狗叫声。他直起身子，往后瞅了一眼，两绺长胡子一抖一抖。

陶白叫了声“师父”，慢悠悠走了过去。

“你怎么来了？”老头儿看着她。

陶白把背篓放下，蹲在地上，帮他捡板栗：“周末，过来陪陪您老人家。”

大黑最怕这种圆圆的刺球，吐着舌头，一下子蹿出去老远。

每周周末陶白都会过来，基本是早上，下午过来只有一种情况。

陈笃清见她一脸掩饰不住的倦意，明显是睡眠不足。他表情有些难看，拎着背篓就走：“谁要你陪？我一个人不知道多自在。”

说生气就生气，她看着他的背影，提高音量问道：“板栗不要了？”

“不要了！”

“哦。”

陶白不管他，慢吞吞地把地上的板栗捡完，然后下山。

大黑没心没肺地在树林里蹿来蹿去，这里咬两口，那里闻两下，顺便抬腿在自己心仪的树上撒尿做标记。

回到家，见师父坐在堂屋，表情不是特别好看。

陶白放下背篓，乖乖地走到他面前。

陈笃清指着桌上放着的补品，从鼻子里发出一声冷哼，十分不屑地问：“这是你买的？”

陶白摇头道：“沃梦买的。”

陈笃清拎着东西就要扔出门，陶白连忙拦住。师徒俩大眼瞪小眼，陈笃清气道：“那个女人是不是又让你去那种乌烟瘴气的地方了？”

“师父……”陶白无奈地看着他，“我只是去帮忙看一看。”

“看什么看？她是找不到人吗？她不是很能耐吗？”陈笃清气得一拍桌子，“我打死都不会吃她买的东西，也不会让她登门。你让她死了这条心吧！”

说完，他气冲冲地走了。

陶白揉着太阳穴，弯腰把补品捡起来收好。

她把板栗倒在地上晒着，去菜园子给菜浇了水，洗干净手，换了一双拖鞋，跟着去了工作室。

六七十平方米的工作室十分宽敞。

好几件精美的艺术品，被陈笃清丢垃圾似的随手丢在桌上。陶白把它们挨个儿安放好，忍不住吐槽："师父，你能不能好好爱惜一下自己的作品，不要每次都乱扔。"

"废品有什么值得爱惜的，反正都要扔。"陈笃清戴着眼镜，握着一块小木头专注雕着，语气毫不在意。

"只有您才觉得那是废品。"

陶白拿起桌上那个栩栩如生的"嫦娥飞天"细细观摩。原木虽然采用的是沉香木的边角料，但木纹细密，纹理十分漂亮，角料虽有瑕疵，但在师父出神入化的雕功下却瑕不掩瑜。而这般精湛到几乎完美的作品，在师父眼中竟然只是一件失败品，尽管知道他在细节方面有多苛刻，陶白还是有些咋舌。

"只要有一点儿瑕疵，都是一件失败品。"陈笃清皱眉道。

陶白每次听见这句话，心中都无比震动，她师父把日子过得有多糟糕，他对木雕的要求就有多苛刻。

在陶白心里，她师父陈笃清就是国家级别的工艺美术大师。当然，她师父自己不承认也不稀罕什么称号，他说以他老人家的成就与名气，仅仅一句大师岂不是配不上他。

嗯，老头儿骄傲着呢。

陈笃清工作起来，可以不吃不喝不眠不休，这几年还好，有陶白管着。早些年，要不是沃梦三两天过来看他一眼，老头儿估计就直接饿死在了工作室。

师父在忙，陶白也没有打扰他。她放下手中的木雕，转身去了隔壁。

工作室隔壁是收藏室，里面放着好几件做工精美、零瑕疵的平面浮雕成品，山水人兽齐全。除此之外，旁边的壁柜里整齐摆放着大大小小的创意根雕作品，其中一套十八罗汉和仙雾缭绕的西王母下凡最为打眼。但最完美的还属收藏室中央那一米高的龙凤争霸，龙鳞凤爪，细节无一不考究，栩栩如生之态，让人仿若置身天地，唯有面前争霸的两只神兽。

心灵震撼何止一二。

这些都是师父这些年比较满意的作品，外界出高价，他都不卖。

陶白例行进去检查了一遍，没发现问题，然后回了工作室。

陈笃清背着手蹲在地上，穿着布鞋的脚踩在一根圆木上。听见脚步声，他头也没回，问道："你是不是缺钱？"

陶白从旁边的工具箱里拿出一把雕刀，随手捡了块他丢在地上的边角料练手感："不缺啊。"

"你怎么可能不缺钱？"他对这个回答不太满意，徒弟缺钱的印象深深地印刻在了他脑海里，"你不是还要养一个小子？半大小子，吃穷老子。你缺钱。"

有一种缺钱，叫师父觉得你缺钱。陶白懂了，他老人家根本不在乎她的回答，总之她缺钱。

陈笃清眼神飘来飘去，一副为徒弟打算的样子："我手里有个活儿，对方报价不低，你看你要不要接？"

陶白一听就明白了，无奈地看着他："师父，人家找的是你吧？"

"找我怎么了！我哪有时间给他做什么老寿星抱寿桃，还要把老寿星雕成他外婆的模样，我才不想整天对着一个满脸褶子的丑老太太。"陈笃清摆手，"我不干我不干，我这辈子都不想再见到郁小花那张脸，让我给她雕寿礼。呵，想得倒美。"

这语气一听，就是熟人找上了门。

陈笃清的手艺师承何处无人得知，对他不熟的人看见他的作品，顶多感叹一句大师就是大师，但只有圈子里的人才知道这老头儿到底有多厉害，他的大名莫说响彻国内，便是国外也有不少人慕名前来，想要收购他手上的那套十八罗汉和龙凤争霸，出的价格高到让人咋舌。

陈笃清这些年只爱雕大件，小东西他都不放在眼里，什么老寿星抱寿桃，出再高的价，也请不动他老人家。

虽然他老人家不干，但他老人家有个徒弟啊，他徒弟深得他老人家真传，于是他先斩后奏，直接把徒弟的手机号码给了找上门来的老友外孙。

陶白听他说完，一脸无语。

敢情问她缺不缺钱，铺垫了半天最后是这个意思。

老友的外孙他不好拒绝，但他又实在不想亲自动手，于是就把这个皮球踢给了自己的徒弟。

陈笃清生怕她拒绝，直接挥手把她赶了出去："师父我饿了，去给我做点儿吃的！"

"师父你还讲不讲理了。"

"我饿了。"

"……"

"要面条，软一点儿，硬了嚼不动！"

陶白去他心爱的菜园子拧了两把青菜，从冰箱里拿了两个鸡蛋，给他做了一碗番茄鸡蛋面。

从厨房出来，天已渐渐暗沉，她去院子里给陶墨打电话。

电话断了两次，都没人接听。

漆黑的巷子里，几个男人手里拿着棒球棍，看着被逼到角落的男孩儿，嘿嘿直乐："你跑啊，怎么不跑了？"

陶墨嗤了声，他身上已经挂了彩，但那张帅气的脸完好无损。他靠在墙上，气焰嚣张地冲他们竖了个中指，喘着气道："你哪只狗眼看到你爷爷我跑了。"

为首的男人脸上有一道疤，笑起来分外不善。他扯了扯嘴角，扭头问身后的兄弟："小乞丐的嘴还是这么欠啊，兄弟们，揍不揍？"

"揍！"

"穿上衣服就当自己是个人了？"

"嘿嘿，咱们这么多年没见了，怎么见着哥哥们就跑呢？难道忘了我当年还请你吃过肉包子？"

一群人哈哈大笑，为首的刀疤男反手就是一棍子朝陶墨砸去。

陶墨面色不变，单手抓住他砸过来的棒球棍，抬起就是一脚踹在他肚子上。抢了他的棒球棍，他像头不怕死的小狼崽，一脸凶狠地朝他们砸去。

巷子里顿时响起一阵叫骂和棍棒敲打在身上的闷哼声。

一辆黑色的卡宴缓停在路边，驾驶座的车窗开着，一只骨节分明的手握着方向盘。男人英俊绝伦的侧脸微垂，右手正在输入手机号。

就在这时，副驾驶的门突然被人从外面拉开，一个裹挟着寒风的男孩儿蹿了进来，猛地摔上车门，头也不回地冲他吼："快开车！那几个王八瘪犊子要追上来了。"

男人抬起头，扫了一眼浑身狼狈的男孩儿。从后视镜里，他看见一群人手里拎着棒球棍追了上来，他挑了挑眉，启动车子，一下子蹿出去老远。

陶墨摇下车窗，伸出手朝那群傻子竖起两个嚣张的中指："一群大傻子，让你们追我，来追啊，我就在这儿，你来追啊。"

"有种别跑。"那群人边追边吼。

"你瞎啊，我哪里跑了，我是坐着的！"

街景急退，陶墨骂骂咧咧问候了他们老祖宗几句就缩了回来。他搓着后背和胳膊，疼得龇牙咧嘴，扭头正想对旁边的司机师父道谢，却在看见对方的脸时愣住。

极品男人啊。配我姐可还行。

陶墨上上下下把他打量了个遍，第一句话就是："哥，你有女朋友吗？"

卡宴哥那张脸，以陶墨语文考试从来没及过格的文化水平实在不知道怎么形容，但他长这么大，还是第一次见到长得这么自私的男人。

帅得太自私了吧，能不能考虑一下他们的感受？

男人把车停在前面路口，侧首看向坐在副驾驶的男孩儿。

陶墨一点儿都不见外，冲他咧出一口大白牙："哥，实不相瞒，我家有个适龄的姐姐，长得就跟天女下凡似的。我觉得你俩简直就是天造地设的一对，毕竟现在长得像你俩这么自私的人已经很少了，一个不给女人活路，一个把男人逼入绝路。既然上天让我们相遇，要不……"

"不。"男人声音磁性，漂亮的桃花眼上挑，无情地打破男孩儿喋喋不休的幻想，"哥哥有喜欢的人了。"

说完他指着外面："下车。"

陶墨人生中第一次吹彩虹屁，居然以失败告终，他对这个结果非常不满意。他自信地认为，这个男人存在在这个世上的意义，就是为了和他姐谈恋爱。

他死死抱住车椅背，小嘴跟炮似的噼里啪啦一通响：“哥，救命之恩无以为报，只能让我姐以身相许。你见过仙女吗？没关系，今天之前的你没有见过，今天之后的你即将见到。”

男人熄了火，手指在方向盘上点着，成熟男人的气势压迫，顿时让陶墨有些窒息。

他看了眼男孩儿胳膊上的伤：“被人揍了？”

陶墨别扭地动了动，撩起胳膊搓了搓，冷哼：“他们也没讨到好。”

放松下来，他才感觉浑身都疼，被棒球棍打到的地方已经一片青紫，看着十分骇人。

陶墨低声咒骂了一句。

男人上下打量他：“浑身都受伤了，脸还完好无损，小朋友很在乎容貌啊。”

陶墨顿时一脸紧张地掰过车上的镜子照了照脸，确定没有受伤后，才松了口气：“你不懂，等你家里有个凶巴巴的女人整天对你虎视眈眈，你就不敢带伤回家了，念都念死你。”

“凶巴巴的女人？”

“……”

“你的仙女姐姐？”

陶墨的眼睛滴溜溜转，盯着车顶吹口哨。

附近正好有个医院，男人把车开到医院门口，问他：“身上带钱了吗？”

这点儿伤，陶墨完全没放在心上，奈何方向盘在别人手里，车又不听他的话，只能被带到医院。他在裤兜里摸了半天，才掏出五十块钱：“带了。”

男人直接从自己的钱包里抽出十张一百塞到他怀里：“自己去挂号找医生，我还有事，就不带你去了。”他探身过去打开车门，示意小鬼下车。

陶墨在他的注视下委委屈屈挪下了车，等车门被关上，他再想拉，已经拉不动了。他趴在紧闭的车窗上拍打：“哥，哥！你给我这么多钱，我多不好意思啊，你给我留个手机号，我赶明儿加微信给你转账！”

许斐垂着眼，把先前未输完的最后几位数输入进去，然后点了拨号键。

男孩儿还在车门上拍着，一张脸被挤得面目全非，两个大鼻孔印在车窗上，嘴里还嚷嚷着什么。

电话响了几声就接通了，对方的声音轻柔悦耳：“抱歉，请稍等一下。”

许斐举着手机看了眼，里面片刻噪声后，对方的声音再次响起：“是那位想做寿礼的客人吗？”

男人磁性的嗓音透过电话，清晰地传入耳中：“是。你好，请问怎么称呼？”

陶白微怔，显然没想到对方的声音如此动听。她感觉耳朵痒痒的，捏了捏耳垂：“我姓陶，关于寿礼的细节方面，电话里可能说不清楚。如果您方便，我们约个时间见面详谈。”

许斐非常欣赏对方雷厉风行的行事风格，他瞥了眼外面还扒拉着车窗嗷嗷叫的男孩儿，低声道：“陶小姐，后天你有时间吗？我只能在关丘待十天，如果可以，我想在这段时间把细节敲定。”

“没问题。”对方爽快道。

许斐这次来关丘，一是为了外婆的寿礼，二是大学同学结婚，他正好回国，答应对方来参加婚礼。

今早登门拜访，陈老爷子虽然拒绝了他的请求，却一脸得意地把他徒弟的作品展示给他看，暗示他若愿意，可以把自己的徒弟介绍给他。

作品确实非常惊艳，许斐其实对这方面没有太大研究，之所以找到陈老，是因为他家老太太这辈子只喜欢陈老的作品，还有就是名气。

名气这个东西，本就是用实力千锤百炼出来的。

国内木雕大师不少，与陈老齐名的也有两位，但他最后依旧毫不犹豫地选择了陈老的徒弟。

无他，实在是作品太过惊艳，满满的灵气，带给他的心灵冲击，甚至比陈老那套龙凤争霸还要强烈。

见面时间约定在后天下午，陶白保存了对方的手机号，备注时随手打了个“声音好听的客户”。

嗯，反正谁也看不见，怎么高兴怎么备注。

她这些年唯一学会的就是一个自在。

第二天早上，陶白六点就起床了。

她做好早餐温着，就带着大黑出去遛早弯儿。

大院背靠大山，清晨的空气清新得仿佛能洗涤心灵。后院有一片竹林，是很多年前师父亲手栽种的，那时候他还有点儿附庸风雅，整日把君子当如竹挂在嘴边，还特意雕了一张木桌在竹林中喝茶，逼着陶白去学古琴弹给他听。

陶白没那天赋，古琴学得一般，倒是二胡拉得不错。

大黑在竹林间跑来跑去，张着大嘴打哈欠。

陶白朝它招招手："大黑，饿不饿？"

大黑仰着头叫了一声："汪！"

"行，回家吃饭。"一人一狗遛了一圈儿回来，师父已经起床，正在给他心爱的菜园子浇水。

师徒俩和一条狗吃完早饭，接下来一天，陶白都在工作室待着。

太阳西斜，陶白才从工作室出来。

给老爷子做了一顿丰盛的晚餐，陶白回屋换了衣服，出来就见到他臭着脸，坐在堂屋的椅子上，问："要走了？"

陶白"嗯"了声："过两天就来。"

"别过来，吵死了，让我一个人待会儿。"

"我哪儿吵您了？"

"你没吵，大黑吵。它就知道你疼它，你一来就撒欢儿闹人。"

陶白知道他嘴硬心软，明明就很喜欢热闹嘛。

她也不拆穿他，弯腰换鞋道："知道了。你一日三餐要记得准时吃，到点我会给你打电话。"

"年纪轻轻怎么这么多话。"老头挥手赶人，"走走走，赶紧走，烦死了。"

"补品我给你放在柜子上了，你自己看着吃。"

"都说了我不吃她买的东西！！"

陶白弯腰摸了摸大黑的脑袋，不搭理他："看好师父，到点就叫，不吃饭就把他衣服咬烂。"

"汪！"大黑叫了声，也不知道听没听懂。

"快走快走，不想看见你了！大黑，送你姐姐去马路打车。"

……行，上次她是大黑的妹妹，这次又成姐姐了。

陶白被听话的大黑送到马路，它蹲在一旁陪她等车。等车来了，见着她上了车，才慢悠悠往回跑。

陶白没回家，直接打车去了酒吧。

车停在酒吧门口，她付了钱下车。径直去了休息间，陶白换了一身衣服，刚化完妆，沃梦就推开了休息间的门，目标准确地找到沙发，倒在上面。

"老头儿这次有没有把我的东西扔出来啊？"沃梦打了个哈欠，揉了揉眼角细纹，傲人的胸脯一起一伏。

"收着呢。"陶白对着镜子涂口红，"师父嘴硬心软，你又不是不知道。"

"那是对你。"手臂搭在双眼上，遮住头顶的强光，沃梦轻笑，"对我，那心是真硬。"

陶白抿了抿唇，正准备说话，就听见她说："我害死了他儿子啊……"

她瞬间哑了声。

沃梦是陈笃清的儿媳妇，但两人的关系却势同水火。当然，这是单方面的，沃梦这些年一直在尽力弥补，只是效果甚微。

陈笃清唯一没把她赶出家门那次，是她当年带着陶白上门。老头儿这辈子有两个遗憾，一个是自己的儿子不喜欢木雕，还有一个就是怕到死，都找不到一个继承人，让自己一身手艺得不到传承。

他的儿子间接因沃梦去世，沃梦却把陶白带到了他身边。

他们俩的关系僵持多年，即便陶白从中做了许多努力，也没有改变多少。

马上就是4月了，4月5日，是沃梦的生日，也是陈怀宁的忌日。

难怪她今晚格外敏感。

外面有人敲门找陶白，有两个包间的客人发生了冲突，需要她出面解决。

陶白带着五六个高大的男人，推开闹事包间的门。

包间里一片混乱，音乐开得很大声，桌椅凳子摔了一地，两方人还在扭打。

陶白让人关了音乐，拿起桌上的啤酒瓶，狠狠砸在地上。

一声脆响，碎片溅了一地，划破了陶白穿着高跟鞋的脚背。她迈着优雅的步伐，走到包间正中间的沙发坐下，双腿交叠，拿过桌上的烟盒，抽了一根出来点上。

打架的人都安静了下来，看着她。

陶白单手抱胸，夹着烟的手掌心朝上，露出那道狰狞难看的疤痕。她轻笑："打啊，怎么不继续打了。"

四五个男人围在她身后，她宛若一个女王，迫人的气场让准备说话的人，都下意识住了口。

"酒吧规矩，东西损坏一件，照价十倍赔偿。"她让人拿来了计算器，白皙的手指在数字键上按了一串数字后直接乘以十，然后把得出七位数结果的计算器丢在玻璃茶几上。沉闷的撞击声让在场的人心里一紧，"这是这个包间目前需要赔偿的金额，隔壁包间我还没算，所以我就先给各位老板鼓个掌了。感谢你们慷慨解囊，请你们再使点儿劲儿努力砸，最好把酒吧给我拆了，小店就指望各位老板的暴力吃个饱饭，谢谢。"

说完她轻轻鼓了鼓掌，她身后的保安们跟着鼓掌。

包间里顿时掌声雷鸣。

闹事的两伙人都蒙了。

"打啊。"她懒洋洋地看着他们。

谁要打啊？！

包间里如火的氛围瞬间冷却，两伙人赶紧分开，泾渭分明，中间恨不得再划条三八线。

都是经常来405玩儿的公子哥儿，没谁缺钱，也都强横霸道惯了，经常一言不合就开干，可他们再浑、再厉害，却没人敢对面前这个女人的漫天要价有丝毫意见。沃梦那个老女人的人脉广得难以想象，他们今天要真把她店给砸了，那就不是简简单单赔点儿钱那么简单。

他们有些上头的酒意也被你一拳我一拳揍没了，这会儿酒醒三分，顿时有些后悔。

陶白看着他们问：“不打了？”

那群人不说话。

她拉长音调“哦”了声，起身。

留了几个人在包间守着他们赔钱，陶白想着心情不好的沃梦，打算回去陪她。

酒吧包间的走廊弯弯曲曲，灯光昏暗，不是常客很容易绕昏头。

高跟鞋在光滑的地面上踩出清脆响声，陶白面容冷淡地走在走廊上，拐过一个弯。正前方，一个穿着西装的高大男人背对她，正在打电话。

“没看见工作人员，嗯，这里太绕了。”男人抬头看了眼对门的包间号，“A625，离 B868 多远……你就在旁边？”

陶白路过他身边时，恰好听见最后一句，想要上前询问是否需要帮助的心立马淡了，目不斜视地从他身边走过。

这时，在她右前方的拐角处，迎面跑出来一个年轻英俊的男人。

男人见到她，面上闪过很欣赏的表情，却在看见她身后的人时，脸上扬起一抹笑。

他扬手，与陶白擦肩而过，悦耳的声音却宛若一柄利剑，直直穿透陶白的耳膜。

“许斐！”

陶白脚步猛地一顿，浑身僵住。

许斐。

这个名字无异于像一颗炸弹投入深潭之中，水底已经掀起一股能毁灭一切的漩涡，可水面却只荡起浅浅波纹。

陶白抬在半空的脚一点一点，缓慢地，落在了地上。

被酒瓶碎片不小心割出一道伤口的脚背，忽地冒出一滴血珠，顺着脚面滑落，浸入高跟鞋中。

“哈哈，好久不见啊，什么时候回国的？”

“前两天。”男人的声音磁性悦耳，让人心尖都跟着发颤。

“走，老周他在包间等着了，你不知道他……”

说话声渐行渐远，最后彻底泯灭于震耳欲聋的音乐声中。

陶白扶住旁边的透明玻璃墙，慢慢地蹲了下去。

有工作人员端着酒路过，见她蹲在地上，连忙小跑过来，问她是不是哪里不舒服。

陶白脑袋埋在双膝上，声音沙哑：“别管我。”

## 第十五章

# 只对一人心动

许斐跟着戚宣一起进了包间，偌大的包间里只坐着一个男人。

周竟见到他，拎着酒瓶摇摇晃晃起身，明显已经喝了不少：“老许，老许啊……我要结婚了！”

许斐笑道：“恭喜。”

“老戚，老许，还有我，咱们仨……嗝，没……没想到最先结婚的是我，真的，我做梦都没想过这么早结婚，可我就遇上我媳妇了，我媳妇是真的好啊，老许你替兄弟开……开心吗……”周竟已经喝上了头，说话语无伦次，拎着酒瓶咕噜噜灌了两口，一抹嘴，竟然哈哈大笑起来，“我要结婚了！！”

戚宣真怕他摔了，伸手把他推到沙发上坐下：“我说你这告别单身的派对未免太寒碜人了，就我们三个。”

“三个怎么了！”周竟的大舌头都快捋不清了，“我最好的兄弟就你们俩，我就想和你们说说心里话……”

周竟和戚宣是许斐在国外念大学时认识的最投缘的朋友，周竟当年就是个花花公子，半个月前，突然打电话通知他要结婚了，说实话，许斐还挺吃惊。

许斐和他们碰了碰杯。

周竟抱着酒瓶牛饮：“你们不知道，我以前想都没想过结婚，只要一想到要跟另外一个人过一辈子，我就恨不得民政局原地爆炸。可命运就是这么神奇，就猝不及防遇上了，就这么遇上了，我现在就怕我媳妇嫌我腻歪，不想跟我过一辈子，什么怕结婚？屁！我就要娶我媳妇！”

许斐和戚宣听他说，偶尔碰个杯。

周竟先例行回忆了一下自己的年少轻狂，然后再把他和他媳妇从相遇到相知到相爱的甜蜜细节扒拉出来，向面前两条单身狗显摆一下，最后再表示周大少其实对婚姻还是有点儿害怕，有点儿㞞，结婚不是单纯地摆两桌酒，请亲朋好友们吃一顿，而是代表了责任、担当，他怕自己给不了他媳妇想要的婚姻生活。

等他说得差不多了，戚宣和许斐才和他碰了碰杯。戚宣说：“怕什么，使劲儿宠就对了，宠得她离不开你，宠得让她知道全世界只有你周竟对她最好，除了你，世界上就没有好男人。”

周竟打了个酒嗝儿，拍着戚宣肩膀直乐：“对！使劲儿宠，拿命宠，拿一辈子去宠。”

戚宣捶了捶他肩膀，也笑：“知道你高兴，兄弟多的就不说了，总之恭喜你，祝你和弟妹早生贵子。”

“滚你的，”周竟笑骂，“什么弟妹，叫嫂子。”

三人又聊了聊离开学校后的一些事，多半是周竟和戚宣在说，许斐只偶尔附和几句。

酒过三巡，周竟看向对面那个气质非凡的男人，突然话峰一转：“老许，你还在等你那个初恋啊？”

周竟和戚宣都知道许斐在高中时有一个很喜欢的女生，还是他在大学被人追烦了说出来的，这么多年也没见他谈过恋爱，一直孤身一人。

具体的许斐也没说过，但他们都默认了老许心里有人。

不然就他这条件，长得又帅又有钱，家庭背景深厚，自身实力过硬，喜欢他的女人什么国家的都有。可他呢，守着一个初恋，硬是单身了快二十八年，周竟和戚宣都不知道是该佩服他，还是该佩服那个不知名的姑娘。

灯光把许斐深邃冷漠的五官照得柔和了两分。他垂着头，晃动着酒杯，半晌后，点头轻笑："嗯，等着呢。"

喜欢是一件很奇怪也没有道理的事，当岁月也没有磨灭它时，那时间无非就是一个数字，十年，二十年，还是三十年，喜欢还是喜欢，有什么办法呢？

有些人的爱如野火疯狂燃烧，虽然炽烈，却也短暂。而有的人的爱就像一股涓涓细流，看似寡淡，却深远绵长，永无止境。

他这一生从未执着过任何事，唯独喜欢一个人。

这样的感情实在难得，周竟和戚宣哑了半天声，最后和他碰了碰杯。

许斐淡笑，晃了晃手中的酒，仰头一饮而尽。

周竟哈哈大笑了两声，强行转移话题。他用胳膊肘碰戚宣，开始关心另外一个兄弟的感情生活："老戚你呢？"

戚宣可不是许斐，他可没什么初恋要等，反而非常享受恋爱。他眯了眯眼，摩挲着下巴："刚刚倒是遇见了一个非常让人心动的女人，就是不知道对方有没有男朋友。"

周竟拉长音调"哦"了声，胳膊肘继续撞他："待会儿去要个电话啊，戚少出手，还有什么女人是你追不到的。"

"哈哈，滚。"

许斐有了些许醉意，他靠在一旁，拿出手机，登录了 QQ。

当年时常 2/3 的好友列表如今已是 1/3。

从夏生口中得知久不上线，QQ 会被收回，他连续十年往那个号上充值会员，如今那个号的等级比他的号还要高了。

可即便头像亮着，他仍旧没有等来对方的消息。

这些年新出了很多有趣的社交软件，夏生和苟旭如今也不玩 QQ 了，好友列表的在线人便只剩下那一个红色的名字。许斐的手指点开那个亮起的头像，聊天界面一片空白。

曾经珍之惜之的聊天记录，在一次意外中彻底丢失，再也没有办法恢复，那段时间几乎是他最失落颓废的日子。

他点开对方的空间，在留言板上留下一句"2019.3.28"。

从 2009 年到 2019 年，几千个日日夜夜，几千条留言，风雨无阻。

周竟和戚宣都说许斐冷情，却也最是长情。

这样一个男人，对着虚无缥缈的喜欢坚持了长达十年，他们曾表示过不可思议，可许斐却反过来对他们的不可思议表示疑惑。

“坚持”这个词让他很迷茫，喜欢明明是一件自然而然的事，为什么要说坚持？“坚持”这两个字多了些别的意味，他唯一的坚持是寻找和等待，却不是坚持“喜欢”。

他的喜欢从不需要坚持。

周竟婚前的最后一次单身聚会，在凌晨的一通电话后宣布结束，以往对感情极其不认真的男人在面对未婚妻时简直温柔得吓人。

戚宣看着许斐，摊手道：“看，我说什么来着，妻管严预备役。”

挂了电话，周竟看着他俩，不惜放狠话：“你俩别笑我，到了那天咱们半斤八两，指不定到时候，你们比我还怕老婆，不信等着瞧，谁输谁孙子。”

“怕老婆又不是丢脸的事，我夸你呢。”戚宣扯了扯衣服领子，拒绝接受这个挑战，“我挺高兴你怕老婆，说实话，你现在看着比以前正经多了，像个人了。”

周竟扑过去揍他，然后对着他和许斐大力拍打荷包：“总之兄弟就先结婚一步了，你俩结婚的份子钱我也早准备好了，都赶紧的，别等我份子钱还没机会发出去，你俩就又得给我儿子发红包了。”

“行了行了，赶紧走，弟妹在家等着呢，我送你回去。”戚宣把他塞进车里，“我给你儿子十八岁的成人礼都准备好了，结个婚，嘚瑟个没完没了你。”

“弟什么妹，说了要叫嫂子。”周竟从后座探出脑袋，看着站在路口的许斐，脑子被冷风一吹，顿时酒醒了三分，“老许，那我和老戚就先走了，咱改天再喝。还有那什么……你能来我真的特高兴，我都没想到你能来，你回国一趟挺不容易的，哎，我就……”他平日里挺会说，现在舌头打结，相当嘴笨。

“你结个婚，可别把脑子结没了。”戚宣摔上车门，给司机师傅报了个地址。

周竟挠了挠头，咧嘴对许斐摆手。都是这么多年的兄弟，那些客套和感谢说不出来，就只能自己意会了。

“多的不说了。”许斐对他点了点头。

周竟笑得像个傻子：“懂就好，走了。”

许斐目送出租车消失在街角，才收回目光，往停车场方向走去。

他抬头看了眼天上的圆月，心中藏着一丝说不清道不明的情绪。

结婚啊……

还没走到停车的地方，许斐就看到一个眼熟的身影蹲在他的车门口。

隔了几米远的距离，他都能听见对方展示的国骂水平起码得有八级。

他思绪一顿，走到男孩儿身后。

“那群孙子在我打工的地方堵我呢，以为堵我，我就会怕吗？哈哈，我在这片混的时候他还在家里吃奶呢！

“喝个屁酒，我哪有时间喝酒，现在忙着呢……忙什么？等人啊。你脑子里是不是全被黄色废料塞满了，除了我姐，这世上哪儿还有什么美女值得我等，何况我现在等的是帅哥……滚。”陶墨骂得正来劲儿，肩膀突然被人拍了一下，他差点儿就没忍住一个扫堂腿，朝身后的人踹去。

等看清身后站着的人，他瞪着眼睛，“啪叽”一声把电话挂了。

“哥，你终于出来了。”陶墨规规矩矩站好，眨巴着自己单纯的大眼睛，“我都等你两个小时了。”

许斐看着他，迫人的身高和气势压得陶墨有点儿怂：“你怎么在这儿？”

“等你啊，这不废……飞飞飞啊，鸟儿在天上飞飞飞啊。”陶墨仰头看天，心虚地不敢看他。

许斐也觉得自己问了一个废话，换了个话题：“你等我做什么？”

陶墨从兜里摸出十张一百的钞票，熟练地点了两遍，吊儿郎当道：“敢情你那一千是送给我的啊，那我上赶着还钱的行为，是不是有点儿自作多情了？”

许斐挑眉，还真没想到他是来还钱的。

陶墨“啧”了声，反手就把钱塞回兜里：“行吧，既然你不要钱，非要我姐以身相许，那我也没办法。我姐现在就在酒吧里头，你去领走吧。”

许斐对这小子不遗余力，想给他姐找个男朋友的行为闹得忍不住笑了，他绕去后座拉开车门，准备上车等代驾。陶墨在他给车解锁的瞬间，就拉开副驾驶的车门蹿了进去，速度快得许斐都没反应过来。

许斐双目沉沉地看着他，陶墨梗着脖子，和他对视了没有两秒就败下阵来。他叹了口气，摸出兜里的钱规规矩矩放在车上道："上次谢了。跟你开个玩笑嘛，哥你别这么严肃行不行，我就是觉得你和我姐简直太配了，虽然你有点儿瞎，但我不能就这么轻易放弃你啊，总得努力一下，你说是不？"

许斐没说话。

陶墨垂下头，抠着手指，满脸失落。

许斐看着他就想起了家里的小卷毛，每次得不到想要的玩具，就耷拉着脑袋，好像全世界他最委屈。

许斐有点儿心软，语气缓了三分："他们为什么打你？"

"他们贱呗。"陶墨张嘴就来。

"好好说话。"许斐皱眉。

陶墨烦躁地扒拉着头发："除了贱，我不知道什么词能形容他们，不是我想说粗话，是他们配不上文明用语。"

"他们经常找你麻烦？"

"算吧？我偶尔也能躲。"

许斐捏了捏鼻梁，他酒量真不怎么样，这会儿后劲儿上来脑袋有些发晕，问："你家人不管？"

"管啊，我有我姐后，他们已经很少堵我了。"陶墨低头抠手指，也不知道怎么就跟一个陌生人说起了陈年旧事，"我是孤儿，要不是遇上我姐，我一辈子都是孤儿，谁管我啊。"

车内气氛有些凝滞。

这个回答显然不在许斐的预料之中，他垂下捏鼻梁的手，看向男孩儿。十六七岁的年纪，五官长得十分出色，性格……虽然喜欢说脏话，看起来却并不坏。

在他车旁守了两个小时，就为了还钱。

“既然有了姐姐，你现在也有家人了。”许斐很少安慰人，这对他来说有些困难，“他们找你麻烦，你就应该告诉父亲，让他们……”

陶墨“啊”了声，忙打断他：“不是啊，哥。什么父母？哪儿来的什么父母？我姐也是个孤儿来着，我俩都没父母。”

许斐顿住。

陶墨看了眼酒吧方向，“啧”道：“我和我姐相依为命，没别人。这种事我才不会告诉她，我可是我们家唯一的男子汉，我扛得住。”

许斐蹙眉。

陶墨有点儿怵他面无表情的样子，他麻溜儿拉开车门，准备开溜道：“好了好了，上次的事谢谢哥，我本来想说对待救命恩人不能太敷衍，区区金钱怎么能表达出我对你汹涌澎湃的感谢之情？本想把我姐介绍给你认识，但实在没想到你居然如此没有眼光，我遗憾自己不是眼科医生，救不了你，所以只能还钱抵恩。”

他小嘴跟开了光似的：“虽然哥你实在没有眼光，但上天有好生之德，你无情，我不能无义。”

他贱兮兮地从兜里摸出一张字条扔到驾驶座上，一脸沉痛道：“这是我姐的微信，微信头像就是我姐，绝对纯天然，连滤镜都没开。这是弟弟最后能为你做的，希望你能把握机会，毕竟，上天只有一次好生之……”

“砰”的一声响，车门被关上。

许斐太阳穴突突跳，他捏着眉心，头痛欲裂。

陶墨弯着腰，朝紧闭的车窗挥手：“哥，记得加微信啊，不加悔恨终生。”

十分钟后，代驾姗姗来迟。

黑色的卡宴驶出停车场，许斐摇下车窗，侧首望向急退的夜景。他修长的指尖捏着那张白色的字条，目光定定地望着半空圆月。

忽地，他指尖抬起，松开。夜风随即一卷，白色的字条在半空飘扬了十几秒，随后落在大马路上，被驶过的大卡车卷入车轮之下。

车窗缓缓上升，映出男人那张忽明忽暗的侧颜。

代驾师傅从车内的后视镜，看了眼后座那个清俊贵气的年轻男人，不知为何，竟然从他身上看出了一股深深的孤寂。

许斐回到酒店，去浴室冲了澡。洗漱完躺在床上，一旁的手机就响了，有人给他弹视频。

看到熟悉的头像，他点了接通。

视频画面晃动了两下，一个头发微卷的小脑袋抵在镜头里，奶声奶气的声音从对面传来："哥哥，你睡觉了吗？"

"布鲁斯，你得把脸对准镜头，你只给哥哥看你的小卷毛吗？还有，你的脑袋像一坨不明物体，请离镜头远一点儿。"查理的声音极具辨识度，吐槽起小儿子完全没有压力。

布鲁斯遗传了查理的发色和蓝眼睛，五官不像郁娟，反而有些像许斐。小朋友今年才五岁，超级喜欢自己的哥哥，哥哥是他心目中的superhero（超级英雄），连查理都要往后排。

镜头晃动了两下，一张漂亮的混血小脸出现在视频里。

小家伙的蓝眼睛睁得圆溜溜，对睡觉的问题非常执着："哥哥，你睡觉了吗？"

"还没有。"许斐看着镜头里的小鬼，面色柔和，"布鲁斯，你今天好好吃饭了吗？"

"当然。"布鲁斯手里拿着他这段时间最喜欢的玩具，"我早上吃了两个三明治，喝了一杯牛奶，我很快就要长得和哥哥一样高了。"

许斐轻笑道："嗯，那真是太棒了，布鲁斯很快就要和哥哥一样高了。"

布鲁斯还小，极其缺乏专注力，只说了几句话就跑去玩儿了。查理接过手机，挤眉弄眼道："斐，你的初恋找到了吗？"

许斐挑眉道："查理，谁告诉你，我回国找初恋了？我只是回来准备外婆的生日礼物和参加大学同学的婚礼。"

查理"喊"了一声，言行举止与他商业帝国大总裁的身份相去甚远："我们可是没有秘密的父子，斐，你在想什么我都知道。虽然我们不在你身边，但我和你妈妈时刻为你祈祷，我相信你的那个她就在一个离你很近的地方等着你，不要放弃。"

许斐轻笑道："谢谢。"

"那我不打扰你休息了，晚安。"

“晚安。”

挂了视频，许斐也没了睡意。

他起身走到落地窗前，看着关丘辉煌的夜景。

岁月漫长，他从未放弃等待，也没有停止寻找。

十年，十个春夏秋冬，她如今在哪里，经历了什么，是否已经有了喜欢的人，有没有结婚、生子，他无从得知。无望的喜欢是一件很消磨人生的事，看起来很蠢，他也从未想到自己竟是如此蠢的一个人。

但人活着，不就是活一个心甘情愿吗？

我心甘情愿喜欢你，心甘情愿等一个如今不知在何方，身边是否已经有了别人的你。

不过，就是一个心甘情愿。

猩红的火星忽明忽暗，男人英俊深邃的五官笼罩在烟雾缭绕间，如梦似幻。

许斐很少抽烟，上学时，也只在郁娟和许新立闹离婚那段时间抽过。往后许多年，他也只有在想得心脏隐隐作痛时，才会点燃一根。

在国外时，学业繁重，工作忙碌，空闲时间有限，留给他想念的时间被无限压缩，尚且能挨。可回国后，时间变得充裕，情绪得以释放，思念便排山倒海般袭来，几乎把他淹没。

陶墨在酒吧外蹲了没一会儿，就看见他姐出来了。

陶白脸色不大好，面色苍白，还有几分惶然。

陶墨蹿了上去，弯腰看她，问：“姐，你怎么了？是不是身体不舒服？”

陶白摇头，她看起来没什么精神道：“怎么又来等了，不嫌累啊？”

陶墨伸手在她额头上量了量体温，没感觉到发烧，才放下心来。他抓了抓头发，满脸不高兴道：“我乐意来，你管我。”

陶白笑了笑，像他小时候一样伸手牵他。

陶墨别扭地甩了两下，没甩开。他心里高兴，面上却故作不耐道：“你都二十几了，怎么还要人牵啊？”

“不给牵？”

“……给。”

陶白笑容很淡，她眼眸低垂，看着倒映在地上的两道影子。

姐弟俩相依为命多年，陶墨对陶白的情绪一向敏锐，他能感觉到他姐今天心情不好。

她已经很多年没有露出过这么脆弱的表情。

“小墨。”陶白仰头看着夜空，漫天繁星映在她的眼中，“我今天遇到了一个人。”

陶墨在思考她为什么不开心，心不在焉道：“谁啊？”

“以前……喜欢过的人。”

陶墨一下子抓紧了她的手。

他姐只喜欢过一个人，可那个人……

过了好一会儿，陶墨哑着声说：“姐，你别喜欢他了，好不好？”

家里的玻璃柜里，每年平安夜都会放进去一个穿着运动服、抱着篮球、手戴护腕、没有长相的木雕。随着陶白的手艺越来越精湛，陶墨就算只是看着那些没有生命的木雕，也能感觉到一股浓烈的喜欢。

什么以前喜欢过的人，她明明现在还在喜欢。

陶墨不想他姐再喜欢那个人了，他看了就难受。

所以他才那么缠着卡宴哥哥，他姐这么好，就只有他那样优秀的男人才配得上。

他讨厌他姐的初恋。

陶白淡笑不语。

她想，如果一个人能控制自己的心，那这世上哪儿还有那么多伤心和遗憾呢。

你想喜欢就喜欢，想忘记就忘记，哪儿有这么好的事？

家里的玻璃柜在客厅，一进门就能看见。

从左到右，整整齐齐放着十个木雕。顺着数，从第一到第四，尚且有些粗糙，但越到后面，几乎每一个都是精美绝伦的艺术品。

男生抱着篮球、弯腰运球、跳跃投三分或单手抓着篮圈，吊在半空露出腰腹……每一个言行举止皆不同，但它们又都有同一个相似之处，没有脸部。

那张脸只刻在陶白心底的最深处。

陶墨讨厌这个玻璃柜，也讨厌柜子里的人。

任何让他姐不开心的人，都让他讨厌。

他不喜欢他姐喜欢的那个人，因为他从未出现在他们的生活中，这说明对方根本不在乎他姐。陶墨这辈子的逆鳞就是陶白，他不喜欢让他姐难受和忘不掉的人。

他天天在家做卫生，唯独不擦玻璃柜。

姐弟俩回到家。

陶墨趁陶白不注意，偷偷朝玻璃柜竖了个中指。

他在心里骂骂咧咧，你以前不出现，眼看有了卡宴哥哥，你就出现了。

还让他姐心情不好，你咋这么能呢?

当天晚上，陶白做噩梦了。

她已经很少会梦到以前的事，但当齐素那张死不瞑目的脸再次出现在她梦里，她仍旧被吓得惊醒过来，浑身大汗淋漓。

陶白坐在床上愣了片刻，赤着脚下床，动作轻缓地打开房门，走到客厅的沙发坐下，看着窗外尚且黑沉的夜色。

寂静的夜，陶墨的呼噜声从门缝中传出。

她的心也随着那一声声充满少年朝气的呼噜声，渐渐平息下来。

过去了，都过去了。

陶墨的存在，时刻都在提醒她，那些事情已经过去了。

她现在是陶白，有弟弟，有师父，有沃梦，还有一条忠诚的大黑。

那些灰色的过往，已经被淹没在岁月的洪流中，不复存在。

陶白抱着双腿，下巴垫在膝盖上。她在目光落在玻璃柜里的十个木雕上，眼中泛着温柔的光。

夜深人静，她的声音比夏日的风还暖。

“你变得成熟了，许斐。”

许斐。

这个名字，她曾在一万米的赛道上，用尽毕生的勇气叫了出来。她跑完了一万米，那个少年奖励了她一个冰激凌，那是她此生吃过的最好吃的、最甜的冰激凌。

她换过无数部手机，却永远记得一串数字。她如今的社交账号上有几百个好友，却永远不敢再登录那个只有一个好友，或许已经被收回的社交账号。

她的手机铃声十年如一日是*Scarborough Fair*，最喜欢的女歌手依旧是中岛美雪，她已经活成自己想要的样子，她是真正的陶白了。

可真正的陶白，永远喜欢那个爱打篮球的少年。

天边泛起鱼白肚，破晓前，陶白回了房间。

陶墨顶着一头乱糟糟的头发从房间里出来，路过玻璃柜时，偷偷朝十个木雕做了个鬼脸。

“姐，你起了没？”他打着哈欠去隔壁敲门，“早上想吃什么，油条、包子、粥，还是牛肉面？我去买。”

陶白的声音隔着门传出：“豆浆、油条。”

“要不要烧卖？”

“要。”

“行。”陶墨问完去卫生间洗漱，过了没两分钟，陶白就听见关门声。

她化了淡妆，掩盖住一夜未睡的倦容，想着下午要和那位客人见面，便换了一套比较正式的衣服。

陶白长得好，又是天生的衣架子，一件平淡无奇的衣服，穿在身上都别有一番韵味。陶墨提着早餐回来，见到她就嘀咕：“打扮得这么漂亮，准备去哪儿啊？”

“你管我。”陶白学他昨晚的语气说。

陶墨气得奓毛道：“你到底有没有一点儿吃别人嘴软的自觉？信不信我不给你吃了。”

“买烧卖了吗？”

“买了，给。”

递出去后，陶墨才反应过来，顿时气得跳脚。

陶白笑眯眯在他脸上掐了一下，乐道："怎么越长大，越傻乎乎的。"

陶墨浑身的毛都奓了起来道："你才傻乎乎的，陶白你这个笨蛋！"

陶白看了眼墙上的时钟，催他："笨蛋说谁呢，赶紧的，上学要迟到了。"

陶墨臭着脸过去吃早餐。

陶白拿过手机，往他微信上发了五个两百的红包，温声哄道："好了好了，别生气了，小男生哪儿来这么大火气？小心气多了，长皱纹变成小老头儿。"

"你见过这么帅的小老头儿吗？"

"那还真没见过。"

陶墨"嘿嘿"笑了声，收了红包，气就消了。

姐姐给零花钱，陶墨向来不拒绝。啃着包子，他忽然想起昨天扔给卡宴哥哥的微信号，试探着问："姐，昨晚有人来加你吗？"

陶白抬起头问："你又把我微信给谁了？"

陶墨扭头不看她。

陶白伸手在他头上敲了一下道："陶小墨，我微信上现在几百个好友是怎么来的，你心里到底有没有点儿数？删又不好意思删，全是你同学。"

"谁让我们学校盛产'舔狗'？"陶墨小声嘟囔。

上次他们学校开运动会，陶白去给陶墨加油，回来后微信上直接多出几百个好友。小朋友们整天姐姐长姐姐短的，软乎乎来打招呼，她更新一条动态，热闹得堪比顶流。

陶墨经常和同学吹牛，说他姐就是朋友圈顶流。

因为这事，陶墨有点儿心虚，破罐子破摔道："反正这次要是有人来加你，你一定要通过。"

"为什么？"陶白问。

陶墨还不知道被他相中的卡宴哥哥已经把他的小字条丢了，他满怀期待地对他姐说："我前两天在街上遇到一个极品男人，那长相，那气质，简直就是万里挑一。关键他还特别乐于助人，让弱小可怜无助的我，感受到了来自陌生人的关爱。姐，总之你争口气，要是他来加你，你不准拒绝，拒绝我跟你急。”

陶白太阳穴突突跳，感觉十分头疼。

“姐，你听见没有？”陶墨非常不满意她的态度。

“听见了听见了，”陶白咬了口烧卖，敷衍道，“极品男人。”

陶墨满意地去了学校。

陶白和他在路口分开，转头去超市买了不少水果和牛奶回来，放在冰箱里。

陶墨喜欢吃水果，也是因为小时候营养跟不上，导致他现在的身高十分感人。即将十六岁的少年，身高却只有一米六二，在教室里，都只能坐前三排。

打个篮球都没人叫他。

万幸这几年陶白的雕刻手艺在师父的指导下日益精进，又有陈老唯一的徒弟这个头衔在，她的作品报价不低。这套房子是在几年前买的，因为有些年头了，房主又急着脱手，所以卖得不贵。

去年她又在市中心买了一套，是给陶墨准备的，两百多平的复式楼，准备等他成年后，过户到他名下。

陶白很疼陶墨，在最大的能力范围内，只想给他最好的。

当年没有家，她就给他家。

现在有家了，就在衣食住行上多上点儿心。

她用砂锅给陶墨炖了一锅骨头汤温着，又炒了一盘虾和青菜，给他发了条短信说了声，让他中午回家吃。

和客人约定的时间是下午两点，陶白一点半出门，刚到约定的咖啡店，手机就响了。

她看着备注名为“声音好听的客户”几个字，点了接通。

“陶小姐，你到了吗？”男人磁性动听的嗓音带着几分歉意。

“嗯，刚到。”咖啡店门口的服务生微笑着帮她把门推开，陶白对他笑一笑，无声道了句谢。

“抱歉，我对附近的路线不是很熟，导航也出现了点儿问题，可能得晚几分钟。”男人声音顿了顿，似乎真的遇上了困难，“如果不介意，可以麻烦你给我发送一个定位吗？”

陶白爽快道：“当然不介意，你的微信是你的手机号吗？”

“对。”

“好的，你专心开车，我马上加你。”

陶白跟着服务生走到预定的座位，点了一杯咖啡，然后上了微信，在搜索栏输入对方的手机号，点了“搜索”。

当对方名字跳出来的瞬间，她手指一颤，手机差点儿没拿稳摔在桌上。

“许”。

是……是巧合吧。

她点开了对方的头像。

头像是一个头发卷卷的混血小男孩儿，双眼碧蓝，长得非常可爱。照片背景很日常化，不像是在网上随便找的，应该是……家人之类的。

这个年纪，是他的孩子吗？

一定是巧合。世上哪儿有这么巧的事？

她发送了好友申请，对方可能一直拿着手机，很快就通过。

陶白没有多说废话，直接给对方发送了定位。

发送完，在即将退出微信时她顿住了，就像是为了确认这就是一个巧合，她点开了对方的朋友圈。

对方并没有设置三天或半年可见，虽是如此，动态却也寥寥无几，内容大多都是他头像那个混血男孩儿的照片和视频。

她点开了那段最新视频。

视频只有短短十几秒，漂亮得像个洋娃娃的混血小男孩儿正在和一条大金毛玩耍，发现有人在偷拍，他奶声奶气地说：“别偷拍我！”

“布鲁斯，你生气了吗？”男人的声音磁性悦耳。

“我没有生气。”

视频断在这里，陶白忍不住笑出了声，点开又看了一遍。

手机响了一声，提示有最新消息。

陶白以为是陶墨发的，一看却是“许”。

她脸上的笑容淡了下去，点开，是一条语音。

“谢谢。”

男人似乎有些感冒，声音有点儿哑，还带有一点点鼻音。

出于关心，她也回了一条语音给对方：“咖啡店前面的路口有一家很大的商场，你可以把车停在那边的地下停车场，然后出来往右走有一家药店，再拐回来直走，就到咖啡店了。”

许斐单手握着方向盘，闻言挑了挑眉。他吃惊于对方的细心，他很少感冒，可能是因为水土不服，早上起来头有点儿疼，但现在已经好了许多。

来关丘几天，他也算见识到这座城市停车位的紧张，于是采纳了对方的意见，把车停到她所说的商场的地下停车场，然后去前面的药店买了一盒感冒药。照着她所说的方向，往前走了没有两分钟，就看见“菲尔咖啡店”的招牌。

服务生迎上来，恭敬道：“先生有预约吗？”

“有。”许斐跟着他进了店里，站在大厅环视了一圈，视线落在靠窗而坐的年轻女人身上。

对方的长相实在过于惹眼，与他所想的手艺大师略有出入，但偌大的咖啡厅就只有她孤身一人。出于谨慎，也避免被人当作上前搭讪的人，许斐给对方发送了一条消息。

他见那位沐浴在阳光下，漂亮得有些不真实的女人低头看了眼手机，手指在屏幕上轻轻点了一下，然后他的手机就响了。

服务生在旁边看着他，许斐示意前方：“谢谢，我看见她了。”

陶白掩唇打了个哈欠，难掩困倦。

她昨晚没睡好，咖啡厅里又放着舒缓的轻音乐，下午的阳光照在身上昏昏欲睡。

陶白余光中看到一个高大挺拔的身影，迈着坚定的步伐走了过来，心想应该是他。

“陶小姐，抱歉，让你久等了。”略带沙哑的嗓音比小视频里还要性感两分，陶白这些年什么都不爱，唯独喜欢好听的声音，最钟情的莫过于清凉的少年音。

当着客人的面打哈欠，简直太失礼了。陶白有些懊恼地掐了掐自己的掌心，起身伸出手："你好，我是陶……"

她伸出去的手，在看见对方的长相时彻底僵在半空。

许斐见她愣住，伸手和她轻握了一下便松开，笑道："你好，还未自我介绍，我是许斐。"

阳光从窗外投射进来，照在桌上的花瓶上，照在女人瞬间有些发酸的丹凤眼上。

她双目呆怔，看着面前这个男人，久久没有动作。

许斐眼中闪过一抹狐疑，视线停留在她脸上，莫名感觉有些熟悉。

陶白回神，有些慌乱地低下头，她一把抓住沙发上的包，声音发哑："抱歉，我去下洗手间，你先……这里的咖啡不错。"

说完，她脚步略显匆忙地离开了。

许斐有些愣怔地看着她走远的背影。

他自然没有错过她一瞬间泄露的情绪，他只是不明白为什么，他们明明是第一次见……面吧？

洗手间里。

陶白掬了一捧水拍在脸上，她抬头看着镜子里的人，食指摸了摸泛红的眼角，热泪不禁夺眶而出。

真的这么巧。

真的就这么巧。

他真的就是许斐。

郁老太，郁娟，当年瑞阳的大企业家。她早该想到，早该想到的……只是不承想世上真有如此巧合的事。

她当年最后一次见到许斐是在墓园，他穿着一身黑西装，身姿挺拔，面容灰暗。

之后十年，她无根飘零，颠沛流离，身边再无一人认识当年的陶白，她也再没有少年的消息。

她原以为此生再也没有机会相见，却不想昨晚在酒吧听见他的朋友叫他的名字，更想不到师父所说的老友的外孙，就是她曾喜欢的少年。

洗手间里不时有人走过，她们路过这个美丽的女人身边时，总会情不自禁看向她。

为什么哭呢？还哭得这么伤心。

原来这么漂亮也会失恋呀。

## 第十六章

# 请记住，我叫陶白

陶白收拾好情绪，已经是二十分钟后。

还好她有随身携带粉饼和口红的习惯，只是有些泛红的眼睛却是怎么也遮不住。

许斐很体贴，并未对此表示出丝毫异样。

他面前放着一杯咖啡，看向她的桌面，笑道："换一杯吧？"

陶白笑了笑，点头。

许斐叫来服务生，陶白却没有点咖啡，点了一份提拉米苏。

等服务生离开后，许斐的视线落在了她脸上。

因为之前的插曲，他暗自回忆了一番，自己是否见过她。当下她就坐在对面，那股朦胧的熟悉感更加清晰，他觉得自己应该见过她，只是怎么也想不起来。

许斐看着她，沉吟片刻后，道："抱歉，这么问有些唐突。陶小姐，我们是不是在哪里见过？"

陶白已经恢复如常，一脸从容地打趣道："真的觉得我眼熟？"

十年的磨砺，陶白还是那个会因为对方是许斐，而控制不住情绪的陶白，却不再是那个只敢躲在角落里偷偷看他，连叫他的名字，都要耗尽毕生勇气的胆小鬼了。

她美丽自信，优雅迷人，面对许斐不着痕迹的打量，她不躲不避，嘴角一直噙着笑，把一个女人的魅力展现得淋漓尽致。

许斐的目光落在她垂在桌面的手指上，他视力极佳，一眼就看到了她手指上的细小疤痕。

“我们见过。”许斐很少使用疑问句，在这一刻，他已经确定他们见过。只是他向来引以为豪的记忆力在这一刻出现了断层，但那股若有似无的熟悉感却怎么也挥之不去。

他确定他们一定见过。

陶白咬了一口提拉米苏，微微垂下眼睑道：“我们确实见过，不止见过……”

她眨眨眼，抬头看着他，笑得艳丽夺目：“你还给我买过两个冰激凌呢，许校草。”

许斐一愣。

他拧着眉似乎在回忆。

陶白也没有打扰他，她其实有些紧张，那毕竟是很多年前的事了，她那时毫无存在感，若非秋生……

秋生，思及这个名字，她眼中闪过一抹黯然。

许斐的脑海里闪过几个片段，身材娇小的女生在上万双眼睛的注视下，坚定并执着地在赛道上奔跑着，即便已经累得小脸通红，也从未停下过脚步。

他的声音穿破时光，在他脑海中回响。

“加油，小短腿，如果你能坚持下来，跑完全场，我买冰激凌给你吃。”

许斐面色恍然，惊愕的目光停留在她脸上。

他怎么也没想到，眼前这个自信美丽的女人会是当年那个胆小害羞的……小短腿。

陶白双手交叉，下巴垫在手背上，见此歪头笑道：“为了感谢你当年的两个冰激凌，今天我请客。”

许斐抿嘴一笑，眼中惊愕未退道：“你……变化太大了。”

陶白挑眉，戏谑道：“变漂亮了？”

许斐失笑道："何止。"

当年他对她的印象非常深刻，秋生的同桌，说话永远轻声细语，见他就躲。但一万米那次却完全出乎了他的意料，他那时就觉得这个女生并非她所表现的那般胆小怯懦，其实是个内心十分强大、勇敢的人。

她曾经毫不起眼地躲在人群里，时光荏苒，再见已是风情万种。

许斐感叹时光的鬼斧神工。

人就是很奇怪，明明当年交集寥寥，如今在陌生的城市相遇，竟生出几分莫名的亲切感。

许斐失笑，看着她道："你怎么成了陈老的徒弟？大学是在关丘读的？"

陶白摇头，眼眸低垂道："一些原因来了关丘，然后认识了师父。我……没读大学。"

许斐面露歉然。

他一向注意言行，竟然随便找了个话题，就触到了不该说的点。

"别啊，这副表情。"陶白咬了一口提拉米苏，任由甜意在口腔蔓延，她享受地眯起了眼，打趣他，"虽然我没上过大学，但不妨碍我雕刻，我保证不会让你失望。"

许斐再次失笑道："你太谦虚了，陈老给我看过你的作品，非常优秀。"

用文化程度来衡量一个人的实力，本身就是一件极为愚蠢的事。

陶白其实连高中都没有读完，她高三缺席，而许斐在高二暑假那年去了国外，一待就是十年。

但这件事，他们彼此都不知道。

学业显然不能成为话题，而他们之间唯一共同认识的人便只有秋生，但许斐出国多年，已经很久没有见过她。

见他沉默下来，陶白垂下眼，挖了一勺甜品，不经意地问道："这些年，你一直在国外吗？"

许斐的声音带着些许病态的哑："嗯。"

"结婚了？"

"嗯？"许斐看向她，"我很像已婚人士？"

陶白光明正大打量他，笑着摇头道：“不像。”

“那为什么这么问？”

“微信头像啊，你不像是会拿别人家的小孩儿来做头像的人。嗯……还是个可爱的混血儿。”陶白用漫不经心的语气，试探着或许是鲜血淋漓的事实。

许斐端起咖啡正准备喝，陶白好似突然想起什么，连忙伸手叫住他：“请等一下，先别喝。”

许斐挑眉，轻轻放下杯子。

陶白轻舒一口气，招手叫来服务生道：“麻烦给这位先生一杯温开水。”

说完又看向他道：“忘了你感冒，还是喝开水吧。”

等服务生去而复返，陶白看着他，问道：“感冒药买了吗？”

“你请客就请我喝白开水？”许斐挑眉，从西装口袋里拿出一盒感冒药，拧了一颗出来丢嘴里，混合着水咽了下去。

陶白看着他滚动的喉结，移开了目光道：“你不是能待十天吗？改天等你感冒好了再请回来就是。”

他们的对话带着几分不可思议的熟稔。

吃完药，许斐眉心微蹙。

陶白一直关注着他，见此，难以置信地拔高音量道：“不会吧？你别告诉我，你害怕吃药？”

“不怕。”许斐修长的五指握着透明玻璃杯，身体放松地靠在椅背上，又抿了几口，“就是讨厌药味，很苦，难闻。”

陶白一脸惊奇，好似第一天认识他一般。在她心中，许斐无所不能，就没有他害怕的人和事。

可他居然对着一颗感冒药蹙眉。

“那是我弟弟。”许斐突然说。

“嗯？”陶白有些没反应过来。

男人看着窗外，漂亮的桃花眼微弯道：“微信头像，那个调皮的卷毛小鬼。”

陶白看着他，面露恍然。

以前在学校很多人都说许斐冷漠，她却一直觉得少年温柔。时光如梭，他变得成熟了，眼中的温度也越发烫人。

那是他弟弟啊。

陶白有些可悲地发现，即便过了十年，她的心情依旧会被对面这个男人的一言一行所影响。

转念她又想，这也未尝不好，许斐带给她的从来不是绝望，而是指引着她、给予她无限勇气去冲破黑暗的光。

许斐就是那道光啊。

陶白低头浅笑，心情前所未有地放松。

春日的阳光暖而不烈，悠扬的轻音乐萦绕耳中，靠窗而坐的男人金贵清俊，女人自信美丽。

对立而坐的两人几乎夺去了一室光彩。

这次见面的主要目的还是详谈寿礼细节，许斐的想法很简单，想要一个以寿星抱桃为主题的作品，寓意吉祥，唯一的要求是把寿星雕刻成外婆的模样。

这个想法其实是郁老太本人所提，老太太觉得寿星是她，那干吗要雕成别人的样子？她就是老寿星，就要一个和自己长得一模一样的寿礼。

贺寿主题的作品陶白以前也做过，这对她来说没有太大难度，而许斐的要求就是用最好的原材料，时间和金钱都不是问题。

他外婆的八十大寿在年底，时间很充裕。

陶白心里已经有了几个图样，她认真在记录本上记下许斐提出的几个细节，并一一完善。

“我回去绘几张草稿，到时候发给你，你选一个。”

陶白虽然没上大学，但该学的东西，她一样没落下。

她的绘画和雕刻手艺都是跟师父陈笃清学的，这两年从她手里出来的作品，在业内几乎人人称赞。换作别人，她只会给对方一个草图，而且不会大改。

要做就做，不做拉倒，她有这个底气和实力拒绝任何人。

但对方是许斐，陶白只想让他满意。

许斐点开她的微信，把郁老太的照片选了几张发给她。发完后，他道：“你把你的银行账号发给我。”

陶白毫不在意地摇头，点开郁老太的照片，放大了细看道：“不慌，一手交货，一手交钱。”

许斐看着她，没忍住低笑一声。

陶白抬头看了他一眼，男人沐浴在阳光下，五官深邃，气质卓然，有些微哑的笑声简直性感得要死。

……真要命。

没敢问他笑什么。

满脑子都是陶墨经常挂在嘴边的，上天有好生之德。

感谢她还活着。

郁老太五官大气，面容慈和，虽已年老，却不难看出年轻时的风采。

陶白精挑细选，最后选了一张老太太笑得最自然的照片：“就以这张为参照，你看如何？”

许斐探身凑近，清冽的冷香扑面而来，这股熟悉的独属于许斐的气息，中间横跨着十年的时间。

陶白喉咙一涩，竟眼眶发热。

“嗯，就这张。”许斐端过桌上的白开水润了润喉咙，压下喉间的痒意。

陶白从包里拿出素描本和铅笔，狼狈地垂下头。

许斐电话响了，他说了声“抱歉”，起身去外面接电话。

趁此间隙，陶白在素描本上寥寥几笔，绘就了两张稿。许斐打完电话回来，她把本子盖上，起身道：“过两天我把稿子发给你，到时候你选好，告诉我一声就行。其间，你若是有什么想法，随时都可以和我说，我这边可以改，很简单的。”

说完，她看着他，轻轻摆手道：“那，再见了。”

许斐失笑，他还没有开口，她就把话说完了。

他确实有事需要马上离开。

“中途改稿，你真的不会在暗地里骂我？”和她聊天很开心，也很放松，他随口开了句玩笑。

“放心，我真的不会在暗地里骂你。”陶白目光狡黠，“如果有不满，我只会当面骂你。”

许斐被她逗笑了，道：“我不会给你骂我的机会。账我已经结了，你是开车来的还是……？”

陶白抱着素描本，笑得眉眼弯弯：“我家就在附近，你有事就先忙，不用管我。”

许斐点头，不再客气，迈步离开。

陶白看着他的背影消失在咖啡店门口，僵硬的脊背忽地一松，瘫靠在椅背上。她面上的笑渐渐隐去，有些怅然地看着窗外。

男人身高腿长，不过转瞬便消失在街角。

她的目光落在前方十字路口的红绿灯上，脑海中浮现的画面却是高一那年，天空下着绵绵细雨，少年骑着单车冲破黑暗，向着乌云中露出一丝曙光的前方，疾驰而去的背影。

时光飞逝，转眼已是十二年。

这一晚，陶白的房间彻夜通明。

天一亮，她就把通宵绘完的草稿发送给了许斐。

彼时，许斐刚起床，他挂了布鲁斯的视频，酒店的工作人员送来早餐，手机响起时，他以为是早间新闻推送。

看到草稿，他十分惊讶，以他挑剔的眼光来打量那几张稿子，居然都挑不出一丝问题。

他看了眼时间，直接拨通了她的电话。

电话响了两声，对面便接通了。

“早上好。”陶白站在窗前，手里端着一杯凉白开，说话间，没忍住打了个哈欠。

她的声音倦意深浓，许斐顿了顿，问道：“一夜没睡？”

“啊。”陶白发出一声气音。

“我这边真的不急。”许斐眉心微蹙，显然没想到她会通宵赶稿。

陶白反身靠在墙上，迎着晨光，还感觉像是在做梦。

怎么就忽然有了联系了呢？一大早接到许斐的电话这种事，比梦还不真实。

她把目光投向玻璃柜，看着那一排小人儿，轻笑道：“你就当我……急性子吧。我通宵习惯了，不碍事。”

许斐沉默不语，显然并不赞同她的做法。

陶白故作不知，轻声问：“看中了哪一张？”

许斐站在酒店的落地窗前，尽览关丘全貌景色，他声音带着刚睡醒的喑哑：“第三张。”

“好。细节方面呢，有需要改动的吗？”

“没有，你考虑得很周到，我找不到需要补充的地方。”

说完，许斐顿了顿。

“草稿没有问题，但我有一个问题。”

“嗯？”陶白尾音上挑，略带疑惑。

许斐捏了捏眉心，笑声低哑磁性，听得人耳朵发烫：“陶小姐，我至今还不知道你的全名。”

陶白一怔。

昨天的自我介绍断在对方是许斐的震惊中，他不提，她都忘了。

陶白牵扯唇角，笑容有些无奈和讽刺。

她笑她自己喜欢了这个人十二年，对方却连她的名字都不知道，这估计是世上最可悲的一场暗恋了。

“我叫陶白。”她无力地靠着窗沿，看着冉冉升起的太阳，喃喃自语，“这次，要记住了。”

挂了电话，陶白上微信再次点开了许斐的朋友圈，以和昨天截然不同的心情，看着他这些年的生活痕迹。

当年的她像个小偷一样，每天晚上偷偷摸摸点进他的空间，翻阅他的文字，窃窃自喜。

那时的她并不知道去别人的空间会留下足迹，还是前两年，偶然从陶墨口中得知。她当时虽然惊讶，但已经过去这么多年，想来对方也从未在意过有个人喜欢在深夜偷偷跑去他空间，窥探他的生活。

而如今，她已经完全不在乎偷看会不会留下足迹，但朋友圈却已经没有了这个功能。

物是人非。

陶墨对她昨晚熬夜的行为表示非常不爽，他刷着牙，挂着满嘴泡沫，就是一通教训："未老先衰这个成语，你听过没有？你就算没听过也不打紧，照你这天天熬夜的劲头，用不了两年，你的脸和身体就会告诉你什么叫未老先衰。到时候，你的皮肤不再光滑，眼睛不再明亮，说不定还会和沃梦那个凶巴巴的老女人一样，长出丑丑的皱纹。"

陶白靠在墙上，双手环胸道："我长皱纹了，你就会嫌弃我？"

陶墨站在她面前，上上下下看了她半晌，反问："你今天心情很好？"

陶白伸手在他脑袋上拍了拍，避而不答。

陶墨跟她一起生活了十年，她的心情是好是坏，瞒得过任何人，瞒不过他。

有情况。

难道是卡宴哥加她微信了？并且他们还互相发了照片？否则怎么解释她姐一脸的春心荡漾。

陶墨摩挲着下巴，盯着她直瞧。

以前他姐的心被一块黑布蒙住，她就算脸上在笑，笑意也不达心底。可她现在确实在笑，真真切切的笑容，笑得浑身放松，满脸开怀。

"姐……"

陶白摸着他毛茸茸的脑袋，目光温柔道："小墨，我很开心。"

这句话就像催泪瓦斯，陶墨眼圈瞬间红了。

陶墨第一次见到陶白时，她完全不像现在这么耀眼夺目。那时的她，脏兮兮的脸上毫无光彩，对生没有任何渴望。

而他也只是一个小乞丐，吃了上顿没下顿，没人摸他脑袋，也没人哄他。

那时候他超级讨厌她，他的世界缺少鲜活，所以他喜欢明亮的东西，而陶白就像一个随时会死去的人，满身腐朽气。

直到那年冬天，他差点儿死去，那个他最讨厌的人背着他在零下几摄氏度的寒风中，求了一个又一个的人，最后累得昏倒在去医院的马路上。

陶墨永远记得她那双死灰的眼，在那个寒冬迸发出他最喜欢的生命力，是她救了他。

沃梦问他想叫什么名字，他没读过书，他说他想叫陶黑。那时，他姐笑着说陶黑难听，给他取名叫陶墨。

此后他们相依为命，她努力工作养活他，眼神中的死寂无光也随着差点儿把他带走的那一场高烧彻底消失。可即便是她卖出去第一件作品，获得丰厚酬劳那天，她也没有这么高兴过。

外人只能看见她的脸在笑，陶墨却能看见她的心在笑。

她是真的，真的在高兴。

周竟的婚礼在 4 月 6 日，婚礼这天，许斐见到了周竟的新娘，有些出乎意料。

戚宣坐在他旁边，笑道："没想到吧，曾经只爱美人的花花公子，竟然被弟妹拿下了。"

周竟的老婆长得并不亮眼，甚至可以说得上普通。但对方气质温婉，说话轻声细语，待人体贴，给人的感觉很舒服。

许斐颔首道："他们很般配。"

周围有不少宾客在偷偷看他们。

戚宣叹了口气。

许斐看了他一眼问："怎么？"

"突然就想起了那天在酒吧遇见的大美人。"戚宣看着正在交换戒指的两位新人，"可能没缘分，结账的时候，我还特意去找工作人员打听了一下，没要到她的联系方式。"

"没缘分，说明她不属于你。"

"……是兄弟就别泼冷水。"

"实话而已。"

礼堂里响起激烈的掌声，他们也跟着鼓掌。

认识周竟这么多年，他们从来没见他哭过，在说"我愿意"的时候，他竟然哭得像个傻子。

许斐和戚宣都感到不可思议，直叹结婚真神奇。

在宾客将散时，戚宣突然问："如果你一直找不到她怎么办？"

他本意是想报复许斐插刀，却不知是灯光太过晃眼，还是别的，他竟然被许斐嘴角的笑容震慑住，只听他说："那就继续找。"

"那……假如你们也没有缘分呢？"

"有没有缘分，我说了算。"

这世上能将就的事情可以有很多，早上想吃中式早餐，却只有西式，他可以将就；想去室外跑步，却因为下雨只能在室内，他也可以将就；喜欢的红酒没有了，只能喝咖啡，他依旧可以将就。

这些都能将就，但唯独喜欢不行。

找不到，就继续找。等不到，就继续等。

人活着，首先就不能对不起自己的心。

他的心十年如一日地告诉他，它还在因她而心动，它没有忘记哪怕一秒，那他就不能辜负。

戚宣看着他，说不出话来。

他自认不是一个花心的人，在大学时也谈了好几个女朋友。可是从他认识许斐到现在，许斐一直孤身一人。

他是抱着怎样的心情在等待，他无从想象，也不敢想象。

在这一刻，他真心地觉得，若是老许找不到他的姑娘，那老天可真就瞎了眼了。

许斐在关丘待了十天，然后回了一趟 M 国。

布鲁斯已经很不高兴了，许斐给他买了很多玩具才哄住他，但他也只在 M 国待了一周，便回了瑞阳。

这两年，许新立可能是觉得玩儿够了，他迫切地想要和唯一的儿子重建父子情。

许斐在大学时利用自己的零花钱在股市大赚了一笔，还未毕业就开了自己的公司。他眼光毒辣，投资从未失过手，又有郁娟和查理做后盾，创业之路可谓顺风顺水，这些年生意越做越大。

许新立如今想让他回来继承家族企业，许斐显然没这个想法。

偌大的客厅里，气氛有些剑拔弩张。

许新立这些年看起来过得不错，红光满面，完全不像五十几岁的人。

许斐坐在他对面，面容冷淡。

他们在电话里谈得并不愉快，但面对唯一的儿子，许新立的态度体现出前所未有的耐心："哪有人会嫌钱多，我就你一个儿子，等我死了，许家就是你的。"

"你现在生一个也不晚。"许斐不为所动。

"我知道你怪我和你妈离婚。"许新立看着他，保养良好的双手交叉垂在膝上，"你也是男人，应该知道男人在有的时候很难拒绝诱惑，尤其是一个不缺钱、不缺权的男人，犯错不过是一念之间。你就算现在不理解，以后也会懂。"

许斐跟他简直没话说，起身就要走。

许新立也站了起来道："后天有场宴会，邀请的都是瑞阳新一代的青年才俊，这是一个不错的机会，能为你拓展人脉。"

许斐头也不回离开了。

他刚回到酒店，手机就响了。

来电显示是夏生，他点了接通。

"老许你什么意思啊，回来都不通知我和老狗一声，还是不是兄弟？"夏生张口就是讨伐。

"抬头看看天。"许斐扯了扯领带，慢条斯理道，"太晚了，准备明天给你们打电话。"

夏生的身边很闹，隐约还能听见苟旭的声音："快叫老许出来，哥儿几个喝几杯……"

"喝屁啊。"夏生笑，"他倒时差呢。"

这些年，夏生和苟旭放假也会飞去M国找许斐玩儿，许斐和他们的关系没断过，关系还跟以前一样。

苟旭前两年结了婚，是他们三个人中结婚最早的，只是婚后生活不尽如人意，整日闹得鸡飞狗跳，没个清净。

夏生突然问："你前段时间是不是去关丘了？"

"嗯，大学同学结婚，正好也有事过去一趟。"许斐把西装脱了丢到沙发上，解开衬衣领扣，走到落地窗前。

瑞阳的夜景他已将近十年没有见过。

变化可谓翻天覆地，满眼陌生。

"啧，原来严野没看错人，我还以为他骗我呢。"夏生笑着说，"对了，你还不知道，严野他老婆就是关丘的，前几天他在微信上和我说，在关丘看见你了，我没相信。"

"严野？"许斐挑眉，毕竟年少时经常一起打球，他对那个暴躁狂的印象实在深刻，"他结婚了？"

"大学还没毕业就结婚了。唉，他对象也是个牛人，和他有一拼。对了，后天的宴会你会去吧？"

宴会是瑞阳几大企业合办的，也是另一种社交形式，笼络人脉，顺便谈两笔生意，再拉点儿投资什么的，大家心里都有数。

许斐原本没打算去，但夏生说他和苟旭也会去，他们已经有两年没聚了，干脆就约在了那天。

许新立虽然私生活混乱，但他玩儿归玩儿，正事从来不耽误，也没弄出什么私生子出来。他事业风生水起，这场宴会其实是他牵头，为许斐办的接风宴，一方面是向外界宣布他许新立的儿子回国了，另一方面也确实是想介绍几个人给许斐认识，为他拓展人脉。

反正在他心里，许斐姓许，是他许新立的儿子，他终归是要为他打算的。

这场宴会邀请的不只是瑞阳新一代的新锐们，属于一场不对外开放的私人晚会，来的都是有头有脸的人物。

收到邀请函的人，不是自身有实力，便是父母有能力。

许斐的总公司在 M 国，他这次回瑞阳只打算待几天。昨晚的对话让他明白，他跟许新立这辈子都不可能有说通的一天，他不喜欢做无用功，参加聚会不过是为了和朋友相聚。

和几位相熟的叔叔辈打了招呼，不顾许新立的怒目，许斐退出交际场，径直走到宴会角落的休息区。

夏生和荀旭随着侍者的引领，进入宴会大厅，荀旭眼尖，一眼就看见了那个坐在角落的男人。

夏生的身后冒出一颗小脑袋，秋生长大了嘴巴，惊呼："天呀，那是斐哥吗？"

"你过去问问，不就知道了？"夏生把她从身后揪出来。

秋生穿着漂亮的白色晚礼服，脸上化着精致的妆容。闻言，她翻了个不雅的白眼："杜夏生你真的很烦啊。"

"烦不过你。"

"你这么烦，难怪找不到女朋友。"

"你就找到男朋友了？"

秋生眼珠子一转，不说话了。

"不是吧杜秋生，你有男朋友了？"她眼珠子一转，夏生就知道她在想什么，他伸手抓住她，"是谁？我怎么不知道？！"

"干吗告诉你！"

许斐恰时抬头，也看见了他们。

夏生揪着秋生走了过去。

秋生推开夏生，她提着裙摆，跳到许斐面前，笑得一脸灿烂："斐哥，好久不见，你还记不记得我？"

夏生和荀旭有时间会去 M 国和许斐聚会，秋生和许斐却是整整十年没见了，不怪乎她那么惊讶。

许斐当年在学校有多受欢迎，喜欢他的女生都快从一中排到十四中了，斐哥当年就长得超帅，而现在……秋生捧着脸，觉得只有她家的长胡子怪物剃掉胡子，才能和她斐哥一较高下了。

"秋生，好久不见。"许斐轻笑，和夏生、荀旭碰了碰拳。

秋生这些年变化不大，除了五官长开，性格还是大大咧咧，比以前更爱笑了。

荀旭脸上带着伤，他从一旁的侍者手中端了一杯香槟，和许斐碰了碰：

“这次回来待多久啊？”

“后天的机票。”

“这么赶？”苟旭看了眼宴会场中被众人簇拥的许新立，摇头直乐，“你爸知道得气疯吧。”

许斐和夏生碰了碰酒杯，许新立的心情不在他的考虑之中，他所在乎的只有自己的家人和朋友。

而他现在的家庭成员里，并不包括许新立。

几人聊了聊近况，气氛相当不错。

“我 6 月可能要去 M 国。”夏生突然说。

许斐挑眉道：“追到了？”

夏生还没说话，秋生就在一旁翻白眼道：“追上什么呀，他就是臭不要脸，硬往上凑，人家都不爱搭理他的。”

夏生伸手在她脸上使劲掐了一把道：“杜秋生，你到底还记不记得自己姓什么，我可是你哥，你就不能说我点儿好？”

“我就是想让你看清事实，你以为你追去 M 国，人家就会感动得稀里哗啦，然后投入你的怀抱吗？杜夏生，别老看着月亮，睁眼看看周围，不要到时候错过了身边最明亮的星星，才后悔莫及！”

“我身边哪儿有什么星星？”

“你瞎看不见，怪我咯？”

眼看着兄妹俩要吵起来，苟旭直接丢了一个重磅炸弹把话题扯开：“我想离婚。”

秋生：“……”

夏生：“……”

安静了几秒，秋生和夏生默契地握手言和。

秋生双手抱胸，看着苟旭道：“狗哥大可不必，为了转移话题，你牺牲这么大，不值得。”

苟旭挠了挠脑袋，指着眼角的抓伤道：“不是开玩笑，我说真的。你看看这伤口，这日子还能过吗？三天两头打架，真的累。”

苟旭和他老婆是相亲认识的，刚结婚时也甜蜜过一段时间，只是隐秘的性格禁不起时间的考验，谁都没想过他老婆有轻微的暴力倾向。

这事连远在 M 国的许斐都知道，更不谈夏生和秋生他们。

气氛有些沉默。

苟旭扯了扯嘴角，笑得有些勉强道："我什么都不想要，房子给她，钱也给她，我就想过几天清净日子。"

夏生叹了口气，伸手在他肩上拍了拍道："狗，哥们儿也不劝你，但离婚是大事，要考虑清楚。"

许斐和他碰了碰杯道："三思。"

秋生也拍拍他的肩道："狗哥，我们都不劝你，但我哥和斐哥都说得对，离婚是大事，要三思，要考虑清楚。但只要你下定决心了，我们就一定会支持你。"

他们了解苟旭，他虽然整天嘻嘻哈哈看着不太正经，其实对家庭非常负责，若不是实在忍不下去了，他不会说出这种话。

苟旭朝他们举了举酒杯。

"都是好兄弟，谢了。"

正说着，宴会厅门口进来两个男人。

林嘉木环视了一圈，目光落在坐在沙发上的几人身上。他挑了挑眉，走了过去："哟，这是谁啊。"

他懒洋洋地走到许斐沙发背后，双臂搭在沙发背上道："来，杜秋生，给我介绍一下。"

秋生懒得搭理他。

林嘉木拽过身后的余航道："来，小航航，看看这位先生，是不是很眼熟？好像是我们高中隔壁班那个谁……谁来着？"

余航一脸无奈地把自己的西装扯回来，褶皱捋平。他和秋生等人打了声招呼，然后看向许斐，伸出手道："许先生你好，久仰大名，我是余航。"

许斐伸手和他握了握。

林嘉木"啧"了声，看着余航道："你一天到晚文绉绉的干啥玩意儿，还久仰大名，恶心不恶心。"

秋生见着他，就忍不住翻白眼道："林嘉木你怎么还是这么幼稚？都快奔三的人了，能不能不要像个小学生，有点儿风度。”

“杜秋生你闭嘴，信不信我明天就去找你男……”

秋生抓起沙发上的抱枕朝他丢去道：“闭嘴！不准说！”

林嘉木和许斐当年两看两相厌，当然现在也没好到哪儿去。

他长腿一跨，直接坐到了苟旭身边。

林嘉木由家里注资玩票似的，开了一家小公司，余航有能力没资金，他有资金没太大能力，于是两人一拍即合，合伙做生意。这两年公司走上正轨，在瑞阳也算小有名气。

老板不理事，余航坐了一会儿，自觉去宴会场交际。

林嘉木跷着二郎腿，懒洋洋地靠在沙发上，伸脚蹬了蹬苟旭问：“你的脸怎么了？又被你媳妇打了啊。”

“滚。”苟旭说完便毫不客气地蹬了回去。

“啧，被老婆打又不是一件丢人的事，你看看在场的，有几人想被老婆打，还没有机会呢。”说着，他看向夏生，“还有这位准备追到 M 国去的男人，你那点儿音乐细胞，还想追伯克利的高才生，我以前怎么没看出来你这么胆识过人啊。”

“林嘉木，你一天不嘴贱，浑身难受是不是？”若非场合不对，夏生真想一拳捶在他脸上，“就你这嘴，这辈子就单着吧。”

“我单着，跟我这张能说会道的嘴，啥关系没有。”林嘉木晃着腿，后脑勺儿枕着双臂，流氓本色尽显，“是因为你哥我，愿意单着。”

秋生放下手中的甜品，看着他，突然问道：“林嘉木，你不会还在找淘淘吧？”

林嘉木晃悠的腿一顿，随即甩得更得劲儿了：“关你屁事。”

旁边的许斐面色一动，抬头看向他。

林嘉木在找秋生的同桌陶白？

他随即抓住这句话的重点，看向秋生问：“找……？”

秋生垂下眼，嘴里的甜瞬间都变成了苦。

淘淘是秋生心中的疙瘩和伤痛，其实不只林嘉木在找陶白，秋生也在找，她这些年一直没有放弃过。

“哦对，老许在高二暑假去了 M 国，有些事不知道。”苟旭挠了挠头，“那年暑假的开学前夕发生了两件大事，一件就是那个老喜欢跟在你身后的1班校花被他爸的仇家杀害了，那事当时都上了报纸和新闻，闹得挺轰动。还有一件……”

他说到这儿看了秋生一眼道：“也跟那个校花有点儿关系，具体的我就不清楚了。”

秋生和林嘉木齐齐沉默。

秋生、林嘉木还有余航，是在高三开学后，陶白没来学校，他们去她家打听情况，才知道发生了什么。

那些从小区保安嘴里说出来的话触目惊心，三人当时就愣在原地，久久不能动弹，秋生回家后更是哭了好几天，病了很久。在高三那一整年，秋生和林嘉木都在托家里的关系找人，可是无论他们怎么找，都找不到已经消失的陶白。

只知道在开学前几天，她买了一张去潼陵的车票。高三的寒暑假，秋生、林嘉木和余航，他们三人去潼陵找了整整一个假期，都没有找到人。

陶白当年到底是带着怎样的心情离开瑞阳，秋生光是想想，心都跟被刀割似的疼。

自己的父亲失手杀死了母亲，而在此前多年，她一直活在一个扭曲的家庭里，保安叔叔嘴里的陶白，让秋生心疼得直哭。

可是她再也找不到她的淘淘了。

见大家都不说话，苟旭只能打哈哈把话题岔开。

夏生也干笑两声，转而问许斐：“你呢，找到人了吗？”

他和苟旭都知道许斐一直在找人，找了很多年。

许斐在苟旭结婚那年，回了一趟一中，他请当年的教导主任打了一份他们那几届的学生名单。夏生从未见过许斐那个样子，整整两天两夜不吃不喝，对着那一沓名单，浑身蔓延着一股他说不上来的怅然。

他那时候就在想，原来有些人的喜欢真的可以那么执着，而那个人还是许斐。

“咦？”秋生扭头看夏生，好奇不已，“斐哥在找谁呀？”

“初恋。”夏生随口一说。

许斐也未否认。

秋生顿时张大了嘴，吃惊道：“妈呀，初恋？是在学校的时候谈的吗？我怎么不知道？”

“我也不知道。”荀旭翻了个白眼。

“那为什么说‘找’？”秋生眨眼，看着许斐，“斐哥被甩了？”

夏生黑着脸捏了她一下道：“杜秋生！”

秋生委委屈屈揉着被捏痛的胳膊道：“那我还不是惊讶嘛，斐哥是谁呀，当年在学校那么受欢迎，靠卖他的社交账号都能发家致富了，他怎么可能会被甩……”

林嘉木玩着打火机“啧”了声，随口一问：“那你卖过没啊？”

夏生和荀旭也看向她。

角落的光线有些昏暗，许斐半个身子隐于黑暗中。

秋生连忙摆手道：“斐哥的社交账号我至今都没有好吧，不过……”

她见夏生和荀旭，还有林嘉木都在看她，心想都过去这么久了，就算说出来应该也……没事了吧？

她屈指挠了挠脸，小声道：“我当初是有一次偷偷从夏生手机里，把斐哥的 QQ 账号抄了下来，和淘淘玩儿了一个小游戏，但是淘淘你们都知道的啦，那么胆小，她不可能去加……加斐哥的……”

她看着许斐在一瞬间变得极为可怖的眼神，声音越说越小，最后甚至吓得直往后缩。

“你说，你把我的 QQ 给了谁？”

秋生被吓蒙了，说话都在哆嗦：“淘……淘淘，我同桌。”

“你同桌，叫什么名字？”许斐的双目瞬间赤红，脑海里浮现出一个人的身影。

“陶白，她叫陶白。”

世界仿佛在这一刻停止。

许斐猛地站起身，脚步趔趄，往门口疾走几步，越走越快，最后甚至跑了起来。

秋生一脸惊惧地扭头看夏生，慌乱地抓住他胳膊道：“哥，我……我是不是又做错什么了？斐哥刚刚的眼神好吓人。”

深知内情的夏生咬牙切齿道：“杜秋生，你这次真的……你闯祸了！”

秋生更怕了，然后她一扭头，就看见林嘉木那张要吃人的脸。

她更崩溃了，怎么办啊？怎么感觉她一下子得罪了两个人。

许斐从电梯出来直奔停车场，酒店门口的门童看见他阴沉可怖的脸，被吓得不敢向前。

停车场此时十分安静，只有他沉重的脚步声，声声震动人心。

许斐拉开车门，坐进驾驶座。他双手紧握方向盘，紧绷的指尖苍白得直发抖。

陶白。

tb。

bt，陶白。

他一拳狠狠砸在方向盘上，那双漂亮的桃花眼，瞬间染上一抹深红。

许斐挺拔的身躯不堪重负地折了下来，他趴在方向盘上，呼吸粗重。

那年运动会，她说她下午有比赛，时间两点。两点啊，他身边明明站着一个一往无前的勇敢身影，他的目光却为何投向了别处？

她没有骗他，她自始至终都没有骗过他。

时光回溯，泛黄的记忆从深渊抽离。

在小卖部，她递过来的矿泉水；秋生的生日会上，她拿不到饮料的窘迫；喧闹的篮球场，她递来的面巾纸；还有那天早上，她趴在桌上哼的歌。

她的安静可爱，害羞胆怯，一帧一帧，倒映在脑海里，清晰宛若昨日。

许斐双手发抖，她一直在身边，他却从未回过头。

那天在咖啡厅，她的失态，她泛红的眼，她故作轻松地问他结婚了吗……桩桩件件，仿若一把泛着光的利刃，寸寸剐剥着许斐不堪重负的心脏，痛得他几乎死去。

逼仄的车内空间充斥着难言的悔恨与难过，趴在方向盘上的男人像一尊雕塑，他泛白的手指死死握紧方向盘，好似那是唯一的救命稻草。

# 第十七章

## 念念不忘的初恋

午夜十二点，陶白从睡梦中惊醒。

她坐在床上，呼吸急促，额头上布满细汗。

她又梦见齐素了。

似乎从他出现后，以往被掩埋在心底最深处的过往，开始一一浮现，好的坏的，愿意记住的和刻意遗忘的，都一股脑儿钻了出来。

陶白起身下床，走到窗边，看着天空中的明月，不由得又想起了那个男人。

她拿过桌上的手机，点开微信，找到那人的头像，点开了他的朋友圈。

许斐在前几天更新了一条动态，视频内容依旧是那个叫布鲁斯的蓝眼睛混血小男孩儿。背景是一片草坪，混血小男孩在和金毛玩耍，他似乎是在练习中文，蹩脚的发音引人发笑。

男人的笑声磁性悦耳，男孩儿非常生气对方在嘲笑他的中文，大吼一声："斐！别笑了！"

"布鲁斯，你叫我什么？"

"哼。"男孩儿只有在生气时中文格外标准，黄黄的卷发蓬松软绵，扭头轻哼时还会左摇右晃，"坏哥哥！"

夜晚寂静，城市亮着点点星火。

陶白靠在窗前，一遍又一遍听着他们的对话，心绪慢慢地平和下来。

晚风卷起纱窗，拂过她的长发，露出她唇角的清浅笑容。

早上七点，客厅的电视里播放着早间新闻。

陶墨打着哈欠从卧室出来，径直走向餐桌，盯着正在吃早餐的陶白道：“你昨晚是不是又熬夜了？”

陶白拿着勺子，有一搭没一搭搅拌着粥道：“没有。”

“四点睡觉，在您这儿都不算熬夜对吧？”

“……”

陶墨拉开椅子，坐到她身边，稚嫩的脸上带着语重心长：“有些人单身多年，眼看终于加了一个卡宴哥，在脱单的边缘疯狂徘徊，还不赶紧好好保养身体，以后怎么度过如狼似虎的年纪？”

陶白太阳穴突突跳，道：“陶小墨，我发现你最近的胆子，真是越来越大了。”

“还好吧。”陶墨一点儿不心虚，“胆子这玩意儿就跟胸肌一样，挤挤还是有的。”

“……”

陶白看了眼墙上的时钟，赶苍蝇似的挥手道：“你上学要迟到了。”

陶墨叼了根油条，冷酷离开。

一路小跑下楼，路过花园时，陶墨看见了那只被割了蛋的花花。花花蹲在墙上的一簇花束间，像只小美猫，在勾引路过的四脚兽。

陶墨逗了它一会儿，花花对他爱搭不理。

陶墨跟逗狗似的说：“你这只无情猫，要不是我，你现在还在为找小母猫发愁呢，喵喵喵，难受不死你。”

花花高冷地扭开脑袋。

“得，渣猫，再见。”陶墨双手揣兜，扭头就走。

他们小区颇有些年代，设施也比较老旧，每天进出的不是三轮车就是自行车。所以，当陶墨看见他们小区外面停着一辆超眼熟、超拉风的卡宴时，他整个人原地跳了起来。

他眼睛发亮，拔腿就冲了上去，边跑边吼：“哥，你今天是来和我姐见面的吗？！”

男人站在车旁，面容疲倦，一双眼漆黑深沉。

陶墨跑到他面前，歪了歪头，迟疑地叫了声：“哥？”

许斐的目光落在他脸上，或许是常年生活在一起，少年的五官竟和她有那么三分相似。

他眸光柔和下来道：“陶墨。”

陶墨应了声，以为是他姐告诉的他自己的名字：“哥，你怎么这么早就来了？我姐还在吃早餐，你得再等会儿。”

许斐举目望向他家所在的方向，声音缥缈得似乎风一吹就会散：“嗯。”

“看来你俩聊得还不错，这么快就见面了。

“我没骗你吧，我姐长得贼好看，你俩是不是看过照片了？应该看过了吧，否则我姐那个人是不可能告诉你我家的地址，更不可能同意和你见面的。”

许斐收回目光，看着他。

陶墨一脸茫然地和他对视。

他总感觉哪里不对，又说不上来哪里不对。

许斐最后看了一眼他家的方向，垂下眼。他拉开驾驶座的车门，对还在发呆的少年说：“时间不早了，我送你去学校。”

“不愧是你，真有前途。”陶墨麻溜拉开副驾驶车门，“知道关键时候应该讨好谁，你是不是想向我打听我姐的喜好，然后待会儿约会的时候，用掌握一切的体贴来获取我姐的好感？不愧是你，真有心机。

“你俩在网上都怎么聊的？聊了些什么？

“不过你别担心，你今天虽然看起来状态不佳，但耐不住你帅气，你们是不会见光死的。

“俗话说得好，三观跟着五官走，我姐就把这句俗话展现得淋漓尽致。”

黑色的卡宴驶出小区。

等红绿灯的间隙，许斐看着从斑马线走过的学生，突然就想起了高一那年的下雨天，女生打着他的黑伞，脚踩水洼的画面。

他即便不知道陶白就是她，却惊奇地发现，这些关于她的细节，他竟从未忘记分毫，每每回忆起，都清晰宛若昨日。

秋生未尽的话语，他在来时的路上已经从别人口中得知，那些只言片语就像一把利刃，每一个字都割在他已经鲜血淋漓的心上。

他错过的何止是那十年，她的悲欢，她的离合，她每一个无法入眠的日日夜夜，甚至是她的绝望。

许斐从未有一刻如现在这般无力，他何止错过，他甚至是有过错。

陶墨在副驾驶喋喋不休，许斐沉默片刻后，问道："小墨，能和我讲讲你姐的事吗？"

陶墨话音一顿。

他扭头看着卡宴哥，总觉得他现在的状态让他有些看不懂。不就是见面吗，怎么搞得好像见前女友一样？

忐忑中带着一丝期待，期待中又藏着一丝悔恨。

现在的网恋都这么离奇曲折了吗？

"你们俩……"陶墨试探着问，"是不是还没看过照片啊？你是不是害怕见光死啊？"

许斐靠在椅背上，目光有些茫然。

"我们见过面了。"

他低喃："已经见过了。"

陶墨难得聪明一回，他皱眉看着许斐道："我怎么感觉你好像和我姐认识？我是不是误会了什么？"

他把他姐的微信给了他，但他有没有加他姐，他还真不知道。他也没听他姐说过。

只是他姐这段时间心情起伏不定，他见她脸上的笑容多了，就以为是卡宴哥哥加她了，而且他们俩还聊得不错。

不然怎么解释他姐这段时间容光焕发，天天给他发红包？

不就是为了感谢他这个小月老，给她找了个极品男朋友吗？

许斐点点头，又摇摇头。

他和陶白最密切的交往时间是在高二的上半学期，可实际算下来，他们在现实生活中说话的次数却寥寥无几，他们熟悉，却也陌生。

这个头点得十分沉重，甚至带着自我欺骗。

他一厢情愿地认为他和陶白是熟悉的，即便过了十年，他们……依旧是熟悉的。

许斐扯了扯唇角，苦涩一笑。

陶墨沉默了一会儿，突然问："哥，你和我姐以前就认识，对不对？"

许斐点头道："是。"

陶墨心头一跳，他突然想到什么，骤然看向他道："你是不是我姐的同学？"

许斐不躲不避，再次点头道："是，我们是高中同学。"

陶墨攥紧双拳，他瞪着他，手都在抖，似乎他再敢点头，就立马揍上去，问："你，喜欢打篮球吗？"

许斐虽然疑惑这个问题，却还是点头道："喜欢。"

"喜欢戴护腕吗？"

"喜欢。"

"哪只手？"

"右手。"

陶墨表情碎裂，他攥着拳的手疯狂颤动道："真的是你。"

世上怎么会有这样的缘分，是他亲手把他姐送到他面前的？是他上赶着把他姐送到他面前的！这个认知让陶墨心血翻滚，恨不得仰天喷血。

卡宴哥怎么会是他姐那个念念不忘的初恋？

"谁准你加我姐微信了？"陶墨立马翻脸不认人，"我都把钱还给你了，谁准你加我姐微信了？！"

难怪他姐那么高兴，他怎么就没有想到，他怎么就没有想到！

他捶打车窗，满脸凶狠道："停车！我要下车！"

"小墨。"许斐皱眉。

"你别这么叫我，我讨厌你。"陶墨眼睛都红了，他恶狠狠地瞪着许斐，"你让我姐一个人伤心了这么多年，你以前不出现，现在干吗要出现！"

许斐把车拐了一道弯，停在一处无人街角。

车内有一瞬安静。

陶墨气到失去理智，什么话狠说什么："你不是想知道我姐的事吗？好，我告诉你，我姐这些年过得特别好，她生活幸福，有人疼她爱她在乎她，她不缺追求者，更不缺男朋友。你以为我姐还喜欢你吗？哈，做梦吧！你以为你是谁。"

见他沉着脸，陶墨顿觉快意道："你不是已经有喜欢的人了吗？既然如此，那就……"

"喜欢你姐。"许斐紧握方向盘，他看着陶墨的眼睛，声音又沉又稳，"自始至终，喜欢的人，都是陶白。"

他一身狼狈，脸上的表情，剥开的心，还有沉重的心情。

他该以怎样的姿态和身份出现在她面前，从瑞阳到关丘这段距离，开车快一点儿只需要十几个小时，可从高二到现在，隔的却是十年。

十年，几千个日日夜夜，只是想想，都让他心脏发疼。

满心恶意的陶墨霎时安静下来，他目光有些迷茫地看着前方道："你真的喜欢我姐吗？那这么多年，你去哪里了啊？"

许斐的眼眶突然就红了。

车门关上。

许斐的目光落在人来人往的三中校门口。他表情有些恍惚，似乎一下子回到了许多年前，一中的校门口与面前的景色交叠，泛黄的旧相片也变得色彩鲜明。

他去哪里了？他不知道。

他丢了她，也丢了自己。

陶白提着水果，去了师父家。

陈笃清正在院子里给他心爱的菜园子松土，大黑懒洋洋地趴在树下，见她来了，抬头奶声奶气嗷了一声。

陶白推门进去，叫了一声："师父。"

老爷子抬头看了她一眼，视线落在她手上，语气含着一丝小期待："买什么了？"

“水果。”陶白提着手里的葡萄走到他面前，晃了晃，“不是蛋糕。”

陈笃清冷哼一声，举高锄头挖了一捧土。

“有三高的人啊，就别整天惦记着吃甜食了，对身体不好。”

“我哪有三高！”

“高血脂、高血压、高血糖，您哪样落下了？”

“……”

陶白不理他，把袋子戳了个洞，提着葡萄去旁边的水龙头下冲了冲。从后山引进来的山泉水清澈透亮，被阳光一照折射出一道银光，是纯天然的味道。

洗好葡萄，陶白也不叫他，自己拖了个小板凳，坐在院子里吃。

老爷子举着锄头，气得哼哧哼哧在原地松土。

陶白指着菜园子道：“旁边也松松，别只顾着一个地方，要雨露均沾。”

“你给我住嘴。”老爷子哼哼，“不孝徒弟，吃葡萄也不叫我。大黑，给我把她撵出去。”

大黑抬头“嗷”了一声，随即又趴了回去。

陶白笑得眉眼弯弯道：“大黑可是我抱回来的，它跟我最亲了。”

“汪。”大黑摇了摇尾巴。

老爷子被一人一狗气个半死，一把丢掉锄头，抢过她手上的葡萄道：“你大老远来就是为了气我？蛋糕也不给买一个，这些年白疼你了。去，把我的躺椅给我搬过来。”

陶白轻笑一声，去堂屋把他的老人椅给他拖出来。

陈笃清躺在躺椅上，优哉游哉地吹着风，一口一颗葡萄，美哉。

陶白蹲在地上陪大黑玩闹。

陈笃清眯着小眼睛，看了眼自己的不孝徒弟，问道：“那小子联系你没？”

“已经见过面了。”陶白垂眼，轻声道。

“谈得怎么样？”

“还好，稿子定了。”

陶白家里有间工作室，接小件的私活儿都是在家完成，陈笃清一般不会过问。

“那就好好做吧。那老太婆生平唯一的爱好就是木雕，她朋友多，这次让她满意了，以后你不会缺单子。”

陶白点点头。于情于理，都该上心。

见他老人家今天心情似乎还不错，陶白打算趁机提一嘴沃梦，结果门外突然传来敲门声。

大黑站了起来，朝门口叫了两声。

陶白扭头看老爷子问：“师父今天约人了？”

陈笃清挠了挠头，他记性不太好道：“没约吧？记不得了，你去开门看看不就知道了。”

陶白晒着太阳有些犯懒，就指挥大黑道：“大黑，去开门。”

大黑一脸无辜地抬头。

“……行，我自己去。”

屋外的人似乎极有耐心，安静地等着。

陶白担心对方久等，心生不耐，拖长音调道：“来了……”

她拍了拍手上的灰尘，拉着门闩，把门推开道：“谁呀……”

许斐站在门口，手上提着上门礼。

他的目光落在她刹那间呆愣的脸上，嘴角微弯，温声道：“好久不见，陶白。”

她曾说，我叫陶白，记住了。

他现在记住了，前所未有地深刻，这辈子都不敢再忘。

陶白足足愣了好几秒，才回过神来。

她万万没想到来人是许斐，她略显手忙脚乱地推开门，侧身让开。又见他手上提着礼物，似乎很沉，伸手想帮他，“好久不见，你来找师父吗？”

许斐轻轻避开，声音低缓道：“有点儿重，我来就好。”

陶白手上还沾着和大黑玩泥巴留下的痕迹，她脸微红，把手背到身后道：“快进来吧，师父在里面。”

许斐轻笑一声，跟着她进去。

老爷子原本还以为是哪个上门蹭饭的老友，没想到居然是之前的话题对象，还真是说曹操，曹操就到。

他拍拍手上的葡萄汁水，站了起来。

“陈爷爷下午好，贸然上门，打扰了。”许斐笑得谦逊有礼。

“我当是谁呢，原来是你小子啊。”老爷子大笑着拍了拍他的肩，“跟陈爷爷还这么见外，上门带什么东西。”

许斐跟着他进了堂屋，把东西放在桌上道：“一点儿小心意，还望陈爷爷不要嫌弃。”

“淘淘，去把我的茶叶拿出来。”老爷子指挥陶白。

陶白应了声，看了眼许斐，去了里屋。

许斐的余光一直跟着陶白，看着她的身影消失在拐角，才缓缓收回目光。

她今天穿着一条中式及膝旗袍，不施粉黛，恬静柔和，就像春天的风，又柔又暖。

陈笃清手巧，眼睛更尖，越看越觉得不对劲儿。

这小子怎么老偷看他徒弟呢？

他轻咳一声，正了表情，问道：“你外婆身体还好吧？”

许斐坐姿端正，笑容如沐春风道：“劳您挂心，外婆身体还算康健，就是有些高血压。”

“你跟你外婆一个样。”陈笃清之前还觉得这小子顺眼，现在看着突然就不怎么顺眼了，“说话都文绉绉的。”

郁小花当年说一句话，他得琢磨半天才明白是什么意思，有时候被她拐着八道弯儿，骂了几百遍都不知道。

没过一会儿，陶白端着泡好的茶出来。

堂屋里茶香四溢，陈笃清馋得直咽唾沫，催促她道：“快快，先给我来一杯。”

“烫着呢。”陶白笑得无奈，往他面前放了一杯，然后扭头对一旁的许斐调皮地眨了眨眼，“你慢点儿喝，别学师父烫着舌头。”

许斐被她逗笑，他垂下眼，掩饰了眸中灼热的温度。

许斐没有说来意，也没人问他来意。

大黑趴在屋檐下打哈欠，昏昏欲睡。

陈笃清和许斐喝了会儿茶，邀请他去自己的收藏室。

陶白没有跟着他们，她坐在院子里的藤椅上，安静地陪大黑玩闹。

许斐透过收藏室的窗棂，目光直直地望着她在阳光下几近透明的侧颜。

“许家小子。”陈笃清突然叫了他一声。

许斐收回目光，看向陈笃清。

老爷子走到他身边，看向院子里的徒弟。他双眸微眯，被岁月洗礼的苍老面容藏着过来人的睿智，语气有些不好道：“心思收收，就算你是郁小花的外孙，我也不准你打我徒弟的主意。”

“陈爷爷。”许斐拧着眉叫了一声。

“叫爷爷也没用。”老爷子扭头看他，双目迸射出严厉的光，“你这小子心里打的什么坏主意，别以为能骗过老爷子。我徒弟可跟一般的女孩子不一样，你们这些公子哥儿的手段别用在她身上，不然别怪我翻脸。”

许斐知道他误会了，却也不知该如何解释。

怎么解释呢，说她是自己一直藏在心里的初恋？但那些年少时暗暗滋生的喜欢，连表露的机会都没有，便丧失在了他的自以为是下。

一步错，步步错。

他的喜欢，苍白得毫无重量。

“大黑！你又乱吃了什么东西？”院子里响起陶白的轻斥声，大黑趴在地上委委屈屈哼了几下，陶白揉着它的大脑袋，一边安抚一边教育，“乱吃东西，吃坏了肚子怎么办？怎么就这么不乖。嘴又馋了？嗯？”

“嗷呜。”

“撒娇也没用。”

“嗷呜呜。”

“好，好，好，待会儿给你做好吃的。”

又凶又温柔。

许斐看着蹲在地上轻声哄着大黑狗的姑娘，眸光不自觉变得温柔。

老爷子看了他几眼，气得挥袖，他说的话，这臭小子一句都没听进去。

陈笃清的收藏品很多，许斐刚开口试探他有没有忍痛割爱的意思，就被老爷子气冲冲骂了回去："不卖不卖！想得美，这些都是我的宝贝，以后可是要跟着我入土的。"

"师父，你又在瞎说什么。"陶白从外面进来，脸色有些不好看。

老爷子缩了缩脖子，不敢乱说了。

他这徒弟听不得不吉利的话，最怕生啊死啊的话题。

他这辈子没怕过任何人，临到老却被徒弟管着，不听话还不行，跟你闹能气死你。

老爷子舍不得卖，许斐也没有再继续这个话题。

他看着陶白，漂亮的桃花眼蕴着笑意，温声问道："你待会儿要回市区吗？"

陶白有些不敢和他对视，这个视线太灼热了，简直能烫穿心脏。

原本准备待一晚的，现在突然就改变主意了。不顾师父在旁边挤眉弄眼，她轻轻点头道："嗯，要回。"

当年便觉得她声音好听，如今退去了少女的软糯，变得温柔，也更加动人。

两人旁若无人，态度熟稔，仿佛相熟多年。

许斐颔首，自然地邀请道："那，坐我的车？"

陶白这次没有回避，虽然心脏烫得仿佛要融化，她却淡然地与他对视。

目光交汇时，他们的心同时一颤。两颗心隔着胸腔跳动，这一刻，竟迟了十年，多么来之不易。

"你不是回 M 国了吗？"陶白轻声问。

"又回来了。"许斐温声回。

"这次待多久啊？"

"要看情况了。"

"什么情况？"

许斐看着她，轻笑道："眼前的情况。"

没有追到你，怎么愿意再走？

陈笃清在旁边气冲冲地看了他们几眼，干脆眼不见为净，背着手出去了。

他原本还以为是许家小子打他徒弟的主意，可就他对自己徒弟的了解，她那眼神，明明就是她在打人家主意。

陈笃清搬了张凳子，坐在门口，等了好一会儿，还没见他们出来。

他脸一黑，扯着嗓子和大黑说话："大黑，大黑你饿了啊？行，叫你姐给你做饭。"

"陶白——你弟弟饿了，赶紧出来。"

大黑嗷呜叫了一声。

"大黑啊，你姐现在可越来越不像话了啊。"

"汪。"

"大黑啊，你姐现在不疼你了啊。"

"汪。"

"大黑啊……"

陶白黑着脸从收藏室出来道："师父！"

"你弟饿了！"老头指着院子里的大黑，"自己的弟弟自己管，我才不管。"

老爷子故意找事，任性起来没人扛得住。

陶白给大黑倒了狗粮，他就说自己饿了，才四点就要吃晚饭，还让陶白给他做夜宵。

陶白看他，他理直气壮瞪回去，不见心虚道："你不给我做夜宵，我半夜肚子饿了怎么办，我这里又不能点外卖。"

"您还知道点外卖呢？"陶白都被气乐了。

"你看不起我是不是？"老爷子鼻孔哼哼，"我知道的多着呢，我还会用微信发红包呢。"

"那我怎么没收到过师父的红包？"

"夜宵都不给我做，还想要红包，你怎么不去做梦呢！"

陶白长长地深吸一口气，转身去了厨房。

许斐在一旁看着他们师徒斗嘴，嘴角的笑就没敛过。

这样的陶白是他从未见过的，充满了烟火气，让人移不开眼。

陈笃清不是喜欢打探别人家庭和私生活的人，陶白去了厨房，他却问许斐："郁小花现在在 M 国吗？"

"外婆她老人家现在在 Y 国。"许斐态度很恭敬，"她喜欢旅行，会在喜欢的国家待一段时间，如此往复。"

"那小娟呢，她现在在哪儿？"他只知道郁娟和许新立离了婚，别的就不清楚了。

"母亲现在和我继父，还有弟弟住在 M 国。"

老头眼睛一眯，意有所指道："你们这一家人倒是一个比一个走得远，落叶得归根哪。"

许斐言行举止都透露着礼貌和优雅，他即便坐在老旧堂屋里，依旧难掩上流人士的风华。

有些东西是刻在骨子里的。

陈笃清打量着他，许斐不闪不避，态度十分恭谦。

"许家小子，你上次来拜访，说是才从 M 国回来？"

许斐点头。

"你和我徒弟以前是不是认识？"

"我们是高中同学。"

"那你上次来找我，是别有用心？"

许斐摇头，从善如流地回答："当时并不知道她就是您的徒弟。"

陈笃清歪斜的坐姿慢慢坐直，那双历尽千帆的眼带着几许了然。他看着许斐，表情有些恍惚道："你今天是为她而来？"

许斐转头看向陶白离开的方向，点头，又摇头道："是想来感谢您。若非您，我可能就真的错过她了。"

缘分是个很奇妙的东西，陈笃清听他三言两语，把其中曲折一一道来，他那张脸黑得哟。

敢情他还成他们的牵线人了？真是气死他老人家了。

他抖着手放狠话："你敢把我徒弟拐去 M 国，我就去 Y 国找郁小花算账！"

陶白端着粥出来，见他师父黑着脸，理都不理许斐。

许斐安静地坐在一旁，见她看来，眉眼舒展，疏朗一笑。

她走过去捏了捏老爷子的肩膀，无奈道："又怎么了？"

陈笃清拍开她的手道："你们俩要走赶紧走，我今天不想看见你们了。"

陶白叹了口气，师父又生气了。

"夜宵在锅里温着，开火热一下就可以吃了。"她轻声叮嘱，"不要偷偷吃糖，下次来我会检查。

"晚上睡觉记得关好收藏室的门，小心大黑又摸进去捣乱。

"早睡早起，别熬夜。"

"……你还走不走？"老爷子忍无可忍。

陶白看了眼许斐，解开围裙，换上高跟鞋。她身材高挑，中式旗袍十分衬她，窈窕身姿，尽显风情。

礼貌让许斐克制，冲动又让他放肆。

无论是十年前，还是十年后，他对她的记忆，似乎从未褪色。

害羞胆怯的陶白，勇敢坚定的陶白，还有如今这个自信美丽的陶白。

她在青春年少的他心头狠狠刻了一笔，让他惦记了整整十年。

整整十年。

陶白回头恰好就对上他的目光，她怔了怔，低下头绾发。

许斐恍然回神，他仓促地收回目光，低声问道："带外套了吗？"

陶白摇头道："没有。"

许斐看着她道："晚上会冷。"

陶白顿了顿，脚尖一转，回屋拿了一件外套出来。

老头儿喝着粥乐呵呵直笑。臭小子，哈哈，坏主意落空了吧。

许斐一脸无奈。本想把风衣脱了给她。

许斐的车就停在前面的马路上。

山野小路碎石泥泞，还好今天天气晴朗，路倒也不难走。

陶白穿着高跟鞋，走得如履平地，许斐却胆战心惊地跟在她身后，就怕她摔了。

昔日看郁娟女士穿着恨天高，走在平坦宽阔的纽约街头，许斐都没有这么提心吊胆过。

大青山脚下住着几户人家，虽然距离隔得远，却也能看见袅袅炊烟。

许斐看着地上若即若离的两道影子，突然加快脚步，走到她身边。距离拉近，两道影子的距离也随之拉近。

他眼尾上挑，心情突然变好。

陶白偏头看了他一眼，男人的侧脸被夕阳镀上一层金光，俊美得好似天神下凡。

这一幕，让她想起高一那年八百米体测，他消失了两个月后，突然出现在操场尽头，他当时也如现在这般，迎着暖阳踏光而来。

夕阳很美，却及不上身旁之人分毫。

“那年，我真的以为你退学了。”陶白突然说。

莫名的一句话，许斐却听懂了。

那年郁娟和许新立的婚姻走到尽头，他陪着在这场婚姻里饱受委屈和痛苦的母亲去了国外，陪她熟悉新生活，开启全新人生。当时除了夏生和苟旭，没人知道他为什么离开，是否还回来。

知道他可能不会回来了，她……

许斐发现自己实在错过太多太多，多到他这一生可能都无法弥补。

“后来你突然出现在操场上，我们真的吓了一跳。”陶白粲然一笑，无论什么时候，回忆起那个画面，她都会怦然心动。

“你当时在跑步。”许斐看着天边的夕阳，从岁月里翻找出她的模样，“路过你身边时，我就在想，这是哪个小短腿啊，怎么跑个八百米都这么困难，体力太弱了吧。”

陶白瞪了他一眼，气到失笑问：“我腿哪里短了？”

许斐看了眼地上被夕阳无限拉长的腿，语带笑意：“事实证明，是我眼拙。”

陶白顺着他的目光看向地面，看到了两个交缠的影子。

她放慢了脚步。

“后来你站在一万米的跑道上，惊艳了所有人。”许斐鸦羽般的长睫轻颤，因为从未把那个连八百米都跑不动的小短腿和网上的她联系到一起，所以纵使她最后差点儿累倒在赛道上，拼尽全力跑完了一万米，他也仅仅是奖励了她一个冰激凌。

一个冰激凌而已。

许斐勾唇，讽刺一笑，嘲尽了自己的自以为是。

陶白也回忆起那段过往，即便过去了这么多年，她仍旧会感到不可思议。当年一往无前的勇气和不计后果的冲动，都是身旁的人带给她的：“是不是觉得我勇气可嘉？”

许斐看着她的侧脸，轻轻“嗯”了声。

一阵微风吹过，拂起了陶白的长卷发。她望着落日，绾发轻笑道：“告诉你一个秘密，其实我没有那么大的勇气，只是当年的赛场上有我喜欢的男生，所以我才去报名的。”

许斐眼眶有些发热，害怕被她发现，他仓促地偏开了头。

那个以为他什么都不知道的傻姑娘，还故作轻松地耸肩解释：“不过我喜欢的男生是个胆小鬼，他中途弃权了。”

许斐压下喉间上涌的酸涩，哑声道：“那他真的是个胆小鬼。”

陶白有些不好意思地摸了摸鼻尖，不敢看他道：“其实也没有很胆小，他很厉害的。是我太胆小了，如果我再勇敢一点儿就好了……”

许斐看着她的侧脸道：“你已经很勇敢了，是他太笨。”

陶白摇头道：“他不笨，我也勇敢过。只是现在才明白，那时候我们都太年轻了，做再多冲动的事，也改变不了什么。”

许斐试探般问道：“除了跑一万米，还为他做过别的冲动的事？”

陶白一怔，随即垂下头问：“跳舞算吗？”

许斐愣住。

或许是觉得时间已经过去了许多年，此情此景，问这句话的人，让陶白没有过多思考。

十年，连相片都会褪色，何谈记忆。

她笑容灿烂，和他分享自己的秘密：“见他不开心，穿着一件很笨重的衣服，给他跳扭扭舞。”

许斐彻底僵住。

陶白没有察觉，她看着天空，用轻松的语气细数着青春年少的暗恋：“在公交站台陪他站到天黑，他当时看起来太可怜了，就像一条被抛弃的小狗狗，我不忍心丢下他，就陪他啦。

“为了加他的社交账号，去打暑假工买手机。

“还送了两次气球给他。”

陶白伸了个懒腰，寥寥几句，便说完了自己的喜欢。

每个人的青春都大同小异，这些话并不会透露什么，她说得很轻松。

然而身后久久无人说话，长久的沉默让陶白的心突然“咯噔”一下，她回过头，却发现许斐不知何时停了下来。

那年的公园小道，穿着蓝精灵玩偶装的人为什么一直跟着他，为什么会傻乎乎地给他跳舞，想要哄他开心。还有那年在公交站台，那个一闪而过跳上公交车的身影，竟然都是她。

他的世界一直存在着一个人，可他竟忽略至此。

他蓦然回忆起高一那年暑假，那个同样穿着玩偶装，在四十摄氏度的高温下，来来回回穿行在那两条街道上给路人发送气球的身影。

打暑假工，就是为了一部手机，一部能加他社交账号的手机。

所以她加他好友是在 8 月，正是打工后的一个月。

两人中间相隔着四五步远的距离，陶白脸上的表情突然一变，整个人愣在当场。

许斐哭了。

他侧面是暖黄夕阳，小路两旁的野花被风吹得微微折腰，风拂起他的衣摆，他站在她的对面。

他声音沙哑地问：“陶白，你还有多少事瞒着我？”

陶白的脑子轰然一炸，险些站不稳。

许斐一步步走到她面前，双手死死地抓住她的肩膀，那双漂亮的桃花眼渲染上汹涌的情绪：“还有呢，除此之外，是不是还有别的？为了买手机去打暑假工，因为我去跑一万米，在公交站台偷偷陪了我几个小时，在公园的小径上，穿着玩偶装给我跳舞，哄我开心，还有呢……陶白，还有呢？还有什么是我不知道的？”

他的声音太难过了，陶白的眼泪一下子就流了出来。她看着他，双唇翕合，干涩道：“还有，偷偷喜欢你，又偷偷不喜欢你了。”

许斐抓着她双臂的手收紧，摇头道：“不能不喜欢了。”

“你和我最讨厌的人在一起了，我不能喜欢了。”陶白笑着泪流满面，“但是不喜欢好难啊，我做不到，所以只能偷偷继续喜欢你。”

许斐指尖微颤，他轻柔地拭去她眼角的泪，笑得既温柔又难受道：“没有在一起，从来没有过别人，一直都是你。”

他抓着陶白往后缩的右手，放在自己的双眼上道：“以前就不敢看我，现在还不敢吗？怎么就这么胆小？”

陶白感觉到掌心的湿润，她的心又酸又涩。这是许斐，是她一直喜欢的许斐，可她喜欢的许斐却藏在她的掌心下，不愿被她看见软弱。

她难受得浑身都痛。

挂在天边的夕阳彻底消失在地平线上，天空呈现出黑夜来临前的靛青。

夜色下，站着两个失态的人。

陶白见不得许斐难过，就像当年在公交站台，她见不得他失落一样。

无论过去多少年，陶白的心尖上始终住着一个许斐，她小心翼翼藏着的人，又怎么舍得他难受？

许斐看着眼前的陶白，她的双眼被最澄澈的泪水洗礼，眼中倒映着他的模样。她此刻的面容，与那年在赛道上冲过终点后，对他笑得灿烂的青涩脸庞彻底融合在一起。

他的爱情，在这一刻终于得以绽放。

陶白坐在副驾驶，忍不住打了个喷嚏。

车里开着暖气，许斐从后备箱里拿了一条毛毯搭在她的腿上，温声道：“晚上降温，小心感冒了。”

陶白攥着毛毯，点点头道：“嗯。”

许斐看她听话的模样，抵唇低笑。

陶白瞥了他一眼，还未从之前的情绪中抽离，带着一点儿小鼻音道：“你笑什么？”

“想到了你和陈爷爷斗嘴的样子，和小墨很像。”许斐指了指副驾驶，“还有这个座位，布鲁斯是个很任性的小孩儿，他不允许任何人坐在我的副驾驶，这是他的专属座位。”

陶白挑眉，看着他。

“但是，从我回国后……”许斐像是想到什么有趣的事，眼角眉梢都是笑意，“就再也不是他的专属了。”

成了你们姐弟的专属。

陶白抽了一张面巾纸捂住鼻子，说话声音有些闷：“那布鲁斯岂不是会很生气？小墨是我弟弟，他本来就像……”

她猛地一顿，扭头看他问：“小墨？你认识我家陶墨？？”

许斐轻叹一声，想到那张被他扔到马路上的微信号，既遗憾又懊恼道：“小墨一直嫌弃我眼神不好，说他家里有个天仙一样的姐姐……”

他说一半，留一半，未尽之语，引人遐思。

陶白听得耳根都红了，陶墨是个什么鬼德行，她比谁都清楚。

她做梦都没想到，陶墨嘴里的卡宴哥，居然就是许斐。

“他一个小孩儿……”她艰难道，“你别理他。”

许斐定定地看着她，陶白用面巾纸捂住脸，狼狈躲开。

手肘撑着方向盘，许斐笑着看了她一会儿，见她面色滚烫，整个人都要缩成一团，才堪堪放过她。

他慢条斯理地拉开副驾驶前面的箱子，露出里面塞满的零食道：“不知道你喜欢吃什么，来之前在超市随便拿了一些，看看有没有喜欢的。”

他恢复了以往那副从容不迫的模样，好似先前的失态只是一场幻觉。

和他一比，陶白觉得自己就是一个情绪管理的菜鸡。

她不甘弱势，努力平复好心情，随手拿了一包零食拆开，表情自然道：“这个牌子的薯片还可以。”

许斐笑得温文尔雅，从善如流道：“好，我记住了，以后都给你买这个牌子的薯片。”

“……”陶白噎住，很想硬气地说，谁跟你以后。

可惜，耳朵不听话地红了。

因为幼年有些不太良好的经历，陶白其实很少吃零食。

薯片是好吃的，但是看着男人那张淡定的脸，她突然就觉得没滋没味了。不愧是年纪轻轻就闻名商界的资本巨鳄，就这情绪恢复的速度，她怕八匹汗血宝马也追不上。

陶白吃着薯片，思绪乱飞。

许斐看了她一眼，突然道："我也想吃。"

陶白扭头，许斐看着她，轻声重复道："我也想吃。"

陶白低头看了看手里的薯片，试探着伸手，递到他嘴边。许斐张嘴咬住，薄薄的薯片被舌头一卷，卷入口腔。

清脆的咀嚼声响彻车内空间，驱散了那丝若有似无的距离感。

接下来的路程，一个投喂，一个张嘴，气氛融洽。

黑色的卡宴在夜色中穿行，不久就到了市区。陶白见他径直往她家所在的方向开，心念一转，便明白他肯定事先调查过。

她有些无奈地看了他一眼，倒没有生气。

许斐一直在偷偷看她，见此，也暗自松了口气。

"我有事，先不回家。"陶白指着另一个方向，"去 405。"

许斐前段时间才去过那个酒吧，自然知道那是什么地方，他握着方向盘的手紧了紧。

陶白偏头看着窗外，车窗倒映着她的脸："我前段时间在酒吧看见你了。"

许斐倒转方向盘，驶向她所指的方向道："我的大学同学结婚，他组了一个婚前最后的单身局，只有三个人。"

他顿了顿，补充道："都是男的。"

陶白唇角微勾，抱着薯片没说话。

许斐扭头看她，只看到一张侧脸。他抿了抿唇，低声道："真的，没有骗你。"

"可我几乎天天都去。"陶白看着街道两旁的霓虹，轻声说。

许斐把车开到一处能停车的地方，熄了火，扭头看着她。

车窗外不时有路人路过，华灯初上，霓虹闪烁。

陶白睫毛轻颤，没有回头。

许斐突然伸出手，在她唇边轻轻拭了一下。

陶白垂眸，见他白皙的指尖沾着一点儿薯片碎末。

“看见我了，为什么不叫我？”许斐的目光落在她脸上，眼中蕴着化不开的情绪。

陶白偏开了头。

过了好一会儿，她才说：“不敢叫呀，你又不认识我。”

许斐的心脏蓦地一疼。

“许斐，你知道吗？就像现在这样，叫着你的名字，都感觉像是在做梦。”陶白嘴里说着难过的话，面上却笑靥如花，“以前在学校，我就只敢偷偷看你，你从走廊路过，步伐永远不急不缓，也从不回头看身旁有谁。那时我既害怕你回头，又期望你回头。这些年，我在路上看见骑自行车的男生，总会想起那年，你骑在自行车上，抬头望着天空的样子，你明明就站在我面前，我却觉得你离我太过遥远。”

当你出现在咖啡店，站在我面前介绍你的名字时，我又高兴又难过。

我高兴于我从未忘记你，也难过于你从不认识我。

她低头看着自己的掌心，那道丑陋的疤痕仍旧存在，时光流逝，即便永远不会消失，却已在寸寸变小。

那个曾经遥不可及的人如今就在她身边，而他的再次出现，他泄露的情绪，也明明白白在告诉她，他也对她抱有同等的喜欢。

这对她而言，太不可思议。

当愿望实现时，除了开心，更多的是难以名状的惶然。

为那十年，为那些机缘巧合。

许斐安静地听她说完，然后，他温柔却又强硬地抓过她的手。

轻轻地推开她下意识卷起的手指，抚摸着掌心那道硌人的疤痕：“怎么受伤的？”

陶白偏头，避重就轻道：“以前不小心伤到的。”

许斐摸着那道伤疤，都能感觉到密密实实的痛。

“我们玩刀的，受个伤很正常。”她想要收回手，却被他紧紧握住。

“你以为，只有你一个人觉得像在做梦吗？”许斐的侧脸被路灯照得愈显深邃，他眉眼低垂，指腹摩挲着那道疤痕，“这些年我一直在找你，我翻阅了厚厚一沓入学名单，几千个名字，仔仔细细，一个都不愿放过。”

可是我还是没有找到你。

他无法对她诉说，那几天他甚至产生了绝望。

他觉得自己这辈子都找不到她了，他甚至觉得那段在网上的经历，其实是他臆想的一场幻梦。

梦醒了，其实什么都没有。

陶白瞬间扭过头，不让宣泄的情绪暴露在他眼中。

她看着车窗上倒映的自己，双眼湿润，情难自禁。

她一直以为喜欢许斐是她一个人的事，许斐现在却在告诉她，喜欢是他们两个人的事，他也在找她啊。

许斐摩挲着她的掌心，垂眸掩下满眼失落。

“是你太会藏了，还是我太笨了？”

陶白指尖卷缩，低声道：“当然是你太笨了。”

许斐牵扯唇角，坦然承认道：“嗯，是我太笨了，把别人当成了你。”

陶白抬眸，略显疑惑。

“你为什么要叫 bt ？”许斐至今疑惑不解，“你如果叫 tb，那我就一定不会找错了人。”

“bt 怎么了，这个名……”

陶白说到这儿突然一顿，她秀眉微蹙，低头思索。

她忽然想到一个荒唐的猜想。为什么许斐突然去 1 班找卞桃，他们之前明明毫无交集。

卞桃，bt。bt……是她的网名。

陶白觉得这个猜测实在太荒唐了，她不可置信地拔高音量：“你……你把卞桃当成我了？！”

许斐抿唇，竟有些不敢直视她的目光。

陶白的表情一瞬间变得极为精彩，似哭似笑。

她十七岁之前一直活在卞桃的影子下，却不想她喜欢的少年，竟然把卞桃当成了她。

当年的她胆小怯懦，只想着把名字颠倒过来，这样就不会有人发现是她了。她根本没有想过……

她看着面前这个眼神闪躲的男人，突然就被气笑了。

这是什么可笑的误会啊，她曾经居然为此而偷偷难过了好久。然而，她又觉得想哭。他当年真的有在认真找她，只是他找错了人。

“你可真是个……”陶白望着车顶，从嘴里憋出一句，“大笨蛋。”

许斐在这件事上极其心虚，他低缓道：“在公交站台那天，就是因为知道了她不是你，你也生我气不上线，我找不到你，心中慌乱。”

所以他当时茫然失落，她却误会他的失落是因为别的女生。

陶白低头看着被他握着的手，那道丑陋的伤疤，在他的无声安抚下，突然就不再那么碍眼了。

车内灯光昏暗，他们的双眼中，各自倒映着对方的模样。

陶白的手微微挣扎，许斐松开。

她看着他的脸，试探着，小心翼翼地，一点儿一点儿，轻轻抚上他的脸颊。

许斐定定地看着她，偏头在她掌心蹭了蹭。

他把自己最柔软的一面袒露在她面前，毫无保留。

“这道疤痕很丑。”陶白说。

“不丑，很温暖。”许斐回。

陶白眼中的星光，一点儿一点儿，慢慢荡开。

她曾以为自己一个人完成了喜欢，一个人完成了忘记。竟不承想，这个男人也对她抱有同等的感情，只恨命运捉弄人。

他们交错十年，却也最终回到原点。

## 第十八章
# 想要一个名字后缀

陶白带许斐去了 405。

酒吧里，音乐声震耳欲聋，迷离暧昧的光打在舞池中央肆意疯狂的人身上，来往的工作人员一脸好奇地看着陶白身后的许斐。

“白姐晚上好。”

“白姐，有位姓周的先生打电话过来，说有事找老板。”

“白姐，前两天进的一批货有问题，我已经打电话反馈了，供应商那边想和您商量一下赔偿问题。”

“F526 包间的客人说有事想和您商谈，您看要不要去见见他？”

“晚点儿，我现在有事。”

陶白抬了抬手，喋喋不休的汇报戛然而止。

陶白把许斐带去了休息室。

门关上，隔绝了外面震耳欲聋的喧闹声。

休息室的灯光很亮，陶白指了指沙发道：“你可以随便坐。”

许斐没有好奇地上下打量，他依言坐到沙发上，轻笑颔首道：“好。”

陶白从挂衣架上拿了一条短裙，和他简单介绍道：“这是我平时休息的地方。”

许斐看着她，安静倾听。

“这家酒吧的老板是我的一位长辈，她对我有恩。”余光看着他，她顿了顿，把手中的短裙挂回去，换了一条及膝长裙。

“在我最困难的时候，是她帮助了我，还把我介绍给了师父。因为她，我才得以成为今天的陶白，认识她之前，我有些……糟糕。”陶白眼眸低垂，温声说，“她于我，似恩人，似母亲，是填补我心中某个空缺的人，说一句‘再造之恩’也不为过。所以，平日里有时间，我会帮她照看酒吧，尽力报答一二。”

她在和他分享自己的生活，也在解释自己为何会混迹声色场所。

寥寥数语，许斐听得既心疼又珍惜。心疼她的经历，也珍惜她愿意对他敞开心扉。

陶白说完，自己倒先笑了，她拿着长裙，轻声说：“等我一下好吗？”

许斐点头，温声道：“好。”

陶白去更衣间换了裙子。她看着镜子里的人，身材高挑，前凸后翘。以往习以为常的打扮，今日竟格外别扭。她扯了扯裙摆。

听见推门声，许斐抬头望去。

陶白站在更衣室门口，脸颊有些泛红，她不自在地把垂下来的发绾到耳后。眼神飘了飘，有些欲盖弥彰道：“裙子，有些短了。”

许斐定定地看着她道：“是有些短了。”

“这是最长的一条。”陶白没忍住嘀咕。

她镇定地走到化妆台，拉开椅子坐下，挑选了一支眉笔，细细地描眉。

许斐好奇地看着她的动作，似乎颇觉新奇。他的目光炯炯，实在让人难以忽略，陶白看着镜子里的他，状似不经意地问：“没看过女生画眉毛啊？”

许斐诚实地摇头道：“没有。”

“你没有……”

谈过女朋友吗？

陶白双唇翕合，还是把这句话咽了回去。一瞬失神，把眉画歪了。

许斐起身走到她身边，看着镜子里娇艳的美人。

“没有看过女生画眉，只见过母亲在约会时偷偷补妆。”

他们在镜子里对视，一个目光深沉，一个眼神忽闪。

“高二那年暑假，我去了M国，大学也是在M国读的。我学的金融专业，学业很忙碌，大三那年，在继父和母亲的支持下，创立了自己的公司。毕业后，我也一直留在M国。”

陶白怔怔地看着他。

“这些年一直很忙，回国的时间屈指可数。”许斐看着她，目光温和，“荀旭结婚那年，我回了一趟瑞阳，去一中找到曾经的教导主任要了一份资料。”

接下来的话，他没有说，但陶白却听懂了。

他说自己曾仔细翻阅过一沓入学名单，几千个名字，一个也不敢放过。

他回一中，找曾经的教导主任要了一份入学名单，是他们那几届的入学名单。那里面，有她的名字。只是他太傻，没有找到。

她对他敞开心扉，他也对她细数过往。他们都在细润无声地试图给对方分享这些年的经历，以求拉近彼此的距离。

对视半晌，他们同时移开目光。

今晚的眉，陶白画得极为漂亮。

气氛温馨美好，休息间的门却被人从外面推开。

来人扭着小蛮腰，人未到，声先到：“听说那谁领了个大帅哥来酒吧，来，让我长长眼。”

陶白太阳穴一跳，手一抖，口红涂劈叉了。她抽了张面巾纸，大力擦拭着嘴唇。

沃梦一眼就看见了屋内那个气度不凡的大帅哥，她背一软，靠在了门上，又从包里摸出烟，抽出一根叼上，流里流气道：“可以，非常可以。不愧是我们白姐，不出手则已，一出手就是个极品。”

陶白一看到她就头痛欲裂。

“你不是发信息说今晚有事吗？”

沃梦挑眉道：“老娘被人放了鸽子。不过，还好被人放了鸽子，否则岂不是要错过一场好戏。”

她的目光在许斐和陶白身上转了一圈，然后落在许斐身上。

“不介绍一下？”她看着许斐，却对陶白说。

陶白起身，站在他们中间。

“他是许斐。”她对沃梦说。

“她是沃梦。”她对许斐说。

只有一句，没有后缀。

两个老狐狸看了对方一眼，心念一转，什么都明白了。

许斐知道陶白有个恩人，沃梦也知道陶白有个初恋。

许斐态度恭敬道：“您好，初次见面，我是许斐。”

沃梦仔仔细细打量了他一番，伸手揽住陶白的肩，抬起下巴道：“你这自我介绍真够简单的，也不带个后缀。”

什么后缀，哪儿有什么后缀！

陶白偷偷拧了拧她的腰，用眼神警告，你给我适可而止。

沃梦无视陶白的警告，叼着烟，态度吊儿郎当。

许斐看向陶白，笑容自信优雅道：“我还在努力，希望能尽快在名字后面加上后缀。”

沃梦十分满意他的态度，她伸手在陶白脸上掐了一下，聊了几句，便出去了。

陶白扫了眼墙上的时钟，看向坐在沙发上纹丝不动的男人问：“很晚了，你还不回酒店吗？”

许斐避而不答问：“你几点回家？”

“十二点左右？”陶白小声道。

“那我等你。”许斐说。

陶白拗不过他，便把他带去吧台对面的卡座。

陶白工作起来脚不沾地，根本没有时间管他。

许斐一个人坐在卡座上，看着她穿梭在酒吧里，游刃有余地解决各种矛盾。这样的陶白是他从未见过的，他不由得回想起当年那个永远躲在秋生身后的小身影，和如今这个站在聚光灯下万众瞩目的女人截然不同。

他无法想象到底是经历了怎样的绝望，才能将一个人改变得如此彻底。

“是不是觉得很不可思议？”沃梦靠在他身后的沙发上，对着半空呼出一口烟雾。

许斐侧首。

沃梦看着正在解决顾客纠纷的陶白，勾唇笑道："我第一次见到她，那天正好是过年，寒冬腊月的，天空下着小雪，她怀里抱着一个因为生病快要死掉的小鬼，一大一小倒在马路上。路过的人都恨不得绕开他们走，大过年的，晦气啊。"

许斐垂在身侧的手动了动，显然他的心情并不平静。

"然后她抓住我的大衣，求我救救那个小鬼。我说可以啊，救人简单，但是你得来给我做事，她连问都没问一句做什么就答应了。

"我跟她认识这么多年，也没见她身边出现过什么男人，看你俩黏黏糊糊的劲儿，应该以前就认识吧？那她以前的事，你知道多少……"

酒吧里音响声很大，沃梦趴在沙发背上和许斐说话。

陶白恰时回头，她看不清许斐的表情，却能看见沃梦脸上的戏谑。她警告似的看了沃梦一眼。

沃梦挑眉，咬着烟对她做了个飞吻，然后溜了。

陶白忙完过来，小心地观察许斐的脸色。

许斐把风衣脱下来，盖在她腿上，温声问道："忙完了吗？"

陶白点头，有些小心地问："沃梦都跟你说了什么？"

许斐看着她，目光一寸一寸描绘着她的容颜。半晌后，他轻声说："陶白，如果我再聪明一点儿，你是不是就不用吃那么多苦了？"

陶白的手指一颤。沃梦把什么都告诉他了？

许斐抓住她的手，摊开她的掌心，摸着那道疤痕。

他在从瑞阳来的路上让人调查了当年的事，但时间紧迫，查到的信息有限，他所看到的只是几段苍白的文字。他迫不及待想见到她，来得仓促，了解得也不够全面，他满心以为他找到了他的姑娘，她也变得如此美好，想来这些年过得很好。

他以为她过得很好。

陶白双唇翕合，心绪涌动。她最不愿提起那些往事，不是因为不堪，只是因为没有必要。有些外人眼中的苦楚，其实只是甜蜜的外衣罢了。

经历成就了如今，便是为了现在的自己，她也不会去怨怼曾经的他们。

陶白反手抓住许斐的食指，攥在掌心。她看着他，认真道："每个人的一生总会经历很多事，好的、不好的，都会遇见。但如果我遭遇的所有不好，能换来一个好的你，我愿意的。"

她的家庭，她和齐素与陶武的关系彻底结束在了高二那年的暑假，她带着一身心伤，宛若游魂离开瑞阳，那时她何曾想过这辈子，还能再见到年少时最喜欢的人？如她所言，每个人的一生会经历很多事情，陶武和齐素带给她的苦，若换来了沃梦、师父和弟弟陶墨，甚至是面前的他。

那对她来说，这些都是甜。她不怕疼痛，更不怕苦难。

她看着她喜欢的人，声音哑涩道："你是笨，可我也不聪明，我若是再聪明一些，再勇敢一点儿，在那年的一万米赛道上，我就应该告诉你我是谁。"

小墨总是怨怪你，说姐姐为什么要喜欢一个自始至终都没有出现在我们生活中的人。似乎，陶白的喜欢多么了不起。

其实不是这样的，是我偷偷加你，是我偷偷喜欢你，就连离开，都是我一个人的决定。

她从未考虑过他的感受。

"如果当年，我告诉你我是谁，你会不会再给我一个冰激凌，一个奖励我抵达终点，一个奖励我走到你身边？"

许斐抚着她的脸，眼睛发酸道："会把全部给你。"

凌晨一点，这座城市陷入深眠。

许斐开车把陶白送回小区，还是早上那个地方，心境却已经截然不同。

陶白解开安全带，看向驾驶位上的男人，轻声道："开车小心一点儿。"

许斐点头道："嗯。"

"找不到路就给我打电话。"

"嗯。"

"到了给我发消息。"

"好。"

陶白又看了他一眼，伸手去拉车门问："那我走了？"

许斐叫住她："陶白。"

陶白回头。

许斐倾身上前，张开双臂道："可以，抱一抱吗？"

他有些紧张，但伸出的双臂却坚定无比。陶白眨了眨眼，反身，小心又带着些许试探地朝他伸出了手。

当他们拥抱在一起，感受着彼此身体的温度和频率一致的心跳，嘴角同时一弯。

真好。有些话，似乎不必说得太明白。

他们的分别，他们的想念，他们的重逢，他们好似都在自己的世界里完成了喜欢。但在 2008 年的暑假，陶白为了她的暗恋，勇敢地踏出第一步时，她和许斐便在各自的世界里，用十年的时间画了一个半圆。

今日，怀里的另一半，终成圆满。

我们曾经背道而驰，越走越远，以为永无止境的孤独尽头，却站着一个你。感谢从未停下脚步的每一天，终让我走到你身边。

回酒店的路上，许斐接到了布鲁斯的视频。他将车子停在路边，接起了视频通话。

小鬼比大海还漂亮的蓝眼睛里盛满了泪水，哭得伤心极了："哥哥，你什么时候回来？我的机器人被查理玩坏了。"

许斐此刻的心情前所未有地好，面对前来哭诉的男孩儿非常有耐心："布鲁斯，你说你的机器人被谁玩坏了？"

"查理呀。"布鲁斯哭着说。

"你再说一次？"

布鲁斯打着哭嗝用不标准的中文说："爸爸。"

说完，他晃动手机，把镜头凑到地上被摔烂的机器人面前，哭得好像自己的世界都变得黑暗绝望了："哥哥你看，爸爸太坏了，我不喜欢他了。"

许斐握着方向盘，抽空扫了镜头一眼。布鲁斯五岁生日，他送给他的机器人在地上碎得四分五裂，他没忍住笑出了声。

布鲁斯听见他笑，哭得更伤心了。

许斐轻咳一声，给他道歉："抱歉，哥哥没有笑话的意思，只是哥哥现在的心情实在太美好了，布鲁斯你能理解的对吗？就好比你今天吃了一个圣代，这种美好会让你保持一天的愉悦，即便中途遇见了一点儿不开心的事，都是可以忽略的。”

布鲁斯哭着问：“你的心情为什么美好，你今天吃圣代了吗？”

“不，哥哥没有吃圣代。”许斐的眼眸倒映着城市的万家灯火，其中一盏亮光里，住着他心爱的姑娘，“但是比吃了圣代，还要开心一万倍。”

“为什么？”

藏在一旁偷看小儿子向大儿子告状的查理凑了过来问：“斐，你找到她了吗？”

布鲁斯推开他，抱着手机跑到沙发的另一头，睫毛上沾着晶莹的泪珠子。

查理摊手，无奈道：“布鲁斯别这么小气好吗，我只想和你哥哥说句话。”

“不可以！”布鲁斯小脸通红，他指指地上被摔碎的机器人，一脸激动。

查理比了个“OK”的手势，不敢再上前撩拨小老虎的虎须。他站在原地，高声问：“斐，你还没有回答我的问题，你是不是找到她了？”

“查理，你或许可以开始准备见面礼了。”许斐带着笑意的声音，透过视频传到大洋彼岸的那头，“你这么热爱中国文化，应该知道我们的习俗吧。”

查理哈哈大笑道：“当然！第一次见儿媳妇要给见面礼，这件事我已经从你母亲那里知道了，只是这么多年，这个心愿一直无法实现，我非常遗憾。斐，可以和我说说她的情况吗？她是个怎样的姑娘？我一直很好奇，能让你念念不忘的初恋是什么模样。”

许斐单手握着方向盘，想起老爷子给他展示的收藏品，里面有一套作品是陶白亲手雕刻的出师之作。他深感有荣道：“查理，她是一位非常优秀的姑娘，你会惊叹于她无与伦比的手艺。”

“我很期待。”

已经没人理会可怜的布鲁斯，查理笑着说：“真替你感到高兴。斐，你母亲若知道了，也一定会很高兴，她一直觉得对不起你，对你的关心不够，你能找到喜欢的女孩儿，她和我会举双手赞成。”

和查理组建了新家庭的郁娟与当年相比，有了很大的改变，实话说，许斐很乐意看到这样的改变。

两人在布鲁斯的哭泣声中又聊了几句，便挂断了视频。

到了酒店，许斐第一时间给陶白发了短信。

对面几乎秒回，他直接拨了电话。

这次却等了十几秒，她才接通。许斐嘴角含笑，磁性的声音传到电话那头，染红了陶白的双耳：“怎么还没有睡觉，一直拿着手机？”

“哪有？”陶白下意识反驳。

“那怎么回复消息这么快？”许斐不放过她。

陶白站在窗前，看着繁星点点的夜空，今天星河真美。她目光一转，投向酒店所在的方向。

莞尔一笑，改口道：“好吧，就是一直拿着。”

许斐低笑，他嗓音微哑，听得陶白心脏猛地颤动了两下。

站在落地窗前，许斐垂首看着关丘灯火辉煌的夜景，这是她生活了十年的地方，这座城市真的很美。

“关丘的夜景很漂亮。”

陶白低低“嗯”了一声。

许斐握紧手机，他在几千人面前无须手稿依旧能侃侃而谈，可在喜欢的姑娘面前，竟紧张得怕说错话：“淘淘，M 国的夜景也很美。”

陶白一愣，电话对面的男人也哑了声。

好半晌，她才反应过来他的意思。她捂着唇，身体靠在墙上，双目闪着灼灼星光，笑声差点儿忍不住从指缝中溢出：“许斐。”

“嗯。”男人声音沉闷。

“M 国的夜景真的很美吗？”

“自由女神像也很美。”

“嗯。”陶白轻笑。

过了许久，许斐才低声道：“想带你去看。陶白，你愿意吗？”

电话那头安安静静，只有轻微的呼吸声。

许斐抓着手机的手指微微收紧，想问她是不是不愿意，又觉得自己太唐突了。

因为得之不易，惜若珍宝，所以他忘了他们之间，还横跨着漫长的十年，是他太着急了。

想明白后，许斐便想岔开话题，却听见她轻柔的嗓音问道：“添加后缀？”

许斐的心脏猛地一跳，他下意识握紧了手机。

陶白歪了歪脑袋，对着夜空微笑，调皮道：“不添加后缀，不去哦。”

“添！”许斐急忙道，似乎生怕她反悔，“现在就添加后缀。”

陶白挑眉，故意道：“谁给谁添？”

“陶白给许斐。”许斐手指抵着额头，从唇间溢出笑来，“请陶白给许斐的自我介绍后面添上后缀。”

——你好，我是许斐。

沃梦说，他的自我介绍太简单，没有后缀。

没有后缀，他只是许斐，和陶白没有任何关系。

他想换一个自我介绍。

他想对所有人说——

你好，我是许斐，陶白的男朋友。

陶白拖长音调，状似考虑。

许斐紧张得屏住呼吸，撑着落地窗的指尖都因为用力而泛白。

半晌后，电话里传来陶白低缓的笑声：“只看自由女神像吗？”

许斐微怔问：“嗯？”

陶白看着玻璃柜子里排列的十个小人儿，笑容恬静问：“还想看别的，可以吗？”

许斐情绪翻涌，声音都哑了：“淘淘想看什么？”

“想看你的大学，对你曾经学习过的地方很好奇。”

“好，我带你去看。”

“想看你工作的地方，对你的办公室很感兴趣。”

“好，我带你去看。”

“还想看视频里的小男孩儿，他真的很可爱。”

许斐看着无边夜色，笑声低沉道：“布鲁斯一定会很喜欢你。”

陶白背靠着墙，笑得如释重负。

她已经不是胆小鬼了，往前踏出一步，有何不可？她再也不要偷偷地喜欢他了，她要光明正大地看着他，要勇敢地站在他身边。

她是陶白，是喜欢许斐的陶白。

“我很单调无趣的，他或许不喜欢呢。”

“布鲁斯一直想要一个姐姐，可是非常遗憾，我是哥哥。”许斐单手撑着窗，望着她所在的方向，“所以我曾经答应过他，会给他带一个姐姐回家，他一直很期待。”

他的世界早已为她的到来做好准备，他在乎的家人、朋友。

当天晚上，陶白登录了她丢掉许多年的社交账号。

微信盛行后，她的手机里已经没有了 QQ。或许是下意识逃避，害怕失望，不敢面对，她每次换新手机都会第一时间卸载掉这个软件。

多年未登录，她以为这个账号已经被收回。可是，没有，她登录上去了。

她甚至一眼就看见了那个熟悉的头像，夹杂在一群消息推送中，十年如一日，从未变过。

唯一变化的，是曾经她时刻盯着聊天框，满心期待地等待着他的每一条消息。而如今，他的头像下方 ，999+ 的消息提示，只告诉了账号主人一个讯息。

陶白在丢掉账号后，曾无数次想过，他或许给她发送过消息，但在得不到她的回复后，时间一长，他必定会删了她。

“他一定会删了她”这个想法，是她这么多年，一直逃避，不敢登录这个账号的主要原因。

她害怕看到自己的好友列表里，没有他的名字。后来时间一长，遗忘似乎变成了习惯。

她彻底丢掉了这个曾经给她带来心动欢喜，也带来悲伤难过的社交账号。

她理所当然地遗忘着，却从不敢想，被她丢掉的十年，他一直都在。

他不但在，甚至每天都会给她发消息和留言，风雨无阻，从未停歇。

十年，几千个日日夜夜，几千条留言。

陶白翻了整整一夜，才看到了那年暑假，他在她的留言板上留下的第一句话。

那段文字带着时光的痕迹，被留在无人在意的角落，隔了十年，才重见天日。

——如果你能看到，希望你能回复。不知道从什么时候开始，突然变得很在意你，每天都在期待着晚上十点和你的聊天，看到你留在我空间的足迹，会偷偷开心，因为从未经历过，后知后觉才明白过来这是心动。想向你传达我的心情，但似乎有些迟了，你已经很久没有上线，也不再回复我的消息。最近经历了一些不好的事，我母亲也生病了，她希望我去M国陪她，我答应了。这一去，便不知何年何月才能回来。很遗憾，至今不知道你的名字，但想知道你名字的心情，会一直保持下去。盼望能有和你面对面，互相自我介绍的一天。

这段话的最后，他说：

——Hi，我是高二2班的许斐。你呢？

陶白已经泪流满面。

她点开许斐的空间，留下迟到十年的回复。

——Hi，我是高二1班的陶白。好久不见。

许斐开了一晚上的视频会议，刚关电脑，手机便响了。

电话是夏生打来的，开口便道歉：“老许，那个，我先替秋生跟你道个歉。你也知道她的性格，风风火火大大咧咧，说话不过脑子，张嘴就来，你别跟她计较。”

夏生这句话说得小心翼翼。

当年许斐被林嘉木故意撞断了胳膊，他都没怎么生气。夏生不知道那天发生了什么，或者说，他不知道秋生那句话导致发生了什么。

他只知道，老许性子冷淡，能让他露出那种表情的事，一定很重要，捅娄子的是他胞妹，他必须道这个歉。

许斐不说话，夏生心里咯噔了一下。心想完了，老许那边情况不太妙啊，这是已经气到兄弟都不想搭理了？

“老许……”

许斐去客厅接了一杯温开水，开口却问了一句让夏生莫名的话：“夏生，那天我走后，林嘉木是什么反应？”

夏生诚实道：“差点儿把桌子掀了。”

林嘉木那狗东西，这么多年唯一随着年龄在长的就是脾气，不管在场有多少大人物，说翻脸就翻脸。

当时，若不是被小操心余航拽着，估计能翻天。

许斐目光淡漠地看着窗外，他跟林嘉木还真是天生的死敌，难怪读书时两看两相厌，原来最终的结在这儿等着。

他的陶白，以前那么胆小怯懦的一个小姑娘，竟然这么能招人。

“你问这个干吗？”夏生疑惑不已。

“一件很重要的事，确认一下。”

夏生后知后觉慢慢反应过来。

林嘉木那狗东西这些年好像一直在找秋生的同桌，而老许这十年来一直在找的人好像也是……

他那天的反应，但凡有脑子的人都看得出来。

夏生一脸要死的表情，怎么会这么巧，许斐和林嘉木喜欢的居然是同一个女生。

“老许，你现在在哪儿？”

“关丘。”

“你怎么跑去关丘了？”

许斐没回答，道：“你把秋生的电话给我。”

陶白前脚走进校门，就被一群高中生围住，簇拥着她往办公室的方向走。

领头的男生和陶墨差不多大，此时表情愤然道：“姐，你待会儿千万不要轻信老师的话，陶墨真没主动惹事，是那群狗……嗯，是那群不良少年，哦不，是那群不良老爷们儿在校门口蹲着堵他，陶墨属于正当防卫。”

“我们老师擅长扭曲事实，姐，你千万别被他忽悠了。”

“我们都可以做证，陶墨是被动还击。”

“是啊是啊，我们都可以做证，我们是好孩子来着。”

他们七嘴八舌的，试图洗清陶墨因为打架，被叫家长的罪名。

陶白见他们一直跟着自己，笑着问道：“你们不上课吗？”

一个绑着高马尾的女生挤开同学，凑到陶白身边，红着脸道：“姐，我们下节体育课。”

陶白见她脸蛋红红，有些茫然。

人群里发出几声贼兮兮的笑声，有人小声道：“姐，筱筱超喜欢你，她是你的头号粉丝。”

朋友圈顶流陶白，对自己的人气一无所知。

被小朋友们簇拥到办公室，她还未进去，就听见陶墨嚣张桀骜的嚷嚷声：“我就打架了怎么的！那群孙子要揍我，难道我站着等挨打啊？我的肉就不是肉啊，被揍不会疼啊！

“学校只规定学生不能打架，没规定学生被揍不能还手！”

陶墨此时的模样十分狼狈，他校服的拉链被扯坏，松松垮垮套在身上，后背几个大脚印，脸上也有打架留下的痕迹。本来很可怜，但他态度嚣张，和老师对吼，比老师声音还大，让人对他的遭遇根本同情不起来！

老师气得心口疼，猛灌了两口凉茶下火：“学校门口的保安呢？保安是雕像还是摆设啊？人家要揍你，你不知道往学校跑，告诉老师吗？你挺能啊你，他们这么多人，你就往上冲，真在学校门口打出个好歹来，你让我们怎么跟你家长交代！”

陶墨梗着脖子，闭着眼嚷嚷：“只要我没交待在他们手上，你就不用跟我姐交代！”

“……”

办公室的门被敲响。

陶墨狗鼻子灵敏异常，脸上表情瞬变，立马乖乖站着，要多恭敬有多恭敬。

陶白面无表情站在门口道：“老师好，我是陶墨的姐姐。”

姐弟俩从办公室出来，已是太阳西下。

陶墨耷拉着脑袋跟在陶白身后，陶白没理他，独自走在前面。

学校里很安静，只有零星几人在操场上打闹，青春活力的笑声传了很远。

出了校门，陶墨见她还不理他，就有点儿慌了。

“姐。”

陶白面色冷淡，理都没理身后的叫声，步子迈得极大。

陶墨赶紧小跑到她前面，脸上带着讨好的笑道：“姐，姐你别生我气，我错了，我以后都不打架了。”

陶白充耳不闻。

陶墨慌了神，伸手去拉她道：“姐，你别不理我，你不理我，我害怕。”

陶白脚步顿住，陶墨赶紧抓住她的手。

陶白看着他，目光冷冽问：“陶墨，你还记得你叫我什么吗？”

陶墨咬着下唇道：“姐。”

“你还记得我是你姐。”陶白音量骤然拔高，“那为什么我到今天，才知道有人一直在找你麻烦？！”

陶墨低着头。

他避而不答的态度，让陶白火气直冒，她第一次对他语气严厉道：“陶墨，我不是生气你打架，我生气的是你什么事都憋在心里，不告诉我！我是你姐，从我们的名字出现在同一个户口本上那天开始，我们就是彼此唯一的亲人，你已经不再是孤零零的一个人，你有姐姐，你有家人！”

陶墨死死抓着她的手，又害怕又委屈道：“姐，我错了，我真的知道错了。我以后有什么事都告诉你，再也不瞒着你，你别生气，你别和我生气。”

陶白无力地看着他道：“连你都会为我的事操心，可我这个当姐姐的呢……”

陶墨疯狂摇头，他见不得她自责。

“从什么时候开始的？”

“去年暑假。”

去年暑假，整整一年的时间。

陶白气得胸口疼，问：“他们几个人？长什么样？身高多少？叫什么名字？经常待的地方有哪些？”

陶墨此时乖得不得了，有问必答道：“七个人，长得很丑，身高一米七五左右，为首的叫刀哥，还有个叫小春，其他的我不记得，他们经常待在新华街的游戏厅和网咖……”

陶白走到一旁打电话，陶墨站在原地看着他姐的背影。

陶白打完电话回头，看见他傻呆呆的样子就来气，正想接着教育，一道低沉的男声突然从身后传来：“陶白。”

陶白一顿，扭头望去。

他们身后不远处，停着一辆黑色宝马。

一个身材高大的男人懒散地倚着驾驶座车门，隔着一段距离，陶白从那张英俊成熟的脸上，依稀看出了昔年的影子。

她双唇微张，迟疑地叫道：“林嘉木？”

林嘉木吹了声口哨，缓缓站直身体。

他目不转睛地看着陶白，眸中的热度比头顶烈日还要灼人几分。半晌后，他嘴角微勾，缓声道：“好久不见。”

长相或许会因为岁月的洗礼而变化，气质会因为经历而有所改变，唯有本性，亘古不变。

他吊儿郎当一声口哨，陶白就彻底把他认出来了。

林嘉木，她高一的后桌同学，天天拽她头发。

是每一个女生在学生时代，都会遇到的讨厌后桌。

虽然年少时曾闹过不愉快，但在高二那段埋头苦学的日子里，铁三角因为他的强行介入，变成了另一种牢不可破的关系。在那段日子里，他们已经握手言和。

骤然见到多年未见的老同学，陶白吃惊不已，问：“你怎么会在这儿？”

林嘉木摔上车门，走到离她三步远的地方站定，一动不动地看着她。

他满腔的心事，都藏在了漫不经心的语气里：“你都能在，我为什么不能在？”

即便过去十年，他还是这副模样。

明明气质和长相都变得成熟，唯独言行举止毫无变化，听他说话拳头就忍不住硬了。

陶墨瞪着这个突然出现的男人，防备道：“姐，他是谁啊？”

陶白看着林嘉木，想了想，认真道：“朋友。”

多年不见的老朋友。

林嘉木看着陶白，勾唇，顺势道：“朋友大老远来关丘，你是不是应该尽一下地主之谊啊？”

陶白拍了拍陶墨的肩膀，爽快道：“这是自然。”

“老朋友见面，少不得喝两杯。”林嘉木朝她身边的小鬼挑眉，“不带未成年哦。”

陶墨想，原来真的有比她姐的初恋更讨厌的男人。

陶白选了市中心一家新开的火锅店。

亲自点了许多菜后，她把菜单递给林嘉木。林嘉木在酒水栏上一通勾选，然后递给服务员。

服务员离开后，他目不转睛地看着坐在对面的陶白。

陶白被他盯得有些别扭，她摸了摸脸上，笑着问：“我脸上有脏东西吗？”

林嘉木双臂撑在桌面，猛地凑近她，成熟男人的气息扑面而来：“我只是觉得很不可思议，我以为我见到的会是一个戴着眼镜，留着厚刘海儿，穿着朴素，见到我会视而不见，甚至翻白眼的陶白。”

陶白微微侧首，失笑着问：“你说的是高中时候的我吧？”

林嘉木点头道：“嗯哼，你变化很大。”

陶白抽了一张面巾纸，垂眸擦拭着桌面道：“世事变迁，连熟悉的城市都在时刻变化，何况是人呢？”

林嘉木坐直身子，端起桌上的水喝了一口。

“是啊，人都在变。”

“你也变得成熟了，我险些没有认出来。”陶白抬眼看着他，笑容恬淡，“你怎么会在关丘，是来出差吗？”

“是，也不是。”林嘉木看着她，“借由公事办私事，借由公事说私事。我主要是想来看看，自己是不是又晚了一步。”

陶白面露茫然，听得迷惑。

正巧此时手机响了，她说了句“抱歉”，从包里拿出手机。

是许斐的电话。

陶白看了眼林嘉木，林嘉木端起酒杯，虚抬手，示意她随意。

他垂着眼，安静地听她温声细语应答。

“嗯，在吃。”

“今天可能会喝一点儿，我会尽量少喝。”

“嗯，到家给你打电话。好，知道了，拜拜。”

林嘉木给她倒了半杯啤酒，给自己续了满杯。

陶白挂了电话，端起桌上的酒杯，敬他。

林嘉木举杯，看着她，笑得漫不经心地道：“男朋友打来的？”

陶白笑得有些不好意思道：“嗯，他问我有没有吃饭。”

“噫。”林嘉木故意做出一副受不了的样子，“只有热恋中的人才会连一日三餐都要过问，腻歪死了。”

“难道你不会关心女朋友的三餐作息吗？”陶白被他的语气逗笑。

林嘉木倒了一杯啤酒，仰头一饮而尽。

他把酒杯重重地放在桌上，咧嘴笑道：“关心啊，怎么不关心？”

笑容微敛，他淡淡道：“只是，比你们差远了。”

酒过三巡，话匣子打开。

那些因为多年未见而产生的陌生感，消失在火锅的烟雾升腾间。

他们没有提及各自的私生活，更没有探究对方的另一半。

他们回忆着高中时期发生的事，陶白吐槽林嘉木年少时性格糟糕，老喜欢拽她头发。林嘉木则鄙视陶白以前像只小乌龟，整天缩在壳里，胆小怯懦。

不可避免地，他们最后聊到了秋生和余航。

林嘉木只简单说了一句，秋生这些年都在找她。

彼时，陶白已经有些醉了，她趴在桌上，双眼死死地压在手臂上，滚烫的眼泪把衣袖打湿。

若说她年少时放在心上的人，一个是许斐，那另外一个，必然是秋生。

秋生是她这辈子最好的朋友，是她辜负了她。

她岂止在许斐面前胆小，她在秋生面前也未曾勇敢过，是她没有对最好的朋友敞开心扉，是她没有信守承诺。

她曾答应秋生要和她一起去北方上大学，一起看雪，可是她失约了。

林嘉木靠在椅背上，仰头看着头顶刺目的灯光。

他不知道陶白是醉了，还是醒着。他或许是在和空气说话，也或许不是，谁知道呢？

“我好像还是慢了一步。

“我呢，算不上是好人，但也不算是一个特别坏的人。高中时不懂事，做了一些糟糕的行为，我不后悔，但，对不起。

“我没品，但我不屑横插一脚。晚了就是晚了，我认。

“我曾摔过你一个冰激凌，也害他骨折过一次。”

他垂眸低喃，声音几不可闻道：“不在你们中间捣乱，我和他，彻底两清。”

但我林嘉木，永远欠陶白一个冰激凌。

第二天早上。陶白躺在床上醒来，看着熟悉的天花板，发了好一会儿呆。

昨晚是林嘉木送她回来的，离开时，他们交换了彼此的手机号。

林嘉木说他有急事，要连夜返回瑞阳。陶白祝他一路顺风，约定以后常联系，有事就打电话。

昨天之前，他们只是曾经的高中同学。

今天之后，他们真的成为多年未见的老友。

林嘉木本性未变，心性却变了。

他吊儿郎当的模样依旧让人咬牙切齿，但藏在他漫不经心面容下的，是若谷的胸怀和洒脱的风度。

他把自己深藏多年的心事，混在酒水中，一饮而下。借着自己的酒劲，趁着她的醉意，在谁都可以装作若无其事的状态下，无声宣布退出。

曾经，喜欢许斐是陶白一个人的事。

如今，喜欢陶白则是林嘉木一个人的事。

往后，他们是老友，或许不能亲密无间，却能畅聊心事。

他是林嘉木，拿得起，放得下。

而这样的林嘉木，永远欠着陶白一个冰激凌。

# 第十九章
# 恋爱三级跳

走廊昏暗，月光洒在尽头，莹莹明亮。

昏暗的地下室里，老旧灯泡被蜘蛛网缠绕，照出暗淡的光。

一张宽大的木桌边缘，七八个男人排排坐，一个个缩着脖子，抖着手写检讨。

陶白踩着高跟鞋，优雅地走到他们对面的单人沙发前坐下。

她轻抚指尖，语调慵懒："虽然你们背着我欺负我弟弟，但我也不是以暴制暴的人，毕竟现在是和谐社会，我们这群五星好公民，遇到问题，自然是要文明解决。"

几个站在她身后的黑衣大汉，闻言嘿嘿直笑。

那群人气得手抖，你还不如直接揍我们一顿呢。

被抓过来写检讨，还要写满一万个字，标点不算在内，语句要通顺，不准写拼音，不准涂抹，字迹必须工整。

他们高中都没毕业，好多字都不会写，这不是折磨人吗？

"有时间在心里骂我，还不如抓紧时间写。"

陶白看着他们，表情淡漠："写不完，你们就一直在这儿待着，没有水，没有食物，一天写不完就写两天，两天写不完就写三天，三天没写完……"

她低头笑了笑。

刀哥忍无可忍，他一把摔开笔，怒目而视：“你不就是想给你弟找回场子吗？你有种就打我们一顿，别搞这些有的没的。”

陶白冷笑问：“让我动手，你也配？”

她仿佛在看一群没有生命的垃圾，刀哥心头蓦地一慌，不敢再说话。

陶白厌恶地移开视线，对身后的男人道：“老七看着他们，他们若是闹，就教教他们怎么做人。”

“白姐放心。”老七吹了声口哨，看着这群尿蛋直乐，“我会好好看着他们的。”

这群不长眼的玩意儿，惹错了人。

路的两旁街灯昏黄，深夜的都市闪着斑驳的霓虹光。

陶白站在十字路口，一辆黑色的卡宴拐过弯，停在她面前。

许斐坐在驾驶位上，陶白指了指不远处的停车位。

许斐定定地看了她半晌，才把车开去停车位。

许斐最近滞留国内，这几天忙着在酒店处理工作。

他们每天都有通电话，但却没有见面。主要是陶白单方面躲着，那条十年前的告白留言，她足足用了好几天的时间才缓过神来。

她不知道许斐有没有看见她的回复，几天未见，这个男人骤然站在她面前，竟比当初在咖啡店，更让她觉得久别重逢。

许斐今日穿着长款风衣，他站姿如松，气质金贵。

双手揣兜，他的侧脸被灯光照得愈显深邃。漫步到陶白面前，许斐唇角微勾，温声道：“Hi，陶白，好久不见。”

好久不见，不是几天未见，而是迟到十年的告白回复，他看见了。

他们静静地对视了半晌。

陶白抬手，笑容灿烂地打招呼：“Hi，许斐，我是陶白，那个和你一起跑过终点的陶白。”

许斐往前走了一步，朝她伸出手道：“欢迎来到我的身边。”

陶白笑着伸出手，许斐一把握住。

他们齐齐笑开了眼，紧紧握着对方的手。

许斐从风衣口袋里摸出一盒糖，递给她道："布鲁斯给我介绍的糖，是他最喜欢的口味。"

"那这不是小朋友吃的吗？"陶白说归说，却毫不迟疑地攥紧糖盒，生怕被他没收回去。

她轻轻摇晃盒子，糖果击打声清脆悦耳，分外好听。

许斐看着她，眼中笑意不减道："嗯，就是给小朋友吃的。"

陶白被他牵着过马路，走到对面才反应过来："好哇，你居然拐着弯儿骂我幼稚。"

"我现在终于理解小墨为什么一直想给自己找个姐夫了。"

直觉接下来没好话，陶白下意识伸手去捂他的嘴。

许斐仰头避开，另一直手抓住她的手腕。他看着气鼓鼓的女朋友，眼中深藏笑意道："就他姐这个情商，是应该多多操心。"

"你们什么时候变成一伙的了！"

"没有，我和你才是一伙的。"

"你和我一伙，那你还骂我？"

"啊，突然更理解小墨了……"

怎么办哪，他有一个听不懂情话的女朋友。终于脱单的万年单身汉，突然有了新的烦恼。

晚风卷起道路两旁的落叶，世界在这一刻变得温柔。

许斐没有吃晚餐，而陶白突然想吃烧烤，于是他们决定去烧烤店约会。

点餐时，陶白格外注意许斐的表情。许斐被她逗笑了，亲自给她倒了一杯茶水问："怎么了？"

陶白沉吟道："其实旁边有家餐厅还不错。"

许斐颔首道："那我们下次去试试。"

陶白蹙眉，还是不放心道："你吃烧烤真的没问题吗？"

许斐把她垂下来的发丝别到耳后，失笑不已，问："小朋友，我在你心中都是吃什么长大的？"

小朋友安静思考了两秒，诚实道："喝露水长大的。"

烧烤店的座位比邻，隔壁桌的小情侣听见他们的对话，偷偷笑出了声。

许斐都忍不住乐了。

陶白说完就后悔了，她掩饰般拿起桌上的笔，在点餐牌上勾勾选选。勾选完，许斐还在笑，她故意唬下脸道：“不准笑了。”

许斐忍笑点头：“嗯，我不笑了。”

许斐确实很少吃烧烤，也不太能吃辣。但他也很喜欢充满烟火气的氛围，尤其是看着陶白吃东西，他由内而外地感觉到满足。

陶白告诉他，她前几天遇见了林嘉木，他们还一起去吃了火锅。许斐安静地听着，从她分享的经历中，得以窥见几分她高中时的生活。

甚至于，站在男人的角度，他察觉到了林嘉木隐晦的洒脱。他不惧林嘉木横插一脚，但他欣赏林嘉木的态度。

结账离开时，服务员提着打包盒放在他们桌上。

陶白疑惑抬头，许斐牵起她的手，温声道：“小墨那一份。”

陶白瞬间便明白过来，她偷偷看了眼男人认真的脸，侧首微笑。

嗯，讨好弟弟呢。

黑色的卡宴停在小区外。车内静谧，车载香水散发着迷人的香味。

许斐伸手抓住陶白垂在身侧的左手，食指拨弄着她的五指。半晌后，嗓音低缓道：“我很久以前就给你准备了一个礼物。”

陶白垂着眼，看着在他手中绽放的五指问：“嗯？”

“礼物一直放在M国的家里，收到你留言那晚，我请母亲交给我的助理，他今天早上刚到中国。”许斐摩挲着她的指尖，动作轻柔，仿佛对待稀世珍宝，“本想去M国后再给你，可是，我有些等不及了。”

他这辈子所有的冲动都给了陶白，但他甘之如饴。

陶白突然意识到了什么，双目微微睁大。

男人的脸近在咫尺，她的眼中倒映出他的模样。

半开的车窗涌入晚风，吹起她长卷的发，拂弯她柔软的身体，渐渐向他靠拢。

许斐托着她的下巴，滚烫的呼吸喷薄在她脸上。他双目中充斥着让人无法忽视的占有欲，有什么东西套在了她的无名指，不待她反应过来，下一秒，呼吸被彻底掠夺。

所有话语，都融化在了炙热的双唇间。

陶墨半夜起来上厕所，看见他姐缩成一团坐在沙发上，脸上带着奇怪的酡红，像是喝了八百斤假酒。

他往前走了两步突然顿住，鼻尖一耸一耸问：“我怎么闻到一股烧烤味儿？姐，你去吃烧烤了？”

陶白指了指茶几道：“喏，你的份儿。”

陶墨拎起来嗅了嗅，是他喜欢的那家烧烤店没错了。他三两下拆开包装袋，嘟囔道：“你怎么不叫醒我？烧烤都凉了。”

“去微波炉加热一下。”

“哦。”

陶白下巴撑在膝盖上，看着弟弟的背影，突然问：“小墨，我们家的户口本你放哪儿了？”

陶墨回头疑惑地看了她一眼问：“在我屋抽屉里啊，怎么了？”

陶白直勾勾地看着他，没说话。

陶墨被她看得汗毛直竖，搓了搓胳膊道：“姐，你别这么看着我，怪吓人的。你问户口本干吗？你平时不是最不乐意收拾这些东西吗？”

“小墨啊……”

陶白语气幽幽，她伸出左手。

“要学会未雨绸缪。”

沙发旁的落地灯暖暖地照在她的左手上。

陶白的手指纤长白皙，指甲修剪得十分干净。虽因常年握刀，偶有不慎划出伤痕，但她的手型却极为好看。

可是，陶墨此时却无心欣赏他姐的手，他目瞪口呆地看着她无名指上那颗大粉钻，闪得他眼睛都要瞎了。

“……”

回过神来，他顿时化身喷火龙，气得原地跳脚道：“是哪个臭男人？！”

陶白怔怔看着无名指上的戒指，整个人处于神游状态，对陶墨的怒火充耳不闻。

她曾问，如果当年她告诉他，她是谁。他会不会给她两个冰激凌，一个奖励她抵达终点，一个奖励她走到他身边。

他说，会把全部给她。

后来，她看见了那条被掩藏十年的告白留言。

他说：Hi，陶白。

她回：Hi，许斐。

告白太早，她没有看到。

回复太晚，却终归未迟。

他给的所有，不是戒指，而是一生。

一生，简单的笔画，漫长的岁月。

但如果对方是许斐，她只嫌一生太短，不够她爱。

被陶墨怒骂臭男人的男人，正在打越洋电话。

听他说完，郁娟女士语气难掩惊讶地问："阿斐，怎么这么突然？"

戒指今天早上到，晚上就送出去，明天就想结婚。

你二十几年不谈恋爱，一谈就三级跳？

许斐鼻梁上架着金丝边眼镜，冷淡眉眼被电脑折射的莹莹白光映得格外冷漠。打电话的间隙还不忘处理工作，他一目十行看着报表道："喜欢就在一起，在一起就结婚，有什么不对吗？"

"你觉得这对吗？"郁娟女士拔高音量，似乎极为不敢置信。

"有什么不对？"

郁娟女士恨铁不成钢，气得心口疼："你就这点像你爸，妥妥的'直男'思维！"

是她和许新立没有给许斐树立正确的爱情观。

许新立出轨成性，她则忙于事业，疏忽儿子的后果便是许斐从小性子冷淡，对什么都可有可无，不太感兴趣。

一开始她并未发现端倪，直到许斐高二暑假来M国陪她养病，她才渐渐发现他性格的弊端。这种性格的人，很难对人敞开心扉。

可一旦他认定了你，就是不撞南墙不回头，此生非你不可。

她并非觉得不好，只是太难了。站在母亲的角度，她宁愿自己的儿子活得放肆一些，也不要太孤独。

孤独的人不会快乐。

当然，这是从前。自从她知道许斐找到了心里那个人，她就默默地松了一口气。许斐打电话请她帮忙，把他拍下的天价粉钻交给助理带回国，她便明白他的感情之路在坎坷了十年后，终于顺遂。

她本以为他会循序渐进，毕竟恋爱有顺序——心动，告白，恋爱，结婚。

可她听到的是什么?

戒指早上到，晚上就戴在了女孩儿无名指上，现在国内时间且还未到凌晨十二点，他就说要结婚。郁娟女士头痛欲裂。

许斐对母亲的闹心一无所知，知道也不在意。

那颗粉钻是他在四年前的一场拍卖会上花高价拍下来的，后来请了世界著名珠宝设计师设计了这枚戒指，全世界独一无二。

他在身上放了三年，在无数个深夜，他甚至以为这枚戒指等不来它的主人。而今天，它终于找到了它的归宿。

这场求婚没有鲜花，没有精心布置的场景，没有烛光晚餐，也没有亲朋好友。只有狭小的车内空间，背景是小区门口昏暗的路灯，在一个情不自禁的吻后，她的无名指上多了一枚戒指。

郁娟女士内心吐槽不已，十分心疼那个姑娘，怎么就遇到了这块木头。

好歹先谈一场甜甜的恋爱，再吊吊他，最后才答应。

当初查理可是闯了九九八十一关，她才点头答应嫁给他。

她优雅地端坐在沙发上，抿了一口咖啡，问道："那你们准备什么时候结婚，在中国还是M国？还是两边一起办？"

查理从楼上下来，正好听见这句话。他满脸惊讶地走到妻子身边，低头亲了她一口，小声问："结婚？斐？"

郁娟点头，把手机举到他面前。

查理一边打领带，一边对电话那头的大儿子道："斐，你比我想象中的还要……那句成语怎么说的，电闪雷鸣？抱歉，总之就是夸你很迅速的意思。”

许斐捏了捏眉心，无语道：“查理，你的中文还需要加强。”

查理哈哈大笑道：“我每天都在认真学习中文。斐，爸爸为你高兴，恭喜你。”

“谢谢你，爸爸。”

查理非常高兴，斐只有特别高兴时，才会叫他爸爸。

而这么多年，他只高兴过一次，就是今天。

“你什么时候带你的女孩儿来M国，还是我们回去？哦天，布鲁斯现在还在睡觉，我现在就去告诉他，他马上就要实现愿望了，他一定会原谅我把他的机器人摔坏。”查理说完就火急火燎走了，郁娟无奈地对电话那头的许斐说：“你们怎么打算的？我和查理好提前安排。对了，需要我们先回国和她的父母见上一面吗？”

许斐微顿，片刻后，缓声道：“她的家人只有一个弟弟。”

郁娟面露惊讶，问道：“那她的父母？”

许斐靠在沙发椅背上，取下眼镜放到一旁道：“妈，每个人的经历不同，所失去和得到的自然也不同。她非常优秀，你们会喜欢她的。”

郁娟的经历与见识足以让她瞬间明白，她这个未来儿媳妇的原生家庭似乎并不美满，她从她儿子口中听不到他对对方父母的尊重。这只能说明一件事，那对父母对他喜欢的姑娘非常苛刻，她儿子生气了。

“她有两位值得敬重的长辈，一个是她师父，一个是她……另一位母亲。”许斐轻笑，“希望你能回国，和他们见上一面。”

郁娟答应了。

第二天早上，许斐开车去了陶白家。

陶墨看到他就来气，把已经凉透的烧烤扔到他怀里，转身跑出家门。

这是许斐第一次登门，陶白给他找了一双陶墨的拖鞋。

鞋子放到他面前，他却久久没有动作。

陶白心有所感抬起头，便见他怔怔地看着客厅的玻璃柜。准确来说，是看着玻璃柜里那十个姿态各异、抱着篮球的木雕。

每一个都不同，每一个又都有一个相同之处——没有面部。

许斐怔在原地，眸中情绪翻涌。

陶白笑了笑，拉着他的袖子，把他带到玻璃柜前，指着第一个木雕。

“这些都是我亲手雕刻的。一开始手艺拙劣，雕得粗糙，有些不堪入眼，可我舍不得丢。

“雕第二个时，被师父看见了，他老人家十分嫌弃，说我砸他招牌，想给我丢掉。后来被我偷偷藏起来，带回了家。

“雕第三个时，是师父在旁边亲自指导，那时已经有些得心应手，雕出了几分神态。

“第四个是我一个人完成的。后面就越发游刃有余，能雕出心中所想的模样。

“它们虽有瑕疵，却是我最喜欢、最满意，完完全全属于陶白的作品。”

十个木雕身上，寄托着她十年无人知的心事。

超越了作品本身，已经不只是作品。

许斐看着那十个木雕，每一个，都是陶白一点儿一点儿亲手雕刻的。倾注了她的热情与经历，见证了她的十年成长。

这十年，他不在，却又在。他以另一种形式，见证着她的成长。

许斐伸手把她抱进了怀里，脸埋在她的肩头，久久不语。

陶白笑着圈住他的腰，偏头蹭了蹭他的发，温声道：“谢谢你，一直陪伴我成长。”

许斐双臂收紧。

“从未告诉过你，你的存在就像一道光，照亮了我整个青春年少。曾经的我很糟糕，但每次想到你，就会想要再努力一点儿，变得更好一点儿，再好一点儿。谢谢你带给我力量。”

高中那段昏暗的日子，若非她心怀光芒，或许早已沦丧在岁月里。

许斐于她，是阳光少年，也是生命救赎。

许斐紧紧抱着她，脑袋始终埋在她的肩头。

许久后，他声音沙哑道：“或许，从你递水给我那天开始，我就已经记住你了。”

时过境迁后回忆往昔，他才惊觉她留在心里的画面，一帧帧，清晰明亮。

他的高中时代，唯一关注过一个女生，她戴着眼镜，留着厚重刘海儿，整日坐在教室里，埋头奋笔疾书。

上万次经过走廊，他的余光未尝没有过追逐。

只是当时年少，他太过傲气，忽略太多。

他心动于在网上和自己聊天的陶白，也关注过现实中胆小怯懦的陶白。

一个是她的内心，一个是她的模样。

他所有的心动和关注，都给了一个人。

她叫陶白。

瑞阳到关丘的直线距离有一千五百多公里，坐飞机将近三个小时。大概是好事多磨，加上航班延误两个小时，秋生抵达关丘，已经是下午四点半。

除了秋生，夏生和苟旭也来了，另外还有一个留着齐肩长发、满脸胡子的高大男人。

机场人来人往，每天都在上演着离别与重聚。

秋生一眼就看见了站在人群里的陶白，陶白也看见了她。

她们隔着重重人群对望，秋生把背包丢到她身边高大男人的怀里，拔腿就朝陶白冲了过去。陶白也向前跑了几步，然后整个人就被急冲而来的秋生抱在怀里。

冲撞之下，陶白往后退了两步。

秋生死死抱住陶白，眼睛里盛满了泪花，呜呜压抑的哭声，听得陶白红了眼眶。

她紧紧抱住秋生，哽咽道：“秋生，对不起。”

秋生攥着小拳头捶打她的背道：“你就是对不起我，你对不起我，你干什么不联系我啊？陶白你怎么这么坏，我以前怎么没发现你这么坏。”

陶白满心酸涩，她埋在秋生肩上，眼泪夺眶而出。

“你怎么这么讨厌？你什么事都不跟我说，发生了那么大的事也不告诉我，非要一个人扛着，还不告而别，说走就走。”秋生满心心疼夹杂着多年的担忧，在见到她后终于决堤，“你知道我找了你多久吗？我一直在找你，我好想你啊淘淘，我好想你。”

她说着便大哭起来。

许斐和夏生等人安静地站在一旁。

机场旅客匆匆，甜美的广播声也无法掩盖喜悦泪水下的久别重逢。

秋生哭够了，发泄够了，然后捧着陶白的脸仔细打量。

两个姑娘眼睛红红，你看我，我看你，然后齐齐笑出了声。

“淘淘，你变化好大呀。”秋生摸摸她的脸，还掐了掐，“是真的淘淘，不是假的。”

陶白也扯了扯她的脸道：“是真的秋生，变得更漂亮了。”

秋生吸溜了一下鼻子，身后那个满脸胡子的长发男人递过来两张面巾纸。陶白道了声谢，接过面巾纸替秋生擤鼻涕。

陶白的满心忐忑，在这一刻终于消失，她温柔地拭去秋生睫毛上的泪珠道：“谢谢你，秋生。”

谢谢你千里迢迢来到关丘，也谢谢你没有生我的气。

秋生听懂了，然后气鼓鼓瞪了她一眼道：“你真是个笨蛋。”

我怎么可能会生你的气？

许斐手里提着陶白的包，等她心情平复下来，伸手在她脑袋上揉了揉，接过她手上的面巾纸给她擦眼泪。

这么多人看着，陶白有些不好意思。

秋生已经知道事情的前因后果，是她当年的一个小玩笑，把她的淘淘和斐哥凑成了一对儿。她睫毛上沾着泪珠，打着哭嗝说：“让你们怪我，看你们现在还怪不怪我。”

所有人都笑了。

夏生和荀旭在一旁好奇地打量陶白，许斐侧身挡住他们的视线，把陶白护在怀里。

他们“啧”了声，没看出来老许还是个醋缸。

秋生把陶白从许斐怀里拽出来，挽着她胳膊，给她介绍那个满脸胡子的长发男人：“他叫蔺情，是我的室友。”

然后又对那个男人说："她是我最好最好的朋友，陶白。我以前和你说过的淘淘，就是她。"

陶白和蔺情简单打了个招呼。

秋生又把许斐介绍给他认识。

许斐和蔺情握了握手，两个男人对视一眼，颇有些惺惺相惜。

陶白看向一旁的夏生和苟旭，笑着打招呼："好久不见。"

夏生笑着点头道："是好多年没见了，你变化很大。"

苟旭眼角带着新伤，咧出一口大白牙道："同桌，我们以后是不是要叫你嫂子了？"

陶白被他打趣得有些不好意思，倒是一旁的许斐朝他投去一个赞赏的眼神。

苟旭得到鼓励，立马笑嘻嘻地叫道："嫂子。"

陶白偷偷掐了许斐一下，应也不是，不应也不是。

说笑着，大家往机场出口走。

秋生挽着陶白走在前面，把那几个男人丢在身后。她心里跟猫抓似的，对陶白和许斐的事好奇不已，悄悄问道："淘淘，你和斐哥到底是怎么回事呀？"

陶白不答反问，学着她压低音量，问道："你和那个室友又是怎么回事啊？"

秋生哼哼道："就是室友呗，他非要跟来，跟屁虫。"

陶白轻轻捏她的指尖，道："他看起来好酷。"

"你是说他的大胡子酷吗？"秋生偷偷看了眼身后，然后小声和她分享八卦，"我跟你讲，你别看他长得人模狗样的，其实是个毛发控。你是不是还觉得他像个文艺的流浪艺人？然而，他的职业说出来能惊呆一群人。"

两人多年不见，却完全没有陌生感，若说变化，那便是秋生更八卦了。

陶白听得惊奇不已，蔺先生给人的感觉像个文艺青年，会在午后坐在公园里画画或弹吉他的气质。

她想象不到别的。

秋生得意一笑，她就知道淘淘猜不到。她烘托了一下气氛，随后才神秘地揭晓答案：“中医！”

“你能想象吗，他居然是个每天在你面前念各种疑难杂症的中医，他不会画画，更不会弹吉他，只会给你科普草药的药性。我问他，你最爱谁？他回答我，说他最爱李时珍。”

陶白目瞪口呆，秋生满脸绝望。

“说出来你可能不信，我现在都会背一千三百种中草药了。别问，问就是被逼的。”

陶白沉吟片刻，抱住了她瘦弱的肩膀道：“你辛苦了……”

到酒店时，天已经快黑了。

许斐在酒店订了一个包间，秋生全程拉着陶白说悄悄话。她们分享了彼此这些年的生活，虽有波折，却很快乐。

秋生对陶白和许斐的感情尤为好奇，陶白同样对她和蔺情的认识充满兴趣，两人依依不舍。许斐无奈，给陶墨打了个电话，通知他，他姐今晚要外宿。

不出所料地，他被隔空一顿骂。

荀旭是来关丘散心的，用完晚餐就拉着夏生去领略关丘的夜生活。

蔺情则独自去酒店的健身房。

许斐回房间开了一个高层视频会议，视频对面的项目经理是个法国人，叽里呱啦说了一通。许斐用流利的英文回了对方几个问题，视线却频频投向电脑右下角的时间上。

晚上十一点四十五分。

手机安安静静，毫无反应。

秋生和陶白躺在酒店的床上，听着外置小音箱里流淌的歌声。

秋生捧着陶白的手，看着她手上的戒指道：“当时在宴会上，斐哥一听到你的名字，整个人跟疯了一样，我第一次见到他那么吓人的样子。”

他是许斐啊，风光霁月，何时失态过？

可那晚，他不只是失态，还有不知所措和满身狼狈。

而这些，都是因为她的一个玩笑举动造成的。

秋生转了个身，伸手抱住陶白。

在陶白看不见的角度，她轻声道：“是斐哥联系我，告诉我你在关丘，请我无论如何都要过来一趟。淘淘，我很高兴你遇到了他，你一定要幸福。”

小音响里响起熟悉的旋律，是中岛美雪的《骑在银龙的背上》。

歌声沉稳有力，悦耳动听。陶白的心，也在带着岁月痕迹的歌声中悄然绽放。

她点头，轻声道：“我会幸福的。”

她们紧紧地相拥在一起，曾经失约过也没有关系，未完成的心愿，以后我们再一一实现。

岁月漫长，我们不用着急。

陶白和秋生脑袋靠着脑袋，轻声问道：“秋生，你和蔺先生是怎么认识的？”

秋生举起手，透过指缝看着头顶的灯光道：“高一那年暑假，我和几个女生打架被他撞见，后来被他带去了医院。”

陶白蹙眉问：“你和几个女生打架？我怎么不知道这件事？”

秋生笑眯眯地道：“因为我偷偷瞒着你呀。好了，不说这件事了，都过去了，我们继续说他。你不知道他当时有多邋遢，简直就像个流浪汉，胡子拉碴，穿得脏兮兮的。我后来才知道他那时刚从关丘回瑞阳，关丘不是有座大青山嘛，他进山去采药，结果迷了路，是被一个小姑娘救了。”

说着，她顿了顿道：“救他的小姑娘叫郝甜，后来成了严野的老婆，你说巧不巧？”

陶白对严野没什么印象。

秋生便道：“就是十四中那个暴躁狂，以前经常和斐哥一起打篮球的男生。”

正说着，门铃响了。

两人对视了一眼，秋生躺着没动，朝着天花板翻了个白眼道：“现在的臭男人哇，真是一秒都离不开老婆。”

陶白脸一红，秋生翻身而起，伸手推她的后背，高声道：“晚安！”

陶白脚步趔趄，回头看了她一眼。秋生朝她做了个鬼脸，掀起被子盖住脑袋。

陶白打开门，便见许斐站在门外。

许斐一言不发，直接伸手抓住她的手腕，径直朝着自己房间走去。

玄关处亮着微暗的灯，门刚开，许斐就把她抵在门上，高大的身体罩着她。陶白伸手推他的胸膛，许斐纹丝不动。

陶白瞪着他，气鼓鼓道："你干吗呀？我和秋生正在聊天呢。"

许斐垂眸看她，声音低沉暗哑，在黑夜里格外性感："见到秋生就不理我了？"

陶白的后背靠着门，整个人都被他圈在怀里动弹不得，暖黄的灯打在男人精致的五官上。明明是个成熟稳重男人，却像个小孩子般说出委屈的话来。

她眨了眨眼，伸手环住他的腰，歪着脑袋道："理你呀。"

许斐低头在她眉心亲了一下，把腰上的手轻轻拉下来，然后在陶白的惊呼声中，拦腰抱起她，迈步朝着落地窗前的沙发走去。

陶白被他抱得猝不及防，匆忙环上他的脖子。

许斐几步便走了过去，动作轻柔地把她放到沙发上。

陶白愣愣地看着他。

她的身后是关丘的无边夜色，圆月挂在半空，繁星点点。星空下是辉煌的城市夜景，车水马龙，霓虹闪烁。

许斐半蹲着，双手撑在单人沙发两边，抬头看着她。

陶白垂眸与他相视。

许斐握住她的左手，低头在戒指上啄了一下，声音比月色还温柔："淘淘，你会原谅我的贪心吗？戒指只戴了一次，我却想听两次'我愿意'。"

陶白还未反应过来这句话的意思，许斐便单膝跪地，不知从哪里变出一捧鲜艳的玫瑰花，举到她面前，摩挲着她无名指上的戒指道："它在我身边放了太久，久到我都要嫌弃它，所以那晚迫不及待就想把它戴在你手上。可是，我知道你心中藏有遗憾，终归还是不够圆满。今天秋生来了关丘，淘淘，你开心吗？"

陶白看着面前这个男人，右手悄悄地攥紧。

他什么都知道，却什么都没有说。她知道她想念秋生，却因为忐忑害怕，明明已经从林嘉木那里得到了秋生的联系方式，却一直不敢联系她。

他把戒指仓促地戴在她的手上，却仍旧觉得不够圆满，所以他叫来了秋生。

他悄无声息地圆了她唯一的遗憾。

陶白接过玫瑰花，她眼角微润，却笑靥如花道："开心，阿斐，我今天好开心。"

许斐双眼微弯，连夜空中最明亮的星星也不及他眼中的光芒。

他举起玫瑰花，温声道："今天特别高兴的陶白小姐，请容许我贪心。请问，你愿意嫁给你面前这位许斐先生吗？"

陶白破涕为笑，她伸手捧住他的脸，低头在他唇上落下一个轻吻。

"Hi，我面前的许斐先生。未来还请继续贪心，我期待第三个'我愿意'。"

6 月的一天，许斐和陶白携手进了民政局。

工作人员递给他们一张《婚姻申请表》，陶白签名无数，头一次看着姓名栏双眼发蒙。

与她相反，许斐握着笔，笔尖不做片刻停顿，笔走游龙写上自已的名字。

边上的工作人员不时抬头偷看他们，难得看见颜值这么高的情侣，又见女生紧张得半天没有下笔，均是捂嘴偷笑。

陶白感觉到身旁那道火热的视线，她定了定神，握笔在姓名栏写上自己的名字。然后依次填上性别、国籍、出生日期、民族……

一张很简单的表，她愣是写了十几分钟。

写完，许斐把自己手中的申请表和陶白的一起交给工作人员，动作中带着几分迫不及待。

接下来是拍照。他们换了提前准备好的白衬衣，陶白有些紧张地扯了扯许斐的衣袖道："我的包呢？镜子拿给我看一看。"

许斐想摸摸她的脑袋安抚她别紧张，就被她一巴掌拍了下去："别把我的头发弄乱了。”

许斐揉着手背，唇线绷得很紧。

过了一会儿，陶白悄悄抓住他的手，轻轻揉了揉他的手背。

许斐反手攥住她的手指，轻轻捏了捏道：“不用照镜子，你今天很漂亮。”

陶白让他站好，许斐不明，但依言站好。

陶白捏着他的下巴，道：“头低一点儿。”

许斐顺着她的力道低头，漂亮的桃花眼里霎时装满了她。

陶白满意地点头，仰头看着他的眼睛，伸手理了理自己的发丝道：“原来长得高还有这个好处，学会了。”

摄影师是个性格开朗的大叔，见到他俩的小动作笑得不行，道：“放心，叔拍照技术还行，再说你俩长得这么好看，我随手拍拍也有了。”

陶白惊愕回头道：“叔叔，请您千万不要随手拍拍，我害怕。”

许斐一本正经点头赞同道：“我也害怕。”

大叔险些乐得握不稳相机，直点头道：“行，行，行，知道了，我一定拿出毕生的拍摄技术。”

陶白给许斐理了理衬衣领口，趁摄影大叔不注意，悄声问道：“我要不要再抹点儿口红？”

她今天化着淡妆，以前不太在乎容貌，如今却觉得自己还不够好看，担心不上相。

许斐提着她的包，闻言从包里拿出她的口红，拧开道：“张嘴。”

陶白“啊”了一声，依言微微张开唇。许斐拿着口红，表情认真地给她抹了一点儿在唇上，轻声说：“抿一抿。”

陶白乖乖抿抿唇。

许斐看了一会儿，用指尖给她晕染开。

大叔举起相机，笑着对陶白道：“小姑娘有眼光啊，你家那个以后一定是个疼老婆的。”

他在这儿工作这么多年，什么黏黏糊糊的情侣没见过，可还是第一次见到有男人为了缓解女朋友的紧张，给她抹口红的。

其实抹不抹都一样，姑娘长得比花还娇艳，美着呢。

大叔信守承诺，把他俩拍得差点儿成了民政局的范本。

当红章盖在两个红色的本本上，工作人员一脸喜庆地对他们说恭喜，陶白才有了一种真实的、她好像从此刻变得不一样的感觉。

而她旁边的男人，笑得仿佛拥有了世界。

直到出了民政局，被头顶炫目的烈阳一照，陶白才彻底缓过劲儿来。

她看着许斐，说道："我们结婚了。"

许斐扬了扬结婚证，颔首轻笑道："是的，许太太，我们结婚了。"

不知是他的笑容太过耀眼，还是天边的光圈晃得陶白眼睛有点儿疼。她垂下眼睫，轻声道："结婚证给我看看呀。"

6 月的天气渐渐炎热，许斐牵着她回到车上。

空调呼呼吹，他们凑在一起，一人捧着一本结婚证。

照片上的两个人笑得非常自然，一个英俊非凡，一个美艳动人，眼底都泛着惊人的柔光。

"许先生，你真好看。"许太太真诚地夸赞道。

"不及许太太三分。"许先生恭维道。

可惜，许太太是个听不懂情话的女人。

她觉得许先生在嘲讽她，伸手在他脸上放肆地捏了一圈。

晚上九点，两条动态一前一后出现在朋友圈，配图结婚证。

不到两分钟，发动态的两位手机被打爆，两个红本本在各自的社交圈引起了一场大风暴。

陶墨学校的"姐姐后援团团员"在这天集体失恋，朋友圈顶流无情地宣布脱单，他们年纪轻轻就体验了一把暗恋的苦。

好惨，好可怜，好无助。

陶墨和陈笃清知道后，更是连拍大腿，大骂许斐臭不要脸。

许斐的朋友圈同样热闹，总秘书艾伦看见了老板的动态，然后不到半个小时，M 国总公司的员工都知道老板结婚了。

公司里的各国高层送来五花八门的祝福，让人应接不暇。

国内这边经由夏生和苟旭的传播，当年他们那几届的一中同学都知道许斐结婚了，结婚对象也是一中的同学，只是在提及陶白的名字时，大家一脸迷茫。直到有人把陶白就是一中建校以来，唯一一个在运动会上跑了一万米的女生这事扒出来后，大伙儿才恍然大悟。

哦，原来他们是在运动会上认识的啊。

秋生听后，张嘴就是一声“呸”，明明是小红娘秋生的功劳好吗？

这绝美爱情，都是秋生一手促成的啊。

许斐和陶白领证那天，秋生收到了许斐发来的大红包。

秋生收了后，转头就对陶白语重心长道：“淘淘，你一定要掌握财政大权啊，你男人简直太豪气了，把我一年的包包、口红、香水都包了。”

当时许斐就在旁边，恰好看见这句话。他从身后抱着陶白，下巴垫在她肩上，嗓音诱惑道：“掌握我。连我都是你的，还有什么不是你的？”

情话很甜，无奈有些人就是听不懂。

“小墨昨天告诉我，说你给了他一张卡。”陶白扭头看他，“你给他卡干吗呀？”

许斐理所当然道：“给他零花钱。”

陶白折身，双手捧着他的脸，调皮地捏着道：“小墨还小，你别把他养飘了。”

许斐任由她捏着，搂着她的腰，低头去追逐她的唇：“小墨是你唯一的亲人，他陪伴了你十年，你们有你们的感情，我有我的感激。小墨是一个有分寸、不会乱来的孩子，你要多相信他一些。”

陶白定定地看着他，许斐噙住她的唇瓣，呢喃道：“以后有我惯着他，管着他，和你一起疼他。”

其间，许斐中国、M 国两边来回跑，总公司有专人管理，他只需要掌握大方向，但堆积的文件仍需要他签字。总秘书艾伦这段时间也是两国来回飞，虽然领着丰厚的薪水和奖金，但身体真有些扛不住。

许斐滞留在关丘这段时间，后来基本是三个秘书轮流飞，大家对老板的新婚妻子非常好奇，但来去匆匆，也就只见过一面，可也足够这群人回去花式夸赞老板夫人的美貌。

陶白还未去 M 国，那边的圈子就已经流传了她不少佳话。

郁娟在 6 月中旬回了国，原本查理和布鲁斯都吵着要来，但 M 国那边离不开人，查理被说服，布鲁斯哭了几天，都没有换来妈妈的心软。

他看不到姐姐，转头就去给哥哥弹视频哭诉。

可惜，他如今已经不再是哥哥的心头宝，布鲁斯在他身上感受到了男人的善变。

卷毛混血小鬼听见他心爱的哥哥说："布鲁斯，你已经长大了，要听话。"

布鲁斯不想听话，他委屈得"哇"的一声哭了出来。

许斐和陶白一起去机场接的郁娟女士，岁月并没有在这个女人身上留下太多痕迹，她优雅美丽，气质卓越不凡。

初次见面，郁娟女士便在机场搂着陶白，温柔地说："欢迎你加入我们家。"

陶白原本有些紧张，但在郁娟女士温柔的嗓音中，她忽然就放松了下来，叫出了那个以前只会让她浑身疼痛，如今却因为许斐被加注了无限温情的称呼："妈妈。"

郁娟摸了摸她的发道："唉。"

郁娟幼年时见过陈老，她待老爷子如亲人，是以晚辈的身份登门拜访。

见面那天，陈笃清穿着一身唐装，沃梦依旧风情万种，郁娟一身女强人的气质即便刻意收敛，也难以掩盖。陈老和沃梦之间横着一道永远无法弥合的伤口，而今天是这么多年来，两人唯一的一次和平共处，这顿饭气氛还算不错。

郁娟来去匆匆，她走前私下询问了许斐关于婚礼的日期，许斐说在今年圣诞节前夕，也就是平安夜当天。

## 第二十章

# 愿望实现了

时间飞逝，一转眼便到了 7 月。

陶墨放了暑假，护照和签证也下来了，他们终于踏上飞往 M 国的飞机。

长达十几个小时的飞行，只有陶墨全程兴奋，到了 M 国国际机场已经是凌晨一点，来接他们的司机把行李提上车。许斐刚拉开车门，一个戴着玩具头套的小身影，便扑进了陶白怀里，兴奋地用并不太标准的中文叫道：“姐姐！”

这一扑把陶白的瞌睡虫都扑没了，她手忙脚乱地抱住他，叫道：“布鲁斯。”

布鲁斯近期经常和她视频，小孩儿是颜控，就喜欢长得好看的姐姐，许斐也从未纠正他的称呼。

陶墨困得要死，布鲁斯却兴奋得要死，从车上拿出自己的玩具，递给陶墨：“送给你。”

陶墨说了声“谢谢”。

只不过，陶墨的英文和布鲁斯的中文一样烂，两个人的发音都不是很准确。

M 国的夜景繁华美丽，陶墨和布鲁斯坐在前排玩儿，许斐揽住陶白坐在后面。

车内空间宽敞，陶白靠在他怀里，像只猫一样打着小哈欠。

许斐轻轻拍她的背道：“一会儿就到了。”

陶白“嗯”了声，看着窗外急退的夜景道：“这就是你生活了十年的城市啊，果然很美。”

许斐侧首，在她发上轻轻摩挲道：“找到你那天，我看着关丘的夜景，也觉得那是世上最漂亮的一座城市。”

因为这座城市有你，才会觉得独一无二。

陶白听懂了他的未尽之语，脸埋在他脖间拱了拱。

这个男人的深情，在言语之间，在行动之上，他无时无刻不在告诉她，没有她的那十年，他有多想她。

陶白不知道一个人能有多情深，她的暗恋，能看见每天从走廊走过的他，而他的喜欢，却是对着一片虚无。

秋生老说她的喜欢难能可贵，可陶白却觉得，许斐的喜欢才弥足珍贵。

“阿斐。”

“嗯？”

“我爱你。”

过了半晌，男人才哑着声说：“我更爱你。”

小孩子精力有限，布鲁斯在车上和陶墨鸡同鸭讲聊了一路，车刚开进别墅区就困得小脑袋一点一点的，如小鸡啄米。

许斐抱着他下了车，带着陶白和陶墨进了别墅。

郁娟和查理在客厅等候，陶白第一次见到查理，这个身材高大的外国男人儒雅英俊，大掌拍着陶墨的后背，对姐弟俩的到来表示了热烈欢迎。

郁娟和陶白抱了抱，随后拉着她的手，介绍道：“这是查理，我的老公，你可以和阿斐一样叫他的名字。”

说完，她凑到陶白耳边低声说：“但是妈妈建议你叫他 Dad，你叫他查理，他会非常失望。”

她音量并不小，除了睡着的布鲁斯，所有人都听见了。

查理轻咳一声，郑重地整理了一番仪表，一脸期待地看着陶白。

陶白看向许斐，许斐抱着布鲁斯耸了耸肩，安静等待她的选择。

全部人都看着她，陶白红着脸叫了一声“Dad”。

查理非常高兴，倾身抱了抱她，手掌轻抚她的长发，声音非常温柔：“欢迎你，淘淘。”

陶白在他后背轻拍两下，轻声道：“谢谢你，爸爸。”

陶墨站在一旁非常高兴，郁娟也抱了抱他，把他头发揉乱，道：“以后我就当多了一个儿子，把这里当成自己的家，别见外。”

陶墨抱着她点头道：“谢谢阿姨。”

他姐夫的家庭比他想象中还要温暖，陶墨在这一刻才算彻底接受了许斐，和许斐给予的一切。

郁娟抱着布鲁斯回他的卧室，查理则带陶墨去他的房间，偌大的客厅只剩下许斐和陶白两个人。

他们虽然领了证，许斐在关丘时却一直住在酒店，这是他们第一次要面临同房的问题。

许斐手里提着陶白的行李箱，走到她面前，伸出手，问：“困了吗？”

陶白点点头，伸手让他牵着，两人上了楼。

许斐的房间很大，风格偏冷色调，半开的窗涌入阵阵冷风，他把行李箱放在床边，去把窗户关了。

陶白蹲在地上把行李箱打开，看着里面的衣服有些不知如何是好。她抬头看向走过来的男人，目光带着些许踌躇。

许斐轻笑一声，把她的行李箱拉链拉好，带着她去了衣帽间。

衣帽间大得超乎陶白的想象，一排排名贵西装、皮鞋、手表、领带、胸针和各种款式的休闲服家居服挂了半个房间。而空着的另外一半挂满了女人的衣裙、名牌包、高跟鞋、女款手表、墨镜和各种各样的衣服配饰。

这些东西是许斐这几次回M国填满的，衣裙全是还未上市的当季新款，而其他东西则是全球限量款。

陶白站在他身边，眼睛都有些花了。这简直是女人的天堂。

陶白以为这便是全部，许斐却拉着她回到房间，径直走向梳妆台。

精致的梳妆台上摆满了尚未拆封的顶奢品牌化妆品和一排排各种色号的口红与香水。

陶白晕乎乎地倒在他的肩头道：“阿斐，我眼睛有点儿累。”

许斐挑眉，直接拉开了梳妆台旁边的三个抽屉，露出里面琳琅满目的珠宝首饰。

陶白伸手捂住双眼。

许斐抱着她，笑声磁性慵懒：“许太太，这些都是你老公亲自挑选的，给个面子看一眼好不好？”

陶白抬手打了他一下，跟挠痒痒似的。

这个男人简直太要命了。

“喜欢不喜欢？”许斐双手抱住她的腰，轻轻使劲儿，便把她抱到梳妆台上。

没有哪个女人会不喜欢这些东西，简直是精准致命。陶白双手圈着他的脖颈，诚实地点头道：“喜欢。”

“有多喜欢？”许斐凑近，额头抵着她。

“超级喜欢。”陶白看着他的眼睛。

“那要不要奖励一下老公？”许斐声音低哑。

陶白凑上前，打算在他脸上亲一下，却被他躲开。

陶白瞪眼，许斐用鼻尖蹭了蹭她道：“淘淘，我们已经是合法夫妻了，你平时都是怎么叫我的，嗯？”

陶白瞬间就明白了他的意思，她耳根有些发烫，那两个字仿佛能融化心脏，却还是在他期待的注视中，轻声叫道：“老公。”

许斐收紧双臂，把她整个人抱进怀里。

陶白紧紧环着他的脖颈。

他们宛若交颈的天鹅，亲密不可分。

“慢慢习惯，好吗？”

“嗯。”

陶白躺在浴缸里，白皙的脸被热气蒸得泛红。十几个小时的飞行十分疲累，水温舒适，她没忍住多赖了一会儿。

许斐站在浴室门外，轻轻敲了敲门道：“淘淘，半个小时了。”

陶白应了一声，从浴缸里出来，抓过一旁的浴袍穿上，懒洋洋地离开浴室。

许斐把手中的热牛奶递给她，陶白坐在梳妆台前的椅子上，捧着杯子小口小口抿着。

这个场景不由得让许斐想起那年秋生生日，小短手坐在他身旁，伸手够不着饮料瓶一脸窘迫的模样。他摇头轻笑，去浴室拿了一条干毛巾给她擦头发。

陶白的头发天生自然卷，许斐勾起一缕在指尖绕了一圈，然后松开，再勾上，再松开，反反复复好几次。

陶白从镜子里看他道："你去洗澡呀。"

许斐凑近她，呼吸喷在她漂亮的脖颈上道："催我洗澡啊？"

陶白嗔了他一眼道："现在很晚了，你快去。"

许斐笑着帮她把头发顺好，当着她的面，就开始解衬衣扣子。

陶白握着杯子的手一抖，转瞬便恢复平静。

他们是夫妻。

嗯，他们是夫妻了，看看怎么了。

浴室水声响，她吹干头发，然后托腮看着浴室方向。

水声停，不一会儿，许斐便出来了。

陶白的目光落在他身上，毫不避讳。

许斐擦拭头发的动作一顿，迈步朝她走来。

他精瘦的腰上围着浴巾，六块腹肌线条流畅，人鱼线若隐若现，男性的气息扑面而来。陶白起身让出自己的位置，态度很明显。

许斐挑挑眉，坐了过去。

陶白接过他手中的毛巾，轻柔地帮他擦拭湿发，待发梢不滴水了，便拿过一旁的吹风机，调好温度，五指在他发间穿梭。

许斐注视着镜子里的陶白，宽大的浴袍也无法掩盖她傲人的身姿，胸前衣襟微敞，露出一片雪白的肌肤。

他的目光毫不避讳，陶白强自镇定，帮他把头发吹干。

她站着，他坐着，两人在镜子里对视。

过了一会儿，许斐转身，仰头看着她，声音发哑："淘淘。"

“嗯。”陶白睫毛轻颤，低声应道。

他起身，结实有力的双臂揽住她的腰，把她打横抱了起来。陶白伸手环住他的脖颈，整个人都是顺从。

许斐喉咙发紧，把她抱到床上，塞进被窝，扯过被子紧紧裹住她，然后转身就走。

唉？？

陶白瞪大眼睛，看着他头也不回地去了衣帽间。

过了没两分钟，他穿着一身睡衣出来。关了灯，许斐沉默不语地掀开被子上床，二话不说把人抱在怀里死死固定。

然后就没有了动作。

陶白在黑暗中盯着他的下巴，手指戳了戳他的腹肌。

许斐把她不听话乱点火的手抓住。

“老公。”

“嗯。”

陶白瞪了他一会儿，从鼻子里发生一声娇哼，趴在他怀里，闭上了眼睛。

许久后，就在许斐以为她已经睡着时，忽然听到怀里传来一声不满的哼哼：“不叫你了！”

“……”许斐忍得浑身难受，他都恨不得把人融进身体里，怀里的小东西还生气了。

他咬牙切齿道：“你这个没良心的小朋友。”

话音刚落，他脖子一痛，疼得“嘶”了声。

陶白一顿，松了牙齿。两秒后，她轻轻在他被咬的地方蹭了蹭，娇娇地说：“都是你不好，我才咬你的。”

许斐无奈地抱紧她道：“淘小淘，我们坐了十几个小时的飞机，在飞机上你一直没有休息，而且现在已经快凌晨三点，我可提前告诉你，憋了二十几年的男人是很恐怖的，你确定你现在要惹我吗？”

怀里的小朋友立马老实得不得了。

许斐气得隔着被子在她臀上轻轻拍了一下，姑娘嘤咛一声。

一夜无梦。

第二天一早，陶白率先醒来，睁开眼便看见许斐瘦削的下巴。

她起身的动作一顿，发现自己的双手双脚都被他紧紧缠住，而她的脑袋正枕着他的肩，侧脸下的温度暖得烫人。

陶白微微仰起头，看着他安静的睡容。

瘦了。

他的公司在 M 国，却因为她留在关丘，这几个月一直两边跑，二十四小时连转轴，整个人都瘦了一圈。

陶白轻轻抽出自己的右手，动作轻柔地摸着他的侧脸，满眼心疼。

原本双目紧合的男人，不知何时睁开了眼，如潭般幽深的眸子落在尚且来不及收拾情绪的姑娘身上。他微微一笑，刚睡醒的声音带着倦意，偏又性感撩人："早安。"

陶白枕回他的肩膀，整个人依恋地靠着："早。"

"想要一个早安吻，可以吗？"五指插入她的发间，许斐凑在她耳边低声询问。

陶白仰起头，主动凑上前。

他们交换了一个满是柔情蜜意的早安吻。

许斐翻身把她压在被单里，五指扣着她的掌心，满心爱意宣泄在唇齿间。陶白呼吸有些不稳，哼唧了两声，他才慢慢松开她。

男人在清晨有些莫名冲动，陶白早就发现了，毕竟是第一次遇上这种事，不可避免还是有些害羞。亲吻结束后她悄悄往被窝里躲，把被子拉到眼帘下，遮住泛红的脸颊，只露出一双泛着水光的漂亮的丹凤眼。

许斐低头在她额间印下一个吻，当着她的面下了床，脱了睡衣随手扔在一旁，迈步进了卫生间。

浴室里传来水声，透过磨砂玻璃，隐约看见升腾的雾气。陶白掀开被子从床上下来，赤脚踩在铺满毛绒地毯的地上，伸手把窗帘拉开。

身上的睡袍被那个男人扯得松松垮垮，她沐浴在晨光下，看着在花园里玩耍的大金毛。

大金毛看见了站在落地窗前的女人，它歪了歪脑袋，随即疯狂地摇着尾巴，汪汪大叫起来。

陶白温柔轻笑。

有许斐在的日子，真是美好得不可思议。

在M国的日子十分悠闲，许斐每天早上八点准时去公司，陶白偶尔在家陪布鲁斯，大多时候被他缠着去公司，通常一待便是一天。

起初看许斐认真工作的模样，陶白十分新奇，次数一多，她就开始嫌无聊，无论许斐怎么哄，也不肯陪他去。许斐便在办公室里让人安装了一个简易工作台，木雕工具准备齐全，应有尽有，陶白就又乐意陪他了。

于是乎，许斐的总秘书艾伦天天看着老板充满现代感的办公室被各种小物件填满，偶尔拿在手中的文件还夹杂着碎木屑，以往在工作上雷厉风行对任何人都不假辞色、做事严谨、眼里不容一点儿沙子的男人对他的小娇妻有求必应，宠溺无度。

艾伦每天心惊胆战，自己把自己吓得半死。

老板很可怕，但比老板更可怕的是那个轻松驾驭了大魔王的女人。

许斐的总公司坐落于N城最繁华的一片区域，公司旗下涉猎极广，酒店、奢侈品、娱乐、房地产、软件设计、生物制药，还有一些陶白听都没听说过的行业，仅总公司便有几千位员工，员工来自世界各地。陶白最初对许斐的公司并不了解，后来每天看着来来往往的国际友人，接触到各种密密麻麻的外国文字，她才对许斐的能力有了深切认知。

当年那个穿着篮球服的清冷少年，已经彻底蜕变成了一个能力出众、能带给许多人安全感的成年男人。

8月月末，暑假即将结束。

陶墨面临开学，许斐最近实在抽不开身，无法陪他们回国。他每天晚上抱着陶白耳鬓厮磨，行动和语言汇成一句话。

你别走。

陶白心疼他前段时间两国来回飞，更心疼他在公司忙得连吃饭时间都没有。她每天早上摸着他消瘦的下巴，闹他又气他：“工作再忙也要按时吃饭，你再瘦下去，就不是最帅的新郎了。”

“那你每天给我送午餐。”许斐抱着她，鼻尖在她脖间蹭，“否则我吃不下。”

“你用自己的身体威胁我呀？”陶白气得用双手掐他的脸，“你是不是幼稚鬼！”

“幼稚就幼稚。”

男人幼稚起来简直不像话，陶墨都服了。

他已经是个成熟的大孩子了，已经学会自己坐飞机了。

于是，在布鲁斯的哭号声中，他独自踏上了归国的旅程。他和布鲁斯在这个暑假建立了深厚的感情，布鲁斯哭得昏天暗地，鼻涕泡一个儿接一个儿，他抱着陶白，湛蓝的眼眸里泪水翻滚：“姐姐，小哥哥为什么要走？”

陶白摸着他蓬松的卷发，温柔道：“小哥哥要回去上学呀，就像布鲁斯明年也要上学一样。”

布鲁斯非但没得到安慰，反而哭得更绝望了。

天呀，他才不要上学。

查理坐在沙发上看报纸，他在家也穿着得体的正装，听见小儿子的哭声，他笑得幸灾乐祸。他问陶白：“淘淘，小墨一个人在中国，我们不放心，你有没有考虑让他来 M 国？”

这件事陶白和许斐已经跟陶墨本人商量过了，许斐常年待在 M 国，他离不开陶白，陶白往后回国的可能性极小。陶墨也非常喜欢新家庭的氛围，他的回答是想在国内念完高中，大学再来 M 国。

陶白往查理面前放了一杯红茶，温声道：“届时要麻烦您帮忙联系一下学校。”

查理道了声谢，端起红茶抿了一口。

“小墨的想法很好，明天我打电话问问他有没有理想的大学。他若是没有，我可以帮他推荐几个不错的学校，我保证里面有很多漂亮的小姑娘，他的大学生活一定会非常精彩。”

郁娟提着包过来直接在他头上敲了一下，敲完又倾身和他吻了吻，对他们说：“我去公司了，晚上见。”

陶白抱着低落的布鲁斯把她送到门口，郁娟在她和布鲁斯的脸上各亲了一下。

陶白从一开始的不自然到如今已经习以为常，在外人面前强势冷漠的女强人郁娟女士，对家人非常温和亲切。

许斐收拾好下楼时，查理也去了公司。

布鲁斯死死抱住陶白的脖子不放，怒视他哥哥："No，姐姐今天在家陪我。"

"布鲁斯，你已经是个大孩子了，要学会独立了。"许斐在争夺老婆的归属权上态度尤其强硬，布鲁斯觉得他哥哥现在对他一点儿都不好，哇哇大叫还是没能逃脱被丢到沙发上的命运。

许斐牵着陶白的手，对旁边慈眉善目的老用人说："安娜，布鲁斯这个麻烦的小鬼今天就拜托你了。"

安娜笑容慈祥道："好的，先生。"

司机把他们送到公司。

穿着英挺西装的英俊男人牵着身着旗袍的美艳女人踏进总裁专用电梯，立刻就引起一片骚动。即便这个画面这段时间经常上演，但还是会让无数人觉得怦然心动。

到了办公室，许斐立刻进入工作状态。

艾伦开始每天的例行报告，报告完毕后，他看着自家老板，问道："明晚有一场非常重要的商业晚会，您是否要偕夫人出席？"

到了许斐如今的地位，除了必要的慈善晚会，他一般不会亲自出席任何带有生意性质的商业晚会。

熟知他行事风格的艾伦一向恪守本分。

许斐鹰隼般的眼投向他："有媒体找上你了？"

艾伦心里一紧，点了点头。

"推掉。"他在文件右下角签上自己的名字，头也不抬，"我暂时并不想把我的夫人暴露在镜头下。"

艾伦顿时头皮发麻。

作为老板的第一秘书，对自己服务的老板的性格起码得有七八分的了解，才能完全胜任这个职位。收到晚会邀请时，他本想第一时间推掉，可实在耐不住主办方的纠缠，他也曾受过一位从事媒体行业朋友的帮助……两方恳求下，他才答应帮他们在老板面前提一嘴。

他第一次在公事上夹带私人情感，这是大忌。

自从许斐结婚后，媒体对他和他的新婚妻子争相报道，业界内外均对他的夫人好奇不已。但即便如此，也没有一家媒体敢在不经过许斐的同意下，擅自暴露出他新婚妻子的个人信息。

先不说惹不惹得起这个男人，便说查理，那就是一个无人能撼动的大人物，何况还有这些年游走在上层社会结交了不少政客的郁娟女士，她的手腕便让不少人胆战心惊。

艾伦后背都被冷汗浸透，他才反应过来自己犯了一个多严重的错误。他的工作内容便是过滤一切不重要的消息，把最重要的事情摆到老板面前让他决策，在明知道老板不可能同意的情况下，他还把问题摆到他面前让他亲口拒绝，而这个问题还涉及他最宠爱的夫人。

艾伦头都大了，想要顶替他位置的人太多，多少人都在等着他犯错。

许斐面无表情看完分公司的季度报表，在底下签上自己的名字。

艾伦硬着头皮道歉：“对不起，老板。”

许斐头也不抬，声音冷冽：“艾伦，记住，这是你第一次道歉，也是唯一一次。”

艾伦连忙点头，许斐抬手让他出去。

陶白已经好长时间没有动作，她右手握着雕刀，左手拿着一块木头。她背后是落地玻璃窗，底下是 N 城的繁华街景，但再美的景色，于她而言，都没有那个男人来得有吸引力。

她见过少年时期淡漠的许斐，见过重逢之初充满距离感的许斐，更见过在她面前毫无底线的许斐，却唯独没有见过声色俱厉的许斐。

许斐心有所感，眼中厉色和一身寒霜瞬间消弭，整个人肉眼可见地柔和下来。

陶白眨了眨眼，轻声叫了声：“老公。”

许斐看着她笑着问：“嗯？”

“你好凶呀。”

许斐放下手中的文件，起身走到她身边。陶白抬起脸，他低头在她唇上轻啄一下，低声问道：“我什么时候对你凶过？”

陶白眨了眨眼，摇头。

许斐逼视她道：“那我还凶不凶？”

陶白仰头在他唇角亲了一下，继续摇头。

许斐满意地去了会议室。

陶白撑着下巴，看着他离开的背影，眼中溢满了笑。

许斐即便熬夜加班，也会把工作集中在工作日完成。

周末，许斐会带陶白去逛M国的著名景点，依照当初的承诺，带她去了他曾经念书的大学，牵着她走遍了他曾经生活过的每一个具有意义的地方，还把她介绍给了自己的导师威尔。

威尔是个五十多岁的中年男人，听说许斐已经结婚，他对他们送上诚挚的祝福，并对陶白打趣道：“美丽的小姐，你的老公非常非常优秀，你或许不知道他当年在学校有多受欢迎，但他对你的爱让人惊叹。我认识他这么多年，他的身边除了他母亲，竟然没有出现过一个异性，你能想象吗？他可是许斐啊。”

是啊，他是许斐，那么优秀的许斐，竟然等了一个姑娘十年，知道内情的人无一不为之感叹。

陶白的手被许斐牵着，无论任何时候，许斐都会紧紧抓住她的手。

那十年的分离始终在他心上烙下了痕迹。

离开之前，许斐邀请他来参加他们的婚礼，威尔欣然接受。

他们去看了自由女神像，在能俯瞰M国夜景的旋转餐厅享用烛光晚餐，逛百老汇，去歌剧院听歌剧。每个节假日，许斐必定陪伴在陶白身旁，而每个工作日，陶白都在他的公司度过。

当然，陶白偶尔会抵抗不住布鲁斯的撒娇，她会带这个可爱的混血小子去加州的迪士尼游乐园。这段时间是许斐最不能忍受的，布鲁斯现在经常和他哥哥因为争抢姐姐而发生摩擦。

其间，许斐带陶白和布鲁斯去了一趟Y国，陶白亲自把她雕刻的生日礼物给老太太送去。

郁老太是位非常和蔼的老人家，得知陶白是陈老头儿的徒弟，拉着她就有说不完的话。

陶白这时才知道她和师父竟然是一个院子里长大的青梅竹马，甚至不难从她言语中听出一股道不明的遗憾。

陶白默然，心想外婆和师父是不是有什么故事。

当晚，许斐便给她解惑了。

“陈爷爷是外婆的初恋，他们曾经很相爱。”

陶白闻言目瞪口呆，回想起师父每每提起外婆，张嘴闭口便是左一句老太婆，右一声满脸褶子的老女人。

这个态度，是对初恋的态度？

时光飞逝，转眼便到了 12 月。

陈笃清和沃梦提前半个月飞来 M 国，秋生更是急不可待，一早拉着她家室友先生来找待嫁的新娘。

许斐的大学好友周竟和戚宣也陆续赶来，戚宣在看见陶白时宛若被雷击中，留下一声长长的叹息。

他后来还去过几次酒吧，只是都没有再遇见那个让他心动的女人，却不想再见时，她已经成了好兄弟的新婚夫人。

真是世事难料啊。

婚礼的地点定在查理名下的一座私人岛屿，与 N 城寒冷的天气不同，即便圣诞节将至，小岛上依旧风和日丽，四季如夏。

海岛布置得非常漂亮，鲜花气球，彩带飞扬。

碧蓝澄澈的海水荡起朵朵浪花，半空不时有直升机盘旋而过，游艇在一望无尽的海洋中穿行。

秋生和夏生两兄妹带着离婚后彻底放飞的苟旭，还有放寒假后已经浪得没边的陶墨，一大早，四人便乘快艇出海玩儿去了。

等布鲁斯醒来时，面对的只有泛着微光的海面，他湛蓝的大眼睛流下了委屈的泪水。

炫目的阳光照射在沙滩上，音乐声热闹得引来海鸥展翅，穿着泳装晒日光浴的性感美人火辣瞩目，年轻男人们结伴在打沙滩排球，还有亲朋好友家的小朋友围着游泳圈在海水里畅游。

一眼望去，热闹非凡。

沃梦端着一杯香槟，穿着性感的比基尼漫步在沙滩上，热辣的身材吸引来一片狼光注视。

艾伦和几个相熟的同事正在打排球，见他们频频扭头偷看那个女人，不由得好心提醒道：“喂，奉劝你们，那个女人可不是你们能随便调戏的。看在共事多年的分儿上，我真诚地提醒你们收回目光，若是被老板的心肝儿看见，你们会吃不了兜着走。”

“艾伦，她是谁？”

“她和那位是什么关系？”

“什么关系？”艾伦笑得意味深长，“是老板也要尊敬的长辈。”

蠢蠢欲动的几个男人立马便放弃了上前搭讪的想法。

开玩笑，现在他们都明白，惹了老板尚且还有一条活路，惹了他的夫人，那就是死路一条。

沃梦走到哪里都是人群中的焦点，即便他们不去搭讪，她身边照样围满了年轻小帅哥。

眼角微有细纹的女人，在阳光下笑得慵懒至极。

陈老一身唐装，背着手走在沙滩上。他身后跟着第一次见到大海的大黑，大黑和布鲁斯的大金毛在沙滩上撒欢似的跑来跑去。

一群穿着比基尼的年轻外国女人在前面嬉戏玩耍，老爷子老脸一红，脚步一转连忙换了个方向。结果一扭头却看见他儿媳妇沃梦身边，围满了外国小帅哥，顿时又火冒三丈。

他抬步正要过去，一个穿着波希米亚长裙的优雅老太太出现在他身后，张嘴就骂道：“你这个臭老头，老不羞，人家年轻人玩儿他们的，你往前凑什么热闹呢。”

郁老太今年已经是八十岁的老太太了，看着却精神矍铄。陈笃清比她小几岁，但看着比她还要老。

老爷子看见她，吓得往后倒退两步：“丑老太婆，你怎么在这儿？”

郁老太脖子上挂着相机，她拍了一张美丽的海景照，闻言冷哼：“我外孙结婚，我为什么不在？倒是你，你怎么在这儿？”

“我徒弟结婚，我为什么不能在！”老爷子吹胡子瞪眼。

两人齐齐冷哼。

陶白倚靠着护栏，轻薄的纱裙被海风吹起，露出姣好的身材。许斐的双眼瞬间变得幽深，他从身后揽住她，下巴抵在她的肩窝上。

他们站在天台上，看着远处碧蓝的海水和沙滩上玩闹的亲朋好友们。

“查理和妈妈在大厅接待客人。”许斐低声道。

陶白的脖子向上扬，蹭了蹭他的侧脸：“那你不去吗？”

查理和郁娟亲自接待的客人身份尊贵，以往只在电视上出现的人物真真切切地站在你面前，满脸笑容地道贺着恭喜，这种感觉实在太玄幻了。

许斐偏头在她发上亲了一下，低声呢喃：“他们哪儿有你重要……”

陶白拍了他一下，引来一连串的轻笑。

“老婆。”

“嗯？”

“和我一起去？”

陶白低头看了眼自己的着装，满脸无奈：“那我需要去换一套衣服，这样太失礼了。”

许斐松开她，跟着她进了屋。陶白拿着礼服朝他使眼色，许斐装作看不见，满脸无辜地看着她问：“需要我帮忙吗？”

“你出去呀。”陶白抬眼示意门口。

许斐非但不出去，还走到她身后，伸手帮她把纱裙的拉链拉开，露出雪白漂亮的蝴蝶骨。

陶白气得伸手拧他，干脆就当着他的面脱掉裙子，换上礼服。

无须她开口，许斐慢条斯理地帮她把拉链拉好。

陶白背对着他久久不动，许斐双手按着她的肩，把人转过来，不出意外看见了一朵娇艳欲滴的红玫瑰。

伸手在她泛红的脸颊上轻轻刮了一下，许斐低笑道："怎么还这么容易害羞？"

陶白嗔怒，脱口而出："这种事，一辈子都会害羞。"

因为爱你，你的每一个亲密举动，她都会羞怯，你的每一句话，她都会心动。

因为喜欢，所以心动。因为心动，所以害羞。

许斐埋在她发间，深吸一口气。

"淘小淘，"他隐忍道，"还有几个小时？"

陶白后知后觉反应过来他话中的深意，面颊瞬间爆红。

许斐带着陶白出现在待客大厅，吸引了许多人的目光。

男人英俊非凡，女人明艳动人，两人相貌气质绝佳，宛若一对璧人。

陶白挽着许斐的胳膊，笑容优雅，一口标准的英式英语，连许斐都忍不住偷偷转头看向她。陶白朝他调皮地眨了眨眼。

他捏了捏她的手指。

与客人的贴面礼在许斐的虎视眈眈下改为了握手，让不少熟悉许斐性格的人都忍俊不禁。

许斐担忧陶白骤然接触社交场合，会疲于应对，只和相熟的合作伙伴打了声打呼，便拥着她离开。

他对新婚夫人全程呵护备至，宠爱之情溢于言表。

有位富态的夫人笑着打趣郁娟："亲爱的，他们的爱情如此甜蜜，我想你们家很快就会添加新成员了。"

郁娟满脸笑意道："借你吉言，我很期待。"

平安夜在无数人的期待中如期而至。

偌大的房间里，陶白穿着白色婚纱，她身边围着两个化妆师和两个造型师，正在为她化妆和修饰婚纱裙摆。

沃梦靠在边儿上，眉宇间带着喜意，面色比往日要柔和许多："遇见你的时候，你还是个狼狈的小姑娘，一转眼都要结婚了，时间过得真快啊。"

陶白抓住她的手，紧紧攥在掌心里。她的人生因为面前这个女人得以改变，她对沃梦有道不尽的感激。

沃梦在她手背轻轻拍了拍道：“多的话就不说了，我今天可是要坐父母席的。”

一句“父母席”，让陶白瞬间红了眼。

“傻姑娘，今天可是你的好日子，不许哭。”沃梦伸手在她头上轻轻摸了摸，温暖得仿佛母亲的双手。

陶白摇头，轻声道：“我不哭。”

沃梦温柔一笑道：“这就对了。”

陶墨蹲在陶白面前拉着她的另外一只手，轻轻放在自己的脑袋上。

“姐。”

“嗯？”

陶墨小心地把脸靠在她的膝盖上，轻轻柔声道：“你会幸福的。”

陶白拍了拍他的脑袋，笑得温柔道：“嗯。”

化妆师给秋生化完妆，她牵着裙摆走到陶白身边。

秋生不想哭，可是看着她的淘淘穿上漂亮的婚纱，还是没忍住红了眼眶道：“淘淘，我好为你开心。”

这一天太不容易了，万幸他们都等来了彼此。

陶白擦掉她的眼泪道：“秋生不哭。”

秋生破涕为笑道：“我是高兴，哭哭也没什么的。倒是你，你不能哭，新娘子今天特别漂亮，不能把妆哭花了。”

陶白笑着抱了抱她。

那一头，夏生递给许斐一张照片。

那是一张抓拍，照片上的少女穿着一身运动服，额头上绑着飘扬的红丝带，宽大的眼镜遮住了她大半张脸。少女并不知道自己入了镜，她的目光不知正在看向何处，专注又认真。

许斐摩挲着相片，眼中泛着惊人的柔光。

夏生温声道：“这是我妈当年无意中拍到的，我想相比其他贺礼，你更喜欢这个。”

这张照片是在去年过年时，夏生妈妈突然回忆起往昔，翻找出相册时他发现的。当时并未放在心上，直到他知道陶白就是许斐一直在找的姑娘，他才回去把照片取了出来，等着今天送给他。

许斐温柔地看着照片上的少女，指尖摩挲着她的脸庞，似乎透过这张旧照片，看见了高中时代那个站在赛道上的少女。

他看着她，一步一步，坚定并勇敢地走到了他身边。

校服变婚纱。

“谢谢。”

再没有比这张照片更好的结婚礼物了。

彩带在半空炸开，望不尽的气球被海风吹得摇摇晃晃，穿着西装与礼服的宾客坐在露天草坪，十层蛋糕做得精致美丽，马卡龙被点缀在花海间。

天气晴朗，碧空万里无云，湛蓝的大海泛着粼粼波光，天空中盘旋的私人飞机挂着巨大的粉红气球，游艇在海上滑出一个巨大的心形漩涡。

《婚礼进行曲》由享誉世界的知名钢琴家亲自弹奏，他十指在钢琴键上跃动，脸上带着沉醉的喜意。

苟旭身旁坐着林嘉木和余航，周竟夫妇和戚宣紧挨着他们。

他们由许斐亲自安排，都坐在女方亲友席。

许斐站在神父面前，身姿挺拔，英俊非凡，整个人似乎发着光。他的目光注视着十几米外挽着陈老的手，一步步朝他走来的姑娘。

她踏着花海，走过时光，最后停在他的面前。

陈笃清把陶白的手交到他手中，看着他，目光严厉而郑重：“我把她交给你了，你若对她不好，太平洋都拦不住我揍你。”

许斐握紧陶白的手，与她十指相扣，郑重地对他弯腰致谢：“谢谢您，我一定会好好待她。”

老爷子在他肩上拍了拍，转身离开。

布鲁斯牵着姐姐的婚纱，一步一步把他们送到神父面前。

郁娟和查理双手紧握，郁老太满脸慈和，沃梦笑容慵懒。

所有宾客都看着那对新人，在心中为他们献上最诚挚的祝福。

当陶白在几百位宾客与神父的见证下，第三次对这个男人说出“我愿意”时，她恍然从他的眼中看到水光闪过。

“无论她将来是贫穷还是富有，是疾病还是健康，你都愿意和她永远在一起，尊重她，爱护她，永远对她忠贞不渝，直至生命尽头……”

神父的声音渐渐变得模糊，陶白看见许斐双唇张合，说出了世间最美的话语。

“我愿意。”

夜晚，海浪击打礁石，激起浪花朵朵。

偌大的房间里一室昏暗。

陶白躺在床上，身体柔软，小巧的脚趾因陌生的情潮微微卷缩。许斐覆在她身上，与她十指相扣。

“淘淘。”男人的声音沙哑性感。

“嗯。”姑娘猫似的应了一声。

“愿望实现了。”

“嗯？”

“平安夜的愿望。”

陶白潮红的脸有片刻呆滞，随后记忆冲破时光，涌入她的脑海。

那年的平安夜，她许下一个关于少年的愿望，本以为此生无法实现，可今日，这个男人告诉她，愿望实现了。

他在十二年后的平安夜给了她一场婚礼，把世上最美好的一切都送到她眼前，然后对她说，实现了。

十二年春夏秋冬，春发夏荣，秋枯冬寒，她终是来到了他身边，他亦许她一个永远。

## 番外一

# 一生中的三个谎言

齐素第一次见到陶武，是在自己上班的地方。

她上班的地方当然不是什么好地方，来这里的也不是什么好人——这是外人对她和她工作内容的普遍评价。

灯红酒绿，在夜店十分常见。

这些年，齐素凭借手段也混上一个经理的位置。她拒绝过无数大老板，却栽在一个要什么没什么的男人身上。

她在这儿工作了好几年，说实话，比他帅、比他有钱的男人她见得多了，至于为什么在第一眼就看上了这个男人，她到死都没明白。

但如果知道结局，能避免一切悲剧，她问自己还会上前吗？

没有答案。

因为这一秒，喜欢来得那么汹涌，仿若滔天巨浪，把她彻底淹没。

周末的夜店非常忙碌，等齐素稍稍得以喘息，已经是凌晨一点，那个男人便是在此时出现在她视野里的。

他身材高大，即便是夜店暧昧的灯光也无法让他冷硬的五官柔和一点儿，他一个人坐在角落里，桌上摆满了酒瓶，看起来既孤独又寂寞。

齐素抽烟的动作一顿，心脏似被击了一下，颤得她有些莫名。她掐灭烟，走了过去。

“一个人？”

男人听见声音偏过头，冷硬到甚至有些凶狠的面容一愣。

齐素长得很美，是一种妖艳的美。她毫不意外男人的出神，甚至抚了抚脸，红唇微张，笑得惑人：“你看起来很寂寞。”

陶武低下头，沉默不语。

“失恋了啊？”齐素拿过桌上的酒，自顾自碰了碰他手中的酒瓶。

陶武仰头把手中的酒一饮而尽，说出的第一句话却差点儿把齐素气着：“我没有叫人，你回去吧。”

齐素看了他两秒，把酒瓶搁桌上。

她跷着二郎腿，双手抱胸，又气又笑。

陶武心情不好，不是特别想说话，但误会别人让他有些不好意思，低着头闷声道歉：“对不起。”

“一句对不起就完事了？”齐素忍不住想挑事，尤其是见他耷拉个脑袋看起来可怜兮兮的样子，越发想逗弄他。

陶武抬起头，皱眉道：“那你想怎么样？”

齐素忽地凑近，朝他吹了一口香气道：“既然你都说我是来赚你钱的……那我这么做，不过分吧？”

说着，她直接起身，按着他的肩膀，把他推到沙发上。

陶武整个人都僵住了，他从没遇上过这种事。

他的手悬在半空，紧张道：“你……你干什么？”

齐素在声色场合待久了，要说多纯洁那是不可能的，她什么事没见过。

她觉得自己今晚挺神经病的，也不知道哪儿来的兴致，非但无视了他的警告，直接勾着他的脖子，在他唇上亲了一下。

陶武完全蒙掉了。

他一个人好好喝着酒，这个女人不知道从哪儿冒出来，言行举止，轻浮放荡，简直，简直让人……

齐素原本只是想逗逗他，可双唇相触的感觉太陌生也太有趣了。她愣了愣，眨了眨漂亮的眼睛，脸上闪过一抹单纯的迷茫，又凑了上去。

陶武第一次跟别的女人这么亲近，即便是曾雨芙，他们最亲密的举动也仅限于牵手，这个女人简直太不像话了！

陶武忍无可忍，被她越来越大胆的动作吓到，手臂一掀，把她推到一旁："你还说你不是！"

齐素猝不及防被他推开，胳膊肘在身下压了一下，有些疼。

她秀眉轻蹙问："我到底哪里像？"

陶武擦了擦嘴角，面色涨红。

他纯情的模样反而把齐素逗笑了，她笑得乐不可支："唉，你就这么嫌弃我啊？多少人想被我亲还没有机会呢，你擦什么擦，又没沾上口红。"

陶武不说话，一个劲儿擦嘴。

他五官冷硬，说不上多帅，甚至还有点儿凶，长得非常具有男子气概，齐素看了他一会儿，心湖荡漾。

"你叫什么名字？"她用脚尖勾他。

陶武起身便想离开，齐素轻轻一笑，腿一勾，陶武一个不防，身体向前扑去。她迅速揽住他的腰，把人往后一拉，一百多斤的身体顿时压在身上，她痛得"嗯"了声。

陶武单手撑着沙发连忙从她身上移开，又急又怒道："你……你怎么这样！"

齐素像条咸鱼摊在沙发上，揉着被他压痛的锁骨，秀眉轻蹙，委屈道："好痛呀。"

陶武一张脸红得能滴血，忙不迭转过头，不敢再看。他从未见过如此轻浮的女人，哪儿有当着陌生男人的面乱来的。

"喂，你叫什么名字？"齐素用脚踢了踢他。

陶武闪身避开。

"我叫齐素。"齐素挑眉。

"哦。"陶武对她的名字不是很感兴趣。

齐素凑近他："你还没回答我的问题。"

"我叫陶武。"陶武推开她。

"不是这个。"

陶武皱了皱眉。

齐素就像个黏人的小妖精，再次贴了上去，漂亮的眼睛眨了眨，笑得惑人："你失恋了吗？"

男人脸上的表情顿时变得十分复杂，失落、难过、颓废、丧气交织在一起，看得齐素心头一颤。她惊讶不已地问："真的失恋啦？"

她锲而不舍的追问让陶武心里有些不舒服，哪个男人愿意把伤口袒露在一个陌生人面前？他闷声道："不关你的事。"

"看来是真的失恋了。"齐素轻笑。

陶武两条粗眉飞扬，就要生气。

齐素却直勾勾地盯着他，语不惊人死不休："那你跟我谈恋爱吧。"

陶武再次蒙住。

"反正你都失恋了，还来买醉。"齐素心里其实蛮紧张的，面上却装成一副情场老手的模样，"你看我长得也不差，你反正不吃亏。"

"我不跟不正经的人谈恋爱。"陶武现在已经认定了她不是良家女，只觉得现在的人手段真是高超啊，竟然装得还挺像那么回事。

齐素看了他两眼，放弃了。行吧，你觉得我是，我就是好了。

"不谈恋爱。"齐素觉得自己像个神经病，在见到这个男人的第一眼开始，她就变得不像自己了，"那就做点儿其他的呗。"

她所表现的样子完全不像个正经女人，陶武也没有把她当成正经女人。而且齐素太会勾人，她的长相，她的行为，她的眼神……和那句"做点儿其他的"，对一个被未婚妻甩了，深夜来买醉的男人而言，冲击力不亚于台风过境。

陶武喝酒不上脸，喝了一桌酒也没反应，可面前这个女人的一句话却让他瞬间面红耳赤，头顶冒烟。

齐素好喜欢他这个反应，就像一个毫无经历的大男孩儿。她凑近他，眨了眨眼道："这么激动啊，那你是答应不答应？"

她没有谈过恋爱，更不懂委婉。她觉得自己对这个男人很心动，既然他不和她谈恋爱，都是成年人了，那就做点儿别的好了。

等着看他惊讶的模样，一定很有趣。

反正他失恋了，既然别人不稀罕，那她接手好了。

齐素不是轻浮放荡的女人，她也说不上自己为什么会对一个第一次见面的男人这么主动，但她也不是一个喜欢追根究底的人，不明白就不明白，说不定哪天突然就明白了呢。

陶武看着她一言不发，齐素也不用他说，直接凑上前勾住他的脖子，红唇不由分说，压了上去。

陶武整个人一震，陌生的触感，陌生的女人，陌生的心潮涌动。

他的手落在她的后背，男人的本能让他开始反客为主，齐素却推开了他，笑得又美又娇道："你还没有答应我，我不能让你碰我了。"

这人怎么这样，陶武怔怔地看着她道："是你先主动。"

"哦。"齐素口腔里满是烟酒味，她舔了舔唇，"那我现在不动了，还不让你动。"

一个被未婚妻一脚踹了，外出深夜买醉的男人，面对眼前的美色或许能抵御片刻，但在她三番五次的言语和行动的双重引诱下，理智统统都见鬼去吧。

夜店的旁边便是旅馆，而且装潢极其不正经，因为附近不是夜店，就是酒吧，来订房间的基本都是别有用意的客人，灯光和房间都非常有情调。

齐素整个人陷入粉色的床单上，看了眼自己花了三百块开的房间，又看向那个高大威武的男人问道："你见过哪个出来赚钱的人倒贴钱的？"

陶武满头大汗，声音沉闷沙哑："我身上就带了喝酒的钱，明天再还给你……"

齐素伸手在他脑袋上拍了一下，笑得娇美，宛若盛开的夜玫瑰："我要你还我别的……"

"你想要什么？"这个时候当然她说什么，就是什么。

陶武丝毫不懂怜惜，齐素眼尾发红，最后都哭了。

"我想要的，你都给？"

"给。"

"当真？"

"嗯。"

齐素信了。

然后她就错了一辈子。

第二天她醒来看见床头放着十张崭新的一百元，没有折痕，一看就是刚从银行取出的钱。除了订房的三百，另外还有七百。

而床上什么都有，唯独没有证明她已经人事的痕迹。

齐素意识到自己怀孕是在两个月后，在那之前，她还每天喝酒抽烟，感觉没胃口也没当回事。

最近有关部门要来检查，她一直都在忙。等检查的人走了，心神彻底放松下来，她给手底下累了一个多月的兄弟们订了两桌丰盛的晚餐，结果她刚上桌就吐了，吐得昏天暗地。

她哪儿有这个经验，包间里一群大老粗更没经验，都以为她是吃坏了肚子。

齐素一连吐了一周还不见好，才终于想起自己已经两个月没来月事了。

齐素心里已经有了预感，因为那晚两个没有经验的傻子，根本没有做措施的意识。

她可能有了。

齐素直接去了医院。

挂号，排队，等待，她全程恍惚。几个小时后，她几乎是飘着从医院出来的。

她低头看着尚且平坦的肚子，打掉的想法刚蹿上脑海，她心就一疼。

她的父母很早就去世了，她一个人长大，没有家，也没有亲人，可现在她肚子里装着一个亲人，和她最亲，血脉相连，尚不知是男是女、是丑是美的小东西。

她要打掉吗？她舍得打掉吗？

“我该夸你爸厉害还是你厉害，一次就来了，都不通知一声，吓死，哦不，吓坏妈妈了。”

齐素新奇地盯了一会儿，肚子没任何反应。她有点儿失望，摸着小腹说：“你以后一定是个不爱说话的小闷孩儿。”

想要在瑞阳找到陶武，对她而言并不难，几个电话打出去，手头就有了他的信息。

陶武是个司机，开大货车的，居无定所，全国跑。

齐素找到他所在的运输公司，不过很不凑巧，经理说他去了潼陵。

这家运输公司并不大，只有十几个员工，经理就是老板之一，他和陶武挺熟的，从来没在他身边见到过这个女人。

最关键是这个女人长得太美了，美得完全不像陶武能接触到的人。

他有些好奇地问："你是陶武的朋友？"

齐素下意识摸了摸肚子："……算是吧。我找他有事，可以把他的电话号码给我吗？"

经理看了她两眼，直接就把陶武的电话号码抄给了她。

"谢谢。"齐素对他笑了笑，转身离开。

她犹豫了很久，还是放弃了打掉孩子的想法，至于自己偷偷生下来……她为什么要偷偷生，她要生，就要光明正大地生。那人也有知情权，她决定通知他一声。

齐素对那七百块钱仍旧耿耿于怀。

她拨通了陶武的电话，电话响了两声对面就接了。

带着浓烈睡意的男声在电话那头响起："喂。"

齐素一顿，没想到他在睡觉，问道："你还在睡觉啊？"

对方明显听出了她的声音，电话那头顿时响起一阵手忙脚乱的噪声："你……"

齐素这会儿倒是浑身放松，她坐在公园的公共长椅上，跷着二郎腿，脚尖愉快地摇了摇，勾唇笑道："哟，还记得我呢，记性不错啊。"

那边像是踢到了垃圾桶，连呼吸都屏住了，好半天没有声音。

齐素也没有开口，时间仿佛凝滞。

"你……怎么有我的手机号？"好半天后，陶武才哑着声开口。

他垂着脑袋，回想起那天晚上发生的事，满心懊悔。

陶武是个非常传统又中规中矩的男人，他唯一谈过的女朋友还是家里介绍的，他很喜欢对方的温柔体贴，而对方也答应等他再存点儿钱，就买房子结婚。

他已经完完全全把曾雨芙当成了自己未来的妻子，他也抱着这个坚定的认知，努力工作多赚钱，想要给她更好的生活，所以没日没夜地跑车。只是等他又一次离家，再一次回来时，等待他的不再是温柔的关怀，而是她要和别人结婚的消息。

对方是个律师，比司机有出息多了。

他很生气，找过曾雨芙几次，不过每次都是怒火冲天地去，垂头丧气地回。

曾雨芙太懂得如何对付男人，否则也勾搭不上卞阳平。她非但让陶武对她发不起脾气，甚至还把他哄得团团转，得他满心怜爱。

即便她已经结婚，陶武仍旧忘不掉她。

陶武确实没有忘记曾雨芙，那晚去喝酒，也是因为心中实在苦闷，那一晚的疯狂在他看来，是他“背叛”了曾雨芙。他清醒后很后悔。

这些齐素都不知道，她肚子里揣着一棵小幼苗，小幼苗的父亲正是电话那头，那个唯一让她心动过的男人，她甚至因为正在和对方打电话而满心欢喜道：“电话啊，我找你公司的经理要的。”

陶武又惊又怒道：“你去我公司了？！”

齐素晃着脚尖道：“你这什么语气，担心我缠你啊？”

陶武没说话。

齐素冷哼一声，半开玩笑道：“放心吧，做我们那行的工资高着呢，我能缠着你？”

可惜陶武完全没有幽默细胞，他当真了道：“那你来找我干什么？你应该去找他们。”

齐素晃动的脚尖一顿，随即轻轻放了下来。她看了眼手机，语气带着不敢置信道：“陶武你是蠢货吗？你听不懂我在开玩笑？我不是坏女人，我不是！你听懂了没有！”

“你是好女人还是坏女人，跟我有什么关系？”陶武想挂电话，他觉得那晚就是一场买卖，他给钱了，就两清了。

拇指按在红色的挂断键上，在即将挂断的前一秒，超大的女声从那头传来——

“陶武你个浑蛋，我怀孕了！你的孩子！”

陶武整个人都僵住了。

“你没听错。”齐素摸着肚子，突然乐得不行，“我怀孕了。”

说完她笑眯眯地把电话挂了。

她没想过让陶武负责，她一直就是一个人，活得潇洒肆意。她告诉陶武，一是因为他是她孩子的父亲，他得知道，二嘛，纯粹就是想要报复一下他。

谁让这个臭男人把她当成不正经的人。

陶武是她经历的第一个人，也是唯一的，她不明白为什么第一次没留下痕迹，她也不在乎，误会就误会，反正她也不要这个男人负责。

齐素高高兴兴把手机关了机，并且一关就是一周。

再次见到陶武，还是在夜店。

齐素的孕期反应很强烈，小闷崽闷归闷，却相当能折腾。

她一脸菜色地看着面前这个高大的男人，脸色极臭。

陶武小心翼翼看了眼她的肚子，视线又移到她脸上，略显踌躇道：“你，你那天说的是真的吗？”

他回来有两天了，理智觉得这个女人在骗他，心里却一直有个声音在说这是真的。

他纠结不已，还是没忍住来了。

齐素今晚吐了三次，刚请了两天假，现在看见始作俑者就来气，推开他大步往前走。

陶武闷不吭声跟在她身后。

走了一段，齐素停下来，回头。

陶武也停了下来，离她四五步远的距离。

“你别跟着我。”齐素说。

陶武一言不发看着她。

齐素又走了几步，回头看他，见他真就乖乖站在原地不动，气乐了，道：“你这人真是一点儿诚意都没有！”

陶武立马走到她身边，视线落在她毫无血色的脸上道：“你脸色有点儿差。”

齐素翻了个白眼道：“你怀个孕试试，看你能好到哪儿去。”

“真的……怀孕了？”

“还能有……呕……”话还没说完，齐素就捂着嘴，弯腰连声干呕。陶武一脸着急，伸手在她背上拍着，“怎么了，这是怎么了？”

齐素把他胳膊拍开，又气又怒道：“你使这么大劲儿，是想把我家小闷崽拍出来吗！”

陶武站在原地尴尬不已，他看了看自己的手掌，有些小心翼翼地伸过去轻轻抚她的背。

齐素拍开他，他又锲而不舍伸出手。

夜晚风凉，齐素最近完全吃不下东西，一吃就吐，此时胃部空空，风一吹就觉得冷。

陶武见她脸色苍白，心里很着急，他局促得手脚都不知往哪儿放，问道：“是一直这样吗？要不要去医院看看？”

齐素用纸巾擦了擦嘴，直起腰，睨眼看他，嗤笑道：“怎么，你要陪我去医院啊？”

陶武认真点头道：“嗯。”

“你难道不怀疑我肚子里怀的不是你的孩子？”齐素单手叉腰，美艳的五官被路灯照出几分脆弱，整个人恹恹的，看着没什么精神。

怀孕远比她想象的还要辛苦。

陶武摇摇头，他说不上来为什么，但他就是觉得她怀的一定是他的孩子。

“你真是个傻子。”齐素嘀咕，“一定很容易被女人骗。”

齐素租的房子就在附近，陶武一步一步地跟着她走到小区门口。一路上两人都没有说话，只是在齐素头也不回进小区的前一秒，陶武开了口——

“你，要不要嫁给我？”

齐素脚步一顿，背对着他。

要不要嫁给我，不是，你嫁给我吧。

看似选择权在她手上，其实……他也不是那么想娶她。

是因为她怀了他的孩子，所以他才这么问吧。

齐素张了张唇，正准备拒绝，就听见他说："以后我陪你去医院做产检，你想吃什么我都给你买……你不要去上班了，我养你。"

齐素心脏一颤，她单薄的身体仿佛风一吹就能倒，整个人都晃了晃。

第一次有人对她说"我养你"。

这句话对一个从小就得自力更生，不然就会饿死的孤儿来说简直就是世间最美、最容易让人沉沦的情话。

齐素先前还只是有点儿喜欢他，喜欢的程度是怀着他的孩子，都可以不跟他结婚那种。可现在，她好像因为这句话，变得更喜欢他了，太让人心动了。

她回过头，直直地看着他。

"嫁给你，你会对我好吗？"

陶武点头。

"会。"

"只对我一个人好吗？"

"嗯。"

齐素眨了眨眼道："好啊，那我嫁给你。"

齐素结婚了。

和一个认识不到三个月的男人结婚了。

这个男人很体贴，对她很好，对他们的孩子也很好，她凌晨三点醒来，想吃老城街那家的豌豆炸酱面，他闷不吭声起床，跨越大半个城市，把她想吃的东西送到她面前。

齐素很喜欢陶武，从一点点喜欢，到好像更喜欢，到喜欢得放不下了，最后爱得深刻。

从小缺爱的人，如果一辈子都没有人爱她、对她好，她依旧可以顽强地活着，活得光芒四射，洒脱不羁。

可突然有个人冒出来对她好，一旦尝过疼爱，谁又愿意再回到孤独冰冷的曾经？

齐素回不去了，所以她深爱着陶武。

5 月的一天，陶武拿出一本房产证递给齐素。

“这是……”齐素伸手接过。

陶武闷声点头道：“嗯。”

齐素满脸惊喜地看着他。

陶武笑了笑，摸了摸她的肚子道：“有家了。”

陶武以前都是住在公司的宿舍，齐素则是租房，他们结婚后，陶武就搬来了齐素的出租屋。他们结婚领证没办酒，陶武连个十几块钱的假戒指也没买一个给齐素，齐素以为自己这辈子完蛋了，要跟这个不会讨好女人的蠢男人过一辈子，她都做好了心理准备。

可现在，陶武没有给她戒指，却直接给了她一个家。

齐素抱着房产证倒在床上，摸了摸肚子，笑眯眯地看着他，问道：“你哪儿来的钱？”

陶武摸着她微凸的肚子，见她开心，内心有一点儿说不上来的满足：“这些年存了点儿钱。”

齐素白嫩的脚丫踩在他结实的胸膛上道：“有没有出去借钱？买房子也不跟我说，我也可以出钱呀，以后这个家就是我们一家三口的，我也要付出。”

虽然陶武说要养她，但齐素是个非常独立的女人，她可以享受陶武的疼爱，却不会一味地让他付出。

陶武把她的脚拿下来规规矩矩放在床上，掀起被子盖住她肚子道：“哪儿有让女人出钱的道理。”

齐素掀开肚子上的被子道：“你这个大男子主义性格要不得，女人怎么了？现在女人能顶半边天呢……就怕冷着你家小闷崽，我腿也冷，你怎么不给我盖盖腿？”

“小闷崽不好听。”陶武摸着她的肚子，手上的动作放得很轻，就像生怕重了一点儿，会把孩子摁疼一样。

“那叫什么？”齐素有一搭没一搭划拉着他的背，她喜欢他充满力量感的身体，她会觉得自己有所依靠，“你喜欢男孩儿还是女孩儿？”

“女孩儿。”陶武不假思索地说。

想了想，他低声说：“叫淘淘。”

“陶陶？”齐素以为是他姓氏的陶，嫌弃不已，“哎呀，不要叫陶陶，难听。”

“不难听。”男人垂着眼，齐素看不清他的面色，“就叫淘淘，淘气的淘。”

“淘气的淘啊。”齐素想了想，逗他，“不怕生个小皮猴子出来闹你？”

“不怕。”陶武说，“我喜欢活泼的孩子。”

“那行吧，就叫淘淘。”齐素没当回事，暂且默认了这个小名。

时间一晃到了7月，他们正式搬进了新房。

云辉小区是前几年开盘的新小区，交通很方便，小区内部设施和绿化做得也很不错，划分为东西两区，一边是电梯楼，一边是步行房。

他们家就是西边的步行房。

齐素很体贴，没有表示出对步行房的不满，毕竟她老公赚钱这么辛苦，能不赊账，全款买下一套房已经很不容易了。当然，如果他提前跟她说他要买房，她的存款也足够他们买下东区的电梯楼。

到了楼下，一个中年妇女站在楼梯口，看着齐素，惊讶地问：“你们是我们隔壁新搬来的吧？”

齐素从来没有和邻居打招呼的经验，闻言点了点头。

“怀着呢？”另一个妇女从楼上下来，伸手就想摸她的肚子，齐素后退一步躲开，防备地看着她。

王翠花有些尴尬地缩回手，悻悻道：“大家以后都是邻居，这么见外干什么？”

齐素对人防备心很重，护着她家小闷崽，离这个莫名其妙的邻居远了些。

王翠花自来熟得很，毫无眼色地凑上去，指着东边的楼道：“喏，我这不是看你怀着吗？今年也不知道是个什么光景，咱们小区这几个月都生好几个小孩儿了，对面东四栋的小夫妻前两个月就生了一个闺女，哦哟，那小模样，漂亮得不得了。”

齐素心想，再漂亮也没有我家小闷崽漂亮。

她不是很感兴趣，奈何新邻居太热情，喋喋不休个没完没了：“长得就跟她那小名似的，桃桃，桃花一样又白又娇嫩，你说好不好听？”

齐素觉得这可有点儿巧了，她家小闷崽也叫淘淘呢。

陶武提着两个行李箱过来，齐素对她点了点头，跟着陶武上楼。

七楼对于一个孕妇而言有些困难，齐素扯着陶武的衣摆，陶武也特意放慢了脚步。

齐素温声道：“刚刚那个人是我们的邻居。”

“嗯。”陶武声音闷闷的。

“她跟我说了一件有趣的事。”

“什么？”

齐素觉得这事是真的巧，很有缘分，于是便说给他听：“她说我们对楼的小夫妻前两个月生了个女儿，长得特别漂亮，小名跟我们淘淘一样，也叫桃桃，桃花的桃，你说巧不巧？”

齐素走累了，拉着他要歇歇，陶武就停了下来，却一直没有说话。

“问你呢，巧不巧？”齐素声音娇娇的。

这个男人什么都好，就是太闷了，跟个闷葫芦似的。

陶武放下行李箱，回头看她，问道：“累了吗？”

齐素以为他在关心她，笑得漂亮极了道：“累了。”

陶武大跨越几步，把行李箱放在楼道口，然后下来一手揽着她的腰，一手伸到她膝弯下，就这么把她抱了起来。齐素吓得连忙勾住他的脖子，惊魂未定地伸手捶他，笑得甜蜜道：“你吓死我了。”

陶武毫不费力地抱着她，一口气上了七楼。

在新家的日子过得平静且幸福，陶武休了个长假，天天在家陪着齐素，偶尔会带她去小区附近的公园转转，去医院做产检，在家跟伺候祖宗似的伺候着，千依百顺，要什么给什么。

齐素时常会因为他的耐心而喜悦，她无数次在心底默默地想，或许自己没有嫁错人……如果没有那晚的事，她真的会一直觉得自己没有嫁错人。

那是10月的一天凌晨，陶武的手机突然响了。

凌晨两点，铃声响彻寂静的夜，齐素被吵醒，睁开眼就看见她老公看了眼手机，然后慌忙地翻身下床，去了阳台。

齐素心存疑惑，女人的直觉是个难以形容的东西，她感觉有事。

果不其然，不到一分钟，陶武就急急忙忙从阳台回来，拿着外套要出门。

齐素有些着急，掀开被子要下床，问道："你去哪里？"

陶武头也不回，急声道："我有事出去一下，你继续睡吧。"

他连鞋都没穿好，就这么匆匆忙忙地摔门离开了。

齐素还保持着下床的动作，整个人都呆住了。

婚后，陶武从未丢下她一个人在家，彻夜不归过。这一晚，齐素睁着眼等了他一晚上，直到天亮，陶武也没有回来。

天光大亮，为了肚子里的孩子，她只能挺着圆滚滚的大肚子，自己下楼去买早餐。

隔壁的王翠花正好和一群人在健身区锻炼身体，看见她便问："齐素啊，你家什么时候和对楼的卞律师家这么熟了？"

齐素一脸莫名道："我们不熟。"

"哎哟，怎么可能不熟？"王翠花胖胖的身体在太空漫步机上一摇一晃，"都有人看见啦，你家陶武昨晚半夜和曾雨芙一起抱着桃桃去了医院，就这还不熟啊？不熟能大半夜抱着别人家的孩子去看病？"

都是一个小区的，还是楼对楼，齐素自然也见过那个叫曾雨芙的女人，印象里那是个性子很温柔的女人，经常抱着孩子在小区里散步。

陶武……怎么会跟她认识？昨晚那个电话就是她打的？

齐素一整天都在走神。

陶武是在晚上回来的，整个人看起来非常疲倦，回家倒头就睡。齐素气得不行，把他扯起来，质问道："你昨晚去哪儿了？"

陶武很困，掀起被子就蒙住脑袋。

他完全不配合，甚至还有些逃避的姿态，一下子就把齐素的火给点燃了。孕期的女人那火气来得又猛又烈，连她自己也不知道为什么，但等她回过神来，她已经一巴掌抽在了陶武盖着被子的脸上。

陶武一把掀开被子，坐起身，满脸怒气地看着她。

陶武是典型的大男子主义，被老婆抽巴掌就跟撩拨老虎须似的，他火气也起来了，眼睛瞪得比铜铃还大道：“你干什么？！”

齐素也不是个好性子，她这段时间被陶武宠得磨了不少锐气，可现在陶武凶她、瞪她，她好不容易收敛起来的脾气，立马就张牙舞爪冲了出来。她指着陶武，双眼发红道：“你昨晚是不是跟对楼的曾雨芙在一起？”

陶武两道眉紧紧拧成一团道：“只是去了一趟医院，孩子发高烧，卞阳平不在家。”

“她为什么要大半夜给你打电话？！你们很熟吗！”

陶武一晚上没睡，此时非常困，而且这个问题他不知道该怎么解释，也不想解释，他希望齐素不要再纠缠，故而以回避的姿态对待，闷不吭声就想睡觉。

齐素脑子里那根弦一下子就断了，这个对她不耐烦的男人还是那个对她千依百顺、怕她饿了冷了的男人吗？他大半夜接了一个陌生女人的电话，就丢下怀孕的老婆一夜未归，他回来还用这么不耐烦的态度对她。

“陶武，你什么意思？”齐素表情有些茫然，“别的女人在深夜打电话给你，我连问都不能问吗？你凭什么对我这么不耐烦，我是你老婆，我现在还怀着你的孩子，我连询问的权利都没有吗？”

陶武只是用一个充满拒绝的背影对着她，一言不发。

齐素自以为幸福的婚姻生活，在这一天后彻底改变，后来她知道了为什么陶武缄默不言。因为那个大半夜给他打电话的女人，那个住在他们对楼的女人，是被他放在心尖儿上的人，是他的初恋，是他曾经的未婚妻。

而她齐素，只是一个怀了他的孩子，迫于“责任”不得不结婚的人。

瑞阳在南方，几十年没有下过雪，而在今年的 12 月，瑞阳下了整整两天的鹅毛大雪。

皑皑白雪，美如画卷。

大雪封路，寸步难行。

齐素痛了整整一天一夜，在这天艰难地生下了一个女儿。

意识尚未清醒，她的眼角却落下了两行清泪。

她听见那个男人叫她的小闷崽“淘淘”。

那个她在知道一切后，拼死拼活抗拒的小名。

“你会疼爱她吗？”她睁开眼，看着那个高大的男人和他怀里的孩子。

“会。”

“只疼她一个人吗？”

“嗯。”

陶武的三个谎言，齐素用了一生去拆穿。

“我想要的你都给？”

“给。”

“当真？”

“嗯。

“嫁给你，你会对我好吗？”

“会。”

“只对我一个人好吗？”

“嗯。”

“你会疼爱她吗？”

“会。”

“只疼她一个人吗？”

“嗯。”

## 番外二
# 一辈子的好朋友

高二那年暑假，瑞阳发生了一件凶杀案。那是时隔十几年后，瑞阳发生的又一起轰动全城的案子。

那是 8 月，开学的前夕，秋生在电视上看到报道时，正在和家人吃饭，夏生把她碗里的最后一块糖醋排骨抢了去，兄妹俩就一块排骨争得你死我活，对本地新闻里主持人所提到的“被害人卞某”并没有放在心上。

最后她胜利了，抢到了排骨，结束了愉快的一天。

那晚手机 QQ 响个不停，不知道班级群里又在讨论什么有趣的话题。秋生如今已经不怎么玩 QQ 了，她每天都在认真地复习功课，她想考个好成绩，然后和陶白一起去北方上大学。

也是在同一时间，她从夏生口中得知许斐去了国外，高三不在一中读了。她几乎已经能预想到一中那群女生在知道这个消息后的绝望，她迫不及待想和淘淘分享这个消息，但是她打陶白家的座机永远都是“嘟嘟嘟”，无人接听。

她天生就是个大大咧咧的性子，并没有放在心上，只当陶白有事不在家。

直到 9 月开学。那天，秋生还未踏进校园，就看见一堆人围在校门口，叽叽喳喳说得好不热闹。出于有热闹一定要凑的处世原则，她挤进了人群，然后一眼就看见被围在中间的是林娇娇和另外一个经常和她一起玩儿的女生。

人群里不知道谁在问："林娇娇，那件事是不是真的？"

有人便道："假的吧，打死我都不相信。"

"我上上周还和她聊天了……"

"我前段时间还看见她更新空间动态了。"

"林娇娇，你不是和卞桃玩得最好吗？你倒是说说啊，那事是真的还是假的？"

秋生听了半天越听越迷糊，他们在说什么真的假的，到底什么事啊？

有跟她一样迷糊地问："哎，不是，你们到底在说什么啊？"

"你不知道啊？"

那人点头，面露茫然道："是啊。"

"那你凑过来干什么？"

"看热闹啊。"

"哦。"

可能有点儿无语，围观的其中一人道："你们没看新闻和贴吧吗？前段时间市中心那边的公园发生了仇杀案，死者是个女生，卞某……"

说完，他看向被众人围着的林娇娇和那个叫尤问微的女生。

秋生看着林娇娇和尤问微瞬间惨白的脸，突然感觉头皮一麻，浑身鸡皮疙瘩都起来了。

卞某……

林娇娇……卞某……不会是她想的那样吧？

公园发生仇杀案，死者还是个花季少女，这事在瑞阳可谓轰动一时。她就算天天在家待着，也时常听见她爸妈提及这事。她爸妈对她现在不出去瞎晃的文静举动表示了十二分的满意，对此她的零花钱直接涨了一半，她包里现在还放着两包超贵超好吃的巧克力，等着和淘淘分享呢。

林娇娇看着有些精神恍惚，她推了推围着她的人。然而人墙密不透风，所有人都看着她和尤问微，想要知道一个答案。

"是。"林娇娇看着他们，有气无力地说，"是，就是卞桃，那个在公园被人杀害的就是我最好的朋友卞桃。可以了吗？可以让开了吗？”

林娇娇以往的锐气不复存在，她说着说着，眼圈就红了。

人群自动让开，她拉着尤问微进了学校。

秋生身体晃了晃。四周叽叽喳喳的谈论声也被听觉系统自动屏蔽，她整个人都愣住了。

她不喜欢卞桃，也不喜欢林娇娇，高一、高二两年，她也一直在跟她们作对。她们也不喜欢她和陶白，她们互相不喜欢。

可不喜欢归不喜欢，不喜欢并不代表听见了这种事，她会高兴。她没有高兴，甚至有些难受，喉咙哽着，心口就像压了一块石头一样沉闷。

今年又换教室了。高三 1 班在六楼，高三 2 班却不再如前两年一样在他们隔壁，而是去了走廊的另一端。一左一右，被一条楼梯和四个教室分开。

一个暑假未见，原本应该很高兴的同学们从各个渠道知道了卞桃的事，大家脸上都没有笑容，虽然说不上沉痛，好歹也对遭遇不幸的同学表示了基本的尊重。连林嘉木都没有像往常一样嬉皮笑脸。

“喂，咱们班今年要少一个人了。”林嘉木坐在秋生前桌的桌子上，长长的双腿在半空中晃动。

“是啊，要少一个人了。”秋生双手托着下巴，目光看着教室门口，“淘淘怎么还没来？”

正说着，余航倒是进来了。

“你们，你们听说了没？”余航蹑足走到他们面前，欲言又止。

“喏。”秋生指指班上的人，让他自行感受。

余航感受完毕，叹了口长气。

偌大的教室被一点点填满，空余的座位越来越少，直到班主任沉默地站在讲台上，秋生仍旧没有等来陶白。

林嘉木说错了。他们班不是少了一个人，而是两个。

“你们应该也知道了……”班主任话至一半眼睛便红了，气氛压抑，有不少女生趴在桌上哭了起来。

“那我就不多说了。”他低头在袖子上擦了擦眼睛，“能看到你们，我很高兴。”

这下不只女生哭，连部分男生都哭了。朝夕相处了两年的同学说没有就没有了，无论是理智上还是情感上，他们都无法成为一个全然冷漠的人。

即便先错的是卞桃的父亲，可在这件事情上，她却是无辜的啊。

班主任见他们情绪起伏得厉害，不愿他们过分沉溺悲伤，便扯开话题："还有几分钟就要开早会了，都收拾好情绪，往前看，以最好的姿态面对新的一天。"

都是一群青春少年人，互相看了看，都不愿被别人看见自己在哭，低头赶紧擦干眼泪。

早会也是迎新会，已经是高三学生的他们，已经很有经验了。

每个人都在慌乱地收拾着情绪，只有秋生一个人举起了手道："老师……"

班主任勉强笑了笑，对她点头道："秋生，你说。"

秋生皱着眉，看着属于陶白的位置，那里空无一人道："老师，陶白还没来。"

班主任这才想起自己还忘了一件事，他抬了抬手，对班上的同学说："还有一件事忘了跟你们说，我们班的陶白退学了。"

"退学？！"

"退学？"

"退学！！"

秋生、林嘉木、余航同时站了起来，椅子在地上划出刺耳的噪声，前一刻还在伤怀的同学们也吃惊地看着讲台上的班主任。

秋生一脸着急地问："老师，什么退学？为什么退学？"

"你是不是在逗我们？"林嘉木一脸不善，隐约能从他焦躁的眉间看到一丝着急。

"老师，陶白为什么退学？"余航紧紧攥着手中的自动铅笔。

他们三个几乎再次同时开口。

班主任最近因为卞桃的事焦头烂额，陶白打电话来说退学时，他正好在整理卞桃的在校资料。等卞桃的事告一段落，当他提着礼品上门，想要打探一下陶白退学的原因时，她家早已人去楼空。

卞桃的事上了社会新闻，但陶白家没有，他不能再把陶白家的事公然放到明面上，来成为大家茶余饭后讨论的话题。

“一些……家庭原因。”他喉咙干涩道。

秋生还想问，被余航打断：“是！我们知道了。”

秋生看向余航，余航对她和林嘉木摇了摇头。

迎新早会十分热闹，去年的高一学弟学妹们今年也荣升为学长学姐。秋生站在人群中，看着今年的新生代表站在升旗台上侃侃而谈，自信帅气。

她忽然就想起了他们入学那年，许斐也是这么站在升旗台上，作为他们那一届的新生代表上台演讲。而陶白当时就站在她右侧，那时她还不知道，那个看起来瘦弱胆小的小女生会成为她的同桌，会成为她最好的朋友。

而卞桃那个讨厌的女生也还没有那么讨厌，林娇娇也没有那么嚣张跋扈，班长严曼可、林瑶、师春文、葛雪……不管她喜欢的还是不喜欢的，她们都在。可现在，好多人都不在了。

有的只是换了个班级，有的去了他们几十年后才会去的地方，而还有的，却消失不见了。

她偏头，看向站在左后方的林嘉木和余航，眼睛突然红了。

淘淘不在了，可林嘉木那个讨厌的人为什么还在？她竟然会因为林嘉木还在而感到一丝高兴。

早会解散，秋生走到林嘉木和余航面前。

“我们去问老师吧，淘淘为什么退学。”秋生眼睛红红的。

林嘉木满脸不耐烦道：“他愿意告诉我们早就说了。”

余航推了推眼镜道：“班主任不愿意说，我们自己去问啊。秋生，你知道陶白家在哪儿吗？”

秋生回想起她那一个个无人接听的电话，强行按捺下心头的不安，道：“我知道淘淘家在哪儿。”

她生日那天，陶白偷偷跑来参加她的生日会，那天下午她把她送到酒店门口，亲耳听见她对司机师傅报了地址。

高三开学的第一天，秋生在忐忑不安中度过。

下午放学，秋生、林嘉木还有余航没管什么大扫除，直接跑了。

云辉小区离一中不远，打车也就十来分钟的路程。

一路上三人一句话都没说，气氛有些压抑。似乎每个人心里都种着一颗不安的种子，以为只要摒弃，只要不闻不问，这颗种子就不会抽芽，不会肆意疯长。

云辉小区门口的保安室站着一个穿着制服的叔叔，秋生揪着背包带子，走到他面前，礼貌道："叔叔好，我们想找人。"

保安叔叔看着他们三个，笑得很和蔼："你们想找谁？"

秋生是第一次来陶白家找她，她不知道陶白家在第几栋，试探着问："叔叔，我想找陶白，你知道她家在几栋几楼吗？"

林嘉木有些烦躁地说："叔，我们是陶白的同学，找她有事，你知道就告诉我们成吗？"

余航也在旁边点头。三个都期待地看着他。

"你们找……陶白？"保安叔叔脸上的笑容没了，脸上甚至带着一丝悲悯。

秋生心中的不安被放大，勉强笑了笑道："是啊，我们找陶白，今天她没去学校，我们想问……"

"她以后都不会再去了。"

"为……为什么？"

保安叔叔双唇张张合合，他明明说着秋生从小听到大的熟悉语言，这一刻，秋生却觉得这个叔叔像是从外星来的，因为他的话，她开始听不懂了。

9月，热度未消半分，秋生茫然地站在云辉小区的门口，明明头顶骄阳，却觉得自己好似置身南极，冷得她浑身发抖。

"陶白的爸爸失手杀死了她的妈妈。"

"她爸爸坐牢去了。"

"陶白不见了。"

"她家现在没人了。"

秋生的手在半空抓了抓，余航一下子抓住了她的手，她似乎终于找到一个支撑点，迷惘地转头。

余航隔着雾蒙蒙的镜片，看见她已经泪流满面。

秋生病了。

在开学后的第二天，高烧至四十摄氏度，反反复复一周，怎么也降不下来。夏生和杜爸爸、杜妈妈都急坏了，连在国外的大哥杜春生都连夜赶了回来。

医院的单人病房里，穿着白大褂的医生对春生道："你妹妹的高烧是情绪波动太大，受了刺激引起的……我没记错，她今年高三了吧？"

主治医生是春生的高中同学，上学时曾见过当年还是小豆丁的秋生，对调皮的小姑娘印象非常深刻。

春生点头道："今年高三了。"

"那更要多注意，等她醒来，你们多开导开导她。"这是药物降不下来的高烧。

他的言外之意，大家都听懂了。

春生把他送出病房，回来后一家人面面相觑，同时看向夏生。

夏生沉默了半晌，起身道："我出去打个电话。"

夏生问朋友要了林嘉木的电话，打过去，对面却没人接。然后他又通过另外几个人要到了余航的电话，余航倒是接了，却也没说什么，只是在听闻秋生病了后，说明天来医院看她。

万幸，秋生在当天晚上醒了过来。

"秋生？"春生在第一时间发现她醒了，一把抓住了她抬起来的手。

"宝贝，哪儿不舒服，告诉妈妈。"杜妈妈红着眼睛，抓住她另外一只手。

杜爸爸和夏生只能焦急又担忧地站在一旁看着她。

秋生紧紧抓住站在床边的大哥，眼泪顺着眼角滑落，落入鬓角发间："大哥，帮我……帮我找个人好不好？"

春生擦掉她眼角的泪，温声问道："秋生想找谁大哥都给你找，但是你得先好起来，好吗？"

秋生点头，边点头边哭，最后泣不成声："淘淘已经，没有父……父母，也没有家了，不能再没有朋友，我不能，我不能，我……我不能让她一个人在外面，大哥，你帮我找她……求求你了。”

春生一遍遍抚摸着她的脑袋道：“好，大哥给你找，别哭。”

秋生哭了一会儿体力不支，抽噎着再次睡了过去。

秋生身体彻底恢复已经是半个月后，其间，班上有很多同学来医院探望她。

可能是经历了卞桃那件事，班上如今很团结，以往有嫌隙的同学也彻底放下了矛盾。他们在十八岁这年，开始慢慢懂得了与之一起度过青春三年的同学情有多可贵，那些小矛盾用日渐成熟的思想来看，简直是啼笑皆非。

秋生回到学校后，变得沉默许多，她不再是那个万事不放在心上、无忧无虑的小女孩儿，但这并没有什么不好，人总会长大，总会面对复杂，总会面对悲欢离合，无忧无虑是小孩子的权利，她已经过了没有烦恼的年纪。

春生手下的人找了两个月，终于在秋天的尾巴传回了消息，说在潼陵发现了女孩儿的踪迹。

林嘉木那边几乎也在同一时间给秋生和余航传来消息，地点和春生的消息一致。

潼陵。

陶白离开瑞阳时，买了去抚州的车票，辗转各地后出现在潼陵，而她在潼陵的足迹也随着时间的流逝慢慢消失，她现在还在潼陵，还是去了别的地方，任由春生和林嘉木那边怎么查也查不到了。

2009 年，很多机制还不够完善，想要在茫茫人海中寻找一个人，大海捞针也不过如此了。

“大哥什么都帮你，但是你得好好学习，认真对待高三，还有不能再生病，不要让爸妈担心。”这是春生对秋生唯一的要求，是他帮忙给她找她朋友的唯一要求。

秋生前所未有地听话，她在期末考试考了一个不错的成绩，提出寒假要去潼陵，家里无人反对。

夏生不放心她，要求道：“我和你一起去。”

秋生摇头道：“林嘉木和余航也要去，你们放心吧。”

潼陵和瑞阳的直线距离有一千多公里，坐长途大巴，加上在服务区的休息时间近二十个小时，秋生他们到潼陵已经是隔天早上。

春生有朋友在潼陵，他给秋生他们找了一间民宿，三人白天去外面找人，晚上便回去看书写作业。

一个寒假的时间，他们走遍了潼陵大小角落，拿着陶白的照片，问了成千上万个人，他们遭遇过无数个不耐烦的眼神，也遇到了很多热情的人。

那年的冬天格外冷，潼陵是座南方城市，不似北方的冬天会下雪，却比会下雪的北方更为寒冷。

过年那天，他们在潼陵的一家火锅店点了满满一桌的菜，三人看着红红的锅底，每个人都紧紧藏住自己失落的情绪，举杯一碰。

“新年快乐。”秋生说。

“新年快乐。”林嘉木说。

“新年快乐。”余航说。

三人相视一笑，又碰了碰：“新年快乐啊，陶白。”

寒假结束的前几天，他们离开了潼陵。

他们没有找到陶白，虽然失落，但并没有放弃，甚至相约等高考结束后，再来潼陵，或许那个时候有了新的线索也说不定。

高三的下学期，秋生和余航已经是班上的尖子生了，被班主任寄予厚望。

林嘉木还是那副懒洋洋的模样，除了上课，课余时间绝不拿课本和笔，更别提海量的卷子。

日子过得枯燥，却也风平浪静。

这一年的一中没再发生什么事，倒是隔壁十四中发生了一件大事。瑞阳首富的儿子，十四中的严野被仇家绑架，差点儿被撕票的消息没能瞒住，在瑞阳闹得十分轰动。

不过等秋生知道这件事时，已经是6月的高考前夕，她已经很久没有碰手机，更没有上网，每天面对数不清的试卷和同样埋头苦读的同学们，只觉得时间紧迫。

听说这件事后，她问林嘉木：“救出来了吗？”

彼时林嘉木正蹲在走廊的窗沿上，看着蓝天，漫不经心道：“啊，坟头的草都一丈高了。”

秋生手一抖，笔掉在了课桌上道：“真的假的？”

林嘉木“啧”了声，回头看着她道：“杜秋生你是不是傻啊，这都信？”

“林嘉木你怎么还是这么烦！”

“你管我。”

“稀罕管你。”

“稀罕你管我。”

“才不稀罕管你。”

余航在一旁笑眯眯地看着他们拌嘴。

这一年的高考与往年并无不同，历时两天，在考场几进几出，几多欢喜几多悲愁。

考完，秋生把笔直接丢进了垃圾桶，在班主任想问又不敢问的小心翼翼下，对他扬起一抹灿烂的笑。

班主任紧绷的心弦一松，笑得如释重负道：“我就知道你一定可以！”

秋生点头，在上校车之前，轻声说：“因为我得去北方啊。”

她得先提前去北方踩点，记录所有好玩儿的地方，品尝所有好吃的东西。等以后淘淘回来，她才能带淘淘去啊。

她应该还会遇上很多朋友，大学的室友，社团的团友，谈得来的同学，或者别的。

时间在动，她就会一直向前。

但无论她走多远，她永远记得她最好的朋友叫陶白，她没有忘记她，更不会停止想念。

C 大的录取通知下来时，秋生一个人背着背包，走在潼陵的街上。

她对这座城市已经很熟悉了，这里仿佛是第二个瑞阳，闭着眼也不会走丢。

整个暑假，班级群里相当热闹，有人去了国外度假，有人去了西藏、云南、长白山等国内旅游区，还有人去做医疗志愿者。

高考结束，意味着青春落幕。

同时也代表着新的人生的开始。

我们的肩上开始有责任要抗，我们要开始做对得起年龄的事，我们开始尝试实现梦想。

我们……都该有梦想。

整整两个月，秋生都待在潼陵。

她已经不像寒假时那般急切地想要寻找陶白，她会点一杯咖啡在咖啡店坐一下午，她看着街道上行色匆匆的人，也不再莽撞地冲上前，拿出陶白学生证上的照片，询问他们是否见过这个人。

她相信，陶白一定好好地生活在这世界的某一个角落。

那个看似胆小怯懦的姑娘，坚韧的内心里种着一粒向阳的种子，种子埋藏在幽深的黑暗中，只待见光，便会破土而出，肆意疯长。

8 月底，她回了瑞阳，然后辗转北上。

她考上了心仪的大学，和室友相处良好，也结交了新的朋友。

大学的生活很丰富，很忙碌，也很美好。

这一年的冬天，她也如愿看到了期待已久的大雪。

“你怎么这么喜欢雪啊？”室友问她。

彼时秋生刚从外面回来，脑袋上顶着雪花，白皙的小脸被寒风刮得通红，但她的眼睛却异常明亮。

“因为我生活在南方呀。”秋生搓着手，连连哈气。

“好吧，我理解你的兴奋，但是……”室友递了条干毛巾给她，颇为无语，“你也不用每天都出去溜达吧，而且还不带伞，现在外面零下好几摄氏度，很容易感冒的。”

“不溜达可不行。”秋生对她粲然一笑，“我得看够两个人的份儿。”

“啊？为什么？”

秋生但笑不语。

因为我曾和一个人约好一起来北方上学，看漂亮的雪、蔚蓝的海，我们要做一辈子的好朋友。

但我的好朋友现在不在我身边，我就只能暂时先替她看了。

啊，雪真的好美，淘淘你不在可真是太遗憾了。

大三那年，林嘉木从国外回来，而余航在大二那年，作为交换生去了A国，他们三个已经好久没聚了。

今年过年余航还是不回来，林嘉木看着倒是变得成熟了许多，只是一开口就被打回原形，还是那么让人讨厌。

“杜秋生，你都是大姑娘了，能不能穿点儿有品位的衣服？出门也不知道打扮打扮，这条街再找不出一个比你更丑的女生了。”

秋生翻了个白眼道：“林嘉木你出门带眼睛了吗，这条街还有比我更好看的姑娘？”

“虽然你丑了点儿。”林嘉木把鼻梁上的墨镜往下一拉，露出那双坏坏的眼，“但我很欣赏你的自信。”

两人先日常拌嘴一波，然后找了家火锅店，边吃边吐槽余航出国就不知道回来。临到结束，两人对视一眼，突然咧嘴一笑。

酒杯相碰，清脆悦耳。

“新年快乐！”林嘉木说。

“新年快乐！”秋生说。

再次对视，林嘉木不情不愿“啧”了声，继续碰：“新年快乐啊，余航小傻子。”

秋生大笑着跟他互碰，酒水溅到锅中：“新年快乐啊，小淘淘。”

祝愿远方的你们，新年快乐。

## 番外三

# 我叫陶墨

第一次见到我姐，哦不，这时候还不是我姐，是个比我大十几岁的大乞丐……第一次见到大乞丐，是在我“家”。

我家在公园旁边的一个废弃杂物间里，黑黑的，小小的，臭臭的，哪儿都不好，唯一的好就是有个屋顶，能遮风挡雨。

这样就很好了，我一点儿都不挑。

大乞丐出现的那天晚上，是一个电闪雷鸣天，我那会儿正在睡觉。

沙发软软的、暖暖的，累了一天的我睡得特别舒服。

天空又是一道惊雷，轰隆一声。

我捂住了耳朵，看着被雷光劈成白昼的窗外，说实话，我有点儿害怕，毕竟我还只是一个五岁的孩子。

接二连三，又是几道雷声，我瞪着眼睛，恍惚听到被我堵住的门口响起了什么声音。

我没当回事，觉得应该是听错了，塞紧耳朵，准备闭眼继续睡。

然而就在这时，门突然被人从外面推开，寒风裹挟着雨水呼啦啦吹了进来，一个头发滴着水、手里拿着一把黑雨伞的“女鬼”把我吓得从沙发上蹦起来。

“女鬼”可能也被我吓住了，愣在原地没动，毕竟好多人都叫我“小鬼”。

我们对视了很久。

然后我邀请她进来。

“女鬼”很不客气地进来了，踩了一地湿脚印，浑身滴着水，黑暗的天被雷光点亮，我看见了她的长相，我推测她生前长得一定怪好看的，就是皮肤白了点儿，一点儿血色都没有。哦对，鬼是没有血色的，我想什么呢。

我看着她手上的黑伞，说：“你是不是傻，有伞为什么还会淋湿？”

“女鬼”没说话。

我虽然是个小乞丐，但我是个有礼貌、懂得待客之道的小乞丐，我把自己的沙发让给了她，自己拉了个瘸腿的小板凳坐着。

不过“女鬼”也是个有礼貌的客人，她没有去我的沙发，而是拉了另外一个瘸腿的凳子坐着。

“你坐沙发吧，沙发又软又暖和，我不嫌弃你身上有水，打湿也没有关系，等出太阳，我拖出去晒晒就干了。”

“女鬼”黑漆漆毫无光彩的眼动了动，我这才看清她的眼睛，我从来没有见过这么漂亮的眼睛。

我很想她和我说说话，可这个“女鬼”好像不会说话，她不理我。

我也是有小脾气的，这附近几条街都是我的地盘，她来了我的地盘，居然还不理我，我也决定不要理她了。

我回了我的小沙发，背对着她睡了一个好觉。

第二天早上醒来，“女鬼”已经不见了。

我有些失落。但生活让我不能一直失落，因为我的食物没有了，我得去巡街了。

公园周围几条街都是我的地盘，其他的大小乞丐见到我都要躲着走，因为我超凶，谁敢跟我抢空瓶，我都会冲上去打他。

我没有名字，大家给我取了个我不是很明白，但是很喜欢的外号——街霸。

听起来很威风，我很满意。

今天的收获不错，我捡了一大袋空瓶子，回收站的叔叔给了我五块钱。

五块钱啊，够我买好多小馒头了。

我今天身怀巨款，豪气地买了一个肉包、两个馒头，提着袋子，去了我的特定用餐地点——公园里的小亭子。

只是今天很不巧，我的地盘再次被人霸占，霸占我餐桌的人还是那个“女鬼”。

“女鬼”看到我也很吃惊的样子，我也不知道我是怎么从她没有表情的脸上看出震惊的，大概我有超能力。

“又见面了。”我率先打了个招呼。

“女鬼”偏过头，对我很冷漠。

我好生气啊，这个无情的“女鬼”，明明我昨晚还把自己家借给她躲雨，她连声谢谢都没有，悄悄走了也就算了，能在一天之内再次相遇，说明我们有缘啊，我们这么有缘，她居然一点儿高兴的样子都没有。

那我偷偷高兴，岂不是很丢脸？

于是我拉下了脸，把包子放在桌上引诱她。我看出她好几顿没吃东西了，我已经饿出了经验，一眼就能看出人的胃是不是空的。

肉包子很诱人，我没有吃，我习惯把好东西留到最后。

“女鬼”抱着她的黑雨伞，直愣愣地看着湖面，一动不动。

我吃完了一个馒头，吃第二个馒头的时候放慢了速度，吃第一个是为了缓解饥饿，第二个我要享受着吃，慢慢吃，尝尝味儿。

“喂，你叫什么名字？”不说话我憋得难受，就像昨晚一样，我又开始跟她说话。

“你如果告诉我你的名字，我就把肉包子给你吃。”我引诱她。

“女鬼”一定是个意志坚定的“女鬼”，飘香十里的肉包子她居然都能视而不见，任我掰开肉馅，在她鼻子下面怎么晃，她都不理我。

“你到底懂不懂欣赏啊！”我生气了，“这可是老陈铺的包子，看看这馅儿，看着这皮儿，不够诱人吗？不香吗？你不想吃吗？”

这个笨蛋啊，我都主动把我的口粮送到你嘴边了，你只要开口和我说说话，我就给你了啊。

“女鬼”还是不说话，她的脸比昨晚更白，睫毛长长的，长得真好看。

看在她长得这么好看的分儿上，我就不跟她计较了。

我把肉包子塞给她，一溜烟儿就跑了。

我得回去睡个午觉，下午继续巡街。

下午我又遇上了那几个讨厌的男生，一个个吃穿不愁还能上学，为什么就不能好好念书，整天上街欺负小乞丐干什么。

“小乞丐！”那个叫刀哥的丑男生隔着两条街就开始叫我。我虽然很凶，但我小啊，凶得有限，于是丢下自己捡了一下午的纸板和空瓶拔腿就跑。

“你给我站住！”臭男生刀哥吼。

我傻啊我站住，我跑得飞快。

“你跑得了和尚，跑不了庙！”

我庙多着呢，关丘处处是我庙！

“下次让我逮住，你就死定了！”

你上次也是这么说的，这次也没逮住我！

我一口气跑回小公园。

那个“女鬼”还坐在那里，保持了那个姿势一下午。

“你，你怎么还在这儿？”我想我现在一定很狼狈，因为“女鬼”终于看了我一眼，那双漂亮的眼睛动了动。

然后我如愿听见了一个难听的女声，就像很久没有说话的人，又哑又涩：“我……”

可能她也被自己难听的声音吓到了，说了一个字就不说了。

“你？你怎么了。”可我很高兴，就算是一个字，我也很高兴，原来她会说话。

她又不说了。

我一下午就在公园盯着她，想听她再说话，可一直等到太阳下班，月亮上班，她都没有开口。

我又跑了。

去老陈铺买了两个馒头，老陈叔叔照样在晚上多送了一个给我。我道了谢，捧着热腾腾的三个馒头跑回了公园。

以前我认识一个老乞丐，他说我抠，说我像条整天翻垃圾桶找吃食的凶狠野狗，谁抢我的食，我就会扑上去拼命。我确实从来不让别人抢我的东西，尤其是吃的。我也凶，但我从来不翻垃圾桶，更不偷不抢，我是个好乞丐，但他说得也没错，我是个抠门乞丐。

我第一次给陌生人吃的，还给了一个肉包子，我连肉包子都给了，晚上的馒头就给得更大方了。

“你吃吧，我给你的。”听听，多大方，我居然是个这么大方的小乞丐。

“女鬼”愣了一会儿，伸手接了。她连吃东西都抱着她的黑雨伞。

“谢……谢。”

她又说话了，我很高兴地问：“你是不是没地方去？”

“女鬼”小口小口地啃着馒头。

她点了点头。

老乞丐死后，我感觉有点儿孤独，没有人和我说话，太寂寞了。

我想找个人陪我。

“我把我家让一半给你，你跟我回家吧。”

我就这么把“女鬼”带回了我那个只能遮遮风雨的小家。

她不爱说话，有时候一天也不会和我说一句。

她也不跟我出去巡街，我还是个孩子啊，如今就要用我稚嫩的双手养活两张嘴了，生活好难。

她基本一整天都抱着那把黑雨伞，睡觉也要放在手边。我有次趁她睡着，使坏把雨伞藏了起来，她醒来后愣了一天，不吵不闹，却也不吃不喝，把我吓得够呛。

“不就是一把支杆都坏了的破雨伞，你至于吗？”

“嗯。”

“嗯什么？”

“至于。”她说。

我看了她半天，只能把她的破雨伞还给她。

就这么度过了万物枯败的秋天，迎来了我最讨厌的冬天。

我为什么这么讨厌冬天呢？因为关丘会下雪啊，我的家只能遮风挡雨，却不能御寒，而且我怕冷。

我每年都会长冻疮，虽然我现在才五岁，可我记事早，我三岁就开始记事了。我去年长了一个冬天的冻疮，又痒了一个春天，直到夏天印子才全消，冬天是我最讨厌的季节。

“怎么办？我找不到给你御寒的冬衣。”我担忧地看着“女鬼”。

我只有一件小棉袄，是包子铺的陈叔叔给的，说是他孙子不要的旧衣服，衣服太小了，她穿不上。

“女鬼”摇了摇头，一点儿不担心的样子。

“你这个笨蛋，你一定不知道冬天有多可怕。”老乞丐就是在冬天被活活冻死的，冬天会吃人。

我不想她被冻死，虽然她还是不怎么和我说话，可我已经习惯了一次买四个馒头，我喜欢这个长得好看、不和我一起去巡街、整天在公园亭子里发呆的“女鬼”。

认识这么久，我也知道了她和老乞丐的不同。老乞丐怕死，她不怕死。

怕死的死了，不怕死的，我才不让她死。

她死了，怎么对得起我那些馒头？

我第一次去偷东西。

我在地下商场蹲了一晚上，蹲得腿都麻了，冷得要死，然后趁老板和隔壁老板说话不注意的空当，飞快捞了一件价格不是很贵的棉袄就跑。棉袄黑黑的，又长又大，我抱着跑，还差点儿摔了。

可我拿回去，“女鬼”一点儿都没有高兴，甚至还让我带她一起去还回去。

“你是不是傻？”我第无数次说她傻，“现在是冬天了，你不冷吗？大不了等我长大后，赚钱还给她。”

“时间不等人。”“女鬼”说了一句好有哲理的话。

当然，这时候我懂什么哲理，我只知道冬天会冻死鬼，我二话不说，把衣服扔地上踩了两脚，把新新的衣服踩了两个脚印，染上再不能还回去的灰尘。

我拿出了街霸的气势，态度可嚣张了：“已经脏了，不能还回去了。”

“女鬼”是个没有喜怒哀乐的“女鬼”，她没有再说让我还回去的话，只是她两天没有理我。

这个该死的“女鬼”真是不知好歹啊，吃我的、穿我的、住我的，还敢甩脸子给我看，我气得连巡了五条街，气得中饭都没吃，捡了好多瓶子和塑料板，卖了十五块钱。

我去了地下商场，把十五块钱偷偷塞到那个被我偷了衣服的倒霉老板的摊子上。

天降巨款十五块，一定能缓解她前两天被偷了衣服的愤怒。

我跑回了家，看见“女鬼”坐在沙发上玩木头。窗外的月光落在她身上，她穿着那件棉袄，丑兮兮的，我突然就又高兴了。

看，我眼光还是不错的嘛，随便拿一件衣服都这么好看。

“你还生我气吗？”我踢掉脚上的旧皮鞋，爬上了沙发，扯过旧棉袄盖在身上。

“不能偷东西。”“女鬼”的声音还是哑哑的，难听死了。

“我不偷了。”我没有把那十五元巨款的事告诉她，但我答应她不再偷东西。

其实我一点儿都不想偷东西，我是个好乞丐。

“嗯。”

“你哪里来的刀？”我看着她手上的刀和木头，雕得真好看啊，是个小男生，还抱着个球呢。

我以为她雕的是我，有点儿高兴道：“我不喜欢玩球。”

“不是你。”

“……”

气死我了。

冰冷潮湿的杂物间里，一大一小两个孤儿，依偎在并不大的沙发里。

“你饿了吗？”

我忍不住想打我自己，为什么就是忍不住想要和她说话，明明我现在还在生气。

“不饿。”

“你骗人，我知道你饿了。”我们一天没吃东西了。

“女鬼”不玩木头了，不知道从哪儿摸出来一个馒头塞到我怀里：“吃吧。”

我拿着馒头，有点儿吃惊道：“你还偷偷囤粮啊。”

“女鬼”又开始玩儿她的木头。我掰了一半分给她，豪气地说：“吃吧，别囤了，我还能饿着你啊，明天就去给你买肉包子。”

我不喜欢冬天，冬天太冷了，上街的人少，街霸这两天收获有点儿少，答应“女鬼”的肉包子也不能实现了。

不过包子铺的陈叔叔是个好人，他给了我好大一兜馒头，热乎乎的，还冒着气儿呢。

感谢陈叔，这世上还是好人多啊。

我虽然是小乞丐，但我不乞讨，我以前也不偷不抢，但我现在不是一个清白人了，我偷过一次东西了。

我虽然是乞丐，但附近的叔叔阿姨对我都挺好的，经常会塞东西给我，我都记着呢。只是我不能让他们知道我偷过东西，我怕他们害怕我。

我再也不偷了。

“女鬼”终于提出要跟我一起去巡街，不过我拒绝了。

以前我很想她和我一起去巡街，现在我不愿意了，我可不想她漂亮的手和脚长满冻疮，冻疮让男孩子长就可以了。

虽然我才五岁，但我是男子汉。

养家糊口这种事还是让我来吧。

她就在家玩儿她的刀和木头，我又不嫌弃她。

天气越来越冷，甚至开始下雪。

如果我有一个有暖气的家，我会非常喜欢雪，雪很漂亮。但我的家冰冷又潮湿，所以我只能暂时不喜欢雪了，因为它会让我非常难过。

雪啊，希望你不要生气。

等我长大了，有了一个有暖气的家，我就会开始喜欢你。

街上的枯枝被人挂满了红色的灯笼，还有小星星，红色彩带，两旁的商店也贴满了春联，喜庆着呢。

我已经五岁了，有非常丰富的生活经验，老乞丐告诉过我，这是要过年了呢。

老乞丐说过年就是全家人都聚在一起吃吃喝喝，看春节联欢晚会，小孩儿给长辈磕头，收丰厚的红包，还能放噼里啪啦的鞭炮和漂亮的烟花。

我对别的都没有兴趣，对吃吃喝喝和红包倒是非常感兴趣，可我没有长辈，以前给老乞丐磕过头，他也没给我红包啊。

那个老骗子！

我回去问“女鬼”：“你有没有长辈啊？”

“女鬼”很久都没有说话，就在我以为她已经睡着了，或者又是不理我时，她才开口：“没有。”

“好巧，我也没有。”我抱着她的手，闭上了高兴的眼。

我们原来有这么多相似的地方，我真高兴。

过年了，上学的坏蛋们都放假了。

除了刀哥那群人，我还讨厌几个在附近小学上学的男生，他们老是对我吐口水，还嘲笑我是捡垃圾的小乞丐。

我不知道在哪儿学会的骂人，我骂人可凶了。

“又是你这个小乞丐，今天不去捡垃圾啦？”那几个讨厌鬼堵住了我的去路。

“我才没有捡垃圾。呸。”我是在工作。

骂完我就想跑，但是被那群人捉了回来。

恨！我腿怎么这么短！

那群人应该很震惊，震惊我会骂人，我从他们的眼睛里看到了不可思议。

“你这小乞丐，是不是想被揍？”最高的那个男生揪着我的脖子。

“揍小乞丐算什么本事！”我超生气地瞪他。

“虽然你说得很有道理。”那个高个子笑得坏坏的，握紧拳头，“但我今天还真就要欺负你。”

那个硕大的拳头没能挥在我脸上，被拎到半空的我落入了一个有些冰凉，却让我感觉温暖的怀抱。

熟悉的小刀横在半空，“女鬼”抱着我，一句话都没说。我虽然看不见她的脸，但我觉得她的表情一定超凶，因为我看见那群小屁孩儿吓得转身就跑。

“女鬼”紧紧抱着我，这一刻，本街霸鼻子一酸，竟然哭了。

她抱着我回了我们的家，一路上我一直埋在她怀里，不想被她发现我哭了。

我可是这个家唯一的男子汉啊，男子汉怎么能哭？

“女鬼”把我放到沙发上，我也不看她，蜷成一团就睡了。

睡醒又是一条好汉。

这一年的冬天格外冷。

我差点儿就没能醒来，我险些就和老乞丐一样睡着睡着，第二天身体就僵硬了。

我有意识，我告诉自己得醒来，可我睁不开眼睛，我感觉我浑身都在发烫，血液在沸腾，我挣扎了一晚，我可能要死了。

我醒不来。

“女鬼”就睡在我旁边，我想碰碰她，告诉她我快要死了，旁边的柜子里藏着我的全部遗产——二十一块五。

节俭点儿可以买好多馒头，挥霍点儿也可以买好多肉包。

我以后不能去巡街了，街霸这个霸气的名头就要传承给你了。

这个家是你一个人的了。

你以后要长冻疮了。

可我最想告诉她的是……你要活下去啊。

我知道你一直不是很想活，整天死气沉沉的，就像一根坏掉的木头，如果没有遇到我，你可能就真的放任自己腐朽了。

你怎么能这样，不过就是没有长辈给你发红包，不过就是没有一个有暖气的家，不过就是没人陪你过年而已……活着有什么不好，为什么那么喜欢木头和雨伞？为什么不爱说话？

我有很多话想和她说，可我睁不开眼，张不开口。

我的身体越来越烫，我们躺在同一个沙发上，我这边像火海，她那边是冰雪之地，我想挨挨她。

我挣扎，我想吼，可都于事无补，我好像被一块巨石压着，我动不了。

我快要放弃了，只是我希望我明天不要那么快僵硬，不要像老乞丐吓我一样吓到她。

可就在我打算放弃时，“女鬼”突然睁开了眼。

我兴奋地在心里呐喊，告诉她我的遗产藏在哪儿，告诉她哪条街才是我的地盘，告诉她不能囤食，告诉她买馒头一定要去老陈叔叔那儿，最后我吼得嗓子都哑了，告诉她一定要活着啊。

可她不听我说话，摸了摸我的额头，然后抱着我就冲进了寒冷的夜色。

天啊，这个傻子，这个笨蛋，我已经快要冷死了，你还带我去外面，是嫌我死得不够快吗！

气死我了。

寒风无孔不入地钻进我的身体，我又烫又冷，我被颠得不行，脑袋越来越昏沉，意识越来越模糊。

我的眼前浮现出一片红，全世界都挂满了红灯笼，全世界的人都窝在家里过年，吃吃喝喝，被暖气笼罩，给长辈磕头拿红包。

我怎么就不能是他们之中的一个呢？

我好难受啊。身体和心脏都在难受。

我又哭了。

我听见“女鬼”着急地说：“别哭，我带你去看医生。”

哦，原来我这么烫是生病了啊。

于是我哭得更厉害了，出门的时候，她忘了拿我藏在旮旯儿的那二十一块五的巨款，我们没有钱看病啊。

白雪从半空缓缓落下，落在我的脸上、睫毛上，最后化成雨水，融入我的脖颈。

我好难受。

抱着我的身体太温暖了，我舍不得让自己变冷变僵硬，舍不得留下她一个人。

老乞丐能狠心丢下我一个人走了，可我不忍心丢下她一个人走。

“女鬼”抱着我去了诊所，可这家诊所的医生脾气特别坏。我巡街的时候，经常听到有人偷偷说他没有医德，一盒几块钱的药他要卖好几十。

不出预料，我们被赶出来了。

“女鬼”抱着我的手很紧，紧得我好疼，一疼我就又哭了。

从来没有人对我这么好，会抱着生病难受得要死的我去求医生。

我紧紧揪着她的衣领，眼泪横流。

她的声音变得前所未有地好听：“不怕，不怕。”

我不怕。

可我发不出声音，只能紧紧揪着她，告诉她我不怕。

附近还有两家诊所，一家关着门，另一家的医生见我们穿得不好，新年新气象，我们是带着晦气的存在，他隔了老远就关上了门，把我们拒之门外。

无论“女鬼”怎么求，甚至抱着我跪在冰天雪地里，他都只留给我们一个冷漠的背影。

世上不是好人多吗？为什么我们今天晚上遇到的都是坏人啊。

“女鬼”求了很久，她抱着我的手有些松了，我知道她累了。

但是她依旧没有放开我，决绝地从地上起来，踉跄着往离这里很远很远的大医院方向跑。

大医院的路好像没有尽头，我不知道时间过去了多久，我只知道我好冷，头好疼，我马上就要死了。

我可能坚持不下去了。

体力不支还踩空的“女鬼”抱着我摔在地上，我被她紧紧护着，我不疼，我知道她一定很疼。

她精疲力竭，她起不来了。

一个打着黑色雨伞、穿着呢绒大衣、踩着黑色高跟鞋的女人从我们身边走过。

“女鬼”抓住了她的衣摆，就像抓住最后一根救命稻草。

“救救他，求求你，救救我弟弟。”

我哭了。这次不但眼睛在流泪，心里也在流泪。

“女鬼”叫我弟弟，那我以后是不是就有姐姐了?

死就死吧，死而无憾了。

我再也支撑不住，失去了意识。

我没死成。

我从有暖气的医院里醒来。为什么知道是医院呢？因为有一个漂亮的护士姐姐一直在问我头疼不疼，声音很温柔很温柔，虽然很温柔，但我现在更想听“女鬼”的声音。我抓着护士小姐姐的手，张嘴“啊啊啊”了半天，也只有“啊啊啊”，发不出其他声音。

我吓坏了，我不会成哑巴了吧!

“别担心，过两天就能说话了。”护士姐姐温柔地摸了摸我的脑袋。

“啊啊啊。”我姐呢！那个人叫我弟弟了啊，我可听见了呢。

“问你姐啊？”护士姐姐日后定然是个有大出息的人，她察言观色的能力空前厉害，竟然能准确地从我口中知道我在讲什么，“你姐跟你阿姨出去了，她说待会儿就回来，你别担心。”

阿姨？我哪有什么阿姨!

不过我很乖，毕竟这里不是我的地盘，我不能给我姐惹事，也不能给别人添麻烦。

护士姐姐可能从来没见过我这么乖的小孩儿，从口袋里摸出一颗糖塞到我手心里道：“超甜的水果糖，很好吃哟。”

我对她笑了笑，攥紧掌心。这么甜，这么好吃，我得给我姐留着。

我等了很久，眼睁睁看着窗外的天从白昼变成黑夜。我很紧张，我姐不会后悔了吧，不会不来了吧。

别看我是街霸，我也很㞞啊，这么好的病房，这么温柔的护士姐姐，没有我姐在我旁边，我会因为害怕缴不起费而想要“翘院”的。

我担心呀，忧愁啊，终于等来了完全变了一个样子的“女鬼”。

哦，她已经不再是雨夜那个披头散发的狼狈“女鬼”了，而是如今这个穿着整洁的衣服、绑着长发、露出漂亮脸蛋的姐姐了。

我惊呆了。

她的脸上也不再是我最不喜欢的面无表情，漂亮的眼睛也有了光彩，甚至变得好温柔。

“头还疼吗？”她的声音比护士姐姐还动听，摸着我额头的手也好暖。

“啊啊啊。”我指了指喉咙。

“没事，过两天就可以说话了。”她轻轻拍了拍我的头，然后又抚了抚我的脸，笑得比花还漂亮，比月亮还明亮，比太阳还炫目，“小街霸，以后姐姐养你。”

我流下了属于男子汉即将吃软饭高兴又凄惨的泪水。

“哟，还是个小街霸啊。”那个被护士姐姐误会成是我阿姨的女人，靠在门上笑着调侃。她长得很漂亮，颊边有一颗黑痣，尚且年幼的我不懂什么叫性感和气质，只觉得这个阿姨长得可真好看啊，那颗媒婆痣也好看。

是她救了我。

对待救命恩人，我想夸夸她来着，可惜我现在有心无力，只能把期待的眼神落在我姐身上。可惜我姐虽然大变样了，却还是个傻子。

怎么就看不懂我的眼神呢？姐，交际啊，什么叫交际懂不懂。

神交失败。

我在医院住了一周，出院那天，我姐牵着我，却不是往我们那个只能遮风避雨的家走。

我已经能说话了，摇摇她的手，提醒她道：“是走左边。”

我姐说：“走右边，以后都走右边了。”

我不懂，我们的家明明在左边，为什么她要带我走右边。

半个小时后，我明白了，因为我们换了个家。

这里有暖气、有床、有灯、有水、有厨房、有卫生间，是一个真正的家。

虽然不大，但什么都有，就跟那什么虽小，但五个肚子都齐全的话一样。

“是‘麻雀虽小五脏俱全’，不是五个肚子。”

哦，原来我不小心把心里的话说了出来。我真是个没文化的街霸啊。

我姐牵着我走到客厅的沙发前，我脱了鞋蹦上去跳了跳，软软的，不会往下塌，比我们原来那个好太多了，我好喜欢这里。

“我们能住多久？”如果只能住一天，我还是拉着她走掉好了。

“很久。”

我相信了，于是晚上我愉快地睡在了沙发上，这个不会塌陷的沙发比房间里的床更有吸引力。

踏踏实实睡了一觉，我脑子也清醒了。

虽然我才五岁，但我可是一个生活经验丰富、饱尝人间冷暖的街霸，这世上哪儿有无缘无故的好，就连回收站的叔叔都会因为一个瓶子跟我争执半天，就算那个阿姨看着人美，可人美又不等于心善。

防备心很重的我揪住了姐姐衣角，说：“我们逃吧。”

她摸了摸我的头，笑得很温柔，道：“瞎想什么？我会打工还钱给她，这个房子的租金也是她借给我的。以后我养你，我会好好工作养你，小矮子。”

小矮子，她叫我“小矮子”的时候，眼睛好亮，我好喜欢。

她活过来了。

她就这么活过来了。

就像一棵即将死去的树苗，在经历了风吹雨打，差点儿就要枝折枯败时，突然迎着光活了过来。

我好高兴啊，虽然就要吃软饭了，但我还是好高兴。

“我喜欢这样的你。”我说。

“是吗？”她笑着说，“我也喜欢这样的自己。”

“你会一直这样吗？”

“不。”

“啊，你还会变成以前那个讨厌的样子啊？”

“我会变得比现在更好，一定会更好更好。”

我瞪大了眼，我们的屋子里好像出现了一个太阳，不然她的笑容，她的周身为什么会这么亮呢。

“我是你弟弟了吗？”

“嗯，你是我弟弟，以后你就是我唯一的亲人。”

我扑过去抱住她的腰，眼泪浸在她怀中道：“是我给你磕头，你会给我红包的那种亲人吗？”

她摸着我的头，温柔地说：“是不用磕头，也会给你红包的那种亲人，是不会让你无家可归的亲人，是会让你吃饱穿暖、不用再纠结今天是买馒头还是肉包子，而是两种都给你买的亲人，是会努力赚钱送你去上学的亲人，是会陪你到老的亲人……”

我抱着她哇哇大哭。

我还是个五岁的孩子，我有痛哭的权利。

我有姐姐了，她对我很好，我也要对她好。

我们相依为命，开始努力还钱。

那个漂亮的阿姨很有钱，她有很多店，又大又漂亮，她让我姐去给她打工，因为我太小了，我想去洗盘子她都不要我。

她歧视童工！

我只能天天躲在那家咖啡店外面偷偷看我姐，看我姐穿着漂亮的工作服在店里忙碌。她很受欢迎，客人们都很喜欢她，也没有人欺负她，甚至还有人给她送花。

我很欣慰，谁敢欺负她，我就咬死谁。

我天天蹲在街对面等她下班，后来她的同事都说我是条小看门狗。啧，随你们说吧，总之我就要盯着，看谁敢欺负她。

街霸虽然不巡街了，但街霸的气场还在，震慑力和王霸之气也在。

我姐发工资的第一个月，她留了一千，还给媒婆痣老板娘两千。

我们拥有一千元巨款，晚上我们吃了一顿有肉的大餐。我姐厨艺挺烂的，为了我的肚子着想，五岁，哦不，今年已经是六岁的我，开始学做饭了。

在这半年里，我姐欠媒婆痣老板娘的钱也还清了。

咖啡店的工作不轻松，但也不累，我姐没有辞职，只是她开始买书看，也开始教我认字和算数。她休假的时间就带我去图书馆，我们一待就是一天。

有时候我也会觉得烦，想出去晃悠，但看着我姐认真的样子，想着她说要变得比现在更好，我觉得我还能再忍忍。

以前看她玩木头，我以为是她的小爱好，确实是小爱好，但是没想到这个爱好会改变她和我的人生。

那个媒婆痣老板娘不知道从谁的口中知道了我姐会雕小男生，就拿了张照片给我姐，让她给她雕一个老男人。

我姐就给她雕了，然后我姐就被她带走了。

等我姐回来，她就辞了工作，带着我去了一座小院。

我见到了我姐口中的“师父”，是个满头白发的老爷爷，脸上的皮像橘皮褶子，看着很严肃。我一开始很怕他，相处了小半年，我就慢慢发现这小老头儿的性格跟他的脸一样，可皮了，他对我也很好，只是因为他对我姐很严厉，所以我一直不是很喜欢他。

七岁那年，我姐雕的小男生变得越来越好看，就跟活着的真人似的。

同年，我姐想让我去上学，我既想上学，又不想上学，但是小胳膊拧不过粗大腿，我只能去上学。

但是上学需要很多手续，牵扯到户口什么的，还有其他我听都没听过的这个本本、那个本本。

上学好难，我不想上学了。

“找那个女人啊，她不是挺能的吗，好像没有她办不成的事？”师父看到我姐在发愁，背着手吹胡子瞪眼从我们面前走过。

这时候我已经知道那个媒婆痣阿姨的名字叫沃梦，是姐姐师父的儿媳妇，但他们的关系并不好。

平时媒婆痣沃梦来这里看师父，都会被他赶出去，两人跟仇人似的，难为师父居然开口让姐姐找她帮忙，看来姐姐在他心中也是很重要的人了。

沃梦是个很厉害的女人，特别特别厉害的那种，我姐请她帮忙，她二话没说就答应了。

第二天沃梦就提着很多礼物来了，这次师父没把她赶出去。

他们在堂屋聊了很久，到了中午，我姐去厨房做午餐，师父去了工作室，偌大的堂屋只剩下我和她。

“这件事得问问你的意见，你愿意跟你姐一个户口吗？”

“一个户口是什么？”

“就是以后你们两个就是真正的一家人了，得到法律承认和保护的那种。”

“我愿意。”

“好。那你想叫什么名字？上户口没名字可不行。”

“我要叫陶黑。”

“哈？”

我觉得她好笨，我姐叫陶白，我当然要叫陶黑啊。

我姐这时走了过来，摸了摸我的头，说：“陶黑太难听了。”

我还没来得及表示生气，我姐就笑了。

“陶墨，以后你就叫陶墨。”

## 番外四
# 恋爱进行时

（一）

“你说话不算数！”

“哪句话不算数了？”

轻纱飘扬，月亮害羞地躲在云层里，偷偷冒出小脑袋，望向鼓成小包包的白色大床上。

陶白又气又急推他道：“你昨天答应了今晚休息。”

许斐笑声低沉，微哑的嗓音在黑夜里性感得要命。他轻轻掀开盖在两人身上的被子，低头看着怀里的人，嘴角微勾道：“老婆，你看看外面，天快亮了。”

陶白赶紧扯过被子遮住肩，看了眼黑沉沉的夜色，对他睁眼说瞎话的功夫非常佩服，问道：“所以呢？”

“所以。”许斐低头在她白皙的眉心轻啄一吻，“是新的一天了。”

昨晚守诺了。

陶白险些被他的臭不要脸惊到，嫩白的手指拍在他脸上道：“你不要告诉我，你一直不睡就等着十二点？”

许斐眼眸微眯，定定看着她道：“淘小淘，轻点儿。”

陶白又往他英俊非凡的脸上轻轻拍了一巴掌，瞪着一双漂亮的眼睛看他。

床头的灯亮着暧昧的光，两人对视。

“我叫你轻点儿的时候，你怎么不轻点儿？”陶白扬起白皙的脖颈，像只骄傲的天鹅。

“不敢轻。”许斐低下头，凑到她耳边悄声说，“那个时候的你，最不诚实了。”

陶白错了，错得离谱。

她当年怎么会觉得这个男人冷淡，他一点儿都不冷淡！

许斐何止不冷淡，他热情起来简直要人命。一晚上下来，他后背被陶白挠了无数个爪印。

清晨。

陶白躲在被窝里，被子拉到眼帘下，只露出一双泛着水光的眼。她看着背对着她慢条斯理扣着衬衣领扣的男人，在被窝里偷偷摸了摸自己的指甲。

不长呀，后背怎么如此凄惨？

许斐恰时回头，陶白赶紧闭上眼，只是轻颤的睫毛出卖了她。

许斐低头一笑，右臂撑在她脸侧，弯下腰在她头上印上一吻道：“可以要一个早安吻吗？”

陶白推开他的脸，裹着被子转了个身，不是很想理他。

“生气了？”许斐干脆单膝跪在床头，拨了拨她被汗水打湿黏成一缕的发。

陶白往被窝里缩了缩，声音闷闷地道：“我要睡觉了。”

许斐眼里蕴着笑道：“好。”

“今天不去公司了。”她睁开眼，故意说，“下午也不去，你自己回来。”

婚后他们定居M国，许斐有些难以想象的黏人，他的办公室如今也变成陶白的半个工作室。往日小夫妻都是同进同出，难得今天大老板一个人来公司，艾伦他们一整天都过得有些胆战心惊。

有个离不开老婆的老板，还有什么叫妻管严，让每日都在学习中国文化，渐渐明白其中深意的艾伦等人叹为观止，并对老板夫人报以最崇高的佩服。

这个女人太可怕了，她驾驭了世上最可怕的男人。

虽然夫人不在公司，老板的工作效率直线上升，但没有他最宠爱的女人在身旁约束，他那一身迫人气势不再收敛，这让艾伦久违地回到了从前水深火热的日子。

“艾伦拜托，帮我送个文件。”市场部的经理是个身材高大的家伙，此时他拦住了比他小了一个型号的艾伦，双手合十，满脸恳求。

“不,里德,这个忙我不能帮你。”艾伦笑得无比绅士,拍了拍他的肩膀,“你不用害怕，我刚从老板办公室出来，他看起来心情还不错，而且……”

他低头看了眼腕间的手表：“还有一个小时就要下班了，我大胆猜测我们美丽的夫人今天大概是要放老板鸽子。你再磨磨蹭蹭，或许你将面临一个更加可怕的老板。”

里德苦着脸道：“你没骗我？开会时那个该死的策划部老鬼提出了一个讨人厌的方案，老板看起来并不像心情很好的样子。”

“里德，相信我，我怎么会骗你？”艾伦说完便走了。

半个小时后，里德灰头土脸地从总裁办公室出来，见到艾伦正和策划部的庄聊得火热，气得把文件砸到他身上道：“我信了你的邪。”

“哇。”艾伦揉了揉被砸痛的肩膀，“你这句中文跟谁学的？”

里德才不会告诉这个该死的骗子，他每天都会抽时间浏览中国的社交软件，他现在对中国的流行语掌握得十分熟练。

当然，他坚决不会告诉该死的艾伦。

明天就是周末，为了有更多的时间陪伴家人，许斐把前段时间因为结婚而堆积如山的工作加班加点处理完。

等工作告一段落，他才发现天已黑沉如墨。

把钢笔丢到办公桌上,他拿起手机解锁,来电和短信界面,均空空如也。

这小坏蛋，还生气呢。

许斐起身，从抽屉里拿出车钥匙，低头看腕表。八点十分，她最喜欢的那家甜品店还没有关门，现在开车过去还来得及。

或许是从前的经历让陶白养成喜欢却不会外露的性格，她喜欢甜品这个小细节是有一次许斐见她吃黑森林蛋糕，背对着布鲁斯露出窃窃欣喜的模样偷偷发现的。

他满心想着怎么哄老婆，一踏出电梯，便看见他家夫人坐在大厅的休息区，双手托腮，直直地看着电梯方向。

对上他的视线，陶白笑得眉眼弯弯，晃了晃脑袋道："许总，加班养家辛苦了。"

许斐在原地足足愣了半分钟，才迈步走过去。

"淘淘……"

陶白眨了眨眼，笑靥如花道："我来接你下班了。"

许斐看着她，缓缓朝她伸出手。

陶白伸手抓住，许斐把她拉入怀里，抚了抚她的发，一颗心软得像棉花糖道："我以为你今天真的不来了。"

"差点儿就不来了。"陶白找到她最熟悉的位置，闻着独属于他的冷冽清香，"后来想想，加班的阿斐一个人回家太可怜了，我不忍心呀，我就来了。"

许斐满心爱意都凝聚在了轻柔的掌间动作上，凑在她耳边低声道："谢谢宝贝来接我。"

"不用谢。"陶白仰头看他，秀眉微扬，脸上带着一丝自己也未察觉的娇憨，"但是你得亲我一下。"

许斐低笑，垂首在她唇上印下一个吻。末了揉了揉她的唇角，凑到她耳边低语："一个够不够？"

陶白感觉耳朵痒痒，侧首躲开道："我觉得够了。"

许斐捧着她的脸，垂首望着她的眼，眼中似盛满星辰道："可我觉得不够。"

陶白心尖一颤。

无论过去多久，无论现在是何身份，那个只敢躲在角落偷看的陶白也好，还是已经成为许太太的陶白也罢，她无时无刻不为眼前的男人心动。

因为太喜欢了，宁可把感情浮于表面，也不愿深藏。

这没什么不好，陶白，就是这么喜欢许斐啊。

结了婚的许太太，就是这么喜欢她的许先生。

N 城的夜景繁华辉煌，许斐牵着陶白的手走在街上。

走着走着，陶白面颊忽地一凉，她停了下来，抬头望向天空。

雪花缓缓坠落，轻触面颊，融为水滴。原来是下雪了。

“关丘明明是座南方城市，可在冬天，偶尔也会下雪。”陶白摊开掌心，雪花落在温热的指尖，片刻消融。

“N 城每年都会下雪，布鲁斯出生那年雪下得格外大，他还有一个与雪有关的中文名字。”

“咦，布鲁斯还有中文名字？”陶白面露惊讶，“我怎么不知道？”

“他嫌不好听，一直不愿意别人叫他的中文名，甚至还不准说他有中文名字。”许斐低笑，“尤其是你来 N 城之前，格外叮嘱我们不能告诉姐姐。”

布鲁斯是真的很可爱，家里时常因他而充满笑声，陶白很喜欢他。

她不由得轻笑，好奇心被勾了起来：“那我亲自去问他？”

“他一定不会告诉你。”

“为什么呀？”

“因为在喜欢的人面前，会想藏住所有的缺点。”

“你也是吗？”

许斐但笑不语，陶白气得拧了他一下。

许斐晃了晃他们交握的手，眸光温柔道：“真想知道小鬼的中文名？”

“你答应了布鲁斯不告诉我。”陶白踮起脚帮他整理围巾，“要做一个守诺的哥哥啊。”

“相比做一个守诺的哥哥，我更想做一个能满足妻子好奇心的好丈夫。”许斐低头凑到她耳边，在许太太面前毫无立场，“布鲁斯随妈妈姓，叫郁雪瑞。”

郁雪瑞，这个名字很好听啊。

“瑞雪兆丰年？”陶白揪着他的围巾，“你可真是个坏哥哥，小心我告诉布鲁斯你没有遵守承诺。”

许斐挑眉道：“再叫一声。”

“啊？”陶白有些茫然，不解地看着他。

许斐撩起她的长发绕在指尖，用发尾挠了挠她的脸，哄道：“乖淘淘，再叫一声。”

陶白后知后觉反应过来，瞪着他，故意叫道：“坏哥哥。”

许斐眼底蕴满了笑：“嗯。”

“哥哥。”

“嗯？”笑意已经完全藏不住。

陶白扬了扬下巴，语气娇憨道：“我好想谈恋爱啊哥哥。”

夜色映着飘扬的白雪，路灯下，小妖精嘴里说着动人的话语。

“哥哥也好想谈恋爱啊。”

“那哥哥和我谈恋爱吧。”

谁能拒绝得了？许斐拒绝不了。

明明可以开车回家，他们却选择了在下雪天谈恋爱。

布鲁斯的坏哥哥摇身一变，变成淘小淘的好哥哥，耐心的哥哥背着他心爱的妹妹在雪天里走了两个多小时，回到家已经快十一点了。

郁娟恰好下楼接水喝，听见客厅响起开门声，她端着杯子站在角落，偷偷看新婚小夫妻黏黏糊糊。

“哥哥，累不累？”陶白拍着她哥哥的肩。

藏在角落里的郁娟差点儿被水呛住，她连忙捂住嘴。

许斐反手揽住陶白的腰，手臂一个使劲儿，直接把背上的人抱进怀里，大步往楼上走，说道：“淘小淘，今天的恋爱到此结束，明天我们再接着谈。”

“不行！你说话不算数，说好了要和我谈恋爱，谁家谈恋爱还带暂停的？”陶白挣扎了两下，她好不容易让他背着她走了几个小时，拐着弯消耗他体力。

“妹妹乖，情侣身份不太符合待会儿要做的事。”许斐的声音又低又哑，陶白吓得㞞成一团，彻底没了声。

都怪房子太大，想看看她儿子到底能有多流氓的郁娟惆怅地上了楼。

查理睡得很熟，郁娟轻轻地掀开被子，刚躺下，一只铁臂就圈了过来。

郁娟轻轻拍了拍他汗毛旺盛的手臂道：“吵醒你了？”

查理的大脑袋凑了过来，郁娟推开他，说：“阿斐大概要多一个妹妹了。”

查理睡意顿消，激动得跳了起来，满脸兴奋看着她……的肚子：“baby，我，你，我……我又要……”

“不，你没有。”郁娟面无表情地看着这个一脸兴奋的男人，突然眯起眼，“怎么，你还想做父亲？”

“当然。”查理嘿嘿笑了两声，意识到自己误会了什么，对她的问话不闪不避，他对她一向坦诚，“我很爱孩子，你知道的，就算再来十个我都可以！”

“我不可以。”郁娟在他毛茸茸的脑袋上抓了两下，“抱歉查理，看来我要让你失望了，我现在已经到了不能随便生孩子的年龄，你想再要十个孩子的愿望，注定要落空了。”

查理傻大个儿似的挠了挠脑袋，跟他驰骋商场的大佬模样截然不同。当然，这一面也只有他最爱的家人能看见。

郁娟抚了抚他的脸。

查理抓住她的手在她指尖啄吻：“十个小 baby 也比不上你一个大 baby，我很爱孩子，但我更爱你。”

郁娟都一把年纪了，依旧被他一句情话闹得面颊通红。

一夜之间，许斐多了个妹妹，查理也多了个大 baby。

只有可怜的布鲁斯什么都不知道，他一脚踢开被子，露出白嫩软绵的小肚肚，睡得像个小傻子。

陶白和许斐的爱情顺序和一般的情侣相比是倒着来的。

别人是先谈恋爱再结婚，他们是先结婚再谈恋爱。

而且这恋爱谈得还分时间段，一到晚上，其中一个就要喊暂停。

“哪儿有你这样的，我不跟你谈了。”陶白额头上布满细汗，漂亮的蝴蝶骨一起一伏，她指着站在床头的罪魁祸首，气得不行。

许斐单手扣着衬衣袖口，从一旁拿过领带，一言不发轻轻放在床头。

陶白气得面颊粉红，却还是耐不过他的眼神，撑着起身。许斐轻笑着弯下腰，陶白拿过领带缠在他脖子上勒了勒，忍了半晌，还是没忍住在他胳膊上拍了一巴掌道："下次不给你系了。"

许斐捏了捏她的脸，忙转移话题："史密斯夫人昨天给你打电话了？"

"啊。"陶白熟练地给他系好领带，整理衣领，"让我给她雕个小东西。"

"不愿意就拒绝。"许斐抓住她的手凑到唇边啄了啄，"不用看谁的面子去做自己不想做的事，许太太的心情比什么都重要。"

许太太被许先生一句话哄得心花怒放，屈指放肆地挠了挠他的下巴："公司最近是不是有个项目，和史密斯先生公司的……"

许斐抓住她的手，失笑道："淘小淘，老公在你心里这么没用啊，谈生意还要你出马。"

陶白有些不好意思，许斐什么事都不瞒她，但她自己一向是左耳进右耳出，就算听了也不上心，对这个项目有些在意，还是因为他这段时间天天加班，每天早出晚归，恰巧她偶然经过茶水间听公司几个负责人提及这个项目的重要性，又正巧史密斯夫人找她帮忙，所以……

她拉起被子遮住脸。是她关心则乱，这个男人在工作方面哪里需要她帮忙，是她想多了。

许斐低笑，隔着被子捏她的脸道："是不是在变相抱怨哥哥最近没怎么陪你，嗯？"

"谁要你陪了。"隔着一层被子，陶白声音闷闷的。这人可讨厌，谈个恋爱天天暂停，口头便宜却没停过。

"真的不要？"许斐不急着去公司，耐心十足地闹她。

"不要。"

"真不要？"

"……你烦不烦呀。"陶白抬手胡乱地在空气中抓了两下。

许斐一把抓住她的手亲昵地吻了半晌，把她哄睡着后，才去了公司。

婚后许斐征求了陶白的意见，他们没有搬出去。

陶白喜欢热闹，她喜欢郁娟每天早上的拥抱，喜欢查理的关怀，喜欢可爱的布鲁斯和那条闹腾的大金毛，甚至还喜欢胖胖的用人安娜。

郁娟和查理对她的决定非常高兴，许斐便请人在花房旁建了一间木屋，里面放满了她的雕刻工具。

陶白对逛街和满世界飞去时装周看秀没什么兴趣，上层社会贵妇喜爱的活动她都甚少参与。她喜欢雕刻，而且如今已经不必再把爱好当成工作来完成，单纯的喜爱让她有更充裕的时间，投注更多的热情在上面。

她虽然甚少参加聚会，但如商业慈善晚会等重要活动还是会陪许斐出席。她与史密斯夫人接触过几次，那是个性格十分不错的女人，算是她为数不多能聊得来的女性朋友。

嗯，摒除别的，她其实非常愿意为她雕刻。

正午，骄阳当空。

大金毛在花园扑来扑去，安娜陪它玩儿了一会儿，见木屋的大门紧闭，想着先生出门前的叮嘱，走过去轻叩门环。

片刻后，木门从里面打开。

陶白拍了拍身上的木屑，对安娜笑了笑道：“安娜，中午好。”

安娜恭敬道：“您再不用午餐，安娜就不能好了，先生回来会埋怨我的。”

“他不会的。”陶白弯腰摸了摸大金毛的脑袋，“他非常尊敬您。”

尊敬归尊敬，但他更疼夫人啊。

安娜摇摇头，接过她沾满木屑的围裙，道：“午餐已经准备好了。”

“好。”陶白笑着对她道谢。

因为家里有几个中国人，他们家餐桌上的菜品偏向东方，连厨师都有两位。

午餐的鸡汤熬得清香鲜美，看着便让人食欲大增。陶白喝了两口便开始惦记许斐，工作狂忙起来经常忘记吃饭，一点儿都不自觉。

她放下勺子，轻声道：“安娜，请帮我准备一份鸡汤，我想带去公司。”

安娜笑得非常开心：“我这就去让厨师准备。”

陶白到公司已经是下午两点，许斐和公司高层在会议室开会，她和秘书室的几个秘书打了招呼，把带来的甜品送给他们搭配下午茶，便径直去了总裁办公室。

当然，关门前例行听到威廉刻意压低，却又生怕她没听见的彩虹屁。

“哦，我的天啊，看看这个蛋糕的花纹，简直太漂亮了！上帝赋予我们美丽的夫人一双神奇的手，她能创造奇迹！”

“威廉，我想这并不是夫人亲手做的。”

“她简直就是一个完美的女人。”威廉充耳不闻。

“老板家有领着高薪的甜品师。”

“这世上再没有比她更迷人的女人。”

“威廉，你有没有在听我说话？”

“劳森，你可真是一个讨厌鬼，难怪你现在还只是一个小秘书。”威廉捧着小蛋糕，一脸迷醉。

“哦，说得好像谁不是小秘书。”劳森嘀咕。

“总之，我们美丽的夫人一定是上帝派来的天使……”

陶白关上厚重的实木门，总算隔绝了威廉天花乱坠的彩虹屁。

许斐这几个秘书每一个都有自己的特点，而威廉无疑是其中最会拍马屁的那个。

其间，劳森给她送了一杯饮料进来，这个身材高大的 M 国男人十分害羞。陶白对他笑了笑，问道：“劳森，他中午按时用了午餐吗？”

“他”是谁毫无疑问，劳森面带犹豫。

陶白挑眉道：“我知道了。”

散会已经是一个小时后，许斐从会议室出来，艾伦迈大步才能跟上他。

“把近期的宴会邀请全推了，推不过的你替我出席。”

“是。”

“准备一份礼物送去史密斯先生家，记得，要亲手交到他夫人手中。”

“是。”

“把最新的珠宝杂志给我准备一份。”许斐惦记着他老婆的首饰该换一批新的了。

艾伦被他无情的老板塞了一嘴狗粮，却只能恭恭敬敬点头：“是。”

“还有我让你寄去关丘的……”

从电梯出来，艾伦敏锐地接收到不远处威廉投来的暗示，他脚步一顿，识相地站在原地。

许斐推开办公室的门，不知是心灵感应还是什么，他下意识就张开了双臂。

陶白还保持着跃至半空的姿势，原本想吓吓他的声音，因为突如其来不按照剧本走的双臂而吓得走音，整个人跌入他的怀抱。

许斐顺势抱起她，陶白在半空晃了两下，双手撑着他的肩稳住身形。

厚重的大门缓缓关上。许斐抱着她往前走了两步，语带笑意道：“调皮鬼。”

“放我下来。”陶白拍着他肩。

许斐把她放到办公桌上，双臂撑在她的两侧，凑近她道：“想使坏啊，淘小淘？”

陶白一脸认真地摇头，坚决否认：“我没有。”

许斐贴着她的侧脸蹭了蹭，温热的触感让他一颗心柔软至极，只是看着她就觉得身心满足，问道：“给我带什么好吃的了？”

陶白伸手撩开他垂在额间的短发，看着那双漂亮的桃花眼道：“藏得这么严实都能闻到，你鼻子可真灵。”

“哪里是鼻子灵？”许斐的下巴抵在她肩上，语调慵懒，“是知道老婆心疼我。”

陶白笑着轻捶了一下他的肩道：“鸡汤，喝不喝？”

“喝。”许斐把她垂下来的发绾到耳后，揽着她的腰把她抱下来，“正好饿了。”

陶白去把藏起来的鸡汤拿出来，不满道：“你中午有按时吃饭吗？”

许斐取下眼镜，揉了揉鼻梁，走到她旁边坐下，诚实摇头道：“没有。”

“我是该高兴你没有骗我，还是该生气你没有听话？”

“劳森那个大嘴巴……”

“不要转移话题。”

“我错了。”许斐瞬间改口，态度诚恳。

陶白没有真的生气，他有自己的工作，有时一个决策就能影响许多家庭的生计。忙碌是因为慎重，慎重是因为负责。

有些事情她不能任性，她只是心疼他的身体，他的胃一直有些不好。

“以后按时吃饭好吗？”她主动凑上前在他唇上印下一吻，“你上次胃疼吓到我了。”

许斐知道她是担心了，她从不任性，甚至连关心他的话都是用商量的语气。她越这样，就越惹人爱。许斐道：“以后都按时吃饭，再忙都准时，好吗？”

陶白笑着点头，许斐在她脑袋上揉了揉。

陶白拧开保温桶，舀了些许试温度，试完后抽了张面巾纸想擦擦自己喝过的地方，却被许斐态度强硬地把勺子夺了过去。

他挑眉逗她：“干什么呢妹妹，哥哥让擦了吗？”

陶白眨了眨眼道：“切换恋爱模式了吗，哥哥？”

许斐捏着勺子喂了她一口，眼中满含笑意道：“嗯，是啊。”

“妈妈说外婆上周回国了。”陶白不是很想八卦长辈的事，但关乎师父，实在有些没忍住，“听说是定居在关丘。”

老太太不回瑞阳反而去了关丘，这就有点儿引人遐想了。

许斐想起老太太在电话里理直气壮地说要去给他还债的话，颇为无奈道：“外婆说我拐走了陈老的徒弟，她要去帮外孙还债。”

陈老的徒弟看着他。

许斐探身想捏陈老徒弟的脸，被陈老的徒弟一巴掌呼开道：“能不能注意一下影响，这位哥哥。”

“周围没有外人，哥哥不会对谁造成影响。”许斐锲而不舍地伸手。

“艾伦或许就抱着文件，准备破门而入。”陶白继续拍掉他的手。

“艾伦非常珍惜这个年薪百万的工作。”

陶白笑着挠他，许斐左右闪避着躲，俩人幼稚兮兮玩儿着幼儿园小朋友都嫌弃的你追我躲的游戏，直到响起敲门声，许斐才恢复他正经严肃的模样，迈步回到办公桌，继续下午的工作。

陶白坐在落地窗前的工作椅上，托腮看着她家那个在人前气势非凡、在她面前幼稚得要死的男人，捂着唇无声一笑。

这种感觉大概便是一颗心每天都被胀得满满的，期待日出，期待新一天的来临。

嗯，也有些开始期待新生命了。

（二）

新生命有些傲娇，迟迟不愿降临。

郁娟知道陶白在备孕却一直没有消息，在私下安慰她："他们许家的孩子傲得很，当初我也是结婚好几年才怀上的阿斐，害我都以为他爸身体有毛病呢。"

郁娟女士今天难得休息，聊起孩子这个话题，她突然来了兴致："对了，我还没给你看过阿斐小时候的照片。哎呀，他小时候长得可好看了，跟个小姑娘似的……"

陶白眼睛一亮，对亲妈认证长得像小姑娘的小许斐非常感兴趣："我可以看吗？"

郁娟兴致盎然道："当然。"

郁娟去收藏室翻找了大半天，抱着一沓相册出来。因为长久没有翻阅，上面已经蒙上一层薄薄的灰尘。

她小心翼翼地擦拭着，带着些许遗憾道："我当年的心愿是生个漂亮的小女孩儿，漂亮的愿望倒是实现了，偏偏是个男娃娃。"

陶白递了张面巾纸给她，轻声说："我想要个男孩儿。"

郁娟看向她，陶白笑了笑道："最好像他。"

"我想阿斐的想法可能和你正好相反。"郁娟擦了擦手，轻柔地翻开相册第一页，"他一定想要一个女儿，最好像你。"

第一张相片是一张刚出生的婴儿照，小婴儿泛红的皮肤皱巴巴的，小拳头紧紧攥着，双眼紧闭，脑袋上戴着粉色的小帽子，秀气的五官看着就像个小姑娘。

"这是他刚刚出生的样子。"郁娟把相册往陶白方向移了移，"我用了一天一夜的工夫才把他生出来，生产那么痛，我都没有哭，见到他的第一眼我就哭了。实在是太丑了，我不敢相信我能生出这么丑的孩子。”

陶白被她逗笑，看着相片，有些艰难地说：“其实……也挺漂亮的？”

郁娟抬头看了她一眼道：“你这话说得违心不？”

陶白和郁娟互乐了半天。

才出生的小孩儿确实说不上好看，何止违心，纯粹就是睁眼说瞎话。

郁娟翻开了第二张。第二张比之第一张，简直是发生了翻天覆地的变化。小娃娃红彤彤、皱巴巴的皮肤变得白皙无瑕，黑色的大眼睛比琉璃还漂亮，黑色的长发被绑成小辫子，身上穿着粉色的公主裙，简直就像童话里的小公主，漂亮得不可思议。

陶白瞪大了眼。

郁娟抽出相片递给她道：“知道为什么相册会蒙尘了吧？”

陶白盯着照片上的“小公主”，伸手戳了戳他的脸道：“黑历史啊。”

“那可不是。”郁娟遗憾地叹了口气，“小时候的阿斐可招人喜欢了，来家里的客人都争着抢着要抱他，可是他脾气臭，谁抱他，他都哭。就只有他爸爸能哄好他，哄得高兴了，还能勉强对你笑一笑。”

说到许新立，郁娟顿了片刻，随即翻开第三张。

许新立也当过几年好丈夫和好父亲，只是这人啊，说变就变了。

她的上一段婚姻结束得并不好看，当年各种新闻铺天盖地，在瑞阳闹得沸沸扬扬，连陶白这个不怎么关心外界的高中生都有耳闻，何况是身处舆论圈的当事人。

甚至在郁娟和许新立十几年的婚姻彻底结束，她带着一身心伤远赴他国时，还有数不清的媒体工作者，用常人难以想象的尖锐字眼来报道这段豪门爱情的结束。那些恶意，便是外人看了都心惊胆寒。

陶白不愿她去回忆那段并不美好的过往，故而指着照片上的裙子，刻意拔高音量，惊叹道：“这条裙子好漂亮。”

郁娟一听，顿时有些得意地挑眉道：“是我亲手做的，在那个年代根本买不到这样的款式。”

“您真厉害。”

“那当然。”郁娟十分骄傲，“我大学专业学的服装设计，我的毕业作品还得了国际大奖，我当年的梦想是成为享誉国际的服装设计师，让全世界的人都穿上我设计的衣服。”

但是人生啊，就是这样千变万化，她走了与梦想截然不同的道路，却在另一个领域施展了自己一身的本领与抱负。

她说起梦想来，整个人都在发光，陶白心想不愧是母子俩，和许斐给她的感觉一模一样。

郁娟又翻了一页，相片里的漂亮孩子换下了公主裙，穿上了小西装，能绑成两条小辫子的长发被剪成短发，直视镜头的眼十分冷淡，清冷的性格初见端倪。

郁娟偏头看着陶白，突然问：“你呢，你的梦想是什么？”

陶白的视线落在相片上，轻笑道：“我的梦想啊，已经实现了。”

她当年有两个梦想，一个是活成自己，一个是许斐。她早已活成自己，而她老公就叫许斐。

郁娟十分高兴道：“那真好，没有遗憾的人生才是完美的。”

陶白轻轻摇头，垂眸浅笑道：“有遗憾的人生才是完整的。”

没有谁的人生是完美的，但有遗憾的人生才是完整的。

正如这世上没有十全十美的人，那这世上又如何存在没有遗憾的人生？

郁娟沉思半晌，难得赞同道：“说得有理。”

她很喜欢陶白的一个原因是她经历了很多，她欣赏有阅历的人。

和她聊天很舒服，她时常能说出让人深思的话来，这些都是一个历尽千辛的人，才会有的人生感悟。

温室里娇养的花朵不是郁娟欣赏的类型，她就喜欢她儿媳妇这样的女人。

相册有一本《现代汉语词典》那么厚，翻阅岁月的感觉就像以走马灯的形式，回顾了一遍许斐的人生，故事的主人公是她们共同的爱。郁娟看着相片带着一丝怀念，陶白看着相片却是纯粹在以另外一种形式参与许斐的过往。

相册的最后一页是一个正在打球的小少年，十岁左右的年纪，一身运动服衬得他身高腿长，在一群明显比他年长的少年中格外显眼。

“这是阿斐十一岁那年和初中部的学长打球的照片。”郁娟指着照片上许斐的膝盖，“看，那个时候他的膝盖已经受伤了。”

照片上的小少年表情冷淡，精致的五官被光晕照得几近透明，他微微弯着腰运球，目光直视前方，对流着血的膝盖似乎毫不在意。

“是摔了吗？”陶白下意识伸手摸了摸他的膝盖，隔着相片都觉得疼。

“被几个高年级的学长故意撞倒了。”郁娟笑了笑，语气满是骄傲，“但他马上就站了起来，甚至带领他的队伍取得了胜利，他当时还那么小……”

陶白抽出那张照片仔细地看。

“有遗憾的人生才是完整的。”郁娟托着下巴，目光沉着地看着窗外，“一个人的人生确实伴随着数不清的遗憾。在他出生前夕，我买了一部相机，在心里暗自决定要记录下他人生的每一个阶段，直到我再也拿不起相机为止。但是我没有做到，即便没有人知道我食言，可我依旧满怀愧疚。”

陶白抬起了头。

“为什么照片定格在他十一岁，便没了后续……”郁娟的手指摩挲着厚厚的相册边缘，“那时我和他父亲的婚姻开始出现问题，我的视线彻底从他身上移开，开始把大量的时间用在工作上，再也没有一丝多余的精力投放在他身上。那几年他和我的关系急速冷却，最后我得到了我想要的东西，回过头来，才发现我失去了我最爱的儿子。”

陶白双唇微张，郁娟微笑着打断她尚未出口的话：“直到我和许新立离婚，我以为已经远离我的儿子却陪我去了国外，帮助我开启新的生活，但那时我急切地需要抚平在上一段婚姻中受的伤害，所以一度忽略了他的感受，甚至把查理带到他身边，希望他能迅速接受我所接受的一切。可是我忘了，阿斐小时候是有多喜欢他的父亲，他有多喜欢我们的家庭，我和许新立明争暗斗的那几年，他是以怎样的心情看着他最爱的父母一点点走向尽头，然而我却丝毫没有顾及他的感受，做出了一系列事到如今仍旧让我后悔莫及的事。”

“您为什么……”陶白看着她。

郁娟接下她的话：“为什么和你说这些？”

陶白点头。她想不明白，妈妈为什么要和她说这些，这些对于一个女人而言，并不是可以轻易张口道来的话题，何况她的身份还是晚辈。

“因为，你也有遗憾。”郁娟伸手轻抚她的发，“我想用我的遗憾来告诉你，有些遗憾是可以被抹平的。”

陶白心头一震。

“我在阿斐高二那年的暑假，生了一场大病，在生死之间想通了很多事，后来我用了好几年的时间来弥补曾经的遗憾，所以阿斐和查理如今才能亲如父子，所以布鲁斯才能有一个疼爱他的哥哥。有遗憾的人生才是完整的，但有遗憾的人生不是快乐的。”

到了郁娟这个年纪，还有什么是她看不明白的？如今的陶白和当年的许斐一样，即便父母给予的失望已经把他们淹没，但他们依旧爱着自己的父母。父与子，母与女，血缘羁绊，又岂是那么容易割舍的。

不是什么伤害都能得到原谅，但人啊，总要学会释然。

释然并非原谅，而是自我解脱。

郁娟看出陶白心中藏着无法释怀的执念，关于父母，关于那个早已破碎的家庭。

所以她在鼓励陶白直面内心。

真正的放下，不是逃避，而是面对。

郁娟把相册放到一旁，轻声说：“你内心深处其实在惧怕成为一个母亲，是吗？”

陶白垂在身侧的指尖一颤。

郁娟把她这段时间的焦虑看在眼里，陶白甚至背着许斐去医院偷偷做过两次身体检查，她也知道，只是一直没有点破。

一个人如果下意识惧怕成为一个母亲，那她心念的孩子又如何愿意降临？

她所存在的问题不在于身体，而在内心。

这些问题陶白不会告诉许斐，也不可能让许斐知道，而沃梦远在国内，郁娟便是她身边唯一的女性长辈。

女人懂女人，郁娟懂陶白，所以她说了今天这番话，原因便是想让她停下一直往前的脚步，折身回头去寻找一个答案，然后抹平遗憾，再带着一身轻松愉快前行。

陶白愣怔地看着窗外，今日天气很好，日光明亮，仿佛能照进终日不见阳光的黑暗深渊。

即便过去了这么多年，齐素那张死不瞑目的脸依旧清晰宛如昨日，那一幕终究在她心底刻上了一道永远无法弥补的伤。

由于太过深刻，时间也难以磨灭。

她曾无数次想要解脱，想要脱离那个扭曲的家庭，可当她真的脱离了，却是以那样一种充满了血腥和绝望的方式。

陶白有些迷茫。

“每个孩子都是在父母的期待中降生的吗？”

“当然。”郁娟坚定地点头，“即便在漫长的岁月中曾受过伤害，我相信在最初，那个孩子一定是在父母的爱与期望中降临世间。”

陶白张了张嘴，半晌后，声音干哑道：“她不怕伤害，只要曾被期待。”

陶白内心深处藏着一个不为人知的执念。

她在期待父母的年纪和已经不再期待父母的年纪，怀着同一个不知道答案的疑问。

她还有一个机会得到答案，郁娟在告诉她，她应该去寻求那个答案，然后和过去彻底挥别，让自己得到真正的自我解脱。

陶白回了瑞阳。当年离开得悄无声息，如今回来也无人可知。

当她坐在车上，看着窗外的景色，心中只有一股物是人非的失落感。

曾经熟悉的街道已全然陌生，一些标志性建筑物也埋藏在了岁月中。曾经的大夏商场，那家游戏厅，那个曾让许斐失落难过的公交站，全都消失了。

这里除了还叫“瑞阳”，除了还住着她的朋友，除了埋葬着她的母亲，除了关押着她在世上唯一的血亲，已经不再是她记忆中的瑞阳。

黑色的宝马穿行在夜色中，陶白的视线从窗外收回，看向前面的司机，轻声问道：“一中还在吗？”

司机是个年轻的小伙子，是许斐派来接送陶白的许家远房亲戚，已经带着陶白在瑞阳市区绕行好一会儿了：“是以前的老一中吗？还在的，不过分区后，高三和部分高二的都搬去了新校区，学生少了很多。”

说完，他拐了个弯儿，往老一中的方向驶去。

晚风从窗外涌入，拂起陶白的发，露出她怀念的眼。

当一中的轮廓渐渐出现在视野中时，她终于在一片陌生中找到了记忆中的熟悉。

在这一刻，陶白竟然有种想哭的冲动。

一中已经破败，校门变得陈旧，历经风吹雨打的保安室还是记忆中的模样，曾经的白墙已经褪色，墙上爬满了不知名的藤蔓。

这个承载着她青春暗恋和喜怒哀乐的地方，已经老了。

“隔壁十四中倒还是跟以前一样。”年轻司机说道。

十四中当年在瑞阳便是出了名地有钱，如今看来，依旧不减当年。陶白笑了笑，问道：“如今留在旧校区的都是高一的学生？”

“还有几班拖后腿的高二学生。”司机嘿嘿笑了声，有些不好意思地摸了摸鼻子，“那什么，我那不争气的弟弟就是被留下的高二学生。”

“您要看看新区吗？”他从车内后视镜往后看，许先生算起来也是他半个堂哥，不过他可不敢喊陶白堂嫂，他们这房已经快出五服了，难得许先生没有嫌弃他们这些亲戚愿意拉一把，他不太敢攀亲戚，“新区离这里不远，十分钟就到了。”

“好，那麻烦你了。”陶白对他笑了笑。

“不麻烦不麻烦。”从在机场接到许夫人，她就一直没怎么说话，他也不太敢搭话，现在可算见她笑了，他心里也放松了不少，“我叫许宪，您如果不介意就叫我的名字吧。许先生让我这几天跟着您，给您跑腿。”

“那这段时间就辛苦你了。”

许宪笑了两声道：“不辛苦，应该的。”

“新一中是三年前建好的，面积比老一中大了一倍。”车子以缓慢的车速行驶在路上，到了新一中，许宪把车停在校门口，“学校的室内篮球场和游泳馆是许先生出资建立的，您要进去看看吗？”

这事许斐没和她说过，陶白还真不知道。

可能是觉得她性子冷淡，许宪便自顾自道：“许先生是一中的大名人呢，他每年都会出一笔钱给贫困生设立奖学金，很多家境不是很好，但学习成绩又很好的同学都很感激他和您。”

“我？”陶白面露疑惑。

“嗯，许先生从去年开始，便是以您的名义捐的这笔钱，不只一中，瑞阳有两家福利机构也是以您的名义在捐助，每年都能帮助很多没有家的小孩儿找到适合的家庭，让无人赡养的孤寡老人无忧无虑度过晚年呢。”

陶白张了张唇，这些她都不知道，许斐从来没有在她面前提起过。

许宪也不知道她不知道，这种事在他看来是天大的善心之举，是非常值得骄傲的。

他非常尊敬他们。

陶白原以为这次回来是解决自己的问题，却不想知道了这些算不得秘密的秘密。

“他……”陶白刚开口便顿住，这些事与其从别人口中得知，她更愿意从许斐口中知道。

许宪面带疑惑地看了眼后视镜，陶白触及他的目光，笑着摇头道：“没事，谢谢你对我说这些。很晚了，回酒店吧。”

许宪把陶白送回酒店，然后驱车离开。

第二天一早，陶白从酒店楼上下来便看见等在酒店大堂的许宪，她走过去，有些不好意思道：“等久了吧？吃早餐了吗？”

许宪有些受宠若惊，连连摆手道：“我吃了，您吃了吗？我知道有家非常出名的早餐店，您要去吗？”

许先生让他当个跑腿的，但在知道自己要服务的人是他的夫人后，他就私下做了很多功课，瑞阳哪里好玩儿，哪里的东西好吃，他都如数家珍。

“好啊，去尝尝。”陶白笑着说。

许宪是个非常健谈的年轻人，比陶白还要小两岁，性格非常活泼。第一天的约束感在聊天中渐渐消失，他都不用陶白说话，路过一个有名的地点就主动给她介绍。

“那是以前的批发市场。”许宪开车很稳很慢，他指了指左边繁华的商业街，“现在成商业街了，再往前走几百米，有一个广场，周六的八点有音乐喷泉，还有很多著名的明星喜欢来这里开演唱会，是瑞阳近年最热闹繁华的地方。”

陶白往外看去，商业街上人来人往，三两结伴的穿着时尚靓丽的年轻人，举着相机坐在一角的摄影师，弹奏吉他的街头艺人，一派热闹繁华。

十年前的批发市场成了瑞阳如今最繁华的街道，而当年位处繁华地段的大夏商场已经毫无踪迹，被时代遗忘。

物是人非。

陶白在很小的时候就经常一个人进出当年的批发市场，她的第一把雕刀便是来自这里。

“变化太大了。”她感叹。

“是啊，变化很大。”许宪见她面露怀念，便开始找停车位，“瑞阳这几年经济飞速发展，我这个一直待在瑞阳的本地人都觉得变化太大了，几个月没去一个地方街道就变了，手机导航出来的路线也全是错的。”

从车上下来，陶白走在商业街上，身处如今瑞阳最繁华的区域，她却更加怀念以前那个破败脏乱的批发市场。

有些东西承载着回忆，是全世界最独一无二的存在，难以替代。

破败，在她眼中也比繁华耀眼。如今这里，只剩下满眼陌生。

三个聊着天的女人迎面走来，陶白往旁边让了一步，与她们擦肩而过。

“走吧。”她侧首对许宪道，抬腿欲走。

突然，走过的三人中一个染着绿发的女人顿住脚步，带着些许试探和不确定回头看了她好几眼后，双目渐渐瞪大。

“你是……陶白？”

陶白脚步一顿，侧首望去。

那个叫住她的女人见她停下脚步，就知道自己没认错人。她丢下同伴，折身回来，惊讶道：“真的是你？陶白你还记得我吗？我是严曼可啊。”

陶白的视线落在她脸上，细细看了半晌，隐约从面前这个成熟女人的五官上看到了一丝熟悉的痕迹。她张了张嘴，目光移到她那头显眼的绿色长发上，问道：“你是……严曼可？”

严曼可是高一时他们班的班长，高二分科后，她去了别的班，后来陶白也只在上学放学的时候偶尔会碰到她，她们已经十多年没见了。

严曼可变化很大，漂亮了，人也开朗了，她笑得非常开心：“天啊，要不是我在运动会上见过你没戴眼镜的样子，我真的要认不出你了，陶白，你变化也太大了吧。”

面前这个染着绿发、穿着性感、笑声爽朗的女人，真的是高中时那个斯文安静，说话轻声细语，连老师叫她起来回答问题，都嫌她声音太小的女生？

陶白吃惊不已道：“你的变化……也不小啊。”

“哈哈，你还记得我？”严曼可赶紧回头叫来同伴，指着其中一个对陶白说，“她是林瑶，我同桌，你还记得吗？”

说完，她又指着陶白对那个有点儿发蒙的女人说：“林瑶，这是陶白，陶白啊，你还记得吗？秋生高一的同桌陶白。”

是了，对于高中同学而言，与其说陶白的名字，不如说是秋生同桌来得更加印象深刻。

林瑶的变化倒是不大，只是到底许多年未见，陶白有印象的只是“严曼可的同桌林瑶”。而林瑶对她的印象也是“秋生的同桌”，她们对彼此的印象仅仅停留在这里。

林瑶有些拘束，和陶白打了声招呼，便站在一旁看着她们。

“正好，我们前两天还在说同学会的事，你回来的正是时候。”严曼可特别高兴，相当自来熟地摸出手机，“加个微信吧，我把你拉同学群里，秋生他们都在。”

听到秋生在，陶白下意识就拿出手机，点开微信二维码。

严曼可加上她好友，收起手机，看了眼她身后的许宪，笑着道：“你还有事吧？那我就不打扰你了，微信联系啊。”

微信联系，这还是除了秋生，第一次有“老同学”对她说微信联系。

陶白看着微信上多出来的好友。

回到熟悉的地方，似乎随便上个街都能碰上认识的人，这种在茫茫人海中被人叫出名字的感觉，竟让她涌起一股莫名的感动。

相比遗忘，被人记得，真是一件让人高兴的事。

陶白抬头看了眼天色，街对面正好有一家花店，她在原地站了片刻，迈步走了过去。

许宪连忙跟上。

陶白买了一束白菊和一束满天星，许宪想要帮她拿，被她笑着婉拒了。

齐素生前喜欢满天星，陶武却不是一个浪漫的人。他从来不送花给她，逢年过节、结婚纪念日，陶武最大的浪漫估计就是做一桌像样的饭菜，然后他们一家三口和平相处，度过一个相对温馨的节日。

这些记忆太过稀少，少到陶白要花很长的时间，才能从回忆中翻找出这片刻的温情。

但终归不是全然冷漠，好歹也给她留了一丝能怀念的余地。

车停在墓园外，陶白让许宪留在这里，她则抱着花，循着记忆中的方向走去。

十年的时间，瑞阳发生了翻天覆地的变化。街道变了，公交站变了，学校变了，人也变了。

唯独墓园，一如当年。

说来讽刺，齐素这辈子最恨的人就是曾雨芙和卞桃母女，甚至就连她的死亡都间接源于卞桃，可笑的是她最后却连死，都无法逃离她们。

墓碑上的照片已经褪色，活在记忆中的狰狞面容，透过泛黄的黑白照竟然显现出几分不可思议的温柔。

陶白把花放到墓前。

清风卷起两旁枯黄的落叶，暖阳藏在云层中，吝啬一丝光亮。

陶白站在墓前久久未开口。说恨，却是没有的。

她对齐素从来没有恨，只是从期望到失望，这么一个过程而已。

没有哪个孩子会不想得到母亲的疼爱和关怀，她也想，只是她在一次又一次的失望中渐渐看明白了，灰心了，不再期待母亲了。不恨她，只是不再期待了。

但是真的不期待吗？如果真的不期待，就不会站在这里了。

陶白在齐素墓前站了两个多小时，在太阳落山之前，转身离开了这里。

从来到走，墓前多了两束花和一片寂静。

陶白到走都没有开口说过一句话，她不知道能说什么，面对冷冰冰的墓碑，她一句话都说不出来。

齐素的墓很干净，祭品齐全，与她所想，相去甚远。

陶白在离开前问了守墓的人，从他那里知道，从去年开始每周都有专人过来扫墓，十年间无人问津的地方成为如今来人最勤的一处。

陶白听完，心中百般滋味皆有。

谁会来呢，还有谁会来呢。

许斐从未在她面前提及过她的父母，却在私下安排了扫墓人每周来齐素的墓前打扫，更换祭品，替她尽孝。

如果她没有回来，就永远不会知道。

下山时，原本还算晴朗的天突然阴沉下来。不过片刻，豆大的雨珠从半空坠落，落在玻璃上，溅起点点水花。

陶白从上车后就没有说话，靠在椅背上偏头看着窗外的风景。

许宪也感觉到了气氛沉重压抑，车开得又慢又稳。

骤变的天气和气氛让许宪有些拿不定主意接下来该去哪儿，直到下了山，他开始往市区开去，后座沉默了许久的陶白才开了口："去华兴监狱。"

陶武收到探监消息时，整个人有些没反应过来。

几个平时和他关系不错的狱友连忙推了他一把道："愣着干什么？快去啊。"

都是十多年的狱友了，谁不清楚谁的情况。这些年来了新人也走了旧人，在外面再混账再不是东西的人进来改造，每年最少也有一次亲人来探监。只有陶武，十多年了，就没见谁来看过他。

说实话，他们都觉得他挺惨的。

陶武放下手头尚未做完的事，拍了拍手，沉默地看着前来通知的狱警。

"走吧。"狱警转身就走。

陶武站着没动，他那几个狱友比他还着急，一人推他一下道："你傻了啊，赶紧去啊，别待会儿人走了。"

狱警走到门口见他还站着没动，耐心地站在原地等他跟上。

陶武这些年在里面表现不错，不打架不闹事，老狱警都认识他。

他在里面确实很安分，块头又大，长得又凶，还真没人敢欺负他。

陶武在原地愣了半天，最后还是跟着狱警去了。

空旷的走廊只有狱警的皮鞋踩在地上的清脆声，陶武沉默着跟在他身后，双手垂在身侧，宽大的手掌竟有些不由自主地微微颤抖。

狱警把门打开，侧身让他进去，说道：“时间有限，别磨蹭。”

陶武对他点了点头，迈步走了进去。

陶白端坐在椅子上，目光从门开后，就一直没有从他身上移开，看着他慢慢走过来，看着他坐下，看着他坐下后仍微微低着的头。

这个人曾是她不可跨越的大山，可当大山在她面前轰然坍塌，她竟感觉不到一丝开心和放松，有的只是无尽的茫然和无措。

跨越大山，和看着它坍塌，完全是两码事。

陶武老了，两鬓染了白霜，凶狠的五官也带了岁月的痕迹。当年让陶白觉得害怕的气势已经荡然无存，他就像一头垂垂老矣的狮子，再也没了昔日的威风。

陶白拿起了手旁的电话机，耐心等待着。

过了很久，陶武终于抬起了头。

他有些缓慢，带着几分犹豫地拿起电话机，慢慢放到了耳边。

一窗之隔，父与女，相顾却无言。

时间流逝，探监时间有限，狱警敲了两下门。

陶武喉结上下滑动，声音有些干涩地开了口问道：“你怎么来了？”

陶白轻声道：“来看看你。”

“有什么可看的？没什么好看的。”陶武没有看陶白，视线也不知落在何处。他其实已经有些快要认不出她了，陶白变化太大，大到他在第一眼看见她时，甚至有些不敢认。

她看起来过得很好，这就够了。

“其实是有件事想和你商量，想听听你的意见。”陶白突然说。

陶武这下抬起了头。

他看见陶白在对他笑，从陶白出生到现在，他从来没有见过这个孩子对他笑得这么灿烂，他一时有些愣怔，问：“什么事？”

“关于妈妈的事……”陶白看着他的双眼，轻声道，“我想给她迁坟。”

如果说曾经陶武和陶白的矛盾是卞桃，那如今，父女间最深最无法愈合的伤就是齐素。

陶武果然变了脸色。

“如果就连死亡都无法逃离那对母女，我想她真的会死不瞑目。”

当年陶武失手害死了齐素，他在去自首前，把家里的积蓄全部给了陶白，陶白在小区保安叔叔和几个邻居的帮助下给齐素办了后事，可直到齐素下葬安眠后，她才知道卞桃也葬在了那座墓园。

两座冰冷的墓碑，一前一后，相隔不过数米。

这些陶武都不知道。

他在牢里这些年，没人来看过他，他对外面的事一无所知。他不知道齐素如今葬在哪里，更不知道陶白放弃了学业，孤身一人远走他乡。

“妈妈的心情你应该最了解，她喜欢的和讨厌的，没有人比你更清楚。”陶白看着他，每一句话都像一把软刀子插在了陶武心间，“她有没有在梦中告诉过你，她不想住在那里，她不想看见卞桃，不想看见来给卞桃扫墓的曾雨芙，她不想看见害得她家庭不睦，甚至因此付出生命的那对母女。

“她，告诉过你吗？”

陶白以为自己在面对陶武时能够很平静，可当她提到那个名字，她藏在内心深处的不忿和怨怼依旧折磨着她。

她开始理解郁娟为什么说有遗憾的人生是不快乐的，她确实不快乐。因为她对父母从来没有真正地释怀过，她依旧在意陶武为什么宁愿喜欢别人的女儿也不喜欢她，她依旧在意自己到底是不是被期待着出生，否则他们为什么能忽略她至此。

她这辈子已经无法从齐素口中知道答案，但是她能从陶武口中知道自己想要的。

陶武的脸色在一瞬间变得极为难看，陶白毫不回避，直视他凶狠的眼。

她想看看他在害死了齐素后，还会不会像当初一样，每当她提及那对母女，都会用暴怒和恶劣对待她。

她想看看曾雨芙母女在他心中，是否就真的那么重要，重要到能超越齐素的死亡。

陶白紧紧地看着他，却只看见陶武握着电话机的手慢慢收紧，力道大得能看见凸出的指骨。

她有些失望地移开了眼。

“你想给她迁去哪里？”半晌后，陶武哑着声开了口。

齐素告诉过他吗？齐素不愿意告诉他。

这么多年了，她吝啬得连一次都没有出现在他梦中。

“离开瑞阳。”

“不行。”陶武一听，眉心就皱了起来。

“为什么不行？瑞阳有什么好，有什么值得她留念的？这里带给她快乐了吗，这里有她不能忘怀的人吗？”陶白用最轻缓的语气说着最残酷的事实，“都没有。这里没有值得她留恋的和不能忘怀的人，这里也没有带给她丝毫快乐，有的只是无尽的痛苦和一个并不爱她的男人，不是吗？”

所以，为什么不行？你告诉我，为什么不行？

陶武却只是重复：“不行，不能离开瑞阳，你想迁去哪里都可以，但不能离开瑞阳。”

陶白一脸冷淡道：“你从来都这么自私，人活着时不放在心上，人死了还拘着不让离开。”

陶武垂在身侧的手攥成了拳。

陶白忽然觉得十分疲惫，她靠在椅背上，视线穿过他，落在他身后的虚空：“我一直想知道……这么多年了，你后悔过吗？”

他们明明可以有一个幸福美满的家，齐素真的对她好过，在陶白的记忆中，她也有过温柔的母亲，她的母亲也曾把她抱在怀中轻哄，齐素的疯狂是在陶武一次又一次的欺骗和忽视中渐渐导致的，但她一开始……真的是一个好妈妈。她也有过疼爱她的妈妈，她有过。

“你为什么就不能对我们好一点儿呢？”陶白说出这句话时，双眼已不知不觉蒙上了一层水雾，“如果你对我们好一点儿，她就不会死，陶白也会有妈妈，我们的家就不会散。你以前为什么就不能对我们好一点儿呢，为什么不对我们好一点儿……”

陶武听得心脏抽痛，他垂在身侧的手不由控制地颤抖着。

后悔吗？他问自己后悔吗？

如果他一辈子看不清，那他到死都不懂什么是后悔。

可他看清了，齐素用生命彻彻底底教会了他什么是后悔。他忽略了齐素一腔飞蛾扑火的爱，也忘了如今与他一窗之隔的人是他陶武的女儿。

其实那天晚上他对齐素说的话是真的，那是最后一次，真的是最后一次，他回来后再也不走了，他回来后他们一家人好好过。可他说过太多谎，他的太多保证被他一次又一次亲手碾碎，所以老天都不愿再相信他。

所有人都以为他爱曾雨芙，连他自己都以为他爱着曾雨芙，可狱中十年，他除了活着，无数次回想过往，每每想起，他只觉得荒唐可笑。

是他太自以为是，还是曾雨芙太会哄骗人，把他陶武这辈子骗得团团转？

骗得他亲手把自己的妻女一个推向死亡，一个推离身边。

陶武连一声“对不起”都说不出口，不是因为面子，不是因为在陶白面前低头让他觉得难堪，而是太轻了，“对不起”这三个字毫无重量，和曾经对陶白的伤害相比，这三个字轻得可笑。

他曾经总说陶白胆小，成绩不好，不爱说话，小孩子喜欢的东西她都不喜欢。她孤僻寡言，不喜欢撒娇，不喜欢零食，不喜欢玩偶，只喜欢脏兮兮的木头和能伤害人的利刃。

可他后来才明白，她的每一个不喜欢都是他的不耐烦和忽视造成的，她在一次又一次的失望害怕中已经不敢去喜欢了。

因为喜欢没有结果，因为喜欢得不到。

可又有哪个小孩子会不想对父母撒娇，去讨要喜欢的玩具、甜甜的糖果？

陶白在还是孩子的年纪，被他亲手变成了大人。

陶武心里明白，“对不起”三个字，他已经没有资格说出口，因为无法被原谅。

如果齐素还在，让他付出生命，他都愿意去挽回。可齐素不在了，陶白的母亲被他亲手推向了死亡，他也亲手将他的后半生推入绝境。

他已经不配说“对不起”，也不配挽回。

“你妈妈在怀你的时候很辛苦。”陶武沉默了片刻后，抬头看着陶白突然说，“但也很高兴。”

陶白一下子握紧了电话机。

“怀你的前三个月，她吐得很厉害，什么都吃不下，天天发脾气，一发脾气就戳着肚子叫你‘小闷崽’，说你以后一定是个不爱说话的孩子，怎么和你说话，你都不理她，也不踹踹她。”二十多平方米的探视间里只有他一个人的声音，又低又沉，带着岁月的沧桑和一丝说不清道不明的怀念。

“每次我都和她说你还小，还不会动，她总不信，天天晚上坚持和你说话，后来不知道从哪儿听说了胎教，就买了一部收音机每天放歌给你听，直到第一次胎动，她高兴得差点儿从床上摔下来。

“怀孕五六个月的时候，她就给你准备了好多小衣服和玩具，天天想着等你出来怎么陪你玩儿。她说要努力工作，要给你最好的生活，让你念最好的学校，让你成为我们家最有文化的人。

“她每天都在期待着你出生。”

回忆往昔，那段在出租屋的时光竟成了他一生中最幸福的日子。他看着陶白那张和齐素七分相似的脸，眼中噙着泪，却笑了。

“你和你妈妈年轻的时候长得很像，如果她看到现在的你，一定会很高兴。陶白，她很爱你，你别恨她。”

陶白喉咙发酸，仓皇地垂下了头。

她在父母常年的忽视和谩骂中唯一执着的不是怨恨，而是自己到底是不是被他们所期待的。

陶武却告诉他，齐素是爱她的，她是被期待的。

她下意识伸手，抚了抚自己那一头长发。

身体发肤受之父母，她曾在最难过绝望时，当着齐素的面把那一头长发剪掉，拿剪刀的那短短十几步，她每一步都像踩在刀尖上，痛得她快要死掉。

可头发剪掉了，还会长。

只要她活着，就还会长。

如果她明白母亲所代表的意义，那她就懂得，有些东西永远断不掉，割舍不了。她的生命是由齐素给予的，她身上流着她的血，所以她对齐素一直藏有期待。

一个女儿对母亲的期待。无论曾经经历过什么，无论齐素曾经是否忘了陶白是她的女儿，至少在最初，齐素爱过她，她是在她的期待中降临人世间的，这就可以了。

对陶白来说，这就可以了。

她忽然感觉内心一片轻松，就好像有一块她未曾察觉的巨石悄然从她的生命中消失，这种感觉大约就是释怀。

陶白被母亲期待过，她曾被期待过。

陶武自知“对不起”三个字毫无重量，陶白也知道她和陶武的父女关系在齐素死亡的那一刻就彻底终结了。无论陶白恨不恨陶武，无论她是否释怀曾经的不公，陶武说不出对不起，陶白也已经不在乎原谅。

“还有几年？”陶白没头没脑问了一句。

“两年。”陶武却明白她在说什么。

还有两年，陶武就要刑满释放了。

“我会给妈妈迁坟。”陶白没有看瞬间有些着急的陶武，轻声说，“南山在前两年建了一座墓园，背靠大山，远离市区，风景好，也安静。”

过了许久，陶武才哑着声说：“谢谢。”

探监时间已近尾声，从头到尾，陶武没有对陶白说过一声“对不起”，却在陶白间接表示不会带齐素离开后，说了“谢谢”。

他知道，如果陶白真的要带走齐素，他根本没有资格，也没有立场反对。

陶白成全了他的“不行”，也算成全了他们父女最后的血缘情分。

陶白最后看了陶武一眼，在离开之前，问了一句话。

这句话让陶武愣在当场，久久没有动弹。

“你爱过妈妈吗？”

陶武，你到底爱过齐素吗？

爱过那个为了你，甚至忘记了她的小闷崽，在这段感情里备受冷落和痛苦也没有离开，那个为了你飞蛾扑火的女人吗？

陶白没有得到答案。

只是在两年后，南山墓园多了一个守墓人，一守就是一辈子。

## （三）

从监狱出来，外面天已黑沉如墨。

陶白从包里拿出手机，刚一开机，无数条短信与未接电话蜂拥而至。

还未来得及有下一步动作，手机就响了。

陶白看着来电人，太阳穴顿时跳得厉害。

她几乎是带着赴死的心情点了接通键。

“陶小白！”电话一接通，秋生喷火的怒吼声差点儿没隔着大半个城市，把陶白烧成小火人，“你终于舍得接电话了？！”

陶白十分心虚道：“秋生，晚上好。”

“我不好！我现在浑身上下没有一个地方好！”秋生咆哮，“你什么意思？啊，你什么意思？陶小白你告诉我，你什么意思？你回瑞阳不告诉我就算了，居然还让我从别人的口中得知你回国了。我的这颗心啊……简直痛到滴血。”

蔺情双腿交叠坐在沙发上，面无表情地看着那个捂着心脏、一脸痛心疾首的著名表演系毕业的资深戏精。他推了推鼻梁上的眼镜，翻了一页手中的中医书。

陶白捏了捏眉心，她就知道，加严曼可微信时她就知道秋生要生气。

她原本打算等自己的私事办完，再告诉秋生她回来了，可哪儿想到居然会在街上遇见严曼可。

陶白绞尽脑汁哄她：“对不起秋生，我……我给你带了礼物。”

“哼。”秋生冷哼，“瞧你这话说的，秋生是这么没有立场的人吗，会在乎区区一个礼物？”

过了两秒。

“是，我就是这样的人，哈哈哈哈。”秋生直接冲到沙发旁，抱着蔺情的脑袋在他脸上亲了一下，抓过一旁的包就往玄关跑，“你现在在哪儿？我去找你。”

她趿拉上高跟鞋，回头又给蔺情飞了几个吻，然后头也不回地开门溜了。

许宪把陶白送回酒店，还未下车，陶白就看见了秋生。

秋生挎着包站在酒店门口，不时往路口瞅两眼。

陶白站在车门旁朝她挥手道：“秋生。”

秋生听见声音回头，然后大叫一声冲过来：“让我瞧瞧，这是哪个小混蛋啊！”

小混蛋张开双臂接住她，两人抱成一团。

“陶小白我跟你说，你可真是太会气人了。”小姐妹亲亲密密抱了一会儿，秋生放开她，满脸不高兴，“你知道严曼可在群里 @ 我，说你回来时，我有多……吃惊吗？”

不是生气，是吃惊。

当年陶白是带着怎样的心情离开的瑞阳无人得知，但秋生知道这个地方对她而言，定然没有留下什么好的回忆，至少和甜蜜的回忆相比，痛苦要居多。

但是陶白现在回来了，她回来了。她彻底和过去的自己和解了。

秋生倾身又抱住了她，情不自禁有些哽咽：“欢迎回来，陶白。”

陶白额头抵在她肩上，她知道秋生懂她，秋生什么都懂。

“谢谢。”

秋生伸手在她后背轻轻拍了两下，平复好情绪后，她咧嘴笑得眉眼弯弯：“好了好了，为了庆祝你回瑞阳，秋生姐姐请你吃晚餐，陶白妹妹你想吃什么？”

陶白最近听多了“妹妹”这个称呼，如今已经适应良好，她笑道：“想吃火锅，行吗，秋生姐姐？”

这大晚上的火锅店都关门了，但秋生姐姐是个神通广大的姐姐，一个电话打出去就搞定了。

陶白对她竖起大拇指。

秋生非常得意，摇头晃脑道："大胡子的一个病人开的火锅店，我是超级 VIP 客户，全天二十四小时对我营业。"

陶白就喜欢她得意的小模样，特别可爱，道："秋生真厉害。"

"那当然！嘿嘿，其实是他指望着我替他求情嘛。"秋生挽着她胳膊，"现在不听医生话的病人太多太多了，我家大胡子脾气又臭又倔，不听话就不给治，这不曲线救国就来求我咯。"

一路上，陶白就听她花式夸赞蔺情的医术有多厉害，找他的病人都预约到了明年。

到了火锅店，老板已经在二楼靠窗处给她们开了锅，菜品酒水摆了满满一桌。

秋生没和他客气寒暄，老板和她们打了声招呼，便下了楼。

她们坐下后，陶白这才有时间看一眼微信。

秋生就坐在她旁边，见她一直划拉屏幕，小脑袋凑了过来。然后，她指着聊天框顶端那个群名为"一中 ×× 届群魔乱舞"的同学群。

她连声啧道："这群人疯了吧，大晚上不睡觉这么能'水'。"

陶白点头，随后退出了微信，把手机放到一旁，涮了一片毛肚，放进秋生的蘸碟里。

"群里正在组织同学聚会。"秋生夹起来吃掉，"淘淘你去吗？"

陶白笑着摇摇头道："我就不去了。"

高中那两年的短暂时光，除了秋生，她就只有在高二下半学期和余航与林嘉木稍有往来。她不知道别人的同学聚会是怎么样的，至少，她青春里仅有的几个可以回忆的人她都有联系。

那些曾经的同学于她而言，不过是一起待过几年的陌生人。

学生时期不曾往来，成年了自然也没有可以追忆的过往，聚什么呢？

秋生点点头，放下筷子。

她托着腮帮子，看着陶白道："其实同学会蛮无聊的，就是吃吃喝喝再唱唱歌吹吹牛，然后说说谁混得好，谁混得差。说到底，同学相聚的目的一点儿都不纯粹，就是一群成年人在互相攀比。”

成年人的世界，自然有一套生存法则。

这些都是很正常的社交现象，就看你愿不愿意顺势而为。

陶白用公筷往秋生碗里夹了一片肥牛，淡声道：“所以不想去。”

秋生笑眯眯地看着她，没有再聊这个话题，转而问道：“这次大醋王怎么没有和你一起回国啊？”

陶白正巧回了大醋王一条消息，闻言失笑道：“我说这个外号到底是从谁嘴里出来的？哪里就这么夸张了。”

如今就连苟旭和夏生一提起许斐，张口闭口就是“哎那个醋王”怎样怎样，真是闹得人哭笑不得。

许斐哪里就那么……嗯，好像是有一点儿。陶白想想，自己都笑了。

这个外号当然是从秋生嘴里出来的，但秋生不说。

“你家那位占有欲多强，你自己心里没点儿数啊。”秋生说着翻了个白眼，“斐哥防男人也就算了，连我都防。我不管，今天晚上我要去酒店和你睡一个被窝，你自己看着办吧。”

“你家蔺先生同意啊？”陶白不甘示弱地回击，要说占有欲，蔺情和许斐不相上下，连秋生想去 M 国找她玩儿两天，蔺情都不同意。

因为年纪轻轻，便医术卓绝享誉四方的蔺中医脱不开身，偏又离不开小女朋友。

半斤八两，半斤八两啊。

“有他什么事。”秋生一拍桌子，“我想跟谁睡就跟谁睡，不惧他。”

“你有本事当着他的面说。”陶白看着她身后，声音越说越小。

秋生嚣张的表情一窒，心里十分震惊，心想不会吧，这都能追来。她忙改口道：“不，我没本事，我说着玩儿的，我只跟他一个人睡。”边说边扭头，结果后面空无一人。

“陶小白！！”

陶白乐得不行。

这顿火锅吃了两个多小时。

秋生没问陶白为什么回来，陶白也没说为什么回来。

夜色深沉，天空中繁星点点，楼下的街道上，偶尔响起的鸣笛声都像一曲无规则的乐章，莫名让人心情愉悦。

秋生一个高兴就喝多了，她整个人晕乎乎地趴在桌上，抓着陶白的手腕嘀咕："淘淘，你回来了啊。"

陶白也趴在桌上，和她脑袋挨着脑袋，看着楼下霓虹闪烁的街道。

"嗯，我回来了。"

"回来好，瑞阳是家嘛，再不好也是家，感情不一样。"秋生胡乱地伸手，三指虚搭在她的手腕脉搏上，"来，让半吊子秋生给你把把脉，庆祝你回瑞阳。"

陶白知道她是彻底醉了，轻笑道："哪有人这么庆祝的？"

"秋生啊，秋生就这么庆祝。"她迷迷糊糊地说，"最近大胡子在教我把脉，学不会就亲我，气死我了……秋生为了不被他的胡子扎嘴就使劲儿学啊学，以后秋生就是咱们瑞阳最牛的女中医了！排号都要排到关丘去！"

"嗯，秋生以后一定是瑞阳最厉害的女中医。"

醉得都开始说小两口的私密话题了。

秋生乐不可支，费了半天劲儿，才把三个指头摆好道："寸关尺，淘淘懂不懂什么叫寸关尺？我跟你说电视里那些神医都是骗人的，他们把脉只用两根手指头……那是错的。"

"嗯。"陶白偏头看着小醉鬼，"他们是错的。"

小醉鬼就爱别人顺着她，小鸡啄米似的点头道："对，他们是错的，我才是对的。"

她表情神秘莫测地搭着陶白的脉搏。

陶白再次偏头望向窗外，夜空中，机翼闪着红色的亮光飞向远方。

见此，她突然就有些想念那个远在大洋彼岸的男人了。

许斐本来说要陪她一起回国，但被她拒绝了。

想起他在机场沉着脸不高兴的样子，陶白没忍住轻笑了一声。

想他了啊。

“淘淘你这脉象……”半吊子女中医秋生秀眉紧蹙，三根手指挪啊挪，紧了又松，松了又紧，按了一会儿眉头越皱越紧，“不太对劲儿啊……”

陶白喝了点儿酒，此时想着许斐脑子有点儿晕，没太听清楚她在说什么，反而点开桌上的手机给许斐发了条信息。

**想你了。**

许斐几乎是秒回。

**不让我回来。**

还闹上小脾气了，陶白轻笑，一连发了两条。

**让。**

**现在让了。**

许斐没回复了。

陶白等了一会儿，又戳了戳毫无反应的手机，他还是没回。

这个小气的男人！

“淘淘。”半吊子女中医哆哆嗦嗦松开了她的手。

陶白心不在焉地“啊”了一声，咬着唇猛戳没有反应的手机。

许总啊许总，你工作那么忙，怎么可以任性地跟着我跑，那么多个家庭还指望着你吃饭呢。任性，小心眼，还不回我信息！

秋生缓慢地扭头，看着她结巴道：“你这个像是喜……喜脉啊。”

陶白戳手机的手一顿，茫然扭头。

“喜什么？”

“脉啊！”秋生猛地一拍桌子。

见她还没反应过来，秋生直接吼：“我要当干妈了啊！”

陶白猛地瞪大了眼，秋生和她互瞪。

“你再说一遍？”陶白掰开她的三根手指往自己手腕上放，“不，你再把一遍。”

陶白这辈子一次都没有怀疑过秋生，唯独现在，她怀疑秋生在逗她。

怎么可能，这怎么可能……

她和许斐结婚快两年了，婚后没有做过任何避孕措施，可就是怀不上，就是没有。

她甚至在许斐出国出差时，偷偷背着他，去医院做了两次身体检查，检查结果一切正常，可她还是怀不上。

郁妈妈看出她心中藏有无法释怀的遗憾，说她如果自己都在害怕成为一个母亲，那她的孩子又怎么愿意降临。

在今晚，几个小时前，她知道了她也是在母亲的期待中降生的，她唯一的执念终消，她觉得自己能够成为一个好母亲。因为她也在期待她的孩子。

她能成为一个好母亲，她不会忘了去爱她的孩子。

所以她的孩子愿意来了吗？

秋生虽然是个半吊子，但她家蔺先生不是。蔺先生是特别厉害的中医，秋生深得他的真传，秋生一定没有把错脉。

秋生想说我肯定是要当干妈了，我一定没有搞错，可看着陶白发愣的模样，她一把抓着她的手腕起身道："走，咱们找个厉害点儿的再瞧瞧。"

厉害的蔺先生刚一个人冷冷清清吃完晚餐，正准备给那个在外面乐不思蜀，不知道回家的人打电话询问一下行踪，门就开了。

秋生还没进门，便扯着嗓子吼道："老头子你快来啊，我们有急事找你。"

风华正茂的儒雅男人放下手中的手机，抬起眼皮道："在这儿，什么事？"

秋生火急火燎推开门，小心翼翼地牵着陶白进屋道："小心点儿，小心点儿，别，别，别，不用换鞋了就这么进去吧。"

她赶紧拦住陶白弯腰换鞋的动作，跟扶老佛爷似的，扶着她小心进屋。

蔺情看了秋生两眼，随后看了看陶白的脸色，心中已有猜想。

他对陶白笑了笑，起身道："欢迎。"

这是陶白第一次来秋生的家，却没有带上门礼，故而十分不好意思道："蔺先生，打扰了。"

蔺情摇摇头，去给她倒了一杯温开水。

"老头子你过来，过来给淘淘把把脉。"秋生习惯性叫出他们私下称呼对方的爱称，小手猛招，脸上带着掩饰不住的喜悦，"快点儿快点儿，我不太确定啊，你帮我瞅瞅。”

蔺情洗干净手，慢条斯理地抽了张面巾纸擦拭水渍，然后在秋生急不可耐的怒视中慢悠悠走了过来道：“你这急躁的性子，什么时候能改改？”

秋生轻轻撩起陶白的衣袖，双眼亮晶晶地看着她的手腕，仿佛里面藏了个娃道：“你这磨磨叽叽的性子才应该改改。”

蔺情懒得理会她，白皙有力的手指按在陶白的手腕上，面色沉静。

一秒，两秒，三秒……

或许是这一切来得太过戏剧化，陶白始终有种不真实感。

被秋生拉出火锅店，坐了二十分钟的出租车，然后坐在秋生家的沙发上，手腕上搭着蔺先生的手指被他号着脉。

这一切都让她全程有些不在状态，总觉得是秋生跟她开了一个玩笑。

然而这个玩笑，却碎在蔺情带笑意的道贺声中。

“恭喜，已经一个多月了。”

陶白的表情有一瞬茫然，她怔怔地看着秋生欢喜地扑到蔺先生怀里，然后满眼喜悦地看着她。

一个多月了？

她……怀孕了？

在一个她想都没想过的时期，以这样喜剧的方式来到她的生命中？

宝贝，你会不会太调皮了点儿？

她下意识伸手抚了抚尚且平坦的小腹，抬头看着秋生问道：“秋生，这是真的吗？”

“哈哈哈，这当然是真的。”秋生高兴地跳了起来，“天啊天啊，我也要抓紧时间怀一个，当什么干妈呀，我要当你宝贝的另一个妈。哈哈哈，我也要生一个！”

蔺情原本起身准备离开，听见这句话，他脚步一顿，悄无声息点了点头，这个可以。

知道自己怀孕了是种什么感觉？

陶白觉得自己除了震惊和发蒙，并没有其他感觉。

秋生本想让她留宿，陶白虽然处于震惊状态，智商却坚强在线，她可受不了蔺先生的眼神。

她婉拒道："秋生，我的行李都在酒店里。"

秋生盯着她的肚子，面带陶醉道："这么晚了，你一个人打车太危险，我不放心。"

"没事的，我打电话叫人来接我。"

"我还是不放心我女婿。"

"……"陶白拎着包起身。

秋生盯着她的肚子，一副丈母娘看女婿越看越满意的样子。她去书房把蔺情叫出来，豪气万丈挥手道："老头子，走，咱们一起送亲家回酒店。"

蔺情还真就转身去抽屉里拿车钥匙。

陶白一脸无奈地看着他俩，这娃娃亲会不会订得太随意了，现在讲究自由恋爱啊。

而且……她低头看了眼肚子，说不定里面装的是一个漂亮小公主呢。

总之，无论陶白怎么拒绝，她的两个"亲家"亲自把她送回了酒店，再亲眼看着她进了电梯，才满意离开。

从电梯出来，陶白按亮手机，找到许斐的电话号码。

顿了片刻后，她还是点了返回。摸出房卡，开门关门。

站在昏暗的玄关，陶白看着落地窗前与月光共舞的纱窗，背轻轻往后，靠在了有些冰凉的门上。

她低头看着肚子，略带小心翼翼地伸手碰了碰。不知是不是心理作用，她老觉得里面有个小东西在回应她。

陶白有些严肃地抿着唇，然而严肃的表情没有维持三秒就崩塌了。

她伸手戳了戳肚子道："你怎么这么调皮？"又戳了两下。

"好了，知道你委屈，你才没有调皮。"说着说着，她就笑出了声。

当一个人身处安静的环境时，那些被压抑的兴奋就像困兽挣脱牢笼，张牙舞爪地扑了过来，高兴中带着些许不知所措。

她要当妈妈了，她真的要当妈妈了。

陶白缓慢地蹲下身，双手捂着脸，笑声从指缝中溢出。笑着笑着，她又觉得想哭。

她能当好一个母亲，她一定能当好一个疼爱孩子的母亲，她不会遗忘他，不会忽视他，会把所有的疼爱都给他。

谢谢你愿意来，宝贝。

她慢慢站起身，从包里摸出手机，点开许斐的电话，这次直接点了拨通。

手机响了十几声，依旧无人接听。

她举着手机，终于有些不高兴了："不接电话，你可不要后悔啊。"

"嗯？"一道低沉的男声在前方响起，"现在接还来得及吗？"

陶白的表情一僵，抬头看向发声处。

许斐靠在卧室房门上，他穿着一件在黑暗中极其显眼的白衬衣，英俊非凡的脸上带着温柔的笑，手中还拿着闪着荧光的手机。

"我后悔了，麻烦许太太再打一次。"

陶白震惊到结巴："你，你怎么在这里？！"

"你让了。"许斐低头在手机上点了几下，调出他们的聊天记录，举到她面前。

想你了。

不让我回来。

让。

现在让了。

"你……"陶白向前走了几步，许斐笑着伸出双臂，把她抱进怀里。

怎么可能就这么让她一个人回来？

哪里就放心让她一个人回来？

"你什么时候回来的？"陶白从他怀里挣脱，气得在他肩上拍了两下。

"比你晚几个小时。"许斐伸手把她垂下来的发别到耳后，低头在她唇角亲了一下。

陶白瞪他。

"别生气。"许斐抱着她哄，"会想你。"

如果她不让，那他就当没有回来过。怎么从她身后回来，就怎么从她身后回去，绝对不让她发现。

她让了，他就会立马出现在她面前。

许斐仔仔细细地打量她的脸色，见她眉宇之间并无失落等负面情绪，甚至看起来心情颇好，他才终于放下了心。想来这趟旅程的结果并未让她失望。

“我生气。”陶白推开他，把外套脱了，绕开他往卧室走。

“真生气啊？”许斐挑眉，跟在她身后。

把外套丢到一旁，陶白坐在床上看着他，眼角眉梢都带着一股让许斐莫名的情绪。

“本来有个好消息想在电话里告诉你。”陶白晃动着高跟鞋，高跟鞋在主人愉悦的轻踢中落在了地上，“但是有些人啊，他不接电话。”

许斐蹲在她面前，抓住她的双手，仰着头轻笑道：“那能不能当面说啊？”

“不能。”陶白伸手在他脸上戳了两下，“你出去，我要给你打电话说。”

许斐抓着她的手不放道：“许太太，通融一下。”

“不能。”许太太一脸严肃，态度非常坚决地抽回手，指着外面，“许太太要在电话里说。”

许先生颇为无奈地起身，只能拿着手机出去了。

他走到客厅沙发前，坐下后朝着大开的房门说了声“好了”。跟玩游戏似的。

不过两秒，手中被关了静音的手机亮起，来电人的照片占据了整个手机屏幕。许斐摇头轻笑，点了接通。

手机放在耳边却半天没有声音，他看着亮着壁灯的卧室方向，低声叫道：“淘小淘。”

“嗯。”

“听说你有一个好消息要在电话里告诉我。”

“是有一个好消息。”陶白看着外面，伸手轻抚肚子，明明笑意已经快要藏不住，偏偏语气严肃得吓人，“身为我老公的你，还是有必要知道一下的。”

“嗯，洗耳恭听。”许斐眼含笑意。

“你喜欢男孩儿还是女孩儿？”陶白突然问。

话题直接转了个弯儿，许斐一时有些愣怔。

关于孩子的话题他们其实很久之前讨论过，不过很显然，夫妻俩对于喜欢男孩儿还是女孩儿这件事的意见，这辈子都不可能统一。

许斐喜欢女孩儿，最好长得像她。

陶白喜欢男孩儿，最好长得像他。

许斐几乎是下意识开口，坚持己见道：“女孩儿。”

但为防未来假如一不小心生了个儿子，他连忙补充：“男孩儿也可以。”

也可以，非常勉强地回答了。

“那名字想好了吗？”陶白在电话里轻声问。

许斐已经敏锐地察觉出一丝异样，他的心脏在一瞬间跳得极快，人已经不由自主站起了身，试探着说：“想好了。”

“男孩儿叫什么？”

“许白。”

“女孩儿呢？”

“许白白。”

“……麻烦你亲自进来对你的崽说，我觉得他已经开始有意见了。”

## 番外五

# 许白小朋友的自述

许白还没出生，就开始对他爸完全不上心取的名字很有意见了。

这表现在什么地方呢?

他和他爸的第一次见面，那时他大概连小豆丁儿都算不上，还躺在他妈妈肚子里。他爸一靠近，摸着他妈妈的肚肚叫了一声“许白白”，他立马就是一个小脾气，闹得他妈妈当时就摸着肚子说儿子不高兴了。

是的，你儿子不高兴了，你儿子不满意这个名字。

“是许白。”他听见他妈妈说。

许白我也不是很满意啊。

于是他又表示了一下不高兴。

“是许白白。”他爸爸说。

“是许白。”他妈妈说。

好么，你们一点儿都不重视我的意见，不想理你们了!

我这一个不理就是好几个月，直到有一天我爸爸偷偷摸摸贴着妈妈的肚肚叫我“许白白”，我再也控制不住我的小肉腿，隔着肚皮，狠狠地蹬了我爸爸一脚。

这一脚蹬坏了，直接把我妈妈蹬醒了。

这两个没见识的小夫妻就这么一晚上不睡觉，摸着肚肚叫我再蹬蹬他们。

呵，想我蹬你们呀，那你们不要叫我许白白啊。

可能是被我有力的腿功惊到了，我爸爸和我妈妈就此展开了我到底是“许白”还是“许白白”的争论。

最后，当然是我妈妈赢了，我爸爸怎么可能争得过我妈妈？

等我爸爸叫我“许白”时，我一个高兴没忍住就蹬了他一脚，表示对这个名字有五分满意。

虽然日子很无聊，但我还是很高兴，因为我妈妈超爱我，她每天都要给我讲好多小故事。

当然，我听得最多的就是她和我爸爸的故事。

我爸爸和我妈妈的故事我听得特别生气，为什么呢，因为我那个傻子爸爸当年竟然把我妈妈认错了！

妈妈说她和爸爸是在网上认识的，他们网恋。

哎呀，网恋是什么啊？我怎么听不太明白呢。

“其实也算不上网恋。”这晚，我妈妈又开始给我讲她和爸爸的故事了，语气还有些惆怅，“是你妈妈我单恋啊……”

所以单恋又是什么？我还是听不明白。

“你爸爸那时候可受欢迎了。”我仿佛闻到了一丝酸味，“可多小姑娘喜欢他了。”

那他还不是最喜欢你嘛，所以你最厉害了。

可能隔着肚肚，妈妈没有接收到我的安慰，她还是很忧伤地喋喋不休。

我爸爸有次偷偷和我说，自从有了我，妈妈变得有些情绪不稳，时常暗自忧伤，让我不要在晚上蹬她，让我对妈妈好一点儿，要疼她。

我可听话了，妈妈没有主动让我蹬她，我都乖乖窝着不动的。

“有个妈妈特别讨厌的女生也喜欢你爸爸，哎呀，妈妈真的好生气。”

真是，我听着都气死了，可替我妈妈气了。

蠢爸！

“然后我很久没有理你爸爸。”

是，就该晾着他！

“但是妈妈不忍心啊，看着你爸爸难受的样子，心就跟被刀割似的痛。”

刀割，那是有点儿痛哈。

“然后妈妈就在公交站台，陪了你爸爸几个小时。”

哼，他不配。

“你爸那个蠢啊……”

是挺蠢的。

每次妈妈这么说，我就知道她的故事要结束了。

因为她的结束语每次都是“你爸那个蠢啊”。

晚上等我妈妈睡着，我爸爸就偷偷摸着小肚肚问我：“妈妈今天是不是又说爸爸坏话了？”

我轻轻蹬了一脚表示是的。

“轻点儿，别把妈妈吵醒了。”

于是我又轻轻蹬了一脚，表示知道了。

“是不是又说爸爸蠢了？”

哈，蠢爸，你很有自知之明嘛。

我乐得双脚齐蹬。

“小坏蛋，偷乐呢，让你轻点儿。”我爸爸温柔地在肚肚上亲了一下。

所以你到底是想亲我呢，还是想亲妈妈呢？

这个问题我思考了好几个月，直到有一天，我妈妈喊肚子疼，什么什么要生了。我一个着急，再一个着急，待的地方就不一样了。

突然来到一个陌生的地方，没有妈妈的气息，我吓得哇哇大哭。

“这哭声响亮的，比你爸当年强多了。”我听见了奶奶的声音，还没来得及仔细感受，就被一个人抱住了。

我嗅了嗅，哟，是我那个蠢爸呢。

于是我立马不哭了，在他面前哭我觉得有点儿丢脸，我只在我妈妈面前哭。

“我们去找妈妈。”我爸好像也不是那么蠢，知道我想找妈妈，都不用我示意，就把我抱到了妈妈怀里。

我挪啊挪，妈妈亲了我一下，我还没来得及高兴，妈妈就被爸爸抱住了。

“不生了，以后都不生了。”

“你说不生就不生呀，怎么眼睛还红了？我不疼。”

“你不疼我疼。”

“你哪里疼？”

“心口疼。”

哎哟，这小两口儿，能不能不要当着我的面说这种话，羞羞脸。

换了个环境的我感觉非常幸福，能挨着妈妈真的太好了。她身上香香的，声音特别温柔，经常抓着我的小手亲啊亲，我能感觉到她很爱我。

但是我爸爸就不太爱我了，头几天还稀罕我，没两天就开始嫌我。

“不要老抱着他睡，惯得他，以后想丢都丢不掉。”

看看，都看看！还怂恿我妈妈别抱我！怎么这么坏！

“做什么要丢，我才不丢。”

我爱我妈妈！

“淘小淘，你都多久没理我了……”

“都是当爸的人了，怎么还这么黏人。”

“你儿子跟你亲，我跟你就不亲了？”

“都亲。”

“跟谁最亲？”

“你。”

哎哟，气哭我了。

“怎么突然哭了，乖，不哭不哭。”

“是不是尿了？”

“我看看……没尿啊。”

“那是饿了。”

我是被你们气哭的呀，两个大笨蛋。

我吃奶超凶的，我奶奶说我比爸爸当年强多了，所以我长得超快，我妈妈老说我一眨眼就长大了。

是的，我长大了，我是一岁半的许白了。

“白白，叫妈妈。”

“白白，叫爸爸。”

“白白，先叫奶奶。”

“先叫爷爷。”

“先叫小叔，小叔手里有糖……”

谁要你的糖，我只要妈妈。

我咧着嘴大笑着扑进张开双臂的妈妈怀里：“妈……妈。”

妈妈抱着我亲了又亲，看起来好高兴：“白白会叫妈妈了，我的宝贝真棒。”

“白白乖，叫爸爸。”

啊，空气中怎么有股酸味?

我偏开了头，抱着妈妈的脖子，紧紧贴着她。

“白白，你爸爸吃醋了。”妈妈悄悄对我说。

不叫，今天叫累了，改天吧。

这改天改天的，经常改着改着就忘了。

“白白，今天心情好不好呀？”

今天心情还可以哦。

“那待会儿我们去门口接爸爸好不好？”

摇头。

“爸爸工作很辛苦，如果他看见白白去接他，他一定会很高兴。”

迟疑。

“如果白白叫一声爸爸，爸爸一定会更高兴。”

哼，妈妈，我看透你了。

仔细算算，我第一个叫的人是妈妈，第二个叫的是查理，第三个叫的是奶奶，第四个叫的小叔，第五个是舅舅，第六个是……

总之我好像还没有叫过爸爸。

“白白是妈妈的乖宝贝对不对？”

点头。

“妈妈知道你已经会叫爸爸了。”

脑袋埋在她怀里。

“调皮鬼。”

“我们去接爸爸？”

那……那行吧。

其实我很喜欢爸爸，就算他经常跟我抢妈妈，还背着我偷偷亲我妈妈，但我还是很喜欢他的。

不叫爸爸这不是忘了嘛，这不是在跟他玩儿嘛。

我不是故意的！

“白白，看见爸爸的车了吗？那辆黑色的，看见了吗？”

看见了！

“还记得和妈妈的约定吗？”

记得呢！

那辆黑色的车也看见我们了，在我们面前停了下来。

“怎么在外面站着，天气这么冷。”

你再握着我妈妈的手不放，信不信我不叫你了啊。

“阿斐，白白有话要对你说。”

哼。

妈妈悄悄捏了一下我的小胳膊肉。

对妈妈屈服只需要一秒：“爸爸。”

“……白白，你再叫一遍，爸爸刚刚没听清。”

休想！

妈妈再次悄悄捏了一下我的小胳膊肉。

气！

再次屈服！

“爸爸！”

“唉！”

别这么感动啊，以后都叫你了还不行吗。

一眨眼一眨眼，再一眨眼，我就四岁了。

四岁这年，那个自称是我未来丈母娘的女人一下子生了两个儿子。

是的！两个儿子！

我妈妈一接到电话，连夜带着我，乘坐私人飞机回了国。在病房里，我看见了我那两个弟弟，把我乐得不行。

“白白，弟弟们可爱吧。”我曾经的未来丈母娘，自暴自弃地指着婴儿床里紧紧挨着的兄弟俩对我说。

“我喜欢小妹妹。”冷酷拒绝。

“弟弟其实也不错……”

“我喜欢小妹妹。”

“呜呜呜呜，淘淘，我这肚子怎么这么不争气啊！不行！我还要生！”

“还生什么生，你这次都要把蔺先生吓坏了。”

“我看他挺乐的啊。”

“他背着你偷偷抹眼泪呢。”

“真的假的？”

“我都看见了。”

我那两个弟弟啊，名字也没比我好到哪儿去。

一个叫蔺秋，一个叫蔺生。

看，和许白半斤八两嘛，我瞬间就得到了安慰。

“弟弟好看吗？”妈妈问我。

“不好看。”

“长大就好看了。”

“真的？”

“白白小时候也像弟弟现在这样，长大了就好看了。”

妈妈你的意思是我小时候也长得这么丑兮兮吗？哼！我还是不是你的小宝贝！

“不高兴啦？”

偏头。

“乖，我的宝贝最好看，妈妈最喜欢你了。”

伸手。

“好，抱抱。”

这眼睛呀，你怎么这么能眨呢，眨着眨着我就又长大了。

我长大了，就代表有些大人在慢慢老去。

这段时间爸爸经常不在家，妈妈说爷爷生病了，很严重，他回国去看他了。

“查理身体好好的。”

“白白还有一个爷爷，在国内，他还来 M 国看过你，忘记了吗？”

“给我钱那个？”

“……嗯。”

“很严重吗？”

“嗯，很严重。”

我记得那个爷爷，在我四岁生日时来 M 国看过我，初次见面就给了我好多钱。

我不讨厌他，但也不喜欢他，我还是喜欢查理。

但我还是希望他的身体能好起来，我想要我的爸爸也有爸爸。

过了一二三四……四天的样子，我爸爸回来了。

然后又过了一二三四五六……很多天的样子，我和爸爸还有妈妈一起回了国。

和我们一起回国的还有艾伦和威廉，他们身后还跟着生活助理，他们推着好多好多箱子。

“为什么带这么多行李箱？”我在爸爸怀里问。

“白白喜欢中国吗？”爸爸牵着妈妈，抱着我。

“喜欢啊，我最喜欢孙悟空了。”

“那我们在中国读书好不好？”

“可以不读书吗？”

“不可以。”

“那我不喜欢了。”

“白白要做一个坚定的孩子。”

“……喜欢。”

“真乖。”

我再次见到了那个给我很多钱的爷爷，他躺在病床上，头发比上次见面白了很多，脸也皱了很多。

我知道，那是老了。

他老了。

他看见我和爸爸很高兴，就是看见我妈妈不是很高兴的样子。

“白白，来让爷爷抱抱。”他朝我招手。

想得美，对我爸爸笑，对我笑，就是不对我妈妈笑，还想抱我，做梦！

“白白，去爷爷那儿。”妈妈摸了摸我的头。

不去。

我不喜欢任何不喜欢我妈妈的人，我最喜欢我妈妈了。

我趴在爸爸肩上，闭眼装睡。

爸爸无奈，妈妈也无奈，被拒绝的爷爷更无奈，我装着装着，就真的睡着了。

我们在瑞阳的家，就在我曾经的未来丈母娘家楼上。楼上楼下，方便我那两个双胞胎弟弟天天手牵着手来找我玩儿。

“哪个是蔺秋？”

双胞胎对视了一眼，穿着红衣服的那个站了出来。

我指着那个穿着蓝衣服的：“你是蔺秋。”

又指着那个穿红衣服的：“你是蔺生。”

双胞胎满脸吃惊：“你怎么知道呀？！”

“知道什么叫聪明吗？”

双胞胎摇头。

“哥哥我这样的，就叫聪明。”

双胞胎鼓掌道：“哥哥真聪明。”

“知道什么叫笨吗？”

双胞胎齐齐摇头。

“你们这样的，就叫笨。”

双胞胎气死了，两天没有再来找我玩儿。

没有双胞胎玩耍的日子有些无聊，我只能天天在家玩儿妈妈给我买的金箍棒。

“白白，明天周末，和妈妈一起去医院看爷爷好吗？”

想不通啊想不通，我的妈妈啊，你怎么就这么温柔善良？爷爷每次都不对你笑，为什么还要去看他？

“他对你不好，我不想去看他。”

“但是他对白白好呀，他是白白的爷爷，他现在生病了，很希望你去看他。”

“如果他对你好一点儿，我就去。”

“白白，每个人都有喜欢一个人和不喜欢一个人的权利，爷爷只是太喜欢爸爸和白白了，所以才没有那么喜欢妈妈。但是妈妈不怪他，所以白白也不要怪他，好吗？”

“那我也有喜欢一个人和不喜欢一个人的权利咯？”

“当然。”

“那我不是很喜欢他。”

“妈妈尊重白白的不喜欢，但白白要不要尊重一下爷爷对你的喜欢呢？”

我的脑子被绕得有点儿晕，但又觉得妈妈说得没错。

这大概就是爸爸所说的立场问题。

大家都没有错，爷爷不喜欢妈妈，是因为太喜欢爸爸和我了，爷爷没有错。我不喜欢不喜欢妈妈的爷爷，我也没有错。

我们都没有错。

但是爷爷喜欢我，而且他生病了，妈妈也不介意爷爷的不喜欢，那我觉得我可以退让一步，尊重一下爷爷的喜欢。

我应该去看看他。

“我以后每周末都去看他。”

“嗯。白白真棒。”

爸爸知道后也很高兴，抱着我和妈妈亲呀亲。

虽然这个爷爷我不是很喜欢，但他对我的喜欢却不是假的，我能感受到他是真的喜欢我。

“等爷爷走了，爷爷的东西全给你。”

嚯，我才不要你的东西呢。爸爸说了，想要什么得靠自己的脑子和双手去获得，要别人给的算什么本事。

“爷爷这辈子啊，也算值了。该享受的都享受了，就算这么走了也不遗憾。”

听起来还是很遗憾的样子啊。

“就是你爸啊，你爸他是不是还恨我啊？”

我爸没恨过你啊。

“你爸肯定还恨着我呢。哎，都不来看我一眼。”

我爸都为了你的病回国了，你这个糟老头儿真是笨。

“不过也不怪你爸，谁让我以前对他不好，他恨我也是应该的。”

不想理你了，笨老头儿。

“你那个外国爷爷对奶奶好不好啊？他们还给你生了个混血小叔，哎，我都没生呢。”

笨老头儿管得真宽。

“其实我对你妈也没什么意见，谁让你爸喜欢呢，还给我们许家生了这么可爱的白白……还有你啊，别以为我看不出来，你不喜欢我呢。”

哟，聪明了呢。

“臭小子，跟你爸小时候一个样。”

每周我都来，但一共也没来几周，以后就都不用来了。

这大概是我经历的第一个生老病死，爸爸妈妈没有让我回避，全程带着我。

“爷爷走了。”妈妈说。

“嗯。”

“白白可以去帮妈妈安慰一下爸爸吗？爸爸心里一定很难受。”

“爸爸周末都没去看爷爷呢。”

“白白还记得妈妈说过的吗？每个人都有喜欢一个人和不喜欢一个人的权利。但除此之外，还有一种人啊，他既喜欢又不喜欢，是不是很复杂？”

“嗯，复杂。”

“感情就是这么复杂，爸爸没有在周末去看爷爷，不代表他不喜欢爷爷，白白明白吗？”

好像有些明白。

就像爷爷一开始不喜欢妈妈，后来又喜欢妈妈一样。

感情是复杂的，会变化的。在喜欢和不喜欢之间，还有一个既喜欢又不喜欢。

嗯，好复杂。

但我应该理解爸爸为什么周末没有去看爷爷，他对爷爷的感情是复杂的，但不是没有感情的。

爷爷下葬那天，我一直待在爸爸怀里，紧紧抱着他的脖子。

“爸爸别难过。”

“爸爸不难过。”

“骗人。”

“有一点儿难过。”

“我和妈妈会永远陪着你。”

“爸爸也会永远陪着白白和妈妈。”

我看着爷爷的墓碑，心想，骗人。

你只会永远陪着妈妈，才不会永远陪着我。

因为爷爷留下的东西太多太多，我们要在中国待好久好久。

楼下的两个小笨蛋似乎迷上了互换游戏，可惜哥哥我聪明啊，哥哥我的偶像是孙悟空，哥哥我也有和孙悟空一样的火眼金睛，每次都能一眼看穿他们的小伎俩。

“我们连爸爸都骗到了，为什么骗不到你？”蔺秋咬着他的小胖指头一脸疑惑。

“因为你们笨。”

“哥哥你再说我们笨我们要生气了哦。”蔺生噘嘴，满脸不高兴。

“两个小笨蛋。”

蔺秋和蔺生长得一模一样，也一样胖成球，但仔细观察会发现他们的眼尾还是有一点儿区别的。蔺生的眼尾要比蔺秋的稍微长一点儿，蔺秋的唇珠要比蔺生的翘一点儿。

“干妈会认错你们吗？”

“妈妈早上还认错我们了。”

“笨蛋家庭。”

“我们要生气了哦。”

气吧气吧，反正明天还会上来。

这一年过年，爸爸妈妈带我去了关丘的太外公家。

嗯，我太外婆也在那里。

但我的太外公和太外婆又不是老两口儿，可他们又生活在一起。

这真是一个复杂的关系，但幸福就好。

妈妈说的，老人家高兴就好，幸福就好。

舅舅也在关丘，还有梦外婆。嗯……梦外婆也不是我妈妈的妈妈。

真是复杂啊，我的家。

“我的白白小宝贝，真是越长越帅了啊。”

世上再没有比梦外婆和舅舅更热情的人，热情得吓人。

“你们都是大人了，可不可以稳重一点儿。”我避开梦外婆吓人的胸脯，躲到妈妈身后。

“小伙子你什么意思。”梦外婆眯着眼很不满意地看着我。

不想承受你热情的意思。你能不能穿严实点儿的意思。

“哈哈，来让舅舅抱抱。”

好么，躲得过那边，躲不过这边。

被动承受舅舅的热情。

太外公和太外婆虽然年纪大了，但精神头儿足着呢，太外公还要牵着大黑去外面溜达。

“师父，外面天黑路滑，明天我再陪你一起去。”

“哪里滑，外面的路好着呢！”

“滑呀，白白都差点儿摔了。”

我没有！

“臭老头儿，倔脾气，去吧去吧，摔不死你。”太外婆坐在摇椅上，乐呵呵地举着相机拍。

“丑老太婆不要偷拍我。”太外公气得跳脚，“我偏不摔死，气死你气死你！”

“美得你，谁要拍你这个丑老头儿，我拍我家小白白呢。”

嘿嘿，拍我吧，我好看。

“哼，你爸妈和混血小子哪天的飞机啊？”太外公在太外婆那里丢了面子，扭头问妈妈。

“后天到，明天我们去买年货，您去吗？”

“人山人海挤死了，我才不去遭那个罪。白白也别去，在家陪太外婆玩儿。”

“想白白在家陪你就直说嘛，非要拉上我。”

“老太婆你住嘴！”

爸爸妈妈就坐在一旁笑眯眯地看着二老，我凑过去，坐在爸爸腿上。

“以后爸爸妈妈也会像太外公和太外婆这样吗？”

“怎样？”爸爸问。

我抓住妈妈的手，再抓住爸爸的手，让他们握着。

“吵吵闹闹感情好。”

“不会。”爸爸摇头。

“啊？为什么！爸爸你想变心吗？！”

妈妈在一旁笑得停不下来。

爸爸也笑，揉着我的脑袋，又温柔又无奈。

“你什么时候见爸爸妈妈吵过架？爸爸妈妈老了会有另外一种感情好的相处方式。嗯……会安静一些。”

我把我的小手放在爸爸妈妈的掌心里，被他们紧紧握着。

三只手，大号、中号、小号，真是怎么看怎么好看。

“我的手最小。”我攥着爸爸妈妈的手。

“爸爸的手最大。”爸爸捏了捏妈妈的手，又揪了揪我的。

“那我要怎么说？”妈妈戳了戳爸爸的手指，又戳了戳我的。

“你的手最温暖。”

“你的手最漂亮。”

我和爸爸同时说道。

妈妈的掌心有道疤痕，但在我的眼中，世上再没有谁的手有妈妈的温暖。

我相信在爸爸眼中，世上再没有谁的手比妈妈的漂亮。

嗯，她是我们最爱的人。

番外六

# 十二周年结婚纪念日

时光如梭，转眼许白都十岁了。

因为这小子的存在，每年的结婚纪念日，许斐都没有和陶白单独庆祝的机会。

今年，他提前给许白报了冬令营，趁着陶白不在家，直接把儿子打包丢出了家门。

送走了碍眼的电灯泡，许斐翻看着布鲁斯给他的记录本，上面整整齐齐列举着一百条“哄姐姐开心的方法”。

中英双排，写得密密麻麻。

他的恋爱宝典，都是他这几年的恋爱经验。

而少年的恋爱经验，满页充斥着青涩。

什么故意把足球踢到坐在观众席上的她脚边，制造搭讪机会；暴雨天故意不带雨伞，和她躲在屋檐下避雨，看着乌云罩顶的天空抒发心事；和朋友结伴去游乐园，故意带着她走错路，丢下朋友，过二人世界；在万圣节扮成她最爱的吸血鬼王子……

许斐看得眉心直跳，反手扣上本子。

布鲁斯信誓旦旦保证他精心整理的经验之谈一定能给姐姐留下深刻印象，但是真的很抱歉小鬼，你哥只会打篮球，不会踢足球。你哥也舍不得让你姐姐淋雨，暴雨天不带雨伞一点儿都不浪漫，只会感冒。

还有，你姐姐每年过万圣节，敷衍到只披斗篷不化妆。

她根本不喜欢吸血鬼王子。

就知道布鲁斯靠不住。

许斐把记录本丢到抽屉里，思考片刻后，拨通了夏生的电话。

夏生在前年结了婚，女方不是他追求了好些年的伯克利音乐学院女生，而是一个默默陪在他身旁多年的好友。

因为当初被爱情蒙蔽了双眼，夏生满心满眼只有那个一心追逐事业的女生，导致错过许多。后来他追现任老婆时，说句头破血流也不为过。

用夏生自己的话来说，老婆是他用生命追来的，他在她身上用尽了所有的心机和深情。

夏生接到许斐电话时，刚哄完儿子睡觉。

他坐在沙发上整理尿布，听他说完，乐道："不是啊老许，你儿子都十岁了，往年你和陶白的结婚纪念日怎么过的？"

许斐冷漠道："游乐园、歌剧院、滑雪、攀岩、看足球赛。"

"那挺浪漫的啊。"

"儿子每年不缺席，想牵老婆的手还得看他脸色，游乐园是他想去，滑雪是他想玩儿，攀岩是他想挑战体力，看足球赛是去支持他喜欢的国家，你全程给他拎水瓶书包帽子，你觉得浪漫？"

"……"

夏生试想一下，如果他和老婆的结婚纪念日，每年都有一个电灯泡在旁边虎视眈眈，牵手不行，拥抱不行，亲吻更不行，去哪儿还得根据他的喜好决定，还得在旁边给他当工具人……

这哪儿是儿子？这是祖宗啊。

准备得再充分，制造再多惊喜，有个祖宗在旁边围观，别说浪漫，能忍着不把儿子丢马路上，就已经是父子情深了。

难怪老许怨念极深，简直深有同感。

他现在就想把儿子扔出去，让他自生自灭了。

得知许白已经被他提前丢去冬令营，夏生便知道老许这是憋着一股气，今年势必要过二人世界。

结婚十多年，再浪漫的事许斐和陶白都做过。有一年他们特意飞去土耳其乘坐热气球，只因陶白前晚梦见自己在天上飞。

当时夏生震惊无比，他觉得若是陶白梦见自己在海里畅游，他们那年坐的就不是热气球，而是潜水艇了。

夏生多聪明啊，许斐此时给他打电话，明显就是想问问寻常夫妻的结婚纪念日是怎么度过的。

毕竟，去土耳其乘坐热气球，去瑞士滑雪，去阿根廷看足球赛，是许多夫妻一辈子的愿望清单。而这些东西，对他们而言只是日常。

反而是普通夫妻的纪念日，是他们少有的体验。

夏生思索片刻后，认真道："老许，是时候展现真正的技术了。"

"我想这世上最浪漫的事，不是陪你乘坐热气球，而是一桌亲手做的晚餐。"

复杂的中餐实在有些为难第一次下厨的人，倒是西餐比较适合新手发挥。且一桌晚餐无法完成，一份倒可以努力一下。

许斐在厨师的指导下，煎坏了五份牛排，并把厨房搞得一片狼藉，终于在夜幕降临之前，艰难地端着两份卖相勉强过关的牛排来到花园。

花园的长桌上铺着白色餐布，玫瑰花瓣散落在桌面上，晚风拂过，花香扑鼻。

月朗星疏，站在夜色中的男人身着正装，手里拿着一束红玫瑰。

他身姿卓越，气质金贵，嘴角含笑，满目柔情。

这是陶白在布鲁斯的电话引导下，走到花园后看到的画面。

她身上穿着早上出门时的衣服，史密斯夫人的母亲明年要过八十大寿，特意邀请她，请她帮忙雕刻一件寿礼。

因为平日关系不错，陶白欣然答应，在史密斯夫人家改了一天草稿。她婉拒了史密斯夫人的晚餐邀请，在回家的路上接到布鲁斯的电话，让她到家后径直来花园。

少年并不太会掩饰情绪，陶白一看日期，便明白今天是什么日子。

她和许斐的十二周年结婚纪念日。

本不该忘记的，因为许白那个臭小子，往年这个日子都过得鸡飞狗跳。

原本的十分期待，都被这臭小子搅成了两分。

因为布鲁斯的电话，因为许白这个小调皮鬼，她以为今天家里会有很多人一起庆祝，结果家里比想象中还要安静。

花园寂静无声，只有那个男人拿着玫瑰站在夜色中。

许斐看着她走近，把手中的红玫瑰递给她。

陶白抿唇轻笑，坦然接过。

“怎么家里只有你一个人？”

“很失望？”

“……不，我很开心。”

哪儿敢撩拨虎须？这个男人天天和儿子斗智斗勇，这些年越发幼稚了。

许斐按着她的肩，把她推到椅子上。

陶白看着他揭开餐桌上的盖子，露出一份煎成七分熟的牛排。不知为何，她竟然从许斐的动作中看出了一丝紧张。

许斐抵唇轻咳，给她倒了一杯红酒。

两人隔着长桌而坐，端起酒杯，遥敬对方。

陶白抿了一口红酒，放下酒杯，拿起刀叉，慢条斯理切了一小块牛排，动作自然地放进嘴里。

咀嚼的动作，不知不觉缓缓放慢。

许斐偷偷看着她，见她笑眯眯抬头望来，掩饰般端起酒杯抿了一口。

陶白放下刀叉，双手交叠放在桌上，探身道：“这个牛排……”

许斐摩挲着酒杯，骨节紧绷，嗓音低沉道：“很……难吃吗？”

陶白轻轻摇头，唇角微弯道：“正好相反哦，是能够感受到下厨之人用心的美味，我很喜欢。”

许斐以杯挡唇，遮住了上扬的唇角。

陶白并未说破，她端起酒杯，嫣然巧笑道：“敬辛苦忙碌的他。”

许斐低笑，举起酒杯道：“敬不嫌弃的她。”

没有烛光晚餐，没有音乐伴奏。

一张长桌，一束玫瑰，两杯红酒，两份亲手烹饪的牛排，和满腔心意。

十二周年结婚纪念日，平淡无波，却充满温馨。

“阿白呢？”

“去参加冬令营了。”

“你把他丢进去的？”

“……”

“嚯，有些爸爸耳朵要遭殃了，小心儿子回来和你闹。”

“那小子太烦了，你管管他。”

“嗯哼。”

“妈妈和查理呢？”

“约会去了。”

“布鲁斯呢？”

“谁知道呢。”

“我听布鲁斯说他想去中国读大学。”

“他马上就要成年了，有资格选择自己的人生。”

“正好小墨在国内，布鲁斯回去也有人照顾，我放心。”

“许太太。”

“嗯？”

“十二周年结婚纪念日快乐。”

“十二周年结婚纪念日快乐，许先生。”

愿年年有今日，岁岁有今朝。